a Bandeira do Elefante e da Arara

Christopher Kastensmidt

AVEC EDITORA

Publisher: Artur Vecchi
Capa: Reinaldo Rocha
Revisão: Roberto de Sousa Causo, Douglas Quinta Reis & Camila Villalba
Tradução: Roberto de Sousa Causo & Christopher Kastensmidt
Ilustrações internas: Lorena "HET" Herrero e Ursula "SulaMoon" Dourada
Diagramação: Vinicius Mendes
Revisão de provas: Douglas Quinta Reis

1ª edição: 2016 - Devir
2ª edição: 2025 - AVEC Editora
Impresso no Brasil/ Printed in Brazil

Dados Internacionais de Catalogação na Publicação (CIP)

K 19 Kastensmidt, Christopher
A bandeira do elefante e da arara / Christopher Kastensmidt. – 2. ed. – Porto Alegre : Avec, 2025.

ISBN 978-85-5447-290-0

1. Ficção brasileira I. Título

CDD 869.93

Índice para catálogo sistemático:
1.Ficção : Literatura brasileira 869.93

Impresso no Brasil/ Printed in Brazil
AVEC Editora
Caixa Postal 6325
CEP 90035-970 – Porto Alegre – RS
contato@aveceditora.com.br
www.aveceditora.com.br
Twitter: @aveceditora
Instagram: /aveceditora
Facebook: /aveceditora

Dedicado aos alunos brasileiros, nossos cidadãos do futuro:
Conheçam seu passado. Forjem um futuro melhor.

BANDEIRA DO ELEFANTE E DA ARARA: UMA VIAGEM AO BRASIL DO PASSADO E DO FUTURO

Por Enéias Tavares

O primeiro elemento que salta aos olhos é o próprio conceito de *A Bandeira do Elefante e da Arara* (ABEA). Para um brasileiro, voltar no tempo para revisitar o passado e recriar seus mitos, lendas e histórias, não é um exercício fácil. Principalmente devido a décadas de silenciamento cultural somadas ao desprestígio dedicado a tudo que é nacional em relação ao estrangeiro, sobretudo suas histórias e seus produtos de entretenimento. Assim, mergulhar no universo da série criada por Christopher Kastensmidt é a princípio uma vivência surreal.

Em termos ficcionais, ler a *Bandeira* é como adentrar uma maquinaria espaço-temporal que o/a levará ao Brasil colonial na companhia dos heróis improváveis Gerard van Oost, Oludara e Arani — respectivamente um aventureiro holandês, um ex-escravizado africano e uma nativa indígena —, em uma experiência ficcional surpreendente, reveladora e, acima de tudo, divertida. Além disso, trata-se do melhor registro literário de nossa fauna e flora que lembro de ter visto em muito tempo. Em dias de crises ambientais motivadas por ambição e estupidez, lembrarmos da nossa verdadeira riqueza não apenas é importante como fundamental.

Em segundo lugar, salta também à visão dos leitores — diante da tela ou da página — a inventividade e a energia de seu criador. Estadunidense nacionalizado brasileiro há uns bons anos, Christopher Kastensmidt é inegavelmente simpático e muitíssimo educado, além de incrivelmente inventivo e enérgico, duplas de epítetos que ressalto a fim de dar conta de sua força criativa e de sua dedicação incansável. E tudo isso, no caso da *Bandeira*, a serviço de valorizar, divulgar e enriquecer nossa desgastada e tão maltratada cultura nacional.

Se você pesquisar seu nome, verá que na sequência dele estão participações em empresas e instituições como como Ubisoft, Aquiris, Southlogic Studios, Time Galleon Visual Novels, Synthesis, PUCRS e UniRitter, isso sem mencionar as contribuições significativas de sua parte a grandes franquias como *Starlit Adventures,*

Wonderbox, *Bubu e As Corujinhas* e outras. Além disso, Christopher atua como uma espécie de mentor criativo para muitos de seus alunos, amigos e parceiros do meio, vide a forma como se tornou não apenas uma referência como um criador cuja carreira é incontornável quando se pensa em ações transmídia que envolvam ou não literatura fantástica. De minha parte, reconheço aqui meu débito com ele: minha carreira como escritor e acadêmico não teria crescido tanto em livros, quadrinhos, jogos e projetos de pesquisa se não fosse a experiência de conhecê-lo.

A própria expansão gradativa, tanto em âmbito nacional quanto internacional, de *A Bandeira do Elefante e da Arara* ilustra muito de seu trabalho. A concepção da série tem sua origem em 2006, com a escrita do conto "The Fortuitous Meeting" ocorrendo em seguida, conto que seria publicado na revista *Realms of Fantasy* em abril de 2010 (EUA). A história foi finalista do Prêmio Nebula na categoria Melhor Novela e vencedor do Realms of Fantasy Reader's Award na categoria Melhor História. A partir desse auspicioso início, o conto foi reeditado em português como "O Encontro Fortuito de Gerard van Oost e Oludara" e publicado no livro *Duplo Fantasia Heroica* pela editora Devir em dezembro do mesmo ano. Nos anos seguintes, a história foi traduzida para o tcheco, o romeno e o holandês.

Na sequência, surgiu a segunda aventura, "A Batalha Temerária contra o Capelobo", primeiro publicado no Brasil em *Dupla Fantasia Heroica 2*, pela Devir em 2011, sendo posteriormente reeditado em tcheco e romeno. Já a terceira história, "O Desconveniente Casamento de Oludara e Arani", foi publicada pela Devir em 2012. Foi nesse momento que Christopher percebeu o potencial do que tinha em mãos: uma saga de fantasia e aventura que tem por ambientação um Brasil colonial que seria descoberto e recriado em diferentes mídias.

Enquanto produzia essas primeiras histórias, Kastensmidt já previa outras invenções transmídia. Entre 2009 e 2014, ele criou a identidade visual do projeto e seu portal virtual. No decorrer desse período, adaptou a primeira novela para os quadrinhos, assinando o roteiro que seria desenhado por Carolina Mylius e colorido por Sula Moon.

Entre 2015 e 2016, Christopher completou o ciclo de dez histórias que formariam o cânone principal da série, publicando-as nos Estados Unidos, na China e na Espanha, respectivamente como "The Elephant and Macaw Banner" (Amazon e Guardbridge Books), 雨林旧事 (Rouban Read) e "*La Enseña del Elefante e el Guacamayo*" (Sportula). Enquanto as produzia, originalmente em inglês, ele contatou Roberto de Sousa Causo, um nome que dispensa apresentações no que concerne ao fantástico e à ficção científica nacional, para fazer a tradução ao português brasileiro. A primeira versão dessa tradução seria publicada em um volume único pela Devir em 2016, levando o nome da série em seu título. O romance foi finalista do Prêmio AGES para Livro do Ano na categoria Juvenil e finalista do Prêmio Argos para Melhor Romance.

Mas seria no ano seguinte que a própria Devir publicaria aquele que seria o maior lançamento da série até então: o RPG de *A Bandeira do Elefante e da Arara – Livro de Interpretação de Papéis* e da aventura curta "A Lenda da Ave Dourada", essa escrita por João Beraldo, como prenúncio da expansão do universo feita por outros autores e criadores. Esse combo de publicações lhe valeu ações em diversos estados brasileiros, além de menções em revistas e portais especializados em cultura pop, literatura e RPG.

Tendo sido enviado para quase duzentas escolas, em oito estados brasileiros, o RPG da *Bandeira* foi adotado por professores de diversas disciplinas, permitindo a centenas de jovens leitores viver aventuras em um Brasil que para eles era ainda novo. Esse primeiro movimento se espalhou no decorrer dos anos, com o RPG da ABEA sendo adotado por centenas de escolas ao redor do país, muitas vezes em um contexto interdisciplinar que objetivava ensinar história brasileira, culturas indígenas e africanas, flora e fauna nativa, folclore e lendas originárias, cooperação coletiva e empatia individual, além de noções de economia e habilidades que envolviam resolução de problemas, gestão criativa e trabalho em equipe.

Em suma, o RPG propiciou um convite não apenas para mergulhar nas histórias criadas por Christopher, como também de jogadores, leitores e estudantes criarem seus próprios heróis, aventuras e ambientações dentro de um cenário brasileiro igualmente mágico, instrutivo e historicamente relevante. Reunindo até aquele momento dezenas de artistas e diferentes profissionais, o RPG de ABEA também propiciou duas exposições e a sistematização de uma série de ações coordenadas, num ímpeto até então inédito em nosso país, sobretudo quando o assunto envolvia ações transmídia e publicação editorial.

Derivado do RPG, criou-se um grupo online no qual leitores e jogadores poderiam criar histórias, compartilhar aventuras, trocar artes e enredos, além de vivenciar o melhor de uma comunidade virtual para expandir o universo. Dessa experiência, nasceram histórias como "A Maldição de Ipaúna", de Luciano Paulo Giehl; "Veneno de Yara'Raka", de Jan Piertezoon; e "A Capitania Real do Rio de Janeiro", de Luciano Campos Tardock, todas lançadas em 2019, entre diversos outros materiais, que incluíam fichas de personagens, instruções para mestres e jogadores, artes inéditas e aventuras para serem adaptadas e jogadas.

Além dos autores citados e de adições constantes do próprio Kastensmidt, outros escritores tiveram a oportunidade de brincar no universo de Bandeira, entre eles Marco Poli de Araújo e Mikka Capella, esta a autora da aventura "A Senhora do Pássaro da Noite". Também vale mencionar o trabalho de Guilherme Da Cas à frente da direção de arte da série desde 2017. Coroam os esforços de todos esses profissionais a indicação e o recebimento de diversos prêmios, com destaque para a indicação a um Jabuti por "Melhor Arte" e a vitória em grandes prêmios de RPG nacional como o Ludopedia e Goblin de Ouro e mundial como o ENnie.

Vale também mencionar a saga em seis partes "Flagellum Amazonis", já parcialmente publicada pela Devir com as histórias "A Ilha Abandonada" e "A Mãe Serpente do Mundo". O projeto é ousado, constituindo uma "magnum opus" de um universo já rico e complexo e se inspirando em grandes séries do gênero como *Dragonlance*, *Baldur's Gate* e *The Witcher*. Fãs do universo da *Bandeira* aguardam ansiosos pela publicação das outras quatro partes.

Como qualquer criador sabe, a totalidade de projetos lançados não se compara com a montanha de iniciativas apenas sonhadas, mas ainda esperando os sinais verdes da sorte ou do mercado. Entre as ações da ABEA nesse sentido, Christopher investiu em um WebToon, criado em parceria com o Jayhson Magus, mas nunca terminado. Também foram iniciados dois outros projetos que não atingiram suas metas de financiamento: um desenho animado e um game. Mas essas iniciativas continuam ativas na oficina mental de Christopher — e nos sonhos dos fãs da ABEA — com as portas ainda abertas para essas e outras ideias que o futuro trará.

Voltemos então à literatura e ao presente volume. A base literária da série *A Bandeira do Elefante e da Arara* é constituída de onze novelas, que você poderá conferir neste volume especial de relançamento. É a primeira vez que todas as onze novelas idealizadas por Christopher para o seu universo são reunidas em português — a edição anterior apresentava dez. Como vocês verão, permeiam essas aventuras uma série de mistérios, um suspense de prender nossa respiração e uma recuperação fascinante dos mitos e lendas que formaram nosso imaginário. Além disso, uma verdadeira jornada de aprendizados e reconhecimento das riquezas de nossa fauna e flora, além da nossa rica e multifacetada cultura.

Em termos históricos, lá se vão quase quinze anos da publicação da primeira novela da série no Brasil. Mas agora, *A Bandeira do Elefante e da Arara* chega à sua nova casa. Neste caso, a AVEC Editora, uma das casas editoriais mais exemplares na valorização do fantástico nacional e no investimento de novos títulos do nosso insólito brasileiro. Trata-se de uma edição ampliada, que recupera o texto original de Kastensmidt e apresenta aos leitores nova capa e projeto gráfico, além de outras surpresas que vocês encontrarão no decorrer de suas páginas.

Para os fãs da série, temos aqui uma oportunidade única de revisitar o mundo de Gerard, Oludura e Arani. Quanto aos leitores que estão chegando agora ao universo de *A Bandeira do Elefante e da Arara*, preparem-se, pois vocês estão prestes a embarcar em uma jornada única de perigos, surpresas e descobertas, na companhia de heróis e vilões, de criaturas mágicas e monstros terríveis, por um Brasil inexplorado e perigoso, fascinante e envolvente, um Brasil que precisamos não apenas redescobrir como aprender a valorizar.

Ao menos se quisermos que ele ainda exista nas décadas à frente.

Nesse intuito, tudo em *A Bandeira do Elefante e da Arara* significa uma viagem Brasil afora em direção a reencontrarmos nossas origens, nossas raízes, nossas lendas e mitos sagrados. Isso sem falar da importância dessas histórias na formação de leitores de hoje e de amanhã, de leitores que serão os responsáveis pelo futuro de nosso país.

Então, peguem suas mochilas, ajustem suas botinas e preparem seus corações, pois a jornada que estão prestes a encarar será mágica, poderosa e inesquecível.

Prontos para embarcar nessa aventura?

ENÉIAS TAVARES *é professor de literatura clássica na UFSM e criador da série BRASILIANA STEAMPUNK (DarkSide Books) e coautor da duologia GUANABARA REAL (AVEC), com AZ Cordenonsi e Nikelen Witter, e do estudo crítico FANTÁSTICO BRASILEIRO (Arte & Letra), com Bruno Anselmi Matangrano. Parte de sua pesquisa de Pós-Doutorado sobre universos transmídia brasileiros na Universidade de Coimbra, Portugal, envolveu A BANDEIRA DO ELEFANTE E DA ARARA. Mais de sua produção em eneiastavares.com.br.*

Capítulo 1

O encontro fortuito de Gerard van Oost e Oludara

Bem no alto da Igreja da Imaculada Conceição, contrastando com os desbotados matizes da pedra e argamassa da construção sem pintura, uma arara escarlate se empoleirava na cruz de madeira. A arara virava a cabeça de um lado a outro, observando as pessoas passarem pela praça principal de Salvador. Depois de uns minutos, ela fez uma pausa para estender as asas, exibindo toda a sua disposição de cores — rubi, âmbar, esmeralda, safira, marfim e carvão —, uma combinação não encontrada em nenhum outro lugar na natureza.

O lampejo de cor atraiu a visão de Gerard. De muito abaixo, no centro da praça, ele olhou para cima e examinou a arara. O pássaro exótico simbolizava tudo o que o tinha trazido para este estranho Novo Mundo: beleza, mistério e magia. Todos os pensamentos de retornar à Europa empalideceram perante a deslumbrante exibição do pássaro. Certamente essa visão única, desconhecida da maioria dos olhos europeus, em si já valia enfrentar a jornada de seis semanas cruzando o Atlântico.

Quando o pássaro levantou voo, desaparecendo para além do muro norte da cidade, Gerard voltou sua atenção à praça: o coração das atividades de Salvador. À sua volta, pessoas congregavam em grupos, trocando as notícias mais recentes, ou apressavam-se em seus afazeres. Havia guardas com arcabuzes em torres ao longo dos muros dilapidados da cidade, atentos às ameaças vindas de fora, enquanto outros, com alabardas e próximos ao Palácio do Governador, atentos às ameaças vindas de dentro. Nem uma única pessoa na praça, porém, prestava qualquer atenção a ele.

Por força do hábito, Gerard puxou a barra do seu gibão de linho, ajustando-o apertado em torno do peito largo. Então, alisou a barbicha de um palmo de comprimento com a mão direita e bateu no punho da sua rapieira bolonhesa com a esquerda, enquanto considerava o problema diante de si.

Viera ao Brasil na suposição de que qualquer um que fosse corajoso o suficiente para encarar a perigosa viagem cruzando o oceano conquistaria um lugar numa das tropas de aventureiros, mas infelizmente não tinha sido esse o caso. Antônio Dias Caldas, o mais renomado aventureiro da província, havia declinado com firmeza os seus serviços, e nenhum outro grupo tinha se prontificado a explorar as áreas selvagens locais. Gerard poderia tentar erguer o seu próprio estandarte, mas precisaria formar um grupo forte, e ainda não tinha conhecido ninguém em Salvador a quem aceitasse confiar sua vida.

Um comboio de escravizados aproximou-se, interrompendo os pensamentos de Gerard. O mercador português Pero de Belém os conduzia numa corrente, e ele tocou o seu chapéu de abas largas para Gerard ao passar. Gerard respondeu do mesmo modo, então observou em melancólico silêncio os escravizados passarem diante dele um a um, as cabeças baixas, as correntes que se uniam aos seus colares no pescoço balançando entre eles. Sua única vestimenta consistia em túnicas de algodão de uma peça, que lhes desciam até os joelhos, enquanto suas partes expostas — braços e rostos — exibiam pústulas e cicatrizes, relíquias de doenças apanhadas na sua terrível jornada. A maioria seguia arrastando os pés e de olhos desfocados, como se não pudessem mais pensar, apenas agir.

Um dos donos de engenho local abordou Pero para umas palavras, e a fila veio a deter-se abruptamente diante de Gerard, que desprezava a prática de tirar homens de seus lares e acorrentá-los. Ele fez uma careta enquanto a deprimente visão lançava uma sombra sobre a imagem idílica que ele havia formado poucos momentos antes.

— E então, mesmo no paraíso há escravizados — suspirou.

O escravizado que havia parado mais perto de Gerard virou-se para olhar para ele. Gerard, espantado, notou que o homem não se curvava como os outros; erguia-se orgulhoso e ereto. Já uns dedos mais alto que a maioria, sua postura o fazia agigantar-se sobre o resto. Seus músculos salientes se projetavam, mesmo através da túnica frouxa. O homem exsudava força e graça, suas narinas largas e as altas maçãs do rosto acentuavam esse efeito. Seus olhos não possuíam nada do estupor exibido pelo outros; ao contrário, miravam Gerard com uma segurança que ele poucas vezes vira em sua vida de viagens. Gerard desviou o olhar, embaraçado, perguntando-se se o homem recém-chegado da África de algum modo poderia ter entendido o seu comentário.

Trombetas soaram vindas do Portão Norte, desviando sua atenção do momento constrangedor. Gritos irromperam pela praça conforme os enormes portões se abriam e Antônio Dias Caldas passava a passos largos, um nativo carregando o seu estandarte vermelho e dourado bem perto ao seu lado. Atrás dele seguia o seu bando. Gerard contou quarenta ao todo, muito menos do que o número que partira na missão poucas semanas antes.

Sem interromper o passo, Antônio cruzou a praça até o Palácio do Governador. Os dois guardas portando alabardas em frente ao palácio não fizeram mais do que cumprimentá-lo com a cabeça quando passou entre eles e bateu a porta atrás de si. Com o som seus homens se dispersaram pela praça, cada um deles imediatamente cercado pelos espectadores curiosos. No meio do movimento, Gerard reconheceu Diogo, um dos homens de Antônio a quem ele tinha em alta estima.

— Diogo — Gerard perguntou —, o que aconteceu?

— Nós matamos o Boitatá!

— O monstro que vinha devastando o campo? Conte-me mais! Aqui eu só ouvi rumores.

— Era realmente uma fera maravilhosa. Durante o dia ela escondia-se em lagos e rios, então tivemos de caçar à noite. Levamos dias para encurralá-la, mas, quando finalmente o fizemos, descobrimos uma serpente impensável de tão grande... tão larga quanto uma carroça e comprida como um mastro principal, eu juro. Seu corpo ardia com uma chama azul que queimava a carne, mas não as plantas, e que nenhuma água conseguiria apagar. A chama fazia a fera parecer azul, mas quando jogávamos luz sobre ela, suas escamas brilhavam com todas as cores do arco-íris.

“Seus olhos eram bolas de fogo gigantes, cada uma do tamanho de uma rocha. Dois de nossos companheiros, Afonso e Paulo, cometeram o erro de olhar a fera nos olhos; ambos ficaram loucos. O Boitatá queimou e atacou sem trégua, matando tudo o que tocava. Mas isso é tudo o que posso contar por ora. Antônio vai querer relatar a vitória ele mesmo, depois que receber a recompensa do governador.”

— E o reconhecimento — Gerard suspirou, pouco escondendo de sua inveja. — Parece que vocês perderam alguns homens?

— Sim, perdemos dez durante nosso encontro com a fera.

— Então posso presumir que estejam procurando reforçar suas fileiras?

Gerard tinha esperança de que sua insinuação fosse receber uma reação positiva, mas o cenho franzido de Diogo demonstrava o oposto. Antes que Diogo vocalizasse sua preocupação, Gerard apressou-se em apresentar o seu caso.

— Diogo — ele disse —, você sabe que eu quero servir sob uma das bandeiras mais do que qualquer coisa. Não passei seis semanas espremido numa caravela apenas para visitar uma colônia de pau a pique à beira de lugar nenhum. Vim para cá pela aventura! Tenho a força de um urso, e sou um dos melhores atiradores de arcabuz que você já conheceu. Sei que Antônio o respeita. Por favor, ajude-me.

— Não sei se haveria algo que eu pudesse fazer, Gerard. Ainda temos vinte arcabuzeiros, mais que o suficiente para qualquer coisa que ainda ronde estas partes. Mas o seu maior problema é que Antônio não é amigo de protestantes.

— Não vou me converter ao catolicismo apenas para me juntar ao bando dele.

— E isso não ajudaria — veio uma voz à sua direita. — Também não gosto de convertidos.

Gerard virou-se para ver Antônio aproximando-se, seu peito projetando-se por baixo do ricamente decorado gibão azul e sua barba negra cortada rente ao queixo comprido.

— Volte para a Europa, Gerard — disse Antônio —, você não é desejado aqui. Eu requeri formalmente que o governador Almeida mande prendê-lo por vadiagem se você não estiver no próximo navio. Considerando a satisfação dele com a minha vitória sobre o Boitatá, tenho toda expectativa de que serei atendido.

— Não sabia que vadiagem era crime no Brasil — Gerard replicou, com dentes cerrados.

— É, se o governador assim disser.

Gerard respirou fundo antes de responder.

— Estou disposto a arriscar minha vida a seu serviço e você me trata desse modo?

— Não preciso de sua ajuda, Gerard. — Ele então fez uma pausa. — Embora possa haver um jeito. Um homem que consegue pensar em pé vale por uma dúzia de arcabuzeiros. O Brasil está cheio de todo tipo de criaturas ardilosas, e muitas vezes uma mente afiada é mais útil do que uma espada afiada. Se conseguir adivinhar como nós derrotamos o Boitatá, eu retiro meu pedido da sua prisão e vou considerar um lugar para você no meu bando.

Gerard puxou o seu cavanhaque. Decisões rápidas não eram a sua especialidade, e ser colocado na berlinda turvava seus pensamentos. Ele limpou o suor da fronte.

— Acabou o tempo — disse Antônio. — Alguma ideia?

Gerard não tinha ideia de quanto tempo tinha passado. Ele se preocupara o tempo todo, incapaz de se concentrar totalmente no problema.

— Hmmm — disse. — Eu não sei.

— A serpente é derrotada mais facilmente pelo seu estômago.

Todos os três homens se viraram para ver quem havia falado. O português de sotaque africano tornava o homem inquestionável; a voz tinha vindo de um escravizado ali perto, aquele que Gerard havia notado antes.

— Como você soube disso? — Antônio gritou. — Contei a história ao governador Almeida só cinco minutos atrás!

Pero de Belém veio correndo.

— O que está acontecendo aqui? — gritou. — Esse escravo está balbuciando alguma coisa? — Ele meteu a cara próxima a do escravizado, como que à procura de algum defeito.

— Na verdade — disse Gerard —, ele parece falar um português perfeito.

— Ah, certo — Pero disse, coçando a barba —, é esse. Eu nunca consigo diferenciar um do outro. Esse é um daqueles macacos que fala português, e foi mesmo um bocudo por todo o caminho desde a África.

— Não nos chame de macacos — disse o escravizado. — Não somos animais. Vocês que tiram homens de suas pátrias e os vendem como verduras é que são os animais. Mas eu entendo a sua negação, sr. Pero de Belém, e tenho pena de você. Se o senhor viesse a verdadeiramente aceitar o que faz, isso iria assombrá-lo pelo resto dos seus dias.

— Viu o que eu quis dizer? — Pero disse, encolhendo os ombros. Voltou a atenção novamente ao escravizado. — Ninguém pediu a sua opinião. Mais uma palavra vai te render o chicote hoje à noite.

— Isso não será necessário — interrompeu Gerard, não desejando que adviesse qualquer mal ao homem. — Ele apenas respondeu uma pergunta. Sua ideia foi bastante notável, de fato.

— Mesmo? — disse Pero, apertando os olhos. — Bem, se acha que ele é tão especial, posso vendê-lo a você.

— O quê? Você me toma por dono de escravizados?

— Só estou dizendo. Ele deve ser enviado por barco ao engenho de Fernando Álvaro em Porto Seguro na quinta-feira, mas se você me der quarenta mil réis antes disso, pode fazer o que quiser com ele. Posso ajeitar alguma outra coisa com Fernando.

— Quarenta mil? Esse preço é absurdo!

— Do que foi mesmo que você o chamou, "notável"? Bem, isso significa apenas que você tem que pagar um preço "notável". É claro, você poderia simplesmente deixá-lo para Fernando. Cinco dos seus escravizados foram mortos em ataques dos índios mês passado, e ele está ansioso para renovar suas fileiras com carne fresca. — Pero virou-se para a fila e gritou: — Andando!

Antônio caiu no riso.

— Viu, Gerard? — disse. — Você não é esperto o suficiente para uma expedição como a nossa. Até um escravo recém-chegado da África sabe mais do que você!

Ele partiu, rindo.

Diogo colocou a mão no ombro de Gerard.

— Lamento, Gerard. As palavras de Antônio são muitas vezes mais bruscas que o necessário.

Gerard observou a fila de escravizados afastando-se.

— De modo algum, Diogo — respondeu. — Acho que ele pode estar certo.

Gerard sentava-se pacientemente no escritório de Pero com uma colher, uma caneca de estanho cheia de água e um prato cheio de comida na mesa diante dele. Para passar o tempo, estudava uma pintura de Belém, a cidade natal de Pero. Reconheceu o porto por sua inconfundível torre ornamentada, pela qual ele havia passado no começo de sua viagem ao Brasil. A qualidade da pintura não poderia se comparar àquelas produzidas pelas escolas de Veneza e de Flandres, porém ainda fornecia uma razoável representação do porto.

Pero entrou com o escravizado a reboque. O escravizado olhou para Gerard em silêncio, então longamente para o prato sobre a mesa.

— Por favor, sente-se — Gerard ofereceu.

O escravizado se sentou do outro lado da mesa.

— Você poderia, por favor, nos deixar sozinhos? — pediu Gerard, olhando para Pero.

— Imagino que não faça mal. Mas se algo acontecer à propriedade... — Pero indicou o escravizado com um levantar do queixo. — ...você é o responsável. — Pouco antes de sair, ele olhou de volta e disse: — Lembre-se, ou quarenta mil até quinta-feira ou ele pega o caminho de Porto Seguro.

Depois que Pero bateu a porta, Gerard olhou para o escravizado e perguntou:

— Qual é o seu nome?

O escravizado o examinou. Seus olhos fizeram contato e Gerard sustentou o olhar dele sem piscar.

— Diga-me primeiro o seu — o escravizado respondeu.

— Está bem, meu nome é Gerard van Oost, vinte e nove anos de idade. Sou holandês, do Ducado de Brabante, mas passei mais anos em outros lugares da Europa do que passei em minha pátria.

— Bem, Gerard, você é o único homem branco que perguntou o meu nome. Sou Oludara. Venho do reino de Ketu, que sofre o grande azar de existir dentro de uma região que vocês europeus chamam de Costa dos Escravos. Eu vivo há vinte e três anos.

Depois de uma pausa, ele continuou:

— Por que me procura? Pelo que ouvi de sua conversa na praça, entendi que você não é um dono de engenho.

— Primeiro, eu gostaria de lhe oferecer uma prenda. — Gerard empurrou o prato e colher para a frente. — Você conhece a comida local?

— Apenas o feijão preto com arroz, que recebemos só quando temos sorte. Na maior parte dos dias comemos bananas verdes cozidas, o que me faz pensar que o sr. Pero de Belém realmente acredita que somos macacos.

Gerard não soube se Oludara fazia o comentário com amargura ou como um gracejo. Depois de uma curta pausa, arriscou uma risadinha. Então, Oludara sorriu e os dois riram com gosto.

— Sim, Gerard — continuou Oludara —, mesmo em uma situação como a minha, um homem precisa manter o bom humor. Meu povo diz: "Não lamente a água derramada. Contanto que a cabaça não esteja quebrada, ainda se pode pegar mais". Os tempos são sombrios para mim, mas meu corpo e minha vontade são fortes, e por essa razão não me desespero. Contudo, é de fato difícil viver só de bananas.

— Bem, você pode achar isto do seu gosto. — Gerard apontou cada um dos itens. — O peixe é garoupa. Ele é denso, porém ameno ao paladar. Isto é aipim assado. Ele vem do chão como a batata, mas é mais rico de sabor. O pão amarelo é feito de milho, e misturado com um pouco de coco para adoçar. E estas fatias são de uma fruta conhecida como "abacaxi", considerada como um dos sabores mais doces do mundo. É tão prezada pelos portugueses, que eles enviam as plantas a todas as suas colônias, até para a Índia.

Oludara contemplava o prato, porém não fez nenhum movimento.

— É realmente um banquete, mas ninguém oferece uma refeição de graça. Deixe-me saber o que você procura, antes de aceitar a sua generosidade.

— Conte-me como conhecia a resposta para a pergunta de Antônio ontem.

— Só isso? Eu teria lhe contado a história apenas pela cortesia que você demonstrou. Mas aceito sua oferta, já que estou tão cansado de bananas que meu orgulho não ficaria na frente de nenhuma esmola.

Oludara comeu sua primeira colherada de arroz e feijão, fechando os olhos enquanto mastigava. Depois de engolir o bocado com um gole de água, olhou Gerard nos olhos.

— Deixe-me contar uma história. Aconteceu há cinco anos, na minha terra natal em Ketu...

Entre colheradas, ele contou sua história.

Oludara parou de limpar o mato e apoiou-se contra a enxada. A saia em volta de sua cintura pesava com o suor que descia por seu peito nu. Ele podia se permitir o descanso; três semanas restavam antes do plantio do inhame, e o campo parecia estar em bom estado. Fez correr os olhos pela extensão de terra cor de ferrugem e observou seus dois irmãos mais novos trabalhando mais além no campo.

Ao remover o chapéu de palha para limpar o suor da testa, notou movimento à sua esquerda. Balê Akeju, o senhor da vila, aproximava-se com um outro homem, alto e confiante, caminhando ao seu lado. Quando chegaram mais perto, viu que ambos vestiam belos robes cor de índigo. O balê vestia esses refinados robes o tempo todo, mas Oludara não conhecia ninguém mais da região com status suficiente para vestir um. Ele não conseguia imaginar o que faria o balê sair às plantações ao meio-dia. Seria muito mais fácil encontrá-lo em sua cabana ao anoitecer, depois do dia de trabalho.

Os dois homens vieram direto até ele, sem parar, e ele cumprimentou os dois com um aperto de mão. O imponente estranho estudou-o cuidadosamente, mas o balê falou primeiro.

— Oludara, este homem veio direto de Ketu para falar com você.

— Você é Oludara, filho mais velho daquele conhecido como "Matador de Monstros? — o homem perguntou.

— Sou Oludara, mas meu pai faleceu há muitos anos.

— Esse fato é conhecido do obá, pois foi ele mesmo quem me enviou com ordens de escoltá-lo até Ketu. Ele deseja ter uma palavra com você. Sou Oyewole, um de seus mensageiros pessoais.

Balê Akeju arfou diante da notícia.

Oludara franziu o cenho.

— Para alguém como eu ser chamado perante o obá sem aviso não pode ser coisa boa.

— Você pode estar certo — disse Oyewole. — Não sei por que ele mandou levá-lo, mas pela minha experiência, uma convocação surpresa da parte do obá raramente é notícia boa... Eu não trocaria de lugar com você neste momento. Apesar disso, devemos partir imediatamente; o obá não gosta de ficar esperando. Vou dar-lhe tempo apenas de dizer adeus à sua família e apanhar roupas para a sua audiência.

— Muito bem, assim será feito.

Embora Ketu estivesse a somente uma caminhada de três dias da sua vila, para Oludara poderia muito bem ficar do outro lado do mundo. Ele tinha estado em Ketu apenas uma vez antes, em criança, quando seu pai ainda era vivo. Tinham ido para um dos festivais, onde Oludara vira o obá em suas vestimentas reais completas. Não recordava de muitos detalhes, só do sentimento de espanto que experimentara durante a visita.

A jornada foi bem aproveitada, pois Oyewole contou-lhe muito da política e da história de Ketu. Oludara gostava do homem e imaginava que poderiam ter sido amigos se Oyewole não sustentasse uma posição na sociedade tão mais acima da sua.

Conforme aproximavam-se, passavam por uma miríade de fazendas. Eles então orientaram-se pelo complexo sistema de baluartes e fossos, os pátios mais internos circundados por muros duas vezes mais altos que um homem. Os locais usavam cores e estilos diferentes daqueles da vila de Oludara. Enormes praças repletas de bancadas de madeira jaziam vazias, esperando serem preenchidas por multidões e mercadorias no dia de feira.

Oyewole o levou até uma casa de hóspedes e disse que se preparasse para a sua audiência com o obá. Uma jovem mulher ajudou-o a preparar um banho e ele lavou do corpo a poeira vermelha acumulada durante a viagem. Ele então jantou cozidos de carne, figos e inhame.

Para o seu encontro com o obá, vestiu um robe de mangas curtas e o amarrou na cintura com uma faixa. Um gorro apertado completava o conjunto. O traje não era elegante, mas o melhor que poderia ser esperado de um pobre fazendeiro.

Oyewole o escoltou até o palácio. A visão do grandioso prédio — uma agigantada construção de argila — maravilhou-o. Dois portões maciços estavam abertos em frente. Os guardas, ao verem Oyewole, gesticularam para que passassem.

Guerreiros guardavam os muros dentro e fora. A maioria segurava espadas ou arcos, mas alguns estavam equipados com balestras portuguesas. Ao caminhar pelo longo salão, Oludara vislumbrava as cabeças de latão em cada lado: representações de todos os antigos obás de Ketu, intercaladas com belas esculturas de marfim.

Quando chegou ao fim, viu o conselho do obá: sete chefes sentados em peles de leão. Vários eunucos, os servos pessoais do obá, mantinham-se retos em pé.

Oludara os identificou pelo modo como vestiam seus robes franzidos sobre os ombros. Batedores de tambor e outros criados aguardavam pelo salão.

Oyewole despediu-se de Oludara apertando sua mão e gesticulou para uma pele de leopardo, onde Oludara ajoelhou-se para esperar. Dois eunucos carregaram um banco de madeira até a frente do salão. Oludara conseguia ver entalhes elaborados cobrindo o banco, mas não conseguia distinguir os detalhes de onde estava.

Pouco depois, um dos criados gritou:

— Entra o Alaketu, obá Ekoshoni!

Um toque de trombeta e de tambores acentuou o seu anúncio.

O obá entrou, flanqueado por dois guardas portando alabardas encimadas por grossas lâminas de bronze. Nos poucos segundos permitidos pela cerimônia, Oludara encharcou-se com tantos detalhes quanto possível. O obá vestia um colar de coral e uma faixa de seda sobre o peito. Uma coroa de contas vermelhas formava uma ponta acima de sua cabeça, e fios de contas desciam em cascata a partir dela, deixando pouco do seu rosto exposto. Anéis cobriam seu pescoço, chegando-lhe até o queixo.

Quando o obá se aproximou do banco de madeira, Oludara e todos os outros prostraram-se achatados contra o chão. Depois de alguns momentos, eles retornaram à posição de joelhos. Oludara manteve os olhos apontados para baixo em reverência, mas ansiava por contemplar o seu majestoso senhor.

— Você foi convocado porque meus adivinhos consultaram o Oráculo de Ifá. — O obá Ekoshoni falava em uma voz serena, alta apenas o suficiente para Oludara ouvir cada palavra com clareza. — Eles me disseram para procurar o primogênito de um homem que me auxiliou há muito tempo.

Oludara sentia-se honrado em ouvir a voz do obá; era um raro privilégio. Em público, o obá sussurrava através de uma escova de pelo de rabo de vaca e um eunuco gritava suas palavras ao povo.

— Seu pai ajudou-me uma vez, quando eu era jovem — continuou o obá. — Com sua astúcia ele matou Souiu, uma fera terrível que devastava as vilas locais. Agora, encaro um problema similar, por isso presumo que seja você aquele que procuro.

“Seis meses atrás, um dragão parou um de meus filhos na estrada e exigiu que um sacrifício, tomado dentre os vassalos da corte, fosse amarrado e deixado no bosque sagrado de Ofru a cada lua cheia. Quando meu filho me contou tais notícias, eu me recusei. Quando o sacrifício não foi enviado, o dragão foi até uma vila e matou todos lá. Na próxima lua cheia, enviei cinquenta guerreiros para matar a fera. Só uns poucos sobreviveram, e eles relataram que nem mesmo os dardos das balestras portuguesas conseguiam penetrar as escamas da fera. Desde então, sem opções, tenho sacrificado um de meus vassalos todo mês a essa criatura abominável. Não posso continuar mais com isso."

Depois de uma pausa, o obá falou novamente:

— Temo que a fera não possa ser vencida somente pela força; astúcia também é requerida. Eu ouvi dizer que você encarou muitos desafios, mesmo na juventude. Combateu nossos inimigos de Dauma, e enganou e matou a mesma fera que matou seu pai.

A lembrança enviou uma pontada através de Oludara, mas ele a abafou.

— Lamento ter de enviar um homem tão bom — continuou o obá —, e crescido há tão pouco tempo, em uma tarefa tão terrível. Contudo, o obá não pergunta, ele não pede, ele ordena. Assim, ordeno que você faça tudo em seu poder para matar a fera. Você compreende?

— Sim — respondeu Oludara. — Será uma honra servir ao grande obá Ekoshoni.

— Bom. Estou feliz em vê-lo aqui diante de mim. Você me recorda o seu pai tanto em constituição quanto em comportamento. Não sei se você se dá conta da profundidade da sabedoria dele. Quando ele matou Souiu, ofereci a ele qualquer coisa em meu poder como recompensa. Ele poderia ter escolhido riquezas ou terras ou qualquer outra coisa que poderia ter-lhe trazido prazeres temporais neste mundo, mas ele era sábio demais para isso. Ao invés disso, pediu-me que escolhesse um nome para seu filho recém-nascido. — Dito isso, o obá riu com gosto. — Ele sabia que essa dádiva não me custaria o preço de um inhame, mas que um obá certamente escolheria um nome principesco. E assim eu o fiz. Escolhi o nome Oludara para o filho dele, e trouxe grande honra à sua família por todas as gerações por vir. Não tenho dúvida de que ele estará ao seu lado no desafio que o espera.

Depois de uma pausa, o obá perguntou:

— Você se lembra da adaga que seu pai usou?

— Sim.

— Ele portava essa adaga porque o seu nome não foi o único presente que lhe dei. Eu não poderia deixar tal sabedoria sem ser recompensada, então também lhe dei aquela adaga, um dos maiores tesouros em toda Ketu. Já que todo o marfim pertence ao obá, os anciãos da sua aldeia acertadamente retornaram-na a mim após a morte dele. Contudo, concordam os chefes... — Ele estendeu a mão para os sete conselheiros para enfatizar, e eles assentiram em resposta. — ...que ela seria um ótimo presente para você agora, para ajudá-lo com o que deve enfrentar.

O obá gesticulou com a mão, e um eunuco carregando uma bela bandeja de latão adiantou-se. O eunuco ajoelhou-se diante de Oludara, estendendo a bandeja e apresentando a adaga que jazia sobre ela.

A adaga era exatamente como Oludara se lembrava: marfim fino, tingido de vermelho com óleo de dendê. O cabo continha entalhes intrincados; o lado com o relâmpago descansava no topo. O outro lado, como ele sabia, exibia um machado de lâmina dupla. Esses dois símbolos representavam o deus Xangô, como seu pai lhe tinha ensinado havia muito tempo. A visão inundou-o de memórias, mas ele as espantou e curvou-se para aceitar o presente, não desejando parecer que não o apreciava. Quando Oludara tocou o cabo, uma estranha sensação passou por seu braço, fazendo-o saltar de surpresa.

O obá viu sua reação e disse:

— O encantamento nessa adaga é forte; dizem que vem do próprio Xangô. Se isso é ou não verdadeiro nem mesmo eu posso dizer, mas guarde-a bem, porque você nunca voltará a encontrar uma igual.

Oludara agarrou firmemente o cabo e levantou a adaga. O eunuco com a bandeja afastou-se.

— A Iyá Kerê controla meu tesouro — disse o obá. — Ela cuidará que você tenha qualquer equipamento de que necessite.

— Grande obá — disse Oludara —, como eu encontro o dragão?

— Ninguém sabe onde ele vive. Você deve ir a Ofru na próxima lua cheia, a dois dias de agora, e testemunhar o sacrifício. Esconda-se o melhor que puder e observe. A fera é traiçoeira; você deve aprender o quanto puder antes de confrontá-la. Não interfira com o sacrifício, não importa o quanto lhe doa observar. É esse o meu comando. Que Olorum o proteja.

O obá levantou-se e todos se prostraram novamente.

Antes que o obá sequer deixasse o salão, a mente de Oludara já rodopiava com ideias para a tarefa posta diante dele.

Oludara, seu corpo camuflado com pó de argila vermelha, escondia-se entre moitas no bosque sagrado de Ofru. A cerca de oitenta passos à frente dele, ao pé de um enorme baobá, o sacrifício jazia amarrado e amordaçado. Oludara lamentava não poder fazer nada para salvar o homem, mas respeitava a ordem do obá e sabia que ela fazia sentido; seria tolice encarar o dragão antes de observá-lo. No momento, a principal preocupação de Oludara era ocultar-se. Se o dragão apanhasse um sopro do seu cheiro, isso significaria o rápido encerramento de sua tarefa.

Quando a lua alcançou o seu zênite, o dragão apareceu. Ele lembrava uma enorme cobra verde, exceto por umas minúsculas e aparentemente inúteis asas e vários pares de pernas atarracadas que o movimentavam numa espécie de meio-caminhar, meio-deslizar. As escamas pareciam impenetráveis, como pratos de ferro pintados empilhados uns sobre os outros.

A vítima sacrificial, de olhos arregalados, debateu-se contra as amarras e grunhiu gritos abafados pela mordaça. O dragão ignorou-o a princípio, disparando sua língua repetidamente para testar o ar em torno. Oludara contraiu-se, mas o dragão completou o seu exame sem incidentes e retornou sua atenção ao homem. No momento que fez contato visual com sua vítima, o homem enrijeceu-se e caiu em silêncio.

Sem cerimônia, o dragão deslocou suas mandíbulas e fechou-as sobre a cabeça do homem. Com o contato visual quebrado, o homem recomeçou a se debater, contudo, isso pouca diferença fez enquanto o seu corpo recuava para dentro da goela do dragão. Seu movimento parou depois de um minuto, quando, Oludara presumiu, sua cabeça foi esmagada ou ele ficou sem ar.

— Olorum nos salve! — Oludara sussurrou.

Pouco depois de terminar sua refeição, o dragão olhou em torno, disparou sua língua mais algumas vezes, e virou-se na direção da qual tinha vindo.

Oludara esperou por meia hora, então rastejou para o centro do bosque e encontrou os rastros feitos pelo deslizar do dragão. Usando da furtividade que havia desenvolvido quando caçava pela savana com seus irmãos, ele seguiu a fera. Rastejou por pelo menos três horas antes de descobrir o dragão adormecido. Ele tinha se enrodilhado perto de uma árvore. No luar, Oludara conseguia ver um brilho onde um dos olhos da fera permanecia aberto.

Ao rastejar para longe, Oludara formulou o seu plano.

Dois dias depois, Oludara encontrava-se ajoelhado mais uma vez perante o obá Ekoshoni.

— A Iyá Kerê me informa que por alguma razão você solicita um elefante a fim de matar a fera — começou o obá. — Tenho apenas um, e ele está comigo há muitos anos. Eu detesto me desfazer dele, mas disse a você que lhe daria tudo o que estivesse em meu poder, então será feito. Contudo, a Iyá Kerê também me informa que há algo mais que você requer e que só poderia ser discutido em minha presença. Estou curioso para ouvir essa solicitação.

— É de fato algo que somente o senhor pode providenciar, grande obá — Oludara respondeu. — Preciso que o senhor e os chefes da vila concedam a condição de nobre ao elefante.

Uma comoção ergueu-se entre os conselheiros.

— Ultrajante! — gritou o obá, pondo-se em pé. — Nossos ancestrais ririam de tal insensatez.

— Não obstante — Oludara replicou —, devo solicitar isso. Como se diz, "um ladrão é mais misericordioso do que um incêndio", e nós devemos escolher dos males o menor.

Oludara ousou encarar o obá, que, para seu alívio, parecia mais interessado do que enraivecido.

— Elefantes e dragões são antigos inimigos — continuou — e, neste caso, um elefante nobre pode fazer o que mil homens não podem. Não penso que nossos ancestrais zombarão de nós se formos bem-sucedidos em nossa tarefa. Se apenas permitirem que eu explique, tornarei claro o meu plano.

Oludara esperava em silêncio quando o dragão entrou no bosque e inclinou sua cabeça, intrigado, diante do elefante amarrado. Disparou sua língua e imediatamente virou-se para descobrir Oludara, sentado ao pé do baobá. Oludara sentiu a mirada do dragão penetrar nele e seu estômago contraiu-se.

O dragão deslizou para uns poucos passos dele, nunca rompendo o contato visual. Sua língua bifurcada disparou, quase tocando-o. Oludara concentrou-se em se manter calmo, mas sabia que não conseguiria mover um músculo, mesmo se quisesse.

O dragão falou numa voz sibilante:

— Que trapaça é essa? Por que este amaldiçoado elefante está aqui?

Oludara lutou para iniciar a sua fala, mas surpreendeu-se quando as palavras saíram confiantes.

— Você não pediu ao obá que enviasse um sacrifício toda lua cheia? Um da escolha dele?

— Sim, mas o que pedi foi um vassalo, seu tolo, e não um elefante. Acho que vou ficar com você no lugar dele.

— Não há engano algum, ó poderoso dragão, o elefante é o sacrifício. Sou apenas um fazendeiro, porém este elefante é um nobre da corte do obá.

— O quê?

— Sendo você um ser tão maravilhoso, o obá Ekoshoni quis oferecer uma refeição digna da sua estatura.

— Nenhum homem consegue olhar nos meus olhos e mentir, este elefante deve de fato ser um nobre. — O dragão fez uma pausa, como se meditasse. — Mas este insulto não passará sem castigo. Quando eu tiver terminado com esta desgraçada criatura, comerei você e o seu presunçoso obá também.

O dragão virou-se, concedendo a Oludara a oportunidade de respirar fundo.

O dragão enrolou-se em volta do pescoço do elefante. O elefante lutou poderosamente, jogando seu peso de um lado a outro. O dragão absorveu vários golpes durante a luta, mas por fim conseguiu estrangular o animal amarrado. Depois de um curto descanso, deslocou suas mandíbulas e encaixou a boca em torno das pernas do elefante. A pele do dragão esticou-se até o limite, enquanto ele pouco a pouco esmagava o elefante. Foram necessárias horas para ingerir o animal inteiro, terminando quando a tromba recuou para dentro do seu corpo inchado.

Quando terminou, ele deslizou pesadamente para longe, sem sequer dirigir um olhar a Oludara, que sorriu ao ver que a fanfarronice do dragão, de que iria devorá-lo, ficaria sem ser cumprida, assim como ele esperava.

Oludara esperou meia hora antes de partir atrás do dragão. Caminhou sem pressa, despreocupado quanto a ocultar-se, e encontrou a serpente a apenas metade da distância que ela havia rastejado da vez anterior. Jazia espalhada, inchada demais para enrolar-se. Desta vez, a criatura dormia com os dois olhos fechados.

Por todo o corpo do dragão, a pele esticada até o limite por causa do elefante dentro dele, as escamas haviam se separado o suficiente para expor a carne por baixo. Oludara distinguiu a saliência formada por uma das presas, e escolheu esse ponto para fazer a primeira incisão com sua faca de marfim. O dragão nada pôde fazer além de tremer enquanto ele o abria.

— Então eu dei a cabeça ao obá e ele permitiu que eu levasse o couro para a minha aldeia, onde nós a usamos para criar muitas coisas excelentes. E é esse o final da minha história.

Gerard sentava-se quieto, digerindo tudo o que ouvira.

Depois de beber um último gole da água, Oludara quebrou o silêncio.

— Então o grupo de Antônio deve ter feito algo parecido?

— Parece que eles acharam uma anta gigante, provavelmente a coisa mais próxima do seu elefante que há nestas partes, e a amarraram a uma árvore como isca. Mas, mesmo com esse ardil, foram necessários cinquenta homens e centenas de disparos de arcabuz para derrubar a fera. Eu diria que a sua solução foi muito mais elegante.

Oludara sorriu diante do elogio.

Gerard inclinou-se para a frente.

— Tenho uma proposta para você. O Brasil é uma terra de oportunidades. Pedras preciosas, magia e aventura sem limites estão espalhadas por todo este território gigante e inexplorado. Haveria centenas de pessoas chegando a cada dia, não fosse pelos monstros que habitam as matas. Fama e fortuna aguardam aqueles corajosos o suficiente para enfrentá-los... e rápidos o bastante para encontrá-las primeiro.

— Sim — concordou Oludara —, tanto aqui quanto na África, dois lugares que o homem branco ainda não arrasou com suas cidades, as antigas magias ainda perduram.

— Eu acredito que o destino me trouxe aqui — Gerard disse. — Minhas primeiras lembranças são do Festival Brasileiro organizado para o rei Henrique. Foi incrível, uma floresta inteira tinha sido erguida no meio de Rouen. Meus pais me levaram para ver, e nós assistimos a um espetáculo de feras, nativos e fogos de artifício como eu nunca vi desde então. Mil vezes em minha infância eu me imaginei aventurando-me pelas áreas selvagens desta terra estranha, e mesmo quando a adolescência voltou meus pensamentos para outros interesses, a lembrança ainda vivia nos fundos de minha mente.

"Então, há poucos meses, aconteceu de eu conhecer um capitão que preparava uma expedição para cá, e eu vendi o que tinha para conseguir a passagem. Esta é uma chance de viver como os heróis antigos da Grécia, combatendo monstros e magia. A Europa esqueceu-se desses tempos. As nações estão constantemente em guerra, matando-se ao capricho dos monarcas, trocando de alianças como a maioria dos homens troca de roupa. Aqui, alguém pode se tornar um herói de verdade, e não um mercenário açougueiro de homens."

— Então por que você me procurou? — inquiriu Oludara.

— Porque Antônio não vai me deixar servir sob o estandarte dele. Pior ainda, ele me acusou de vagabundagem, e posso ser preso a qualquer momento. Mas não vou desistir. Quero formar meu próprio bando e explorar a selva. Para fazer isso, preciso da sua ajuda. Preciso de alguém esperto, ligeiro. Não sou um homem estúpido, tenho estudo, mas não sou astuto o suficiente. Como ontem, Pero dobrou o seu preço ali mesmo. Um homem esperto o teria enganado para conseguir você pela metade, não acha?

— Sim, um homem esperto teria apontado a minha insolência como um defeito, não como uma força; feito-me parecer um encrenqueiro, de modo a me passar adiante para um estrangeiro como você, ao invés de arriscar problemas com um comprador importante.

— Viu, é isso — Gerard disse. — Derrotar monstros exige malícia, e se tudo o que você diz é verdade, estou certo de que sabe disso mais do que qualquer um. Preciso de sua astúcia, e parece que você também é firme em combate.

— Isso é verdade — respondeu Oludara. — Já combati tanto homens quanto monstros, e ainda continuo vivo.

— Então, se eu conseguir libertá-lo, você virá comigo?

— Você iria em dois homens, onde outros caminham amedrontados com cinquenta?

— Sim, se esses dois formos nós!

Oludara soltou uma risada profunda.

— Lamento rir de você, Gerard van Oost, mas como não rir quando apresentado a tamanha loucura? Contudo, também devo ser louco, pois aceito sua proposta. Vejo que você é sincero, e sou sincero ao dizer que nada neste mundo acontece por acaso. Quem pode dizer se os próprios deuses não tiveram alguma coisa a ver com o nosso encontro fortuito? Talvez eles me tenham colocado nas mãos do comerciante de escravizados para que eu pudesse cumprir algum propósito aqui do outro lado do mundo.

"Contudo, não tenho o menor desejo de passar o resto da minha vida nos sertões brasileiros. Devo retornar ao meu povo e começar uma família, pois um homem sem filhos vive uma vida triste no além. Se concordar em me liberar do serviço no tempo de cinco anos... e garantir meu retorno seguro a Ketu... eu acompanharei você."

— Combinado — disse Gerard. — Só uma pergunta, porém. E quanto aos outros?

— Que outros?

— Os outros escravizados da África. Algum deles é seu parente?

— Não. Ninguém do meu povo.

— Você é o único que eles pegaram?

— Sim.

— Como?

— Eu sozinho segurei trinta guerreiros rivais por três dias para que meu povo pudesse escapar. Eles atacaram para fazer escravizados para vender aos portugueses.

— Como você os segurou por tanto tempo?

— Armadilhas, despistes. Se formos viajar juntos, vai descobrir que tenho muitos truques à minha disposição.

— Aguardo ansiosamente a chance de vê-los — disse Gerard. — Embora ainda encaremos um importante dilema. Graças à minha indiscrição de ontem, Pero está pedindo quarenta mil réis por você, quase o dobro do preço da maioria dos escravizados. Não chego nem perto de ter tanto dinheiro.

— Saci-Pererê.

— O quê?

— Uma voz que lembrava a de meu pai falou-me num sonho ontem à noite. Sussurrou que para eu ser libertado, alguém conhecido como Saci-Pererê precisa ser encontrado. Nada mais posso dizer.

Enquanto descia as centenas de passos até o cais, Gerard admirava a vastidão de cristalino azul diante dele. A imensa Baía de Todos os Santos de Salvador era um dos melhores portos do mundo, capaz de abrigar cada um dos navios de cada uma das frotas da Europa, diversas vezes.

Quando Gerard terminou a longa descida, sua mente retornou à tarefa diante de si. Ele tinha vagado pela rua do mercado e a praça, e escasseavam as pessoas a quem perguntar sobre Saci-Pererê. Nem uma única pessoa reconheceu o nome.

Encontrou um grupo de marinheiros descansando debaixo de uma árvore. Um nativo estava por perto, olhando com curiosidade para um navio. O nativo não vestia roupas, apenas alguns intrincados desenhos pintados no corpo com uma tintura preta. A nudez dos nativos ainda chocava Gerard, embora tivesse visto centenas deles desde sua chegada a Salvador.

— Perdoem-me, mas algum de vocês conhece um certo Saci-Pererê? — Gerard perguntou aos marinheiros.

Os marinheiros resmungaram e balançaram a cabeça. Gerard passou os olhos pelo cais, procurando outros.

— Eu posso falar do Saci-Pererê.

Gerard pulou de surpresa ao ouvir o português de sotaque espanhol vindo do nativo. Examinando-o melhor, viu que os traços do homem não eram os dos nativos, e sim europeus. Ele parecia ter em torno de sessenta anos de idade, escuro, de pele bronzeada pelo sol.

— Perdoe minha surpresa, pensei que fosse um nativo que veio negociar na cidade.

— Muitos cometem esse engano — o homem respondeu, com um sorriso. — Suponho que tenha algo a ver com a minha escolha de vestimenta. Ou falta dela.

— Disso eu não duvido. — Gerard estendeu a mão. — Sou Gerard van Oost.

O homem incomum apertou sua mão com firmeza.

— Eu me chamo Piraju, mas muito tempo atrás fui conhecido como Miguel.

— Presumo que eu não seja o primeiro a perguntar, mas como você veio a assumir os costumes dos nativos?

— Já ouviu falar do lendário Caramuru?

— O náufrago português que se tornou um chefe nativo?

— Exatamente. A história dele e a minha estão entrelaçadas. Fui marinheiro na carraca espanhola *Madre de Dios*, que naufragou aqui há uns quarenta anos. Um grupo de tupinambás matou a maioria dos sobreviventes, e tomou o resto de nós como prisioneiros, para serem devorados em um dos seus festins de canibalismo. Contudo, bem quando eles se preparavam para nos cozinhar, Caramuru chegou e os convenceu a nos soltar. A maioria dos meus companheiros regressou à Espanha, mas as filhas de Caramuru com sua mulher, a princesa tupinambá Paraguaçu, eram as mulheres mais bonitas em quem já deitei os olhos. Então juntei-me à aldeia e, depois de algum tempo, convenci uma delas a se casar comigo.

— Espantoso. Então você nunca regressou à Europa?

— Não — Piraju respondeu, olhando para as dúzias de navios ancorados na baía —, mas parece que a Europa está vindo até nós. Visito Salvador de tempos em tempos, para ouvir as últimas notícias, e a cidade nunca para de crescer. Então, você não perguntava a respeito do Saci-Pererê?

— Sim, preciso encontrá-lo.

— Encontrar o Saci-Pererê? Pessoas inteligentes encontram modos de evitá-lo! E mesmo que você queira encontrá-lo, isso não importa. Ninguém acha o Saci-Pererê, ele é que acha você.

— Não tenho tempo para ficar esperando. Devo achá-lo no prazo de três dias.

— Tome cuidado. Dom Sebastião de Portugal pode ser o rei desta colônia, mas o Saci-Pererê e seu primo, o Curupira, são os senhores da selva. Eles protegem a floresta e não recebem bem aos estranhos.

— Mas um amigo meu ouviu num sonho que eu devo achá-lo.

— Num sonho? — Piraju o observou. — Sim, nesse caso, você deve procurá-lo. Visões não podem ser ignoradas.

— Como eu vou saber quem é ele?

— Reconhecê-lo é a menor das suas preocupações; ele não se parece com nenhum outro. Sua aparência é a de um menino negro com um gorro vermelho e pontudo, e ele só tem uma perna. Não se engane, porém: não se trata de uma deficiência. Ele consegue pular mais rápido numa perna do que a maioria dos homens consegue correr.

— E como vou achá-lo?

— Como eu disse, você não o acha, ele acha você. Mas dizem que ele tem pendor pelo tabaco. Você poderia atraí-lo se conseguir encontrar alguma erva de qualidade.

— Tabaco? Vou tentar.

— Mas cuidado, ele é endiabrado. Se pequenas coisas derem errado, se você perder aquilo que não poderia de modo algum ser perdido, é porque Saci está por perto.

— E como eu poderia obter um favor?

— O Saci-Pererê não faz favores a ninguém. O melhor favor que você poderia pedir a ele é que o deixasse em paz. Embora se diga que o poder dele jaz em seu gorro vermelho. Isso poderia ser a chave.

— Obrigado... ah, senhor... — Gerard respondeu, esquecendo o nome de Piraju. — Devo seguir imediatamente. Espero que nossos caminhos se cruzem outra vez.

— Se o Saci o permitir, estou certo de que sim.

Gerard, uma pesada mochila em suas costas, cruzava a praça rumo ao Portão Norte, quando uma voz gritou seu nome. Virou-se para ver Antônio acenando para ele. Gerard, apressado, considerou ignorar de todo a indesejada distração, mas a cortesia demandava que ele ao menos trocasse amabilidades.

Uma multidão de curiosos cercava Antônio, que estava parado perto de uma carroça. Parecia que metade de Salvador tinha saído, incluindo várias mulheres, uma visão rara naquela colônia remota onde os homens as superavam em número de dez para um. Uma lona dobrada sobre a carroça formava uma pequena montanha, escondendo algo enorme no seu interior.

— Gerard, que sorte! — berrou Antônio. — Exatamente o homem que eu procurava. Recebi ótimas notícias hoje e queria contar-lhe eu mesmo.

— Quais notícias?

— O governador aceitou minha solicitação de julgá-lo por vagabundagem. Parece que você gastou sua última moeda em tabaco e não lhe resta o suficiente para a sua passagem de volta para casa.

Gerard lutou para controlar o seu gênio.

— As palavras andam rápido em Salvador — respondeu.

— Ainda mais rápido quando tais notícias são propícias. Eu mesmo aconselhei o governador Almeida quanto ao seu apuro. Vícios podem empurrar um homem fraco do penhasco tão facilmente, que pena. — Antônio encolhia os ombros e balançava a cabeça, para benefício da multidão em volta dele. — Com as provas à mão, uma condenação é garantida. Se você ainda estiver no Brasil pelo meio-dia de quinta-feira, deve se apresentar perante o governador.

— O mesmo dia em que Oludara será enviado a Porto Seguro — Gerard sussurrou.

— O que foi? — Antônio perguntou, apertando os olhos.

— Nada da sua conta. Isso é tudo o que tem a me dizer, Antônio? Tenho negócios importantes a conduzir fora da cidade e sua conversa fiada está me retendo.

Antônio olhou feio para ele.

— Não me provoque, Gerard. Se você está saindo de Salvador, sugiro que não volte. Ninguém aqui ousa me afrontar, porque *isto* é o que eu faço com meus inimigos.

Com um floreio, Antônio atirou a lona de cima da carroça. A multidão arfou e gritou quando Antônio desvelou o macabro conteúdo da carroça. Gerard ficou cara a cara com a cabeça de uma enorme serpente, mais alta que um homem. Órbitas negras e vazias voltavam-se para ele a partir de onde fogos outrora arderam. Mesmo na morte, o Boitatá continuava sendo uma visão assustadora.

Gerard afastou-se do terrível troféu e retomou sua marcha rumo ao Portão Norte, enquanto a risada de Antônio mugia atrás dele.

Gerard sentou-se, reclinado em uma árvore caída e sacou um cachimbo e uma bolsa de tabaco pela vigésima vez naquele dia. Tinha vagado fundo para dentro da floresta, parando aleatoriamente para fumar. Apenas olhar para o tabaco já começava a deixá-lo enjoado. A planta incomum havia se tornado a última moda na Europa; Gerard tinha visto gente cheirando e fumando a coisa em toda parte, mas ele mal a suportava. Seu único consolo era que passear no mato permitia que ele deixasse suas roupas formais na cidade e vestisse uma camisa de algodão e calças mais adequadas ao clima tropical.

Ele atrapalhou-se com o nó da bolsa durante quase um minuto, incapaz de abri-la.

— Não me lembro de ter amarrado a bolsa com este nó — disse a si mesmo. — Eu nem o reconheço.

Deu de ombros e buscou num bolso a sua faca. Tateou ali, incapaz de encontrá-la. Depois de procurar por vários minutos, finalmente descobriu-a bem fundo dentro da mochila.

— Não me lembro de ter colocado isso aqui.

Removeu a faca da bainha e começou a cortar o nó. A faca passou sobre o cordão sem causar dano. Examinando mais de perto, notou que a lâmina da faca estava completamente cega.

— Eu afiei isto hoje!

Então é que se deu conta.

— Saci-Pererê! — disse.

— Correto. — Veio uma voz aguda ao lado dele. — Mas não se incomode em me chamar pelo meu nome completo, é formalidade demais. Basta me chamar de Saci.

Gerard girou para ver um indivíduo exatamente como Piraju havia descrito: um menino negro com uma perna e um gorro vermelho. Vestia calças vermelhas e curtas, mas nenhuma camisa, seu peito descoberto e sem pelos. Sua musculatura não era desenvolvida, como a de um menino pré-púbere. Quando sorria, lembrava a Gerard uma criança culpada fingindo inocência.

O Saci pulou para o tronco e se deixou cair ao lado de Gerard.

— Isso cheira a bom fumo. Você não teria por acaso um pouquinho para mim, teria?

Gerard estendeu-lhe a bolsa.

— Se você conseguir desfazer o nó, pode pegar o quanto quiser. Tenho muito mais.

O Saci agarrou a bolsa e desfez o nó tão rápido que Gerard não conseguia seguir o movimento dos seus dedos. Ele então levantou o seu gorro vermelho, balançou-o três vezes, e um cachimbo de madeira caiu dele. Intrincados símbolos entalhados cobriam o cachimbo, e Gerard não reconheceu nenhum deles. Depois de encher o cachimbo, o Saci deu uma tragada e o tabaco acendeu-se sem fogo.

— Puxa, esse é um bom fumo — ele disse, recostando-se e soprando anéis de fumaça. — Então, agora me diga por que você entrou na minha floresta.

— Vim à sua procura.

— Então deve querer minha permissão para viajar pela selva. A maioria não tem a cortesia de pedir, e eles logo lamentam a sua falta de boas maneiras.

— Eu de fato planejo viajar por estas terras selvagens.

— Você parece ser um bom cavalheiro, então permitirei a sua passagem, com a condição de que sempre tenha uma bolsa de tabaco pronta no caso de voltarmos a nos encontrar.

— Justo o bastante.

— E você deve causar o mínimo possível de prejuízo à floresta; use só aquilo de que precisa.

— Quando você diz "o mínimo de prejuízo", isso inclui os monstros?

— Monstros? Não sei como você separa homem de monstros, para mim eles são quase o mesmo. Se quer dizer as criaturas perigosas que se aglomeram nesta selva de uma ponta a outra, faça com elas o que desejar... pois elas fariam o mesmo com você.

A fala do Saci surpreendeu Gerard. O Saci parecia e agia como uma criança, e falava com uma voz tão alta que quase feria os ouvidos, mas suas palavras eram as de alguém muito mais velho. Gerard entendeu que não devia subestimar o estranho ser.

— Sou grato por sua permissão — disse Gerard —, porque planejo me confrontar com essas criaturas. De fato, essa é toda a questão de eu ter vindo a esta terra. Mas, na verdade, vim aqui para pedir algo mais a você.

— Lamento — disse o Saci, com irritação na voz —, mas não concedo qualquer outro favor. Ofereci deixá-lo em paz, e isso já é muito.

— Sou grato por isso, mas me disseram para visitá-lo e solicitar uma coisa que só você pode dar.

— Então quem quer que o tenha enviado é um tolo.

O Saci riu num tom ainda mais agudo do que aquele da sua voz quando falava. Então ele desapareceu, deixando apenas uma baforada de fumaça do seu cachimbo para mostrar que estivera ali.

Um barulho veio da esquerda de Gerard e ele se voltou para ver um farfalhar de arbustos se lançando contra ele como uma onda. Ele saltou e agarrou o galho de uma árvore próxima, precipitando-se pelo tronco com as pernas, no instante em que sete queixadas irromperam para dentro da clareira. As queixadas fizeram uma pausa na base da árvore e farejaram. Gerard podia ouvir uma risada aguda ao longe. Encontrou uma forquilha na qual se sentar, e esperou vários minutos até que os animais partissem.

Desde o seu encontro com o Saci no dia anterior, tais tormentos haviam se tornado corriqueiros. Um buraco havia se formado misteriosamente na sua mochila, forçando-o a recuar em seus passos e encontrar tudo o que havia caído dela. Pimentas ardidas tinham sido misturadas na sua água. Umas poucas gotas de mel escondidas nos seus calções levaram a uma desagradável surpresa com formigas. Além disso, cada nó amarrado logo era desamarrado, e vice-versa.

Depois de descer da árvore, ele gritou:

— Saci-Pererê, pare de me atormentar! Preciso falar com você.

Saído do nada, o Saci apareceu a vários passos dele.

— Bem, então vá em frente e fale.

— Preciso de um favor que só você pode fazer.

— Eu te digo que, se conseguir me pegar, garanto o seu desejo.

— Está bem!

Sem pensar, Gerard correu para pegá-lo. Seu primeiro passo, contudo, o fez cair de cara no chão. Com outra risada aguda, o Saci sumiu das suas vistas.

Gerard olhou para baixo para ver que uma corda atava as suas duas botas juntas com um nó incrivelmente complicado.

— Então, ele gosta de fazer nós, não gosta? — refletiu, ao se curvar para retirar as botas.

Era quinta-feira, o dia do ajuste de contas tanto para ele quanto para Oludara, por isso Gerard rezava por uma aparição final do Saci. Se o diabrete aparecesse, Gerard sabia que teria de realizar o disparo mais importante de sua vida.

— Não mais difícil do que acertar uma mosca numa maçã a vinte passos — brincou consigo mesmo.

Para aliviar as câimbras, mexeu o corpo dentro do esconderijo que tinha construído. Mesmo com o arcabuz descansando na forquilha de um ramo, era doloroso passar tanto tempo na posição de tiro.

A trinta pés adiante dele havia uma trilha, e nessa trilha estava o nó mais complicado que ele poderia ter imaginado. Tinha usado vinte cordões de tamanhos variados, e gasto não menos que quatro horas atando-as do modo mais intrincado possível. No fim, o nó adquiriu um diâmetro de três pés. Visões de Alexandre e do nó górdio cruzaram a cabeça de Gerard e ele riu baixinho, perguntando-se como aquele nó da antiguidade se comparava à sua própria obra-prima.

Percebeu um movimento, e paralisou-se. O Saci veio pulando pela trilha e parou bem diante do nó enorme. Curvou-se para examiná-lo, então endireitou-se e olhou em torno cuidadosamente. Gerard segurou o fôlego enquanto o olhar do Saci passava por ele.

Depois de várias passadas da vista, o Saci curvou-se e começou a desatar o nó com uma velocidade cegante. Gerard sabia que só tinha segundos para agir. Segurou o fôlego e disparou o arcabuz. Mexeu a mão para dissipar a fumaça e viu o Saci tateando freneticamente a sua cabeça calva com as duas mãos, procurando o gorro que o tiro perfeito de Gerard tinha feito voar.

Gerard soltou uma corda ao seu lado, liberando uma pesada rede oculta na copa das árvores. Correu para a trilha e recolheu o gorro vermelho. Para sua surpresa, o gorro não exibia traço algum do tiro que o atingira.

O Saci soluçava debaixo da rede.

— Por favor, me liberte, eu morrerei sem o meu gorro. Não te fiz mal.

— Eu diria que a peça com as formigas não foi exatamente inofensiva, mas não tente me enganar, Saci, sei que você é um trapaceiro. Não vai ter o seu gorro de volta até que conceda o meu favor.

O Saci parou de fazer beicinho e suspirou.

— Muito bem, diga-me o que deseja.

— O maior desejo do meu coração são cem cruzados de ouro.

— É só isso? A maioria dos homens pediria uma mina inteira de ouro.

— Quero construir meu próprio caminho no mundo, conquistar a minha própria fortuna.

— Então por que se preocupa tanto com cem cruzados?

— Porque hoje eu devo o preço de um escravizado.

O Saci virou o rosto.

— Então melhor você me abater. Eu nunca ajudaria um homem a adquirir um escravizado. — O Saci baixou a voz, sério pela primeira vez. — Já fui escravizado antes, um menino no primeiro navio negreiro a chegar da África, até que uma morte por traição e um feitiço me transformaram no Saci-Pererê.

— Você não entendeu — respondeu Gerard. — Não desejo comprar um escravizado, desejo comprar a liberdade dele. Em troca, ele concordou em me ajudar por cinco anos. Vai me acompanhar pela selva, desbravando os mistérios daqui.

— Tudo o que você diz é verdade?

— Sim.

O Saci fez uma pausa.

— Nesse caso, darei o que precisa e permitirei que vocês dois viajem nas minhas terras. Mas vou ficar de olho em vocês. Se não cumprirem a sua parte da barganha, vou atormentá-los pelo resto das suas vidas.

— Eu sou um homem de palavra.

— Está bem, me dê o gorro.

— Primeiro — disse Gerard —, faça um juramento.

— Eu juro que vou lhe dar os seus cem cruzados.

— Jure em nome da floresta.

— Eu juro em nome do meu reino, a floresta.

— Muito bem.

Gerard levantou um canto da rede e o Saci rastejou para fora. Gerard jogou-lhe o gorro. O Saci balançou o gorro quatro vezes e uma pepita de ouro caiu em sua palma. Colocou o gorro de volta na cabeça e passou a esfregar a pepita entre as mãos. Conforme o fazia, moedas de ouro apareciam, tilintando juntas ao caírem no chão.

Depois que uma pilha se formou, o Saci enfiou a pepita de volta no gorro e disse:

— Isso deve cobrir o preço. Eu poderia lhe dar uma pepita de ouro no lugar, mas as pessoas podiam achar que você a encontrou na mata e viriam em hordas, procurando mais.

— Penso que você está certo quanto a isso, Saci — Gerard concordou. — Se ouro chegar a ser encontrado no Brasil, a invasão será tão grande que nem mesmo você conseguiria refreá-la.

O Saci, sem aviso, desapareceu num piscar. Sua voz veio da mata:

— Não se esqueça, vou estar te vigiando!

Gerard curvou-se para juntar as moedas.

Gerard, ofegante, irrompeu pelo escritório do governador. O governador Almeida sentava-se atrás de uma requintada escrivaninha de mogno. Usava um chapéu achatado, com uma pena branca e felpuda, e uma capa de cor bordô que lhe caía sobre o ombro, presa no pescoço com uma corrente de ouro. Antônio, também vestido com formalidade, inclinava-se ao lado do governador, aparentemente no meio de alguma conversa.

O governador franziu o cenho e disse:

— Gerard van Oost, você chegou tarde.

— Lamento, governador — ele respondeu. — Vim correndo com o peso de um saco de ouro me atrasando.

— Ouro? — respondeu o governador, arqueando uma sobrancelha.

Antônio apertou ameaçadoramente os olhos para Gerard.

— Sim — disse Gerard. — Cem cruzados. Ouro suficiente para comprar a liberdade de um escravizado. Seu nome é Oludara.

— O que é isso? — gritou Antônio. — Onde você adquiriu tal fortuna?

O governador Almeida levantou a mão para calá-lo.

— Cem cruzados, você disse? Isso são quarenta mil réis! Um preço muito extravagante para um escravizado.

— Eu não considero certo pôr um preço em homem algum — Gerard respondeu —, mas, por qualquer medida, este homem é extraordinário.

— Eu espero que a taxa usual será paga.

— Pero de Belém pagará o que for devido.

O governador Almeida estudou Gerard por alguns momentos, antes de falar.

— Antônio o acusou de vagabundagem e de praticar a religião protestante. O protestantismo não é crime pelas leis do Brasil, e não vejo como um homem com os seus recursos poderia ser chamado de vagabundo. Assim, sou forçado a dispensar o caso.

— Mas governador — Antônio começou.

— Eu lamento, Antônio, devo fazer valer a lei.

— Governador — disse Gerard —, se possível, eu gostaria de pedir um obséquio.

O governador arqueou as sobrancelhas e inclinou-se para a frente.

— O que seria?

— Desejo formar uma tropa sob a minha própria bandeira, para explorar livremente as terras selvagens.

Antônio engasgou.

— E quem irá servir sob a sua bandeira? — perguntou o governador.

— Eu mesmo e Oludara, o homem que eu vou libertar. Isto é, se ele escolher acompanhar-me.

— Você tenciona formar uma bandeira composta de você e de um escravizado? Apenas vocês dois?

— O senhor não é a primeira pessoa a me fazer tal pergunta esta semana.

O governador riu tanto que teve que segurar a barriga com as mãos.

— Antônio — disse —, por que você se empenha tanto em trancafiar este homem, quando ele praticamente se oferece para se matar? Não posso prendê-lo, mas posso fazer-lhe este favor. — Olhou para Gerard e disse: — Gerard, concedo-lhe a sua solicitação.

Antônio, em silêncio, fixou Gerard com raiva.

— E então isso é tudo? — perguntou o governador. — Estou ocupado preparando uma expedição contra os piratas franceses na Paraíba.

— Governador — disse Gerard —, hoje conquistei tudo o que meu coração desejava. Não tomarei mais do seu tempo, já que também eu tenho uma expedição a planejar.

Fez uma mesura e deixou o escritório.

Quando Gerard passava pelo salão principal do Palácio do Governador, ouviu passos ligeiros atrás dele. Virou-se bem quando Antônio agarrava a sua manga.

— Banque o herói pelo tempo que quiser, Gerard — ele disse —, mas os sertões são o meu domínio. Reze para que não cruzemos nossos caminhos.

— Mesmo depois de toda a sua perfídia não lhe guardo rancor — Gerard replicou. — E há perigos maiores do que você nos sertões brasileiros.

— Ou assim você pensa — respondeu Antônio.

Ele virou as costas e saiu do salão pisando duro.

Oludara, vestindo um traje de algodão novo em folha, que Gerard havia adquirido para ele, passou pela porta do escritório de Pero. Mesmo em uma túnica rota, Oludara causara impressão, mas em suas novas roupas, ele se impunha.

— Então, gosta das suas roupas? — perguntou Gerard.

— Elas são adequadas. Embora pudesse ser mais vantajoso viajarmos nus, como os nativos fazem.

Gerard, sua mente protestante balançada pela sugestão, não conseguiu deixar de enrubescer.

— Não acho que faremos isso, as roupas são boas. A propósito, comprei uma coisa hoje de Martim, um dos homens de Pero. Ele disse que lhe dava arrepios toda vez que a tocava, mas talvez você venha a gostar dela.

Gerard colocou uma trouxa de pano na mesa e a desembrulhou para revelar a adaga de marfim de Oludara — que a levantou e passou lentamente os dedos pelos entalhes. Uma lágrima solitária deslizou por sua face.

— Obrigado — ele disse.

— Tenho só uma espada, mas tenho um arcabuz de reserva que você pode usar.

— Não usarei a arma; sua precisão não é confiável. Os arcos longos que os nativos usam me serviriam melhor.

— Meus arcabuzes não são nada como aqueles bastões desajeitados que os soldados carregam. Um mestre ferreiro estriou os canos e a precisão é ímpar.

— Não importando o quão boas sejam — disse Oludara —, armas de fogo não são a minha arma.

Gerard deu de ombros e entregou uma mochila a Oludara.

— Consegui alimentos e equipamentos, tudo o que pude imaginar, incluindo alguns remédios locais. Parece que o Saci até acrescentou umas ervas dele, quando eu não estava olhando.

— É mesmo? Eu pensava que o Saci não fazia favores a homem algum.

— Parece que ele adquiriu um interesse pela nossa jornada.

— Isso poderia ser muito bom, ou muito ruim.

— Mais provavelmente, os dois — Gerard disse. — Mas ainda tenho uma pergunta: você vai de livre vontade nesta perigosa jornada?

— Você me oferece a chance de recusar? — perguntou Oludara.

— Não paguei para comprá-lo — Gerard disse. — Paguei para libertá-lo. Ir ou não, é sua escolha. Eu não enfrentaria os perigos lá fora com um homem que não vai de livre vontade.

Oludara sorriu.

— Nesta semana, você provou ser um homem e tanto, Gerard van Oost. Capturar o Saci mostra que tem mais recursos do que acredita. E você poderia ter lhe pedido qualquer coisa, mas escolheu libertar-me. Não escolho companheiros de modo leviano, mas já posso ver que você será um companheiro valoroso. Eu o serviria por cinco anos para pagar minha dívida, mas, já que você assim o quer, vou acompanhá-lo como amigo.

Diante disso, eles se apertaram as mãos.

— Então eu suponho que isso o torna oficial — disse Gerard. — Agora somos um bando. Olhe o que eu fiz.

Ele desdobrou um estandarte de linho. Sobre ele, esboçado toscamente em tintura preta, aparecia um elefante e uma arara.

Gerard notou que Oludara encolheu-se diante dos desenhos, e acrescentou:

— Por enquanto é só uma ideia; podemos melhorar depois.

— Falo honestamente quando digo que o que você tem aqui é o mais feio, e todavia ao mesmo tempo o mais inspirador estandarte que eu já vi.

— Então concordamos plenamente — disse Gerard — e já que temos nosso estandarte, não vejo razão para não partirmos imediatamente.

— De fato, o alvorecer não vem acordar um homem duas vezes. Muitas aventuras nos aguardam; não as façamos esperar!

Bem alto na Igreja da Imaculada Conceição, uma arara vermelha virou a cabeça e observou dois homens, um branco e um negro, enquanto eles atravessavam a praça central de Salvador e deixavam a cidade pelo Portão Norte.

CAPÍTULO 2

A BATALHA TEMERÁRIA CONTRA O CAPELOBO

Um tatu-bola vagava em sua busca noturna pelo jantar. Dando alguns passos, metia as garras no chão e movia o focinho na terra revirada em busca de formigas, cupins e sua iguaria favorita: larvas. Pausou por um momento quando a brisa carregou até ele um cheiro incomum — dois deles, na verdade. Os cheiros recordavam aqueles das feras altas, de duas pernas, que viviam na floresta, porém com uma mistura complexa de odores pouco familiares, exóticos: nenhum deles agradável. Contudo, ele não pressentiu nenhum perigo imediato, e voltou sua atenção ao próximo torrão de terra.

Gerard van Oost e Oludara estavam deitados imóveis atrás de um trecho de hibisco. A umas vinte varas diante deles, um animal atarracado e irrequieto seguia devagar por uma clareira. Fungando satisfeito, ele fazia uma pausa no seu vagar errático depois de alguns passos, para remexer o chão com suas desproporcionais garras da frente, e farejar em torno.

Apertando os olhos no minguante crepúsculo, Gerard examinou a fera incomum. O que parecia serem placas de armadura de cor ocre cobriam-na da cabeça ao rabo. Um pelo grosso se pendurava de sua barriga e roçava o capim seco conforme ela andava.

— O que é isso? — sussurrou Gerard, empurrando para trás o seu chapéu de abas largas para enxergar melhor.

— Parece um pouco com um animal que temos lá em Ketu — Oludara respondeu —, o pangolim.

— Nunca vi nada como isso na Europa — respondeu Gerard. — Embora me lembre de uma xilogravura que vi uma vez do afamado rinoceronte da Índia, com suas placas sobrepostas de armadura.

— Também temos rinocerontes na savana — respondeu Oludara —, os quais vi com meus próprios olhos. Posso dizer que eles não têm placas de armadura, apenas couro duro. E não se parecem em nada como *isso*!

— Você acha que é uma das feras mágicas desta terra?

— É provavelmente inofensivo — Oludara disse. — Mas as selvas brasileiras nos têm surpreendido muitas vezes. Devemos ser cautelosos.

Com um toque na tampa da caçoleta, Gerard confirmou que seu arcabuz estava carregado e pronto para atirar. Deixou a arma ao seu lado, por ora; não gostava de usar de força até que fosse absolutamente necessário. Não obstante, o solo duro não parecia nada confortável contra a sua estrutura robusta, e ele ansiava por uma resolução rápida da situação. Ao seu lado, Oludara se deslocou o suficiente para deslizar sua faca de marfim do cinto.

— Devíamos tentar capturá-lo — Gerard disse. — Tem alguma ideia?

Oludara puxou um fôlego fundo pelo nariz largo e examinou a área ao redor deles.

— Há muitos cipós por perto. Eu conseguiria preparar uma armadilha, e você pode atrair a fera.

— Espere — Gerard sussurrou. — Ele se aproxima.

Com um movimento suave, Gerard levantou seu arcabuz para a posição de tiro. Puxou o cão para trás e colocou o dedo no gatilho.

Uma risada aguda guinchou atrás dele.

O barulho estridente fez Gerard ficar tenso e disparar. O tiro acidental passou alto acima da criatura, e o som do disparo a fez se enrolar em autodefesa, fechando-se numa bola blindada.

Gerard e Oludara voltaram-se em uníssono para encarar a fonte da risada. Gerard deixou cair o arcabuz e buscou sua rapieira, enquanto Oludara estendeu o braço com a faca.

Aos pés deles, o Saci-Pererê pulava com uma perna só e ria descontroladamente. Gerard e Oludara estiveram explorando as selvas brasileiras havia meses, e as aparições não anunciadas do Saci vinham ocorrendo com mais frequência do que eles gostariam. Ele os tinha ao mesmo tempo ajudado e atormentado, dependendo do seu humor. Os dois homens relaxaram as armas, enquanto o Saci continuava pulando e rindo.

— Por que está rindo, Saci? — Oludara perguntou.

O Saci soltou uma gargalhada final antes de se controlar. Ele enxugou uma lágrima do olho e respondeu:

— Por causa do modo como vocês reagiram àquele animal inofensivo.

Gerard levantou-se e tirou a poeira do seu colete e perneiras de algodão.

— E o que é exatamente esse animal? — perguntou, gesticulando para ele, bem a tempo de vê-lo desenrolar-se e sair em disparada.

— É um tatu. Embora eu acredite que os europeus o chamem de "*armadillo*"... o tipo de nome ridículo que o seu povo dá a tudo. Não oferece perigo a qualquer criatura maior que um besouro, a menos que essa criatura por acaso esteja morta, quando então o tatu ficará feliz em roer a carne podre dos seus ossos. Assim, a questão é, considerando que você não é um cadáver, como um homem forte como você pode ter tanto medo de uma criatura que não chega à altura das suas botas?

— Aprendi a nunca julgar uma criatura pelo seu tamanho, Saci — Gerard respondeu. — Fosse assim, eu sem dúvida não levaria *você* tão a sério quanto deveria.

O Saci sorriu perante o cumprimento.

— Esse é um argumento muito bom — disse, enquanto se sentava em um tronco caído. — E já que estamos conversando, não teria aquelas folhas maravilhosas com você?

Gerard sentou-se no tronco ao lado do Saci e retirou uma bolsa de sua mochila. Desde o seu primeiro encontro com o demônio pré-púbere, Gerard tinha aprendido a manter um estoque de tabaco à mão. Uma fumada sempre parecia tornar o Saci mais amigável, e Gerard tremia ao pensar no que o diabrete faria se o encontrasse sem a provisão. Agarrou um maço generoso de folhas e o passou ao diabrete.

O Saci removeu o seu gorro vermelho e o sacudiu três vezes, fazendo aparecer o seu cachimbo de madeira intrincadamente entalhado. Encheu o cachimbo e, como sempre, acendeu-o ao apenas dar uma tragada.

Gerard tirou o chapéu e o abanou de um lado para o outro, fornecendo um alívio momentâneo contra os insetos que os atormentavam incansavelmente na selva. Num esforço para relaxar, extraiu duas goiabas da mochila, uma das quais jogou para Oludara. Gerard pegou uma faca e descascou a amarga casca amarelo-esverdeada do miolo rosa-escuro. Oludara mordeu diretamente na casca, comendo as duas partes juntas.

Depois de umas mordidas, Oludara disse:

— É isso o que tenho lhe dito, Gerard. Temos sido sortudos em nossas aventuras até aqui, escapando dos perigos apenas pelos nossos expedientes. Mas, quanto mais fundo viajamos dentro da selva, mais vulneráveis ficamos. Não conseguimos mais enxergar a diferença entre risco e recompensa. Nossa única esperança é viver entre os nativos por um tempo e estudar o seu modo de vida. O conhecimento deles é inestimável para nós.

Gerard franziu o cenho, como fazia a cada vez que Oludara abordava o assunto, e repuxou nervosamente o seu cavanhaque ruivo de um palmo de comprimento.

— Oludara — disse ele —, não estou certo sobre o quanto posso aprender de canibais nus e pagãos. Existe muito na cultura deles que se opõe às minhas crenças protestantes.

— Você não diria o mesmo do meu povo, Gerard? Nós não partilhamos a sua fé. Mas não tenho sido um companheiro confiável e constante?

— Bem, é claro — disse Gerard, baixando seu rosto enrubescido —, e eu não quis dizer desse jeito. É só que, bem, quero dizer... eles comem gente! A vida humana é sagrada.

— O seu povo não faz guerra em nome da religião?

Gerard concedeu com a cabeça.

— Agora mesmo, eles o fazem — respondeu, suspirando e desviando o olhar.

— Tente entender, Gerard. Para as pessoas desta terra, o consumo do inimigo é um ritual: uma honra tanto para quem come quanto para quem é comido. Não é como se criassem búfalos pela carne; é cerimonial.

— Bem — interrompeu o Saci —, se vocês realmente querem falar com alguns nativos, há uma aldeia de tupinambás não muito longe daqui. Suponho que poderiam visitá-los, embora eu não recomende.

Ele puxou uma longa tragada do cachimbo.

— E por que não? — Gerard perguntou.

O Saci soprou uma série de seis anéis perfeitos de fumaça antes de responder:

— Eles não aceitam bem os estranhos.

— Devemos ir até lá — disse Oludara. — Não importa quais sejam os preconceitos deles, deveremos conquistar a sua amizade.

Gerard ficou pensando por um bom tempo antes de responder:

— Muito bem. A sua opinião eu valorizo mais do que a de todos os outros, até da minha. Vamos armar acampamento enquanto ainda há um resto de luz no céu, então partiremos logo de manhã.

"E se você não se importa, Saci, por favor nos diga qual é o caminho até a aldeia, antes de voltar a desaparecer."

O Saci partiu pouco depois da sua fumada, ficando só o tempo suficiente para pendurar o chapéu de Gerard sobre um cacho de marimbondo numa árvore próxima. Gerard e Oludara desfrutaram de um sono razoável, antes de se porem a caminho pela manhã, embora as ferroadas na mão de Gerard lhe tenham causado algum desconforto durante a noite.

Seguindo as instruções do Saci, rumaram para o oeste. Gerard tinha de admitir que achava a floresta intimidante. A vegetação os cercava de cima, de baixo e de todos os lados. Às vezes, a copa fechava-se tão completamente que ele não conseguia divisar o céu. O odor de folhas em decomposição misturava-se à fragrância das árvores, os cheiros de morte e vida sufocantes no ar abafado. A floresta aparentemente sem fim, poderosa e misteriosa, fazia-o se sentir insignificante.

Caminharam por seis horas até chegarem ao que o Saci havia chamado de "Rio Negro". Não havia como confundir o turvo curso d'água de cinquenta pés de largura. Pelo que o Saci lhes havia dito, encontrariam a aldeia descendo o rio, uma légua ao sul.

Gerard curvou-se para jogar água no rosto, quando a mão de Oludara em seu ombro o fez parar. Oludara apontou para a outra margem, um pouquinho rio acima. Gerard seguiu a indicação e notou movimento no outro lado: uma mulher. Ele e Oludara observaram em silêncio.

Como todos os nativos brasileiros, a mulher não vestia roupas, apenas desenhos com tinta para ornamentar a sua figura. Parecia ter em torno de dezenove anos de idade, de corpo jovem e firme. Cabelos negros e retos desciam até a sua cintura. Na mão esquerda ela carregava um cesto trançado, mas Gerard não conseguiu distinguir o que continha. Como era de se esperar de um protestante devoto, ele manteve o seu exame sucinto acima da altura do pescoço, tanto quanto possível, então virou o rosto, pelo bem da modéstia. Foi então que notou o seu companheiro examinando, pensativo, a mulher de cima a baixo — e repetidamente.

— Magnífica — sussurrou Oludara. — Tamanha beleza é mesmo rara. Já chegou a ver tais curvas, Gerard?

— Para falar a verdade, não vi — ele respondeu. — E não planejo começar agora.

— Bem, você deveria. Cada parte dela é perfeita, dos pés à cabeça. Seus pés delicados, suas pernas firmes, seus bem-formados...

— Oludara — Gerard interrompeu, enrubescendo —, talvez devêssemos falar com ela? Não é essa a razão de estarmos aqui, fazer contato com os nativos?

Oludara assentiu e endireitou-se.

— Perdoe-me — gritou em português —, não lhe queremos mal. Desejamos conversar com o seu povo.

Oludara fazia gestos elaborados ao falar, tentando transmitir calma.

A mulher assustou-se ao ouvir sua voz. Quando olhou para os dois, seu corpo ficou tenso, como se fosse correr.

— Vão embora! — ela gritou, num português de sotaque carregado. — Meu povo não quer a sua religião nem as suas doenças, o que quer que estejam trazendo.

— Bem — resmungou Gerard —, pelo menos ela fala português.

Oludara falou novamente com a mulher:

— Podemos atravessar o rio e conversar com você?

— Não. Não cheguem mais perto, ou vou apelar à minha aldeia.

— Nosso único desejo é fazer uma visita à sua aldeia.

— Isso seria tolice — disse ela —, pois eles não querem a sua visita. Quem são vocês, de qualquer modo, para nos procurar?

— Meu nome é Oludara, e este é meu companheiro Gerard van Oost. Nossa bandeira é a do Elefante e da Arara.

— Se vocês servem a uma bandeira, então eu sei por que procuram a minha aldeia... querem nos escravizar!

Ela cuspiu no chão.

— Nós formamos uma companhia porque só aqueles que servem em uma podem conseguir a permissão do governador para viajar pelas selvas. Nosso desejo é o de confrontar os perigos lendários desta terra, não de escravizar o seu povo. — Oludara abriu bem os braços. — Eu mesmo já fui escravizado uma vez, até que Gerard me resgatou. Eu nunca colocaria outra pessoa em tal condição.

A garota fez uma pausa diante dessas palavras.

— É fácil o bastante dizer, mas, pelo preço certo, um homem se voltaria até contra o seu próprio povo. Há muitos mentirosos entre os *perós* — ela disse, usando o nome dado aos portugueses na língua tupi, aquela falada pelos tupinambás e pela maioria das outras nações litorâneas.

— Não somos portugueses — disse Oludara. — Gerard é holandês, nem aliado nem inimigo dos portugueses. E, pela cor de minha pele, não é óbvio que fui trazido da África como escravizado?

— É verdade que vocês não se parecem nem falam como os *perós* que conheci.

— Nós lhe contamos os nossos nomes — Oludara disse —, qual é o seu?

— Arani — respondeu ela.

— Arani, por favor, deixe-nos acompanhá-la até a sua aldeia. Nossas intenções são pacíficas.

— E onde está o resto da sua companhia?

— Ela é composta só de nós dois.

— Agora eu sei que estão mentindo — ela zombou. — Nunca vi uma bandeira com menos do que vinte soldados.

— Nossa bandeira pode ser incomum — Oludara disse —, mas nem por isso deixamos de encarar os mesmos perigos. Podemos acompanhar você?

— Não — disse Arani.

— E se fizéssemos nosso próprio caminho até a sua aldeia? — Gerard perguntou. — Soubemos que fica a menos de uma hora de caminhada daqui, seguindo o rio.

— Quem te contou isso? — perguntou Arani, apertando os olhos.

— O Saci-Pererê — Gerard respondeu.

— Há! — ela disse. — Vocês me tomam por tola para acreditar nessa história?

Gerard olhou para Oludara, e deu de ombros.

— Mentiras em cima de mentiras — ela continuou. — Andem até a minha aldeia, se quiserem, mas não a meu convite. Uma vez chegando lá, os guerreiros saberão o que fazer com vocês. Sua presença certamente dará a eles motivo de *banquete*.

Ela sorriu com desdém, e partiu descendo o rio.

— Não acho que isso foi uma pilhéria — disse Gerard. — Se formos, eles vão nos cozinhar.

— Gerard — Oludara respondeu —, eu nunca soube de você fugir da aventura. Não me contou um dos ditos do seu povo, "quanto maior a dificuldade, maior a glória"?

— Não é do meu povo, algum antigo romano disse isso. Mas você não disse uma vez, "quem tentar balançar uma árvore vai só balançar a si mesmo"?

— Rá, muito bem, Gerard, você tem prestado atenção. Mas também temos um ditado que diz: "Se você não for à feira, a feira não irá até você". Precisamos do conhecimento dos nativos, e devemos ir até eles e expor o nosso caso.

Oludara se pôs a caminho, seguindo o rio.

Gerard colocou as mãos na cintura e disse:

— Não pense que você pode simplesmente dizer algo assim e nos conduzir ao perigo. Isso não é aventura, Oludara, é suicídio! Oludara?

Quando Oludara não deu sinal de que iria parar, Gerard suspirou e o seguiu.

Oludara seguiu os passos de Arani, conforme ela caminhava ao longo da margem oposta. Ela olhava para trás de tempos em tempos, e balançava a cabeça quando os via ainda seguindo-a. Enquanto Gerard mantinha os olhos sempre na trilha adiante, obviamente tentando ignorar a nudez da garota, Oludara descobriu não conseguir desviar os olhos dela.

Oludara ainda não compreendia os modos protestantes do seu colega. Gerard podia falar durante horas sobre as pinturas dos mestres da Europa, então por que desperdiçaria a chance de examinar uma bela mulher com esse mesmo olhar para os detalhes?

Depois de um tempo, Oludara não pôde mais guardar seus pensamentos.

— Você acha que ela daria uma boa esposa? — perguntou, rompendo um longo silêncio.

— Só se você quiser ser a refeição servida no seu próprio casamento — Gerard respondeu.

Oludara riu.

— Talvez. Mas, para falar a verdade, ela daria uma excelente parideira. Suas proporções são perfeitas. Eu me pergunto se o cheiro dela é tão agradável quanto o seu semblante.

— Você não consegue falar de outra coisa? — Gerard resmungou. — É por isso que caminhamos para as nossas mortes no lento girar do espeto, porque você está fascinado com essa garota nativa?

— Bem, ela é fascinante — Oludara retorquiu, sem tirar os olhos dela. — Mas não temo por nós. Você é um bom homem, Gerard van Oost, e sua integridade transparece. Tenho certeza de que isso encantará até mesmo aos nativos. E o fato de Arani falar português é um bom agouro. Quem teria esperado encontrar um nativo falante de português assim tão longe de Salvador?

— Essa é uma observação interessante — Gerard disse, alisando seu cavanhaque. — Arani! — gritou para o outro lado do rio. — Como é que você veio a falar o português?

Sem interromper o passo, ela lançou para trás a sua resposta:

— Meu povo viveu com os jesuítas perto de Salvador quando eu era criança.

Gerard arqueou uma sobrancelha para Oludara. Salvador ficava a umas trinta léguas dali, e não era uma distância pequena.

— Os outros da sua aldeia também falam português tão bem? — perguntou Gerard.

— Só uns poucos ainda conhecem a língua dos *perós*, e não a falamos entre nós. A maioria já esqueceu, ou juraram nunca a usar novamente.

Nesse momento, Oludara vislumbrou uma cerca feita de estacas de dez pés de altura dispostas em intervalos regulares. Ele conseguiu divisar, para além da cerca, uma paliçada fechada. Uns objetos redondos e brancos penduravam-se do topo das estacas externas. Conforme eles percorriam a distância, ele reconheceu-os como sendo crânios humanos.

Gerard estacou por completo.

— Não gosto da aparência *daquilo* — disse.

— Não é particularmente convidativo — concordou Oludara.

— Não *pretende* ser convidativo — veio uma voz atrás deles.

Os dois pularam de surpresa, para descobrir que Arani havia vadeado para chegar ao lado do rio em que estavam.

— Bem, vocês não vêm? — disse ela. — Minha aldeia ficará por demais desapontada se não se unirem a nós para uma refeição.

Ela caminhou rumo a uma abertura na cerca.

Gerard deu de ombros e disse:

— Acho que, se viemos de tão longe, devemos tentar a sorte.

Seguiram Arani pelas estacas externas, e Oludara notou Gerard levantando a cabeça para examinar os crânios conforme passavam abaixo deles. Oludara manteve o foco no caminho adiante.

Portentosas toras formavam a paliçada interna, com seteiras em intervalos regulares e ao nível dos olhos. Tendo passado pelos portões, ele finalmente pôde ver a aldeia em si.

Cinco enormes cabanas, cada uma com mais de cem pés de comprimento, circundavam uma praça central. Essas malocas eram construídas com estacas, folhas e terra, com camadas de três pés de folhas de palmeira, empilhadas como telhados.

Conforme Oludara e Gerard entraram no anel de malocas, centenas de nativos curiosos as esvaziaram para olhá-los pasmados. Nenhum vestia roupas, embora a maioria ostentasse algum tipo de decoração. Desenhos pintados em preto, similares aos de Arani, apareciam em muitos corpos. Perfurações na pele com pedras polidas adornavam orelhas, bochechas e a parte inferior dos lábios. Vários nativos usavam colares feitos de conchas ou pedras. Elaborados arranjos de penas decoravam cabeças e braços. Tiras de algodão, com minúsculas crianças enroladas dentro, penduravam-se nas costas de várias mulheres. Todas as mulheres usavam seu cabelo comprido, mas os homens tinham-no raspado no alto e cortado no mesmo comprimento nos lados, como as tonsuras dos frades europeus. Ninguém exibia qualquer sinal de pelos no corpo ou no rosto.

Os nativos gritavam com Oludara e Gerard, as mulheres mais alto do que todos. Crianças corriam em círculos em torno deles, provocando. Homens encaixavam flechas em arcos longos de seis pés e os empunhavam, prontos. Arani separou-se dos dois companheiros.

Oludara levantou as mãos em sinal de trégua e falou calmamente:

— Por favor, viemos em paz.

Muitos nativos apontavam para o arcabuz de Gerard, que ele mantinha ao seu lado.

— Gerard — disse Oludara —, abaixe a sua arma!

Gerard colocou a arma no chão e levantou as mãos.

Os nativos aglomeraram-se mais perto. Alguns gritavam com Arani em tupi. Ela respondia calmamente a todas as questões, gesticulando para se distanciar dos dois homens, com o ar de alguém que nada tinha a ver com a presente situação. Nem Oludara nem Gerard entenderam uma palavra da sua língua.

Os homens levantaram seus arcos e os puxaram, prontos para o ataque.

— Por favor, Arani — Oludara disse —, convença-os a falar conosco.

Arani fez uma pausa e examinou os dois cuidadosamente. Então ela se virou e partiu correndo.

— Oh, não — disse Gerard. — Ela nos abandonou. Devíamos fugir.

— Talvez não — disse Oludara. — Veja para onde ela vai.

Arani enfiou-se em uma minúscula cabana na orla da aldeia. Oludara não a tinha notado antes: as enormes malocas a diminuíam. Em poucos instantes, Arani apareceu novamente, puxando um nativo calvo e idoso pelo braço. Ele vestia um longo cocar emplumado que descia por suas costas, e múltiplos colares castanholavam em torno de seu pescoço. Conforme se aproximava, homens e mulheres abriam caminho para ele.

O velho falou, com força mas sem levantar a voz. Vários dos homens, aqueles que exibiam mais penas, gritaram com ele no que parecia ser uma discussão. Ele respondeu levantando o queixo e apontando para o centro da aldeia.

Com isso, os nativos abaixaram seus arcos, um por um, mas a maioria manteve-os armados. O velho caminhou até o centro da aldeia e sentou-se em um tronco. Cinco outros homens, os mais decorados, seguiram-no.

— Arani — Gerard perguntou —, o que está acontecendo?

— O homem que eu trouxe é Ybandira, nosso pajé — ela respondeu.

— O que é um pajé? — perguntou Oludara.

— Ele é capaz de se comunicar com os espíritos. Usando da sabedoria deles, ele ao mesmo tempo nos guia e nos cura.

— Então ele é um tipo de padre? — Oludara perguntou.

— Padre? — zombou Gerard. — Está mais para feiticeiro.

— Chame-o do que preferir — Arani disse. — Ybandira não é um cacique, mas ele é velho e respeitado, duas coisas que significam muito. Os cinco caciques concordaram em reunir um conselho. Vocês ganharam algum tempo, enquanto ele durar.

— Obrigado — Oludara disse, inclinando a cabeça.

Arani franziu o cenho e foi para longe. Oludara admirou a sua graciosidade conforme ela desaparecia em uma das cabanas.

O cheiro de fumaça de tabaco capturou a atenção de Oludara, e ele olhou para ver os caciques fumando com o que parecia ser um longo tubo feito de folhas de palmeira enroladas. Um por um, os caciques levantavam-se e falavam, enquanto os outros passavam o tubo e fumavam. Quando a discussão dos caciques passou de dez minutos, Gerard e Oludara sentaram-se. Quase trinta nativos os vigiavam, muitos com os arcos prontos. Depois de vinte minutos, um dos caciques gesticulou para Gerard e Oludara. Mais jovem que o restante, não mais que trinta anos de idade, usava um cocar feito de penas amarelas e vermelhas, e uma pedra azul-clara brilhava em seu lábio inferior.

— Venham para cá, estranhos — ele disse em português.

Os dois se aproximaram do conselho de caciques.

O homem que os havia chamado levantou a mão em cumprimento.

— Vocês podem me chamar de Jaobi — gaguejou num português vagaroso, nem de longe tão bom quanto o de Arani, mas compreensível. — Só Cabuçu e eu falamos a língua dos *perós*. — Ele apontou na direção de um dos outros caciques.

Oludara e Gerard se viraram para examinar Cabuçu. Penas azuis e verdes espalhavam-se em leque a partir das suas braçadeiras, e pedras pontudas apareciam dos lóbulos das orelhas, das bochechas e do lábio inferior, tantas que o faziam parecer quase inumano. Mais impressionantes eram as numerosas cicatrizes que cobriam seu corpo musculoso, em particular aquelas que desciam em degraus em cada braço como listras. Parecia ser o mais duro e maldoso do grupo, e fez cara feia quando eles olharam para ele. Os dois afastaram o olhar.

Jaobi continuou:

— Os outros querem que eu faça perguntas a vocês, para que possamos decidir o seu destino. Alguns acham que deveríamos comê-los.

Cabuçu escancarou um sorriso malicioso e cheio de dentes. Gerard removeu o seu chapéu de abas largas e limpou o suor da testa.

— Contudo — continuou Jaobi —, já são muitas luas desde que comemos a carne de nossos inimigos, desde antes dos nossos dias com os jesuítas. Os caciques mais jovens, como eu, já não pensam que isso é certo.

— Isso é bastante razoável da sua parte — Gerard respondeu, endireitando-se e assentindo com energia.

— Para nós, é melhor matar vocês, sem comer.

— Oh — disse Gerard, seus ombros se curvando.

— Primeiro, porém — Jaobi disse —, queremos saber por que vieram até a nossa aldeia.

— Para aprender com vocês — Oludara respondeu. — Viajamos pelas terras selvagens do Brasil, e o seu conhecimento nos ajudaria enormemente.

Cabuçu cuspiu no chão perto dos pés de Oludara. Jaobi ignorou o gesto e virou-se para traduzir aos outros caciques. A maioria deles balançou suas cabeças. Ybandira, o pajé, disse algo a Jaobi.

— Ybandira diz — disse Jaobi —, nós somos tupinambás. Vocês não são tupinambás. Por que partilhar nosso conhecimento com vocês?

— Podemos oferecer uma troca — disse Gerard.

Ele puxou sua mochila e vasculhou dentro dela. Depois de uns segundos, sacou dela uma faca e um espelho e os estendeu.

Jaobi riu, assim como alguns dos outros. Cabuçu cuspiu de novo. Jaobi falou a algumas das mulheres próximas, que entraram nas cabanas. Um minuto mais tarde elas voltavam a aparecer, os braços cheios de objetos. Jaobi gesticulou na direção de Gerard e Oludara e elas esvaziaram seus braços perante os dois. Espelhos, enxadas, facas, facões e outros itens de origem europeia empilharam-se aos seus pés.

Oludara franziu o cenho.

— Nós podemos trabalhar — ele ofereceu.

Cabuçu levantou-se e gritou para eles:

— Não precisamos de sua ajuda!

— Nós combatemos monstros — Gerard interrompeu. — É por isso que viajamos por esta terra.

Cabuçu riu, mas Jaobi virou-se e traduziu para os outros.

Ybandira esfregou sua cabeça calva e observou-os pensativamente. Disse uma única palavra:

— Capelobo.

Cabuçu gritou para o velho em tupi, e um par de outros se uniram a ele. Qualquer que fosse a ideia, eles obviamente não gostavam dela.

Jaobi apontou de volta para o lugar em que Oludara e Gerard haviam se sentado antes.

— Vão se sentar. Daremos a nossa decisão logo.

Pouco depois de eles terem se sentado, Arani apareceu, carregando objetos redondos nas duas mãos. Ela ajoelhou-se ao lado de Gerard e Oludara e ofereceu-lhes os objetos, que se revelaram como sendo recipientes feitos de cabaças escavadas, mornas ao toque. Estavam cheias de uma pasta que cheirava a peixe.

— O que é isso? — Gerard perguntou.

— É mingau — disse Arani —, muito parecido com a sua papa. Este tipo é feito de cassava, com peixe e pimenta para dar sabor.

Gerard recolheu um pouco da pasta com a ponta dos dedos e a lambeu.

— Delicioso! — disse. — Obrigado, Arani.

Ele enfiou a mão dentro, para depois encher a boca.

Oludara ficou sentado, olhando para a sua cabaça.

— O que foi? — Gerard perguntou, espalhando pedaços de comida da sua boca cheia.

Oludara estendeu o seu recipiente.

— Eles usam a cabaça, exatamente como fazemos na África; recorda-me de casa. Engraçado como as coisas podem ser tão parecidas aqui, do outro lado do mundo.

— Hmm — respondeu Gerard, engolindo um outro punhado de mingau. — Não apenas aqui, nós as usamos na Europa também. — Gerard ficou pensativo. — Lá na Holanda, a tigela e a cabaça são usadas como símbolos pelos rebeldes na sua guerra contra a Espanha.

— Lamento — disse Oludara, balançando a cabeça para clareá-la. — Eu deveria ter dito antes: obrigado, Arani. Este alimento foi inesperado e muito apreciado.

Arani baixou os olhos.

— Não é menos do que vocês deveriam esperar — disse. — Mesmo os nossos inimigos são tratados com respeito, até o momento em que são mortos. — Ela fez careta ao dizê-lo. — Eu quase esqueci — disse, ficando em pé. — Tem mais uma coisa.

Correu de volta à cabana e trouxe com ela uma bandeja de madeira cheia de bocados de alguma coisa branca.

— Isto nós chamamos de "pipoca" — disse. — É feita esquentando grãos de milho, que soltam os minúsculos espíritos de dentro com um "bum".

— Milho que estala — disse Gerard, sorrindo. — Já ouvi falar, mas nunca tinha visto antes.

Estendeu a mão para a tigela e puxou um punhado.

Quando Arani ofereceu a tigela a Oludara, ele mirou em seus olhos. Susteve o olhar dela por apenas um instante, antes dela rapidamente baixar os olhos.

Depois de devorar vários punhados de pipoca, Gerard disse:

— Arani, aquele cacique ali, Cabuçu...

Todos os três olharam para os caciques, junto aos quais Cabuçu gritava e fazia movimentos sugestivamente violentos na direção de Gerard e Oludara.

— Sim? — ela perguntou.

— O que ele diz sobre nós?

— Quer que vocês sejam mortos rapidamente.

— Hmm — disse Gerard, puxando o seu cavanhaque. — Ele tem muito prestígio?

— Você viu aquelas cicatrizes nos braços dele? — Arani perguntou.

— Sim.

— Cada cicatriz representa um dos seus nomes.

— Então ele tem um bocado de nomes? — perguntou Gerard. — O que isso significa?

— Os homens assumem um novo nome e uma nova cicatriz cada vez que matam um inimigo. Ele tem muitos, muitos nomes.

— Oh, entendo — Gerard disse, mentalmente somando as linhas, mas perdendo a conta.

— Por que o seu povo odeia os portugueses? — Oludara perguntou.

— Por quê? — respondeu Arani. —Você não sabe? Os *perós* às vezes são amigos, às vezes inimigos. Às vezes salvadores, às vezes escravizadores. Quem sabe o que eles pensam? O velho governador permitiu que as bandeiras saqueassem muitas aldeias. Nossa aldeia foi poupada porque estávamos sob a proteção dos jesuítas. Contudo, a varíola chegou e tomou as vidas de outras aldeias sob os cuidados deles. Nós fugimos antes que ela também nos encontrasse. Os jesuítas conseguiam proteger os tupinambás do governador, mas não da varíola, por isso retornamos ao nosso velho modo de vida. — Arani fez uma pausa antes de continuar. — Cabuçu odeia todos os estrangeiros. Ele perdeu boa parte de sua família, como todos nós. Mas, enquanto a maioria de nós estava feliz em apenas deixar os *perós* para trás, ele jurou vingança.

Foram interrompidos quando Jaobi aproximou-se deles.

— Voltem para o círculo — ele disse. — Tomamos uma decisão.

Oludara olhou Gerard nos olhos. Gerard assentiu e os dois levantaram-se e caminharam até o conselho dos caciques em silêncio. Arani seguia logo atrás.

— Ybandira sugere dar a vocês uma chance — disse Jaobi. — Devem derrotar o Capelobo, uma fera que matou e comeu muitos tupinambás. Um grupo de caçadores desapareceu há dois dias, e nós acreditamos que a culpa é dele.

"Nossos arcos são inúteis contra a fera, nossas flechas rebatem no seu couro. Se encontrarem um meio de derrotar o Capelobo, Ybandira diz que vocês podem ser tupinambás."

Por toda a volta de Jaobi, homens aprovavam com a cabeça, compreendendo pelo menos as palavras "Capelobo" e "tupinambás".

— Ybandira é um pajé poderoso — Jaobi disse. — Os caciques aceitam a sugestão dele. Mas, se vocês não quiserem ou não conseguirem derrotar o Capelobo, serão o jantar dele ou o nosso. Vocês aceitam?

Sem a necessidade de conferenciar, os dois assentiram em uníssono.

— Enviaremos um guia para mostrar o caminho — disse Jaobi —, um de nossos guerreiros.

— Se ela estiver disposta — Oludara disse —, levaremos Arani como nossa guia.

Cabuçu riu diante da sugestão. O queixo de Gerard caiu.

Jaobi olhou para Arani. Ela susteve o olhar de Oludara por um momento, então concordou com a cabeça.

— Boa ideia — Cabuçu disse. — Assim nos livramos de dois problemas ao mesmo tempo.

Jaobi falou aos caciques e eles se dispersaram, cada um rumo a uma maloca diferente. Ybandira retornou à sua cabana. Somente Jaobi e Cabuçu ficaram para trás.

— Vocês devem partir agora — disse Jaobi.

Cabuçu olhou para Oludara e disse:

— Não tentem fugir. Eu vigio vocês.

Ele se virou e saiu pisando duro.

Oludara remava a canoa de quinze pés com Gerard, enquanto Arani guiava-os. Tentava concentrar-se no rio, mas seu olhar invariavelmente vagava de volta a Arani. De tempos em tempos, ela olhava de volta e o pegava fitando-a.

Finalmente, ela falou.

— Oludara, você não deveria me olhar desse jeito.

— Desculpe — ele disse. — Não tenho familiaridade com os seus costumes. É impróprio?

— Não, é só que... eu não posso me casar.

— Por que não?

— Não pergunte — disse ela, com um tom de quem encerra o assunto.

— Deixe-me fazer uma outra pergunta, então. Por que chamou o pajé em nosso auxílio em vez de falar com os caciques?

— Meus pais morreram anos atrás, e Ybandira tem sido como um pai para mim. Fora ele, os outros me evitam. Pensam que sou alguém que traz má sorte, e o fato de vocês terem me seguido até a aldeia não ajudou nem a sua reputação, nem a minha.

— É por isso que Cabuçu disse alguma coisa a respeito de "livrarem-se de dois problemas de uma vez"?

— Sim. Há muitos que gostariam de se livrar de mim.

— Quando isto tudo tiver acabado — disse Oludara —, poderíamos levar você para longe da sua aldeia.

Gerard tossiu diante da sugestão, mas não disse nada.

Arani olhou para Oludara, tristeza em seus olhos.

— Não se aproxime demais, Oludara. Meu nome quer dizer "tempo ruim". Eu nasci durante uma terrível tempestade. Minha vida inteira tem sido desafortunada.

— Vejam! — Gerard interrompeu, apontando.

Um crânio humano jazia na margem próxima. Muito estranhamente, jazia em duas partes, partido logo acima dos olhos. As ações de remar e falar cessaram quando os três fizeram uma pausa para observá-lo. Flutuaram passando pelo crânio, apenas para se depararem com uma pilha com vários mais. Quase todos estavam partidos na cúpula, exatamente como o primeiro. Entre os crânios espalhavam-se enormes pilhas de estrume, que, Oludara notou, rivalizava em tamanho com aquelas deixadas pelos rebanhos de búfalos em Ketu. Em termos de fedor, contudo, Oludara teria preferido o dos rebanhos.

— Estamos perto — sussurrou Arani.

— Não acho que você precise nos dizer isso — Gerard replicou, indicando adiante com a cabeça.

Umas vinte varas à frente deles havia uma pilha de crânios rachados de dois pés de altura: dúzias deles.

Remaram até a margem e silenciosamente puxaram a canoa para fora da água. Gerard ajustou a rapieira na cintura e carregou o seu arcabuz. Oludara juntou o arco e as flechas que Arani havia obtido para ele, e tocou a faca de marfim enfiada em sua cintura. Ele examinou o chão.

— Há um caminho aqui — sussurrou. — Sigam meus passos.

Ele acocorou-se e os conduziu para dentro da mata, apontando espinhos, cipós e outros obstáculos a evitar. Depois de um tempo, parou e gesticulou para que eles se deitassem. Gerard surgiu ao seu lado.

Do outro lado de uma clareira ficava a entrada, com dez pés de altura, de uma caverna. Ossos humanos e rochas — algumas delas enormes — espalhavam-se no chão diante dela.

— O que é esse ruído? — perguntou Gerard.

Oludara esforçou-se para ouvir o eco abafado de gritos humanos.

— São gritos de socorro — sussurrou Arani. — Devem ser os caçadores perdidos.

— Os sons não vêm da caverna — Oludara disse, apertando os olhos para concentrar-se. — Parecem vir do chão. Devemos pisar com cuidado.

Quando Oludara terminava a sua afirmativa, uma criatura emergiu da caverna: sem dúvida, o Capelobo.

A fera andava sobre duas pernas e erguia-se a uns bons sete pés de altura. Pelos negros penduravam-se em grossos tufos do seu corpo. A cara larga lembrava a de uma anta, mas com o focinho alongado mais como o de um tamanduá. Minúsculos olhos brilhavam nos lados da sua cabeça. Em vez de pés, caminhava sobre cascos de touro. Garras ásperas e grossas curvavam-se a partir de seus dedos, a garra do meio estendendo-se para além das outras. Ele caminhava pesadamente, encurvado mas exsudando força a cada passo.

— Isso não vai ser fácil — Gerard sussurrou.

— De fato, não vai — Oludara disse. Ele aprontou o seu arco. — Primeiro, acho que devemos testar a ideia dos nativos de que a fera não pode ser perfurada.

— Esperem — sussurrou Arani — Ele está fazendo alguma coisa.

A fera abraçou uma rocha de duas varas de altura e a rolou para o lado. Embaixo dela, três nativos saltaram e saíram rastejando de um fosso.

— Majuí, Ipê, Ubá — Arani arfou. — São eles, os caçadores perdidos!

Oludara começou a se levantar, mas um grito inesperado o paralisou onde estava. Ele nunca ouvira nada como o grito do Capelobo. Sacudiu o seu cérebro e fez doer seus ouvidos a ponto de estourarem. Sua visão embaçou; cada músculo de seu corpo ficou tenso e paralisado. Todo o movimento dentro da clareira cessou, excetuando o do Capelobo.

Através dessa bruma imobilizante, Oludara mal conseguiu divisar a fera agarrando um dos nativos e atirando-o no chão, e então chutar os outros dois de volta para dentro do fosso antes de reposicionar a pedra. Enquanto sentia o controle de seus músculos retornar, Oludara viu o Capelobo arrancar o topo da cabeça do homem, virá-lo para cima e chupar os miolos com o seu focinho.

Arani arfou e cobriu os olhos.

— Ubá — soluçou, pronunciando em voz baixa o nome do homem.

Gerard fez o sinal da cruz.

— Deus nos proteja — disse.

— Olorum — Oludara acrescentou, chamando o nome do seu deus iorubá.

Gerard balançou a cabeça e disse:

— Oludara, vamos atacar essa fera imunda agora mesmo!

— Concordo — respondeu Oludara.

Gerard continuou de bruços e firmou seu arcabuz sobre uma raiz de árvore. Oludara levantou-se e puxou o arco, seus poderosos músculos salientes e firmes.

— Você ao peito — ele disse —, eu à cabeça.

— Na contagem de três — Gerard respondeu. — Um, dois, três!

Oludara soltou a corda e o arcabuz de Gerard ribombou ao seu lado. A flecha resvalou na cabeça da fera, e ele não conseguiria dizer se a bala a atingiu, mas Gerard raramente errava, e o Capelobo não mostrou qualquer sinal do impacto. O que ele fez, contudo, foi inclinar um olho na direção deles. Então voltou seu focinho para eles e inspirou profundamente. Arani, de mãos livres, teve tempo para cobrir os ouvidos; os outros não. A fera berrou outra vez, e o som atordoou Oludara e Gerard como antes. A fera veio pesadamente na direção deles.

Arani gritou para os dois, batendo no peito de Oludara e chutando Gerard no seu flanco.

— Por favor! — ela gritou. — Mexam-se!

Oludara lutou para recuperar o controle. Deu-se conta do horrível fedor da fera, como o de um bando de hienas, quando ela chegou mais perto. Não restando mais que cinco pés entre eles e o Capelobo, a cabeça de Oludara finalmente clareou e ele disse:

— Fuja!

Gerard levou um momento a mais. Quando a sombra da fera caiu sobre ele, Gerard rolou e ficou de joelhos. As garras do Capelobo rasparam o seu colarinho no instante em que ele se punha de pé e corria.

Depois de uma corrida de cinco minutos pela mata, Oludara gritou aos seus companheiros para que parassem. Gerard, seu corpanzil esbaforido, atirou-se no chão para descansar.

Uma vez tendo recuperado o fôlego, Gerard disse:

— Precisamos agir rapidamente para salvar os outros.

— Sim — respondeu Oludara. — Como o meu povo costuma dizer, "aquele que espera por uma chance, espera por um ano". Não podemos nos demorar e permitir que outro homem sofra *aquele* destino.

Todos os três tremeram diante da lembrança da terrível refeição do Capelobo.

— Arani — Oludara perguntou —, o seu povo não tem nenhuma noção de como derrotar a fera?

— Se tivéssemos — disse ela —, nós a teríamos destruído há muito tempo.

— O que faremos? — Gerard perguntou. Como de hábito, ele concedia o planejamento a Oludara.

— O fogo é sempre uma boa opção para a fera que não pode ser perfurada — ele respondeu. — E, se isso não funcionar, a minha faca nunca me falhou. Seu encantamento é forte; ela cortou o couro do dragão em Ketu, certamente cortará essa fera.

"Eis o meu plano. Primeiro, retornamos até a canoa..."

Oludara aproximou-se da caverna do Capelobo, parando a uns dez passos diante dela. Ele gritou e arremessou uma pedra. Mal pôde ouvir o barulho dela quicando, com a cera que tinha nos ouvidos, e não notou qualquer movimento no escuro. Ao se curvar para apanhar uma segunda pedra, a fera saiu atacando.

Oludara mal teve tempo de se esquivar por baixo da garra do Capelobo. Tombou para a frente e se endireitou girando. Quando se preparava para correr, o Capelobo soltou um dos seus terríveis berros.

O som o fez tremer, mas a cera o deixava surdo o suficiente para que o grito não o atordoasse. Ele mancou para longe numa meia-corrida, fingindo estar ferido para atrair a fera pesadona no seu encalço, mas logo acelerou o passo ao descobrir que a besta ganhava terreno.

Precisou de três minutos para chegar de volta ao rio. Oludara divisou a canoa por entre as árvores e olhou para cima, para ver Gerard em pé na forquilha de uma enorme árvore.

— Agora! — disse Oludara.

Quando o Capelobo passou por baixo dele, Gerard deixou cair uma tocha ardente numa pilha de lenha salpicada de pólvora aos pés da criatura. A lenha entrou em ignição com um poderoso "*vush*", e queimou tudo em volta. Arani, escondida ali perto, soltou um entusiasmado viva.

Mas o Capelobo chutou o fogo para longe, e ficou claro que apenas a lenha queimava — a fera continuava incólume. Ela curvou-se e puxou a tocha do que restava da fogueira, e então olhou para cima à procura de quem o atacava. Quando notou Gerard, arremessou o tição em chamas contra ele com velocidade cegante.

O projétil flamejante atingiu a ampla barriga de Gerard e o derrubou de seu poleiro com um grunhido. Seu traseiro quebrou um galho e ele mal conseguiu agarrar um outro, segurando pela ponta dos dedos.

Enquanto a atenção da fera continuava focada em Gerard, Oludara puxava a sua faca e a atacava por trás. Deu uma punhalada para cima contra as costas dela, mas a faca resvalou inofensiva em seu couro.

A fera se virou para encarar Oludara, e Arani lançou-se do outro lado, flecha em punho. Ela a brandiu com as duas mãos e atingiu o olho da criatura, mas a flecha se partiu no meio. Tanto ela quanto Oludara saltaram para longe quando o Capelobo agitou os braços sobre eles.

— Que Xangô leve essa fera! — Oludara amaldiçoou. — Nem mesmo o seu olho sangra. — Olhou para cima e gritou: — Gerard, desça para cá! Precisamos de sua ajuda!

— O quê? — Gerard disse, ainda pendurado no galho.

— Tire a cera dos ouvidos!

Gerard puxou-se para cima o suficiente para atirar os cotovelos por cima do galho, e então arrancou a cera de um ouvido.

— E quanto aos berros da fera? — gritou.

— Fique de olho no peito dela — Oludara respondeu. — Se ela puxar o fôlego, cubra as orelhas.

— Faça isso agora! — disse Arani.

Todos os três cobriram seus ouvidos assim que o berro terrível começou. O movimento de Gerard, contudo, exigiu que ele soltasse a mão do galho. Ele despencou no chão perto de Oludara e gemeu.

— Você está bem? — Oludara perguntou.

— Nada quebrado, eu acho.

— Então me ajude! — disse Oludara, colocando-o em pé.

O fato do seu grito não ter efeito sobre os homens parecia confundir o Capelobo. Eles se aproveitaram da sua hesitação e correram para a frente, lado a lado. Cada um deles agarrou um dos braços da fera e os dois jogaram a sua força combinada contra ela.

A besta recuou um passo, em seguida mais um. Mas então seus cascos de touro encontraram um apoio e ela deteve o avanço deles.

— Não consigo acreditar na sua força — Gerard rosnou.

Nesse momento, a fera se retorceu com mais destreza do que qualquer um deles esperava. Oludara tropeçou para a frente, e o Capelobo jogou seu peso contra Gerard, levando-o ao chão e deixando-o atordoado.

O Capelobo parecia pronto para arremeter contra Gerard quando Oludara saltou entre eles e agarrou-lhe os dois braços. Empurrou com toda a sua força, e por longos segundos segurou a fera no lugar. Em seguida, contudo, o Capelobo chutou com um dos seus enormes cascos.

Oludara pôde sentir sua canela se partir e seu corpo desmoronar. Ele apagou antes de bater no chão.

Gerard ouviu o terrível estalo quando o Capelobo chutou a perna de Oludara, e viu seu companheiro cair. Ele tinha apenas um recurso restante: sua rapieira bolonhesa. Levantou-se e desembainhou a espada. O Capelobo, contudo, ignorou-o e se inclinou sobre Oludara.

Gerard bateu a lâmina contra as costas da criatura.

— Você, narigão — disse. — Comece comigo.

A criatura examinou Gerard por um momento com um olhar de soslaio, então virou-se para encará-lo. Gerard apontou a rapieira para o peito da fera e colocou-se na guarda *Porta di Ferro*, pé direito adiante e a mão esquerda na cintura. A fera golpeou-o. Gerard deu um passo oblíquo para esquivar-se e respondeu com uma investida contra as costelas. O pulso de Gerard foi sacudido violentamente quando a ponta fez contato; parecia que ela havia atingido um muro. Gerard recobrou-se bem a tempo de se esquivar do próximo golpe do Capelobo.

— Arani — gritou —, acorde Oludara! Não vou conseguir segurar esta criatura por muito tempo.

Arani olhou em torno e apanhou a única coisa disponível: uma das tampas cranianas jogadas na margem. Ela a encheu com água do rio.

Gerard continuou seu jogo de gato e rato com o Capelobo. Tentou várias estocadas e cortes, mas nada sequer arranhava a fera. Então, um dos golpes dela arranhou o braço que segurava a espada, rasgando sua camisa e deixando três cortes vermelhos, o do meio chegando até o osso. Gerard fechou a mão esquerda sobre a ferida latejante.

Usando sua tigela improvisada, Arani jogou água no rosto de Oludara. Ele se sacudiu e abriu os olhos.

Gerard percebeu o movimento com o canto de um olho.

— Oludara — gritou —, esta fera é invencível!

— Nenhuma fera é invencível — Oludara respondeu. — Aguente firme.

— Devemos fugir — disse Gerard. — Eu estou sangrando e é só uma questão de tempo antes de eu cansar.

Ele mal se esquivou de um golpe que fez voar o seu chapéu de aba larga.

— Então fuja com Arani e deixe-me aqui. Não consigo correr com uma perna quebrada.

— Nunca! — Gerard disse. — Podemos arrastar você até o barco.

— Não com a fera tão perto.

Arani aninhou a cabeça de Oludara em suas mãos.

— Vocês são homens valentes — disse. — Nunca vi tanta coragem e devoção. Lamento tê-lo tratado como o tratei, Oludara.

— Obrigado, Arani — ele respondeu, estendendo a mão para tocar-lhe a face.

— Não vão parar com o namoro e começar a pensar? — disse Gerard.

Arani soltou Oludara e levantou-se.

— Terrível fera! — ela disse. — Vá embora!

Atirou o crânio no Capelobo. Ele se arrebentou com o impacto, espalhando água sobre a criatura e alisando o seu pelo. O Capelobo fez uma pausa.

— Olhe — Oludara disse —, a criatura detém-se. Talvez a água possa ser bem-sucedida onde metal e fogo falharam.

O Capelobo sacudiu-se como se fosse um cão, espalhando água em todas as direções, então voltou a lançar-se sobre Gerard.

— Não foi longe essa ideia — Gerard gritou. — O que fazemos a seguir, soprar nele?

— Gerard — disse Oludara —, olhe para o umbigo!

Uma olhada rápida mostrou a Gerard onde o pelo alisado no peito da besta havia se dividido para revelar um pequeno buraco rosado, de menos de uma polegada de largura.

— Vale a tentativa — ele resmungou.

Gerard soltou a mão do ferimento e enristou a espada. Sangue jorrou do corte e o deixou zonzo; sabia que não teria muito tempo mais. Assumiu a posição Coda Lunga, baixando a guarda em desafio. O Capelobo mordeu a isca e lançou-se para a frente. Gerard investiu com a rapieira, mas a ponta tocou fora do alvo, duas polegadas para o lado do umbigo.

Gerard não teve tempo de se esquivar e a fera atingiu solidamente o seu flanco esquerdo, derrubando-o no chão. Ele rolou três vezes antes de parar, a espada caindo do seu punho.

O Capelobo soltou um meio-grito e atacou. Até mesmo esse barulho reduzido, escutado com uma orelha só, fez Gerard encolher-se. Ele viu sua rapieira ao seu lado e soube que teria tempo de agarrá-la ou de rolar para longe, mas não para os dois.

Escolheu apanhar a espada. Como uma criança sem treino, agarrou-a firmemente com ambas as mãos e a apontou para cima.

— Giovanni me mataria por isso — disse, referindo-se ao seu velho mestre de esgrima.

A fera mergulhava sobre ele, mas Gerard ficou firme. A rapieira atingiu a sua marca e atravessou o umbigo. Enquanto o Capelobo despencava, Gerard empurrou o cabo para baixo e enfiou a ponta para dentro da parte superior do peito da fera.

O Capelobo deu um berro mais abominável do que todos os seus gritos anteriores juntos, e Gerard conseguiu suportá-lo só por uma fração de segundo antes do ruído, a perda de sangue e o peso da criatura o pôr a nocaute.

Com a cabeça ainda atordoada do terrível grito de morte do Capelobo, Oludara forçou-se a sentar e a conferir como estavam os seus companheiros. Arani deitava-se ao seu lado, trêmula e gemendo. De Gerard, conseguia ver só as botas apontando — imóveis — de sob o Capelobo.

— Gerard — ele gritou —, você está bem?

Arani a custo endireitou-se ao lado dele.

— Você disse alguma coisa? — ela perguntou. — Meus ouvidos ainda estão zumbindo com aquele grito horrível. E a minha cabeça... que dor!

Ela segurava a testa nas duas mãos.

— É Gerard — ele respondeu. — Devemos acudi-lo rapidamente. A queda da fera o esmagou.

Relutante, Arani ficou em pé e ajudou Oludara a se arrastar até o Capelobo. Ele puxava atrás de si a perna quebrada, que tornava cada movimento uma agonia.

Com ele empurrando a partir do chão e Arani empurrando a partir de cima, eles conseguiram rolar a fera. Oludara mandou Arani apanhar um pano na canoa e enrolar o braço de Gerard, enquanto tentava reviver seu companheiro inconsciente.

Depois de alguns minutos preocupantes, Gerard abriu os olhos. Quando finalmente sentou-se, a primeira coisa que fez foi olhar para a besta caída. Parecia pensativo e quase triste.

— Por que olha para a fera desse jeito? — Oludara perguntou. — Deveria estar festejando a nossa vitória.

— Não é nada — ele respondeu. — Vai passar.

Gerard examinou a perna de seu companheiro.

— Isso vai doer — disse.

Com um par de torções, empurrou os ossos quebrados de volta ao lugar.

Oludara cerrou os dentes e deixou escapar um bufo, mas não gritou. Quando conseguiu falar novamente, disse arfando:

— Onde você aprendeu a fazer isso?

— Lá nos Países Baixos — Gerard respondeu —, na guerra.

— Gerard — disse Oludara, sorrindo apesar da dor —, você nunca me contou ter sido um soldado.

— Isso é porque eu não sou — Gerard replicou, franzindo o cenho. — Passei na guerra só o tempo suficiente para descobrir isso.

Ele enrolou a perna no lugar, entre dois gravetos.

Oludara podia ver que seu companheiro não desejava discutir a questão. Com a ajuda de Gerard e de Arani, ele mancou de volta até a canoa. Então eles o deixaram sozinho e foram à clareira do Capelobo para resgatar os outros. Algum tempo depois, retornaram sozinhos.

— A pedra é pesada demais, mesmo com uma alavanca — Gerard disse. — Teremos de pedir ajuda na aldeia.

Gerard empurrou a canoa para a água e ele e Arani pegaram os remos. Mesmo com o seu ferimento, o moral de Oludara estava nas alturas, mas seus companheiros permaneciam em silêncio. Reclinou-se e apreciou a vista enquanto os outros remavam, observando borboletas e pássaros revoarem em torno das muralhas verdes da vegetação em ambos os lados.

Depois de uns quarenta minutos de viagem, Oludara notou homens no lado esquerdo do rio. Cabuçu e cinco guerreiros estavam a postos, todos armados com arcos e flechas. Dois dos guerreiros empoleiravam-se nos galhos mais baixos de uma árvore, os outros estavam embaixo.

Oludara chamou-os:

— Cabuçu, somos nós! Nós matamos o Capelobo!

Cabuçu respondeu com escárnio.

— Não é o suficiente, homem escuro — ele disse. — Você também precisa voltar vivo!

Cabuçu levantou o seu arco e disparou.

Arani, sem um som, lançou-se diante de Oludara. A flecha a atingiu com solidez nas costas.

— Arani! — ele gritou.

Ela lhe deu um olhar triste, então fechou os olhos. Ele tentou levantar-se, mas sua perna ferida desmoronou sob ele. Buscou em torno, procurando loucamente pelo arco.

Atrás dele, Gerard levantou-se e rugiu de modo tão assustador que teria deixado o Capelobo orgulhoso. Cabuçu e seus guerreiros paralisaram-se.

Num único movimento habilidoso, Gerard levantou seu arcabuz e atirou. Seu tiro atingiu o tronco da árvore a polegadas da cabeça de um dos nativos em seus galhos. O homem saltou e colidiu com o outro ao seu lado, fazendo com que os dois tombassem. Eles derrubaram dois companheiros com a sua queda.

Gerard, sem parar para assistir, saltou da canoa e nadou até a margem com três poderosas braçadas, o tempo todo parecendo e soando como um urso furioso.

Cabuçu e um companheiro que ainda parava em pé levantaram os seus arcos, mas Gerard correu entre eles e, brandindo seu arcabuz, lançou as armas ao chão. Com uma expressão sombria, Cabuçu preparou-se para a luta, mas Gerard, em fúria cega, o envolveu com os braços e o agitou no ar, mandando-o aos trambolhões por dentro de uns arbustos. Enquanto Cabuçu colocava-se em pé, Gerard apanhava o arco dele e, gritando e empenhando toda a sua força, partiu-o ao meio.

A força de vontade dos nativos pareceu se romper com o arco. De olhos arregalados, eles se levantaram precipitadamente e correram — Cabuçu na frente

Gerard colocou a canoa em terra, tão perto quanto possível da aldeia, e gritou por ajuda. Homens e mulheres vieram correndo. Alguns deles agarraram Arani e a puxaram para a margem, mas balançaram a cabeça diante da visão do corpo sem vida. Outros ajudaram Oludara a sair da canoa e o sentaram na margem.

Um barulho de estalos aproximou-se conforme Ybandira abria caminho pela multidão aos empurrões, seus colares de conchas batendo uns nos outros com a pressa. Ele se ajoelhou ao lado de Arani, então disse algumas palavras a uma mulher próxima e a despachou.

Com um movimento súbito, Ybandira arrancou a flecha das costas de Arani. Ela não se moveu. Oludara tremeu diante da visão. Gerard ajoelhou-se a seu lado e deitou a mão em seu ombro.

Ybandira curvou-se e soprou na ferida várias vezes. Poucos momentos depois, a mulher que ele havia enviado regressou com um chocalho decorado com penas, um tubo de bambu e uma jarra de cerâmica. Ybandira abriu a jarra e aplicou unguento na ferida. Em seguida, gesticulou para dois homens e eles viraram o corpo de Arani. Ybandira começou uma dança lenta em torno dela, cantando e balançando o chocalho.

— O que ele acha que está fazendo? — Gerard disse. — Afaste-o dela!

Gerard deu um passo adiante, mas Oludara agarrou sua perna.

— Espere, Gerard — ele disse. — Você não sente? A magia dele é forte.

— A única coisa que estou sentindo, como chamamos isso na Europa, é “abracadabra”.

Ybandira acendeu tabaco na ponta do tubo e então soprou fumaça no rosto de Arani. Gerard balançou a cabeça e afastou o olhar.

No terceiro sopro de fumaça, Arani abriu os olhos.

Oludara riu calorosamente.

— Ela está viva — ele disse.

— O quê? — disse Gerard, virando-se para olhar.

Ybandira sorriu e curvou-se ao lado de Arani. Passou a mão sobre a testa e pelo cabelo dela para acalmá-la. Então disse algo a uns homens que estavam perto, e eles a carregaram para uma das malocas.

— A magia do sacerdote a salvou — Oludara disse.

— Você espera que eu acredite que isso foi obra *dele*? — Gerard perguntou. — Sem dúvida, ela acordou só para limpar os pulmões dessa fumaça virulenta.

— Não importa o que você ou eu acreditemos, Arani está viva, e isso é motivo de júbilo.

Ybandira caminhou até Oludara e examinou sua perna. Cutucou-a em vários lugares, fazendo Oludara estremecer a cada vez. Ele disse alguma coisa em tupi.

— O que foi? — Gerard perguntou.

Jaobi apareceu em meio à multidão para ajudar.

— Ybandira diz que os ossos estão bem colocados, mas seu amigo deve descansar por uma lua. Sem caminhar. Ybandira fará uma poção para reduzir a dor.

— Diga-lhe que eu agradeço — disse Oludara.

Jaobi falou com Ybandira, que assentiu. Ybandira então disse algo e Jaobi e os outros caciques o seguiram.

— Bem — Gerard disse —, agora ele não passa de um físico comum, não é? Num momento é um místico, no momento seguinte é um médico.

— Ele é o que precisa ser — disse Oludara —, dependendo da necessidade. A minha não é mais que um ferimento, mas a alma de Arani estava indo embora.

— Está tentando me dizer que ele trouxe a alma dela de volta ao corpo?

— E por que não? Só porque você acredita que a sua cultura europeia é mais esclarecida, não zombe de centenas de gerações da sabedoria deles. Não foi essa a razão de Antônio ter te impedido de entrar no bando dele, a intolerância quanto à sua religião?

Gerard ficou vermelho.

— Bem, isso é diferente...

— Mantenha a mente aberta, Gerard, e você aprenderá muito no Brasil. Como o meu povo diz, "um homem obstinado logo cai em desgraça".

— Veremos — disse Gerard. — Isto é, se eles realmente permitirem que fiquemos aqui.

Ybandira e Jaobi retornaram.

— Há dois sobreviventes — Gerard disse a Jaobi — debaixo de uma grande pedra junto à caverna do Capelobo. Vão precisar de pelo menos seis homens para movê-la.

— Vou enviar alguns guerreiros. Mas primeiro Yabandira quer que eu conte a vocês uma história.

Ybandira falou, pausando após cada linha para Jaobi traduzir.

— Há muito tempo, Maire-Monan, o criador, falou com o seu pai, na Europa, e com o nosso pai, aqui. Ele ofereceu uma escolha de armas. Nosso pai escolheu o arco e a flecha, porque eram leves e bons para caçar. Seu pai escolheu a espada e a arma, que são boas para a guerra. E é por isso que, tantas luas depois, não somos páreo para os *perós* na guerra.

"Ybandira diz que é por isso que nós ensinaremos a vocês. Se combatermos os *perós*, não vamos sobreviver. Mas, se partilharmos o nosso conhecimento com vocês, talvez possamos entender um ao outro, e partilhar o nosso modo de vida."

— Diga-lhe que ficamos honrados — disse Oludara.

Ele cuidadosamente se virou de bruços e prostrou-se.

Gerard ajoelhou-se ao lado dele.

— Esses gestos significam algo para eles? — perguntou.

— Quem sabe? — respondeu Oludara.

Ybandira afastou-se rindo. Os outros nativos se dispersaram.

— Não há necessidade disso — Jaobi disse. — Vocês derrotaram um poderoso inimigo, e agora são tupinambás. Até mesmo Cabuçu aceita vocês. Ele diz que você, Gerard, é um demônio de cabelo de fogo. Ele continua escondido em sua cabana até agora. — Jaobi sorriu. — De agora em diante, vocês farão parte da minha maloca — apontou para a mesma estrutura para a qual os homens haviam carregado Arani — e eu serei o seu cacique.

— Podemos ser colocados perto de Arani? — Oludara perguntou. — Ela poderia nos ajudar a aprender o tupi.

Gerard deu-lhe uma olhada de soslaio e franziu a testa.

Jaobi fez uma pausa antes de falar.

— Suponho que isso seja bom — disse. — De todos nós, é ela quem fala melhor a língua dos *perós*.

— E, se você não se importar — disse Gerard —, um pouco daquela papa cairia bem.

Dentro da enorme cabana, repleta de famílias de uma ponta a outra, Oludara e Gerard jaziam em suas respectivas redes, uma reconfortante fogueira entre eles. A dez pés dali, em sua própria rede, Arani finalmente despertara do seu longo sono. Depois de se espreguiçar, ela olhou para eles e sorriu.

— Parece que não morri — disse ela —, graças à sua coragem.

— Sou eu quem deveria agradecer — disse Oludara —, por seu ato abnegado de sacrifício.

— Vocês podiam ter me abandonado e fugido — ela respondeu. — Como soube que eles o deixariam voltar à aldeia, depois do ataque de Cabuçu?

— Isso não importa. Não poderíamos curar você sozinhos, e nunca abandonaríamos um companheiro, não importa qual o perigo. Mas, se você sente que nos deve alguma coisa, gostaríamos de ter algumas lições de tupi enquanto ficamos aqui nos recuperando.

— É claro, Oludara — ela disse. — Quando vocês quiserem.

— Mas primeiro — ele disse, sorrindo largamente —, eu gostaria muito de ouvir a história de por que você não pode se casar.

Gerard suspirou e puxou o chapéu sobre os olhos para dormir.

O tatu-bola vagava em sua busca noturna pelo jantar. Ele percebeu o cheiro do seu segundo alimento favorito — carniça — e correu para investigar. Deixou a mata e descobriu uma enorme criatura peluda morta junto ao rio. Deu uma mordiscada incerta no seu braço, mas por alguma razão, seus dentes não conseguiam perfurar o couro apodrecido da fera.

Ele estava para desistir quando notou uma abertura rósea na barriga. Alegremente, foi bamboleando até a sua próxima refeição.

Capítulo 3

O impropício retorno de Antônio Dias Caldas

Um macaco-prego espiava para dentro da agigantada moradia humana. Àquela hora, a parte mais quente do dia, os humanos descansavam e prestavam pouca atenção aos da sua laia. Ele relanceou pela enorme cabana, para as dezenas de humanos deitados em suas redes suspensas. Fogueiras queimavam no chão em vários lugares; o macaco se manteve bem longe delas.

Viu o objeto da sua busca: cachos de banana pendurados num poste. Ele frequentemente pegava bananas dos humanos a essa hora do dia; isso tinha se tornado uma espécie de jogo. Mesmo quando o percebiam, raramente davam-se ao trabalho de enxotá-lo.

Porém, conforme se aproximava do poste, um brilho cativou sua atenção. Acima do rosto de um homem estava uma estranha cobertura castanha, e presa ao seu lado brilhava um pedaço de metal com uma longa pena azul pendurada nele. O homem abaixo em nada se parecia com o resto — amplo e pálido e usando um pano para cobrir o seu corpo enquanto os outros nada vestiam.

Todos os pensamentos acerca de bananas desapareceram enquanto o macaco olhava o objeto reluzente; sabia que precisava possuí-lo. Aproximou-se, vindo por trás do homem que descansava. Trepou no poste em que sua rede estava amarrada. Embora não conseguisse ver o rosto do homem, o peito dele subia e descia numa respiração compassada. O macaco sentiu-se seguro do sucesso.

Ele colocou uma pata depois da outra na rede, com cuidado para não a balançar, e estendeu as patas para o metal...

Num movimento que se tornara reflexo, Gerard agarrou o seu chapéu e golpeou a minúscula criatura atrás dele. Pôde ouvir suas unhas conforme ela saía em disparada descendo o poste e porta afora. Pelo menos neste cochilo do meio-dia, ele não perderia outro chapéu.

Gerard suspirou e se balançou para fora da rede, resignando-se a passar um dia sem descanso. Suas muitas preocupações negavam-lhe qualquer esperança de sono. Andou até um dos cachos de banana pendurados dentro da enorme cabana e puxou uma para um lanche.

Depois de satisfazer o apetite, retornou à sua área na maloca. Penteou com os dedos o seu cabelo ruivo e encaracolado, e endireitou o gibão de linho em volta do peito largo. Embora não fosse o traje mais confortável para um clima tropical, Gerard tinha começado a usar suas roupas formais novamente como um contraste intencional à adoção por Oludara da maneira nativa de se vestir — ou, colocando melhor, a falta dela.

O cheiro de suor de dúzias de corpos e da fumaça de dezenas de fogueiras saturava o ar em torno dele. Mesmo depois de passar vários meses entre os tupinambás, isso ainda lhe parecia quase sufocante. Gerard achava que jamais viria a se acostumar.

Passou os olhos pela figura de Oludara, dormindo numa rede próxima à da Arani. Como o resto da aldeia, eles não vestiam nada, nem mesmo para cobrir sua genitália. Na mesma medida em que Oludara tornara-se mais confortável com os costumes dos tupinambás, Gerard havia se tornado menos. Gerard tinha chegado a um ponto de viragem.

Ele puxou nervosamente o seu cavanhaque, buscando a coragem para dizer o que estivera esperando havia semanas. Foi até Oludara e sacudiu o seu ombro. Oludara gemeu e abriu um olho. Depois de fazer contato visual com Gerard, abriu os braços musculosos e bocejou. Então um amplo sorriso formou-se sob o seu nariz largo.

— Gerard — disse —, o que posso fazer por você?

— Precisamos conversar — Gerard disse. Ele olhou para Arani. — Em particular.

Como que percebendo algo da conversa, Arani, ainda adormecida na rede dela, soltou um gemido e virou-se de lado.

Oludara puxou-se para fora da rede. Gerard gesticulou para que passassem pela entrada da cabana, e eles caminharam até o terreiro da aldeia: o local de reunião entre as cinco malocas gigantes.

Uma vez do lado de fora, Gerard olhou seu companheiro nos olhos e disse:

— Você ficou complacente demais aqui. É hora de seguir em frente.

— Por que eu ia querer partir daqui? — Oludara disse, sorrindo. — Temos tudo de que precisamos. E — ele acrescentou uma piscadela — você, Gerard, poderia ter tantas esposas quanto desejasse, dentre as mulheres solteiras da aldeia. Elas te acham muito exótico.

Gerard corou e respondeu, irritado:

— Quando chegar a hora, terei uma esposa cristã e um casamento cristão.

O sorriso de Oludara murchou.

— Eu vim ao Brasil pela aventura — Gerard continuou —, não para ficar descansando numa aldeia nativa. Viemos até aqui para aprender com os tupinambás, e já gastamos tempo mais do que o suficiente para aprender tudo o que precisamos. É hora de seguir em frente.

— Mas Gerard... — Oludara olhou para trás, para a maloca em que Arani dormia.

— Admita, Oludara, você está tão inquieto aqui quanto eu. Sei o que sente sobre Arani, mas ela já te disse repetidas vezes que não vai se casar com você.

— Esse é o problema, Gerard. Ela está me escondendo algo, e não sei o que é. Nunca diz "não *quero* me casar com você", só "não *posso* me casar com você", sempre com tristeza na voz, mas sem nunca me dar um motivo. Sempre que pergunto a outros, eles evitam a pergunta. Preciso solucionar esse mistério.

Gerard, abrindo a boca para responder, foi interrompido por uma comoção vinda do portão da paliçada. Um grupo de guerreiros da aldeia gritou um chamado, e centenas de nativos esvaziaram as malocas rumo ao centro da aldeia. Homens carregavam seus arcos prontos, mulheres gritavam e crianças corriam de um lado a outro aos berros, aproveitando-se da comoção como desculpa para fazerem barulho.

Para o meio deles caminhava um nativo que não era da sua aldeia. Intrincados padrões em vermelho e preto cobriam o corpo do homem, mas sua pele era mais pálida que a dos tupinambás à volta dele. Ele levantou uma das mãos e, quando a multidão se aquietou, começou a cantar e dançar. Enquanto dançava, um cocar de penas balançava atrás dele, e ele agitava maracás nas duas mãos. Os aldeões falavam entre si e apontavam.

Algo parecia familiar nele, e Gerard lutou para lembrar-se.

— Já o vi antes — disse a Oludara. — Talvez em Salvador...

Conforme o homem dançava mais para perto, Gerard observou melhor o seu rosto, e viu que seus traços não eram, absolutamente, os de um nativo.

— Piraju! — disse.

O homem não demonstrou nenhuma reação visível à exclamação de Gerard, porém, depois de uns momentos a sua dança mudou de direção e o trouxe para perto de Gerard. Quando ele saltitava a não mais que um pé de Gerard, sacudiu mais alto os seus maracás e sussurrou num português de sotaque espanhol:

— Quieto, Gerard! Não é apropriado que alguém fale comigo diante dos caciques. Qual é a sua maloca?

— Aquela à minha esquerda — respondeu Gerard.

Piraju marcou a cabana com um olhar e assentiu. Então continuou o seu canto e dançou na direção de um grupo diferente de espectadores.

— Quem é esse homem? — perguntou Oludara.

— É o náufrago espanhol que conheci em Salvador — Gerard respondeu. — Aquele que me contou como achar o Saci-Pererê e conseguir o favor de que precisava para te libertar.

— Sim — disse Oludara —, você me falou dele, aquele que se casou com uma noiva tupinambá. — Fitou Arani, que havia deixado a maloca para se juntar aos outros. — Bem que eu queria ter tal sorte.

Depois de realizar vários cantos, Piraju entrou na maloca de Gerard e Oludara. Eles o seguiram para encontrá-lo deitado em uma das redes, de olhos fechados. Jaobi, o cacique da maloca, entrou e observou o estranho por uns instantes. Ordenou que algumas das mulheres solteiras lhe oferecessem comida, então saiu.

Arani veio para junto de Gerard e Oludara.

— Por que ninguém se aproxima dele? — Oludara perguntou.

— O homem é caraíba — disse Arani —, um pajé que viaja entre povos diferentes. Os caciques devem decidir se o deixam ficar ou se o matam. Vão consultar Ybandira antes de tomarem uma decisão.

— Matá-lo? — Gerard disse. — Isso é um absurdo! Por que vocês matariam um homem antes mesmo de falar com ele?

— É o costume. Caraíbas são homens poderosos, capazes de amaldiçoar uma aldeia inteira se assim escolherem. Contudo, eles não devem falar até que tenham recebido permissão, então muitas aldeias os matariam antes de assumir esse risco.

— Esse costume é bárbaro! — Gerard puxou Oludara para o lado. — Não deixarei que matem Piraju — disse.

— Eles têm vivido desse modo por muitas eras — Oludara respondeu. — Que direito temos de dizer o que é certo ou errado?

— Sou um cristão, Oludara, e não vou tolerar o assassinato. Eu o protegerei com minha própria vida, se for preciso.

Gerard foi batendo os pés até a sua rede, onde fixou o cinto com sua rapieira bolonhesa, carregou o arcabuz, e passou a caminhar pela cabana, mantendo o olhar em Piraju e em qualquer um que se aproximasse do homem.

O próprio Piraju parecia relaxado. As mulheres trouxeram-lhe uma cabaça de mingau de peixe e ele colheu punhados dele com as mãos e os atirou na boca, a maneira habitual dos tupis comerem.

Quando deitou a cabaça de lado, assinalando o fim de sua refeição, Jaobi entrou na maloca flanqueado por dois guerreiros. Gerard ficou tenso e se esgueirou para perto deles.

— Os caciques estão prontos para falar — Jaobi disse.

Piraju levantou-se e seguiu Jaobi para fora. Gerard caminhou atrás deles e viu os outros quatro caciques sentados num círculo ao lado do centro da aldeia, passando um longo cachimbo entre eles. Quando Piraju chegou perto, eles levantaram-se, mas não disseram nada. A aldeia juntou-se em torno.

Ruídos de estalidos chegaram mais perto e a multidão abriu-se para dar passagem a Ybandira, mancando na direção deles com um cajado numa das mãos.

Ybandira dirigiu-se à aldeia.

— Os espíritos contam-me que as palavras deste caraíba trazem grande desespero. Não devemos dar a ele permissão para falar.

A sentença de morte não alterou a expressão de Piraju, nem o fez emitir uma única palavra; ele manteve-se reto e calmo. A um sinal dos caciques, vários guerreiros se aproximaram com compridas bordunas levantadas, prontos para o ataque. Gerard disparou seu arcabuz no ar e todos se voltaram para ele.

— Não — disse ele em tupi, fazendo uma pausa para deixar a palavra causar seu efeito.

Havia aprendido um bocado da língua nativa durante o seu tempo com a aldeia; não tanto quanto Oludara, que já falava como um nativo, mas o suficiente para conversar. Ele deixou cair seu arcabuz e caminhou até colocar-se entre Piraju e os guerreiros. Cruzou os braços.

— Matar é errado — disse. — Não vou lutar contra vocês, mas se querem matar esse homem, terão de me matar primeiro.

Os guerreiros hesitaram. As pessoas sussurraram, mas ninguém disse uma palavra de apoio.

— Sabemos que seu coração é bom, Gerard — Ybandira disse —, mas isto diz respeito à aldeia. Você deve afastar-se.

— Vocês não me têm como parte da aldeia? Não posso falar?

— Pode falar, mas esta decisão é tomada pelos caciques.

Gerard olhou em torno em busca de apoio, mas nada veio. Seus olhos encontraram os de Arani, e ela disparou-lhe um olhar enraivecido. Com seu relacionamento com a aldeia ainda tênue, ela frequentemente admoestava Gerard por embaraçá-la. Ele olhou para Oludara ao lado dela. Ele meramente balançou a cabeça e olhou para o chão.

Quando viu que até mesmo o seu fiel companheiro o tinha abandonado, Gerard sentiu seu estômago contrair-se em desespero, todavia ele se manteve firme. Ybandira gesticulou para alguns guerreiros.

— Segurem-no — Ybandira comandou. — Não o deixem interferir.

Gerard preparou-se, enquanto uma dúzia de guerreiros convergiu ao redor dele.

Um berro ruidoso quebrou o silêncio. Gerard virou-se para ver Cabuçu abraçando a própria cintura e rindo. Levou um bom tempo para o guerreiro se recompor.

— Gerard van Oost — ele disse —, você é um louco. Você se levanta contra a sua própria aldeia. Contra a vontade dos seus caciques e do seu pajé. Só um louco se levantaria sozinho contra todos.

Cabuçu virou-se e falou com a aldeia.

— Mas talvez isso não seja loucura. Isso me lembra de um tempo não muito distante, quando dois estranhos chegaram à nossa aldeia. Eu os teria matado... — Ele passou um dedo pela garganta, para enfatizar. — ...mas outros mostraram misericórdia. Com o tempo, descobri que eles eram muito corajosos. E hoje Gerard é valente mais uma vez.

Voltando-se para Gerard, ele disse:

— Gerard, eu ficarei do seu lado, não porque você está certo, mas porque é corajoso.

Foi para o lado de Gerard e atirou um braço por cima do seu ombro. Com isso, vários dos guerreiros de Cabuçu juntaram-se a eles.

Gerard agradeceu Cabuçu com um dito tupi:

— Eu pulo de felicidade.

Cabuçu respondeu com um dos seus sorrisos cheios de dentes.

As pessoas olharam-se umas às outras, incertas do que fazer, até Jaobi quebrar o silêncio.

— Talvez Cabuçu esteja certo — disse. — Nós permitimos que Gerard e Oludara falassem, e eles salvaram nossa aldeia do Capelobo. Deveríamos escutar o que o caraíba tem a dizer.

Jaobi foi até o outro lado de Gerard. Jaobi era um cacique popular, e muitas famílias seguiram-no. Gerard viu que agora quase uma centena estava com ele, embora ainda fossem superados em três por um. Estava desapontado por ninguém ter levado em conta a vida do homem inocente em sua decisão de apoiá-lo, mas decidiu dar graças e deixar a discussão para mais tarde. Gerard sabia que precisava convencer Ybandira. Olhou o pajé nos olhos.

— Deixem o caraíba falar — disse. — Se suas palavras trouxerem desespero, eu aceitarei as consequências.

— E eu com ele — disse Oludara, espremendo-o num abraço apertado, antes que Gerard sequer se desse conta de que ele tinha se aproximado. — Podemos ter nossas diferenças, amigo, mas não deveríamos ficar divididos.

Arani parecia em dúvida, mas respirou fundo e de modo relutante colocou-se ao lado de Oludara. Segurou a mão dele e Oludara sorriu para ela. De qualquer modo, a presença dos seus amigos aumentou a coragem de Gerard.

Ybandira pareceu surpreendido.

— Devo consultar os espíritos.

Foi para a sua cabana, enquanto os aldeões conversavam aos cochichos em grupos. Gerard havia perdido o pé do tempo quando o pajé finalmente voltou a aparecer.

— Muito bem, Gerard — disse Ybandira. — Os espíritos concordam, você e Oludara suportarão as consequências das palavras do caraíba. — Virou-se para Piraju. — Você é bem-vindo à nossa aldeia. Pode falar.

— Eu me chamo Piraju, e sinto-me honrado por sua gentileza. Trago um aviso urgente a esta aldeia: uma bandeira se aproxima.

— Qual bandeira? — Gerard perguntou, temendo a resposta.

— Uma dourada e vermelha, aquela de Antônio Dias Caldas.

Gerard empalideceu diante do nome.

— Você conhece esse Antônio? — perguntou Ybandira.

— Ele é o mais perigoso bandeirante do Brasil, e me jurou como inimigo, embora duvide que ele saiba que estou aqui. Só pode haver um propósito que o traz até aqui: capturar os tupinambás e vendê-los como escravizados.

A comoção ergueu-se em torno deles.

— Isso é verdade — Piraju disse, gritando acima da multidão. — Ele já escravizou outras aldeias, levando todos para trabalhar nos engenhos de açúcar, e chegará aqui em dois dias.

— Com quantos homens? — Gerard perguntou.

— Pelo menos oitenta atiradores, e dúzias de escravizados nativos.

— Não podemos combater tantos, podemos? — perguntou Jaobi.

— Não — Gerard disse. — Uma batalha direta seria um massacre. Mesmo se os atacássemos com armadilhas e o fator surpresa, poderíamos perder muitos na luta.

A comoção virou um pânico geral.

— Gerard está certo — disse Piraju. — Sua única escolha é fugir. Mesmo se segurassem Antônio desta vez, com um grande custo em vidas, outros virão. A aldeia está perto demais de Salvador. Vocês devem se mudar mais para o interior, para o Sertão.

Oludara balançou a cabeça e disse:

— É uma terra difícil, quase tão ruim quanto o platô de argila vermelha da minha terra, Ketu, onde a água é tão escassa que dizemos que a "água se transforma em mel em Ketu".

— Conhecemos os perigos do Sertão — Jaobi disse. — Mas concordo com Piraju, ela é melhor do que ser morto ou capturado pelos escravizadores. Os tupinambás são fortes. Podemos sobreviver lá.

Os outros caciques expressaram sua concordância.

— Mas eles chegam em dois dias — Gerard disse. — Levará uma semana para preparar provisões para uma fuga como essa.

— Sim — disse Cabuçu. — Devemos segurá-los em combate. — Ele parecia feliz com a ideia.

— Deve haver um meio melhor — Gerard disse. — A responsabilidade é minha, eu a assumi, embora não saiba o que fazer. Oludara, você vai pensar em alguma coisa, não vai? Você sempre pensa.

— Sim — Oludara disse. — Antônio é perigoso demais; não será detido pela força. Mas Gerard e eu poderíamos segurá-lo com estratagemas.

— Deixamos esse Antônio com vocês, então — disse Ybandira. — A aldeia deve preparar-se para a viagem.

Com isso, os caciques dividiram-se, cada um pondo-se a caminho para organizar os membros da sua maloca. Eles chamaram a sua gente, até mesmo Arani, deixando Gerard e Oludara sozinhos com Piraju. Oludara suspirou e disse:

— Você estava certo, Gerard. A respeito de deixar Piraju falar, a respeito de mim, de tudo. Você e eu ficamos aqui tempo demais, e agora o destino nos força a agir.

— Isso tudo está no passado — disse Gerard. — Devemos lidar com o assunto presente, e, como sempre, confiarei no seu plano.

— Antônio não será fácil de dissuadir; vai ser preciso um grande motivo. Meu povo tem um dito: "Ninguém joga fora carne de corça para pegar carne de esquilo". Antônio vem até aqui pelo lucro, mas será que existe algo que ele deseja mais do que dinheiro?

Gerard odiava admitir, mas, embora seus métodos fossem diferentes, ele e Antônio tinham muito em comum. Sabia o que esse homem mais desejava.

— A chance de ser um herói — disse, com um suspiro.

Foi preciso só uns momentos para Oludara vir com uma ideia.

— Devemos enviar alguém para contar a Antônio sobre uma fera que faz cerco a uma cidade... A chance dele conquistar grandes glórias.

— É uma boa ideia em teoria — Gerard respondeu —, mas em quem ele acreditaria? Eu não posso ir até ele; me espetaria e assaria como um pedaço de carne.

— Eles me conhecem — disse Piraju —, e sabem que tenho avisado as aldeias da chegada deles. E suspeitariam de qualquer tupinambá.

— Então isso deixa só uma opção — Oludara disse. — Eu devo ir.

— Mas Antônio viu você aquele dia em que nos conhecemos em Salvador — disse Gerard. — Ele te reconhecerá.

Oludara fez uma cara zombeteira diante da sugestão.

— Gerard, você é tão deliciosamente sincero; é um prazer saber que um homem como você existe neste mundo. Antônio não me dirigiu uma olhadela sequer naquele dia. Para ele, escravizados não são pessoas, apenas propriedade. Ele não distinguiria um africano do outro.

— Diogo, contudo, continua como o seu segundo em comando. Ele não será enganado tão facilmente.

— Eu vou me disfarçar. Será o bastante.

— Onde nosso falso ataque ocorrerá?

— Hmm, essa é uma questão importante. Ele vem de Salvador, então qualquer mensagem vinda de lá parecerá suspeita. Porém, deve ser de algum lugar não muito longe.

— Ilhéus, então — Gerard disse. — Não é longe, mas ele vai ter de cortar caminho pela floresta para chegar lá. Mesmo no seu passo mais rápido, Antônio levará cinco dias para chegar, e cinco para regressar. Isso deve dar à aldeia tempo suficiente.

— Um excelente plano! — disse Piraju. Abraçou os ombros de Gerard. — Como o destino é estranho, Gerard van Oost! Como eu iria saber que um holandês que conheci em Salvador um dia salvaria a minha vida em meio aos tupinambás? Muito obrigado. A história de como você veio a viver nesta aldeia e falar a língua deles deve ser espantosa, mas não tenho tempo de ficar e ouvi-la.

— Você não pode partir sem ao menos conhecer meu amigo — Gerard disse. — Piraju, este é Oludara. Foi por causa dele que busquei o auxílio do Saci-Pererê em Salvador.

Oludara ofereceu um firme aperto de mão.

— Saudações e boa saúde — disse.

— É de fato um prazer conhecê-lo, Oludara — disse Piraju. — O seu plano vai me dar tempo de alertar outras aldeias, salvando mais vidas do que vocês podem imaginar.

— Fico feliz em ouvir isso.

— Agora devo ir, e alertar os outros.

— Boa sorte — disse Gerard.

Enquanto Piraju se afastava a passos largos, Oludara disse:

— Estou impressionado, Gerard. Você arriscou sua vida para salvar um homem com quem esteve uma única vez.

— Era a coisa cristã a se fazer.

— Muitos chamam a si mesmos de cristãos — Oludara disse —, mas duvido que um em cem teria feito isso. Os bandeirantes que vêm para escravizar esta aldeia são cristãos, não são?

— De fato, eles são — Gerard disse, desviando os olhos. — De fato eles são.

Oludara sentava-se ao lado de Arani no centro da aldeia, partilhando uma refeição com algumas dúzias de membros de sua maloca. Eles passavam cestos cheios de mangas, bolos de mandioca e peixe assado. Seria a última refeição de Oludara antes da sua viagem. Como era habitual entre os tupinambás, o grupo comia em silêncio.

Quando a refeição terminou, Oludara olhou para Arani. Procurou um dito para quebrar o silêncio, mas a sabedoria do seu povo falhou-lhe. Em vez disso, escolheu ser direto.

— Minhas aventuras com Gerard têm esperado tempo demais — disse. — Dei-lhe minha palavra de que viajaria pelas selvas brasileiras com ele por cinco anos, e faltam ainda quatro.

— Sei do seu juramento.

— Voltaremos a visitar em um ano — disse. — Eu prometo.

— Você pode ir e vir como quiser. Faz parte da aldeia.

— Não é o que eu quis dizer.

Arani continuou olhando para o chão e não disse nada.

— Você sabe o que sinto a seu respeito. Não tem nada a me dizer antes de eu partir?

— Eu... — Arani pareceu lutar com as palavras. — Dê um jeito de não morrer.

Não foi a resposta que ele queria.

— Não planejo ser morto. Gerard e eu não somos estranhos ao perigo.

— *Disso* eu bem sei — disse Arani. — O perigo segue aquele homem como as moscas são atraídas pela carne. Com meu coração aos pulos, vi vocês dois encararem o perigo mais vezes do que consigo lembrar.

— A despeito disso, não consigo imaginar um companheiro melhor para encarar esse perigo. Eu o seguiria até o seu inferno cristão se ele pedisse, e todavia é ele quem segue meus conselhos.

— Então leve-o até o inferno e de volta, que eu não me importo.

Oludara riu.

— Está com ciúmes? Você age como se eu fosse me casar com ele! — Arani não disse nada. — Não faça assim. Nenhum homem pode escolher um irmão de sangue, mas Gerard é meu irmão por escolha. Como eu poderia abandonar um irmão?

— Então não o abandone — ela disse —, se o ama tanto.

Oludara não soube o que dizer. Ficou aliviado quando Gerard e Jaobi se aproximaram e quebraram o silêncio.

— Já dei o meu adeus — Gerard disse. — Devemos partir.

— Vocês voltarão para junto de nós quando tiverem se livrado de Antônio? — Jaobi perguntou.

— Não — disse Gerard. — Tão logo Oludara o tenha colocado a caminho de Ilhéus, vamos rumar para o sul. Ouvi histórias de feras perigosas por lá, e estou curioso para ver com meus próprios olhos esse Rio de Janeiro de que tanta gente fala.

Gerard virou-se para Arani e assustou-se. Oludara seguiu o seu olhar para vê-la à beira das lágrimas. Oludara tentou pensar em algo que quebrasse a tensão, mas foi Gerard quem falou primeiro:

— Arani... — ele murmurou. — Eu estive pensando. Você se mostrou muito corajosa. Poderia vir conosco, se desejar.

Oludara quase caiu para a frente; Gerard nunca mencionara uma única vez tal pensamento.

— Não, obrigada, Gerard — ela disse. — Vocês são como dois garotinhos, sempre precisando se provar. Eu não tenho necessidade de fama, e nenhum desejo de assistir vocês dois se colocarem em perigo por causa dela. Deixo as aventurazinhas para os garotinhos. Meu lugar é com o meu povo. — Então deu uma olhada séria para Oludara. — Apenas garanta que os *dois* voltem seguros, ou sofra as consequências.

Gerard deu um passo para trás e disse:

— Você sabe que farei o meu melhor.

Arani riu da reação dele, em seguida sua expressão ficou séria outra vez. Deu aos dois abraços rápidos e encabulados, então virou-se e se apressou para dentro da maloca. Oludara se perguntou se deveria correr atrás dela, mas sons de estalidos chamaram sua atenção, com a chegada claudicante de Ybandira.

— Gerard — ele disse —, é bom eu ter encontrado você antes da sua viagem.

— Ybandira — Gerard disse, assentindo.

Oludara notou a formalidade com a qual Gerard dirigiu-se ao pajé. Mesmo depois de tantos meses na aldeia, Gerard continuava a referir-se a ele como um "maldito feiticeiro" pelas costas.

Ybandira segurava uma cabaça com uma rolha de madeira no topo. Símbolos incomuns tinham sido entalhados nela.

— Sei que você não acredita na minha magia, mas por favor aceite. Os espíritos me dizem que você vai precisar.

Gerard aceitou a cabaça na ponta dos dedos e a olhou, cético. Ele a balançou perto do ouvido e ela emitiu um barulho de líquido.

— É uma poção poderosa — Ybandira disse. — Ela vai curá-lo quando seus ferimentos forem terríveis

Gerard abriu a boca como que para argumentar, mas Jaobi o deteve com uma mão em seu ombro.

— Se aceitar o presente, vai nos honrar a todos, Gerard — disse.

Gerard suspirou e deu de ombros.

— Se é preciso — disse.

Ele baixou sua mochila e enfiou a cabaça nela.

— Há mais uma coisa — disse Ybandira. — Você estava certo sobre Piraju. A fala dele teve consequências terríveis para nós, mas se não tivesse falado, as consequências teriam sido piores. Foi um truque cruel que os espíritos aplicaram em nós, mas você enxergou através dele.

— Não foi truque — disse Gerard. — A vida é preciosa, e nunca deveria ser tomada de modo leviano.

— É uma ideia estranha, Gerard. Para nós, vida e morte são o mesmo, nenhuma maior que a outra. Vou pensar sobre isso.

Ybandira virou-se e partiu.

Jaobi olhou para Oludara e disse:

— Rumamos para o noroeste. Como é nosso costume, queimaremos a aldeia quando partirmos. Vocês conhecem os sinais que usamos para esconder mensagens na floresta; vou deixar algumas para mostrar a nossa trilha. Que os seus deuses protejam vocês.

— E que a aldeia encontre uma boa terra — disse Oludara —, repleta de água e caça.

— Pelo tempo de muitas vidas, nosso povo tem buscado a Terra Sem Mal. Nossos ancestrais vieram até o litoral e a grande água, procurando por ela, mas nunca a encontraram. Talvez a encontremos nas planícies secas do Sertão.

— Que todos nós a encontremos um dia — Oludara disse.

Oludara puxou um fôlego profundo antes de deixar a cobertura da floresta e emergir no acampamento de Antônio. Ele se curvava ao andar, reduzindo grandemente a sua altura. A sua faca de marfim estava enfiada nas calças, escondida debaixo da camisa. Um tapa-olho cobria seu olho direito. Era um grande desconforto, mas ele buscou ânimo no fato de que, se tudo corresse como o planejado, ele poderia despachar Antônio rapidamente e se pôr a caminho. Enquanto ele mancava para dentro do acampamento, todos os olhos voltaram-se para ele. Assim como Piraju havia descrito, dúzias e dúzias de bandeirantes e escravizados nativos preenchiam as fileiras do bando de Antônio.

O acampamento em si consistia em redes esticadas entre as árvores, com fogueiras espalhadas entre elas. Fardos e suprimentos amontoavam-se no chão, a maior parte deles coberta por lonas penduradas. A bandeira de Antônio, vermelha e dourada, dividida diagonalmente no meio, erguia-se no centro da clareira. Diferentemente do esboço tosco do elefante e da arara de Gerard, esta bandeira havia sido bordada a partir de um tecido fino.

Quase todos os bandeirantes vestiam camisas e calças de algodão. Alguns usavam botas, enquanto outros andavam descalços. Muitos vestiam grossos coletes de couro, capazes de bloquear uma flecha frouxa, e uns poucos até usavam capacetes, embora a maioria usasse chapéus de abas largas para proteger-se de um inimigo ainda maior: o sol. Talvez metade dos bandeirantes parecia ser de descendência europeia pura, enquanto caboclos — aqueles de filiação mestiça de nativo com europeu tão comuns no Brasil — formavam a outra metade.

Os escravizados nativos lembraram Oludara da sua aldeia adotiva de tupinambás. Não usavam roupa alguma, exceto por penas e pedras decorativas. A maioria cortava o cabelo numa tonsura.

Oludara se perguntou quem iria abordá-lo primeiro, até que notou Antônio e Diogo caminhando em sua direção, vindos de uma das extremidades do acampamento. Antônio vestia um rico gibão vermelho sobre as suas roupas de algodão. De seu cinto se penduravam uma rapieira extravagante e lustrosa, e uma adaga combinando. Uma pena vermelha projetava-se do seu chapéu de abas largas. Na mão direita ele carregava um arcabuz decorado com placas de metal gravado. Em seu rosto escurecido de sol, ostentava uma barba negra, mais cheia e mais comprida do que a da última vez que Oludara o tinha visto. Mantinha a cabeça alta e seus olhos exsudavam confiança.

Diogo vestia um colete acolchoado marrom e portava uma rapieira mais simples e um arcabuz. Tufos de cabelos castanho-escuros desciam em cachos do

seu chapéu, e a sombra escura de uma barba de vários dias marcava as suas faces. Seus movimentos eram mais relaxados, mas ainda confiantes.

— De onde veio esse escravo? — Antônio perguntou, ignorando Oludara e olhando em torno para os seus soldados em busca de resposta.

— Mestre — disse Oludara, mantendo os olhos para baixo —, venho de Ilhéus.

— Ilhéus? — Antônio perguntou, com a voz cética. — Deve ter fugido. — Gesticulou para uns homens próximos. — Amarrem-no!

— Esperem! — disse Oludara, caindo de joelhos para causar impressão. — Eu não fugi, sou o servo fiel do meu dono. Ele me enviou para procurar o estandarte vermelho e dourado de Antônio Dias Caldas e pedir sua ajuda.

— É mesmo? E que ajuda é essa?

— Uma terrível fera atormenta a cidade, levando as pessoas de noite e deixando-as ensanguentadas e mortas nos morros. Meu mestre disse que Antônio deve vir com rapidez, ou nós todos morreremos. Antônio está aqui?

— Sou eu quem você procura, mas eu não saio correndo pelo território ao capricho de qualquer homem. — Antônio olhou para Diogo. — Você acredita nessa história? Ou este é um escravo fugido tentando salvar sua pele?

Diogo observou Oludara, que mantinha o seu olhar firmemente no chão.

— É possível — disse Diogo. — Devíamos nos certificar. Ilhéus não fica além de uma caminhada de cinco dias.

— Hmm — disse Antônio, puxando a barba de um modo que lembrou Oludara de Gerard. — Acho que não. Ilhéus sempre foi uma praga. O povo não tem qualquer respeito pelos seus líderes, chegando ao ponto da revolta. E os índios aimorés são uma ameaça constante. Mesmo se o escravo estiver falando a verdade, não vale a pena.

"Além disso, devemos estar perto daquela aldeia a esta altura. Não posso voltar ao litoral de mãos vazias. Precisamos capturar alguns dos pretos da terra primeiro."

Oludara rangeu os dentes diante do uso casual de "pretos da terra" por Antônio, um insulto tanto ao seu povo quanto aos nativos que ele aprendera a amar. Contudo, ele se controlou.

— Meu mestre, Francisco de Santarém — disse Oludara, usando um nome que Gerard tinha inventado —, disse que ficaria mui agradecido por seu auxílio. O engenho dele é o maior de Ilhéus, e sua família tem laços com o rei.

Isso fez Antônio considerar. Com um olhar rápido, Oludara pôde ver que ele ruminava o nome inventado, mas provavelmente não queria admitir, na frente dos seus homens, nunca o ter ouvido.

— Sim — Antônio finalmente respondeu. — Ilhéus pode ser uma pilha de lixo esquecido por Deus, mas se a gente de lá está em grande perigo, deveríamos atendê-los. Vamos nos encaminhar logo de manhã.

Pelo canto do olho, Oludara conseguiu ver Diogo olhando firme em sua direção, então baixou a cabeça ainda mais, evitando qualquer chance de contato visual.

— Devo voltar ao meu mestre com as boas novas — disse Oludara.

— Não há necessidade disso — disse Antônio —, você estará a salvo conosco. E se alguma coisa acontecer ao seu mestre antes de chegarmos lá, eu fico com você como recompensa. — Ele gritou para alguém atrás dele: — Martim, coloque um colar nesse escravo!

Oludara rangeu os dentes quando o soldado se aproximou com uma pesada argola de ferro.

Na noite seguinte, depois de uma longa marcha, o pescoço de Oludara estava esfolado com o colar de ferro e seus pés doloridos com os tropeços constantes sofridos enquanto ele se acostumava ao tapa-olho. Ansiava por uma refeição farta e um sono profundo, e procurou no acampamento uma forma de obter os dois.

Sentindo o aroma de carne assada, Oludara seguiu-o para o meio do acampamento, onde descobriu um javali sendo assado sobre uma fogueira. Um dos soldados tinha visto o animal ao entardecer e, como uma aposta, Antônio havia abatido o bicho com um único tiro. Um soldado cuidava da carne, enquanto um escravizado nativo virava o espeto. Oludara lambeu os lábios e se deliciou com o som musical da gordura estalando.

Quando o soldado notou o olhar faminto de Oludara, seu rosto se espremeu em uma cara feia. Ele correu os olhos pelo acampamento e gritou para Antônio:

— Ei, capitão! O que damos para este aqui comer?

Antônio deu de ombros e disse:

— Dê a ele umas bananas verdes. É isso o que todo mundo dá aos escravos.

O ânimo de Oludara afundou no instante em que alguém jogava um par de bananas na sua mão. Virou-se e esgueirou-se para longe, resmungando:

— De novo essas malditas bananas...

Como ninguém lhe ofereceu um lugar para dormir, achou um trecho de grama debaixo de uma árvore e reclinou-se para comer. Relaxou e ficou a observar a azáfama em torno dele conforme os outros pegavam a sua carne e instalavam-se em suas redes, um a um deslizando para o sono.

Bem quando suas pálpebras começavam a cair, uma mão em seu ombro o acordou com uma sacudida. Ele virou-se para ver Gerard agachado na sombra da árvore.

Oludara sorriu para o seu amigo e sussurrou:

— Eu já me perguntava quando você iria aparecer.

— Bem, cá estou — disse Gerard. — Então vamos fugir.

— Não posso sair com esta argola no pescoço; preciso roubar a chave de Antônio primeiro. E, além disso, a hora não é a melhor. Se eu fugir agora, vai despertar suspeitas. É preferível acompanhá-lo por todo o caminho até Ilhéus e garantir que o grupo não se desvie do curso. Se Antônio tiver dúvidas, vou convencê-lo a continuar.

— Então o que eu faço?

— Corra adiante até Ilhéus. Um homem consegue viajar mais rápido do que muitos, e você pode se preparar para a nossa jornada enquanto espera. Quando estivermos perto, vou escapar e podemos fugir para o sul.

Gerard abriu a boca para comentar algo, mas foi interrompido quando uma mão agarrou o tapa-olho de Oludara e o arrancou. Oludara olhou para cima para deparar-se com Diogo olhando fixo para ele.

— Você não é exatamente cego desse olho, é? — disse Diogo. Ele voltou-se para Gerard. — Eu achava que você poderia aparecer, Gerard. Pensou que eu não reconheceria o seu companheiro, a quem vi na praça naquele dia em que retornávamos depois de matar o Boitatá? Conte-me rápido o que estão fazendo aqui, ou soarei o alarme.

— Estamos salvando a aldeia de tupinambás com a qual vivemos os últimos seis meses — Gerard disse. — Sua tropa estava quase sobre eles.

O fato de Gerard partilhar a verdade tão rapidamente surpreendeu Oludara, mas ele confiava no julgamento de seu amigo. Diogo, afinal, tinha sido um conhecido de Gerard antes de Oludara conhecê-lo.

— Eu me perguntava por que você tinha desaparecido por tanto tempo — disse Diogo. — Antônio sempre está de olho em você; não ache que ele esqueceu o modo como o embaraçou em Salvador.

— Embaraçá-lo? — Gerard disse, elevando a voz por um momento antes de lembrar-se de onde estava e voltar a sussurrar. — Ele tentou me mandar de volta para a Europa!

— Foi um dos seus poucos fracassos, e ele não se esquecerá tão cedo. Agora, se vocês estão nos levando para uma armadilha, eu preciso contar a Antônio.

— Não é armadilha — disse Gerard. — Não há monstro algum em Ilhéus. Antônio não perderá nada além de tempo, mas inúmeros amigos nossos serão salvos.

— Não obstante, é às custas dele, e eu devo contar.

Diogo virou-se para sair.

Gerard levantou-se e agarrou Diogo, girando-o para olhar nos seus olhos.

— Eu sei que tipo de homem você é, Diogo, e sei que esta missão não é do seu agrado. Esta captura dos nativos é uma coisa bárbara. Quando reconheceu Oludara, por que não contou a Antônio imediatamente?

Diogo baixou os olhos.

— Você está certo, Gerard. Vi a chegada de Oludara como uma chance de desviar Antônio deste negócio podre e voltar para o que deveríamos estar fazendo: salvar aqueles em necessidade, dos monstros destruidores que infestam esta terra.

— Você é um bom homem — Oludara disse. — Por que segue alguém como Antônio?

— Você não conheceu Antônio antes. Quando ele formou a bandeira, suas intenções eram nobres. Nós participamos de combates horríveis e salvamos incontáveis vidas. Antônio sempre correu primeiro rumo ao perigo, jamais com um segundo de hesitação. Ele era o melhor de nós, tanto com a espada quanto a arma, um homem que nos inspirava. Se você o tivesse visto desse modo, também o teria seguido.

"Mas então o pensamento dele transferiu-se para o lucro, e para os índios. Isso me pesa terrivelmente, esse negócio de escravizados. Os índios já foram nossos aliados. Eles perderam as nossas graças só porque os engenhos foram construídos, e os africanos não poderiam ser trazidos com rapidez suficiente para equipá-los todos."

— Não são índios — Gerard disse —, são tupinambás, e tupiniquins, e muitos outros. E eles agora são tanto o meu povo quanto os holandeses já o foram. Eu imploro, Diogo, não conte a Antônio. São somente alguns dias, e então vocês estarão a caminho da próxima aventura.

Diogo ficou em silêncio por um longo tempo. Com um suspiro, jogou o tapa-olho de volta a Oludara.

— Muito bem, Gerard. Só desta vez, você pode continuar a sua artimanha. Apenas vá agora, antes que alguém o encontre aqui.

Durante o extremo calor do meio-dia, típico das florestas brasileiras, Gerard tirou um bem-vindo descanso. Quatro dias de viagem o tinham deixado exausto. Ele sentou-se contra um tronco caído e remexeu em sua mochila à procura de algo para comer.

As provisões que trouxera da aldeia tupinambá tinham quase acabado, mas desde o início ele tinha carregado pouco, vivendo da terra ao longo do caminho tanto quanto possível. Oludara estivera certo em insistir que os dois passassem um tempo entre os tupinambás; os nativos tinham conferido a eles um valioso conhecimento. Onde Gerard vira a floresta como uma imponente muralha verde, agora a sentia como sendo tão confortável quanto as ruas de uma cidade. Onde quer que olhasse, agora reconhecia plantas e animais às dúzias.

Desembrulhando a cobertura de pano, retirou os últimos dos seus biscoitos duros de mandioca e abriu um abacaxi para acompanhá-los. Teria preferido uma refeição quente de peixe ou caça, mas não tinha arriscado acender uma fogueira desde que deixara o acampamento de Antônio.

Quando jogou sua mochila no chão, ela tombou e a poção que Ybandira lhe havia dado rolou para fora. Gerard a tinha esquecido, depois de enfiá-la no fundo da mochila, mas isso foi antes de ter comido a maior parte de tudo o que havia dentro.

Gerard apanhou a cabaça e segurou-a perto do rosto. Examinou os estranhos entalhes, mas eles não detinham qualquer sentido para ele.

— Magia pagã — disse.

Armou o braço para jogá-la longe.

Um estalo soou vindo do norte. Gerard distraidamente deixou cair a poção de volta na sua mochila e foi investigar. Enquanto caminhava, percebeu o aroma de alguma coisa doce, e a floresta abriu-se para revelar um imenso lago cercado de terras cultivadas. Campos de cana-de-açúcar espalhavam-se muito longe diante dele. Na margem leste do lago, notou uma herdade. As únicas construções que Gerard tinha visto por muitos meses foram as malocas tupinambás, e a visão de construções de tijolo e argamassa alegrou-o infinitamente. As paredes com reboco e os telhados de cerâmica cor de salmão até reavivaram memórias das cidades da Europa.

— Ah, sociedade! — suspirou. — Faz tanto tempo assim?

Desde que se despedira de Oludara, tinha falado sozinho cada vez com mais frequência para passar o tempo.

— Olá! — chamou várias vezes, mas sem ter resposta.

Gerard circum-navegou o lago e cruzou um pomar de marmelo e figo no seu caminho até a herdade. As construções seguiam um padrão similar ao que ele já vira nas fazendas de cana-de-açúcar. A construção de dois andares seria a casa do proprietário. Perto se erguia uma capela particular com colunas quadradas na frente e uma cruz de madeira no topo. Um pilar com um sino erguia-se perto dela. Um pavilhão com cobertura protegia uma enorme prensa de cana feita de madeira, e outros equipamentos para a extração do açúcar. A única estrutura não construída para durar — feita de barro com um telhado de sapé — seria a senzala: a casa dos escravizados. Gerard estimou que a estrutura era capaz de abrigar uns duzentos escravizados, baseado no modo como os senhores de engenho tipicamente os aglomeravam.

A despeito de uma busca completa nas construções, Gerard não encontrou ninguém. Gavetas, gabinetes e outros compartimentos haviam sido esvaziados e trancados, sugerindo mais abandono do que roubo. A cozinha ainda cheirava a caras especiarias como canela e pimenta, mas nada restava. Ainda mais estranho, ele encontrou marcas de garras em paredes e peças de mobília, mas nenhum traço de violência a qualquer pessoa.

Gerard retornou ao pomar para ver o que conseguiria aproveitar. As árvores de marmelo estavam vazias, mas teria de cozinhá-lo de qualquer modo para poder comer, então não era uma grande perda. Descobriu alguns figos maduros, então enfiou vários punhados na mochila. Considerou continuar a sua busca pela propriedade, tentar achar alguma pista do que havia acontecido, mas nuvens escuras haviam se formado a oeste, a direção da qual ele tinha vindo.

— Fico feliz de não estar lá — disse. — Melhor seguir para Ilhéus, no caso dela vir nesta direção.

Encontrou um caminho de carroça bem marcado, indo para o leste. Perto da trilha, notou algumas pegadas. À primeira vista, pareciam-se com pés humanos excessivamente grandes, mas cortes para além dos dedos indicavam garras.

— Estranho — disse. — Oludara poderia reconhecê-las, mas não são como nada que eu já tenha visto.

Por segurança, Gerard carregou o arcabuz.

Oludara não conseguiria imaginar um modo mais apropriado de superar quatro dias de marcha forçada e bananas como alimento do que a chuva torrencial que agora assaltava o grupo de Antônio.

Um rio transbordante, suas águas correndo num rugido sem fim, deteve o progresso deles. O barro molhado da margem segurava os pés de Oludara, enquanto ele observava Antônio e Diogo conferenciando com a principal guia do grupo, Moara.

Moara era uma entre os caboclos do grupo, mestiço de europeu e nativo. Era mais alta e de pele mais clara que a maioria das nativas que Oludara conhecera, com corpo musculoso. Seu cabelo caía em ondas, ao contrário do cabelo normalmente liso dos outros nativos.

Mas em todos os outros aspectos ela não seria confundida com uma mulher europeia. Suas únicas roupas consistiam em uma faixa de tecido na cabeça com umas poucas flores como enfeite, um cinto de couro, uma tanga e pedras verdes nas orelhas. Como armas, carregava uma borduna entalhada e uma adaga no cinto. Era uma das poucas mulheres do grupo e, embora fosse respeitada pelos outros, tendia a resguardar-se.

Oludara, fingindo examinar o rio, foi mais para perto dos três para escutar a conversa deles.

— Não dá para atravessar — disse Moara, balançando a cabeça.

— Posso ver que não dá para atravessar aqui — Antônio respondeu. — Quero saber onde dá.

Moara encolheu de ombros.

— Podemos seguir a margem do rio voltando para oeste. Podemos contornar a fonte talvez dez léguas para trás.

— Essa é a direção errada. Não dá para atravessar mais para frente, a leste?

— Sim, mas — Moara hesitou —, com isso vamos passar pela área que os tupinambás chamam de Kaa'ité.

— "Floresta Ruim"? — perguntou Diogo.

— Mais como "Terrível Floresta" — Antônio respondeu.

Oludara tinha se surpreendido ao descobrir que Antônio falava tupi pelo menos tão bem quanto ele e Gerard. Mas Antônio usava-o só quando gritava comandos ou maldições aos escravizados nativos.

— Por que está tão relutante em cruzar essa floresta? — perguntou Antônio.

— Dizem que ela abriga criaturas perigosas — respondeu Moara.

Antônio zombou dela.

— Eu certamente assim espero! Há meses que não travamos um combate decente. — Antônio voltou-se para o grupo: — Levantem esse equipamento, molengas, vamos seguir em frente.

Moara virou-se para partir, mas fez contato visual com Oludara ao se afastar. Enquanto os europeus e nativos tinham ignorado Oludara durante a marcha, a cabocla estivera a medi-lo com os olhos por dias. Oludara evitara falar com ela, tentando fazer o papel do escravizado tímido. Moara, contudo, não parecia acreditar na farsa.

Essa aí dará um forte aliado ou um forte inimigo, Oludara pensou. É melhor eu tentar trazê-la para o meu lado.

A companhia continuou sua marcha até o crepúsculo, penetrando a floresta ao longo de uma trilha fina mas discernível. De tempos em tempos, enviavam um batedor ao sul para conferir o rio, mas encontravam apenas o mesmo: uma torrente apressada impossível de vadear, junto a uma margem de barro grudento. Exausta, a companhia armou acampamento na floresta.

Enquanto o grupo pendurava suas redes e acendia fogueiras, Antônio andava entre os bandeirantes com palavras de: “Animem-se, homens. Estaremos em Ilhéus amanhã.”

Oludara notou Moara preparando um pedaço de chão debaixo de uma árvore para dormir e decidiu usar a oportunidade para conversar. Mas ao chegar perto dela, a cabocla endireitou-se.

— Capitão — Moara chamou —, dê uma olhada nisto.

Antônio veio a passos largos, seguido por Diogo e uns poucos homens mais. Oludara esgueirou-se atrás do grupo para dar uma espiada.

Moara apontava para baixo, para um cadáver em putrefação. Oludara pôde ver que havia algo incomum a respeito dele — não tinha se decomposto naturalmente.

Antônio dobrou-se para olhar.

— Bem, esse é um cadáver repulsivo. — Apontou para um par de nativos próximos e disse em tupi: — Vocês dois, enterrem esta sujeira.

— Esperem! — Oludara disse.

Quando todos pararam e dirigiram seus olhares para ele, Oludara começou a lamentar a sua palavra apressada, mas decidiu que era tarde demais para voltar atrás. Ele inclinou-se sobre o cadáver, mantendo o rosto abaixado.

— Tem alguma coisa errada aqui — disse. — Ele não apodreceu; é como se algo o tivesse secado, como uma fruta. Nunca vi nada como isto.

Não acrescentou o óbvio: o cadáver não tinha sido secado por alguma causa natural. Qualquer um podia ver que quase nenhuma luz do sol atravessava a densa copa da floresta.

— Escravo — disse Antônio —, nunca fale comigo a menos que eu lhe faça uma pergunta.

— Ele pode estar certo, Antônio — Diogo interpôs. — Este cadáver é incomum. Não devíamos armar acampamento aqui.

— Tolice! Olhe só, está apodrecendo aqui há eras.

— Por que correr o risco?

— Está com medo, Diogo? Nós temos uma centena de homens fortes aqui, oitenta dos quais são arcabuzeiros. Sem mencionar cinquenta selvagens como bucha. O que seria capaz de nos fazer mal?

— Prefiro não descobrir.

— Rá! Já matamos incontáveis feras em nossas viagens. Se mais uma aguarda por perto, que assim seja. Ela encontrará o mesmo destino que as outras. Não há nada nesta floresta capaz de deter Antônio Dias Caldas!

Quando Antônio foi embora, Diogo olhou para Oludara e franziu o cenho.

Gerard viu Ilhéus no horizonte e soltou um suspirou de alívio. Examinou a cidade ao caminhar pela inclinação gradual que levava a ela.

No lado mais distante da cidade corria um enorme rio: navegável mesmo pelo maior dos navios, pelo que sua aparência indicava. No mar, ele divisou ilhas pontilhando o horizonte. Apenas uma caravela ancorada no porto, onde ele teria esperado uma meia dúzia. Ao aproximar-se, notou que o mastro principal da caravela estava quebrado.

Tinha ouvido histórias sobre a decadência de Ilhéus, causada por muitos anos de ataques pelos formidáveis guerreiros aimorés, mas o abandono ia além de suas expectativas. Muitas construções tinham sido queimadas e deixadas em ruínas. A maioria das outras estava suja, sua caiação descascando, algumas até mesmo desmoronando. Ele não divisava uma construção recém-pintada no lugar todo. Havia um forte de pau a pique numa elevação, com seus portões abertos, aparentemente abandonado.

A única construção em condição razoável parecia ser a igreja: um prédio sólido de dois andares com um campanário num canto. Gerard presumiu que tivesse sido levantada pelos jesuítas; lembrava outras que ele já tinha visto. A caiação estava suja, mas imaculada se comparada com o resto da cidade.

Uma comoção elevou-se quando as poucas pessoas que caminhavam nas ruas o notaram. Elas se espalharam por ali, chamando os outros. Quando Gerard chegou ao pelourinho na praça central, parecia que a cidade inteira, talvez umas cem pessoas, havia inundado a praça para cercá-lo.

Enquanto a multidão fechava-se em torno dele, um homem de hábito negro destacou-se da turba. O homem era corpulento e com um nariz curto, e usava o seu cabelo castanho numa tonsura. Gerard teve a sensação de que o padre observava de modo quase faminto o seu arcabuz e rapieira.

— Sou o padre Nicolau, pastor do rebanho de Ilhéus — disse o padre, abrindo seus braços para abranger a multidão à sua volta. — E quem é você, gentil senhor?

— Meu nome é Gerard van Oost, e represento a Bandeira do Elefante e da Arara.

— Deus seja louvado! — Nicolau gritou, levantando as mãos para o céu. — Uma bandeira chegou para nos salvar!

Um viva espalhou-se pela multidão.

— Salvá-los? — perguntou Gerard.

— Fomos atacados — disse Nicolau. — Você não ouviu? Achei que tivesse vindo por nossa convocação.

— Vocês foram atacados?

— Sim, pela mais terrível criatura!

— Realmente? — perguntou Gerard. Ele olhou com ceticismo para a multidão. — Isto não é algum tipo de farsa?

— Farsa? — disse Nicolau, ficando vermelho e quase engasgando com as palavras. — É claro que não! Como ousa fazer uma pergunta dessas a um homem de Deus? Que tipo de homem é você?

— Minhas desculpas — disse Gerard, ficando vermelho. — Tem minha palavra de que farei tudo que estiver em meu poder para ajudar.

— Obrigado então — disse o padre, com mais frieza desta vez. — Agora, onde está o resto da sua bandeira?

— Os outros ficaram retidos.

— Oh, dia terrível! — gritou Nicolau. — Precisamos de uma tropa de cem homens. Nada menos pode derrotar o Labatut!

Uma pausa na chuva concedeu à tropa de Antônio tempo para servir a janta. Oludara apanhou a sua provisão de bananas e pensou no que poderia dizer a Moara. Procurou pelo acampamento até encontrar a mulher tocando uma flauta de osso. Ela tocava uma deliberada e melancólica melodia. Quando terminou a música, baixou a flauta ao seu lado e pareceu mirar o nada.

— O que é isso que você toca? — Oludara perguntou em tupi.

Moara destinou uma rápida olhada para ele, e em seguida voltou a desviar os olhos.

— Eu estava só inventando aquilo.

— Não, eu quis dizer, que instrumento é esse?

Moara apanhou a flauta e a revirou em suas mãos.

— Chama-se "coisa que faz música".

Oludara riu.

Moara fez uma pausa, então juntou-se ao seu riso.

— Sim, parece engraçado, depois que você aprende a língua dos homens brancos. Eles têm nomes para tudo. Eles até dão nome às coisas com línguas que não falam. *Spiritus Sanctus* — ela disse, as palavras em latim rolando desajeitadas de sua língua.

Alguns dos bandeirantes próximos olharam para eles desconfiados. A maioria não falava tupi.

— Você não é tupinambá — disse Oludara.

— Não, eu era caeté — respondeu Moara.

— Era?

— Meu povo não existe mais. Eu sou a última.

— O que aconteceu ao seu povo?

— Eu era uma criança na época, mas meu povo capturou um grupo de náufragos portugueses e comeu eles.

— Isso já aconteceu muitas vezes no Brasil.

— Mas o homem que nós comemos era um bispo — disse Moara.

Oludara assoviou. O bispo era a segunda pessoa mais poderosa do Brasil, atrás apenas do governador. Enquanto comer uns poucos marinheiros náufragos normalmente não causaria qualquer comoção, a morte de um bispo teria graves consequências.

— Depois disso — disse Moara —, não tivemos mais paz. Os portugueses massacraram ou escravizaram todos nós... milhares. — Moara usou a palavra portuguesa para expressar um valor que não existia em tupi, e então voltou a essa língua. — Uns poucos foram abrigados por outras nações, mas a maioria não queria ter nada a ver conosco. Eu fui feita escrava, e uma de certo valor, por causa da minha pouca idade e sangue europeu.

— Perdoe-me se isso for uma ofensa, mas como aconteceu de você nascer de sangue mestiço, se o seu povo odiava tanto os europeus?

— Era o costume do nosso povo oferecer mulheres aos cativos antes do sacrifício. Um europeu capturado pela minha aldeia me gerou antes de ser comido. A minha aldeia também me teria comido, cedo ou tarde, por ter o sangue dele. — Ela balançou a cabeça. — A matança do meu povo se tornou a minha salvação. Mas eu daria a minha vida para tê-lo de volta.

— Por que você serve a Antônio?

— Que escolha eu tenho? Sou uma escrava. Poderia fugir para viver sozinha na selva, mas que vida é essa? Este negócio de escravizar nativos é miserável, mas também temos feito coisas boas, matando as malditas criaturas desta terra que perseguiam o meu povo há gerações.

Um homem próximo, que bebia água de um chifre de boi, fungou e cuspiu na direção deles.

— Parem de falar assim! — ele disse. — Falem em português, se quiserem falar.

Oludara, mudando para o português, respondeu:

— Desculpe, eu só queria praticar a língua.

O homem levantou-se e se aproximou dele.

— Como um escravo aprendeu a falar como os selvagens, de qualquer modo?

— Com os escravizados nativos no engenho do meu mestre. Trabalhamos lado a lado com eles.

— Hmf — respondeu o homem.

A resposta pareceu satisfazê-lo, porém. Ele virou-se e caminhou de volta para se sentar em um tronco apodrecido. Logo depois de sentar-se, amassou a cara e sacudiu os ombros.

— O que é isso agora? — disse. — Tenho uma sensação estranha na bunda.

Alguém próximo disse:

— Talvez seja por causa de todos aqueles feijões que você comeu na janta!

Todo mundo riu.

O homem arfou, buscando ar. Levantou-se, mas o tronco veio com ele, preso firmemente aos seus fundilhos. Ele mal chegou a se endireitar, quando o desequilíbrio o fez cair de lado.

O tronco ganhou vida, partes dele se desdobrando naquilo que Oludara reconheceu como membros. Assumiu uma forma reminiscente de um cadáver podre e endurecido, e envolveu o homem em seus braços. Em segundos, o homem secou-se até se tornar um cadáver sem vida, como aquele que tinham descoberto mais cedo naquele mesmo dia.

Bandeirantes pularam em choque por todos os lados. Dois braços estenderam-se do que parecia ser uma pilha de gravetos e agarraram-se firmes a outro homem, que secou exatamente como o primeiro. Por toda a volta deles, folhas espalhavam-se conforme o chão se movimentava.

— Deus nos salve! — alguém gritou. — São os corpos-secos!

Gerard jantava na sacristia da igreja com o padre Nicolau. Pelos corredores abertos ele conseguia ouvir a porta da frente se abrindo e fechando conforme as pessoas entravam.

Um nativo trouxe uma refeição de mexilhões e pão. Os mexilhões cheiravam a vinagre, alho e pimenta, e Gerard devorava-os aos punhados. Empurrou tudo para baixo com um copo de vinho feito de alguma fruta local.

— Então — Gerard disse, a boca cheia de mexilhões —, fale-me desse Labatut.

— Ele já foi homem, um pirata da França. O capitão Labatut capturou a nossa cidade, então a violentou por um mês, matando muitos e maltratando o resto. Voltou um ano depois, ávido por nos saquear uma segunda vez, mas o governador tinha uma esquadra pronta e fez o bloqueio do porto atrás dele.

"Ele matou muitas almas cristãs, Deus as abençoe, ao tentar fugir, mas no fim as tropas do governador capturaram aquele miserável. Eles o entregaram a nós para ser queimado, mas quando acendemos a fogueira, as próprias chamas recusaram-se a tocar naquele homem imundo. No fim, atiramos nele uma dúzia de vezes. Mas enquanto ele berrava uma última maldição contra nós, a lua cheia apareceu através das nuvens, e pelos brotaram do corpo dele.

"Transformada de homem em fera selvagem, a criatura partiu em tiras as cordas que o seguravam. Fugiu para o mato, e por muitos anos não o vimos mais, embora o nome 'Labatut' fosse sussurrado toda vez que uma vaca ou cabra desaparecesse.

"Então, há um mês, a criatura infernal voltou para se vingar. Toda noite ele mata um homem, mulher ou criança."

Gerard engoliu o último dos mexilhões e olhou, saudoso, para o prato vazio. Do lado de fora da sacristia, conseguia ouvir um rugido de conversas conforme as pessoas aglomeravam-se dentro da igreja.

— Por que todos estão vindo para cá? — perguntou.

— Labatut não tocará neste solo sagrado — respondeu Nicolau. — São Jorge nos protege. E, é claro, esta é a construção mais robusta de Ilhéus.

Nicolau levantou-se e Gerard seguiu-o até a igreja propriamente dita. As pessoas se aglomeravam de parede a parede.

— É chegada a hora! — gritou Nicolau. — Fechem as portas!

Dois homens fecharam e trancaram as pesadas portas de madeira.

— Todos estão aqui, padre? — perguntou Gerard.

— A maioria já fugiu; não restam muitos. Aqui nós nos protegemos, e Labatut pegará um escravizado como jantar, no lugar de um de nós.

— Há escravizados aqui?

— Os escravizados ficam trancados em alguns armazéns no cais, embora muitos tenham escapado. Ainda há uns duzentos índios e o mesmo de africanos.

— O quê? — Gerard berrou. — Vocês os deixam num armazém onde o monstro pode achá-los?

— Devemos salvar as almas cristãs primeiro!

Gerard abria a boca para argumentar quando um terrível grito varou o ar. Ele correu os olhos pela igreja, atrás de um ponto de observação, mas não encontrou apenas vitrais.

— Não há janelas abertas aqui? — perguntou.

— Só no mezanino — respondeu Nicolau —, ou no campanário.

— Fico com o mezanino.

— Muito bem.

Nicolau conduziu-o a uma escadaria na parte frontal da igreja, a multidão abrindo-se para eles ao longo do caminho. Gerard subiu as escadas com Nicolau atrás dele. No alto, encontrou janelas quadradas de dois pés nos dois cantos e abriu as folhas delas.

— Suponho que seja o suficiente — Gerard disse. — Se Labatut quiser entrar, vai ter que vir por esta direção.

Um meio-grito, meio-uivo soou. Todos na igreja ficaram em silêncio.

Gerard olhou pela janela e viu a silhueta da criatura emoldurada no luar. Por alguma razão, pontos brilhantes tremeluziam nas beiradas, mas pouco mais Gerard conseguia distinguir àquela distância. Ao lado dele, Nicolau fez o sinal da cruz.

Gerard olhou para baixo e gritou:

— Alguém me passe o meu arcabuz!

Os corpos-secos, quando eretos, assemelhavam-se a homens desengonçados entalhados em madeira podre. Seus braços feito ramos terminavam em garras como galhos, e todos a quem tocavam secavam até virar uma casca. Eles iam coxeando, lentos demais para alcançar uma pessoa correndo, mas o que lhes faltava em velocidade eles compensavam com números. Centenas de corpos-secos brotavam de todas as direções.

Oludara observava o caos com o seu olho descoberto, tentando formar um plano. Observou enquanto um homem malhava um corpo-seco com um machado, só para ver a lâmina se prender na criatura. Enquanto o homem tentava soltar o machado, o corpo-seco estendeu-se e agarrou o seu pulso, sugando a vida dele.

Outro homem trepou numa árvore — uma ideia que Oludara considerou tolice desde o início — e encontrou o seu fim quando agarrou um corpo-seco em vez de um galho. Dois outros corpos-secos esgueiraram-se vindos de baixo, e os três se acotovelaram de modo grotesco sobre o cadáver ressecado.

A rapieira de Antônio ficou presa no flanco de um deles. O corpo-seco golpeou contra ele, mas Antônio esquivou-se e a fera pegou com as garras o seu chapéu, que logo em seguida jogou no chão.

— Você não vai ficar com nenhum desses! — Antônio disse.

O corpo-seco lançou-se para a frente e Antônio rolou por baixo do seu braço, recuperando o chapéu ao passar. Ele então agarrou sua rapieira e torceu-a, soltando-a com um tranco e mandando a criatura voando para um lado, tudo no mesmo movimento.

Oludara viu Moara recuar lentamente na direção de uma árvore, terror no seu rosto. Então viu a casca da árvore começar a se mexer.

— Cuidado! — disse.

Moara girou e puxou a sua borduna do cinto, mas foi tarde demais. Um corpo-seco agarrou o seu pulso. Moara gritou e soltou a borduna.

Sem pensar, Oludara agarrou a sua faca de marfim. Como sempre, a faca vibrou quando ele a brandiu. Desferiu um golpe contra o braço do corpo-seco, e o cortou por completo. A mão amputada soltou Moara e caiu no chão.

Moara olhou para a faca, então arqueou as sobrancelhas para Oludara, como que para dizer: *Eu sabia o tempo todo que você não era nenhum escravizado servil.*

Mas um som farfalhante chamou-lhes a atenção, e eles olharam para baixo ao mesmo tempo para ver a mão rastejando na direção dos seus pés. Moara buscou a borduna, Oludara voltou a esconder a faca em suas roupas, e os dois correram.

Um grupo de homens tentava queimar os corpos-secos com tochas, mas sem resultados. Um corpo-seco agarrou um dos homens, que prontamente deixou cair a sua tocha, pondo fogo em algumas folhas.

— Parem! — Diogo berrou. — Vocês vão queimar a floresta e nós com ela!

Em torno deles, um círculo inexorável de corpos-secos se fechava.

Gerard apontou o cano do seu arcabuz para Labatut.

— É certo atirar a partir de uma igreja? — Nicolau perguntou.

— Enquanto um homem de batina estiver aqui — Gerard respondeu —, ele não ousará entrar.

Nicolau bateu-lhe no ombro e sussurrou:

— Há uma coisa que devo contar-lhe, Gerard. Eu nunca fui ordenado.

— Você não é padre? — Gerard disse, virando-se para ele.

— Xiu! — Nicolau olhou para baixo para ver a reação dos que estavam lá, mas ninguém pareceu ter ouvido. — Eu nunca terminei o seminário. Textos sagrados e latim demais para uma mente reter, não concorda?

A confissão de Nicolau tanto surpreendeu quanto irritou Gerard, mas ele decidiu deixar as reprimendas para uma outra hora.

— Suponho que deva mesmo ser difícil — disse.

— Quando cheguei aqui — Nicolau disse —, os jesuítas tinham partido para começar novas igrejas mais abaixo no litoral. As pessoas precisavam de um padre, e não fizeram nenhuma pergunta.

— Hmmm — disse Gerard. — Bem, já que estamos nos confessando, devo contar-lhe que sou membro da Igreja Reformada: um seguidor de Calvino.

— Oh, não — Nicolau gemeu. — Estamos perdidos!

Ele fez o sinal da cruz.

Com essas palavras, uma comoção soou abaixo deles. As pessoas gritavam para saber o que estava acontecendo.

— Não se preocupe, Nicolau — Gerard disse. — Apenas fique firme, mantenha a sua cruz levantada, e tenha fé.

Gerard atirou. Observou enquanto Labatut se inclinava para trás e urrava. Gerard assentiu e encheu a tampa da caçoleta de pólvora para o próximo tiro.

— Pelo menos este sangra — disse.

— O que isso significa? — perguntou Nicolau.

— Apenas que já tive a minha quota de criaturas que não sangram.

Lá fora, Labatut realizava uma série de saltos e cambalhotas, o tempo todo uivando para a igreja. Um suor visível formou-se na testa de Nicolau. Gerard, ainda carregando, notou o seu desconforto.

— Fique firme, Nicolau — disse. — Ficaremos bem.

Gerard firmou a arma e fez outro disparo. Um uivo penetrante, mais alto e mais assustador do que o primeiro, veio de lá de baixo.

— Viu? — disse Gerard, enquanto recarregava. — É só uma questão de cansar a fera... um tiro por vez.

— Mas veja! — Nicolau disse. — Lá vem ele!

A silhueta de Labatut aproximou-se da igreja com passos deliberados e forçados.

— Ele nunca chegou tão perto assim antes — disse Nicolau. — Ele vai entrar. Vai atacar!

— Coragem, Nicolau! — Gerard gritou, perdendo a paciência. — Apenas mantenha a fé, e a fera vai parar.

O falso padre gritou e desceu correndo as escadas. Abriu caminho empurrando pela multidão até a sacristia e trancou a porta com um baque.

Gerard pôde ver a fera fazer uma pausa. Ela assumiu uma conduta diferente, ficando ereta e sem oscilar mais. Soltou um uivo triunfante e atacou.

— Afastem-se! — Gerard gritou às pessoas abaixo. — Afastem-se das portas!

Um estrondo ribombante soou nas portas, e as pessoas se afastaram delas em bando o tanto que conseguiram. Na segunda batida, as enormes portas abriram-se despedaçadas, e o impulso de Labatut o mandou rolando para dentro.

Oludara estava entre o grupo cada vez menor de homens. Pela primeira vez, ele não tinha nenhum plano. Ficar firme e lutar não o levaria a lugar algum, mas correr pela floresta significaria encarar um corredor de corpos-secos no escuro. Os bandeirantes estavam em pânico em torno dele, buscando um caminho através dos seus implacáveis inimigos.

— Dane-se esta maldita floresta! — Antônio disse. — Deve haver centenas dessas criaturas imundas.

— Nós perdemos metade dos nossos homens — disse Diogo.

Antônio levantou a sua rapieira.

— Elas são lentas, podemos romper as suas fileiras.

— Um ataque pelo grosso delas é arriscado.

— Os melhores de nós escaparão — disse Antônio. — O resto... — Deu de ombros.

— O poderio não nos salvará desta situação — Oludara disse. — Devemos usar nossas mentes.

— Eu não pedi que você falasse, escravo.

Antônio fez um corte contra um corpo-seco que se aproximou, decepando um braço. O corpo-seco abaixou-se e recuperou o membro caído, tentando em seguida, sem sucesso, encaixá-lo de volta no lugar.

— Capitão — alguém gritou. — Nós não conseguimos matá-los.

— É claro que não conseguem matá-los, idiota — Antônio respondeu. — Eles já estão mortos!

— Meu povo tem um ditado — Oludara disse. — "Se você coloca a argamassa no fogo, a argamassa vai queimar; se você bate o inhame num pote, o pote vai quebrar." Cada coisa tem a sua própria fraqueza.

— Fique quieto! — disse Antônio. — Esta não é hora de falar sobre inhames!

— Estou dizendo que tentamos matar os mortos como matamos os vivos. Eles não são diferentes? Como essas criaturas se movimentam se estão mortas?

— Elas sugam a vida dos outros — Diogo disse.

— Então devemos cortá-las da fonte de energia delas, ou alimentá-las com alguma coisa da qual não podem drenar a vida.

— Não preciso do seu conselho, escravo — Antônio disse.

— É uma ideia interessante — disse Diogo.

— Deve haver alguma coisa — Oludara disse.

— Você sabe — disse Antônio —, pelo modo como fala, você parece-me quase familiar. Já nos encontramos antes?

— Tenho certeza de que me lembraria de tal honra — Oludara disse, rebatendo a pergunta. — O nome de Antônio Dias Caldas é louvado por muitos.

— Estou certo de que é — disse Antônio, cortando contra outro corpo-seco.

— Chega de conversa — disse Diogo. — Como nós os detemos?

— Por aqui! — gritou alguém ao sul. — O caminho até o rio está aberto!

— Para o rio! — berrou um outro.

Por falta de opções, Oludara seguiu o grupo em fuga. Pelo que conseguia ver com seu olho destampado, a trilha adiante parecia ter menos corpos-secos. Os poucos que apareceram foram derrubados de lado por Diogo e Antônio, cada um deles trocando suas rapieiras por tocos. Não obstante, Oludara tinha a impressão de que apenas adiavam o inevitável.

Distraído em pensamentos, falhou em ver um corpo-seco cair de uma árvore acima dele. Oludara olhou aterrorizado quando ele agarrou o seu braço. Dor foi disparada com o contato, e seu corpo gelou com o choque. Sua visão borrou e ele sentiu sua consciência deslizando para longe.

Sem aviso, uma borduna pegou o corpo-seco solidamente no meio e mandou-o voando pelo ar.

— Você está bem? — Moara perguntou.

Oludara tossiu quando tentou falar, então contentou-se com um gesto de cabeça.

— Estamos quites, então — ela disse, sorrindo.

Ficando logo atrás de Moara, que derrubou vários corpos-secos do seu caminho, Oludara completou a corrida de pesadelo até o rio. Como temera, porém, a fuga era sem sentido. Eles ganharam alguns minutos de trégua, mas a torrente de água permanecia impossível de cruzar.

— Isso não nos traz nada — cuspiu Moara. — Eles estarão sobre nós numa questão de minutos e não temos nenhuma outra via de fuga.

Vários homens correram até a água e saltaram para dentro.

— Não! — Oludara e Moara gritaram em uníssono.

Nenhum homem nadou mais que dez pés antes de ser puxado para baixo.

— Se for entre afogar-se ou lutar até a morte, eu sou por lutar — Antônio disse. — Quem está comigo?

A maioria dos homens deu vivas. Outros, particularmente os nativos, encolheram-se já derrotados.

Oludara notou o quanto Antônio podia lembrar Gerard. Não no rosto ou no porte, pois nisso eles eram bem diferentes. Mas em bravura, habilidade e desejo de aventura, eram espíritos aparentados. Oludara não tinha qualquer ideia de qual deles venceria em uma luta. Mas o que os separava estava dentro de suas almas; o coração de Gerard era tão bom quanto o de Antônio era corrupto.

Seguindo Antônio, os homens correram de volta na direção dos corpos-secos. Oludara podia apenas balançar a cabeça diante do impensado ataque. Ao baixar seu olhar, enxergou os seus pés afundando no barro molhado da margem do rio.

— Esperem! — gritou.

Sua voz comandou tamanha força, que os homens se viraram e pararam, a poucos passos da floresta.

Oludara ajoelhou-se e desesperadamente juntou, raspando, um monte de barro.

— Na África, contamos histórias de uma aranha — disse — que foi enganada por um monte de piche.

Olhando do alto do mezanino, Gerard examinou Labatut. Um único olho, furioso e do tamanho de um limão, dominava o meio da sua cara larga. Um focinho com presas apontando para cima estendia-se a partir de onde uma vez havia existido uma boca humana. O corpo musculoso da criatura elevava-se acima de seis pés de altura. Pelos duros espetavam-se de suas costas e braços como um porco-espinho. Seus enormes pés humanos terminavam em longas garras. Gerard podia ver dois filetes de sangue no seu peito onde seus tiros haviam entrado.

A criatura uivou para as pessoas que se encolhiam de medo em torno dela, seus pelos duros eriçando-se para maior ênfase. Gerard notou pontas brancas nos pelos, o que explicava o rebrilhar que ele vira antes. A fera deu um bote para dentro da multidão.

Gerard terminou de carregar sua arma e levantou-a, mas falhou em disparar contra Labatut enquanto ele corria pela porta, uma criança presa debaixo de um braço.

— Pedro! — uma senhora abaixo dele gritou para a fera em fuga e sua vítima.

Gerard saltou do mezanino e pousou pesadamente, precisando de uns momentos para livrar-se do formigamento de suas pernas. Quando finalmente cambaleou até a porta, viu a fera precipitando-se rumo à mata. Mesmo com uma criança nos braços, Labatut corria rápido demais para alcançá-lo; seria preciso diminuir o passo dele.

Levantou o arcabuz e mirou no tronco, mas com a cabeça do menino aparecendo logo abaixo da axila, não poderia arriscar esse tiro. Em vez disso, atirou contra as nádegas da criatura.

Labatut pulou com o impacto e rosnou de dor. Coxeou por umas poucas passadas, então continuou sua fuga, embora a um passo mais lento.

Sabendo que não teria tempo para recarregar antes que Labatut chegasse à mata, Gerard deixou cair o arcabuz e partiu atrás da fera. Na pressa, deu-se conta de que não tinha soltado a mochila. Lutou rapidamente para livrar-se dela, mas, como se aproximava de Labatut, foi forçado a deixá-la estar para não perder mais precioso tempo. Alcançou a fera uns cinquenta passos dentro da mata.

Tentou agarrar Labatut por trás, mas sua mão queimou quando tocou os espinhos nas costas da criatura. Gerard gritou com a sensação.

Ainda segurando a criança, a fera virou-se para atacar. Ela agarrou Gerard com um braço e tentou puxá-lo por dentro do seu focinho dentuço. Gerard desvencilhou-se e investiu, enquanto as mandíbulas pútridas da fera fecharam-se acima dele. Seu cotovelo pegou Labatut no peito e o fez estatelar-se.

Gerard lançou-se para baixo, para estrangular Labatut, mas a fera deu-lhe um tapa com as costas da mão, espetando seu braço e rosto com os pelos duros. Gerard pôde sentir que entorpecia, e percebeu que os espinhos continham veneno.

A fera endireitou-se e Gerard puxou a sua rapieira. Com uma investida relâmpago, cortou o flanco de Labatut, mas a criatura golpeou para baixo contra o seu braço e o espetou novamente, fazendo-o derrubar a espada.

Gerard aceitou que esse combate seria o seu último. Contudo, Labatut sangrava profusamente dos seus ferimentos e movimentava-se aturdido, então Gerard teve esperança de que sua morte não seria em vão. Tudo o que restava era ver qual dos combatentes pereceria primeiro.

Labatut finalmente soltou a criança, que caiu aos seus pés. Então cambaleou para a frente e golpeou Gerard vagarosamente com as costas da mão, mas Gerard, tendo aprendido a evitar a todo custo ser espetado, saltou bem para longe. Na sua própria bruma de vertigem e letargia, Gerard removeu a mochila e jogou-a na cara da fera. Labatut levantou as duas mãos para bloqueá-la. Gerard usou a distração para lançar-se adiante num contra-ataque, e pegou a fera com um soco no queixo. Labatut balançou antes de cair.

Enquanto Labatut tentava se recuperar do golpe, Gerard abanava sua confusa cabeça de um lado a outro, procurando a rapieira. Encontrou-a perto do seu pé e, na segunda tentativa, dominou sua visão dupla e conseguiu apanhá-la. Enquanto Labatut finalmente se sentava, Gerard empurrou a lâmina contra o seu rosto. Labatut apanhou a ponta com o antebraço e caiu para trás, puxando Gerard para baixo também. Com a última de suas forças, Gerard soltou com um tranco a rapieira e fincou-a sob o queixo da fera.

Dessa vez a ponta da rapieira prendeu-se antes que Labatut pudesse reagir. A espada atravessou o cérebro da criatura. A cabeça de Labatut rolou para trás e não se mexeu mais.

— Peguei você primeiro — Gerard murmurou, antes de rolar no chão ao lado dele.

Gerard levantou o braço e viu linhas roxas e vermelhas correndo por toda a extensão. Balançou a cabeça e ela pendeu para um lado. A seis polegadas diante dos seus olhos jazia a cabaça contendo a poção de Ybandira, aparentemente deslocada da sua mochila quando ela atingiu Labatut.

Gerard balançou a cabeça.

— Não, nunca — disse. — Não vou recorrer àquela magia pagã.

Levantou um braço, ação que espalhou dor por todo o caminho até os dedos de seus pés, e fez o sinal da cruz.

— Santo Pai — disse —, por favor...

Esqueceu a oração no meio da frase. Em vez de concentrar-se em se arrepender de seus pecados perante a morte iminente, seus pensamentos percorreram o caminho de suas aventuras.

Tantos mistérios deixados sem solução, pensou. *Tanto ainda a explorar.*

Pensou novamente na poção.

— Oh, para o inferno com isso.

Gerard lutou para puxar a rolha e derramou o quanto pôde da poção pela sua garganta. Até mesmo engolir havia se tornado uma labuta, e ele quase se engasgou com o líquido. Então, tudo ficou preto.

Os corpos-secos apareceram vindos da mata e cambalearam rumo às figuras diante deles. No momento em que chegaram à margem barrenta do rio, seus pés atolaram e seus movimentos diminuíram.

Eles forçaram o seu caminho até os montes de barro — apressadamente erigidos e cobertos pelas roupas dos homens — e meteram as garras neles. Quando seus dedos semelhantes a galhos ficaram presos, eles arranharam com os pés e até morderam as efígies de barro. Logo, os corpos-secos empilhavam-se uns em cima dos outros dentro da massa de barro grudento, mais deles chegando a cada momento. Centenas deles aglomeraram-se juntos na lama, o tempo todo revirando o barro e criando um horrendo e convulsionante morrinho. Aos primeiros raios do alvorecer, o movimento grotesco parou e as criaturas voltaram a se curvar em formas que não pareciam nada além do que troncos apodrecidos.

Um por um, os sobreviventes da expedição rastejaram para o alto das raízes fincadas na beirada do rio. A maioria estava nua, suas roupas empregadas no truque, e todos tremiam com a água gelada do rio. Contudo, a quente manhã brasileira logo começou a aquecê-los.

Oludara e Moara arrastaram-se por último pelas raízes, tendo sido os primeiros a entrarem, ao conduzir o resto atrás deles. Antônio, ainda plenamente vestido, ponderou a massa contorcida de corpos-secos diante dele.

— Vamos sair daqui — disse um dos sobreviventes.

— Não — Antônio disse. — Primeiro nós os enterramos.

— Isso não vai segurá-los para sempre — disse Diogo. — Outra chuva forte e muitos escaparão.

— Vai segurá-los por tempo suficiente. Deixe que outros lidem com eles mais tarde.

Depois que as criaturas foram cobertas ao seu agrado, Antônio olhou para seus homens e disse:

— Uma vez mais, livrei esta terra do mal. Canções serão escritas sobre este dia.

— É fácil cortar os pedaços de um elefante morto — disse Oludara.

Diogo cobriu um sorriso.

Antônio virou-se contra Oludara.

— Isso foi algum tipo de pilhéria?

— Só um ditado do meu povo.

Antônio esmurrou-o. Oludara sabia que Antônio poderia atacá-lo e poderia ter se esquivado, mas, em vez disso, escolheu levar o golpe e cair, de modo a não levantar suspeitas. A dor em sua mandíbula o fez arrepender-se.

Antônio pairou sobre ele.

— Farei com que seja bem açoitado quando chegarmos a Ilhéus. — Voltou-se para os outros. — Por ora, vamos seguir adiante e deixar esta maldita floresta.

Alguém balançava o seu ombro, e Gerard lutou para recobrar a consciência. Ouviu uma voz fraca dizer:

— Você está bem?

Com esforço, abriu os olhos. Viu o menino que Labatut havia capturado, olhando-o de cima com olhos arregalados, enquanto um aveludado alvorecer aparecia sobre ele pelas árvores. Embora sentisse como se estivesse levantando mil libras, Gerard se pôs em pé.

— Parece que sim — disse —, acho que estou.

Minutos depois, Gerard deixou a mata, de mãos dadas com a criança. Sua rapieira pendurava-se molemente da sua outra mão, a ponta arrastando no chão atrás dele.

Quando ele se aproximava do pelourinho, um grito soou da igreja e todos correram para fora para saudá-los. Alguém apertou o seu arcabuz em sua mão, enquanto outros batiam em suas costas. O menino correu para os braços de sua mãe soluçante.

Nicolau atravessou empurrando a multidão e aninhou a mão de Gerard nas suas.

— Ele está morto? — perguntou.

— Vocês encontrarão o corpo na mata próxima — respondeu Gerard.

— O Senhor seja louvado por enviar este homem tão heroico e leal para nos salvar! — disse Nicolau.

— Gerard van Oost! — alguém gritou da multidão. Vários outros juntaram-se ao grito.

— Um matador de monstros! — gritou outro. — Como os heróis de antigamente!

Os olhos de Gerard vidraram-se e ele sussurrou a si mesmo:

— Como os heróis de antigamente.

— O que é aquilo? — perguntou alguém, apontando para a mata.

Gerard virou-se para ver um movimento na beirada da floresta. Ele contraiu-se e levantou sua rapieira instintivamente. Contudo, ela caiu para o lado de seu corpo no momento em ele que viu um grupo de homens, conduzidos por uma bandeira dourada e vermelha, emergir da mata.

— Por que agora? — resmungou para si mesmo. Então voltou-se para a multidão e disse: — Lamento muito, mas devo ir.

Ele abriu caminho em meio à multidão de admiradores e disparou para o sul sem olhar para trás.

Alguém gritou:

— Três vivas para Gerard van Oost: hurra!

A multidão juntou-se a ele:

— Hurra! Hurra!

Seus gritos diminuíram conforme a silhueta dele recuava, desaparecendo sobre um morro ao sul.

— Que homem mais esquisito — comentou Nicolau.

Antônio, exausto e abatido, tremeu de alívio diante da visão de Ilhéus diante dele.

— Chegamos vivos — Diogo disse.

— Alguns de nós — disse Moara.

Um viva irrompeu diante deles. Antônio conseguiu divisar uma multidão no centro da cidade à frente.

— Devem ter-nos visto chegando — disse, um sorriso abrindo-se em seu rosto.

Ele endireitou-se e bateu a poeira das roupas para o grande momento. Quando viu as caras chocadas na multidão e umas poucas mulheres cobrindo seus olhos, lembrou-se de que muitos dos seus homens continuavam nus. Fez uma careta. Não era bem a entrada triunfante que tinha desejado, mas teria de bastar. Usou a mão para limpar o suor dos olhos, e deu-se conta de que sua cabeça estava descoberta.

— Onde está meu chapéu? — perguntou a ninguém em particular.

Seus homens balançaram a cabeça e deram de ombros. Ele resmungou e acelerou o passo rumo à cidade.

Quando seu grupo chegou ao pelourinho do lugar, ele disse:

— Sou Antônio Dias Caldas. Trouxe minha bandeira aqui para resgatá-los!

Um homem gritou:

— Gerard van Oost nos salvou!

Muitos deram vivas ao ouvirem o nome de Gerard.

— *O QUÊ?* — gritou Antônio. — Marchei dia e noite para chegar aqui e vocês me dizem que Gerard van Oost já matou a fera?

— Labatut está morto — disse Nicolau. — Deus seja louvado!

— Onde está Gerard? — Antônio disse, olhando furiosamente em torno.

— Ele partiu poucos momentos atrás.

— Maldito seja o dia em que Gerard van Oost nasceu. Maldito seja o dia que ele veio ao Brasil. Eu ainda terei a cabeça dele.

— Buuu! — veio um grito da multidão. — Ele é nosso herói.

Antônio cuspiu no chão.

— Então mostrem-me o senhor de engenho Francisco de Santarém. Estou com o escravo dele aqui e espero receber uma recompensa.

— Temos apenas oito senhores de engenho em Ilhéus — disse Nicolau —, e nenhum atende por esse nome.

— Impossível! — gritou Antônio. Num lampejo, desembainhou sua rapieira e virou-se para encarar seus homens. — Onde está aquele maldito escravo? Tragam-no aqui para que eu possa atravessá-lo com minha espada.

Os homens olharam-se entre si, mas ninguém falou. Finalmente, alguém nos fundos da tropa disse:

— Capitão, aqui!

Antônio foi até o homem, que apontava para o chão. Lá, aos seus pés, jaziam dois objetos: um tapa-olho e uma argola de ferro.

Um macaco-prego balançava pelas árvores, sua última aquisição segura em uma de suas patas traseiras.

Ele gritou para os amigos, chamando-os para exibir o seu prêmio. Eles apareceram dos galhos por toda a volta, e ele agitou o chapéu para eles: aquele com a fivela brilhante e a pena vermelha que tinha tomado do homem barulhento. Tinha se pendurado pelo rabo em um galho e o agarrado enquanto o homem passava por ele. Os homens em torno, suas cabeças cansadas curvadas para baixo, nem tinham notado.

O macaco colocou o chapéu na cabeça e ele caiu, cobrindo a sua cara. Os outros macacos guincharam em aprovação dessa zombaria dirigida aos homens que andavam sobre duas pernas debaixo das árvores, e ele berrou junto a eles.

Capítulo 4

Uma série inconcebível de capturas e calamidades

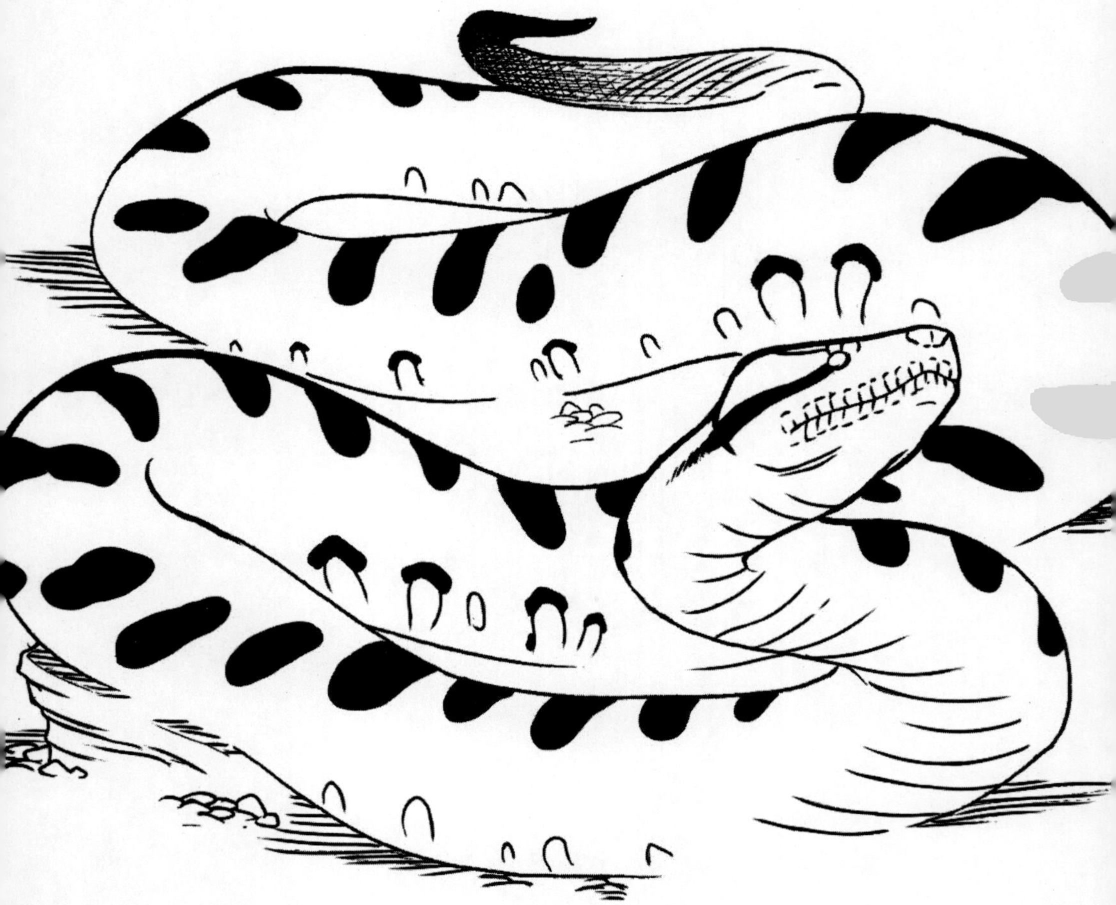

A sucuri flutuava logo abaixo da superfície do rio, esperando que alguma vítima insuspeita viesse para beber. Somente o seu focinho metia-se para fora da água, uma única protuberância oculta entre as raízes e plantas. Uma noite exaustiva havia se passado sem um único bocado, e ela quase tinha aceitado dormir de estômago vazio, quando percebeu alguma coisa. Pela água escura ela divisou uma larga forma que se aproximava. Do modo como a criatura se movia sobre duas pernas, tinha que ser humana.

A primeira reação da sucuri foi fugir. Os humanos do lugar sabiam nadar como peixes e correr como veados, e matavam a espécie dela por esporte. Eles eram uma das duas coisas que ela temia — a outra sendo aquela terrível fera dentuça que rondava as matas rio acima.

O que a fez deter-se, contudo, era o modo como este humano diferia dos outros. Tinha pele escura, quase negra, e vestia algum tipo de segunda pele sobre ela. Além disso, cheirava diferente do resto.

O humano aproximou-se e curvou-se bem acima dela para beber. Parecia tudo fácil demais; àquela distância, a coisa não teria nem tempo para reagir. Por instinto, ela retesou seus músculos e preparou-se para o ataque. Iria fechar-se sobre a cara da criatura, puxá-la para debaixo d'água e esmagá-la no seu aperto. Embora grande, certamente não era maior do que muitos veados e antas que ela já tinha matado.

No último momento, contudo, decidiu-se contra. Os homens do lugar não eram nada como as atrapalhadas antas, e este também poderia ser perigoso. Ela não tinha vivido tanto arriscando-se, e decidiu que era melhor nadar para longe com fome, mas segura.

Oludara atirou-se para longe da água quando uma forma enorme entrou em movimento poucas polegadas abaixo do seu rosto. Ele mal pôde discernir uma forma serpentina e pintada deslizando para longe sob a água escura.

— Olorum! — exclamou.

Gerard, uma das mãos garantindo que o chapéu ficaria em sua cabeça, veio correndo.

— O que é? — perguntou.

— Uma serpente gigante. Mesmo deste lado do mundo, elas me atormentam. Temos de manter nosso juízo enquanto viajamos por estas paragens.

Gerard riu abafado e sentou-se.

— Não consigo me recordar de um único dia desde que nos conhecemos em que não precisamos manter nosso juízo. — Ele vasculhou sua mochila e jogou para Oludara meia penca de bananas, ficando com a outra metade. — Adivinhe o que tem como desjejum? — brincou.

Oludara suspirou diante da visão da fruta, e os dois comeram em silêncio. Por quase dois meses, Antônio Dias Caldas e seus bandeirantes os tinha perseguido, descendo o litoral, e eles tinham vivido de nada além das frutas e castanhas que catavam ao longo do caminho. Não tinham se dado tempo para caçar ou pescar, e não teriam arriscado acender uma fogueira, em todo caso. Tinham encarado encontros imediatos em demasia com o bando de Antônio para fazer algo além de dormir, comer e fugir.

Depois de terminar as suas bananas, Oludara perguntou:

— E agora a questão, Gerard. Qual é o nosso próximo passo? Seguir este rio para o interior, ou continuar nossa fuga para o sul?

— Eu não iria para o interior, não sem um barco. A floresta aqui é densa; se nos perdermos ou ficarmos retidos, Antônio vai nos capturar facilmente. De fato, acho que deveríamos fazer o oposto: seguir de volta para o mar e acompanhar o litoral.

— Não estou certo disso, Gerard. O rio pode ser a nossa chance de desviar Antônio da nossa trilha. Se ficarmos nas praias, estaremos em terreno aberto.

— Eu não acho que possamos despistá-lo na mata; ele tem vários rastreadores entre seus homens. Nossa vantagem está em nosso número. Na selva, lutamos tanto quanto eles para avançar. No litoral, podemos vencer na corrida um grupo grande.

Oludara não estava convencido. Se qualquer coisa os retardasse, eles se tornariam presa fácil. Mas decidiu mostrar confiança no seu companheiro e assentiu em concordância.

— Muito bem — disse —, o litoral então.

Eles avançaram descendo o rio, e por volta do meio-dia a floresta abriu-se e a dupla descobriu um engenho de açúcar. O que Oludara viu, contudo, não o encorajou em nada. As casas tinham sido incendiadas e as cercas derrubadas. As plantações e pomares tinham sido queimados até o chão. O equipamento dentro do engenho estava destruído. Oludara e Gerard procuraram pelas ruínas, mas não acharam qualquer traço de alguém ou qualquer sinal de para onde eles tinham ido.

Seguiram o rio pelo resto do caminho até o litoral, e por toda parte a cena repetia-se: casas, capelas, engenhos e todos os outros sinais de ocupação jaziam queimados e abandonados. Ao chegaram ao litoral, descobriram um conjunto de construções e ancoradouros queimados que deveriam ter sido o coração da cidade abandonada.

— O que poderia ter feito isso? — Gerard perguntou, balançando a cabeça, incrédulo.

— Achei que você nunca ia perguntar! — veio uma voz aguda atrás deles.

Eles se viraram para depararem-se com um sorridente Saci-Pererê. Havia meses que o diabrete não aparecia, poupando a dupla das peças irritantes que pregava.

— Tudo isto é um aviso — ele disse. — E, se forem espertos, vocês o acatarão.

— Quem deixou o aviso? — perguntou Oludara. — E por quê?

— Hmmm. — O Saci levantou a cabeça para Gerard. — Essa, talvez, seja uma história a ser discutida com uma fumada.

Gerard removeu a mochila e ofereceu sua bolsa de tabaco ao diabrete, que a aceitou de bom grado. Como sempre, o Saci sacudiu o seu gorro pontudo três vezes e seu cachimbo caiu dele.

Uma vez que os três se ajeitaram para a fumada do Saci, ele contou-lhes:

— Vocês não devem ir mais longe ao sul, pois chegaram à terra dos goitacás.

— E o que isso significa? — Gerard perguntou.

— Os goitacás são os senhores incontestes daqui.

— Nativos? — perguntou Oludara. — No caso de você ter esquecido, Saci, nós conquistamos a amizade de muitos em nossas viagens.

— Você está falando dos tupinambás? — o Saci perguntou. — Esqueçam tudo o que conhecem a respeito deles, pois nada tem a ver com os goitacás. Sua língua é em nada como o tupi. De fato, eles têm sido inimigos dos tupis por incontáveis luas.

"Mas essa é a menor das questões. Eles são fortes e temerários, peritos nadadores, arqueiros impecáveis e guerreiros poderosos. Não plantam comida, só comem o que capturam. E muitas vezes, isso significa a carne dos seus inimigos."

— E quem são seus inimigos? — perguntou Oludara.

— Todo mundo que não seja goitacá!

Gerard olhou para Oludara e revirou os olhos perante a dramática afirmativa.

— Obrigado pelo aviso, Saci — Oludara disse —, mas um perigo mais próximo nos perturba. O bando de Antônio segue perto atrás de nós. Tão perto, de fato, que quase nos capturaram uma semana atrás.

— Antes que vocês decidam o que é perigoso e o que não é — disse o Saci, soltando seu cachimbo de volta no gorro —, sigam-me. Vou mostrar-lhes uma coisa que talvez os faça mudar de ideia.

Gerard e Oludara esconderam-se com o Saci entre algumas rochas à beira da água. Ondas batiam nas rochas de tempos em tempos, molhando suas botas e calças, mas sua posição lhes garantia cobertura de todos os lados. Atrás deles, falésias de dez varas de altura separavam a praia da floresta além.

— Estamos esperando há horas — disse Gerard, endireitando-se para se espreguiçar. — Perdemos tempo demais com esta tolice. Oludara, precisamos seguir adiante.

Oludara puxou-o para baixo pela camisa e apontou para a linha de arrebentação, onde três homens desciam das falésias por uma trilha. A nudez dos homens e seus cabelos negros e lisos não deixavam dúvida alguma de que eram nativos, mas sua semelhança com as nações Tupis terminava ali. Eram mais altos e de compleição mais leve do que os outros nativos que Gerard e Oludara tinham encontrado. Tinham porte altivo e caminhavam com confiança. Seus cabelos escorriam até as nádegas.

— Estranho como usam o cabelo de um jeito tão diferente dos tupis — comentou Gerard.

— Os tupis usam o cabelo curto e raspado no topo para que ninguém possa agarrá-lo durante a batalha — o Saci disse. — Os goitacás não têm tais preocupações; nenhum inimigo jamais chega tão perto de um goitacá vivo.

— O seu drama está se esgarçando, Saci. Ninguém é tão perigoso assim.

— Gerard — Oludara sussurrou —, preste atenção.

Gerard retornou o seu foco aos nativos e viu um deles segurando uma vara com uma carcaça sangrenta pendurada nela. Parecia ser um coelho, mas àquela distância Gerard não podia ter certeza.

— Incomum — Gerard disse.

O homem com a vara mergulhou na água e saiu nadando com movimentos poderosos. Ele mergulhou por baixo das ondas e avançou com espantosa velocidade. Uma vez passadas as ondas de rebentação, o homem parou e ficou boiando.

Gerard apertou os olhos para manter o foco.

— O que ele está fazendo exatamente?

— Apenas observe — disse o Saci, colocando os braços atrás da cabeça e reclinando-se contra uma rocha.

Eles observaram em silêncio durante vários minutos enquanto o homem boiava. Então, sem aviso, ele enrijeceu-se em atenção. Gerard passou os olhos pelo mar e notou uma barbatana aproximando-se.

— Por que ele não foge? — Gerard disse. — O homem é louco. Ele não está mais carregando aquela vara cheia de sangue, está?

— É claro que está — disse o Saci. — De que outro jeito ele vai atrair tubarões?

Gerard observou, horrorizado, enquanto a barbatana se aproximava do goitacá. No último momento, o homem desapareceu sob a água. Um alto som de chapinhar seguiu-se por vários instantes, e então a água aquietou-se.

— Acho que é o fim disso, então — Gerard disse. — Não estou certo do que você queria nos mostrar, Saci, mas se esses goitacás são tão tolos, eu não me preocupo. Bravura e estupidez são duas coisas diferentes.

O Saci fez brilhar um sorriso maligno.

— Ainda não acabou, Gerard. Continue observando.

Gerard voltou seu olhar para a água. Passou os olhos pela área do ataque por mais de um minuto, mas não viu nada. Então, algo perto da praia atraiu sua atenção. O homem emergiu da água arrastando um tubarão de oito pés atrás de si. Gerard conseguiu ver uma estaca saindo da boca do animal, atravessando a sua cabeça. Os dois companheiros do goitacá sorriram e bateram em suas costas.

O queixo de Gerard caiu.

— E *assim* — disse o Saci — é o modo como os goitacás conseguem as suas pontas de flecha. Eles usam dentes de tubarão.

— Tudo isso por causa de pontas de flecha? — perguntou Gerard.

O Saci assentiu, sorrindo.

— Bem, Saci, devo desculpas a você. Está certo quanto aos goitacás, eu preferiria arriscar minhas chances com Antônio. Eu nunca o vi caçar com lança um tubarão na água.

— Meu povo tem um ditado — Oludara disse. — "Não fuja da espada escondendo-se na bainha." Nossa fuga nos conduziu a um perigo terrível. Mas não podemos simplesmente correr de volta para os braços de Antônio, precisamos rumar para o oeste e nos arriscar no interior.

— Para dentro do desconhecido, então. Podemos escapar da espada e da bainha, mas quem sabe para onde o terceiro caminho nos levará?

— Não temos de ir longe, apenas longe o suficiente para nos desviarmos dos homens de Antônio. Então podemos circular de volta e retornar para o norte.

— Que pena — suspirou Gerard. — Eu tinha esperança de visitar o afamado Rio de Janeiro.

— É melhor pagar uma taxa de passageiro em um navio de Salvador do que pagar com nossas vidas para chegar lá passando por este maldito litoral.

Oludara, seus nervos já em alerta, pulou com o som de um tiro.

O Saci os deixara na praia e ele e Gerard haviam mergulhado nas selvas. A viagem castigava-os, pois tinham de lidar com as matas densas e inexploradas, o tempo todo tentando manter uma velocidade decente e não alertar seus inimigos quanto à sua passagem. Enquanto Gerard parecia quase cego ao perigo que corriam, mantendo um passo regular, Oludara agonizava a cada passo. Cada galho, cada videira, cada pedaço de terra poderia deixar vestígios de sua passagem. Mil coisas exigiam sua atenção, e o disparo explosivo fez esses pensamentos girarem, fazendo sua cabeça rodopiar.

— Um arcabuz — Gerard afirmou simplesmente, como que apontando o nome de uma flor. — Devemos investigar ou evitá-lo?

Antes que Oludara pudesse responder, mais três disparos ecoaram pelas matas, e alguém gritou em agonia.

— Acho que isso responde à sua pergunta? — Oludara disse.

Já aflito quanto à segurança deles, teria preferido evitar qualquer encontro, mas sabia que seu companheiro protestante não abandonaria pessoas em perigo.

— Você está certo quanto a isso — disse Gerard.

Ele ajeitou mais firmemente a sua mochila e correu rumo à comoção.

Nos minutos seguintes, eles seguiram o som de gritos e tiros, entremeado de um ruído incomum, que, para Oludara, soava assustadoramente similar ao rugido de um gorila. Ao fazerem sua corrida final na direção dos combatentes, Oludara teve vislumbres de uma cena revoltante.

Três homens portugueses valentemente combatiam uma enorme criatura. Pareciam ser tudo o que restava de um contingente maior, porque corpos amontoavam-se em torno deles. Um cadáver carecia da cabeça e dos ombros, outro tinha sido partido ao meio e os pedaços atirados em dois lugares diferentes. Quatro outros, seus corpos contorcidos para além de qualquer socorro, jaziam enrolados em árvores ou destroçados pelo chão. Oludara reconheceu os homens como parte da tropa de Antônio.

A visão da carnificina, contudo, não era nada comparada à do monstro. A criatura peluda tinha mais de seis pés de altura, com braços musculosos tão compridos que quase alcançavam o chão. As mãos largas e alongadas da fera terminavam em garras como as de lagartos, e cascos suportavam suas pernas maciças. Mas a característica mais estranha da criatura era a sua cara, que parecia ter sido esticada para baixo e em torno do seu largo peito. Uma pequena protuberância sobre o tronco da criatura sustinha os seus olhos. Depois vinha um nariz exagerado, do tamanho de um mamão, na parte superior do seu peito. Onde deveria estar o umbigo da criatura ficava a sua característica mais notável: uma enorme boca cheia de dentes, de quase três pés de largura. Sangue cobria seus dentes e lábios enormes.

Oludara agarrou o ombro de Gerard bem quando o seu companheiro começava a avançar.

— Cuidado — Oludara disse —, estes são homens de Antônio.

— Não obstante — respondeu Gerard —, não podemos deixá-los desse jeito.

— Tem certeza? Antônio pode chegar a qualquer momento procurando por eles.

— Assumo o risco — Gerard disse, ajoelhando-se para carregar seu arcabuz.

Oludara agachou-se ao lado dele, desembainhou sua faca e examinou a fera em busca de alguma fraqueza. Um dos combatentes cutucou-a com uma rapieira, o que pareceu não ter efeito algum. Um outro bateu-lhe com um tronco, o que, pelo menos, chamou a atenção da fera. O terceiro homem lutava para carregar sua arma, mas o chifre de pólvora escorregou dos seus dedos trêmulos.

Um dos homens arrebentados no chão esticou a cabeça para Gerard e Oludara, e coaxou:

— Salvem-me!

Gerard dirigiu-lhe apenas uma olhadela, antes de retornar a atenção ao seu arcabuz.

— É isso o que estamos tentando fazer — ele respondeu.

— Vocês não podem vencê-lo. Fujam e levem-me com vocês.

— Eu é que decidirei isso.

— Se insistir em lutar, atire na boca.

Oludara observou, tenso, quando a fera agarrou o homem com o tronco e lançou-o no chão. Ossos estalaram e o homem ficou mole.

— Gerard — Oludara disse —, o que quer que esteja planejando, é melhor fazê-lo já!

Gerard levantou sua arma num movimento fluido e atirou, visando a goela escancarada da criatura. A fera deu um passo para trás e soltou um grito enraivecido, então focou os olhos em Gerard. Os dois bandeirantes remanescentes tiraram vantagem da distração para fugir.

A criatura atacou, e Gerard e Oludara separaram-se, encolhendo-se entre as árvores atrás de cobertura. A criatura escolheu seguir Gerard, derrubando uma pitangueira de oito pés de altura em sua pressa para alcançá-lo. Oludara correu atrás dela e atacou o seu flanco, cortando no ponto do tronco em que o rim de um homem ficaria. Ao contrário da rapieira, a sua faca encantada cortou através do couro da fera. A criatura gritou e saltou para longe, para dentro do mato, sem nem mesmo uma olhadela dirigida a Oludara.

Gerard contraiu-se para correr atrás dela, mas Oludara disse:

— Deixe estar. Antônio pode vir a qualquer momento.

Gerard assentiu e ajoelhou-se perante o homem que havia falado com eles. Puxou a bolsa de água de sua mochila e disse:

— Aqui, beba.

O homem mal conseguiu abrir a boca, e Gerard derramou um gole em seus lábios.

— O que é essa criatura? — Oludara perguntou.

— Mapinguari — o homem coaxou. — Vocês me levam de volta à minha bandeira? Eu sirvo a Antônio Dias Caldas.

— Temo que não possamos fazer isso — Gerard disse. — Mas deixaremos você confortável. Dois dos seus companheiros escaparam. Tenho certeza de que logo voltarão com ajuda.

— Não tenha tanta certeza — disse o homem, franzindo o cenho.

Passadas ressoaram como baques perto e eles se viraram para ver uma árvore voando contra eles. O Mapinguari atacava logo atrás, urrando de raiva. Galhos atingiram os dois, derrubando-os um para longe do outro, e a criatura pousou pesadamente no meio deles. Seu cheiro derramou-se sobre os dois, um amargo fedor de cobre, da pelagem esquálida emaranhada com sangue coagulado. Ela agarrou o homem ferido e empurrou-o para dentro da enorme boca em seu peito, onde seus dentes gigantes trituraram a cabeça e os ombros do homem.

Gerard gritou "corra!" e Oludara não precisou de maiores incentivos. Os dois partiram em direções diferentes.

Oludara correu o mais rápido que podia, esquivando-se de galhos e saltando raízes numa dança através da mata. Sem ouvir sinais de perseguição, fez uma pausa e curvou-se para recuperar o fôlego. Um lampejo de cor capturou o seu olhar e ele olhou para cima para encontrar um homem em pé bem ao lado dele, de boca aberta. Olhando em torno, Oludara descobriu que tinha corrido para dentro de uma linha de homens andando em fila dupla pela mata. Para o seu desalento, reconheceu o grupo imediatamente. Virou-se para correr, mas alguém atingiu suas costas com a coronha de um arcabuz e ele caiu. Voltou-se para encontrar cinco armas apontadas para ele.

A linha partiu-se no meio e um homem vestindo um rico gibão vermelho veio a passos largos em sua direção.

— Bem, bem — disse Antônio Dias Caldas, sorrindo. — Se não é o intrometido do escravo de Gerard van Oost.

Amordaçado e amarrado a uma árvore, Oludara considerou a sua desolada conjuntura. Em torno dele, os homens de Antônio saíram em disparada pelo mato espesso, armando acampamento do melhor modo que podiam. O grupo, muito reduzido desde seus encontros com o Mapinguari e os corpos-secos, agora consistia em apenas trinta atiradores e uma dúzia de escravizados nativos.

Diogo aproximou-se dele com uma cabaça de água em uma das mãos e ajoelhou-se ao seu lado. Afrouxou a mordaça e ofereceu a Oludara um gole de água.

— É bom ver você de novo — Oludara disse.

— É bom vê-lo também — disse Diogo. — Embora eu suponha que as circunstâncias poderiam ser melhores. É com frequência que eu o vejo preso por cordas ou correntes quando nos encontramos.

— É bem verdade. Talvez eu tente um traje mais convencional em nosso próximo encontro. Mas devo perguntar-lhe uma coisa. Nós encontramos uma fera com uma boca enorme, que um dos bandeirantes chamou de Mapinguari. Você a conhece?

Diogo assentiu.

— Essa fera foi a causa da minha fuga — Oludara disse. — Ela matou muitos dos seus companheiros.

— Eu sei — disse Diogo. — Dois homens escaparam e retornaram a nós pouco antes de você aparecer. Estão recuperando-se da luta.

— Eles mencionaram que fomos eu e Gerard que intervimos para permitir que escapassem?

— Eles deixaram essa parte de fora — Diogo respondeu, com um sorriso torto. — Duvido que isso assentaria bem com Antônio, em todo caso. A verdade é que, quando a sua trilha passou dentro das terras dos goitacás, Antônio deu vocês dois por mortos e desistiu da busca. Mesmo em sua maior raiva, ele é esperto demais para aventurar-se nesse território. Em vez disso, decidiu ir atrás do Mapinguari. Ofereceu uma recompensa de duzentos tostões de prata a qualquer um que consiga abatê-lo; isso é mais do que a maioria desses homens vê em um ano. Agora que ele capturou você, contudo, a atenção dele se voltou para outras questões.

— Gerard? — Oludara perguntou.

— O primeiro e único.

— Por que ele odeia tanto a Gerard? Só porque ele é protestante?

— Não. — Diogo suspirou e balançou a cabeça. — Isso é o que ele diz a todo mundo, mas não se importa com isso. A verdade é que ele vê Gerard como uma ameaça.

— É mesmo?

— Antônio é astuto. Ele reconheceu o potencial de Gerard assim que o viu. Antônio avançou saindo da pobreza para se tornar o maior bandeirante do Brasil. Ele não iria deixar algum estranho vir e tomar isso dele. É por essa razão que trabalhou tão duro para fazer com que Gerard fosse mandado embora, e é por isso que o caça agora com tanto fervor.

Oludara olhou para onde Antônio estava deitado na rede, balançando sem pressa.

— Ele sabe que seu inimigo está próximo, porém só fica deitado ali.

— É claro — Diogo disse. — Por que arriscar-se em território goitacá procurando Gerard, quando Antônio sabe que ele virá atrás de você, cedo ou tarde?

— Sem dúvida. Meu povo diz: "Uma vez que a árvore cai, você pode alcançar os galhos". Minha presença aqui coloca Gerard em grande perigo; ele não me abandonará. Onde está Moara? Ela e eu ficamos amigos; ela poderia prevenir Gerard.

— Antônio mandou-a como batedora há vários dias. Não há jeito de saber quando retornará.

— É uma pena. É uma boa mulher, e capaz.

— Em todo caso — Diogo disse, recolocando a mordaça de Oludara firmemente no lugar. — Farei o que puder. Mas, por ora, é melhor encurtar a nossa conversa e não levantar suspeitas.

Diogo partiu para supervisionar os homens que armavam o acampamento. Oludara, sem qualquer ideia do que fazer, decidiu descansar e conservar suas forças. Acomodou-se o melhor que pôde, considerando as amarras. Quando estava quase fechando os olhos, porém, notou movimento em um lado. Olhou para lá e viu que uma cobra deslizava em sua direção.

Essa cobra ele reconhecia. Os tupinambás a chamavam de surucucu, e sua picada era fatal. Ele lutou para afastar-se, mas suas amarras o seguraram firme. Quando tentou chamar ajuda, a mordaça abafou seus gritos.

Lutou com todas as suas forças para libertar ao menos uma das mãos, mas não fez qualquer progresso. Tentou ficar tão imóvel quanto possível. A cobra, contudo, não se desviou. Ela disparou sua língua e manteve o curso firme, nunca tirando o olhar de Oludara. Oludara não pôde fazer nada além de retesar os músculos em expectativa quando a cobra encolheu-se para atacar.

A cabeça da surucucu disparou para a frente em velocidade cegante, para bater no chão com a mesma rapidez. Oludara, de olhos arregalados, viu que uma rapieira a tinha perfurado bem atrás dos olhos e a pregado no chão, morta. Ainda tremendo de medo e sem acreditar, conduziu seu olhar pela lâmina da rapieira para fitar os olhos sorridentes de Antônio Dias Caldas.

Antônio puxou a rapieira de volta, arrancando-a com tanta precisão que a cabeça da cobra nem sequer se mexeu. Ele apanhou um trapo em seu gibão e limpou a ponta.

— Não pense que fiz isso por bondade — Antônio disse. — Eu enfiarei um espeto em seus olhos do mesmo modo quando tiver terminado com Gerard.

Antônio embainhou a rapieira e retornou para a rede, onde retomou o seu suave balanço, como se nada tivesse acontecido.

Oludara, calmo mesmo diante da cara do dragão africano, havia sentido o pânico verdadeiro por uma das primeiras vezes em sua vida. Precisou respirar fundo várias vezes para recuperar os nervos. Gerard havia estudado esgrima com mestres europeus, mas Oludara nunca o tinha visto fazer nada perto de lancetar uma serpente no meio do bote. Oludara já não sabia qual ameaça era a maior: os goitacás, o Mapinguari ou Antônio. Havia tomado esse homem de modo leviano demais, e fez uma oração silenciosa a Olorum para que Gerard não fizesse o mesmo.

Foi necessário mais de uma hora para Oludara acalmar-se o suficiente para adormecer, apenas para ser acordado pelo som de uma arma de fogo. Os bandeirantes saltaram e agarraram suas armas.

Antônio pulou da sua rede.

— Essa foi a arma de Gerard — disse ele. — Eu reconheceria esse som em qualquer lugar. — Apontou para um grupo de homens. — Francisco, Luís, Pedro, Mateus, vocês vêm comigo. Diogo, guarde o acampamento.

Antônio saiu em disparada com o grupo, e Diogo arriscou um olhar a Oludara antes de gritar para o resto dos bandeirantes:

— Vocês o ouviram! Espalhem-se, guardem o perímetro! Não quero que Gerard se esgueire sobre nós. Vou verificar o prisioneiro.

Enquanto os homens assumiam suas posições, Oludara podia ver que Diogo os tinha dispersado habilmente. Gerard teria a sua chance de passar por eles. Quando o acampamento se esvaziou, Diogo ajoelhou-se ao lado de Oludara. Pouco depois, Oludara pôde sentir suas amarras afrouxarem.

— Tenho a sensação de que o seu amigo está a caminho — Diogo disse.

Com a mordaça ainda na boca, Oludara conseguiu apenas assentir com a cabeça em resposta. Então teve um vislumbre de movimento em alguns arbustos e Gerard colocou a cabeça à vista. Oludara resmungou e apontou com o queixo. Diogo virou-se e viu Gerard, então gesticulou para que ele ficasse agachado. Gerard obedeceu.

Diogo empurrou com o pé uma pedra na direção de Oludara.

— Vai ter que me derrubar — disse. — Duro o suficiente para ferir, mas não para quebrar, se você não se importa. E não se esqueça de sua adaga, está enfiada no meu cinto.

Oludara olhou para a adaga e assentiu, exatamente quando suas amarras cederam. Agarrou a pedra e atingiu Diogo com solidez na têmpora, fazendo-o girar em torno de si. Puxou sua faca do cinto de Diogo e correu na direção de Gerard.

— O prisioneiro — Diogo gemeu, alto o suficiente apenas para que os homens mais próximos ouvissem.

Dois homens, contudo, tinham notado o movimento de Oludara e se fechado sobre ele rapidamente, bloqueando seu caminho com arcabuzes levantados em desafio. Tinham falhado em ver Gerard, que subitamente se movimentou atrás deles.

Oludara levantou os braços e disse "não atirem!", numa tentativa de manter a atenção dos homens. Momentos depois, Gerard aparecia com um tronco. Ele nivelou o tronco e veio correndo a toda velocidade, usando-o para derrubar os dois homens por trás. Oludara pulou por cima deles e correu.

Enquanto ele e Gerard fugiam lado a lado para dentro da mata, ele arriscou um olhar para trás para ver dois outros homens correndo atrás deles e gritando. Contudo, quando alcançaram o meio do acampamento, Diogo guinou na direção deles e fez todos os três caírem num único monte. Oludara mal conseguiu ouvi-lo gritar:

— Seus imbecis! Não conseguem correr em volta de mim, e não em cima de mim?

Oludara sorriu e voltou sua atenção à fuga.

Gerard, exausto, jogou-se no chão ao lado de Oludara, que havia desabado momentos antes.

— Obrigado, Gerard — Oludara disse, com a respiração entrecortada. — Como conseguiu disparar aquele tiro de tão longe?

— Usei um contrapeso e água corrente... um gotejamento para encher uma panela e puxar o gatilho. Não foi fácil, mas funcionou.

"O problema é que o truque me custou o meu arcabuz, a melhor arma que jamais tive. Uma perda muito custosa, mas eu trocaria mil deles pela sua vida."

Oludara sorriu em resposta.

— Mesmo assim — continuou Gerard —, nunca teria funcionado sem a ajuda de Diogo. Ainda havia gente demais no acampamento para eu soltar suas amarras e escapar.

— É verdade — disse Oludara. — Meu povo diz: "Onde quer que um homem more, o seu caráter o acompanha". Diogo permaneceu sendo um bom homem, mesmo entre os patifes de Antônio, e temos sorte de contar com ele como aliado.

A expressão de Oludara ficou séria.

— Gerard, precisamos conversar sobre Antônio.

— Isso pode esperar — Gerard disse. — Descanse aqui, eu vou atrás de água. Precisamos nos refrescar e seguir nosso caminho. Logo teremos tempo para histórias.

— Tem razão. Pode esperar até lá, ao menos. E um pouco de água aliviaria minha voz para o que vou contar.

Oludara deitou-se no chão e Gerard apanhou sua mochila e partiu à procura de água. Depois de meia hora de andança, ouviu o som de água corrente e seguiu-o até um ribeirão de águas gélidas e cristalinas. Pegou a bolsa de água da mochila e ajoelhou-se para enchê-la quando um som de chapinhar rio acima alertou-o. Olhou para cima para ver uma imagem desalentadora: o Mapinguari, a não mais que cinquenta passos de distância, havia pulado no ribeirão para beber.

Gerard, tentando permanecer oculto, buscou lentamente a sua rapieira. Ele a tinha meio desembainhada quando um ruído sussurrante no lado oposto do rio fez o Mapinguari levantar os olhos. O Mapinguari, passando os olhos por toda parte, percebeu Gerard antes de descobrir a fonte do sussurro. Ele apertou os olhos em reconhecimento antes de urrar e saltar para a margem.

Enquanto a fera partia na direção dele, Gerard puxou sua rapieira e aprontou-a para o impacto. Logo antes da arremetida final do Mapinguari, contudo, flechas assoviaram vindas do outro lado do rio. Duas delas voaram para dentro da boca da criatura uivante e ela gritou de raiva. Oito guerreiros goitacás de cabelos longos haviam emergido das árvores. Sete deles carregavam arcos, enquanto um — o mais alto e mais forte do grupo — portava um machado de pedra afiada.

O Mapinguari mudou de direção e dirigiu-se a eles, cambaleando pela água o melhor que conseguia. O guerreiro mais alto assinalou para os outros manterem a posição e precipitou-se para a frente sozinho, entrando em combate com a criatura enquanto ela emergia da margem do rio. O Mapinguari golpeou contra ele, mas ele deslizou sob as garras e brandiu o machado contra a sua boca num movimento por baixo. Seu golpe arrebentou tanto o machado quanto alguns dentes do Mapinguari.

A criatura berrou e cobriu sua boca com as mãos, então virou-se e — as pernas subindo e descendo tão rápido que quase parecia uma farsa de bobo da corte — correu para a cobertura da floresta.

Gerard, estarrecido pelo ataque temerário do guerreiro, conseguiu apenas ficar ali e observar enquanto o homem e seus companheiros atravessavam o rio na direção dele. Enquanto se aproximavam, Gerard embainhou sua rapieira e levantou as mãos em saudação.

— Obrigado, grande guerreiro — disse em tupi, na esperança de que o homem entendesse essa língua. — Eu me chamo Gerard van Oost.

O guerreiro não mostrou qualquer sinal de reconhecimento. Ele fez uma careta para Gerard e gritou uma palavra: "Kandl'o!", esbofeteando-o com as costas da mão, para dar ênfase. O poderoso tapa o fez cair esparramado. Gerard não conseguia acreditar na força do homem.

O guerreiro virou-se e disse algo aos outros. Dois deles puxaram Gerard do chão e dois outros o cutucaram com seus arcos, conduzindo-o para o outro lado do rio, e para longe de Oludara.

Os goitacás fizeram Gerard marchar durante a maior parte do dia antes de emergirem das matas num campo aberto, uma área pantanosa. A luz do sol deu a Gerard um certo conforto, depois de passar tanto tempo no confinamento da floresta.

A aldeia goitacá ficava no meio do charco, e Gerard julgou que a chance de ele se esgueirar dali ou de Oludara entrar assim era perto de zero: o charco conferia ampla visibilidade em todas as direções.

A aldeia não poderia ser mais diferente daquela dos tupinambás que Gerard viera a conhecer tão bem. No lugar de enormes malocas, os goitacás usavam minúsculas cabanas construídas sobre palafitas que as mantinham acima d'água. Cada cabana continha uma única entrada, de não mais que três pés de altura.

Quando Gerard chegou à aldeia com sua escolta de guerreiros, os homens gritaram e dúzias de famílias rastejaram de suas cabanas para olhar para ele. Como os tupinambás, não vestiam roupas, pelo menos no sentido convencional. Alguns usavam decorações emplumadas ou tinham se pintado com tintura vermelha da árvore de jenipapo, embora os padrões diferissem de todos os que tinha visto. Muitos gritavam para Gerard, mas ele não conseguia entender uma única palavra.

Um homem agarrou o chapéu de Gerard e colocou-o, causando uma grande comoção conforme os outros em torno se juntavam e apontavam. Outro homem puxou a espada de Gerard da bainha e apunhalou um inimigo imaginário, atraindo um enorme grupo de crianças que riam e aplaudiam. Muitas delas dançavam e se jogavam no chão, fingindo desmaiar ao sinal da espada.

Um grupo de mulheres arrancou a mochila de Gerard e a virou, sacudindo o seu conteúdo para o chão. Uma das mulheres desenrolou a bandeira e os outros apontaram e riram do desenho que Gerard fizera do elefante e da arara.

— É só um esboço — Gerard disse.

Vários dos nativos se viraram e gritaram "kandl'o!" para ele. Como tudo o mais que eles disseram, Gerard não tinha noção do que significava, mas decidiu que o melhor era manter a sua boca fechada por enquanto.

Quando o alto goitacá que havia combatido o Mapinguari com um machado veio se pavoneando até o meio deles, os outros nativos agiram com deferência. Gerard deduziu que ele devia ser o cacique. O cacique observou em silêncio por um momento, mas quando os outros se cansaram de troçar de Gerard e brincar com suas coisas, ele disse algo e apontou para uma mulher próxima. Então virou-se e saiu andando.

Um grupo de guerreiros agarrou Gerard e o arrastou até uma das cabanas, então o fizeram se curvar e o empurraram pela minúscula abertura. A mulher a quem o cacique havia indicado rastejou para dentro atrás dele. Depois disso, os homens se dispersaram, deixando os dois sozinhos.

Gerard olhou a cabana, mas o único mobiliário eram uma esteira trançada e uns poucos vasilhames. Olhou para a mulher, que olhava fixo para ele. Era jovem, provavelmente de uns dezessete anos, com maçãs do rosto altas, olhos fundos e um nariz reto.

— Eu sei como isso funciona — disse Gerard. — Ouvi as histórias. Primeiro, oferecem uma mulher com quem me unir.

A mulher não parecia entender uma palavra do que ele dizia, mas ele corou do mesmo modo.

— Mas não pense que vai funcionar. — Agitou um dedo para ela, como ênfase. — Passei quase um ano com os tupinambás, e nem uma única vez cedi ao prazer carnal. E não pense que elas não ofereceram. Jurei que vou permanecer celibatário até o casamento.

A mulher disse "kandl'o!", então deitou-se e afastou suas pernas nuas. Gerard engasgou e desviou o olhar. Depois de uns minutos, quando se tornou aparente que ele não faria nada, a mulher fez um ruído irado de estalo e rolou até um canto para dormir. Uma outra mulher trouxe uma bandeja de madeira e a colocou no chão. Olhou intrigada, indo e vindo entre Gerard e a mulher.

Gerard examinou a bandeja e encontrou um pedaço de carne cozida – de veado, pela aparência –, um pouco de mel e uma dúzia de minúsculas frutas amarelas que ele nunca tinha visto antes.

— Conheço esse truque também — disse. — Você está aqui para garantir que eu serei engordado para o seu banquete canibalesco. Quanto maior, melhor, certo?

Gerard notou a mulher goitacá fitando a sua barriga. Gerard, robusto mesmo para os padrões europeus, já era bem mais amplo – e, temia, carnudo – do que qualquer um dos nativos. Engoliu em seco.

— Talvez não leve tanto tempo, afinal — gemeu. — Espero que Oludara pense rápido em alguma coisa.

Oludara acordou com um sobressalto. Sem querer, tinha adormecido, quando Gerard partiu em busca de água. Olhou em torno mas não notou nenhum sinal de seu companheiro. Pela luz esmaecida, soube que horas haviam se passado.

Preocupado, mas sem se apavorar o suficiente para gritar e alertar seus inimigos, Oludara partiu em busca de Gerard. Não foi preciso muito tempo para encontrar a trilha do seu amigo, ou para segui-la até um córrego. À beira da água escura, assustou-se ao ver o rastro de Gerard cercado por aqueles de pelo menos meia dúzia de pares de pés descalços. Os pés descalços o fizeram pensar nos goitacás e ele ficou realmente preocupado com a segurança do seu amigo. Os rastros pareciam vir do ribeirão e retornar a ele, por isso Oludara atravessou-o.

O que ele descobriu do outro lado do rio o incomodou ainda mais. Sinais de luta destacavam-se em toda parte: sangue, flechas, um machado partido, e os restos de dois dentes enormes. O coração de Oludara afundou, imaginando o seu companheiro esmagado pelo Mapinguari, ou pior. Ele correu em torno, procurando por qualquer sinal de fuga, até que, muito aliviado, descobriu as marcas das botas de Gerard levando para longe, cercado mais uma vez pelos rastros feitos por pés descalços. A trilha provou-se difícil de seguir no mato, e ele a perdeu depois de apenas meia légua.

Os dois dias seguintes, Oludara vagou pela mata procurando sinais, enquanto ao mesmo tempo tentava evitar chamar a atenção sobre si. Pela primeira vez em sua vida, não conseguiu achar uma única pista para guiá-lo, e sua preocupação crescia com cada momento que passava. À beira do colapso, tremendo de desespero, ele se espremeu dentro do espaço oco de uma árvore e escondeu-se lá para pensar. Depois de vários minutos respirando fundo, quando sentiu que quase havia recuperado o suficiente do seu juízo para tentar de novo, uma voz estridente chamou:

— Como você conseguiu chegar tão longe na terra dos goitacás?

Oludara primeiro sentiu uma dor no peito, seguida por uma na cabeça, quando pulou e a bateu dentro da árvore. Diante dele, o Saci-Pererê estava bem do lado de fora da árvore, um sorriso endiabrado em sua cara.

Quando as dores diminuíram, Oludara disse:

— Fique quieto, Saci! Passei dias me esgueirando no meio desta maldita floresta. O inimigo pode estar se escondendo em qualquer lugar.

— Bem, eu os avisei para não passarem por aqui.

— Não tive escolha. Os goitacás capturaram Gerard e eu preciso encontrá-lo.

— Encontrá-lo não é o seu problema — disse o Saci. — Com certeza eles o levaram à sua aldeia. Eles provavelmente o estão engordando para um banquete enquanto nós conversamos.

Oludara quase estendeu os braços para estrangular o diabrete, mas lembrou-se que isso de certo apenas o faria desaparecer. Em vez de ceder à tentação, respirou fundo para acalmar-se antes de falar.

— Sabe onde fica essa aldeia, Saci?

— É claro! Fica num charco, não tão longe daqui. Somente duas horas de caminhada naquela direção. — O Saci apontou para o sudeste. — Mas, como eu disse, encontrá-lo não é o seu problema. Salvá-lo, essa é outra questão. Os goitacás não recebem bem quem vem roubar suas refeições.

— Não será a primeira vez que resgato Gerard.

— Mas é um charco aberto. Não há cobertura, nenhum jeito de se esgueirar sobre eles.

Oludara considerou isso por um tempo. Então saiu da árvore e esticou os braços e pernas.

— Nesse caso — disse —, não vou me esgueirar.

Sem cerimônia, dois guerreiros jogaram Gerard no meio da aldeia, estatelando-o em uma poça d'água de três polegadas de profundidade.

O cacique e uma dúzia de guerreiros tinham gastado os últimos dois dias desfilando-o pelas aldeias vizinhas, o que, por alguma razão, provocava danças e banquetes a cada parada. Tinham finalmente regressado à sua própria aldeia e, como Gerard não pôde evitar de notar, preparavam um banquete deles próprios.

Todos haviam se adornado com tintura vermelha. As mulheres preparavam comida e bebida enquanto os homens tocavam tambores e flautas. As pessoas dançavam sempre que lhes aprouvesse. Uma grande fogueira tinha sido acesa no centro da aldeia, mas não havia nenhuma carne à vista.

— Parece com um dia de banquete — Gerard disse, com um suspiro —, e tenho a sensação de que sei qual vai ser o prato principal.

Gerard tinha tentado escapar em duas ocasiões, uma vez de dia e uma vez de noite, mas tinha fracassado nas duas vezes. Não conseguiria nem enganar, nem superar os guerreiros goitacás na corrida, e suas ideias se esgotaram. Como Oludara não apareceu, Gerard havia se resignado a desempenhar o seu papel no banquete.

Quando tudo estava pronto, quatro guerreiros, dois de cada lado, enrolaram uma corda em torno da cintura de Gerard e a apertaram com força. O cacique — tão coberto de penas que parecia mais pássaro do que homem — surgiu de sua cabana. Aproximou-se de Gerard, gritando e agitando seu punho no ar. Na sua outra mão ele tinha uma maça de madeira entalhada, também decorada com penas.

Os guerreiros que seguravam Gerard apertaram a corda, tirando-lhe o fôlego. O cacique gritou ainda mais alto e os moradores da aldeia juntaram-se numa dança frenética em torno dele. Todos deram agudos vivas ao verem o cacique levantar a maça acima da cabeça de Gerard para o golpe fatal.

Nesse instante, contudo, os tocadores de tambor pararam. As pessoas voltaram sua atenção para longe do cacique e todos caíram em silêncio, salvo por sussurros abafados. Gerard precisou de todo o seu sangue-frio para abrir os olhos e não fitar a maça pairando acima de sua cabeça, mas seguiu o olhar dos nativos para ver Oludara, impávido, na orla da aldeia.

Passada a surpresa inicial, os nativos entraram em ação. Crianças curiosas circularam Oludara à distância. Guerreiros correram para agarrar seus arcos.

— Fuja, Oludara! — Gerard disse. — Eles são muitos.

— Eu preciso derrotar apenas um — disse Oludara.

Ele levantou um dedo e apontou para o cacique. O cacique permanecia com seus pés plantados e peito reto enquanto Oludara, seu dedo nunca vacilando, aproximou-se dele. Quando chegou a dez pés do cacique, Oludara puxou sua camisa por cima da cabeça e jogou-a no chão, então retirou a adaga de marfim do cinto. Apontou para si mesmo e de novo para o cacique.

O cacique zombou do desafio, assim como a maior parte da aldeia. Ele disse alguma coisa, quase casualmente, e seus homens baixaram os arcos e recuaram. Falou novamente e um de seus homens veio correndo com um machado de pedra, pelo qual trocou a maça cerimonial. Gesticulou para que Oludara se aproximasse.

— Não! — Gerard gritou. — Ele é inumano. Você não sabe...

Alguém gritou "kandl'o!" e estapeou Gerard no meio da frase, silenciando-o.

Oludara e o cacique giraram um em torno do outro várias vezes, antes que Oludara finalmente arriscasse uma finta. O cacique nem chegou a estremecer, embora a lâmina tivesse parado a poucas polegadas do seu tronco. Em vez disso, respondeu à finta com um coruscante corte do qual Oludara mal se desviou.

Gerard observava angustiado enquanto os dois combatiam, trocando arremetidas, cortes e fintas. O cacique levou um par de cortes nos braços, mas Oludara levara a pior: um corte fundo sangrava em sua clavícula e talhos reluziam em uma dúzia de lugares. Bem quando Gerard desistia de toda esperança, notou fumaça subindo de uma das cabanas.

— Fogo! — ele gritou, e uma dúzia de goitacás gritaram de volta "kandl'o" sem nem se darem ao trabalho de desviar os olhos da luta.

Mais duas linhas de fumaça preencheram o céu antes que outros finalmente notassem e gritassem "boteh!". Pessoas correram para agarrar tigelas e jarros de água. Os homens que seguravam a corda em torno da cintura de Gerard saíram correndo, deixando-o livre.

Uma palafita cedeu, fazendo uma cabana cair na poça que havia embaixo.

— O que está acontecendo aqui? — Gerard perguntou a si mesmo.

Então ouviu um riso agudo e virou-se para ver um gorro vermelho subindo e descendo ao lado de uma cabana. No momento seguinte, o gorro desapareceu.

— O diabinho — ele disse, sorrindo.

O Saci apareceu ao lado de Gerard com sua rapieira e mochila nas mãos. Ele os jogou para Gerard e disse:

— Não fiquem só parados aí seus idiotas, corram!

E então voltou a desaparecer.

Gerard olhou para trás para ver Oludara e o cacique ainda centrados um no outro. Parecia que Oludara tinha ouvido o conselho do Saci, contudo, porque abaixou sua faca e correu. O cacique pareceu prestes a persegui-lo, mas fez uma pausa depois de finalmente registrar o caos em torno. Baixou o machado, endireitou-se e gritou comandos ao povo da aldeia, organizando seus esforços para extinguir os incêndios.

Gerard seguiu Oludara e disse:

— Você está bem o bastante para correr?

— Vou conseguir — Oludara disse, embora Gerard pudesse ver que ele estava obviamente enfraquecido pela perda de sangue.

Os dois saíram em disparada na direção da mata, e para seu alívio ninguém os seguiu. Enquanto corriam, os gritos dos goitacás e a risada do Saci foram ficando cada vez mais fracos.

Assim que alcançaram a borda da mata, contudo, a risada do Saci mudou para um guincho. Gerard fez uma pausa para olhar para trás e viu o Saci na orla da aldeia com o cacique goitacá em pé logo atrás dele. O diabrete batia freneticamente em sua cabeça calva, buscando em vão por seu gorro vermelho, enquanto o cacique segurava-o em triunfo no ar. O Saci tentou correr, mas o cacique o fez cair estatelado com um chute ligeiro, agarrando-o pelo pescoço e o carregando de volta para a aldeia como se ele fosse um gatinho.

Mais uma vez, Oludara e Gerard viam-se ofegando, lado a lado na mata. Depois de ter recuperado o fôlego, Oludara sentou-se e encontrou algumas bandagens na mochila de Gerard, oferecendo um agradecimento silencioso ao Saci por tê-la recuperado. Estancou o sangue de seus ferimentos o melhor que pôde.

— Uma terceira captura? — Gerard ofegou. — Isso é inconcebível!

— É difícil crer — respondeu Oludara. — Infelizmente, devemos voltar. Não podemos deixar o Saci com os goitacás.

— Por mais tentador que seja a ideia de seguir em frente e nos livrarmos para sempre daquele traquinas, devo concordar. Ele salvou nossas vidas hoje. Embora não possa dizer que isso não tenha me surpreendido; ele nunca tinha arriscado o pescoço por nós antes.

— Talvez ele pensasse que nos salvar seria mais fácil do que descobrir outros a quem atormentar.

— Talvez — Gerard disse. — Mas o que podemos fazer? Por mais criativa que tenha sido a sua ideia de ir direto para dentro da aldeia deles, não acho que eu arriscaria isso uma segunda vez.

— Nem eu — disse Oludara, balançando a cabeça. — Se o Saci não tivesse interferido, teria sido o meu fim. Aquele cacique é incrível. Raramente vi um lutador tão excelente. — Oludara soltou um suspiro exausto. — Tivemos de encarar provações em demasia nesta semana. Estou cansado demais até para pensar.

— E eu estou cansado de fugir. Parece que não fizemos nada além disso nestes últimos dias.

— Estamos cercados por todos os lados pelos inimigos mais perigosos que já encaramos. O que se pode fazer numa situação como esta?

— Sem plano? — perguntou Gerard, parecendo genuinamente surpreso. — Nenhum ditado do seu povo desta vez?

Oludara olhou para baixo e balançou a cabeça.

— Nesse caso — disse Gerard —, creio que *eu* me recordo de um ditado.

Ele sorria com astúcia ao falar. Oludara arqueou uma sobrancelha.

— É mesmo? O que é?

— Um grego antigo chamado Ésquilo disse uma vez, "não há desgraça em um inimigo sofrer nas mãos de um outro inimigo". Encaramos três inimigos que se odeiam tanto quanto odeiam a *nós*. Por que nós é que estamos lutando contra todos eles?

Gerard ouviu o sinal de Oludara: um uivo de raposa. Respirou fundo, então correu na direção do acampamento. Um homem montando guarda, a uns trinta pés de distância, notou-o primeiro.

— É ele! — gritou o homem. — É aquele sujeito, Van Oost!

Gerard deslizou, fingindo escorregar. Foi lento de propósito para levantar-se, cambaleando até que Antônio e uma dúzia de homens armados com arcabuzes vieram correndo. Diogo não estava entre eles.

— Fique aí, Antônio! — Gerard gritou, acenando com as mãos. — É perigoso!

— Peguem-no! — Antônio gritou aos seus homens. — Cem tostões, vivo ou morto!

Com isso, os homens de Antônio deram um viva e atacaram. Gerard virou-se e fugiu.

Ao soarem os primeiros tiros atrás dele, Gerard soube que sua corrida seria curta. Tinha passado o dia anterior deixando um rastro para Antônio e, mesmo com o medo que esse homem sentia dos goitacás, ele não conseguiria resistir à isca. Tinha armado acampamento a não mais que um quarto de légua do pântano dos goitacás. Nos momentos seguintes, Gerard ou chegaria ao seu alvo, ou levaria um tiro tentando.

Não obstante, pareceu se passar uma eternidade até que Gerard finalmente irrompesse da mata e entrasse no charco. No momento em que o fez, foi saudado exatamente pela cena que desejara: o cacique goitacá, alertado pelo fogo dos arcabuzes, liderava uns quarenta guerreiros direto em sua direção.

O cacique não diminuiu o passo quando Gerard ficou visível, mas quando o primeiro dos homens de Antônio apareceu saindo da mata, ele gritou uma ordem e seus homens alinharam-se, de arcos armados.

Pelo menos um dos homens de Antônio teve senso suficiente para gritar um aterrorizado aviso de "Goitacá!", antes de dar meia-volta para fugir. Os outros homens, contudo, continuaram a se derramar para dentro do pântano por puro impulso. Depois de notarem a linha de goitacás, eles rapidamente uniram-se no recuo. Gerard fugiu logo atrás deles.

Com outro comando, o cacique enviou seus homens correndo para dentro da mata. Grandes corredores, eles rapidamente fecharam sobre os bandeirantes. Antônio berrava ordens para seus homens manterem a posição, e por pura força de vontade conseguiu pôr alguma ordem na sua tropa em retirada.

Com isso, os dois lados se detiveram e formaram linhas irregulares entre as árvores. Então o combate de verdade começou. Gerard, no meio, jogou-se no chão e puxou a aba do seu chapéu sobre as orelhas, enquanto chumbo e flecha assoviavam acima. Ambos os lados o ignoraram por enquanto, presos no seu próprio duelo mortal. Ele fez um sinal da cruz e silenciosamente rezou para que Oludara chegasse rápido. Por mais que tivesse o direito de nutrir rancor contra os dois lados, não tinha qualquer desejo de ver o caso transformar-se num banho de sangue.

Momentos mais tarde, passadas retumbantes e o familiar berro de gorila responderam às suas preces. Oludara passou correndo por ele de um lado, com o Mapinguari arrebentando tudo atrás.

Gritos de "Mapinguari!" ecoaram de ambos os lados. Pelo menos essa palavra partilhava o mesmo sentido e terror entre todos os envolvidos. Por ora, goitacás e bandeirantes esqueceram um ao outro e todos voltaram seus disparos para a fera. O Mapinguari, achando-se assaltado pelos dois lados e incerto quanto aonde fugir, gritou e arrancou árvores do chão para arremessar contra seus atacantes.

Gerard procurou entre os homens de Antônio e viu o objeto do seu desejo — seu arcabuz — nas mãos de um português magricelo. O homem ajoelhou-se no chão para fazer um disparo, e Gerard investiu contra ele. O homem fez o seu tiro e, em meio à nuvem de fumaça resultante, Gerard arrancou a arma das suas mãos e o derrubou esparramado. O homem olhou para cima, de boca aberta.

— Obrigado por guardar isso para mim — Gerard disse, já saindo em disparada para o charco.

Enquanto corria, viu Oludara esgueirando-se contra o cacique, que o notou, aprontando-se para o ataque. Oludara arremeteu contra ele e o cacique golpeou sua cabeça, mas Oludara esquivou-se do golpe e estendeu uma mão para o seu verdadeiro objetivo: o gorro do Saci, enfiado em uma braçadeira do cacique. Oludara arrancou o chapéu e não parou de se mexer enquanto fazia a sua própria corrida para o pântano. O cacique rugiu em fúria e quase foi atrás dele, mas recuperou sua compostura e voltou a atenção aos seus homens e ao Mapinguari.

Jupi-açu, o cacique goitacá, fez um levantamento dos remanescentes da batalha. O Mapinguari jazia imóvel. Tinha suportado centenas de flechas e tiros, mas a pavorosa fera, inimiga dos goitacás de havia muito tempo, estava finalmente derrotado. Muitos dos homens de Jupi-açu tinham sido feridos, mas ele não viu mortos entre os seus. Os covardes portugueses tinham fugido durante a confusão.

Um dos seus homens chamou-o de volta para o pântano. Quando ele alcançou a clareira, viu movimento na distância. Lá, na sua aldeia, conseguia divisar os dois homens estranhos tentando desfazer as amarras do Saci até que o escuro entre eles tivesse a ideia de colocar o chapéu do demônio em sua cabeça. Neste ponto, ele desapareceu e reapareceu perto, deixando que os rolos de corda desmoronassem sozinhos. Os três saíram correndo, com o Saci no meio, pulando habilmente na sua única perna.

Vários dos seus guerreiros se juntaram ao redor de Jupi-açu, aguardando ordens.

— Devemos persegui-los? — perguntou um guerreiro ao seu lado.

Jupi-açu considerou, então riu vivamente.

— Você pode pegar e segurar um demônio — respondeu —, talvez dois, se tiver sorte. Mas até onde nós já vimos, nunca três de uma vez.

“Esses homens não são nossos inimigos. Eles lutam contra os invasores, assim como nós lutamos e, ao contrário dos covardes que vêm tomar a nossa terra, estes possuem o espírito dos goitacás. Mande mensagem às outras aldeias para deixá-los passar. Não façam contato com eles, apenas deixe-os seguirem seu caminho.”

Jupi-açu virou-se para ir buscar o corpo do Mapinguari. Tinha perdido o seu prisioneiro, mas a aldeia tinha uma nova razão para festejar.

Antônio olhava enojado para os seus homens. Foi preciso a maior parte de um dia para reagrupá-los, e ele não estava certo de que eles justificassem o tempo perdido, depois do seu fiasco com os goitacás. Mandou chamar Diogo, que tinha rastreado sozinho muitos dos desgarrados.

— Quais são as nossas perdas? — perguntou.

— Muitos dos homens levaram uma flechada ou duas durante a luta — Diogo disse —, mas só um, Everaldo, morreu dos seus ferimentos. O Mapinguari esmagou Bartolomeu e Domingos.

— Poderia ter sido pior, eu suponho.

— O que faremos agora?

— Não viajaremos mais pela terra dos goitacás, isso é certo. Gerard terá de esperar. Temos negócio em Santos, então iremos para o interior e vamos contornar os goitacás.

— Isso vai levar tempo — disse Diogo. — E quem sabe o que se esconde lá? Seria melhor voltar para Vitória e contratar um navio.

— Talvez — Antônio meditou. — Por terra ou por mar, não importa, eu chegarei lá de qualquer jeito. E se Gerard van Oost de algum modo sobreviver aos goitacás, ele não vai durar muito tempo. Eu juro que o encontrarei do outro lado.

Gerard, Oludara e o Saci descansavam em uma praia ampla que — e Gerard agradeceu silenciosamente por isso — terminava em dunas que escondiam toda a vista da floresta atrás deles. Gerard sentava-se observando as ondas, enquanto Oludara e o Saci estavam deitados com as mãos atrás da cabeça, olhando para o céu.

— Que pena que não pudemos tirar a pele daquele Mapinguari — Oludara disse. — O couro dele daria um belo colete protetor.

O estômago de Gerard revirou-se diante do pensamento de alguém vestindo aquela criatura abominável e malcheirosa.

— Sim — disse Gerard —, que pena... — Então se voltou para o Saci. — Uma pergunta, Saci. Você porventura sabe o que "kandl'o" significa na língua goitacá? É uma palavra muito falada, pelo menos para mim.

O Saci rolou no chão, segurando a barriga e rindo.

— Cale a boca! — gorgolejou, entre risadas.

— Por que está mandando Gerard calar a boca? — Oludara perguntou.

— Não, a palavra significa "cale a boca" em goitacá.

— Como eu bem suspeitava — Gerard disse, franzindo o cenho.

O Saci levantou-se de um salto e olhou para eles com uma expressão sombria, rara para ele. Depois, contemplou o litoral ao sul.

— Eu apreciei muito observar as suas viagens desastradas — disse —, mas não devo viajar além deste ponto. Meu domínio termina aqui.

Gerard, seu coração voando diante da noção de viajar livre da interminável amolação do diabrete, mordeu o lábio para impedir que um sorriso irrompesse no seu rosto.

— Que pena — disse. — Não será o mesmo sem você, mas acho que nos daremos bem.

— Talvez — disse o Saci. — Mas se acontecer de se depararem com algum outro Saci, estejam certos de dizer a ele que o Saci-Pererê é o único e *verdadeiro* Saci!

— *Outro* Saci? — Gerard disse, quase engasgando com as palavras.

Com um riso final, o Saci desapareceu.

Gerard, cabisbaixo, olhou para Oludara.

— O que ele quis dizer com "outro" Saci? — perguntou.

Oludara não pôde fazer nada além de rir baixinho em resposta.

O cheiro parecia bom demais para ser verdade. Abandonando a cautela, a sucuri deslizou do ribeirão e aproximou-se da carcaça. Seus sentidos não mentiram: o Mapinguari de fato tinha sido morto.

Aprontando-se para a refeição de sua vida, ela desencaixou sua mandíbula e escorregou na direção da fera. Sabia que isso a alargaria até seu limite, engolir uma criatura gigante, mas recusava-se a renunciar a uma delícia tão gloriosa.

Foi então que percebeu movimento e balançou a cabeça de lado a lado, dardejando a língua. Sentiu um cheiro que a fez dar meia-volta em pânico. O fedor do Mapinguari tinha mascarado o cheiro de algo ainda pior.

Virando-se, contudo, descobriu que não tinha para onde correr. Goitacás, arcos levantados, cercavam-na por todos os lados. Um deles, mais alto e maior que o restante, aproximou-se dela com um machado em uma das mãos, seus lábios curvados num sorriso.

Capítulo 5

Uma tumultuosa convergência de desajustados, monstros e franceses

Uma tangará estava em cima de um muro de barro, esperando — junto a muitos outros de sua espécie — pelo lanche diário fornecido pelos humanos que viviam lá dentro. Um dos humanos apareceu, carregando a comida favorita da tangará — mamões — e ela somou o seu alegre grasnido ao coro que irrompeu em torno dela.

O homem, um daqueles que carregavam os paus ribombantes, partiu quatro mamões e os colocou no muro. A tangará e seus companheiros gorjearam uns para os outros, estabelecendo a ordem de quem comeria primeiro naquele dia.

Assim que ela tirou a sua primeira bicada da fruta saborosa, um estalo trovejante ecoou das matas. A tangará inclinou a cabeça e olhou para a floresta, onde uma árvore alta balançou junto a um segundo estalo, este soando mais próximo. A tangará, acostumado a essas coisas, voltou-se para as suas bicadas.

Um terceiro estalo, este muito perto, anunciou a queda retumbante de uma árvore. A tangará, nervosa, achou que era melhor sair dali e voltar quando as coisas tivessem se tranquilizado. Assim que decolou, viu dois homens — um de pele clara e um de pele escura — irromperem da borda da mata para dentro da clareira abaixo.

Gerard ofegava enquanto sua fuga o conduzia ziguezagueando pela floresta. Tinha perdido Oludara de vista, não mais sabendo se seu companheiro continuava intacto ou tinha sido estripado pelo seu perseguidor: um touro negro anormalmente grande com ardentes olhos vermelhos.

As esquivas de Gerard tinham sido bem-sucedidas em fazerem o touro atingir várias árvores — e no processo tombar algumas delas completamente. Cada choque de cabeça dava a Gerard segundos preciosos de fuga, e as pancadas repetidas pareciam estar pesando sobre o touro, que levava um pouco mais de tempo para recuperar-se depois de cada golpe. Por outro lado, Gerard não sabia por quanto tempo mais ele mesmo conseguiria continuar correndo.

Sem aviso, ele irrompeu da mata para uma clareira de tocos, onde a floresta tinha sido limpa. A princípio, ficou desalentado em perder a sua cobertura, pensando que teria de se enfiar de volta entre as árvores. Contudo, olhou para cima, para a discreta elevação, e notou um muro de barro de dez pés de altura a umas cem varas adiante dele. No alto do muro, bem à sua direita, viu um bastião ocupado por dois soldados e, logo abaixo, um portão de madeira, fechado. Gerard soube que não tinha mais que um segundo para tomar sua decisão: correr para o portão ou retornar à mata.

— Abram o portão! — gritou, ao sair em disparada rumo ao bastião. — Abram!

Oludara irrompeu do mato bem à direita de Gerard, fez uma pausa para olhar em que direção Gerard se dirigia, então juntou-se à fuga dele.

Os pulmões de Gerard estouravam com o esforço. Ele podia ouvir o baque dos cascos cada vez mais perto, podia imaginar o touro baixando a cabeça para estripá-lo, e soube que não tinha chance.

Uma salva de tiros soou do bastião e as batidas dos cascos fizeram uma pausa, substituída por um mugido feroz. Gerard arriscou olhar para trás para ver a fera balançar a cabeça, e então teimosamente continuar a perseguição. Olhando para a frente, ele viu o portão se abrindo, mas sabia que nunca conseguiria alcançá-lo a tempo. Decidiu por um curso diferente de ação.

— Oludara — disse —, continue rumo ao portão!

Oludara avançou visando o portão e Gerard desviou-se para longe dele, dirigindo-se direto para o muro.

— Pode vir, seu bife malpassado! — gritou para o touro.

Para a sua satisfação, o touro seguiu-o. Gerard alcançou o muro e se virou para encarar seu perseguidor.

Oludara, chegando ao portão, virou-se e disse:

— Gerard! Saia daí!

Enquanto Gerard remexia em sua mochila, ele gritou de volta:

— Sei o que estou fazendo. Eu acho.

O touro atacou, agora a toda velocidade, e a mão de Gerard finalmente roçou no seu objetivo: a bandeira. Ele a arrancou da mochila com um floreio e a ondulou de lado.

O touro, ainda correndo, olhou de um lado a outro, entre Gerard e a bandeira, como se incapaz de tomar uma decisão. Gerard preparou-se para o impacto, mas no último momento o touro desviou-se na direção da bandeira, atravessando-a e chocando-se contra a taipa atrás. O impacto fez a fera virar de ponta-cabeça e atingir o muro com as costas. Uma rachadura se irradiou a partir da fera até que uma seção inteira de dez pés desmoronou sobre ela, deixando apenas entulho entre os dois suportes de madeira de cada lado.

Gerard não desperdiçou tempo para puxar a sua rapieira e golpear o único trecho de couro que conseguia ver debaixo do entulho: o traseiro. O touro soltou um meio-gemido, meio-guincho, e sacudiu-se para fora dos escombros. Encarou Gerard nos olhos e bufou. Gerard nivelou a rapieira contra a cabeça do touro e preparou-se para suportar o seu ataque.

Uma segunda salva soou do bastião e interrompeu o confronto. O touro — coberto de sangue dos cortes e perfurações — bufou de dor e correu de volta para o mato.

Gerard embainhou sua rapieira e trepou por cima do entulho para passar para dentro do muro. Oludara correu até ele.

— Gerard — disse —, aquilo foi brilhante! Como você pensou numa coisa dessas?

— Um espanhol uma vez me disse que daria para enganar um touro dessa maneira — Gerard respondeu —, embora eu custasse a acreditar.

— Por quê?

— Você não conhece muitos espanhóis, conhece?

Oludara não pareceu entender a pilhéria, então Gerard deixou passar.

— Você está ferido? — Oludara perguntou.

— Escapei sem um arranhão — Gerard respondeu. Ele segurou a bandeira no alto, com dois rasgões irregulares descendo até a metade. — Isto vai precisar de uns remendos, porém.

Nesse momento, os dois soldados do bastião uniram-se a eles. Ambos portavam arcabuzes e ambos pareciam ser portugueses, tão próximos em aparência que poderiam ser irmãos. Um usava cabelo comprido e exibia um grosso bigode preto repuxado como pontas de pincel. O outro usava o cabelo mais curto e uma barba cheia. Os dois vestiam calças de algodão, coletes simples de couro e capacetes de ferro.

— Irônico — disse o primeiro homem. — Essa é a mesma seção do muro que consertamos da outra vez que o touro bateu contra ela.

— Embora daquela vez — disse o outro — tivemos de limpar tudo o que restou de Afonso também.

Os dois homens fizeram o sinal da cruz diante dessas palavras.

— Agradeço a vocês dois pelos tiros oportunos — disse Gerard. — Meu nome é Gerard van Oost, e este é meu companheiro Oludara.

Gerard ofereceu um aperto de mão e os homens o cumprimentaram um por vez.

— Bem-vindos a São Sebastião do Rio de Janeiro — disse o primeiro homem. — Meu nome é Luís.

— E o meu é Duarte — acrescentou o segundo.

— Rio de Janeiro — Gerard disse, com uma centelha nos olhos. — Finalmente conseguimos.

— Vocês fizerem um estranho trio com o touro — disse Luís —, mas não a coisa mais estranha que já vimos surgir correndo dessas matas.

— Nem a mais perigosa — acrescentou Duarte —, nem de longe.

— O que era aquela criatura? — perguntou Oludara.

— Aquela? — disse Luís. — Nós a chamamos apenas de "o Touro".

— Tenho certeza de que os índios o chamam de algo como "bulgaualagali" — disse Duarte. — Eles sempre aparecem com nomes longos e bizarros para as coisas.

— O que você quer dizer com "aquela"? — Gerard perguntou. — Há outras?

— Bem — disse Luís —, há a serpente gigante.

— E o porco negro — acrescentou Duarte.

— E não esqueça o monstruoso jacaré com hálito venenoso.

— Bem — Gerard disse —, parece que há muito o que podemos fazer aqui.

— Como assim? — perguntou Duarte.

— Já conquistamos muitas feras perigosas em nossas jornadas.

— Como conquistaram essa de hoje? — Luís perguntou, fazendo os dois soldados darem uma risadinha.

— Bem — disse Gerard, embaraçado —, tivemos dias melhores, com certeza.

— Vocês *gostam* de lutar com essas criaturas? — Duarte perguntou. — Que ridículo.

— Absurdo — Luís disse. — Que tipo de pessoa sai procurando encrenca assim?

— Em todo caso — disse Duarte —, se *estão* procurando um jeito de serem mortos, vieram ao lugar certo. O Rio de Janeiro é o pior posto do Brasil.

— Por causa dos monstros? — perguntou Oludara.

— Por causa dos monstros, dos piratas...

— E dos franceses — acrescentou Luís.

Os dois soldados tremeram diante da palavra.

— Por que os franceses? — perguntou Oludara.

— Eles costumavam ter um povoamento aqui — disse Luís.

— "França Antártica", é como o chamavam — disse Duarte. — Isto é, até que nós os chutamos daqui.

— E digamos apenas que eles não ficaram muito felizes com isso.

— Devem ter colocado uma maldição nesta baía quando saíram. É a única explicação para a convergência constante de piratas, monstros...

— E franceses — completou Luís.

— Este é um lugar incomum, Gerard — disse Oludara. — Talvez haja uma maldição.

— Gerard? — veio uma voz de trás deles. — Um nome francês típico, tanto quanto qualquer outro que já ouvi.

Eles se viraram para ver um homem de pele escura com um tapa-olho olhando-os com desconfiança. Parecia ser um caboclo, mestiço de sangue europeu e nativo. Tinha cabelo cortado curto e o rosto bem barbeado. Usava um gibão verde e amarelo, e um bom chapéu.

— Luís e Duarte — disse, olhando Gerard e Oludara de cima a baixo com seu único olho —, o que vocês arrancaram do mato hoje?

Gerard ofereceu a mão ao homem.

— Gerard van Oost, se me permite — ele disse. — De Brabante, e não da França. E este é meu companheiro Oludara, um homem livre.

O homem continuou a olhá-lo com suspeita.

— Mercenários, então?

— Mais ou menos. Somos bandeirantes, com permissão do governador.

— Suponho que isso seja documento suficiente. Se o governador está transformando franceses em bandeirantes, ou ele abandonou o senso ou desistiu de uma vez por todas do Brasil. Sou Simão Santo, capitão da guarda. Vou precisar ver os seus papéis, é claro, e a sua bandeira.

— Nossa bandeira é a do Elefante e da Arara.

Gerard levantou a esfarrapada bandeira.

Simão segurou um punho sobre a boca para segurar o riso. Os dois soldados riram abertamente.

Gerard franziu o cenho e enfiou a bandeira de volta na mochila.

— Oludara e eu gostaríamos de ficar aqui por um tempo — disse.

Simão refletiu antes de responder.

— Ninguém fica aqui de graça. Pelo tempo que ficarem no Rio de Janeiro, terão deveres, incluindo o de patrulha.

— É um trabalho perigoso — Luís avisou.

— Perdemos cinco homens este ano — acrescentou Duarte.

— E estamos só em março.

— Assumimos o risco — disse Gerard.

— Pois muito bem — Simão disse. — Podem ir ao quartel para uma refeição, então encontrem estes dois para a sua primeira patrulha.

O forte do Rio de Janeiro assentava-se sobre um morro dando vista para a baía. Oludara não prestou muita atenção durante a subida, mas no topo, Gerard fez uma pausa para fazer com o braço um gesto exagerado em torno.

— Dê só uma olhada nisto — disse.

Oludara seguiu o movimento de Gerard e achou a vista de fato impressionante. Uma enorme baía repleta de ilhas estendia-se diante deles. Formações rochosas cobertas de luxuriante floresta verde estendiam-se para o céu em todos os lados, como os dedos de um gigante segurando a baía em suas mãos em concha.

— Este porto é espantoso — Gerard disse, empolgado. — Posso ver por que os franceses cobiçam tanto esta baía. Não é apenas bela, mas ampla. Há uma meia dúzia de marcos reconhecíveis de léguas de distância no mar. Uma vez que o porto seja corretamente estabelecido, será quase inconquistável. — Gerard fez uma pausa e olhou para a cidade. — Embora eles não estejam nem perto disso.

Oludara podia ver o que ele queria dizer. A cidade, se era possível chamá-la assim, era formada por não mais que trinta construções baixas, quase todas feitas de barro. O muro era de taipa, com quatro bastiões e alguns canhões espalhados em torno do perímetro. O forte inacabado estava sendo montado com barro e pedra.

— Nada aqui é construído para durar — Gerard disse. — Não é uma cidade, ainda não, apenas a promessa de uma. Pode se tornar a joia de um porto um dia... belo e poderoso.

Depois de mais alguns minutos admirando a paisagem, eles entraram no quartel, que acabou sendo nada mais que um refeitório com algumas mesas compridas, uma cozinha e uma fileira de redes de dormir. Tarde demais para o desjejum e cedo demais para o jantar, eles encontraram só uma pessoa ali dentro, um homem de perna de pau com fios de cabelo fino e negro cercando um cocuruto calvo.

Gerard estendeu a mão para o homem e disse:

— Sou Gerard van Oost e este é Oludara. Acabamos de nos unir à guarnição aqui e fomos enviados pelo capitão Simão para uma refeição.

O homem apertou a mão de Gerard.

— Você veio ao lugar certo — respondeu. — Meu nome é Pedro Galo e quando não estou de serviço como soldado, estou cozinhando. Vou ver o que posso juntar.

Eles seguiram Pedro até a cozinha e ele pegou dois pratos. Tirou umas conchas de alguma carne branca com cebola de uma panela.

— Estão com sorte — disse. — Ainda sobrou alguma coisa da noite passada.

— É uma boa refeição para soldados — disse Oludara, com água na boca diante da visão.

— Porco-do-mato com cebola, a selva aqui oferece fartura. Se comida e água pudessem vencer guerras sozinhas, esta seria a cidade mais poderosa da Terra. Infelizmente para nós, pólvora e chumbo não dão em árvore.

Pedro acrescentou figos, marmelada com queijo e duas fatias grossas de pão aos pratos.

Enquanto os dois retornavam às mesas, Gerard exclamou:

— Consegue acreditar neste banquete? Eles têm até pão de trigo aqui. Temos comido aqueles biscoitos duros de mandioca há tanto tempo que me esqueci que gosto tinha.

Oludara levantou um braço para silenciar o seu companheiro. Um velho nativo sentava-se a uma das mesas com uma refeição própria diante dele. O homem usava o cabelo numa tonsura, como os tupinambás, mas ela rebrilhava de tão grisalha. Um corvo empoleirava-se em seu ombro direito.

— Você viu aquele homem quando entramos? — Oludara perguntou.

— Não, não posso dizer que vi.

— Não acha que o teria notado?

Oludara teria tentado manter distância do estranho homem, mas Gerard deu de ombros e sentou-se de frente para ele. Oludara sentou-se ao lado de Gerard e franziu o nariz quando notou o prato do velho. Continha uma carne que ele não reconheceu, crua a ponto de verter sangue. O homem arrancou um naco gotejante e jogou na boca. Oludara desviou os olhos da grotesca exibição, e voltou sua atenção ao próprio prato, embora boa parte do seu apetite tivesse desaparecido.

Gerard inspirou fundo, antes de recuperar a compostura.

— Meu nome é Gerard van Oost — disse —, e este é meu companheiro Oludara. Somos bandeirantes, viemos nos juntar à guarnição por um tempo.

O homem olhou de um para o outro. O corvo fez a mímica do movimento, encarando-os.

— Sei de você e de sua bandeira, Gerard van Oost — o nativo respondeu em tupi.

Oludara notou que seu companheiro ficava rubro. Sabia o quanto Gerard desejava reconhecimento. Parecia que relatos de suas aventuras tinham se espalhado.

O nativo voltou-se para ele e falou, como se lesse os seus pensamentos:

— Eu não disse que *ouvi falar* de vocês, Oludara. Disse que sei quem são.

Oludara e Gerard trocaram olhares, mas não disseram nada. Em vez disso, voltaram a se concentrar na comida e ignoraram esse homem estranho. O nativo encarava Gerard, como se o examinasse. Quando o homem voltou a falar, mudou para o português e fez os dois pularem de surpresa.

— Suas ações decidirão o destino de um império, Van Oost.

Gerard engasgou com a comida e teve de engolir um pouco de água para limpar a garganta. Quando conseguiu finalmente falar de novo, perguntou:

— Império? Que império?

— O Império do Brasil!

Oludara e Gerard riram em uníssono.

— Rá! — Gerard disse. — O Brasil mal chega a ser uma colônia.

— É assim agora — disse o homem —, mas não para sempre. E você decidirá quem vai reinar.

Gerard bufou.

— Mesmo se eu acreditasse que esse "Império Brasileiro" algum dia poderia acontecer, não é preocupação minha quem reina aqui. Vim para cá atrás de aventura, não de política.

— Talvez você mude de ideia, antes que o dia termine. Escolha com cuidado.

O homem empurrou o seu prato na direção de Gerard.

— Não tenho mais fome disto — disse ele. — Aceitaria um pouco?

Gerard não conseguiu esconder o seu nojo.

— Não, obrigado. Estou bem com o que já tenho.

— Foi o que imaginei. Você percebe? Já fez uma escolha. Falta mais uma.

Sem mais uma palavra, o homem levantou-se e partiu, deixando Gerard e Oludara a encolher os ombros antes de, depois de removerem o prato de carne repugnante das suas vistas, voltarem às suas refeições.

Saindo para o primeiro serviço de guarda, Oludara e Gerard seguiam Luís e Duarte ao longo da costa. Ao passarem a cidade e adentrarem as fazendas circundantes, Oludara viu centenas de nativos, alguns vivendo em suas próprias aldeias, outros dispersos entre as famílias europeias instaladas ali. Ficou grato por não ver nenhum escravizado africano, mas notou com desgosto que muitos dos nativos serviam ao mesmo propósito.

Quando passaram para além das fazendas e para dentro da floresta, Gerard agarrou o braço de Oludara e interrompeu a sua observação. Gerard apontou para uma árvore que sustentava uma enorme fruta verde.

— Olhe o tamanho daquilo! — disse. — É tão grande quanto as famosas cabaças de Chipre.

— Jamais durma debaixo de uma dessas árvores — disse Luís.

— Uma vez achamos um soldado com o seu pescoço quebrado — Duarte disse. — Uma dessas coisas caiu na cabeça dele.

— Como dissemos, este é o pior lugar no Brasil para ser um soldado.

— Até a fruta aqui é perigosa — Duarte concordou.

— Devemos ser cuidadosos — Oludara disse. — E se aquele touro enraivecido voltar?

— Não se preocupe com ele — disse Luís. — Vai lamber as feridas por pelo menos um mês antes de voltar.

— É — Duarte concordou. — Nessa altura, teremos remendado o muro.

— Vocês deveriam se preocupar com todas as *outras* criaturas daqui.

Oludara lembrou-se do velho que eles tinham conhecido no quartel.

— Tenho uma pergunta — disse. — Nós conhecemos um velho nativo no quartel hoje, um de cabelos brancos.

— E a dieta dele é algo incomum — Gerard acrescentou.

— Ele é parte da guarnição?

— Um nativo de cabelos brancos? — perguntou Luís. — Uma visão rara. E certamente não temos ninguém assim lá no forte.

— Ele leva um corvo empoleirado no ombro — Oludara disse.

Luís e Duarte trocaram um olhar de olhos arregalados.

— Fique longe desse aí — disse Luís.

— Por quê? — Oludara perguntou. — Quem é ele?

— Melhor perguntar "o que" em vez de "quem". Se acham que o touro é perigoso, deveriam...

Duarte, seu olhar focado no oceano, calou Luís com um "xiu!" e apontou para o mar.

— Oh, não — disse Luís.

Estreitando os olhos, Oludara conseguiu divisar três navios no horizonte.

— Piratas? — Gerard perguntou.

— Pior — disse Luís.

— Franceses? — perguntou Oludara, arriscando uma piada.

— Pior — disse Duarte.

— O que é pior do que isso?

Luís e Duarte responderam em uníssono:

— Piratas franceses.

— Eu mui certamente *não* sou um pirata — veio uma voz de forte sotaque atrás deles.

Dúzias de soldados enfileiravam-se saídos da mata. Um homem robusto e confiante destacou-se da frente.

— Na verdade, sou o novo governador da França Antártica.

Os franceses amarraram Gerard e os outros e forçaram-nos a marchar de volta à cidade. Os soldados, a maioria deles arcabuzeiros, vestiam roupas simples de algodão adequadas ao clima. Contudo, o seu líder, que chamava a si mesmo de Guy de Coullons, era o próprio retrato da extravagância.

Um bigode fino e cavanhaque acentuavam o rosto alongado do homem. Usava um chapéu com aba enorme curvada para cima num dos lados. Vestia jaqueta e gibão dourado, e carregava uma rapieira com um punho tão decorado que Gerard não tinha ideia de como o homem o empunhava. Seu colete exibia uma enorme cruz. O homem suava no calor tropical e parecia enojado por tudo ao seu redor.

Luís e Duarte caminhavam em silêncio solene, até Luís finalmente perguntar a Guy:

— O que estão fazendo aqui?

— Não é óbvio? — ele respondeu. — Estamos aqui para destruir o seu patético povoado e construir uma cidade gloriosa no seu lugar; o tipo de cidade que um porto como este merece.

— Vocês não são nada além de piratas — Duarte disse.

Guy parou e voltou-se contra Duarte, furioso.

— Eu, seu idiota — disse, batendo na cruz em seu peito —, sou um Cavaleiro de Malta! E se não mostrar o devido respeito, isso vai custar-lhe a cabeça.

Gerard decidiu intervir e talvez desenvolver um *rapport* com o homem, falando a ele em francês.

— Meu nome é Gerard van Oost — disse. — Sou originário de Brabante, mas tive o prazer de viver na França por muitos anos.

Ao ouvir Gerard falar em francês, tanto Luís quanto Duarte lançaram-lhe olhares cheios de ódio. O rosto de Guy, por outro lado, ficou deliciado.

— Oh! — ele respondeu em francês. — Não posso acreditar que encontrei alguém culto nesta província. Eu realmente não achava possível. Este litoral fervilha com a escória portuguesa, sem um cavalheiro entre eles. É como se o rei de Portugal decidisse limpar as prisões e mandar toda a ralé para cá. Pior ainda, é claro, são os selvagens.

O homem tremia ao dizer isso.

Gerard também tremia, diante do uso da palavra "selvagens" por Guy. *Já é ruim o suficiente os portugueses os chamarem de "índios"*, pensou.

— Como este lugar terrível me deixa exausto — Guy continuou. — Nicolas!

Um soldado de barba bem-feita e com um queixo largo adiantou-se.

— Traga-me um pouco de queijo — ordenou Guy.

Gerard notou que os lábios do soldado se apertaram no mais leve franzir, mas ele assentiu e seguiu a passos largos rumo aos suprimentos. Guy voltou os olhos para Gerard.

— Gostaria de dividir comigo um pedaço de queijo?

Gerard olhou para as suas amarras.

— Bem, sim... mas...

— Por favor, perdoe as minhas maneiras. — Guy gesticulou para alguns soldados. — Desamarrem este homem imediatamente.

Enquanto um homem removia as amarras de Gerard, Nicolas retornava com dois outros soldados. Um desenrolou um pano e Nicolas encheu-o de frutas e queijos. Outro soldado trouxe uma jarra e dois cálices de vinho. Os soldados faziam cara feia por serem tratados como serviçais, mas Guy nem parecia notar. Guy sentou-se e gesticulou para que Gerard se juntasse a ele. Pelo canto do olho, Gerard notou Luís e Duarte, furiosos. Oludara, por outro lado, deu a Gerard o menor dos acenos de cabeça, feliz com a reviravolta.

Gerard esfregou os pulsos para fazer o sangue fluir e sentou-se. Guy entregou-lhe um cálice e brindou. Gerard passou o vinho sob o nariz e inalou um aroma tão rico — quando comparado aos vinhos locais — que quase chegava ao ponto de causar tontura. O cheiro trouxe de volta memórias de groselha-negra e dos campos da França. Ele bebericou e apreciou a carícia do sabor ácido e robusto do vinho por toda a língua.

— Um borgonha, eu presumo? — perguntou.

O sorriso largo de Guy confirmou sua suspeita.

— Apenas o melhor, é claro. Nada daquele vinagre metido de Bordéus.

A família de Gerard certa vez havia comercializado vinhos de Bordéus, mas ele sabia que era melhor não mencionar o fato.

— Vejo que eu estava certo a seu respeito, Gerard — disse Guy. — Você é um homem refinado. — Ele cortou um pedaço de queijo e ofereceu-o a Gerard. — Não é bom ter um gosto da Europa no meio deste inferno?

— Muito agradável, de fato — Gerard disse, alegremente aceitando o queijo firme e amarelo. Deu uma mordida apressada, e viu o nariz de Guy enrúgar-se em desaprovação. Depois de engolir o bocado, ele tentou desviar a atenção do seu *faux pas*. — Esta terra está longe de ser um desperdício, Guy. Ela tem muito a oferecer.

— Assim espero — suspirou Guy —, ou será simplesmente insuportável governá-la.

— Poderia saber qual é o seu plano? — Gerard perguntou.

Guy olhou para Duarte e Luís, e deu de ombros.

— Suponho que não faça qualquer diferença agora. Por terra e mar, hoje à noite faremos um ataque de duas frentes. As defesas da cidade são risíveis: menos que quarenta soldados e não mais que uma centena de colonos capazes de portar armas. Têm poucas armas, pólvora, enxofre e balas. Eu tenho três galeões armados e mais de três centenas de homens. Tomarei a cidade numa questão de horas.

— Como sabe tanto sobre as defesas deles? — Gerard perguntou.

— Capturamos duas patrulhas. Tenho certeza de que eles presumiram que alguma criatura mortal as tenha devorado; esta terra está apinhada delas.

— Foi o que ouvi.

Dois dos homens de Guy se aproximaram com cestos. Nicolas trocou algumas palavras com eles, então trouxe um dos cestos para mostrar a Guy. Estava cheio até o topo com ostras.

— Os soldados encontraram estas ostras nas árvores. Devem ter sido trazidas com a maré.

— Bem, vá fervê-las! — Guy disse, dispensando Nicolas com um curto aceno. Voltou sua atenção a Gerard. — Ostras em árvores! Talvez esta terra não seja tão ruim, afinal. Uma vez que tenhamos lidado com os selvagens, é claro. Eles certamente lutarão mais do que essa turba portuguesa.

— Eu vivi entre os tupinambás — disse Gerard. — Eles não são tão primitivos quanto você poderia pensar.

— Não são primitivos? — Guy caçoou. — Andam tão nus quanto bebês recém-nascidos, matam-se uns aos outros por nenhuma razão e, como os antropófagos de Scitia, devoram seus inimigos! Lembram os humanos somente por andarem sobre duas pernas. Em todos os outros aspectos, não são nada além de animais.

“Mas, como os cães”, continuou Guy, “eles têm os seus usos. Há ainda uns poucos milhares dos nossos velhos aliados, os tamoios, escondendo-se mais para o interior. Esses rústicos vão nos construir uma cidade inteira por nada além de um engradado de anzóis de pesca.”

Gerard rangeu os dentes.

— Acho que você deveria conhecê-los melhor antes de julgá-los.

— O quê? Como os portugueses fazem? Eles chegam ao ponto de cruzarem com os selvagens. Repugnante. Mas chega disso, falemos das questões prementes.

Estalando os dedos, Guy chamou adiante um soldado que portava a rapieira e o arcabuz de Gerard. Segurou o arcabuz nas mãos e o admirou.

— Vejo que você conhece as armas que tem, Gerard. Um arcabuz de fecho de roda — disse, referindo-se ao mecanismo da arma. — A arma de um cavalheiro;

nada daquele lixo de fecho de *shaphaunce* usado pelos bandidos. E o trabalho em ferro é requintado.

— Foi forjado em Gênova por Galeazzo Calvo. O cano contém raias que fazem a bala girar, dando a ela uma precisão muito além do normal. Nunca encontrei outra igual.

— Uma bela arma, Gerard, mas dê uma olhada nisto.

Guy puxou uma pistola do seu cinto e a entregou a Gerard, que a segurou cuidadosamente. Um requintado trabalho em ouro decorava a arma, mas ainda mais espantoso era o seu mecanismo: a arma apresentava dois canos e dois gatilhos. Gerard nunca vira antes uma arma capaz de fazer dois disparos.

— Esse trabalho em ouro foi feito pelo próprio Benvenuto Cellini — Guy disse —, e a pistola presenteada a mim por Jean de la Cassièr, o líder da minha ordem.

Gerard assoviou. Cellini, que tinha morrido poucos anos antes, havia se estabelecido como um dos maiores ourives da Europa. Muitas das suas encomendas vieram de reis e rainhas. Essa arma valia uma fortuna, tanto por sua composição quanto por sua origem.

— Nunca vi nada assim — disse Gerard. — Mas com um cano tão curto, como você pode garantir o seu tiro? Não pode ser precisa em qualquer distância maior.

Guy sorriu e colocou a pistola de volta no cinto.

— Eu mantenho os meus inimigos perto, Gerard; não preciso atirar longe. — Então aproximou-se para falar com mais intimidade. — Gosto de você, Gerard. Você é mais útil do que qualquer um desta ralé que enviaram comigo da França. Lute comigo hoje, e farei de você uma autoridade nesta cidade. Acredite em mim, você pode subir rapidamente, a meu serviço. Quem sabe? Poderia substituir Nicolas como meu segundo em comando algum dia, e me ajudar a governar o Brasil.

— A bem da verdade — Gerard disse—, não sou um soldado. Conquista e guerra não estão no meu sangue. Nunca matei um homem, nem planejo vir a fazê-lo.

Guy arqueou as sobrancelhas diante dessa revelação.

— Por que possuir armamento tão bom se não o coloca em uso?

— Coloco meu arcabuz e rapieira em uso combatendo os monstros ferozes desta terra, não matando o seu povo. Lamento, mas devo recusar sua oferta.

Guy balançou a cabeça, enojado. Gerard pensou que era melhor aplacá-lo rapidamente.

— Talvez eu não o ajude — disse Gerard —, mas também não vou atrapalhá-lo. Não nutro lealdade pelos portugueses. Há alguns entre eles, de fato, que se consideram meus inimigos.

— Muito bem — Guy disse. — Deixarei que siga seu caminho, contanto que jure não interferir.

— Devo pedir que liberte meu companheiro também.

— O nagô? — ele perguntou, usando a palavra francesa para os povos iorubás.

— Sim.

— Muito bem — disse Guy. Gesticulou para que alguns de seus homens fossem até Oludara. — Soltem aquele.

Ele jogou as armas de Gerard para ele.

Quando Duarte viu isso, ele gritou:

— O que está acontecendo? Você nos traiu, Gerard.

Antes que Gerard pudesse responder, Guy disse em francês a um dos seus homens:

— Silencie esse idiota!

O homem foi até Duarte e socou o seu nariz, quebrando-o.

— Você um dia lamentará a sua decisão de não me servir, Van Oost — Guy disse. — As pessoas se lembrarão deste dia como o início da dominação francesa no Novo Mundo. O Brasil é apenas o começo; quem diz que não podemos conquistar a América toda da Terra do Fogo ao Canadá, e criar um império?

Depois de ouvir o estranho nativo falar de império naquele mesmo dia, Gerard assustou-se diante do uso da palavra por Guy.

— Quando nossa conquista do Brasil estiver completa — Guy disse —, este dia glorioso se tornará tão famoso quanto o Dia de São Bartolomeu, quando nós expulsamos os pagãos da França!

— O quê? — disse Gerard. — Você fala do massacre?

A voz de Gerard continha uma frieza que fez todos pararem o que estavam fazendo.

— Matar vermes não é massacre — Guy disse.

Oludara, muito embora não entendesse a língua, também tinha percebido a frieza na voz de Gerard. Ainda não livre de suas amarras, tentou interromper e fazer Gerard dar-se conta de sua insensatez.

— Gerard — disse —, o que quer que seja, por favor acalme-se...

Gerard, contudo, ignorou-o. Por entre dentes cerrados, disse:

— Sou um seguidor de Calvino. Muitos dos meus amigos foram mortos durante aquele massacre sem sentido.

Guy olhou-o com nojo.

— Então sem dúvida tive o prazer de matar muitos deles eu mesmo, seu herético patético!

— Seu vilão — Gerard gritou. — O Brasil nunca será seu!

— Segurem-no — Guy disse.

Gerard apanhou suas armas e correu.

— Matem-no! — gritou Guy.

Pelo menos vinte homens responderam à ordem de Guy, de perseguir Gerard. Ele ziguezagueou pelo mato enquanto disparos soavam às suas costas.

Gerard descansava contra uma árvore de pau-brasil. Pressionava a mão direita contra um ferimento no peito — o pior de três — e observava enquanto o sangue vertia por entre seus dedos.

Morrer desse jeito, pensou, assassinado por um patife. Depois de encarar tantos inimigos de valor, cair perante o pior e o mais fraco de todos.

Uma lágrima rolou de seus olhos e sua visão ficou embaçada. Incapaz de manter a cabeça erguida, ela baixou para o seu peito. Ele fechou os olhos e ouviu quando pelo menos meia dúzia dos seus perseguidores fecharam-se sobre ele.

— Aqui está ele! — um dos soldados de Guy disse em francês.

— Vamos carregá-lo de volta? — perguntou outro.

— Ele está quase morto. Melhor acabar com ele e levar a cabeça de volta. Menos trabalho. Você faça isso.

Gerard ouviu o segundo homem bufar seu desprazer com esse comando, mas ouviu os passos relutantes conforme o homem aproximava-se para cumprir a tarefa. Em sua cabeça, Gerard repassou as palavras de uma prece silenciosa e derradeira.

Três notas distintas, tocadas por algum tipo de instrumento de sopro, interromperam seus pensamentos.

— O que foi isso? — perguntou o segundo homem, sua voz tão próxima que ele devia estar quase em cima de Gerard.

Um som de passos pesados aproximou-se, acompanhado do farfalhar dos arbustos.

— Olhe! — disse um soldado diferente.

Tiros soaram em volta de Gerard, mas, para a sua surpresa, nenhum era apontado contra ele.

— *Sacrebleu!* — gritou um outro soldado. — Nossos tiros não fazem nada.

— Fuja! — berrou o primeiro soldado.

Gerard conseguiu ouvir os homens trombando pelo mato, substituído pelo ruído dos passos pesados, cada vez mais perto. Os sons pararam diante dele, e o fedor de lama e sujeira preencheram-no quando a fera bufou na cara dele. Usando suas últimas forças, Gerard abriu um olho.

Um enorme focinho negro enfiado entre duas presas amareladas farejou a uma mera polegada do seu rosto. A boca abriu-se e berrou um guincho porcino.

As três notas tocaram de novo, desta vez em ordem reversa, e o porco virou-se e saiu arrastando as patas. Gerard desmaiou.

O toque de uma mão em sua face despertou Gerard com um susto. Os olhos dele tremeram em suas primeiras tentativas de abri-los, mas finalmente ele conseguiu mantê-los abertos. Através de uma névoa, mal conseguia divisar um homem de cabelo castanho-arruivado e pele branca. Gerard não se recordava de tê-lo visto entre os homens de Guy, mas ele certamente tinha a aparência de um francês.

— Por favor — Gerard disse em francês —, mate-me rápido.

— Por que eu faria isso? — o homem perguntou.

Gerard sentiu as mãos do homem pressionadas contra o seu peito. Sentiu calor e, curiosamente, melhorou. Gerard apertou os olhos diante do homem ajoelhado, e notou um corvo empoleirado em seu ombro direito, devolvendo-lhe o olhar.

— Está na moda ter corvos como bichos de estimação hoje em dia? — ele perguntou.

— Eu sou o único nestas paragens — o homem respondeu, agora pressionando as mãos contra a perna de Gerard.

— É o que você pensa. Eu vi um velho tupi com um, hoje mesmo.

O homem apenas sorriu em resposta.

— Quem é você?

— Você pode fingir que não se lembra de mim, Gerard van Oost, mas eu me lembro de você.

As palavras fomentavam a incômoda dúvida de Gerard, de que este homem pudesse de algum modo ser o nativo que ele conhecera naquele dia, mas achou difícil acreditar. Apenas a diferença de idade já era tremenda.

— Você já fez a sua escolha? — o homem perguntou.

— Que escolha?

— Preciso me repetir? A escolha de império, é claro. A escolha entre Portugal e França.

— Estranha escolha, vinda de um francês.

— Não sou nem o francês que você vê agora, nem o velho tupi que viu antes. Sou aquilo que a terra me mandar ser. Mas você ignora a minha pergunta. Fez a sua escolha?

— Maldita seja a sua escolha. Eu falhei com meu companheiro, Oludara, e isso é tudo o que importa. Se tivesse mantido a minha boca fechada, nós dois estaríamos seguros e seguindo nosso caminho.

— Interessante — disse o homem. — Mas você não manteve sua boca fechada, manteve? E *quando* não manteve a boca fechada, não disse a Guy que ele nunca conquistaria o Brasil?

Gerard analisou os olhos azuis do homem, mas eles não revelavam absolutamente nenhuma emoção.

— Como sabe disso?

— Eu sei o que a terra sabe.

— E o que isso quer dizer? — Gerard sentia-se mais forte, e deixou sua frustração alimentar suas palavras.

— Responda-me, Gerard. Você não disse a Guy que o Brasil nunca seria dele?

— Suponho que sim.

— Você disse. Mas não disse aquilo de verdade.

— E como você saberia disso?

— Olhe para mim — disse o homem, agarrando um tufo do seu cabelo ruivo. — Se você tivesse dito de verdade, eu teria esta aparência?

— Não faço ideia do motivo de você parecer assim.

— Por que hoje você tem que ser tão obtuso?

O barulho de fogo de canhão soou ao longe.

— Isso é o que eu penso que é? — Gerard perguntou.

— Sim. Esses são os ruídos da "gloriosa vitória" de Guy. A batalha será breve; os homens de Simão estão em excessiva desvantagem.

— Então não importa mais. O Brasil será francês.

— Não se você escolher de outro modo.

— Eu? Que escolha um moribundo pode fazer?

— Quem diz que você está morrendo?

Gerard olhou para baixo, para ver que todas as suas feridas estavam fechadas.

— O que você fez? — perguntou.

— Basta de perguntas inúteis. A única pergunta que importa é esta: o que você vai fazer agora?

— Minha única preocupação é Oludara.

— Salvando-o, você pode salvar outros.

— Não me importo com os outros.

— Muito bem, então — disse o homem, suspirando. — Então Guy conquistará o Brasil. Não vai se satisfazer como um mero governador, e cedo ou tarde vai se declarar rei. Talvez não seja tão ruim.

Gerard fez cara feia.

— O que quer que eu faça? Estou fraco. Estou sozinho. Perdi minha arma e espada na fuga.

— Esta espada?

O homem colocou a rapieira de Gerard em suas mãos.

— Sim — disse Gerard. Apenas segurá-la o fez sentir-se melhor. — Você está com a minha arma também?

— Você vai usá-la? — perguntou o homem.

— Provavelmente não — Gerard disse. — Não importa o que eu decida, não vou matar Guy ou os seus homens. Não tenho o desejo de me tornar um assassino como ele.

— Então pegue isto, no lugar. — O homem acenou diante dele uma flauta de bambu rústica de quatro tubos. — Já tocou antes?

— Você me pede para deter uma invasão de centenas com uma espada e uma flauta de pã?

— Impérios foram conquistados com menos.

— Foram?

— Provavelmente não — o homem admitiu. — Mas este não é nenhum instrumento normal. Se não repetir uma nota, há vinte e quatro modos de tocar essas quatro notas em conjuntos de três.

— Obrigado pela lição de música — Gerard respondeu.

O homem não pareceu perturbado pelo sarcasmo de Gerard.

— Esses vinte e quatro conjuntos de três notas podem ser agrupados em doze pares: cada conjunto, e o seu oposto.

— Fascinante — Gerard disse.

— Então são doze sopros e doze respostas. Apenas certifique-se de não repetir uma nota. E nunca, *jamais*, toque todas as quatro notas em ordem.

— Por que não?

— Isso os traria a todos.

— Traria todos o quê?

O homem bateu no alto do nariz de Gerard com a flauta, então pressionou-a em suas mãos.

— Não seja tolo, Gerard. É hora de ser sábio.

O homem levantou-se, e Gerard pensou que os seus traços pareciam borrados, muito embora a visão lhe tivesse voltado quase ao normal durante a conversa. O homem partiu.

— Para onde você vai? — Gerard perguntou. — Vou precisar de toda ajuda que puder conseguir.

O homem respondeu sem se virar.

— Eu já fiz demais. A escolha deve ser sua, Van Oost.

Durante a batalha, Oludara e meia dúzia de outros prisioneiros tinham sido deixados na mata, amarrados. Na manhã seguinte, um grupo de soldados franceses conduziu-os de volta à cidade.

Ao passarem pelo portão e entrarem na cidade, Oludara pôde notar poucos sinais de batalha. O fogo de canhão havia deixado alguns buracos, e um prédio tinha sido queimado, mas ele não viu nenhum corpo. A mudança mais conspícua eram as bandeiras francesas azuis com a tripla flor-de-lis tremulando por toda parte ao longo dos muros, e os três galeões ancorados na baía. Ao subir o morro, Oludara viu Simão, seus soldados, e uns quarenta colonos homens enfileirados no topo. Estavam amarrados nos pulsos e guardado por Nicolas e uma dúzia de soldados franceses. Oludara raciocinou que a cidade devia ter sido tomada de surpresa.

Nicolas alinhou Oludara com os outros prisioneiros, e então eles esperaram no sol quente por quase uma hora, tendo como única companhia um grupo de pássaros azuis que pulavam e piavam ao longo do muro.

Quando Guy finalmente chegou, seus homens perfilaram-se e Nicolas adiantou-se para falar:

— Cá estão os seus prisioneiros, governador.

Guy caminhou ao longo da fileira, medindo-os. Atrás dele, um dos prisioneiros resmungou:

— Pirata sujo.

Guy, furioso, virou-se e gritou:

— Não sou pirata! — Então, recompondo-se, disse: — Pela aparência deste bando patético, não sei nem se vale a pena perguntar, mas alguém de vocês vale alguma coisa? Ficarei feliz de enviar qualquer cavalheiro de volta a Portugal, mediante resgate.

Simão adiantou-se e respondeu:

— Não vai achar nenhum nobre aqui. A maioria de nós nasceu no Brasil e a maioria de nós vai morrer aqui.

Guy caminhou rápido até Simão e disse:

— A maioria de vocês certamente vai. Quem é você?

— Sou Simão, o capitão da guarda.

Guy olhou-o de cima a baixo.

— Com um mestiço caolho no comando, não é de admirar-se que ninguém de valor viva aqui.

Simão ficou vermelho e disse:

— Este olho foi o preço que paguei para chutar a sua raça do Rio de Janeiro da primeira vez.

Guy ignorou o comentário e olhou em torno.

— O que é esse barulho infernal? — perguntou ele.

Duarte falou, sua voz rouca por causa do nariz quebrado:

— Aqueles tangarás estão esperando a fruta deles. Nós damos um pouco, todo dia.

Guy agarrou o arcabuz de um dos seus homens e atirou contra os pássaros, dispersando-os.

— Eu odeio pássaros! — disse, com repulsa.

— Então você provavelmente veio ao lugar errado — Luís disse.

Guy voltou-se para ele, a boca escancarada para gritar, quando a voz de Gerard o interrompeu, vinda do portão abaixo deles:

— Atirando em passarinhos, Guy? Finalmente encontrou um oponente à sua altura?

— Quem deixou aquele portão aberto? — Guy gritou. — Por que não há ninguém guardando o bastião?

Lá embaixo, Gerard agitou a bandeira do Elefante e da Arara, toscamente costurada de volta depois do encontro deles com o touro.

— Lembre-se disto, Guy. Este símbolo marcará o fim dos seus planos para o Brasil.

Muitos dos franceses, incluindo Guy, apontaram e riram. Guy gritou para ele lá embaixo:

— A sua bandeira me faz tremer nas minhas botas, Gerard. Uma criança de cinco anos desenhou isso para você?

— Ei — Gerard gritou, seu rosto ficando vermelho. — É só o esboço da ideia!

— Chega dessa tolice. Venha cá, e eu mostrarei o quão valoroso como oponente eu sou.

— Nos Países Baixos, conhecemos bem a bravura francesa em batalha.

Gerard irrompeu numa canção:

“Oh, o grande e velho rei da França,
com seus quarenta mil soldado’,
subiu uma colina cheio de importânç’a
e com eles desceu do mesmo lado!”

A maioria dos prisioneiros soltou um risinho diante disso, e vários receberam pancadas na cabeça ou na virilha. A canção enfureceu tanto a Guy que Oludara pôde ver as veias em seu pescoço.

Guy gritou para Gerard:

— Você vai lamentar as suas palavras, sapo!

Oludara virou-se para Duarte e perguntou:

— Por que ele chama Gerard de sapo?

— Os holandeses vivem em uma terra de alagados.

Guy apontou para Nicolas e disse:

— Atire nele.

— Longe demais — ele respondeu.

Guy mediu o tiro e assentiu com a cabeça. Ele gritou a todos os presentes.

— Quem capturar aquele homem receberá cem *ecus d’or*.

Com um coro de gritos, todos os soldados franceses desceram o morro atacando. Guy olhou à sua volta para ver-se sozinho com mais de cinquenta prisioneiros.

— Voltem aqui, seus tolos! — gritou.

Gerard sentava-se alto na forquilha de uma árvore, observando enquanto um grupo de seis soldados franceses procurava por ele lá embaixo.

— Estou aqui em cima — ele disse.

Eles se viraram para olhar para cima.

— Tenho uma oferta para vocês — ele disse. — Deixem o Brasil e não sofrerão nenhum mal.

— Desça, imbecil — um deles respondeu —, ou vamos te derrubar a tiros.

— Vocês não se importam realmente com o Brasil, se importam? E menos ainda com Guy, qualquer um enxerga isso. Apenas peguem os seus navios e partam.

Os homens resmungaram, nem concordando nem discordando, até que um deles levantou sua arma.

— Última chance! — disse ele.

— Está bem — Gerard respondeu. — Parece que não tenho escolha. Mas por favor, permitam-me tocar-lhes uma melodia primeiro. — Para si mesmo, ele murmurou: — Três notas, todas diferentes.

Levou a flauta à boca e tocou as primeiras três notas.

Os franceses olharam um para o outro e deram de ombros. Aquele que havia falado antes disse:

— Basta de tolice. Desça.

— Vocês podem querer olhar para trás de vocês primeiro.

— Sem truques estúpidos.

Um soldado, contudo, de fato se virou, alertado por um ruído de chocalho atrás deles. De boca aberta, ofegante, ele conseguiu apenas agarrar a manga daquele que falava e virá-lo para encarar uma cobra cascavel enorme.

Um por um, os soldados viraram-se para ver o perigo. Deram para trás quando a serpente levantou a cabeça a oito pés do chão e fitou-os de cima. Seu chocalho vibrava de antecipação.

Nenhum deles ousou atirar, eles apenas correram. Dois deles até soltaram suas armas na pressa.

Do seu poleiro na árvore, Gerard riu baixinho.

Guy agarrou um soldado e apontou para a baía lá embaixo, onde somente dois dos seus galeões permaneciam.

— Onde está o meu outro navio? — gritou ele.

— Uns cem homens zarparam no meio da noite.

— E ninguém me contou?

— Eles disseram ter ordens suas.

Guy gemeu de frustração e procurou Nicolas, a quem ele praticamente arrastara de volta ao gabinete que tinha montado em uma das casas.

— Um grupo de homens roubou um dos meus navios durante a noite! Eu os quero enforcados. Qualquer um e todos os desertores serão mortos a tiros.

Nicolas respirou fundo e respondeu:

— Este é um lugar maldito, governador. Parece não haver fim para o número de criaturas que Gerard consegue invocar com aquela flauta. A cada dia, o moral piora. Por que não seguimos para algum outro porto, antes que mais homens desertem?

— Covarde! — Guy gritou. — Por que não tenta lutar contra aqueles monstros, ao invés de fugir deles?

— A maior parte deles nem pode ser ferida.

— Por que Gerard me inferniza assim? Por que ele se importa tanto com esta cidade?

— Talvez por causa do companheiro dele?

— Que companheiro? — perguntou Guy, intrigado.

— O nagô.

— O escravo? Ah! Não faça pilhérias. Um homem educado como Gerard, armar toda essa confusão por causa dele? Tolice. — Guy coçou o cabelo. — Mas há algo aqui que ele quer. Talvez o nagô saiba. Traga-o para mim.

Cinco minutos depois, Nicolas retornou com Oludara. Guy olhou de cima a baixo e teve de admirar sua orgulhosa estatura, melhor que a de muitos dos seus soldados.

— Ajude-me a capturar o seu velho mestre, Gerard — disse Guy —, e eu lhe darei a sua liberdade.

— Eu já sou um homem livre.

— Verdade? Então por que viaja com Gerard?

Oludara parecia prestes a dizer algo, então parou.

— Se não vai me dizer isso, pelo menos me conte a respeito da flauta dele.

— Flauta?

— Aquela que ele toca para lançar monstros sobre os meus homens. Não finja que nunca a viu.

Mais uma vez, Oludara ficou em silêncio. Guy ficou impressionado com a dedicação do escravizado. Talvez Nicolas estivesse certo, afinal. Se fosse assim, ele usaria isso para a sua vantagem. Arriscou um teste.

— Conte-me algo que me ajude a capturar Gerard, e eu o libertarei. Do contrário, será enforcado ao alvorecer.

Oludara hesitou, então disse:

— Devo pedir seu perdão. Tentei enganá-lo não por causa de minha lealdade a Gerard, mas sim por ter medo dele, de que ele perceba qualquer tentativa minha de impedi-lo. Meu povo tem um ditado: "Quando o osso da canela não dói, ele diz que não tem carne para protegê-lo".

— Hum... Não tenho certeza de que entendi. Um erro de tradução, talvez?

— Quer dizer que nunca saberei a menos que tente. Vou superar o meu medo de Gerard e detê-lo para você. Devolva a minha faca e irei até a mata para chamá-lo, fingindo negociar em seu nome. Ele confiará em mim o suficiente para sair, e eu o matarei. Se for bem-sucedido, quero cinquenta das moedas de ouro que prometeu aos seus homens.

Uma mentira mal contada, Guy refletiu, *e tudo o que preciso saber.*

— Uma oferta tentadora — disse. — Dê-me algum tempo para pensar.

A precária construção de barro que servia como cadeia continha apenas duas celas, ambas abarrotadas com prisioneiros exaustos que não tinham espaço nem para sentar-se. Mesmo com a cela apinhada além da capacidade, contudo, Oludara estava sozinho. Desde que tinha retornado de sua reunião com Guy, os outros olhavam-no abertamente com suspeita. Tinham-no empurrado para os fundos da cela e o isolado, nem sequer ousando falar onde ele pudesse ouvir. Oludara não pôde fazer nada além de preocupar-se enquanto as longas horas passavam.

No meio da noite, teve início uma comoção. Alguns dos prisioneiros arfaram, outros rosnaram, e ainda outros cuspiram. Ele conseguiu ouvir Simão dizer, de algum lugar na frente da cela:

— O que está fazendo aqui?

— Estou aqui para libertá-lo — a voz de Gerard respondeu — e para tirar o Rio de Janeiro de Guy.

Oludara empurrou-se adiante através da multidão, seus colegas prisioneiros não facilitando em nada a sua passagem.

— É uma armadilha — Oludara disse. — Guy sabia que você voltaria por mim.

— Tolice — disse Gerard, destrancado as celas. — Ele pensa que você não é nada além de um escravizado.

— Então como você chegou aqui tão facilmente?

— Vim por aquele buraco que o touro fez no muro.

Gerard jogou para Oludara a sua faca encantada de marfim, que formigou em sua mão quando a segurou. Ele notou que Gerard também havia recuperado as suas armas.

— E então o quê? — Oludara perguntou. — Por que acha que não há guardas aqui? Como conseguiu essas chaves? Como dizemos, "quando a aranha tenciona atacá-lo, ela o envolve com sua teia".

Isso obrigou Gerard a fazer uma pausa, mas ele espantou o pensamento e cortou as amarras daqueles próximos dele com sua faca. Oludara juntou-se a ele com a sua.

— Não importa — Gerard disse. — Esta é a nossa única chance. Mais da metade dos homens de Guy fugiu, e os outros estão em pânico. Não há um que não o odeie. Se nós o capturarmos, os outros desistirão. Podemos evitar derramar sangue se o pegarmos com rapidez.

— Está bem — disse Simão. — Qual é o seu plano?

— Você e os seus homens criem uma distração lá na baía, enquanto Oludara e eu surpreendemos Guy nos seus aposentos.

— Só se levar Duarte e Luís com você.

— Concordo.

Oludara balançou a cabeça. Sabia que não tinha convencido Guy durante sua reunião. Bem ao contrário, estava certo de que Guy tinha se dado conta do laço entre os dois, mas nada que pudesse dizer agora convenceria Gerard.

— Você vai na frente? — Gerard solicitou.

Oludara concordou relutantemente. Com ou sem armadilha, não tinham outra escolha além de seguir adiante.

Empurrou a porta da cadeia para espiar para fora, e viu-se cara a cara com meia dúzia de canos de arcabuz.

Gerard perdeu toda a esperança ao ver a massa de soldados franceses logo do lado de fora da cadeia. Tinha caído na exata armadilha que Oludara havia previsto.

A voz de Guy chamou, vinda de além dos soldados.

— Traga-os para fora!

Abatidos, os homens caminharam em fila única da cadeia e formaram uma linha ao luar.

Guy apontou para Gerard.

— Peguem as armas dele, e achem aquela maldita flauta.

Um soldado tomou a rapieira e o arcabuz de Gerard, e três outros fizeram uma busca em Gerard com aspereza, até que acharam a flauta escondida em sua camisa. O soldado a carregou até Guy, que a revirou nas mãos, examinando-a. Ele a levantou diante de seus homens.

— É esse brinquedo que fez vocês terem tanto medo?

Guy deixou cair a flauta no chão e esmagou-a debaixo da bota.

— Covardes — disse, extraindo reações dos seus homens, que iam da vergonha à raiva. — O seu plano ridículo está acabado, Gerard. Você pensou que poderia me pegar desprevenido?

Um corvo pousou no muro perto de Guy e inclinou a cabeça. Apenas Gerard pareceu notá-lo.

— Não me ignore, Gerard! — Guy gritou. Sua mão tremia de raiva, ele puxou do cinto a sua pistola de cano duplo e mirou Gerard entre os olhos. — Você deveria ouvir quando alguém superior a você está falando!

Nesse momento, uma longa nota assoviou pelo ar. Para Gerard, soou reminiscente da flauta. Os soldados que tinham ouvido as perigosas melodias de Gerard encolheram-se diante do som. Todas as cabeças voltaram-se em uníssono para a sua fonte: o corvo.

— Eu nunca ouvi um corvo cantar assim — Luís comentou.

O corvo assoviou mais três notas.

— *Quatro* notas? — Gerard murmurou para si mesmo.

— Alguém silencie essa coisa! — Guy gritou.

O corvo repetiu as quatro notas. Elas eram, inequívocas, as mesmas notas da flauta de pã.

— Quatro notas... — Gerard disse, dessa vez mais alto.

Guy desviou a pistola de Gerard e atirou no pássaro. Com a bater de asas, o corvo saltou logo antes do disparo soar, e voou para longe. À distância, um estalo trovejante soou e uma árvore caiu.

— Quatro notas! — Gerard gritou. — Protejam-se!

Um estrondo ecoou abaixo deles e uma seção do muro do perímetro desmoronou. Pela fenda precipitou-se uma *ménagerie* de enormes criaturas. Gerard reconheceu o touro, a cobra, o porco e outros dos seus encontros anteriores, acompanhados por muitos que ele nunca vira antes.

Um pânico geral seguiu-se. A maioria dos franceses ignorou os insultos de Guy e fugiu para o cais. Um deles deixou cair as armas de Gerard, que correu para apanhá-las.

Simão gritou ordens aos seus homens, e a maioria deles enfrentou o pânico e obedeceu. Ele começou a organizar uma defesa contra os monstros invasores.

— Olhem para a baía! — berrou um dos franceses.

Lá embaixo, um galeão levantou âncora e velas. Gerard conseguiu apenas divisar Nicolas no convés, acenando um atrevido adeus a Guy. Os soldados franceses restantes redobraram sua velocidade, rumando para o último navio.

Gerard viu Guy empalidecer, finalmente percebendo o desespero da sua situação. Ele colocou a pistola de volta no cinto e partiu atrás dos seus homens em fuga. Gerard começou a segui-lo, mas Oludara agarrou seus ombros.

— Devemos ajudar Simão contra as criaturas — Oludara disse.

— Não! Se Guy escapar, ele voltará com mais homens; eu sei. Tenho que detê-lo.

Gerard separou-se dele e correu atrás de Guy. Atrás dele, ouviu Oludara gritar:

— Desde quando você escolhe lados?

Gerard ignorou o comentário e seguiu correndo, esquivando-se dos combates que grassavam entre monstros e homens. Circulou um grupo de quatro franceses enfrentando uma gigante criatura semelhante a um macaco. Ela levantou um dos homens como um boneco e usou-o para surrar seus companheiros. Na distância, um enorme jacaré soprou uma nuvem de gás esverdeado sobre um grupo de soldados portugueses, fazendo-os agarrarem suas gargantas e ofegarem em agonia. Quando Gerard voltou a atenção à sua caçada, espantou-se ao encontrar a cascavel gigante bem diante dele, encolhendo-se para atacar.

Sem tempo restando para pensar, jogou-se no chão e rolou morro abaixo. O ataque da serpente passou pouco acima dele, e seu impulso o carregou bem para além da criatura antes que ele se levantasse cambaleando.

Olhou para trás e viu Oludara e o touro negro correndo direto um contra o outro. Seu fôlego ficou preso na garganta conforme eles se aproximavam do impacto, mas Oludara deu uma cambalhota sobre os chifres abaixados do animal no último momento, quicando no seu lombo e rolando até parar. Gerard fez uma pausa, pronto para correr de volta e ajudar seu amigo, mas o touro não parou de atacar; ele simplesmente mudou de curso, rumando para um alvo diferente.

Gerard buscou Guy e o viu chegando ao cais. A única coisa restando entre ele e o último galeão era uma enorme capivara, calmamente pastando e ignorando tudo em torno dela.

— Isso não vai segurá-lo — murmurou Gerard.

Quando Guy chegou perto da fera, contudo, ela fitou-o com olhos de fogo. Abriu sua boca uns cento e oitenta graus para exibir um imenso par de presas. Guy escorregou e caiu, a pistola rolando do seu punho.

Gerard não teve tempo para preparar sua arma; atirou-a de lado e puxou sua rapieira. A criatura e Gerard lançaram-se os dois sobre Guy, e a rapieira de Gerard atingiu o alvo, passando pela boca da capivara e empalando o seu cérebro. Eles voaram em parafuso, a criatura aterrissando em um lado de Guy e Gerard batendo tão pesadamente quanto ela, do outro. Guy se afastou deles, deslizando para trás em direção à sua pistola.

Gerard engatinhou buscando sua arma, então girou para encarar Guy, que, pistola já apontada para a sua cabeça, caminhava na sua direção.

— Você é um belo guerreiro, Gerard — disse Guy —, e teria feito bem em unir-se a mim. Mas este jogo está acabado. Como você mesmo disse, não vai me matar. Mas veja, andar por aí com essa sua arma grande não significa coisa alguma se não estiver disposto a usá-la.

Gerard considerou atirar nas pernas de Guy, mas sabia que o pensamento viera tarde demais. Com a pistola apontada para sua cabeça, nunca teria tempo para fazer o disparo.

Quando Guy contraiu o dedo no gatilho, uma forma emergiu da escuridão ao lado dele, e um brilho de marfim apareceu no seu pescoço. Guy virou seus olhos para fitar diretamente os dentes de Oludara, rebrilhando ao luar.

— Eu, por outro lado — Oludara disse —, não partilho dos escrúpulos do meu companheiro. Se você não abaixar a sua arma, vou passar esta lâmina pela sua garganta.

Seu sorriso radioso não deixava qualquer dúvida de que ele não só faria isso, mas o faria com prazer.

Na luz crescente do alvorecer, Oludara observava o Rio de Janeiro e o resultado da batalha. O ataque dos monstros havia cobrado um preço muito maior do que a invasão francesa. Construções jaziam em montes de escombros desmoronados. Vários homens tinham sido mortos, tanto franceses quanto portugueses, e os soldados de Simão estavam ocupados cavando sepulturas. Também tiveram de cavar três covas desproporcionais para a capivara, o porco e a cascavel enormes. O resto das criaturas — a maioria delas pesadamente ferida — tinha vagado para longe quando, saídas da escuridão da noite, quatro notas soaram em ordem oposta àquelas que as tinham convocado.

O navio francês derradeiro nunca deixou o porto. Um grupo de soldados liderado por Duarte e Luís tinha alcançado o navio primeiro e capturado os franceses conforme eles se desgarraram, um por um.

Ali perto, Guy e vinte prisioneiros franceses sentavam-se amarrados no chão. Gerard sentava-se separado e sozinho, passando óleo em sua rapieira e limpando o seu arcabuz, perdido em seus próprios pensamentos e ignorando tudo o mais ao seu redor. Luís e Duarte conduziam mais vinte prisioneiros vindos da baía. Os dois soldados vestiam-se em roupas coloridas e extravagantes.

— Simão — disse Luís —, olhe o que achamos na cabine de Guy no navio!

Simão riu abafado e disse:

— Guy, você veio aqui para estabelecer um forte ou uma alfaiataria?

Os homens de Simão riram da piada e até os franceses mal seguraram o riso. Guy ficou vermelho mas não disse nada. Ao lado dele, apenas Gerard permaneceu silencioso. Oludara observou seu companheiro com preocupação.

Finalmente, Gerard guardou o seu equipamento e abordou Simão.

— O que você vai fazer agora? — perguntou.

— Enviar uma carta ao governador — Simão respondeu. — Ele não pode mais ignorar este problema. Logo teremos os fundos para levantar uma cidade de verdade.

— Quero dizer com eles — Gerard disse, gesticulando para os prisioneiros.

— Não decidi ainda.

— Peça resgate por eles, coloque-os para trabalhar. O que quer que faça, apenas certifique-se de que não sofram nenhum mal.

As palavras de Gerard saíram como um comando, e Simão fitou-o nos olhos antes de responder.

— Muito bem. Mas você e seu amigo devem partir.

Gerard assentiu como se já esperasse isso, mas Oludara ofendeu-se com as palavras.

— Gerard nos resgatou a todos — disse.

— E essa é a única razão de vocês dois não estarem amarrados como eles. Estou convencido de que vocês não nos traíram para os franceses, mas também não confio em vocês. Acho que Gerard teria abandonado a cidade se você não tivesse sido feito prisioneiro.

Oludara, enraivecido, olhou para Gerard, esperando que seu amigo oferecesse alguma refutação. Gerard, contudo, meramente ajustou a sua mochila e tocou o chapéu para Simão, num adeus sem palavras. Então se voltou para Oludara.

— Talvez seja a hora de voltar para junto de nossos amigos tupinambás por um tempo — disse. — Viajamos mil milhas por este litoral.

Oludara não entendia a relutância de seu amigo em defender-se, mas assentiu concordando. Quando Gerard pôs-se a caminho do Portão Norte, seguiu-o em silêncio. Acenou seu adeus a Luís e Duarte ao partir, e não podia ter certeza, mas pensou ver umidade nos olhos deles.

— Espere, Gerard! — Guy gritou. — Não vá! Explique a este homem que ele não pode me amarrar assim. Eu sou um Cavaleiro Hospitaller! Lutei em Lepanto! Conheci o Grão-Turco!

— Verdade? — Gerard disse, virando-se para encará-lo.

— Sim!

Gerard disse a Simão:

— Então isso deve tornar o resgate ainda mais doce.

Simão respondeu com um sorriso e uma gesto de cabeça, e Gerard continuou descendo a trilha.

Voltando ao francês, Guy gritou:

— *Le mond va de pis en pis!*

— O que isso significa? — perguntou Oludara.

Sem virar-se, Gerard respondeu:

— Ele disse: "O mundo vai de mal a pior".

— E o que você acha?

— O que eu acho? Acho que o mundo segue o seu rumo.

A arenga de Guy continuou atrás deles, mas Oludara nem olhou para trás, nem fez mais qualquer pergunta.

A uma meia légua da cidade, Gerard e Oludara passaram por uma pequena elevação para encontrarem um homem em pé no caminho diante deles. O homem era um caboclo, mistura de tupi e português, como Simão, mas, se Gerard não se enganava, podia jurar que ele também tinha traços africanos. Seu cabelo negro estava cortado curto e dividido de lado. Um corvo empoleirava-se no seu ombro direito.

Gerard parou a vários passos do homem e olhou-o de cima a baixo, antes de dizer:

— Saudações!

— Saudações, Gerard van Oost e Oludara! — respondeu o homem.

— Por que você muda desse jeito?

— Eu lhe disse, Gerard, que sou o que quer que a terra diga que eu seja. Embora, desta vez, creio que devo permanecer assim por um bom tempo.

Gerard fez uma pausa para ponderar essas palavras.

— Qual é o seu nome? — Oludara perguntou.

— Meu nome é aquele com o qual a terra me chamar.

— Se você perguntar qualquer coisa a esse aí — Gerard disse —, acostume-se a respostas como essa. Não obstante, espero que você me dê pelo menos uma resposta direta. Disse que não iria interferir, mas seu corvo convocou os monstros. O que o fez mudar de ideia? E não me diga que "a terra me disse para fazê-lo".

— Você fez a escolha, Gerard. Tendo salvado o seu amigo, escolheu ir atrás de Guy, e não fugir. Se o meu pássaro aqui decidiu cantar uma pequena canção, que assim seja.

— Não acho que o seu pássaro apenas "decidiu" fazer alguma coisa.

— Muito bem, Gerard, se você exige uma resposta, eu lhe darei uma. Eu não podia suportar aquele asno pomposo mais do que qualquer outro suportaria.

— Foi o que imaginava.

— Você era um nativo quando nos encontramos primeiro — disse Oludara. — Por que ajudaria os portugueses a governar esta terra?

— Pode parecer estranho a você, que vive há tão pouco tempo, mas a terra é mais antiga do que pode imaginar. Eu amo os tupinambás, e os tupiniquins e os tamoios, é verdade, mas eles não são os primeiros a habitar este litoral. Aqueles que viveram aqui antes, eu também os amei. As nações Tupi vieram e guerrearam e os expulsaram. E mesmo antes deles, houve ainda outros a quem amei. O mundo segue o seu rumo, e nele nós vivemos o melhor que conseguimos.

Gerard, não de todo surpreso de ouvir suas palavras de antes ecoadas, concordou com a cabeça.

— Pelo menos, nesta forma — o homem disse, estendendo os braços para dar ênfase —, o sangue dos tupinambás ainda flui nas minhas veias. Eles não se foram, apenas mudaram. O Brasil não será nem português nem tupinambá, mas algo único.

— Um império? — Oludara perguntou, arqueando uma sobrancelha.

— Não no seu tempo de vida, mas o Brasil terá o seu dia.

— E eu suponho que isso também terminará? — perguntou Gerard.

— Essa é a natureza deste mundo. Mas só posso ver até aí. Uma trilha foi aberta, e ela leva a um império. Temo que nossos caminhos, contudo, nunca mais tornem a se cruzar.

— Então desejo-lhe sorte — Gerard disse, tocando o chapéu.

— E uma vida longa — Oludara acrescentou.

— Disso — o homem respondeu, com um meio-sorriso — vocês podem ter certeza.

O homem deixou a trilha e desapareceu no mato. Gerard e Oludara continuaram seu caminho por vários minutos, antes que Gerard finalmente quebrasse o silêncio.

— Império… — disse, balançando a cabeça.

Diante disso, eles partilharam uma longa risada.

Naquilo que havia se tornado um ritual diário, Luís e Duarte arrastaram Guy, gritando e mordendo, da sua cela de prisão até o muro baixo de barro. Duarte regressou uns minutos depois com uma braçada de mamões, os quais cortou e colocou em volta do homem.

Antes que Duarte tivesse tempo de cortar uma segunda fruta, tangarás azuis encheram o ar em torno deles. Alguns, talvez por acidente, tocaram Guy de leve com suas penas ao passarem. Outros, muito improvavelmente por acidente, distraíam-se do seu banquete para pousarem na sua cabeça e bicar o seu couro cabeludo.

— Pássaros! — ele gritava. — Malditos pássaros!

CAPÍTULO 6

UMA TORRENCIAL COMPLICAÇÃO

Guará, uma pequena guaraxaim, aproximou-se da cabana para vasculhar os restos da refeição do dia. Viu o refugo espalhado atrás dela, no mesmo lugar em que Conte e Maiara o deixava todos os dias. A pilha consistia em bocados de banana e mandioca fervida, e uns ossos de peixes com poucos pedaços escamosos de carne ainda presos neles. Contudo, estava longe de ser a refeição simples que parecia ser — eram os restos de imortais. A refeição faria pouco para nutrir o corpo de Guará, mas seria um banquete para a sua mente. Cada dia que comia ali, cada refeição que consumia, fazia com que se abrisse a novos pensamentos. Havia partilhado da comida por tanto tempo que chegava a entender e até replicar a fala humana.

Enquanto a guaraxaim mastigava os restos, conseguia ouvir Conte e Maiara falando dentro da cabana. A habitação, com suas paredes de taipa e teto de folhas de palmeira, parecia ser uma construção modesta. Contudo, tinha sido erguida pelas mesmas mãos imortais que haviam preparado a sua comida, e por isso era mais sólida do que pedra.

Guará espiou pela entrada da cabana e viu Conte agachado, os cotovelos nos joelhos e os músculos tensos. Apenas por sua aparência, Conte não parecia ser nada além de um guerreiro tupinambá, um adulto em forma, com uma única pena verde saindo de uma faixa na sua cabeça. A pele era perfeita, sem uma única marca de suas batalhas de eras passadas, e coberta com desenhos em tintura verde que Guará não tinha visto em nenhum outro lugar. O cabelo era mais curto do que a maioria, como era o seu temperamento, mas além disso, ele não parecia ser nada incomum.

Maiara sentava-se de pernas cruzadas no chão diante dele. Enquanto Conte tinha a aparência de alguém na casa dos trinta, sua esposa Maiara parecia ser pelo menos uma década mais velha. Tecia um pano intrincado, repleto de padrões coloridos. Guará a tinha visto trabalhar nessa peça em especial havia anos, sempre com um traço de tristeza no rosto.

Sem tirar os olhos do trabalho, ela perguntou:

— Por que não me conta o que o perturba, meu falcão? Você não relaxou desde o seu retorno.

— Se você tivesse visto o que eu vi, também estaria perturbada.

Conte levantou-se abruptamente e caminhou de um lado para outro.

— Esses estrangeiros vêm do outro lado do oceano em suas canoas exageradas, aquelas com os panos empurrados pelo vento. Trazem a doença e a guerra, e nada de bom virá com elas.

Maiara não desviou os olhos do trabalho, apenas assentiu.

— As nações Tupi não são melhores. Elas ficam do lado desses estrangeiros e guerreiam por eles.

— Os homens sempre vão guerrear — disse Maiara.

— Já me cansei dos homens. — A voz de Conte havia se excitado até chegar ao grito.

— Passo os meus dias perto da nossa cabana — ela disse. — E não vi essas coisas com os meus próprios olhos. Mas me fale do seu plano, qualquer que seja, e eu o ajudarei.

— Está na hora de dar um fim a tudo isto. De repetir o que fizemos tanto tempo atrás. Começar de novo.

Maiara colocou de lado o pano que tecia.

— Se é isso o que acha que é o melhor, Conte... — Ela levantou-se e colocou uma das mãos em seu ombro. — ...estou com você.

Diante disso, ele assentiu.

— Então vamos começar.

Guará se esquivou para longe, bem quando os dois se viraram para a entrada. Escondeu-se atrás da casa enquanto saíam juntos.

Isso não parece bom, Guará pensou. *Preciso ver o que ele está planejando.*

Cautelosamente, partiu atrás deles.

Oludara passeava pela mata perto da sua aldeia adotiva tupinambá. Depois de fugirem da sua velha aldeia, o grupo passara a residir na orla mais distante da floresta: o último refúgio antes do seco e inóspito Sertão. Viviam bem o bastante por enquanto, mas todos partilhavam do temor não expressado de que, um dia, os grupos errantes de bandeirantes — que rondavam ainda mais fundo na selva em busca de escravizados nativos — não lhes dariam outra escolha além de se mudarem de uma vez por todas para dentro daquela terra assustadora.

Quando Oludara retornara à aldeia, Arani tinha ficado cheia de alegria por vê-lo. Contudo, eles logo retomaram as suas velhas discussões, ela se recusando até mesmo a discutir a possibilidade de se casarem, sem sequer dar uma razão. Na esperança de suavizar um pouco as coisas, ele procurava na mata alguma pequena prova de seu afeto: uma pedra bonita, uma flor especial, ou qualquer coisa que lhe chamasse a atenção. Examinava tudo em torno de si, com esse único objetivo em mente.

Foi surpreendido, contudo, quando um casal nativo emergiu de uns arbustos diante dele. O corpo do homem estava pintado com uma tintura verde incomum. O casal também pareceu surpreso em encontrá-lo ali, mas rapidamente recuperou a compostura.

— Eu pulo ao conhecê-lo — disse o homem, empregando uma típica saudação tupi.

— Saudações e boa saúde — Oludara respondeu. — Meu nome é Oludara.

— Eu sou Conte, e esta é minha mulher, Maiara. Não é comum encontrar alguém do outro lado do oceano, tão longe na nossa terra.

— Vivo aqui perto com os tupinambás, que me recebem como se eu fosse um deles. Mas nunca vi vocês dois antes. São viajantes?

— Não moramos longe daqui — disse Maiara —, mas vivemos sozinhos.

— Deixe-me levá-los à minha aldeia. Não fica tão longe daqui, e vocês serão bem-vindos.

— Não há necessidade — Conte respondeu, curto.

— O que o meu marido quer dizer — disse Maiara — é que gostaríamos de fazer uma visita, mas primeiro temos uma tarefa importante. Seria um grande obséquio se pudesse nos acompanhar.

— Acha que ele vai servir? — Conte perguntou.

— Sim, com certeza.

Oludara sentiu de imediato algo de estranho nesse casal; era desagradável o modo como pesavam a sua valia bem na sua cara.

— Por que não partilhamos uma refeição na minha aldeia, e vocês podem nos contar o que precisam? — disse. — Há muitos lá que poderiam ajudar.

— Não — Conte respondeu. — O que precisamos está perto, e a sua ajuda será suficiente.

— Por favor, venha conosco — disse Maiara. — Podemos recompensá-lo com uma grande prenda.

Oludara não confiava neles, mas a oferta de um presente o fez considerar. Era exatamente o que procurava, afinal, e ele raramente ousava ignorar o destino.

— Muito bem — disse. — Mostre o caminho.

Conte afastou parte do matagal do qual eles tinham surgido, e Oludara viu uma árvore de tronco duplo crescendo em forma de "V" a partir do chão.

— Passe por esta árvore aqui — disse Conte.

— Não precisamos passar por esse mato — Oludara disse. — Conheço um caminho em torno dele que é bem mais rápido.

— Acredite em nós — disse Maiara. — Este é o caminho.

Oludara se sentiu ridículo, mas passou pela árvore e abriu caminho através dos arbustos além dela. Depois de cerca de um minuto batendo-se contra a densa vegetação, caminhou para dentro de uma clareira com um pequeno lago.

— O que é isto? — perguntou. — Não pode ser.

— Xiu — aconselhou Maiara, saindo do mato atrás dele. Apontou para o outro lado do lago onde um homem enorme, parecido com um ogro, sentava-se pescando com uma vara comprida. — Não queremos interromper Agnen.

— O que está acontecendo? — Oludara perguntou. — Não devia haver nenhum lago aqui. Onde estamos?

— Às vezes — disse Conte —, os homens não enxergam o que está bem diante dos seus olhos. É uma das muitas falhas deles.

— O que você quer dizer, falhas "deles"? — Oludara perguntou, dando um passo para trás. — O que vocês são?

— Nada mais que um simples casal tupinambá procurando ajuda — Maiara disse.

— Precisamos do anzol da linha de Agnen — disse Conte. — Ele não confia em mim, então depende de você.

— Também não confio em você. O meu povo tem um ditado: "Um leitão que chafurda na lama procura uma pessoa limpa para se esfregar". Não sei o que quer, mas duvido que seja coisa boa.

Oludara virou-se para ir embora.

Diante disso, Conte agarrou o seu braço e Oludara sentiu um choque atordoante sacudir o seu corpo. Pôde sentir que se transformava, encolhia, e foi ao chão, caindo sobre as suas roupas. Para o seu horror, tinha olhos dos dois lados da cabeça: um voltado para o chão, outro para o alto. Ele se debateu e se engasgou com o ar.

Conte o apanhou e olhou dentro de um dos seus olhos.

— Não volte sem a isca e o anzol.

Com isso, Oludara se sentiu jogado pelo ar para pousar na água. A água entrou pelas guelras no seu pescoço e retornou a sua respiração. Seu corpo de peixe ondulou de um lado para o outro e o impeliu desajeitadamente pela água.

Arani estava preocupada com Oludara. Tinha se acostumado com as suas artimanhas com Gerard, com quem ele podia desaparecer por semanas ou meses de cada vez. Dessa vez, contudo, tinha discutido com ele de manhã e ele havia partido sozinho, dizendo que não ia demorar. Agora já estavam no meio da tarde.

Procurou na aldeia e, para piorar os seus medos, encontrou Gerard e Cabuçu sentados, rindo no centro da aldeia. Jogavam um dos jogos europeus de Gerard com pedras pretas e brancas. Se Oludara não estava em lugar nenhum por ali, era quase certo que estivesse com os dois, mas ele não estava à vista em lugar nenhum.

— Um de vocês sabe onde Oludara está? — perguntou.

Centrados no jogo, eles nem olharam para ela.

— Não o vi o dia todo — respondeu Gerard, levantando o chapéu para coçar a cabeça, enquanto se concentrava no jogo diante dele.

— Devíamos ir procurá-lo — ela disse.

— Por quê? — disse Cabuçu, também sem olhar para ela. Brincava com uma pedra pontuda que se projetava de uma das suas bochechas. — Se você não sabe onde ele está, onde vai procurar?

Arani virou-se e partiu tempesteando para a sua maloca. Agarrou a arma grande de Gerard, então dirigiu-se à maloca de Cabuçu para pegar o seu arco e as flechas. Depois de um momento pensando, também pegou um arco para si.

Retornou ao centro da aldeia e jogou as armas dos homens entre eles, espalhando as peças do seu jogo e finalmente ganhando a atenção deles. De bocas abertas, olharam para ela embasbacados.

— Vamos — ela disse, numa voz que não dava espaço para perguntas.

De início, Oludara moveu-se para cima, para baixo e em círculos, desesperadamente tentando ambientar-se ao seu corpo de peixe. Atirou-se contra raízes, peixes e terra enquanto se acostumava com o seu largo campo de visão. Depois do que pareceu serem horas, finalmente ganhou controle o bastante para concentrar a atenção em um plano.

Sabia que sua melhor chance estava em apossar-se do anzol. Se conseguisse fazê-lo, e fazer Conte retorná-lo à sua forma humana, poderia então voltar seus esforços para deter o casal, já que, qualquer que fosse o plano que tinham, duvidava que fosse algo benévolo. Poderia até mesmo buscar o auxílio do ogro contra eles.

Contudo, primeiro tinha que se concentrar no anzol. A sua forma de peixe possuía dentes excepcionalmente afiados, então o seu melhor curso de ação seria usá-los para cortar a linha. Chegou mais perto de Agnen para olhar melhor.

Agnen era meio que humano, mas com um corpo exagerado. Seus braços e pernas eram do tamanho de troncos de árvore; sua cabeça, do tamanho de uma rocha. Duas presas arredondadas se projetavam dos cantos de sua boca. Logo abaixo da água, Oludara podia ver que Agnen tinha no anzol um enorme pedaço de carne, uma que ele não reconhecia, como isca. Oludara não tinha ideia do que atraía os peixes para ela, mas eles vinham às dúzias afundar os dentes na carne, quando então Agnen os arrancava da água e os jogava dentro de um enorme pote de barro, o tempo todo cantarolando uma melodia horrível.

Para o desalento de Oludara, Agnen nunca tirava os olhos da isca, nunca sequer piscava. Mantinha a linha tão perto da margem que conseguiria com facilidade estender a mão e pegar Oludara se ele chegasse muito perto. Oludara não podia fazer nada além de circular e esperar uma abertura.

Aparentemente, Conte notou a sua hesitação, porque Oludara o percebeu se aproximando de Agnen por um dos lados. Movendo-se para perto da superfície da água, conseguia distinguir o que conversavam.

Conforme Conte se aproximava, Agnen lhe dirigiu um olhar desconfiado, então voltou a atenção para a isca.

— Eu já não te despedacei uma vez? — Agnen perguntou, numa voz trovejante e cansada.

— Esse não é o cumprimento apropriado a alguém que você conhece há tanto tempo, Agnen. E em todo caso, acho que me confundiu com o meu irmão.

— Foi?

— Talvez. Aquilo foi há muito tempo, tempo demais para lembrar. Incontáveis gerações de homens se passaram desde então.

— De fato. A minha caverna está cada vez mais apinhada com as suas almas, e eu preciso trabalhar muito mais duro para alimentá-las.

— Isso soa tedioso — disse Conte.

— E é. Mas sem o meu anzol, seria muito pior. É por isso que você devia ficar bem longe dele.

— Eu nunca pensaria nisso.

— Não pensaria? Por que estaria aqui, alguém que não fala comigo há eras, se não pelo meu anzol?

— Porque preciso te mostrar uma coisa.

Com isso, Conte arriscou uma olhadela rápida e esperta para Oludara, não deixando dúvida de que era quase hora de agir. Oludara se enrijeceu e esperou o momento certo. Conte levantou as mãos para Agnen e disse:

— Dê uma olhada nisto.

Agnen virou-se para olhar, e Oludara disparou na direção da isca.

Bem quando os seus dentes afiados se aproximavam da linha, contudo, uma onda caiu sobre ele, lançando-o para longe. Agnen, imerso até a cintura depois de jogar-se na água, agarrou-o com ambas as mãos e o puxou.

— Não pense que eu não esperava um truque bobo como este, Conte. Não vai me enganar tão facilmente uma segunda vez.

Com disso, Agnen se virou para a margem. Tanto Conte quanto a vara de pescar haviam sumido.

Agnen rugiu de fúria ao sair da água. Gritou "Conte!" várias vezes, mas não teve resposta.

As mãos do ogro o espremeram e Oludara pensou que seu corpo de peixe iria explodir. Sua tortura era dobrada, com ele arfando por água que preenchesse os seus pulmões. Depois de um assustador grito final, Agnen pareceu lembrar-se de que segurava alguma coisa e levantou Oludara até o seu rosto.

— Vou fazer o seu amigo em pedaços outra vez — Agnen disse. — Só que desta vez valerá para sempre. Mas primeiro, vou servir você aos mortos.

Oludara sentiu-se cair dentro do pote de barro, abarrotado até a borda com peixes se contorcendo. Puxou um misericordioso jato de água para dentro dos pulmões e não pôde fazer mais nada contra um destino que não tinha esperança de mudar, enquanto estivesse nessa prisão coleante e enlouquecedora.

Guará observou do mato quando Agnen pescou a piranha negra do lago com as mãos nuas, enquanto Conte saía correndo com a sua vara e linha. Guará se esgueirou rumo ao lugar em que Maiara aguardava o seu marido.

— Muito bem, meu falcão — disse Maiara.

Conte sorriu.

— Não esperava que fosse tão fácil. Aquele demônio ficou ainda mais estúpido com o tempo.

— Você está pronto?

— Sim. Você segue para o Lugar Alto. Eu seguirei para a Bica. É chegada a hora de inundar a Terra e destruir a humanidade. Vamos recomeçar mais uma vez, como fizemos tanto tempo atrás.

Os dois caminharam para longe.

Guará, em pânico, correu numa direção, virou-se, correu para a outra. Girou em círculos múltiplas vezes antes de entender que não tinha ideia do que fazia e parou para pensar em um plano.

O que eu poderia fazer para impedir Conte de criar uma inundação? A resposta veio fácil. *Nada. Não posso fazer nada.*

Mas então se lembrou de Nare.

Ele é o único que conseguiria deter Conte, pensou. *Devo ir até ele.* Enrijeceu-se para correr, antes que outro pensamento a fizesse parar. *Não posso chegar até ele sozinha, vou precisar de ajuda.*

Considerou Agnen, mas o demônio era grande demais para ajudá-la onde ela precisava ir. Sabia que não havia ninguém mais por perto. Teria de passar pela árvore dividida, até aquele outro lugar. Correu, incerta quanto ao que iria ver lá, mas desesperada para achar alguma coisa.

Arani andava pelas matas ao lado de Gerard e Cabuçu, os três chamando por Oludara em intervalos. Com cada momento que passava, ela ficava mais nervosa.

— Espere — disse Cabuçu, levantando a mão e se agachando para olhar para alguma coisa.

— O que é isso? — Arani perguntou.

— Rastros. De mais de uma pessoa.

— Não acho que ele saiu com alguém — disse Gerard.

— Mas pode ter encontrado alguém — Arani disse. — Consegue dizer para onde seguiram?

Cabuçu coçou a cabeça.

— Parece que foram para dentro daquele mato ali, talvez?

— Isso não vai a lugar algum — disse Arani, frustrada. — Que tipo de rastreador é você?

— Esperem — Gerard disse. — Tem alguma coisa se mexendo lá.

Arani virou-se, desesperada por qualquer sinal.

— Oludara? É você?

Quando ela falou, uma cabeça de guaraxaim espiou para fora do mato. Ela rangeu os dentes de frustração.

— Oludara pode estar em perigo, e você me leva a um guaraxaim? Para que vocês dois servem?

— Lamento interromper — disse uma voz próxima —, mas preciso da sua ajuda.

Arani olhou para dentro do mato atrás da fonte da voz, mas não conseguiu ver nada.

— Aqui embaixo — a voz disse.

Ela olhou para baixo, para o animal.

— Por todos os santos! — disse Gerard, fazendo o sinal da cruz sobre o peito. — Você sabe falar?

O guaraxaim saiu do matagal.

— Não tenho muito tempo para dar explicações. Sou Guará, e preciso que um de vocês me ajude.

— Guará, você viu um homem de pele escura por aqui?

— Para falar a verdade, vi, mas o que eu preciso que você...

Arani a agarrou pelo cangote e a levantou do chão.

— Onde ele está?

— É mais tipo "o que ele é", no momento. Conte o transformou em uma piranha negra e Agnen está com ele.

— Agnen? — O nome do demônio chocou Arani.

— Conte? — Cabuçu perguntou. — Você quer dizer Ariconte?

— É.

Arani e Cabuçu trocaram olhares cúmplices. Ela não conseguia acreditar no que ouvia, mas o simples pensamento de que esses imortais pudessem estar envolvidos multiplicava o seu medo dez vezes.

— Impossível — disse, insegura.

Cabuçu deu de ombros.

— É só um guaraxaim. Ele provavelmente não sabe do que está falando.

— Não sou "ele", sou "ela", muito obrigada.

— Alguém pode me explicar do que vocês estão falando? — Gerard perguntou.

— Quieto! — Arani disse. — Me diga onde ele está.

— Me solta — disse Guará —, e aí nós conversamos.

— Não até você me contar onde ele está.

— Se vocês não me ajudarem, vamos todos morrer de qualquer jeito.

— Escute — Gerard disse. — Guará, não é? Sou Gerard, e estes são Arani e Cabuçu. Diga a ela onde encontrar Oludara, e eu a ajudarei.

— Você jura? — a guaraxaim perguntou, lutando para virar a cabeça para ele, no punho cada vez mais apertado de Arani.

— Pela minha vida, eu juro.

— Muito bem, Agnen está levando o seu amigo para a caverna dele para alimentar os... — O animal fez uma pausa.

— *Alimentar?* — exclamou Arani. — Alimentar o quê?

O grito dela fez Guará se encolher.

— Hã. Eu não lembro. Alguma coisa sobre alimentar.

Arani não acreditou na guaraxaim, mas não quis desperdiçar mais tempo para descobrir o que ela escondia.

— Onde ele está?

— Passem por aquela árvore dividida bem ali. — Guará apontou com o focinho. — Do outro lado, você encontrará um lago. Agnen é enorme, os rastros dele devem ser bem fáceis de encontrar. Se salvarem o seu amigo, voltem por aquela mesma árvore, ou nunca vão achar o caminho de volta. Há uma fonte que brota da terra perto daqui. Vocês conhecem?

Arani assentiu. O povo dela considerava esse um lugar sagrado.

— É para lá que Conte seguiu — Guará disse. — O seu amigo e eu vamos encontrar vocês lá, depois que tivermos terminado.

— E o que exatamente vocês vão fazer? — Cabuçu perguntou.

— Vamos achar Nare.

Cabuçu balançou a cabeça, sem acreditar.

— Quem é Nare? — Gerard perguntou.

— Chega de falação — disse Arani.

Ela correu para dentro do matagal, sem esperar uma resposta.

O grupo passou pela árvore incomum, chegou a um lago que nunca poderia existir ali, e então Arani e Cabuçu se separaram de Gerard e Guará.

O rastro de Agnen era de fato fácil de seguir, e os levou a uma trilha larga. Arani e Cabuçu seguiram o caminho bem trilhado correndo.

A trilha os conduziu a uma enorme entrada de caverna. Para além dela, Arani conseguia ver uma passagem, mal iluminada por tochas intermitentes, perdendo-se na distância. Uma sensação fria a tomou quando ela deu o primeiro passo para dentro da caverna. Vindo das profundezas mais além, conseguia ouvir vozes lamuriosas. Incontáveis vozes. Arani havia enfrentado coisas terríveis em sua vida, mas não achava que poderia encarar isso. Nunca tinha se sentido tão aterrorizada.

Cabuçu se deteve atrás dela. Nunca o tinha visto tão pálido.

— Você sabe o que é este lugar, não sabe? — perguntou.

Arani assentiu. Precisou de algum tempo para falar.

— Consegue ir?

— Neste lugar amaldiçoado? — A pergunta pairou, sem nenhuma resposta.

Este era um lugar das almas. Não o paraíso, alto nas montanhas, onde as almas valentes desfrutavam de prazeres e recompensas. Este era o lugar dos covardes.

— Ariconte e Tamendonare? Agnen? Essas coisas estão muito além de nós, Cabuçu. Não devíamos estar aqui. Não podemos estar aqui.

— Eu sei. Não é certo. Mas não me culpe. Foi o seu querido quem nos enfiou nisto.

— O meu... querido...?

— Oludara.

Ouvir o nome dele diminuiu o calafrio. Arani não poderia abandoná-lo, nem mesmo se isso significasse entrar no pior lugar do mundo.

Foi isso o que ela fez. Deu o passo mais difícil de sua vida.

Para o seu alívio, Cabuçu fez o mesmo. Então os dois deram outro passo. Em instantes, ambos estavam mais uma vez correndo, lado a lado, para um lugar em que nenhuma alma vivente jamais deveria entrar.

Não era fácil acompanhar Guará, que nem sempre levava a altura de Gerard em conta enquanto escolhia a sua trilha pela mata, fazendo-o bater em incontáveis galhos e teias de aranha ao longo do caminho.

Enquanto perseguia a pequena cachorra-do-mato, Gerard perguntou:

— Quem é esse Conte? E o que ele quer com Oludara?

Sem diminuir a velocidade, Guará gritou de volta:

— Ele o usou para conseguir algo de que precisava. Algo para criar uma enchente.

— Uma enchente?

— Uma inundação que vai varrer o mundo.

— Isso é ridículo. Nenhum homem pode começar uma inundação dessas.

— Conte não é um homem. E já fez isso antes. Ou pelo menos o irmão dele fez.

— E quem é o irmão dele?

— Esse que nós vamos encontrar.

Com isso, alcançaram um regato que brotava de um penhasco.

— Fique aqui — Guará disse.

A raposa correu para o outro lado do regato e parou sobre uma pedra chata. Quando o fez, o paredão de rocha perante Gerard abriu-se, deixando um espaço vazio diante dele.

— O que está acontecendo aqui? — perguntou Gerard, boquiaberto.

— Deveria haver uma pedra chata aqui, como esta na qual estou. Vá ficar sobre ela, e não se mexa até eu avisar.

Gerard fez como ela disse e ao seu lado, na frente de Guará, outro espaço abriu-se na rocha.

— Não se mexa — disse Guará.

A raposa correu para a frente e pisou em outra rocha, causando a abertura de um novo espaço na frente de Gerard.

— Agora é que fica complicado — disse Guará. — Você precisa ser ligeiro. Corra para a frente e ache a próxima rocha.

Gerard tomou fôlego e trotou na direção de uma pedra umas dez varas adiante dele. Rochas fecharam o espaço às suas costas. Se tivesse hesitado, teria sido esmagado. Os dois agora estavam completamente circundados pelos paredões de pedra.

— Que lugar é este? — perguntou Gerard.

Guará correu adiante para a próxima pedra ao seu lado, criando uma nova abertura para Gerard.

— É conhecido como Itairapi. É o único caminho para alcançar Nare, e nunca pode ser atravessado sozinho.

Enquanto Gerard corria para a próxima pedra, ele perguntou:

— Me recorde por que estamos tentando encontrar aquele que você diz já ter criado uma inundação como aquela que queremos evitar?

— Ele e Conte são gêmeos, embora não se pareçam. São filhos de pais diferentes.

— Gêmeos de pais diferentes? Ridículo.

— Quando você os conhecer, pode bem parar de chamar as minhas histórias de ridículas. Em todo caso, eles têm sido rivais desde o nascimento. Podemos usar isso contra Conte.

Gerard e Guará repetiram o padrão com as pedras várias vezes, até que Guará pisou em uma que afastou as rochas diante deles em uma clareira. No meio da clareira estava uma cabana de pau a pique.

— Bem, acho que chegamos — disse Gerard, adiantando-se.

— Espere! — a raposa gritou.

Em torno de Gerard, as rochas começaram a se fechar. Ele correu para a frente e conseguiu chegar à clareira bem quando a parede de pedra se fechou com um baque. Contudo, um ganido miserável guinchou atrás dele.

Ele se virou para ver Guará com a cauda presa entre as pedras.

Não muito longe da entrada da caverna, Arani deparou-se com a primeira alma. De início, pensou que fosse um reflexo na parede de rocha, mas, chegando mais perto, reconheceu-o como uma forma humana translúcida: a de um homem idoso. Ele fitava tristemente o vazio, até que os dois chegaram bem perto, e então, sem aviso, moveu-se na direção deles. Suas pernas se mexiam como se caminhasse, mas a forma sem peso apenas flutuava pelo ar. Estendeu os braços para eles.

— Têm alguma comida? — perguntou. — Me alimentem, por favor!

As palavras, combinadas com a expressão desesperada no rosto do homem, fizeram Arani se encolher de terror. Cabuçu também pulou para trás, mas manteve a compostura o suficiente para responder.

— Não temos — gritou para o homem. — Afaste-se de nós.

O espírito, contudo, não parou. Arani lançou-se para longe de seus braços e desceu correndo pelo salão.

A cena se repetiu cada vez mais frequentemente. Almas vieram flutuando na direção de Arani e Cabuçu de todas as direções, implorando por comida. Eles se tornaram mais persistentes conforme a passagem deles avançava. Nem um segundo passava sem que Arani se sentisse compelida a virar-se e fugir. Estava à beira do pânico, e apenas conseguia prosseguir por causa da presença de Cabuçu ao seu lado. Contudo, mesmo ele — o maior guerreiro da aldeia — vacilava ocasionalmente. Quando Arani arriscava um olhar para ele, podia ver o terror nos seus olhos.

A passagem se abria para uma enorme caverna, e o som de centenas de vozes suplicantes ecoava em torno deles. A caverna úmida era iluminada por uma dúzia de tochas tremulantes. Potes de barro atulhavam o chão e preenchiam prateleiras toscas nas paredes. No extremo da caverna, Agnen estava diante de uma multitude de almas. Toda vez que a multidão se empurrava para perto demais, ele os espantava com os braços e um irado "afastem-se!". Buscou em um pote de barro ao seu lado e tirou um bagre dali, que atirou para dentro da multidão. Almas famintas brigaram por ele com safanões e mordidas, aos poucos fazendo-o em pedaços. Arani se sentiu mal diante dessa exibição.

Enquanto ela reunia a coragem para enfrentar o demônio, Agnen buscou de novo dentro do pote, agora apanhando uma piranha anormalmente negra.

Guará, sua cauda esmagada entre as rochas, guinchava de dor. Gerard correu até ela.

— O que devo fazer? — perguntou Gerard.

— Me tira daqui! Me tira!

Gerard plantou os pés firmes nas pedras e agarrou a raposa bem atrás dos ombros. Puxou com toda a sua força, e a raposa se soltou com um tranco, esparramando-se em cima dele enquanto os dois caíam.

Gerard se desembaraçou do animal e levantou-se. Guará permaneceu no chão.

— Como está? — perguntou a guaraxaim.

— Como está o quê?

— O meu rabo. Não quero nem olhar.

Curiosamente, a ponta do rabo dela tinha ficado toda branca.

— Não parece tão ruim. Se ainda dói, vá mergulhar o rabo naquele córrego ali.

Isso pareceu animar Guará.

— Boa ideia — ela disse, ficando em pé de um salto e correndo ao córrego que se esvaziava sob a parede de rocha pelo qual tinham vindo. Mergulhou a cauda nele e suspirou de alívio.

Gerard olhou para a cabana em busca de algum movimento. Era uma choupana simples, grande apenas o suficiente para uma única família, se tanto. Guará veio se colocar a seu lado.

— Não temos tempo a perder — disse Guará.

— O que devemos fazer?

— Melhor chamar por ele.

— Está bem, então. — Gerard limpou a garganta e gritou: — Estamos procurando por Nare. Nare, você está aí?

Uma cara de mulher espiou da entrada, então se esquivou para dentro de novo. Uns poucos momentos depois, um homem adiantou-se. Era um nativo alto, mais alto até que Oludara, e se portava com calma e altivez, como se os dois perante ele não pudessem apresentar qualquer ameaça. Uma tira de penas azuis se projetava de sua cabeça como uma coroa, e desenhos em tintura azul cobriam seu corpo. Segurava um arco horizontalmente, com duas flechas encaixadas e prontas. Pelo que Gerard podia dizer, uma estava apontada diretamente para ele, a outra para Guará.

— Pare! — foi a única coisa que Arani conseguiu pensar em dizer enquanto Agnen se preparava para dar Oludara de comer aos mortos.

Agnen se voltou para eles, um ar de surpresa em seu rosto.

— O que vocês dois estão fazendo aqui? Saiam! Este não é lugar para os vivos.

Incerta quanto a estar mais apavorada com Agnen ou com os mortos, Arani juntou coragem e deu um passo à frente. Cabuçu seguiu seu exemplo e avançou atrás dela.

— Agnen — ela disse. — Por favor, não dê esse peixe aos mortos. Ele não é um peixe, mas uma pessoa disfarçada como um.

— Sei bem disso. Este patife ajudou Conte a roubar o meu anzol.

Arani e Cabuçu avançaram mais uns passos enquanto ela falava.

— Ele é o meu amado. Por favor, tenha misericórdia e o devolva para mim.

— Acho que não — disse Agnen. — Ele não merece coisa melhor.

Com isso, Cabuçu precipitou-se para a frente e agarrou o braço do ogro. Os músculos de Cabuçu se esforçaram para mover o demônio, mas Agnen simplesmente o atirou de lado com um dar de ombros. Cabuçu bateu no chão.

Arani sabia que a força não os levaria a lugar algum, por isso esquadrinhou a caverna buscando outra solução. Seus olhos caíram sobre o pote de barro cheio de peixes. Em um lampejo de inspiração, correu para a frente e o derrubou com um chute. Os peixes espalharam-se pelo chão e os espíritos se lançaram gananciosamente sobre eles.

Agnen, brandindo o corpo de peixe de Oludara para frente e para trás diante de si, gritou:

— Para trás! Todos para trás!

Arani tentou se aproximar sorrateira dele, mas ele sacudiu o peixe contra ela também, fazendo-a tropeçar e cair para trás. Ela conseguia ver as guelras da piranha negra agitando-se, arfando por ar.

Os espíritos se encolheram de medo e Agnen curvou-se sobre o vaso caído. Colocou Oludara no chão e agarrou o vaso com as duas mãos para endireitá-lo.

Cabuçu, agora recuperado, saltou sobre as costas de Agnen, que, furioso, virou-se e tentou agarrá-lo, mas Cabuçu pulou de cima dele. Correu para um lado e Agnen o perseguiu.

Os espíritos se precipitaram junto ao peixe, e Arani, superando a sua repugnância, agarrou Oludara logo antes que uma alma faminta o fizesse. Correu para a saída, mas Oludara esbateu-se em suas mãos e ela se lembrou de que ele precisava de água. Olhou dentro dos potes de barro e achou um dos poucos pequenos o suficiente para que pudesse carregar, felizmente com um pouco de água no fundo. Jogou Oludara dentro, levantou-o e continuou a correr.

Agnen notou o movimento e fez uma pausa no seu jogo de gato e rato com Cabuçu para gritar "volte aqui!". Ele deu um primeiro passo na direção dela, até que notou os espíritos mais uma vez se trombando perto dos peixes caídos. Depois de um momento de hesitação, correu de volta até eles, berrando pragas pelo caminho.

Arani e Cabuçu não desperdiçaram tempo para recuar correndo de volta pelo corredor.

A clareira permanecia em um silêncio sinistro enquanto Gerard e Nare mediam-se um ao outro. Gerard normalmente riria de um homem tentando atirar duas flechas de uma vez, mas se tudo o que Guará contara a ele era verdade, Nare não era um homem.

Foi Guará quem rompeu o impasse.

— Saudações, Nare.

— Saudações, cachorrinha — respondeu Nare. — Você deveria saber que não deve trazer ninguém aqui.

— Foi o único jeito de cruzar a Itairapi, você sabe disso.

— De fato, eu sei.

— Este homem não é ameaça a você.

Diante disso, Nare abaixou o arco.

— De fato, não é.

Gerard limpou a garganta e disse:

— Gerard van Oost, de Brabante. Prazer em conhecê-lo.

— Saudações, homem do outro lado do oceano. Sou Tamendonare, nascido nesta terra, centenas de gerações antes de vocês colocarem os pés aqui.

— Nare — disse Guará —, precisamos da sua ajuda. Conte roubou o anzol de Agnen.

— É mesmo? A coragem dele me surpreende. Da última vez que ele fez isso, Agnen o partiu em pedaços.

Gerard se perguntou como um homem podia ser partido em pedaços e ainda estar vivo, mas decidiu deixar a pergunta para outra hora.

— Ele planeja inundar o mundo — disse Guará —, como você fez tanto tempo atrás.

— Inundar o mundo de novo? Por que ele faria isso?

— Quer destruir a humanidade. Começar de novo.

Nare apertou os lábios juntos, pensando. Então virou-se para a sua choupana.

— Jaciara! — chamou.

A mulher que primeiro havia espiado da cabana olhou para fora outra vez.

— Vá para o Lugar Alto — disse Nare. — Fique lá até que eu vá te buscar.

Ela assentiu com a cabeça e partiu sem proferir palavra.

Nare voltou-se para Guará e Gerard.

— Precisamos encontrar Conte imediatamente.

— De volta pelas rochas, então? — Gerard perguntou, olhando para trás.

— Não desse jeito. Deste.

Dito isso, Nare bateu palmas. Um *bum* soou e desceu sobre Gerard com um sopro de ar. A cabeça dele girou e tudo ficou preto.

Gerard abriu os olhos para se encontrar em uma clareira diferente. Ele e Guará estavam caídos no chão, e Nare orgulhosamente em pé, como se nada tivesse acontecido. Gerard reconheceu o lugar, onde uma fonte brotava inesperadamente do chão e formava um minúsculo regato. Ao lado dela, um homem que parecia muito com Nare, exceto pelos desenhos verdes no corpo em vez de azuis, sentava-se em um toco. Usava algum tipo de faca de lâmina de pedra para esfolar uma enorme anta, e uma longa vara de pescar de bambu jazia ao seu lado. Encarou o grupo com surpresa.

No momento seguinte, Arani e Cabuçu vieram correndo da mata ao sul, acompanhando o regato. Estranhamente, Arani carregava um grande pote de barro nos braços.

Conte baixou a faca e levantou-se.

— Vai ter algum tipo de celebração? Eu teria preparado *cauim*, se vocês tivessem me contado — disse, referindo-se à tradicional beberagem tupinambá.

Nare deu um sorriso de escárnio diante do comentário do irmão.

— É bom vê-lo, irmão. Faz muitas luas.

— Muitas, de fato — respondeu Conte. — Se você veio até aqui, deve ter ouvido falar do meu plano. — Olhou para Guará, que havia acabado de se levantar do chão. — Pequena Guará, você ouviu algo enquanto mordiscava o meu lixo hoje?

Guará olhou para baixo e não disse nada.

— Onde está Maiara? — perguntou Nare.

— Ela está bem — respondeu Conte. — Foi para o Lugar Alto.

— Terá companhia lá. Jaciara também foi.

— Nesse caso, você certamente ouviu falar dos meus planos.

— Ouvi do seu plano de inundar a Terra.

— É verdade. Eu me cansei destes invasores — Conte disse, com uma olhadela para Gerard. — E aqueles que os acolhem. — Gesticulou para Arani e Cabuçu. — Você veio me deter, irmão?

Nare caminhou na direção dele.

— E se eu tiver?

— Então resolveremos as nossas diferenças de uma vez por todas.

Nare parou bem em frente a Conte, que ficou firme e sustentou o seu olhar. Todo mundo segurou o fôlego, em expectativa.

— Sempre um tolo, o meu irmão — disse Nare. — Não vim aqui para detê-lo. Vim aqui para ajudá-lo. Você não conseguirá fazê-lo sozinho.

Diante disso, até mesmo Conte pareceu surpreso. Nare segurou seus braços pelos cotovelos, e os dois se abraçaram.

Quando se separaram, Nare disse:

— Também estou cansado dos homens. Vamos enterrar o passado, e fazer isso juntos. Não com raiva, como o fizemos da última vez.

Conte sorriu.

— Então, Guará — Gerard perguntou, seco —, tem algum outro plano?

Enquanto todos em torno dela pareciam chocados pela declaração de Nare, Arani não se surpreendeu. Ela não confiava nesses homens estranhos e imemoriais. Tinham inundado o mundo eras atrás, durante uma discussão enraivecida, como as histórias contavam.

Primeiro Agnen e a terra dos mortos, pensou, agora enfrentamos os filhos do próprio Sumé. Este dia poderia ficar mais sem esperança? Encaravam poderes mencionados apenas em lendas passadas de geração em geração. O seu tolo pretendente os havia metido em esquemas dos quais nenhum mortal ousaria tomar parte.

Ali perto, Gerard desembainhou sua espada. Cabuçu correu para agarrar os seus braços e Arani se colocou entre ele e os gêmeos.

— Não faça isso — Cabuçu disse.

— Não vai ajudar — disse Arani. — Esses gêmeos não são como nós. São como deuses.

— Há apenas um Deus — Gerard respondeu, de dentes cerrados —, e esse Deus não é nada como *eles.*

— Então pense neles como aqueles heróis de que você fala nas suas histórias: Héracles e os outros. Estão muito além do que podemos fazer.

Nare olhou de volta para eles.

— Me chame do que desejar, mas sua amiga está certa. Vivo há incontáveis luas. Se pensa que pode me matar me cutucando com isso, vá em frente e tente.

Gerard embainhou sua espada, e Arani sussurrou um suspiro de alívio.

— Não podemos deixar que façam o que quer que estejam planejando — ele cochichou.

— O mais importante primeiro — ela disse. Estendeu o pote de barro. — Conte, poderia por favor mudar meu amado de volta ao que era? Se vamos morrer nessa inundação, pelo menos permita que eu morra com ele.

Conte já havia retornado à tarefa de esfolar a anta, e parecia estar quase acabando. Sem olhar para cima, respondeu:

— Você não acha que ele vai ficar melhor como um peixe?

Arani viu Cabuçu apertar o arco com as mãos, e a mão de Gerard agitar-se em sua espada. Enfrentar os gêmeos, contudo, levaria a nada além das suas mortes. Arani só podia pensar em uma única opção, uma trilha sem esperança. Não obstante, daria a eles algum tempo para pensar.

— Se acha que somos indignos — disse —, então nós os desafiamos. Vamos provar o nosso valor.

O queixo de Gerard caiu diante do desafio atrevido de Arani. Olhou para os gêmeos, que — bem como ele suspeitava — riram da sugestão.

Em suas viagens pelas selvas brasileiras, tinham enfrentado tudo, de monstros sugadores de cérebros invulneráveis a pregadores de peças encantados, mas Gerard sabia que tinham se enrolado em algo muito além da sua dose usual do extraordinário. Com cada minuto transcorrido, diminuía a sua noção do que se passava. De uma coisa estava certo, porém; quando Nare disse que vivia havia eras, Gerard acreditara nele. Nenhum simples desafio iria resolver a situação.

— É uma boa ideia — disse Nare. — Vai ser divertido descobrir quem é mais apto a decidir o que acontecerá à Terra. O que acha, irmão?

— Por mim está bem — Conte respondeu. Apontou para Cabuçu. — Vejo que trouxe um arco. Sabe como usá-lo?

Cabuçu deu um dos seus sorrisos dentuços, mas Gerard podia ver que o homem estava tenso.

Conte apontou para um marmeleiro a umas quarenta varas de distância.

— O quão rápido você consegue derrubar três frutas daquela árvore?

Cabuçu segurava o arco e cinco flechas em uma das mãos, deixando a outra livre para disparar. Apanhou a primeira flecha e atirou, então agarrou uma segunda e a encaixou antes que a primeira sequer tivesse alcançado a árvore. Gerard nunca tinha visto ninguém atirar tão rápido. Cabuçu mandou cinco flechas em questão de segundos.

Conte apontou para Guará.

— Vá conferir.

Guará passou trotando pela árvore, para achar as flechas. Ela voltou e relatou:

— Três das flechas derrubaram frutas!

Cabuçu sorriu e Gerard soltou um suspiro de alívio. Talvez esse desafio funcionasse, afinal. Quando olhou para Arani, porém, ela não parecia nem um pouco convencida.

— Minha vez — disse Conte.

Ele apanhou o arco mais longo e pesado que Gerard jamais vira. Retesou-o com facilidade e disparou uma única haste contra a árvore, em seguida descansou o arco no chão.

— Está feito — disse.

— O que você quer dizer? — Gerard perguntou.

— Vá conferir.

Gerard fez a longa caminhada até a árvore e, logo além dela, achou a flecha enfiada fundo dentro do tronco de uma outra. A flecha sustinha três marmelos nela.

— Bom Deus — disse Gerard.

Balançando a cabeça sem acreditar, Gerard retornou até o grupo. O rosto de Cabuçu desmoronou.

— Não fique tão arrasado — disse Conte. — Você é muito bom. Mas eu obviamente estou mais bem preparado para proteger esta terra.

— Meu irmão só pensa em guerra — disse Nare. — Mas há mais no mundo além do combate. Você — apontou para Arani —, veremos quem consegue plantar mais rápido. Um teste para ver quem é melhor em alimentar este mundo. Não sou tão rápido quanto Jaciara, mas acho que sou bom o bastante.

Nare puxou uma bolsa do seu cinto e derramou algumas sementes na mão.

— Plantar? — Arani disse. — Eu também trouxe um arco.

Ela levantou a arma, para dar ênfase.

— Você fez o desafio, a escolha da disputa é nossa.

Arani baixou a cabeça em aquiescência, e Nare contou vinte sementes na palma dela. Contou o mesmo na dele.

— Vamos começar — disse.

Arani usou uma vara para romper o solo e plantar as sementes tão rápido quanto possível. Contudo, seu rosto demonstrou a sua derrota logo de início, e o exercício todo acabou sendo sem sentido. Nare havia plantado todas as suas sementes antes que ela estivesse na metade, e — ainda mais espantoso — as plantas já começavam a brotar do chão.

— Magia pagã — Gerard murmurou. — Como podemos competir com isso?

— Magia? — perguntou Nare. — Isso não é mais do que a sabedoria passada até nós por nosso pai, Sumé. Você pode usar quaisquer talentos que tenha à sua disposição.

— Sumé salvava pessoas — Arani argumentou —, ele não as massacrava.

— Você está correta — Conte disse. — Era uma das suas muitas falhas. Agora, irmão, podemos iniciar a inundação?

— Ainda não — disse Nare. — Eu gostaria de dar a eles mais uma chance: um teste de sagacidade.

Gerard adiantou-se.

— Oludara seria melhor nisso, mas farei o meu melhor.

— Você não — disse Nare. — Isso não seria interessante. Desafio a ela.

Nare apontou para Guará.

— O quê? — Gerard perguntou.

— Muito bem — Guará disse.

— Você — disse Nare, apontando para Cabuçu. — Escolha uma das bananeiras próximas. Quem contar o número das bananas primeiro ganha.

— Aquela — disse Cabuçu.

Numa questão de segundos, Nare disse:

— Há sete vezes vinte, mais quatro.

Guará deu uma corrida rápida em torno da árvore e baixou a cabeça.

— Nare está certo — ela disse.

— Incrível — disse Gerard. — Então, qual é o meu teste?

— Chega de testes — Nare disse. — Você é melhor com o arco, ou em plantar, ou em contar do que os seus amigos?

— Bem, não, mas...

— Basta — disse Conte, prendendo a enorme anta esfolada no anzol de Agnen. — Como podemos deixar o mundo a vocês, se não conseguem ser melhores do que nós nas mais simples das tarefas?

Arani olhou para Gerard de modo suplicante.

— Você superou tantas provações com Oludara. Por favor, faça alguma coisa.

— Contra estes dois? O que posso fazer?

Conte levantou a vara de pescar e a carcaça como se não pesassem nada, e as segurou acima da fonte do regato. A vara nem mesmo se dobrou com o peso.

— Está pronto, irmão? — ele perguntou.

Gerard olhou para Arani, que pôde apenas retornar o seu olhar em desespero. Cabuçu levantou o seu arco.

Sem olhar para trás, Nare disse:

— Não nos faça matá-lo agora. Poupe suas forças para o que vem a seguir.

Cabuçu considerou e então baixou o arco.

Com isso, Nare bateu o pé na fonte do regato. O impacto enviou uma onda de choque pelo solo que derrubou a todos exceto os gêmeos. Quando Gerard conseguiu se sentar, pôde ver que Nare havia aberto uma enorme rachadura, de onde a antiga bica de água agora jorrava.

— O que eles pretendem? — Gerard perguntou.

Debaixo de si, sentiu a terra balançar. Por cinquenta varas em cada direção, o solo se agitou formando uma colina. Segundos depois, um verme impossivelmente grande irrompeu, mordendo a anta com uma boca cheia de dentes mais adequados a um tubarão do que a um verme. Conte e Nare saltaram para longe quando a boca da criatura se fechou sobre a carcaça, e os outros conseguiram rolar para longe o suficiente para evitar a abertura escancarada.

O verme então voltou a descer para o solo. Em vez de cair para dentro do monstruoso buraco que a criatura havia criado, contudo, Gerard foi levantado por uma massa fria de água precipitando-se para cima e por sobre ele.

A onda quebrou sobre Arani e a submergiu e a fez rolar tantas vezes que ela não sabia mais qual era o lado de cima ou o de baixo. Então cedeu a um fluxo de água firme e pulsante, empurrando-a ainda mais para longe do buraco. Algo agarrou o seu braço e girou o seu corpo. Olhou para ver Cabuçu apontando para cima, rumo à luz do sol refletida na distante superfície da água acima deles.

Ela balançou a cabeça, porém, e procurou por Oludara na água. Contudo, acabou não sendo uma tarefa fácil, pois o Minhocão — ainda outra lenda que Arani nunca havia esperado ver com seus próprios olhos — tinha feito surgir não apenas água, mas também uma substância negra e pegajosa. Havia tanto disso na água que Arani não conseguia localizar Oludara dentro dela.

Cabuçu deu outro puxão no seu braço, insistente, mas Arani empurrou-se para longe dele. Peixe ou não, ela morreria com seu amado. Cabuçu deu de ombros e nadou rumo à luz do sol.

Ela esquadrinhou a água novamente e dessa vez localizou a piranha negra correndo em sua direção. Apanhou o peixe negro em seus braços e beijou Oludara em sua boca cheia de dentes. Por mais estranha que fosse a sensação, ela não se importou.

De algum modo, estava grata por morrer assim; grata por nunca mais precisarem encarar o terrível momento quando tivessem que se separar; grata por não viver para ver o dia em que ele retornasse a Ketu, um lugar ao qual ela nunca iria, deixando-a sozinha.

Com esse pensamento, seu fôlego cedeu e a água se precipitou para encher seus pulmões. Ela nunca sentiu tanta dor.

Gerard se orientou na água turbulenta e tentou se aprumar. Divisou Arani mais para o lado. Cabuçu puxou o seu braço, tentando fazê-la nadar rumo à superfície, mas ela o empurrou para longe. Nare e Conte nadaram para a superfície como um par de enguias, onde romperam a água, bem acima.

Gerard estava para seguir o exemplo deles quando um lampejo vermelho capturou o seu olhar. Guará tinha ficado presa em um dos concentrados de piche que haviam subido com o enorme verme. O piche prendia-se ao seu focinho e pés, e uma faixa prendeu-se às suas costas. A raposa lutava em vão para livrar-se.

Com a água subindo a cada segundo, Gerard tinha que tomar uma decisão. Decidiu mergulhar para salvar Guará.

Agarrou a raposa e içou os dois na direção da luz do sol — o piche teria de esperar. Com seus pulmões estourando, nadou com toda a força que pôde. Concentrou-se em segurar o fôlego, dando uma braçada por vez, mas com o peso da raposa puxando-o para baixo, soube que nunca conseguiria. Ainda estava vinte pés abaixo da superfície ascendente, quando a água entrou em seus pulmões.

Os olhos de peixe de Oludara recusaram-se a derramar lágrimas ao fitarem os corpos sem vida dos seus amigos flutuando na água. Podia apenas observar em desespero enquanto eles pereciam, um por um. Arani o aninhou e lhe deu um beijo final antes de morrer. Cabuçu tentou alcançar a superfície da água, mas fracassou. Gerard escolheu salvar a raposa, mas essa escolha custou a vida dele.

Oludara localizou Conte e Nare rompendo a água bem no alto. Precipitou-se para cima, para atacá-los. Foi um gesto fútil, e que certamente custaria a ele a sua vida, mas sentia pouco desejo de continuar vivendo.

Alguma coisa, contudo, o puxava. Olhou para ver que um rodamoinho havia emergido do enorme buraco abaixo. Sua circunferência crescia rapidamente, sugando de volta tanto água quanto piche a uma taxa espantosa. Oludara não conseguia escapar do puxão, e se viu girando a uma velocidade vertiginosa. Chocou-se contra os ramos de uma árvore e a água bateu contra ele implacavelmente até que, sem aviso, o seu nível caiu abaixo dele.

O corpo de peixe de Oludara agitou-se conforme ele tentava respirar, em vão. Caiu da árvore e bateu no solo, que não estava mais coberto de água, apenas úmido.

Respirando ou não, seu corpo havia levado tamanha surra que podia sentir a vida lhe escapando. Sua última visão, com o olho de peixe voltado para cima a partir do chão, foi a de Nare em pé sobre ele, encarando-o.

A água recuou, depositando Conte e Nare de volta à terra, junto aos corpos de Gerard, Arani, Cabuçu e Guará. O detrito e piche sugados haviam preenchido a maior parte do buraco. Quando a água finalmente desapareceu abaixo, o homem transformado em peixe caiu de uma árvore e agitou-se no chão. Nare aproximou-se e o observou soltar o seu último fôlego e ficar imóvel.

Conte veio correndo atrás dele e exigiu:

— O que você fez, irmão? Por que deteve a inundação?

Nare ajoelhou-se e tocou o peixe morto, mudando Oludara de volta à sua forma humana. Com uma palavra, encheu os pulmões do homem com ar. Oludara cuspiu água, mas seus olhos continuaram fechados.

— O que está fazendo? — perguntou Conte.

Nare caminhou até Gerard e repetiu o procedimento, colocando ar nos seus pulmões.

— Este aqui passou no teste dele — disse.

— Qual teste?

— O único teste que importa: aquele da compaixão. Ele escolheu dar sua vida para salvar uma minúscula e insignificante guaraxaim. Você pode dizer em verdade, irmão, que eles todos merecem morrer?

Nare encheu os pulmões de Arani e Cabuçu de ar. Os quatro humanos jaziam com seus olhos fechados, respirando fundo, como se dormissem.

Conte bateu os pés no entorno, e Nare pensou que ele viria a atacá-lo. Nare endireitou-se para encará-lo. Olharam-se nos olhos, até que a raiva de Conte devagar recuou.

— Não neste dia, então — disse Conte —, mas o dia deles vai chegar.

— Hoje nós despertamos o Minhocão. O dia deles virá mais cedo do que você pensa.

— Eles sabem onde vivemos.

— Quando eu os despertar, eles esquecerão.

Conte assentiu, satisfeito.

— Até mais ver, então, meu irmão.

— Até mais ver.

Conte bateu as mãos e desapareceu.

Nare tocou Guará. A raposa cuspiu a água dos pulmões e puxou um fôlego. Diferentemente dos humanos, abriu os olhos e, exausta, levantou a cabeça do chão.

— Nunca vou querer ficar debaixo d'água outra vez — disse, com voz fraca.

— Então você nunca ficará, cachorrinha. Conquistou esse direito.

Nare deitou a palma da mão sobre Guará e o corpo dela cresceu. Suas pernas se estenderam a ponto de quase parecerem pernas de pau. Nare a estudou. O piche havia deixado seu focinho e pés negros, assim como uma faixa em suas costas. A ponta do seu rabo estava branca. Ela não mais podia ser chamada de guaraxaim.

— Olhe só você. Você nunca mais será tão baixa, e para sempre ficará acima da água.

Balançando a princípio, Guará se endireitou sobre as pernas estendidas e caminhou até uma poça d'água deixada pela inundação.

— Olhe para mim — disse, excitada. — Estou enorme!

— A guaraxaim Guará não existe mais — disse Nare. — Você agora é Guará-açu, rainha dos lobos. Seu nome e sua forma passarão para os seus descendentes.

Guará-açu balançou o rabo alegremente.

— Não coma mais as migalhas de meu irmão — Nare disse —, e esqueça a língua dos humanos. É hora de cuidar dos seus.

Guará-açu baixou a cabeça, em reconhecimento.

— Há uma coisa mais — disse Nare, olhando em torno até que seus olhos caíram sobre Oludara. — Ah, certo.

Nare puxou uma pena do seu cocar e a colocou na mão de Oludara, fechando os dedos gentilmente em torno dela.

— Dê isto à sua amada. Ela sofreu muito, e vai enfrentar uma grande provação se se casar com você. Trate-a como ela merece.

Com isso, Nare bateu palmas e desapareceu.

Um barulho de palmas acordou Gerard. Ele olhou em torno, confuso. Arani, Cabuçu e Oludara se sentavam, todos, ao seu redor.

— O que diabos está acontecendo? — perguntou. — Por que estou todo molhado?

— Não estou certo... — disse Cabuçu. — Saímos procurando Oludara e então caímos no sono?

Oludara rastejou até Arani.

— Também não faço ideia — disse. — Saí para achar um presente e...

Ao falar, alguma coisa se agitou em sua mão. Abriu-a para revelar um minúsculo pássaro azul saltitando ali. O queixo de Oludara caiu de surpresa. O pássaro gorjeou alegremente e pulou de sua mão para o ombro de Arani.

— Espantoso! — disse Arani. — Onde você o encontrou?

— Eu... — Oludara começou, mas deixou a frase morrer quando Arani o envolveu nos braços.

— Fiquei tão preocupada quando você se perdeu. Eu... eu vou me casar com você, Oludara.

— Vai? Eu nunca senti tanta felicidade.

O rosto de Oludara se iluminou, mas Gerard poderia jurar que uma nuvem passou sobre o de Arani. Ele afastou os olhos do momento de intimidade deles e um lampejo rubro vindo das matas próximas chamou sua atenção. Divisou alguma espécie de canino vigiando-os. Erguia-se em pernas espichadas e tinha uma deslumbrante capa vermelha de pelos, completada por um tufo negro nas costas. Gerard sentiu como se de algum modo reconhecesse a criatura, e repuxou o seu cavanhaque em pensamento. Depois de alguns segundos, o animal virou-se e partiu para dentro da mata.

Guará-açu seguiu os humanos à distância, certificando-se de que alcançassem os seus lares em segurança. As enormes malocas em sua aldeia haviam sido danificadas pela enchente que tinha vindo e ido embora e deixado todos intrigados. A única certeza deles era a de longas semanas de trabalho à frente, reparando os danos.

Agora uma orgulhosa lobo-guará, Guará-açu rumou a um ponto de reunião fundo dentro da floresta. Ela uivou e, ao seu chamado, cachorros do mato de todos os tipos se derramaram da floresta. Eles se maravilharam com o ponto branco em sua cauda, suas pernas negras, e a juba de pelo negro. A pequena Guará havia de fato se tornado a Rainha dos Lobos, defensora da sua espécie, e sabia que tinha muito o que fazer.

Capítulo 7

O desconveniente casamento de Oludara e Arani

A brisa fez cócegas nos bigodes da suçuarana quando ela emergiu do mato. Ela levantou o focinho para farejar um pouco, o que não trouxe nada além do cheiro das orquídeas. Um giro de suas orelhas localizou somente o rufar de folhas e o *plop* ocasional do salto de um peixe. Confiante de que estava a sós, ela passeou na direção da margem do rio.

Sua rotina costumeira exigia um cochilo à beira do seu rio lamacento favorito depois da refeição, e um encontro fortuito com uma cotia no alvorecer havia fornecido o repasto. Ela circulou um ponto ensolarado de grama e deixou-se cair. Bem quando começava a lamber suas ancas, um ruído alertou-a. Divisou duas figuras — humanas — emergindo da floresta no outro lado do rio.

Para sua surpresa, um deles tinha pele negra, uma coloração que ela nunca vira antes num humano. Contudo, lembrou-se das suas muitas primas onças com pelagens negras, que não eram diferentes de suas irmãs amarelas, então presumiu que a pele do homem também não fazia diferença. Achou mais espantosa a cobertura que ele usava *sobre* a pele. Os humanos que viviam por perto no máximo penduravam umas poucas penas e conchas em seus corpos; este cobria a maior parte do seu.

O outro humano, uma fêmea, parecia *sim* pertencer ao bando local, aqueles que viviam dentro do muro circular de troncos de árvores. Sua pele, nua da cabeça aos pés, combinava com o tom bronzeado típico deles. Por alguma razão, a mulher não parecia inteiramente desconhecida à suçuarana, embora ela não conseguisse se lembrar por quê.

Os humanos pareciam felizes, um sorrindo para o outro. O homem colocou uma das mãos na mulher e ela afastou-se, embora relutantemente. Ela balançou seu cabelo liso e negro, que ondulou brevemente antes de se assentar, caindo até a sua cintura. Então o homem disse algo e ela assumiu uma pose mais hostil.

Esse gesto sacudiu a memória da suçuarana. Ela levantou-se cautelosamente, para evitar atrair a atenção, e deslizou de volta para o bosque. Tendo o mato se fechado ao seu redor, partiu em corrida à procura do Mestre da Floresta.

Ele acharia essa notícia das mais interessantes.

Oludara, olhando por cima das águas barrentas do Rio Negro, notou movimento no outro lado. Parecia ser um animal, possivelmente um felino.

— O que foi aquilo? — perguntou, apontando. — Você viu alguma coisa se mexer?

Arani deu um puxão no seu ombro musculoso, virando-o para encará-la.

— Não mude de assunto — disse, com voz dura. — O que você acabou de falar sobre o nosso casamento?

— Eu disse que pedi a Jaobi para marcar a cerimônia — Oludara respondeu.

Arani engasgou.

— E o que ele disse?

— Ele tentou me dissuadir, como você faz, mas eu exigi o meu direito. No fim, Jaobi disse que posso tomar você como esposa quando o caju amadurecer.

Os tupinambás frequentemente usavam o amadurecimento das frutas e outros eventos naturais como medidas de tempo.

— E você não pensou em me consultar?

— Para quê? Toda vez que te peço para escolher a data você inventa uma desculpa nova. Não está pronta para casar?

Arani baixou a cabeça.

— Não é questão de estar pronta.

— É hora de começarmos nossa vida como marido e mulher. Como o destino é estranho! E acreditar que fui trazido ao Brasil como escravizado! Pensava que seria o meu fim, mas fui libertado por Gerard, o mais fiel amigo que já tive, e então conheci você, meu amor verdadeiro. Quem acreditaria que tanta boa fortuna poderia brotar de tamanho mal? Olorum opera de maneiras misteriosas.

“Então pare de se castigar, qualquer que seja a razão. O caju deve amadurecer em não mais que duas semanas, e nós nos casaremos. Quando isto tudo tiver terminado, você me agradecerá por agir.”

Dito isso, ele se virou e afastou-se.

Arani esperou que Oludara desaparecesse na distância, então sussurrou:

— O destino pode ser seu amigo, Oludara, mas nunca foi o meu. Eu o amo. E é por isso que tenho medo.

Gerard retornou de sua pescaria carregando três traíras em um cordão. Segurava os peixes orgulhosamente à frente do peito volumoso enquanto caminhava por entre o grupo de nativos que ele tinha acompanhado na excursão. Nunca conseguiria esquecer inteiramente do contraste que fazia entre aqueles que o cercavam: seu cavanhaque de um palmo de comprimento contra a falta de pelos faciais neles; seus curtos cachos ruivos, contra os cabelos negros cortados em cuia deles e seus cocurutos raspados; e, mais que tudo, sua camisa de algodão e calções que iam até os joelhos, contra a nudez deles. Não obstante, Gerard sentia-se a cada dia mais em casa entre eles.

Gerard recebeu um inesperado tapa nas costas e virou-se para encarar os dentes de Cabuçu projetados para a frente num sorriso excessivamente entusiasmado. Como sempre, Cabuçu usava pedras pontudas nos lóbulos das orelhas e no lábio inferior, e as penas azuis e verdes que o marcavam como um cacique abriam-se em leque das suas braçadeiras.

— Você pescou bem hoje, Gerard — disse. E então, sem aviso, notou algo e gritou: — Pare!

Gerard enrijeceu e girou o corpo, acidentalmente atingindo Cabuçu na cara com o peixe.

Cabuçu passou a mão no rosto e sorriu.

— Desculpe, não queria assustá-lo — disse. — Apenas queria te mostrar uma coisa. Conhece esta fruta?

Apontou para uma fruta vermelha com um estranho caracol castanho crescendo na parte de baixo.

— Já a vi — Gerard respondeu —, mas nunca soube do nome.

— É chamada "caju". A fruta é gostosa, assim como a castanha que cresce nela.

— *Cachu* — Gerard repetiu. Mesmo depois de muitos meses falando tupi, o seu sotaque continuava forte.

Cabuçu riu.

— Tente de novo, "caju" — disse, pronunciando com força o "j", com um som forte de "jú".

— Caju.

— Bom — disse Cabuçu, balançando a cabeça em aprovação. — Agora você quase fala a nossa língua como um nativo.

— Não tão bem — Gerard respondeu, com um suspiro —, não como Oludara. Você acreditaria que eu falava seis línguas ao chegar ao Brasil? Oludara conhece apenas duas: português, que ele aprendeu enquanto cativo dos negreiros, e o seu ioruba nativo. Era de imaginar que seria eu a aprender o tupi primeiro, mas Oludara pegou a língua muito mais rápido.

"Mas suponho que isso não deveria vir como uma surpresa. Oludara é o homem mais inteligente que já conheci. Exceto talvez por aquele sujeito, Tycho Brahe, que conheci na universidade em Mecklenburg, o cavalheiro com o nariz engraçado. Ora, aquele homem podia falar sobre qualquer coisa."

— Já terminou de falar? — Cabuçu perguntou.

— Pois... sim.

— Bom — respondeu Cabuçu —, porque não tenho ideia do que você está falando.

Ele virou-se e continuou a descer a trilha.

Gerard suspirou e arrancou um dos cajus da árvore antes de prosseguir. Minutos mais tarde, eles chegavam à aldeia para encontrar Oludara e Jaobi falando no centro do terreiro. Jaobi usava um elaborado cocar de penas amarelas e vermelhas, e pouco mais.

Os olhos de Oludara se arregalaram quando ele notou Gerard.

— Gerard — disse —, o que é isso?

Gerard exibiu o seu peixe orgulhosamente.

— Jantar! — respondeu. — Eu mesmo o peguei, devo acrescentar.

— Não, na sua outra mão.

— Um cachu — ele respondeu, retornado à sua primeira pronúncia incorreta.

Cabuçu revirou os olhos, um gesto que tinha aprendido com Gerard.

— O caju! — Oludara disse. — Está maduro!

— Bem, você certamente parece entusiasmado com isso — disse Gerard. — Eu ia comê-lo, mas se você quiser, te dou este aqui e vou achar outro para mim. Há uma árvore a só uns cinco minutos de caminhada daqui.

— Não é isso, meu amigo. Agora que o caju está maduro, eu posso me casar com Arani! Vou contar a ela imediatamente.

Os olhos de Cabuçu se arregalaram diante dessa declaração. Ele olhou para Jaobi.

— Casar com Arani?

Jaobi deu de ombros e disse:

— A decisão é deles.

Cabuçu balançou a cabeça, sem acreditar.

Gerard achou essa troca de palavras um pouco incomum, mas voltou a atenção para Oludara.

— Só não espere que eu participe dessa farsa — disse. — Eu já lhe falei antes, o casamento é um sacramento. Você fala de nada mais que um ritual pagão.

— Você sabe que amo Arani — Oludara disse. — Não importa o costume, ela será minha noiva.

Gerard cruzou os braços.

— A menos que signifique a partilha de votos religiosos, não é casamento.

— Gerard, os tupinambás não praticam cerimônias de casamento do modo que você as conhece. Eles não adoram o seu Deus protestante, e nem eu.

— Isso é verdade — disse Jaobi. — Quando vivemos entre os jesuítas, eles nos ensinaram a respeito dos casamentos cristãos, mas nossos costumes são mais simples.

— E quais costumes são esses? — Gerard perguntou.

— Nós damos uma festa — ofereceu Cabuçu. — Bebemos e dançamos a noite toda. E então, no dia seguinte, assamos um inimigo e o comemos!

Um outro nativo ali perto acrescentou:

— Boa ideia, podemos ir à guerra e achar um guerreiro para comer!

Vários outros se animaram diante da sugestão.

— Bem, isso não é excepcional? — Gerard disse, zombando. — Vamos substituir os votos de casamento pela guerra e o canibalismo.

— Gerard — disse Jaobi —, você sabe que Cabuçu fala como pilhéria. Nossa aldeia parou com essas práticas há muito tempo. No dia depois da festa, nós nos reunimos no centro da aldeia para fazer o casamento.

— E quem vai realizar esse casamento?

— Ybandira, é claro.

— O feiticeiro da aldeia?

Gerard balançou a cabeça.

— Por favor, Gerard — Oludara disse. — Você sabe o quanto Arani significa para mim. Você é o meu amigo mais próximo. Se você não participar...

— Por nossa amizade, eu irei à sua festa. Mas não espere me ver no seu assim chamado "casamento".

Ele foi a passos largos para a maloca que dividiam.

Oludara voltou-se para Jaobi.

— A hora chegou — disse —, exatamente como você prometeu.

Jaobi parecia perturbado, mas assentiu.

— Eu vou falar com Ybandira. Vocês terão a sua festa, você e Arani merecem. — Ele gesticulou para um nativo próximo, um de seus homens. — Alerte os outros caciques, hoje à noite nós celebramos.

Então ele voltou a falar com Oludara.

— Tenho um favor a pedir. Por favor espere até amanhã, depois que todos tivermos nos recobrado da bebedeira, para tomar Arani como sua noiva.

— Já esperei muitos dias — respondeu Oludara. — Mais uma noite não há de ser nada.

Todos na aldeia, quase quatrocentas pessoas, haviam se aglomerado em uma das cinco malocas para a festa. Muitos haviam colocado elaborados adornos emplumados nos braços, cabeças e costas, e quase todos haviam pintado desenhos em seus corpos nus.

No centro da multidão estava um vaso de cerâmica de três pés de altura cheio com *cauim*, uma bebida alcoólica. Belas decorações em vermelho, preto e branco o cobriam. As mulheres iam até o vaso de tempos em tempos para encher cabaças com *cauim*, que levavam para os homens ou bebiam elas mesmas. Nenhum alimento de qualquer tipo foi servido, como era o costume tupinambá em uma celebração com bebida.

Como sempre, fogueiras queimavam por toda a vivenda, uma para cada família alojada na maloca. De tempos em tempos, as pessoas circulavam o vaso: dançando, cantando, e tocando flautas e tambores. Elas aliviavam-se junto às paredes sempre que sentiam a necessidade, e Gerard sentia-se nauseado toda vez que uma brisa trazia o cheiro azedo até o seu nariz.

Ele sentava-se tristonho ao lado dos noivos, tentando abafar, bebendo, as suas preocupações quanto ao casamento, mas a beberagem poderosa e a visão das pessoas esvaziando suas bexigas a não mais que quinze pés de distância dele haviam apenas aumentado a sua inquietação. Passou boa parte da noite desviando seu olhar da nudez das mulheres — um hábito incutido pela sua ética protestante —, mas seus corpos dançantes e saltitantes faziam disso uma tarefa de causar vertigem.

Voltando-se para Oludara, comentou, seco:

— Bela festa, não é? Imagino que os bacanais de Roma não a superassem em decadência.

— É *mesmo* uma festa maravilhosa — Oludara concordou, não percebendo o sarcasmo.

Gerard notou Arani sentada ereta, seu rosto repleto de preocupação. Antes que pudesse dizer algo a ela, Cabuçu veio cambaleando e deu-lhe um tapa no ombro.

— Divertindo-se? — ele perguntou, com um sorriso exagerado pelo álcool.

— Já me diverti mais — respondeu Gerard.

Cabuçu riu. Ele virou-se e gritou em tupi:

— Eu gostaria de dizer umas palavras ao nosso homenageado casal!

O recinto ficou em silêncio. Cabuçu levantou a sua cabaça diante de si e disse:

— Eu espero que não sejamos todos mortos amanhã.

Exclamações chiaram pelo recinto. Jaobi ficou em pé de um pulo e agarrou os ombros de Cabuçu.

— Pense no que está dizendo!

— Eu sei o que estou dizendo — Cabuçu respondeu. — Estou dizendo que amanhã, durante o casamento de Oludara e Arani, eu espero que nossos crânios não sejam afundados, e nossos corpos não sejam cozinhados pela sua carne.

Gerard inclinou-se para Oludara e perguntou:

— Isso é normal para um brinde de casamento?

Com os tupinambás, antigos comedores de carne humana, era difícil saber ao certo.

— Não faço ideia — respondeu Oludara.

Os dois se viraram para Arani esperando algum sinal, mas ela fez uma careta e desviou o olhar.

Todos olharam para Oludara.

— Acho que eles querem que você diga alguma coisa — Gerard sussurrou.

Oludara levantou-se com cuidado e respirou fundo.

— Obrigado a todos — ele anunciou em tupi. — Eu também espero que amanhã seja um dia auspicioso.

Todo mundo esperou até que ficasse óbvio que ele não diria mais nada. Finalmente, Cabuçu deu de ombros, sorriu e tomou mais um gole da sua cabaça. Então um suspiro coletivo soou no recinto, e todo mundo voltou à festança.

Do centro do lugar, uma mulher exclamou:

— O vaso está vazio!

Gerard, aliviado, tomou um último trago de sua cabaça.

— Estou feliz que tenha acabado — disse.

— Acabado? — disse Cabuçu. Ele quase caiu para trás, de tanto rir. — É hora de irmos para a próxima maloca, e abrir outro vaso!

— Tem maish? — Gerard perguntou, com a voz arrastada. — Eshtou me sentindo um pouco desorientado. A moderação é importante para um crishtão.

Arani sorriu pela primeira vez naquela noite.

— Gerard, nesta noite nós vamos beber *cauim* de todas as cinco malocas.

— Minha nossa! — Gerard exclamou. Franziu o cenho para a cabaça vazia, a cabeça balançando enquanto ele tentava se concentrar nela. — De onde vem esse *cauim*, a propósito?

— Você não viu as mulheres preparando a bebida? — perguntou Oludara. — Elas mastigam mandioca e cospem o suco nesses vasos, que são deixados para fermentar.

— O quê?

Gerard apertou os olhos diante do vaso no meio do recinto, tentando focar a sua visão dupla em apenas uma. Então lhe veio um súbito reconhecimento; ele tinha visto o vaso algumas semanas antes, e um grupo de mulheres fazendo exatamente o que Oludara havia descrito.

Ele meteu a mão sobre a boca e correu para fora da maloca.

Oludara riu silenciosamente e tomou outro gole, e Arani, ao seu lado, fez o mesmo.

Oludara, aguardando ansiosamente a cerimônia no centro da aldeia, viu Gerard, vestido nas suas melhores roupas, emergir da sua cabana. Como sempre, Gerard tinha o seu chapéu de abas largas com uma pena no alto, mas, em vez da camisa de algodão, colete e calções que usava para viajar, vestia um gibão azul-escuro com rufo e perneiras, um traje quente demais para o calor abafado da floresta. Oludara tinha visto Gerard nessas roupas em apenas uma oportunidade: a primeira vez que se encontraram na praça central de Salvador. Naquela ocasião, Oludara vestia correntes.

Gerard também tinha se limpado e se barbeado, deixando o seu cavanhaque aparado e as faces lisas. Mas as roupas finas não conseguiriam esconder o tom esverdeado do seu rosto nem as caretas causadas pela dor de cabeça: consequência dos festejos da noite anterior.

— Gerard — disse Oludara —, você veio para o meu casamento!

— Não — disse Gerard. — Eu vesti o meu melhor traje cristão para partir daqui e rezar pela sua alma. Tem certeza de que não vai desistir? Basta dizer, e sairei à procura de um padre.

— Lamento, Gerard. Meus costumes não são os seus.

— Muito bem. — Gerard virou-se para ir embora, mas parou. — Oludara, você notou que todo mundo está portando armas?

Oludara examinou a multidão e descobriu que, de fato, a maioria dos homens segurava arcos ou bastões de madeira. Muitos na multidão suavam visivelmente, a despeito da sua nudez.

— De fato, eu não havia notado — ele respondeu. — Tenho pensado só na minha noiva.

— É costume aqui armar-se para um casamento?

— Não vi isso acontecer antes, talvez devêssemos perguntar.

Foram interrompidos quando Arani apareceu, vinda da sua maloca. O corpo dela fora pintado com elaborados desenhos em preto e vermelho. Gerard balançou a cabeça e afastou-se. Oludara franziu o cenho para as costas de Gerard, então retornou sua atenção à noiva.

Arani aproximou-se de Oludara com passos lentos e cuidadosos, o tempo todo relanceando nervosamente de um lado a outro. Quando parou a apenas um passo diante dele, deu uma última olhada em torno. Satisfeita, deixou escapar um suspiro e estendeu a mão para agarrar a dele.

Um grito agudo interrompeu o seu movimento.

A menos de cinco pés de Oludara e Arani estava o Saci-Pererê. Como de hábito, ele vestia um gorro vermelho e pontudo e calções vermelhos. A sua abrupta aparição não surpreendia Oludara, embora o diabrete não tivesse se mostrado a eles desde o dia em que tinham retornado à aldeia tupinambá. O Saci, porém, surpreendeu os nativos, a maioria dos quais nunca o tinha visto antes.

— O que vocês estão fazendo? — gritou o Saci, na sua voz aguda.

Gerard veio correndo.

— O que foi esse grito?

— Parece que nosso amigo Saci finalmente voltou, veio para o meu casamento — respondeu Oludara.

— Estou aqui para salvar a sua vida, seu tolo — disse o Saci. — Você não pode se casar com *ela*! — Apontou para Arani. — O Curupira colocou uma maldição nela. Se ela não se casar com ele, deve permanecer solteira para sempre. Ele soube do casamento e está vindo para cá.

— Quem é o Curupira?

O Saci levantou o seu gorro vermelho e coçou a cabeça calva.

— Bem, ele é muito parecido comigo, um senhor das florestas. Os animais o servem.

— Por que ninguém nos contou sobre essa maldição? — Oludara perguntou à multidão.

— Eles não podem — respondeu Saci. — Esta aldeia toda é amaldiçoada, e qualquer um que falar disso morrerá.

Diante dessas palavras, as pessoas relaxaram. Muitos limparam o suor da testa.

— Finalmente — Cabuçu comentou para um grupo próximo. — Agora que ele sabe, podemos cancelar este casamento. Estou feliz que não tenhamos que nos preocupar mais com *isso*.

— Vou me casar com ela de qualquer jeito! — Oludara disse.

— Oh, não! — disse Cabuçu.

— Você não pode desobedecer o Curupira! — gritou o Saci. — Se ele chegar aqui e encontrar vocês dois casados, vai matar vocês na hora.

— Você disse que ele é como você, não disse?

— Bem, na maior parte.

Oludara olhou de cima a baixo o corpo pré-púbere do Saci.

— Acho que conseguimos lidar com uma criança, mesmo que seja mágica. Gerard, você está comigo?

— Se houver perigo perto, estarei do seu lado — respondeu Gerard. — Só tenho de apanhar minhas armas.

Antes que ele pudesse se mover, um som retumbante como o de um touro atacando partiu da mata. Gritos de "Curupira!" irromperam pela aldeia.

Cavalgando um javali gigante, alguém que à primeira vista parecia ser um adolescente precipitou-se pelo portão frontal da paliçada da aldeia. Contudo, Oludara logo discerniu que o Curupira não era um homem. Uma grossa cabeleira ruiva espalhava-se de sua cabeça. Outros pelos, menores, eriçaram-se ao longo do seu corpo inteiro, e seus pés se viravam para trás nos tornozelos. Músculos ondulavam em seu corpo da cabeça aos pés. Com uma das mãos, segurava o pelo espinhento do pescoço do javali e com a outra, carregava uma lança com uma ponta aguda e branca como osso. Uma de cada lado do javali, corriam duas onças: uma pintada, uma negra.

— Quem fala da maldição? — ele disse.

Oludara adiantou-se.

— Fui eu, Oludara. Não lhe quero mal, grande Curupira. Somente agora ouço falar de sua pretensão sobre Arani, mas em verdade, planejo fazer dela minha mulher.

O Curupira cuspiu no chão e se voltou para o Saci.

— O que faz aqui, primo? — perguntou. — Está em conluio com os invasores de pele escura — então gesticulou para Gerard — e branca da nossa terra?

— Por favor, poupe-os! — disse o Saci. — São amigos meus. Eles não entendem as leis da mata.

— Eles logo aprenderão. Arani, você ousaria aceitar esse casamento?

— Eu o amo — ela disse —, com um amor mais forte do que a sua estúpida maldição. Deixe-nos em paz.

— Basta! — disse o Curupira.

Com uma palavra de comando, ele pôs as suas onças em movimento. Elas atacaram Gerard. Sem suas armas, Gerard conseguiu apenas levantar os braços quando elas deram o bote. Elas o derrubaram no chão, onde uma delas colocou as mandíbulas abertas contra o seu pescoço, e a outra rugiu na sua cara. O hálito carnívoro e insalubre jorrou em torno dele.

Oludara correu para ajudar seu companheiro, mas o Curupira deu um grito e o javali atacou. Empunhando a lança, o Curupira mirou o peito de Oludara, que afastou os pés para se apoiar e sustentou sua posição. No último instante, ele desviou-se e agarrou a lança enquanto ela passava.

O tranco arrancou o Curupira de sua montaria. Ele deu com as costas no chão e deixou a sua arma escapar. Oludara habilmente girou a lança e pressionou a ponta no peito do Curupira, imobilizando-o. Mas ouviu batidas de casco atrás de si e saltou para evitar as presas do javali.

O Curupira sentou-se, abriu a palma da mão contra Oludara e gritou uma palavra em alguma língua que Oludara nunca ouvira antes. Com o grito do Curupira, um golpe invisível atingiu o peito de Oludara, derrubando-o no chão e mandando a lança repicando para longe.

O Curupira levantou-se e bateu a poeira do corpo. Caminhou com deliberação até a sua lança e apanhou-a. Oludara não pôde fazer nada além de segurar o peito e tentar respirar. Quando o Curupira se aproximou de Oludara para o golpe final, Arani correu diante dele.

— Poupe-o — ela disse — e eu me casarei com você.

Suas palavras fizeram o Curupira deter-se. Ele fez recuar a lança e descansou a ponta da haste no chão.

— Muito bem — disse. Montou o seu javali e estendeu a mão para ela. — Vamos.

Arani olhou em torno, como que a pedir apoio, mas ninguém disse uma palavra.

— Por favor — ela disse —, dê-me tempo para me preparar para o casamento. Sabe que, se devo deixar a aldeia, primeiro preciso honrar os espíritos.

— Você fala isso apenas para ganhar tempo, mas não posso negar que é verdade. Em todo caso, vai apenas adiar o que sabe ser inevitável. — Ele gritou para a aldeia: — Eu voltarei no tempo de dois dias. Se ela tiver sido tocada, arrasarei esta aldeia. E estes dois — apontou para Oludara e Gerard —, vou dar de comer às minhas onças.

Deu meia-volta com o javali e partiu. As onças rugiram uma última vez antes de soltarem Gerard, e seguiram atrás.

Gerard levantou-se e ofereceu a mão a Oludara.

— Por que alguém está sempre ameaçando nos devorar? Não existe outro meio de se matar um homem? — Olhou para as pessoas. — Vocês podiam ter ajudado, sabiam?

— Não, eles não poderiam — disse o Saci. — O Curupira reivindicou Arani há muito tempo, e obrigou os guerreiros a nunca interferir. Se qualquer um deles tivesse atacado, ele teria massacrado a todos e queimado a aldeia inteira.

— O que ele diz é verdade — Cabuçu disse. — Nós nos armamos apenas para a defesa.

Gerard voltou-se para Oludara.

— Bem, se você precisava de outra razão para não se casar com Arani, acho que agora a tem.

— Mesmo que ele me mate — disse Oludara —, não permitirei que ele fique com Arani.

— Então é melhor pensar em algo realmente brilhante, se planeja derrotar um inimigo que consegue derrubá-lo com uma palavra.

Os estalidos de colares de conchas informaram-nos da aproximação de Ybandira. Um cocar de penas vermelhas e brancas que lhe chegava à cintura tremulava na brisa atrás dele.

— Gerard está certo — disse Ybandira. — Você não pode derrotar Curupira; ele é imortal. Mesmo que seja morto, seu corpo revive na próxima lua nova e logo depois ele se vinga.

— Eu senti a força da sua magia — disse Oludara, esfregando o pescoço. — Ele me golpeou com força maior do que o bote de um leão. — Então abaixou a voz e sussurrou: — Mas antes de falarmos, devo avisá-los de que alguém nos observa. Olhe atrás daquela maloca.

Gerard virou-se e viu o que parecia ser uma criança espiando de trás de uma das malocas da aldeia.

— Vou dar uma olhada! — disse o Saci.

Ele desapareceu, transportando-se para longe. Quase imediatamente, sons de luta irromperam de trás da cabana.

Gerard e Oludara correram na direção da luta, seguidos pela maior parte da aldeia. Descobriram o Saci imobilizando uma menina pelos pulsos.

A garota se parecia com uma das crianças nativas, exceto pelos cabelos compridos e dourados — permeados de flores coloridas — e de seus traços feiosos. Uma única sobrancelha escura e um desagradável nariz dominavam o seu rosto.

— Você conhece essa menina, Saci? — Oludara perguntou.

— Sim — ele disse —, esta é Flor do Mato. É uma amiga dos animais, como o Curupira.

— Flor do Mato — perguntou Oludara —, por que você veio aqui hoje?

— Eu ouvi você desafiar o Curupira, e vim para protegê-lo.

— Protegê-lo? Por quê?

— Por quê? Ele é o mais belo e poderoso homem do mundo! Um dia eu serei sua noiva.

O Saci pôs a língua para fora e disse:

— Blerg. Pode esquecer. O Curupira nunca tocará em você.

Flor do Mato fez cara feia para ele.

— Hmm — disse Oludara —, mas por que não? E se conseguíssemos fazer o Curupira se enamorar dela e esquecer Arani?

Diante disso, Flor do Mato arfou. Ela jogou o Saci para o lado como se ele não pesasse nada, e ele rolou para longe, gemendo. Ela colocou-se em pé e correu até Oludara, seu rosto iluminado de emoção.

— Isso é possível? — ela perguntou.

— Talvez se uma borduna tivesse espalhado os miolos dele — disse o Saci, rolando habilmente para se levantar na sua perna solitária.

Flor do Mato socou o Saci no braço.

— Exatamente, Saci — Oludara disse. — Devemos achar um meio de confundir a mente dele.

— Ei! — disse Flor do Mato. — Você não quis dizer *clarear* a mente dele? Mostrar-lhe os seus verdadeiros sentimentos?

— Sim, é claro — disse Oludara, segurando um sorriso. — Ybandira — disse, voltando-se para o pajé —, o que acha?

— Não deveríamos discutir isso aqui fora — Ybandira respondeu. — Venham comigo.

Oludara, Gerard, Jaobi, Arani e Flor do Mato seguiram Ybandira até a sua cabana. O Saci veio pulando atrás. Tanto Gerard quanto Oludara tinham de se curvar para não bater a cabeça no teto. O grupo se aglomerou ombro a ombro, cuidadosamente evitando as muitas vasilhas, itens e raízes acumulados nas prateleiras e pendurados das paredes. Ybandira sentou-se confortavelmente no chão com as pernas cruzadas.

Antes de falar, Ybandira descascou uma banana e destacou um pedaço, que colocou em uma prateleira ao seu lado. Um minúsculo morcego preto pendurava-se logo acima dela.

— Não sou nenhum encantador — Ybandira começou —, mas isso faz pouca diferença. Não tenho nenhuma magia que conseguisse se impor sobre o Curupira; ele é a própria magia.

— E se encontrarmos alguém mais poderoso do que ele? — perguntou Gerard.

— Sim — Oludara disse. — Meu povo tem um ditado: "O homem que é espetado com um espinho deve mancar até aquele que tenha uma faca". Nós fomos espetados e devemos encontrar alguém com o poder de nos ajudar. Existe alguém assim? Alguém com poder suficiente para atingi-lo?

Ybandira esfregava a mão em sua cabeça calva ao pensar.

— Vocês poderiam invocar a Iara — disse. — Ela vive não muito longe daqui. Mas vocês se sairiam melhor se encarassem o próprio Curupira... A magia dela faz até mesmo a dele parecer infantil.

— Não obstante — Oludara disse —, se ela é a única opção, eu a enfrentarei.

— Oludara — disse Jaobi —, podemos equipar você com o que precisar, mas nenhum guerreiro de nossa aldeia pode ir. Não podemos interferir.

— Eu entendo — respondeu Oludara, colocando a mão no ombro de Jaobi. — Vocês nos mostraram sua coragem repetidas vezes, mas é certo que eu enfrente esta tarefa sozinho, e decida o meu próprio destino.

— Sozinho? — Gerard bufou. — Vou com você, é claro. Nenhuma maldição pagã me detém, e mil delas não evitariam que eu ficasse ao seu lado.

— Você argumenta contra o meu casamento, mas arrisca sua vida para que ele venha a acontecer?

— Isso não tem nada a ver com a sua iludida relação. Não vou permitir que enfrente o perigo sozinho.

— Não importa — Ybandira disse. — A Iara consegue enfeitiçar qualquer homem. Vocês dois estarão indefesos contra ela.

— Mas eu estarei com eles — disse Arani. — Os encantos dela não terão efeito em mim. — Ela agarrou a mão de Oludara. — Devemos decidir nosso destino juntos.

— Você pode ir aonde os outros não podem? — Oludara perguntou.

— Como os outros, existe muito que não posso dizer, mas uma maldição de nunca deitar a mão sobre o Curupira não serviria muito bem para alguém que ele pretende ter como esposa.

— Os encantos da Iara podem não a afetar, Arani — Ybandira disse —, mas as outras magias dela o farão. Vocês realmente esperam encará-la e continuar vivos?

Flor do Mato agarrou a mão de Oludara e fitou-o nos olhos.

— Eu vou — disse, com sua voz de menina. — Farei qualquer coisa para ajudar o Curupira a descobrir o seu amor por mim.

Oludara balançou a cabeça, mas Ybandira o interrompeu.

— Não recuse a oferta dela sem pensar, Oludara. Flor do Mato tem poderes que você desconhece, e precisará de magia para combater magia. Não se engane pela aparência infantil dela; todos aqueles que entram na floresta a temem. Mas mesmo assim, temo que ela ainda seja uma menina em seu coração. Onde Flor do Mato é inocente, a Iara é ardilosa. E os poderes da Iara são muito maiores; não será uma disputa equilibrada.

— Então carecemos de mais magia — Oludara disse.

Todos se viraram para o Saci.

— Rá! — ele disse. — Tramar contra o Curupira? Confrontar a Iara em seu covil? Não, obrigado. Prefiro manter a minha pele intacta. Mas desejo a vocês o melhor resultado possível: uma morte rápida e um funeral digno.

Ele curvou-se e sumiu das vistas num piscar.

— Se ele apenas desaparecesse assim tão rápido quando *não* precisamos dele — Gerard suspirou.

Ybandira, esfregando a cabeça, examinou os companheiros um por um.

— Não é o suficiente — suspirou. Depois de pensar por um momento, abriu um pote de argila e retirou um colar de pedras vermelhas polidas. — Levem isto — disse. — Pode oferecer alguma proteção.

— O que é? — perguntou Oludara.

— Isto protegerá seu corpo de ameaças mágicas. É o maior tesouro da aldeia.

— Obrigado por sua confiança em mim — Oludara disse. — Juro que o devolverei.

— Mas cuidado, nem toda magia é direta. Se a magia da Iara fizer uma árvore cair sobre a sua cabeça, isso o matará do mesmo jeito.

Oludara assentiu.

— E Gerard — disse Ybandira —, eu talvez consiga preparar alguma coisa para você.

— Não, obrigado — Gerard disse. — Já tenho meu amuleto, muito melhor do que qualquer bruxaria pagã. — Ele puxou uma cruz do seu gibão.

Gerard nunca admitira ter usado a poção que Yandir lhe dera antes da viagem a Ilhéus, mas Oludara tinha suas suspeitas.

Ybandira franziu o cenho.

— Pelo menos leve isto — ele disse, puxando uma trança de cabeças de alho do teto. — Dizem que a Iara não suporta o cheiro. Coma alguns dentes antes de encontrá-la.

Oludara saiu da cabana e se endireitou, alto e imponente.

— Não temos tempo a perder — disse. — Vamos nos pôr a caminho.

Depois de horas seguindo Arani pela floresta escura, serpenteando pelos cipós em um caminho raramente trilhado, a súbita amplidão apanhou Oludara de surpresa. Tinham chegado à margem de um lago. Ilhas cobertas de grama espiavam acima da superfície, e aguapés com flores tingidas de violeta formavam verdes pontes flutuantes entre elas. À esquerda, o borrifo rebrilhava ao luar conforme uma cachoeira acariciava um paredão coberto de musgo. Uma névoa preenchia o ar, densa o suficiente para obscurecer a margem mais distante do lago num cobertor de ar algodoado.

— Então é aqui? — Gerard perguntou, surgindo atrás deles.

— Sim — respondeu Arani. — Devemos esperar neste ponto; a Iara vem aqui toda noite para banhar-se.

— Oh — sussurrou Gerard, cobrindo a boca. — Não devíamos manter silêncio?

— Não se preocupe — Arani disse. — Estamos aqui para barganhar com ela, não a surpreender. Nossas vozes a atrairão, então podem falar à vontade.

— Tudo bem por mim — disse Gerard, jogando-se no chão. — Conversar é melhor do que marchar pela floresta.

— Uma jornada cansativa — Oludara concordou —, mas necessária. Só espero que a tenhamos realizado em tempo.

Oludara e Arani sentaram-se lado a lado, contemplando as águas. Flor do Mato sentou-se atrás deles. Ninguém falou durante vários minutos.

— Você pede que falemos — Oludara disse—, mas parece que ninguém está com ânimo para conversa.

— Esses aguapés me lembram uma história — disse Arani. — Se desejarem, posso contá-la enquanto esperamos.

— Por favor, conte — Oludara respondeu. — Eu gostaria de ouvir.

— Era uma vez a mulher chamada Naia — disse Arani —, filha de um poderoso cacique e a mais querida de sua aldeia. Ela se apaixonou pela lua, mas ficou perturbada quando descobriu que não conseguia atrair sua atenção. Uma noite, foi até um lago bem parecido com este, para admirá-la. Quando viu seu reflexo na água, pensou que a lua vinha nadar com ela, e por isso mergulhou. Nunca mais foi vista, mas os aguapés crescem no lugar em que ela afundou. Eles sempre olham para cima a partir da água, apanhando o luar.

"Então, como podem ver, não sou a primeira mulher a ser amaldiçoada por um amor mágico além do seu controle."

— É uma bela história — Oludara disse. — Embora eu espere que a nossa tenha um final mais feliz. — Depois um momento, ele levantou-se e disse: — Desperdiçamos nosso tempo aqui. Há algum meio de chamar a Iara até nós?

Como em resposta, soou uma voz. Uma nota firme e suave reverberou na noite, e gradualmente subiu em volume. Então a nota mudou, e uma canção foi iniciada. Como alguma língua havia muito esquecida, as palavras soavam familiares, todavia irreconhecíveis. Os olhos de todos foram atraídos para uma silhueta tremeluzente na bruma, sentada sobre uma das minúsculas ilhas do lago. Seu brilho obscurecia os detalhes, mas a forma parecia ser humana...e feminina.

Sem falar, Gerard levantou-se e caminhou na direção da água.

— Oludara — Arani gritou —, segure-o!

Oludara o seguia no seu próprio passo regular.

— Não! — disse Arani.

Ela correu adiante de Oludara e tentou segurá-lo. Ele a empurrou para longe, mas ela agarrou o seu braço.

— Por favor — ela gritou. — Eu te amo!

Repetiu essas palavras várias vezes, tropeçando para trás conforme Oludara avançava. Poucos passos adiante deles, Gerard pisou na água. Arani meteu a cabeça no peito largo de Oludara e chorou.

Oludara fez uma pausa e olhou para baixo, para ela. Tocou uma de suas lágrimas, então balançou a cabeça para clareá-la. Notou Gerard já com os joelhos dentro do rio e ainda avançando.

Afastando Arani com um toque suave mas firme, ele correu para a frente e agarrou o seu camarada. Gerard lutou contra ele, conseguindo avançar algumas polegadas com cada passo. Enquanto Oludara se esforçava para detê-lo, Arani correu em busca do seu arco. Com um movimento fluido, ela empunhou a arma e disparou contra o brilho. A luz desapareceu num *puf*, sem deixar qualquer traço da silhueta humana em seu interior. Arani soltou um suspiro e relaxou. Gerard, com água até a cintura, deteve o seu movimento.

Oludara afrouxou seu aperto sobre Gerard e perguntou a Arani:

— O que você acha que aconteceu? Ela foi embora?

Algo como um peixe com braços saltou da água e agarrou Gerard pela garganta. As duas formas desapareceram debaixo d'água com um forte chapinhar.

— Olorum! — gritou Oludara.

Ele enfiou suas mãos dentro da água mas não achou nada. Preparou-se para um mergulho.

— Não — disse Arani —, você nunca conseguirá acompanhá-los.

Flor do Mato correu para junto deles, agitando os braços.

— Eu consigo! — disse. — E posso levar um de vocês comigo.

— Eu vou — disse Arani.

— Não — Oludara disse. — O encantamento foi rompido; não tornarei a me esquecer de seu amor.

Arani levantou a mão em protesto, mas acatou-o. Era uma mulher prática demais para desperdiçar tempo discutindo durante uma crise, e Oludara silenciosamente agradeceu a ela por isso.

— Ande logo — Flor do Mato disse, ajoelhando-se de quatro na água. — Agarre-se em mim.

Oludara segurou-a apertado em torno do pescoço e do peito. Entre os seus braços, conseguiu sentir uma transformação quando a pele dela ficou áspera e rija. Uma barbatana subiu raspando o rosto dele ao brotar das costas dela.

Ele puxou o fôlego e o boto cor-de-rosa o arrastou para baixo.

Com os pulmões estourando, Oludara sentiu o boto guinar para cima. Eles saltaram da água e caíram no chão, a forma de boto de Flor do Mato guinchando com o impacto. Oludara rolou para longe dela e arfou, colocando ar nos pulmões. Ao lado dele, Flor do Mato retomou a sua própria forma e fez o mesmo.

Oludara recuperou o fôlego e espremeu a água dos olhos para encontrar-se na escuridão completa. Ecos de água pingando preenchiam o espaço em torno deles, e ele tateou em torno para descobrir água em todos os lados da pequena faixa de terra na qual descansavam.

— Flor do Mato — disse —, chegamos a uma caverna subterrânea, e eu temo que tenhamos de avançar pela água. Consegue me carregar um pouco além?

Ela fez um cansado gesto de cabeça e voltou a transformar-se em boto. Oludara caiu duas vezes do dorso coriáceo, antes de finalmente pegar o jeito da incomum montaria, e eles partiram ao longo do curso d'água subterrâneo.

Abaixo de Oludara, Flor do Mato virava sua cabeça de boto de um lado a outro e emitia estalidos baixos. Dessa forma, ela encontrou passagem após passagem sem errar. Depois de buscas em vários pontos sem saída, alcançou uma passagem que a fez retesar o corpo. Precipitou-se por ela e Oludara logo pôde dizer o motivo: o túnel ecoava uma música distante, e logo perceberam um brilho fraco. A luz ficou mais forte conforme eles corriam pelo túnel, que terminava em uma suntuosa caverna.

Ouro bruto, sem refino, pontilhado de rubis e esmeraldas refulgentes formava as paredes. Estreitas margens erguiam-se nas laterais e fundos da caverna, com uma miríade de objetos amontoados sobre elas: de simples potes de barro a pratos de ouro. A coleção favorecia instrumentos musicais e vestimentas como armaduras, roupas e botas descartadas — todas masculinas. Os objetos variavam tanto em estilo e no vestir, que Oludara presumiu que viessem não apenas de lugares, mas de épocas diferentes. Um brilho vindo do teto — Oludara não conseguia discernir a fonte — iluminava tudo.

Nos fundos da caverna, sobre um leito de finos travesseiros, jazia o corpo imóvel de Gerard van Oost. Uma mulher que só poderia ser a Iara recostava-se perto dele à beira da água e dedilhava uma harpa dourada. A sua metade superior humana reclinava-se pouco acima da água, seus seios nus semissubmersos e ondulando. Sua metade inferior era a de um peixe, e movia-se para frente e para trás, produzindo marolas perfeitas no tempo da música. A cabeleira volumosa espalhava-se em torno dela como um ninho, e igualava a cor dos rubis. Seus olhos, em contraste, faiscavam na cor das esmeraldas. Sua pele branca parecia mais europeia do que brasileira.

Quando percebeu Oludara e Flor do Mato, tocou uma nota dissonante na harpa.

— O que é isso? — gritou.

Mesmo gritando, sua voz reverberava profunda e sedutora.

A Iara estalou os dedos e Flor do Mato voltou a assumir a sua verdadeira forma, afundando tanto a si quanto a Oludara no processo. Os dois nadaram até a margem no lado direito da caverna, enquanto a Iara apanhava um cálice próximo e bebia dele.

— Flor do Mato — disse ela —, como ousa entrar em meu covil. Embora... — Nadou mais para perto deles e olhou Oludara de cima a baixo. — ...devo dizer que gosto do que você traz. Alto, com uma pele de ônix que não vejo há cem anos, com olhos profundos e vivos para combinar. E esses músculos!

Ela fixou o olhar logo abaixo da cintura dele e deu um sorriso faminto.

— Não estou aqui para o teu prazer — disse Oludara.

— Deveras? — ela perguntou. — Está certo disso? — Nadou até um canto da caverna e apanhou um casco vazio de tartaruga. — Seria desleixo de minha parte se eu não o entretivesse. Alguém da Guiné provavelmente não liga para uma harpa. Mas isto... — Ela pegou um punhado de conchas do tamanho de uvas e as derramou dentro do casco. — ...pode lhe ser mais agradável.

A Iara agitou o casco de tartaruga num ritmo deliberado. Cantou junto ao ruído das conchas, na mesma língua incompreensível de antes. Seu tronco balançava de lado a lado enquanto ela nadava cada vez mais para perto.

Visões de Ketu preencheram a mente de Oludara, e ele ansiou pelo lar. A Iara nadou até os seus pés e gesticulou para que ele mergulhasse. Ele estendeu-se para ela.

— Oludara! — Flor do Mato disse, sua voz soando como a birra de uma criança irada. — Lembre-se de Arani!

Os olhos de Oludara ganharam foco. Ele agarrou a Iara pelo pescoço e a puxou para fora da água.

— Sim, Flor do Mato — disse Oludara —, eu jurei ao meu amor que não esqueceria. O seu encantamento está partido, Iara, seus feitiços não funcionarão mais comigo.

A Iara agitou-se entre seus dedos, mas ele segurou firme.

— Sou mais do que uma simples feiticeira — disse, com veneno na voz —, e você não é nada além de um sapo!

Com um dedo luminoso, ela se estendeu e tocou seu peito. Quando fez contato, contudo, o amuleto em torno do pescoço dele estalou e ela recuou de dor.

Sem aviso, a Iara se transformou numa enguia e caiu das mãos de Oludara. Ele tentou agarrá-la, mas seus dedos fecharam-se depois da passagem dela. Ela escorregou pela água até o lado de Gerard e retornou à sua forma feminil.

— Não ouse tocar em mim outra vez — disse. — E se acha que uma bugiganga de pajé o salvará, está enganado! — Virou-se para Gerard e disse: — Desperte, meu caro.

Gerard sentou-se e piscou os olhos.

— Sim, meu amor — disse.

A Iara reclinou-se e tornou a apanhar seu cálice. Com sua outra mão, apontou para Oludara.

— Mate aquele homem! — comandou.

Gerard levantou-se e desembainhou sua rapieira. Circundou a caverna com passo firme, na direção de Oludara.

— Gerard — Oludara gritou —, sou eu, Oludara!

Gerard correu até ele a toda velocidade. Oludara desembainhou sua faca de marfim e a usou para bloquear a primeira estocada de Gerard. Embora a agressiva investida de Gerard deixasse o seu flanco aberto, Oludara não atacou.

— Flor do Mato — ele disse —, para a minha desvantagem, não posso golpeá-lo. Você consegue fazer alguma coisa?

— Não posso me transformar! — ela disse. — A Iara cancelou meu poder.

A Iara riu e tomou um gole do seu cálice.

Oludara desviou-se de outra estocada. Gerard fora treinado em esgrima pelos mestres bolonheses mas, muito para o alívio de Oludara, atacava desajeitadamente, muito diferente da sua precisão costumeira — mais provavelmente um efeito do encantamento.

Um rubi do tamanho de um punho girou no ar e atingiu Gerard na cabeça. Ele a esfregou e se voltou para onde Flor do Mato estava, em pé com um ar petulante no rosto. Oludara usou a distração para girar para trás de Gerard e golpear sua nuca com o cabo da faca. Gerard desabou sem um som.

A Iara engasgou com a sua bebida. Ela baixou o cálice e reclinou-se.

— Talvez consigamos chegar a um entendimento — disse —, a menos que você prefira continuar nosso jogo?

Sua pele ficou verde e escamosa. Em segundos, ela transformou-se em uma serpente marinha com presas de um pé de comprimento. E, com a mesma rapidez, retornou à sua forma original.

— É por isso que eu vim — Oludara disse —, para conversar.

Ele embainhou sua faca e sentou-se de pernas cruzadas no chão.

— Só para conversar? — ela perguntou. — Se deseja possuir-me, só precisa pedir. — Sua boca curvou-se num sorriso sensual e convidativo.

— Não tenho o desejo de ser seu amante. — Apontou para as roupas e armaduras descartadas na caverna. — Eu sei o que acontece a eles.

— Posso fazer uma exceção — ela disse.

— A oferta é tentadora, mas temo que as crenças protestantes de meu companheiro estejam começando a me afetar. Eu me estou me guardando para o meu amor verdadeiro.

— Tão tedioso — replicou a Iara. — Mas se você não está aqui por mim, então deve ter vindo atrás das minhas joias.

— Os homens brancos é que são os mercadores, que negociam até mesmo vidas humanas pelo ouro. Eu sei, pois eu mesmo fui vendido dessa maneira. Mas para mim, esses tesouros têm pouco valor. Meu povo tem um ditado: "O desejo por dinheiro é o pai da desgraça".

— Se você não busca nem minhas carícias nem minhas joias, então certamente veio até aqui pela minha magia.

— De fato, eu vim em busca de uma graça — disse Oludara —, uma magia que faça o Curupira se apaixonar por Flor do Mato.

— Fazer o Curupira se apaixonar por Flor do Mato? — Ela riu com sua voz magnífica. — Isso seria divertido. Mas enfeitiçar o Curupira não é uma magia qualquer. — Fez uma pausa. — Já que você me intriga, ofereço-lhe o seguinte: deixe o seu companheiro comigo, e o feitiço é seu.

— Eu nunca venderia um homem, especialmente um tão caro ao meu coração. Se não há mais nada que você deseje em troca, partirei com ele e encontrarei outro modo de derrotar meu inimigo.

— Então vá.

— Não! — Flor do Mato berrou. — Por favor, você é a única que pode nos ajudar, Iara.

— Deixar o gordo livre já é favor suficiente — a Iara disse. — Partam antes que eu me enfureça.

Flor do Mato caiu de joelhos.

— Se nos der o encantamento, eu farei qualquer coisa.

A Iara olhou duramente para Flor do Mato.

— Aceitaria servir a mim? — perguntou.

— Sim, mas só se eu ainda puder ver meu amor, o Curupira.

— Então a barganha é esta: você passará uma lua inteira aqui comigo, fazendo o que eu exigir. Na lua seguinte, pode passar seu tempo com o Curupira, desde que volte a me servir por outra lua, e assim por toda a eternidade. Isso, é claro, se houver de fato magia poderosa o suficiente para fazê-lo amar alguém como você.

— Oh, obrigada!

— Agora deixem o meu reino, vocês dois. Vou preparar o encantamento e o entregarei a vocês na superfície. Ninguém pode testemunhar os segredos do meu poder e continuar vivo.

Oludara curvou-se.

— E não se esqueça de levar o seu amigo — disse a Iara. — Ele fede a alho.

Tossindo, Gerard livrou-se do transe. Ybandira debruçava-se sobre ele, soprando fumaça em seu rosto com o tubo de bambu.

Gerard sentou-se e agitou os braços.

— Tire essa fumaça demoníaca da minha cara! — disse. E então arrotou, lançando uma rajada de ar quente rescendendo a alho velho.

— Aff! — disse Flor do Mato, agitando a mão na frente do nariz.

Oludara, Arani e vários outros estavam em volta de Gerard, com expressões de expectativa.

— Como regressamos à aldeia? — ele perguntou.

— *Nós* viemos andando — respondeu Oludara. — *Você* nós arrastamos aos tropeções, desperdiçando o pouco tempo que tínhamos sobrando.

— Talvez você devesse ter usado um amuleto — Ybandira disse, altivo.

— Não vou me envolver com feitiçaria pagã — Gerard disse.

— Por favor, Gerard — disse Oludara —, não temos tempo para discussões. Com a ajuda de Flor do Mato, obtive da Iara uma coroa encantada de folhas com a magia dela. Se a colocarmos sobre a cabeça do Curupira, ele se apaixonará pela primeira mulher em que puser os olhos.

Oludara exibiu uma guirlanda finamente trançada para Gerard inspecionar.

— Mais magia — Gerard disse, com uma careta. — O que aconteceu com o ideal de triunfar pela força e sagacidade?

— Uma fera imortal como o Curupira exige mais do que força para dissuadi-lo da sua vontade — disse Ybandira.

— Então qual é o seu plano para colocar essa guirlanda na cabeça dele? — Gerard perguntou. — A sua feitiçaria serve para alguma coisa nesse caso?

Ybandira balançou a cabeça.

— Posso pedir a ele que coloque a coroa — disse Arani. — Ele faria isso por mim.

— Não — Oludara disse. — Você quase certamente seria a primeira mulher a ser vista por ele. De fato, não podemos permitir que ele chegue perto da aldeia; ele poderia ver qualquer mulher daqui e se apaixonar. Gerard e eu devemos ir sozinhos com Flor do Mato. Vamos encontrar o Curupira e separá-lo das onças. Não podemos lidar com todos eles de uma vez.

— E como faríamos isso? — perguntou Gerard.

— O que as onças temem? — Oludara perguntou.

— Nada — Arani disse. — A onça não é presa de ninguém, e essas duas foram criadas pelo próprio Curupira. São as mais poderosas desta terra.

— Hmm — disse Oludara. — Então o que elas *desejam*?

Uma capivara, gemendo miseravelmente, arrastava-se pela floresta nas patas dianteiras. As patas traseiras seguiam inúteis, sendo arrastadas atrás.

Duas onças — uma negra e uma pintada — apareceram por ali, procurando a fonte da comoção. Vieram furtivas, os corpos baixos, mas relaxaram quando viram a presa. Olharam uma para a outra, como se não acreditassem na própria sorte. A capivara gemeu mais alto e avançou se debatendo.

As onças caminharam atrás dela sem pressa, como que para prolongar o sofrimento do animal. Quando chegaram a poucos passos da capivara, o roedor gigante voltou-se para elas com uma expressão angustiada. Então transformou-se numa criança loura de nariz desagradável.

— Peguei vocês! — disse Flor do Mato.

Uma rede saltou para o alto sob as onças e as içou na direção da copa das árvores acima.

Oludara caminhou para dentro da clareira; Gerard bateu a poeira das mãos e seguiu-o de perto. Eles olharam para cima para examinar a sua obra.

— Funcionou muito bem — Gerard disse.

— Sim — Oludara concordou. — Eu estava preocupado que a armadilha falhasse, e que tivéssemos que lutar contra as feras.

Acima deles, garras afiadas como navalhas se projetaram para fora dos fundos da rede.

— Certamente elas não conseguem... — disse Gerard, dando para trás.

A rede se partiu, e as duas onças despencaram no chão como uma pilha de peles e músculos. Oludara desembainhou sua adaga de marfim e Gerard puxou sua rapieira como um raio. As onças se desvencilharam e ficaram em pé, com raiva nos olhos. A onça preta caminhou contra Gerard e a pintada contra Oludara.

— Tenham cuidado! — disse Flor do Mato, escondida em um arbusto atrás deles. — Elas conseguem esmagar um crânio com suas mandíbulas!

— Imagem agradável — Gerard disse.

A onça preta empinou-se e se lançou contra ele. Gerard fez uma meia arremetida, buscando o focinho da fera com a estocada. A onça, contudo, expôs seu artifício quando mergulhou sob a lâmina. Seu bote apanhou Gerard nos joelhos e os dois saíram rolando.

Oludara notou o movimento com o canto do olho.

— Gerard! — gritou.

A onça-pintada usou a distração para atacar, e saltou visando a cabeça de Oludara. Oludara esquivou-se para a direita e cortou para baixo com a lâmina. Conseguiu um talho na perna dianteira da fera. A onça virou-se e rugiu.

Saindo dos arbustos, uma terceira onça surgiu e saltou sobre as costas da besta.

— Flor do Mato — disse Oludara —, não lute contra a fera na forma dela.

A onça verdadeira rolou e atirou Flor do Mato longe, então deu um bote e a mordeu no ombro. Ela ganiu.

Oludara aproximou-se, buscando uma abertura, mas as duas feras praticamente dançavam numa luta giratória que não lhe deu qualquer oportunidade de atacar.

— Flor do Mato — disse Oludara —, mude para porco-espinho!

Com uma poderosa patada, a onça derrubou Flor do Mato no chão.

— Confie em mim! — Oludara gritou.

A onça saltou para desferir o golpe mortal, suas mandíbulas buscando o crânio dela. Quando as presas morderam, Flor do Mato transformou-se em porco-espinho.

A onça, a boca cheia de espinhos, soltou um meio-rugido, meio-grito. Enfurecida, atacou com a pata da frente, apenas para alojar outro conjunto de espinhos em seu couro. Deixou escapar um ganido doentio e fugiu em três patas.

Oludara correu para junto da garota caída, transformada em porco-espinho. Inclinou-se para pegá-la, mas pensou melhor.

— Volte ao que era — ordenou.

Flor do Mato regressou à sua verdadeira forma. Cortes cobriam seus braços e o rosto, mas não eram nada comparado à terrível mordida em seu ombro.

— Flor do Mato, você está bem?

Entre arquejos, ela guinchou:

— Vou viver.

— Fique aqui, preciso ajudar Gerard.

Oludara divisou o seu companheiro do outro lado da clareira. A onça equilibrava-se nas pernas traseiras enquanto Gerard, atrás dela, puxava o seu cangote com as duas mãos, seus braços fortes inchados com o esforço.

— Gerard — Oludara disse, correndo na direção dele —, o que está fazendo?

— Um velho truque que se usa em gatos, que aprendi quando criança — ele disse. — Mas se você não se importa, poderia por favor parar de falar e amarrar este animal?

Gerard e Oludara chegaram a uma clareira ensolarada para encontrar o Curupira acordando de um cochilo. Eles se deitaram atrás do mato alto para observar e planejar o seu ataque. Flor do Mato, enrolada em ataduras e descansando, tinha ficado para trás com a onça amarrada.

O Curupira espreguiçou-se no ponto em que havia se deitado contra o flanco do javali adormecido. Coçou o couro cabeludo e assoviou, chamando as suas onças. Quando elas não apareceram, ele colocou as mãos na cintura e olhou em torno. Seu javali continuava dormindo.

— Devemos atacar agora — Gerard disse. — Ele despertou, e suspeita de algo.

— Sim — disse Oludara —, não temos tempo para um plano mais elaborado.

— Então o que devemos fazer?

— Primeiro devemos lidar com o javali.

— E como você propõe fazer isso?

— Assim como acontece com os javalis de Ketu, sua ira pode ser usada contra ele.

Oludara caminhou para dentro da clareira. Ficou com uma árvore às suas costas e encaixou uma flecha no arco. Enviou a haste voando contra o quarto traseiro do javali. O animal saltou e girou, bufando. Oludara acenou para ele e sorriu. A fera atacou.

— Pare, seu porco peludo! — comandou o Curupira. — É um truque!

Oludara soltou outra flecha, atingindo o javali em sua corcova, e ele correu ainda mais rápido. No último instante, Oludara esquivou-se.

O javali percebeu o truque e conseguiu virar a cabeça em tempo de evitar o tronco. Seu corpo, contudo, bateu na árvore, roubando-lhe o ar dos pulmões. Gerard saltou do mato e atingiu a sua cabeça com um tronco. Seu golpe pareceu não fazer efeito algum, então ele bateu mais uma vez, e então uma terceira. A fera oscilou por um momento, antes de cair de lado.

Com isso, o Curupira gritou e levantou sua lança em desafio. Gerard apanhou seu arcabuz e circulou pela direita do Curupira. Oludara armou o seu arco e caminhou pela esquerda. Os três formaram um triângulo no meio da clareira. O Curupira darteava seus olhos à esquerda e à direita, observando cuidadosamente os seus inimigos.

Oludara levantou a mão.

— Poderoso Curupira — disse —, desejamos palestrar.

— Diga as suas palavras — disse o Curupira. — Serão suas últimas.

Oludara adiantou-se.

— Temos um presente para você. Uma coroa para o dia do seu casamento.

Oludara passou arco e flecha para uma das mãos e removeu a guirlanda do seu cinto.

— Que bobagem é essa? — disse o Curupira. — Acha que sou algum animal estúpido, para aceitar um presente de meus inimigos? Não desperdice mais o meu tempo; morra e acabe com isso.

O Curupira levantou a palma para Oludara e gritou uma palavra. O amuleto no pescoço de Oludara estalou e a magia não teve efeito. O Curupira apertou os olhos diante do som.

Oludara lançou-se adiante com a guirlanda, mas o Curupira pulou e atingiu o flanco de Oludara com o cabo de sua lança.

— Vamos resolver isto numa luta justa então — Oludara disse. — O amuleto me protege da sua magia.

O Curupira endireitou-se e zombou dele.

— Você acha que tenho um único poder? — Ele assoviou uma canção aguda e complexa. — Eu sou o mestre da selva, e não um diabrete infantil como o seu amigo Saci!

Uma anta apareceu vinda do mato na orla da clareira. Pássaros de todas as cores voaram para dentro dela e circularam acima. A grama agitava-se em todas as direções.

— Cuidado, Gerard — disse Oludara —, cobras!

Um grupo de jacarés veio bamboleando pelo lado mais distante da clareira.

— Vocês vão lutar contra a floresta inteira? — perguntou o Curupira.

Gerard piscou para Oludara e ambos atacaram. O Curupira gritou uma palavra e, com um joelho no chão, atingiu o solo com o punho. Seu golpe fez a terra subir em torno dele e derrubar os dois. A arma de Gerard voou de suas mãos e a bala redonda rolou para fora do cano. A guirlanda voou da mão de Oludara e pousou a vários pés de distância.

Oludara tentou alcançar a guirlanda, mas o Curupira falou outra palavra e raízes surgiram do chão, atando-o da cabeça aos pés. O Curupira caminhou triunfante até ele.

— Vocês feriram meus animais, atacaram a mim e tentaram tomar o que é meu. Qualquer uma dessas é uma ofensa pela qual eu os mataria, mas por todas as três eu vou servir vocês às piranhas e vou rir enquanto elas arrancam a carne dos seus ossos.

Ele agarrou a lança com as duas mãos e levantou-a.

Um papagaio verde e amarelo gritou e deu um mergulho incerto na direção deles. Passou a polegadas da cara do Curupira, distraindo-o, então mergulhou e apanhou a guirlanda com o bico.

— O que é isso? — o Curupira disse. — Um papagaio bêbado?

Gerard colocou-se de joelhos e assenhorou-se da situação. Oludara jazia enrolado em gavinhas, imóvel. Um estranho papagaio voava numa espiral incerta em torno do Curupira, cada passagem trazendo-o mais para perto. Gerard notou que uma asa ferida provocava o voo errático do pássaro.

— Ora, aquela menina sorrateira — sussurrou.

Ele apanhou o seu arcabuz da grama.

O Curupira girava o corpo para observar o voo do pássaro. O movimento parecia deixá-lo tonto.

— Solte essa coroa e saia daqui! — comandou.

Como o pássaro continuava a circular, ele preparou a lança.

Sem tempo para recarregar, Gerard agarrou o cano de sua arma com ambas as mãos e a arremessou girando. Ela atingiu o braço do Curupira no instante em que ele jogava a lança. Em pleno voo, o papagaio transformou-se em Flor do Mato, a coroa firmemente segura em sua boca. Ela despencou do ar. A lança, empurrada para fora de seu curso pela arma de Gerard, passou cortando um cacho de seus cabelos dourados. O Curupira sem querer deteve a sua queda; ela pousou no seu peito e roubou-lhe o fôlego.

Antes que o Curupira pudesse se mover, Flor do Mato retirou a guirlanda dos dentes e a meteu na cabeça dele. Então ela agarrou-lhe o rosto nas duas mãos e o sufocou com um beijo.

O Curupira lutou contra o ataque romântico, mas quando abriu os olhos e viu Flor do Mato, seu corpo relaxou. Ele fechou os olhos e a agarrou, retribuindo o beijo apaixonado.

Quando eles se separaram, ambos suspiraram para recobrar o fôlego. Flor do Mato levantou-se e puxou o Curupira atrás dela.

— Meu doce amor — disse —, vamos partir para algum lugar mais sossegado.

Gerard levantou-se e bateu a poeira do corpo. Oludara desvencilhou-se das raízes, que haviam se soltado durante o beijo.

O Curupira apercebeu-se do movimento.

— Está bem — disse —, apenas me deixe matar esses dois primeiro.

— Oh, esqueça deles — disse Flor do Mato.

O Curupira apertou os olhos em confusão.

— É mesmo?

Ela assentiu.

— E Arani?

— Esqueça dela também. Quero que você desista de sua jura a ela neste mesmo instante, e dessa horrenda maldição que colocou sobre a aldeia dela. Vai fazer isso como um gesto de amor por mim.

O Curupira fez uma careta, então suspirou e disse:

— Está bem. Eu digo que a jura e a maldição não têm mais efeito. Arani e seu povo podem fazer o que quiserem.

Com essas palavras, os animais reunidos dispersaram-se, cada um à sua maneira.

— Muito bem — Flor do Mato disse. — Suas onças estão a uma curta viagem daqui. Vamos encontrá-las e seguir nosso caminho.

O Curupira chutou o seu javali nas costelas, que grunhiu e ficou em pé, cambaleante. Bufou para Oludara, mas o Curupira agarrou o pelo espetado no seu pescoço e o fez virar-se. Montou o animal e ajudou Flor do Mato a subir atrás dele. Ao partirem, Flor do Mato olhou para Gerard e Oludara e piscou.

Enquanto o casal desaparecia dentro da mata, Oludara disse:

— Adeus, Flor do Mato. Não me esquecerei de sua bravura, que salvou a minha vida mais de uma vez. Você ficou firme em momentos que teriam feito muitos guerreiros empalidecerem de medo.

— Eu concordo — disse Gerard. — É uma garotinha realmente espantosa. — Ele então olhou para baixo e disse: — Suponho que seja melhor voltarmos para o seu... casamento.

Oludara tocou o seu ombro e disse:

— Gerard, se isso significa tanto para você, irei a Salvador para achar um padre.

— Não é isso — Gerard disse, balançando a cabeça —, é *isto*! — Gesticulou para a floresta em torno deles. — Passamos por tanta coisa: vimos maravilhas, enfrentamos inimigos... Tudo aquilo que vim fazer no Brasil. Esta tem sido a melhor fase de minha vida. Não queria desistir disso... desistir de você. Fui egoísta, Oludara, e lamento por isso. Não deveria colocar minha felicidade antes da dos outros. Mas sou grato por termos tido esta última aventura juntos.

— E o que faz você pensar que nossas aventuras chegaram ao fim?

Gerard olhou para cima, surpreso.

— Porque você vai ficar na aldeia agora, é claro. Constituir família com Arani.

Oludara riu com gosto.

— Você acha que estou velho a ponto de me acomodar e nunca deixar a minha rede? Os guerreiros tupinambás deixam suas famílias por meses cada vez que saem em suas campanhas guerreiras, por que eu não?

"O tempo que passamos juntos também tem sido o melhor da minha vida, e ainda nos resta muito a fazer. Meu povo diz: 'A honra de um pai torna o seu filho orgulhoso'. Então, antes que eu comece a produzir filhos, que realizemos feitos dignos deles!"

Gerard suspirou de alívio.

— Então suponho que temos um casamento à nossa espera. Mas deixe-me falar com Ybandira primeiro, e tentar dar a essa cerimônia pelo menos algum traço de um casamento cristão.

— O que você desejar, meu amigo.

Gerard, novamente vestindo suas melhores roupas, estava ao lado de Oludara no centro da aldeia. Ybandira postava-se diante deles, com um cocar de penas vermelhas que descia até seus joelhos e vários colares de pedras polidas. O crucifixo de Gerard também pendia entre os colares, um acréscimo que havia exigido uma quantidade nada pequena de argumentações.

— Bem — disse Gerard —, cá estamos. Espero que este casamento valha a pena.

— Meu povo tem um ditado — disse Oludara. — "Aquele que se casa com a beleza, se casa com a encrenca." Eu soube desde a primeira vez que vi Arani que ela me traria muita encrenca.

Os dois sorriram.

Arani saiu da sua cabana e aproximou-se. Ela parou a um passo diante de Oludara e olhou nervosamente para a esquerda e a direita.

— Não precisa mais se preocupar com ele — Oludara disse.

Ela sorriu e pegou sua mão.

— Agora — disse Gerard, gesticulando para Ybandira —, podemos começar!

— O que era que você queria que eu dissesse? — o pajé perguntou.

Gerard virou-se para Arani e perguntou em português:

— Como você traduz "Estamos reunidos na presença de Deus..."?

Arani o interrompeu com um balançar da cabeça.

Gerard disse a Ybandira:

— Diga apenas "marido e esposa".

— Marido e esposa — repetiu Ybandira.

— E agora, "beije a sua esposa" — ele disse, chegando o mais perto que conseguiu da expressão "pode beijar a noiva" em tupi.

— Beije a sua esposa.

Oludara e Arani aproximaram-se desajeitadamente, primeiro batendo os narizes, depois fazendo movimentos desconjuntados para que seus lábios se unissem. Eles finalmente se conectaram numa rápida beijoca.

— Um pouco estranho para nós dois — Oludara disse. — Não é o nosso costume.

— E dentro do costume dos tupinambás — disse Ybandira —, nós damos de presente o leito de casamento.

Ele estendeu uma rede recém-trançada.

— Agora *isso* virá mais naturalmente — disse Oludara, estendendo os braços para pegá-la.

Ele apanhou Arani em seus braços musculosos e carregou-a para a maloca do seu grupo.

Gerard aplaudiu. Os nativos olharam de um para o outro e deram de ombros. Ybandira bateu as mãos juntas uma vez, e depois outra, e logo os outros juntaram-se, batendo palmas e dando vivas aos recém-casados.

— Bem — comentou Cabuçu a um grupo próximo —, estou feliz que não tenhamos de nos preocupar mais com *isso*!

A suçuarana rolou de costas e espreguiçou-se, desfrutando de uma bela nesga de sol na margem do seu rio lamacento favorito. Depois de lanchar um jacaré mais cedo naquele dia, tinha sentido o anseio de um cochilo.

Um ruído vindo do rio alertou-a e ela se virou. Viu o mesmo homem escuro e a mulher nativa que tinha visto duas semanas antes.

Achou curioso ver os dois juntos outra vez. Sabendo que o Curupira havia reivindicado a garota havia muito tempo, ela tinha avisado suas primas, as duas onças que o serviam. Talvez ele tivesse se cansado da mulher.

Quando os dois humanos se deitaram na margem do rio e apertaram seus rostos juntos, a suçuarana voltou a deitar-se, despreocupada. Depois de alguns minutos, contudo, eles começaram a fazer outros barulhos, e ela foi forçada a partir e encontrar algum lugar mais quieto.

Capítulo 8

A ameaçante aparição da Mula sem Cabeça

Um urutau empoleirava-se na forquilha de um galho, suas penas fundindo-se perfeitamente com a madeira em torno dele. Ele olhava para uma pequena fogueira em uma clareira abaixo, visão rara na sua parte da floresta. Dois homens, um branco e outro escuro, dormiam em redes penduradas entre árvores, perto da fogueira. Eles não o preocupavam, porém, já que nenhum homem — nem mesmo na mais brilhante hora do dia — jamais o vira tão alto entre as árvores.

Então, ele desconsiderou o fogo e voltou sua atenção a algo mais importante: sua canção noturna. Abriu o bico e soltou a primeira nota.

Uma rajada estridente arrancou Gerard do seu sono. O som foi seguido por uma série de assovios, cada um mais baixo em altura e volume do que o último. A canção gradualmente diminuiu, antes de ele começar, com um guincho, uma segunda série idêntica. Enquanto o grito se repetia, Gerard buscou em vão pela fonte. Oludara, em sua rede, também despertou com um solavanco.

— Tem alguma ideia de onde esse barulho desgraçado está vindo? — Gerard perguntou.

Oludara primeiro bocejou e colocou uma das mãos atrás do pescoço para se espreguiçar. Então gesticulou para umas árvores.

— Daquele lado, eu acho — ele disse. — Uma coruja, talvez? Mas não vejo nenhuma.

— Essa canção é terrível. Soa como se a criatura estivesse chorando.

— De fato — disse uma voz de criança, vinda de perto da fogueira —, dizem que a canção do urutau prenuncia a morte.

Gerard, já nervoso com a lúgubre melodia, agitou-se e virou a sua rede. Caiu de cara no chão. Endireitou-se para ver a silhueta de uma criança sentada em um tronco perto da fogueira — silhueta de uma perna só.

Certo de que o Saci-Pererê tinha retornado para infernizá-los, ele se pôs em pé e preparou um impropério contra o diabrete. Contudo, conforme seus olhos ajustaram-se à luz da fogueira, deu-se conta de que a criança não era negra como o Saci, mas era uma nativa. A criança também carecia do gorro e das calças do Saci; não vestia nada além de três penas marrons numa faixa que passava debaixo do seu cabelo preto. Oludara já estava de prontidão, faca em punho.

— Quem é você? — perguntou Oludara. — E o que está fazendo em nosso acampamento?

— Meu nome é Saci-Taperê — respondeu a criança, seus olhos espremidos lançando um aviso a Oludara —, e o que vocês estão fazendo na minha floresta?

Gerard engoliu em seco diante do nome. *Bem o que nós precisávamos, pensou, outro Saci para nos infernizar. Não posso dizer que o outro não nos avisou; ele mencionou algo sobre outros Sacis, uma vez.* Decidiu acalmar a criatura tão rápido quanto possível.

— Não queremos trazer inconvenientes — Gerard disse. — Tenho um bom tabaco se quiser um pouco.

O Saci-Taperê, ou o "Saci Número Dois", como Gerard já começava a pensar dele, mostrou a língua em resposta.

— Nojento. Apesar de todo o bem que dizem que faz à saúde, eu acho o sabor pavoroso. — Então seu rosto iluminou-se. — Mas talvez você tenha alguns doces com você?

— Para dizer a verdade, tenho.

Gerard vasculhou em sua mochila buscando a sua caixa de frutas cristalizadas. O ouvidor-mor de Vitória as dera de presente a Gerard depois que ele e Oludara tinham livrado aquela cidade de um trio de monstros que a afligia, apenas uma das muitas aventuras que os dois tinham partilhado no ano desde o casamento de Oludara. Ele apanhou umas poucas da caixa e ofereceu-as ao diabrete, que as arrancou de sua palma e jogou-as na boca aberta.

— Delicioso! — tagarelou, enquanto ainda mastigava. — Nunca experimentei nada assim.

— Vieram de bem longe — Gerard disse. — Não vai achar muitas dessas por aqui.

Os doces, importados da Ilha da Madeira, valiam uma fortuna no Brasil, mas Gerard considerou-os bem empregados se apaziguassem o demônio.

O Saci-Taperê cruzou os dedos atrás da cabeça e encostou-se num tronco, com um sorriso. Gerard viu alguma coisa que parecia ser uma cobra mover-se atrás dele, e abriu a boca para gritar um aviso, mas tapou-a com a mão no meio de um arquejo quando se deu conta de que o movimento era o rabo balançante do Saci-Taperê. Chicoteava para a frente e para trás como o de um gato satisfeito.

— Acho que agora podemos ser amigos — disse o Saci-Taperê. — Isto é, se vocês não se importarem em me contar os seus nomes.

— Sou Gerard van Oost — Gerard disse, tocando a aba do chapéu.

Oludara guardou sua faca, mas permaneceu em pé.

— Sou Oludara. Você não respondeu minha pergunta, Saci-Taperê. Por que veio ao nosso acampamento?

— A canção do urutau me trouxe aqui. Como eu já disse, ela prenuncia a morte.

— Morte de quem? — Gerard perguntou, puxando nervosamente o seu cavanhaque.

— Isso ainda está para ser visto. E vocês não responderam a minha pergunta: o que os dois estão fazendo aqui?

— Estamos a caminho de Santos — Oludara disse.

— E o que planejam fazer lá?

— Ver se eles precisam de ajuda para combater qualquer criatura nociva — disse Gerard. Ele fez o comentário sem pensar, então percebeu com quem falava, e segurou outro gemido. Tinha se tornado casualmente acostumado demais ao Saci-Pererê, e sentia-se como se falasse com aquele velho conhecido. Oludara franziu o cenho e balançou a cabeça para ele, e os olhos do Saci Número Dois se arregalaram de surpresa.

— Vocês dois buscam criaturas para combater? — ele perguntou. Sua voz tinha mudado, mas Gerard não conseguiu interpretar bem o sentimento.

— Só os perigosos — Gerard disse, sentindo um calor no rosto —, aqueles que matam pessoas.

O Saci-Taperê deu-lhe um sorriso que ele definitivamente não gostou.

— Essa é uma bela coincidência — disse ele —, porque uma criatura tem aterrorizado Santos há anos. E eu posso levá-los até ela.

Com isso, Saci-Taperê ficou em pé de um pulo e colocou as mãos na cintura, como se esperasse por eles.

— O que é essa criatura? — perguntou Oludara.

— Vocês verão por si mesmos.

— Umm — disse Gerard. — Melhor deixar isso para amanhã de manhã.

— Precisamos ir agora — disse o Saci-Taperê. — A criatura só sai à noite.

Oludara não parecia em nada convencido, mas Gerard decidiu que *não* seguir o demônio podia terminar sendo até pior do que segui-lo.

— Está bem — disse —, vá na frente.

Ele agarrou suas armas e mochila, e acendeu duas tochas.

— Por aqui mesmo — disse o Saci Número Dois, pulando para dentro da mata.

Oludara franziu a testa para Gerard.

— Meu povo tem um ditado: "A colher, vendo a morte, arrisca a sua cabeça dentro dela".

— Não tenho bem certeza do que isso quer dizer

— Significa que você não enfia a sua cabeça em água fervente! — Oludara rosnou em voz baixa.

— Você está certo — disse Gerard. — Mas não é melhor seguir no jogo dele do que voltar a dormir? Se ele for minimamente parecido com o *nosso* Saci, vai apenas nos pregar alguma peça e nos deixar em paz.

— Eu não sei, Gerard. Este não é o "nosso" Saci.

— Eu sei. Apenas fique atento.

— Você não precisa me dizer isso.

Oludara não se sentia em nada confortável enquanto o Saci-Taperê os conduzia pela floresta. Embora Gerard parecesse pensar que ele não era mais prejudicial que o Saci-Pererê, Oludara tinha suas dúvidas. O nome da criatura e, principalmente, seus pulos de uma perna só lembravam Oludara do antigo algoz deles, mas este era diferente.

À luz das tochas, eles seguiram a silhueta saltitante por horas. Quando o Saci-Taperê finalmente fez uma pausa, o céu negro já começava a sua mudança para o azul-escuro.

— A criatura está em uma clareira adiante — o Saci-Taperê sussurrou. — Tenham cuidado!

Oludara aprontou o seu arco e Gerard o seu arcabuz, e os dois esgueiraram-se para a frente e espiaram por entre as árvores. A clareira tinha uma lagoa e, até onde Oludara podia dizer, apenas uma criatura: um animal equino que se curvava enquanto bebia. Pelo tamanho, julgou ser uma mula, mas do seu posto de observação não conseguia ver nada além dos quartos traseiros da fera.

Gerard endireitou-se, furioso.

— Saci-Taperê — gritou —, você nos trouxe por todo o caminho até aqui para olhar para a bunda de um burro?

Saci-Taperê zombou dele e a sua cauda agitou-se quando ele respondeu.

— Essa coisa é um burro tanto quanto eu sou um menino.

Oludara, antecipando encrenca, não tinha tirado os olhos da clareira. A mula, alertada pelo barulho, levantou a cabeça da água e virou-se na direção deles. Só que, para a surpresa de Oludara, não tinha cabeça.

— Gerard — Oludara disse, chamando a sua atenção.

— O que é *isso*? — veio a espantada resposta.

— Isso — disse o Saci-Taperê — é a Mula sem Cabeça.

A mula relinchou a partir de uma cara que não estava lá, e chamas dispararam do seu pescoço.

Oludara sentiu uma sensação estranha no seu flanco, e o Saci-Taperê, guinchando de tanto rir, transformou-se num redemoinho que se elevou até as árvores acima deles. Oludara teve pouco tempo para considerar isso, contudo, quando a segunda chama irrompeu do pescoço da mula e ela os atacou. Ele e Gerard recuaram para a mata. Gerard atirou-se atrás de uma moita e Oludara escondeu-se atrás de um tronco de árvore. A mula parou na orla da clareira, então veio com passos largos para dentro da mata atrás deles.

Oludara podia ver Gerard gesticulando furtivamente para o seu arcabuz. Oludara balançou a cabeça e apontou para o seu próprio arco. Gerard conseguiria somente um disparo, então Oludara pensou que seria melhor testar a criatura com uma flecha primeiro.

Enquanto a Mula sem Cabeça caminhava ainda mais para perto, Oludara puxou um fôlego fundo e encaixou uma flecha. Puxou-a para trás e se inclinou para longe da árvore, apontando para a mula a não mais que trinta passos diante dele. Oludara conseguia ver os órgãos da fera pelo buraco em seu pescoço. Oludara disparou em direção ao buraco, mas a fera virou-se no último instante e a flecha atingiu o seu ombro, enterrando-se fundo na carne da mula.

A Mula sem Cabeça emitiu um grito de dor acompanhado de uma fornalha de chamas tão fortes que Oludara podia sentir o calor mesmo à distância. O fedor de enxofre derramou-se sobre ele.

A mula investiu contra eles, chamas ardendo, e Gerard saltou da sua cobertura. No lugar do tiro que Oludara esperava, contudo, Gerard atirou um punhado duplo de terra nas chamas da fera, o que, se teve algum efeito, pareceu torná-las ainda mais fortes. Uma risada aguda ecoou nas árvores acima deles.

Oludara, ficando sem opções, saltou para a árvore mais próxima e puxou-se para cima. A mula empinou embaixo dele e disparou chamas que queimaram as suas calças dos tornozelos ao traseiro. O riso intensificou-se e, quando ele trepou dolorosamente a árvore, encontrou-se cara a cara com o Saci-Taperê.

Entre risadas, o Saci-Taperê murmurou:

— Que prazer! Vocês dois são a melhor coisa a passar por esta floresta em anos.

Oludara buscou Gerard na luz incerta lançada pelas chamas da mula, e descobriu que ele também tinha escolhido subir numa árvore. A mula enraivecida permanecia embaixo dele, circulando o tronco. Quando Gerard pareceu ter se instalado, Oludara chamou-o.

— Por que você jogou terra na criatura?

— Plínio escreveu sobre a Quimera, um monstro cujo fogo poderia ser apagado pela cinza vulcânica. Eu pensei que poderia sufocar as chamas de maneira similar. O que fazemos agora?

— Espere até o nascer do sol. Se de fato a criatura aparece só à noite, ela logo deverá nos deixar.

Naquele momento, a Mula sem Cabeça arrotou chamas nos galhos mais baixos da árvore de Gerard, que pegou fogo.

— Eu não acho que temos esse tempo! — gritou Gerard, puxando a sua rapieira.

— Espere! — disse Oludara. — Deixe-me apanhar meu arco e distraí-la primeiro.

Oludara precipitou-se para baixo e correu até o arco, mas a mula o percebeu e atacou. Seus cascos partiram o arco e Oludara escorregou para deter-se diante dela, suas ancas queimadas raspando o chão em agonia. Gerard saltou da árvore, mas tombou ao pousar; Oludara percebeu que ele não chegaria a tempo. A mula inclinou seu pescoço sem cabeça e apontou uma rajada contra Oludara.

— Fora daqui! — berrou uma voz de comando.

Oludara e a mula viraram-se ao mesmo tempo.

Um homem descalço com um cajado robusto vinha a passos largos no rumo deles. Vestia apenas uma batina simples de algodão, amarrada na cintura com um faixa rota. O robe provavelmente tinha sido preto uma vez, mas havia se desbotado em tons variados de cinza.

— Pela graça de Cristo, nosso Senhor, fora daqui! — ele gritou.

A mula deu uns poucos passos para trás, então virou-se e correu para dentro da floresta. Um redemoinho desceu até o solo e transformou-se no Saci-Taperê, que rolou às gargalhadas no chão.

Gerard correu até Oludara.

— Você está bem?

— Um pouco queimado — ele respondeu, sem nunca tirar os olhos do estranho.

O homem usava o seu cabelo escuro cortado curto. Seus olhos azuis ardiam a partir de sua pele muito bronzeada pelo sol. Seu queixo redondo exibia apenas o mais leve traço de barba.

— Você é um padre? — perguntou Oludara.

— Sou o padre Miguel Samperes — respondeu o homem —, provincial da Sociedade de Jesus aqui no Brasil.

— O líder dos jesuítas — Gerard acrescentou como explicação.

— Obrigado, padre — disse Oludara. — Sua magia é forte.

— Magia? — Os lábios de Miguel curvaram-se no menor dos sorrisos. — Próprio de um pagão da Guiné chamá-lo de magia. — Ele ajoelhou-se ao lado de Oludara e examinou sua perna. — O que você viu foi o poder do Senhor; não sou nada além do Seu receptáculo. Não exerço magia, mas fé.

Ele puxou um cantil da sua faixa e aplicou água nas queimaduras de Oludara.

— Sou Gerard van Oost — disse Gerard —, um membro da Igreja Reformada e um seguidor de Calvino.

— Calvino? — perguntou o padre, gentilmente embrulhando os ferimentos de Oludara em bandagens. — Esse é um veneno do qual eu de bom grado limparia a sua alma por meio de um santo batismo.

— Veneno? — Gerard desafiou. — Você limparia o meu sangue como os huguenotes foram limpos da França no Dia de São Bartolomeu?

— Pela graça de Deus, nada como aquilo. — Miguel terminou com as bandagens e olhou Gerard nos olhos. — Você pensa que a Companhia de Jesus teve algo a ver com aquele massacre sangrento? Tome cuidado onde atira as suas pedras, Van Oost. Você sabe que os calvinistas capturaram e mataram quarenta membros da Companhia dois anos antes disso?

Gerard corou, mas não respondeu.

— Eles estavam a caminho daqui, do Brasil, para ajudar-nos. — Miguel suspirou. — Poderíamos ter feito bom uso deles.

Gerard começou a formular um protesto, mas o padre levantou-se e fitou-o, e ele fechou a boca.

— Por que não deixamos os pecados dos outros para trás? — disse o padre Miguel.

— Por mim, está bem — Gerard disse. — Mas acredito que todo homem deveria ser livre para adorar como desejasse.

— Podemos deixar essa questão para mais tarde, mas não recuso auxílio a ninguém, nem mesmo a um calvinista como você. — Ele voltou sua atenção a Oludara. — Essas queimaduras não estão tão ruins, mas vai sentir dores sentado, por um dia ou dois. E qual é o seu nome?

Era tão raro que um homem branco perguntasse o seu nome que Oludara quase engasgou com as palavras.

— Sou Oludara, de Ketu.

— Interessante, de fato — Miguel disse. — Um branco pagão viajando com um negro pagão. — Então ele olhou para o Saci-Taperê. — E conduzidos pelo próprio diabo. Deus me dê forças, pois parece que meu trabalho não tem fim.

— Você conhece este Saci? — perguntou Oludara.

— Estou bem ciente das artimanhas do Saci-Taperê.

O Saci-Taperê ficou em pé de um pulo e curvou-se.

— Sempre a seu serviço, padre Miguel.

— Basta. Fora daqui você também — Miguel disse, acenando com a mão para ele.

O Saci-Taperê transformou-se num redemoinho e chispou pela floresta.

— Oh, como eu gostaria de mandá-los embora tão facilmente assim — suspirou Gerard. — E eu deveria acrescentar o meu próprio agradecimento por nos salvar do monstro.

— Monstro? — Padre Miguel perguntou. — Você se refere à Mula sem Cabeça? Nisso, está enganado. Aquele animal não é um monstro, é uma alma torturada. Não conseguem ver isso?

— Uma alma torturada que sopra fogo do seu pescoço sem cabeça — Gerard resmungou.

— Uma alma torturada, não obstante. Agora, o que traz vocês dois aqui, além de seguirem demônios pela floresta?

— Oludara e eu somos parceiros. Formamos a Bandeira do Elefante e da Arara.

Miguel fez cara feia.

— Fornecer ajuda a pagãos é uma coisa, mas a bandeirantes escravizadores é uma bem diferente.

— Não caçamos escravizados — Oludara disse. — Gerard e eu vivemos entre os tupinambás; eles são como irmãos para nós. Eu até tomei uma como esposa.

— Eu nunca tomaria um homem como escravizado — disse Gerard, seu desgosto aparente. — Isso é uma prática imunda.

— Bandeirantes que se colocam contra a escravização dos nativos? Eu achava que, nesse assunto, nós jesuítas estávamos sozinhos. Vocês dois são mesmo diferentes. Espere! No Rio de Janeiro, há só duas semanas, ouvi a história de um holandês incomum que repeliu os franceses piratas no ano passado. Eu deveria ter percebido antes com quem falava.

Como Oludara esperava, Gerard corou satisfeito diante da menção de pessoas discutindo suas proezas, mas Oludara estava mais interessado em algo mais que o jesuíta havia mencionado.

— Você andou até aqui descalço? — perguntou. — Em duas semanas? Sem qualquer equipamento?

Ele e Gerard tinham levado seis semanas de caminhada para cobrir o mesmo terreno.

— Andei o caminho todo desde Salvador, e o Senhor fornece tudo de que preciso pelo caminho. Vim visitar meus rebanhos ao longo do litoral. O de São Paulo de Piratininga será o último. — Isso o fez interromper-se, pensando em algo. — Para onde vocês dois se dirigem?

— Para Santos.

— Talvez não seja mero acaso que nos faz cruzar nossos caminhos. Por que não vêm comigo a São Paulo em vez de irem para Santos?

— Para quê? — perguntou Oludara.

— Meu rebanho lá consiste em duas aldeias tupiniquins, boas almas cristãs que encontraram Deus. Contudo, eles vivem em perigo. Têm sido fustigados por demônios e nações guerreiras. Com umas poucas centenas, seguraram cinco mil gentios carijós que vieram para destruí-los. Pela fé deles, têm sobrevivido a tudo isso, mas agora encaram uma ameaça mais ominosa do que todas essas outras combinadas.

— E o que será isso?

— Bandeirantes.

A viagem pelas serras deixou Gerard exausto. Nos vales, cruzaram lamaçais e rios gélidos. Pelas encostas de morros, navegaram por selvas densas. Padre Miguel os fez marchar subindo e descendo os morros a um passo extraordinário, e enquanto Gerard forçava-se até o limite para acompanhá-lo, o padre não mostrava nenhum sinal de cansaço.

O alívio veio ao meio-dia do segundo dia da marcha, quando os morros desceram para dentro de uma planície levemente arborizada e que se estendia até o horizonte.

— Não é magnífico? — padre Miguel perguntou. — Uma terra abençoada pelo Senhor, onde podemos viver perto das aldeias. Este é um portal para o coração desta terra vasta. Se rumarem para oeste, logo encontrarão um rio pelo qual podem navegar por todo o caminho até a cidade espanhola de Asunción, ou seguir para o sul até o Rio de la Plata.

Ao descerem a derradeira crista de morro, uma vila ficou à vista: umas poucas dúzias de construções de taipa e uma igreja de madeira.

— Esta é São Paulo? — perguntou Oludara.

— De fato — respondeu padre Miguel. — Passei muitos anos aqui, antes de me tornar provincial e ter de instalar-me em Salvador. Naquela época, não tínhamos nem cálices, nem toalhas de linho para o altar, nem mesmo um corporal para a Eucaristia. A cidade avançou muito desde então.

Gerard não pensava que tinha progredido tanto assim, mas guardou o pensamento para si.

Quando alcançaram os arredores da cidade, uma criança nativa os viu e correu na direção de um dos prédios, gritando "Padre Miguel! Padre Miguel está aqui!". Em segundos, dúzias de crianças, todas elas nativas ou de sangue mestiço, vieram correndo para fora. Diferentemente dos outros nativos que Gerard havia encontrado, vestiam roupas. Elas cercaram padre Miguel, puxando sua batina e gritando boas-vindas a ele.

Ele cumprimentou cada uma delas pelo nome, então disse numa voz gentil mas firme:

— Minha presença aqui não é desculpa para não fazerem suas lições. Mas temos convidados hoje, então eu espero que vocês toquem para eles no almoço.

As crianças saíram correndo tão rápido quanto tinham vindo, e no lugar delas formou-se uma linha de noviços e padres. Europeus — portugueses e espanhóis pela aparência — compunham metade do grupo, enquanto a outra metade era formada por nativos. Alguns andavam descalços, enquanto outros vestiam sandálias tecidas a partir de cordões grosseiros: *espadrilles*, como Gerard tinha ouvido serem chamadas na Espanha. Um dos padres adiantou-se de mãos estendidas.

Esse outro sacerdote contrastava com padre Miguel de muitos modos. Usava seu cabelo negro alisado para trás em linhas perfeitas. Seu nariz pequeno e testa larga exibiam muito menos bronzeado e rugas do que a de seu superior.

— Seja bem-vindo, padre — disse ele. — Que o Senhor esteja convosco.

— E também convosco — padre Miguel respondeu. Ele se voltou para Gerard e Oludara. — Gregório é o reitor da escola aqui e no comando de todos os nossos empreendimentos em São Paulo.

O padre apresentou-se como "Gregório Brás" e apertou as mãos deles conforme eles se apresentavam.

— Recebeu minha carta? — perguntou Gregório.

— Sim. Ponderei por muito tempo o problema, mas não encontrei solução. Conforme os dias traziam-me mais perto, orei ao Senhor por um sinal... — Ele relanceou na direção de Gerard e Oludara. — E então conheci esses dois. Eles têm a própria bandeira, a do Elefante e da Arara.

— É estranho que busque o auxílio de bandeirantes nesta questão — disse Gregório, medindo-os.

— Estranhos são os caminhos do Senhor — respondeu Miguel. — Por que não almoçamos antes de conversar? Podemos comer aqui fora no aberto enquanto as crianças se apresentam.

Gregório trouxe comida, enquanto Miguel apresentava-os aos outros. A refeição consistia em um mingau de arroz leve, verduras cozidas e folhas de mostarda — e deixou o estômago de Gerard roncando.

— Aqui estão uns guardanapos — disse Gregório, entregando-lhes um par de folhas de bananeira. — Aqui em São Paulo, não temos dinheiro para guardanapos de linho; usamos apenas o que o Senhor nos provê.

— Felizmente — Miguel acrescentou —, aqui o Senhor provê muito bem.

Durante a refeição, as crianças tocaram instrumentos e cantaram ladainhas: algumas em latim e outras em tupi. O tupi deles diferia daquele que Gerard tinha aprendido entre os distantes tupinambás, mas achou que conseguia entendê-lo bem o suficiente.

— Que instrumentos são esses? — Oludara perguntou. — Há alguns que nunca vi.

Gerard apontou-os um por um:

— Essa é uma charamela, as flautas você conhece, aquela é uma trombeta, e os dois na ponta são um corneto e um fagote.

Gritos irromperam na vila e as crianças pararam de tocar. Gerard virou-se para ver centenas de nativos, a maioria deles vestida, derramando-se para dentro da cidade. As mulheres, gritando e chorando, caíram no chão diante de padre Miguel. Gerard conseguiu entender frases como "você é nosso bom amigo" e "como deve ter dado trabalho vir nos visitar". Isso o lembrou da vila tupinambá; as mulheres de lá também faziam um alvoroço toda vez que algum conhecido vinha fazer uma visita.

Padre Miguel levou tudo isso muito bem, cumprimentando e abençoando todos os que vieram se colocar diante dele. Falava um tupi colorido de espanhol, numa voz tão regular e calma que mesmo Gerard sentia-se relaxado com ela. Depois de um tempo, Miguel conduziu um casal de nativos, com idade em torno dos sessenta, para junto de Gerard e Oludara. Gerard pegou um pouco da conversa deles enquanto se aproximavam.

— E as dores na minha cabeça voltaram — dizia o homem.

— Vou lhe sangrar hoje à noite — padre Miguel respondeu.

— Obrigado, padre!

— Mas por ora, gostaria de apresentá-lo a estes homens aqui. Gerard e Oludara, conheçam Isabel e Pasquale. Pasquale é o grande cacique das aldeias tupiniquins daqui.

Pasquale incorporava a mistura de cristão e tupi presente em São Paulo. Do seu lado tupi, Pasquale usava uma única pena numa faixa em sua cabeça, e um modesto colar de conchas — nada próximo dos adornos que outros caciques usavam. Por influência cristã, vestia calças de algodão e um colete de couro. Isabel vestia uma saia mas deixava o peito nu, salvo por uma cruz de madeira.

— Vocês têm nomes cristãos? — Gerard perguntou.

— Nós os assumimos no santo batismo — respondeu Isabel.

Oludara fez uma pequena mesura e disse em tupi:

— Nós pulamos de felicidade.

— Estamos contentes que tenham vindo — Isabel respondeu.

— Eles falam nossa língua! — Pasquale gritou, seu sorriso arredondando suas bochechas até as orelhas.

Gregório, próximo, disse:

— Vocês dois também falam a *língua brasílica*? De fato, é um encontro feliz, o nosso.

Padre Miguel assentiu em aprovação.

— Creio que nós seis deveríamos discutir o nosso problema. Vamos nos recolher na escola.

O sorriso de Pasquale murchou e um gesto amargo de cabeça o substituiu.

— Sim, devemos conversar.

Gerard e Oludara seguiram os dois padres e o casal nativo até uma das construções de barro. A casa, muito como os nativos, misturava tupi e europeu. Por um lado, redes estavam penduradas por toda parte com fogueiras espaçadas entre elas, bem como as malocas a que Gerard tinha se acostumado. Por outro lado, gabinetes forrados com todo tipo de objetos e escrivaninhas amontoadas com papéis aglomeravam-se junto às paredes.

— Por favor, perdoem as modestas acomodações — disse Gregório. — Este prédio é nossa escola, nossa enfermaria, nossa despensa, nosso refeitório, e nosso lar. O nosso dízimo nada vale além de um décimo do arroz plantado nesta capitania, e isso é tudo o que recebemos por nossas construções, alimentos, roupas e tudo o mais de que precisamos para espalhar a palavra de Deus aos gentios.

O grupo se fez confortável. Gerard e os nativos escolheram relaxar nas redes, Gregório pegou uma cadeira, e Miguel e Oludara sentaram-se no chão.

— Gregório — padre Miguel disse —, esclareça nossos convidados quanto às complicações diante de nós.

Gregório assentiu e disse:

— Os bandeirantes têm se tornado uma ameaça muito maior do que jamais imaginamos. Eles saqueiam as aldeias nativas, fazem escravizados, e entregam aqueles que não lhes servem para os povos inimigos para serem devorados. — Então ele fez um gesto de cabeça para Gerard. — Excluída a presente companhia, é claro.

— Não nos ofendemos — Gerard disse. — Estamos cientes dessas práticas e as condenamos, assim como vocês.

— Eles tomam a nossa terra — Pasquale gritou. — Eles levam nossas mulheres e filhas. Eles nos vendem como escravizados!

— Não sei o que fazer, padre — disse Gregório. — Depois de defender nosso rebanho de tantos males, devemos agora enfrentar uma ameaça cristã?

Todos ficaram em silêncio por algum tempo, até que, enfim, o padre Miguel falou.

— Deus nos testa, e Deus nos envia os meios para superar. Encontrar esses dois no caminho para cá não foi nenhuma coincidência. Quem melhor para nos ajudar contra um bandeirante do que os próprios bandeirantes?

Voltou-se para Gerard e Oludara.

— Vocês nos ajudariam, achariam uma maneira de defender as aldeias contra os bandeirantes?

— Sim — Oludara disse. — Os tupinambás nos aceitaram como parte deles. Os tupiniquins são como irmãos para nós.

Pasquale e Isabel sorriram diante disso.

— Sou um calvinista — disse Gerard —, sem grandes amores pelos jesuítas. Mas nesta questão, farei tudo o que puder.

— Bom — padre Miguel disse. — E em troca, uma vez que esta questão estiver resolvida, ajudarei vocês a enfrentar a Mula sem Cabeça.

Na manhã seguinte, um empurrão insistente despertou Gerard do seu sono. Seu corpo não se sentia em nada ansioso para levantar-se da rede depois da longa marcha pelas serras. Abriu os olhos para descobrir Oludara com um sorriso excessivamente entusiasmado.

— Você está na cama há tempo demais — disse Oludara. — Como o meu povo diz, "a peneira não vai peneirar a refeição sozinha".

Gerard espiou pela janela para ver um céu azul-escuro. Oludara havia acordado no romper da madrugada.

Ele voltou a se virar e fechou os olhos.

— Acho que a peneira pode esperar um pouco mais.

— Pode? Estou ansioso para planejar a defesa de São Paulo. Muitos anos já se passaram desde que estive envolvido em estratagemas de guerra. Saboreio esse desafio. Dizem que um espírito agudo é o melhor remédio para a velhice. — Quando Gerard não se mexeu, ele acrescentou: — E se você não levantar agora, vai perder o desjejum.

Gerard não precisou de outros encorajamentos — apenas a fome dele superava sua exaustão. Seu entusiasmo, contudo, erodiu-se rapidamente quando o padre Gregório serviu-lhes, mais uma vez, mingau de arroz.

— É Quaresma? — Gerard perguntou, sem tentar esconder a sua decepção.

Gregório riu.

— Você se refere à falta de carne na nossa dieta? Às vezes as crianças nos trazem um peixe ou um jacaré, mas como as ensinamos da manhã até o fim da tarde, elas raramente têm tempo para isso. E falando nelas, devem chegar a qualquer momento.

Logo depois de ele falar, o eco de disparos distantes soou lá de fora. Gerard abriu a boca para perguntar se alguém tinha ido caçar, mas fechou-a quando a preocupação no rosto de Gregório lhe disse que não era o caso. Gregório saiu correndo da casa, com Oludara atrás dele. Gerard enfiou uma colher de mingau na boca e agarrou o seu arcabuz antes de segui-los.

Do lado de fora, depararam-se com padre Miguel.

— Ouviu de onde vieram os tiros? — Gregório perguntou.

— Infelizmente, sim. Da mesma direção da aldeia de Pasquale. Devemos partir neste instante.

Seguiram a um passo rápido pela trilha gasta. Depois de um quarto de hora, ouviram uma grande comoção: tambores e cornetas tocando.

— O que é isso? — Gerard perguntou.

— Os tupiniquins estão se preparando para a guerra — padre Miguel disse. — Algo terrível aconteceu; devemos nos mover com toda a pressa.

Eles cobriram os últimos três minutos correndo, e depararam-se com a fonte da comoção: um grupo de cinquenta tupiniquins. Alguns cuidavam de um nativo que sangrava profusamente de um ferimento de bala. Outros seguravam duas pessoas enquanto seus companheiros erguiam bordunas sobre suas cabeças — postados para um golpe mortal. Gerard ficou chocado ao ver que reconhecia os dois no chão: Moara e Diogo.

Gerard, Oludara e padre Miguel, todos disseram em uníssono:

— Parem!

Pasquale veio correndo na direção deles, brandindo uma borduna em formato de espada. Ao lado dele, Isabel portava o que parecia ser um saco comprido, carregado com pedras para dar peso.

— Eles pegaram meus netos para usar como bestas de carga! — Pasquale gemeu, sacudindo a longa espada de madeira no ar.

— Tragam esses dois para cá — Miguel disse.

Pasquale assentiu relutantemente e alguns de seus guerreiros arrastaram Moara e Diogo na direção deles.

— Você conhece esses dois? — Miguel perguntou a Gerard.

— Sim, eles servem na bandeira de Antônio Dias Caldas.

— Não mais — disse Diogo. — Não depois de hoje.

— O que aconteceu?

— Antônio veio procurando escravizados, e encontrou as crianças. Só havia um guarda com elas, levando-as para terem suas lições, e um dos homens de Antônio atirou nele quando ele resistiu. Ficamos aqui para ajudá-lo, mas estes guerreiros vieram correndo da aldeia e nos capturaram.

— Conheço Antônio — Miguel disse. — Não o achava tolo o suficiente para fazer isso.

— Antônio ousou porque pensava que o senhor estivesse em Salvador — disse Diogo. — Lamento muito, padre, eu não sabia que chegaria a isso... escravizar crianças cristãs.

— Vamos matar todos eles! — gritou Pasquale. — Vamos assá-los!

— Basta! — Miguel gritou. — Você esquece tão rápido os seus ensinamentos?

Pasquale baixou a cabeça, envergonhado.

— Iremos atrás deles — Miguel disse —, mas não haverá derramamento de sangue.

— Conheço a trilha que eles pegaram — disse Moara. — Posso levá-los a eles.

— Mas podemos confiar em vocês? — Gregório perguntou.

— Nós responderemos por esses dois — Gerard disse, e Oludara concordou com a cabeça. — São duas das melhores pessoas que eu conheço.

— Mas ainda não sei se podemos confiar em vocês dois. E se tudo isto for algum elaborado ardil para ajudá-los a escapar?

— Podemos confiar neles — Miguel disse, numa voz que não oferecia qualquer réplica. Gregório inclinou a cabeça em deferência.

Padre Miguel dirigiu-se à multidão em tupi.

— Nossa marcha será célere e sem descanso. Qualquer um que não conseguir acompanhar deverá ficar para trás.

Só uns poucos nativos ficaram para trás para cuidar do homem ferido, o resto entrou em fila atrás de padre Miguel. Isabel, seu saco na mão, ficou ao lado de Pasquale.

— Padre Miguel — Gerard disse. — O senhor precisa saber que esse Antônio é meu inimigo jurado.

— Isso vai ser um problema?

— Se ele me vir, isso poderá causar ofensa.

— Não importa. Vocês devem vir conosco; essa é a razão de estarem aqui.

Enquanto o grupo trotava pela serra, Oludara falava com Pasquale e Isabel.

— Isabel — disse —, as mulheres tupiniquins sempre viajam com os guerreiros?

— É o nosso costume que a esposa do cacique o siga para a batalha — ela respondeu.

— Nossos modos são diferentes dos modos dos tupinambás — disse Pasquale. — Ainda mais por causa de nosso tempo com os jesuítas. — Apontou para Miguel, correndo descalço na frente do grupo, liderando sem pausa. — Você pode ter fé naquele ali. Ele é o maior dos pajés cristãos. Tem poderes que vão muito além de qualquer um dos outros.

Gerard ouviu o comentário e caçoou.

— Um padre, mesmo um que seja católico, não é nada como os seus feiticeiros.

— Acredite no que quiser; eu o vi realizar milagres.

— Eu também vi — Oludara disse. — Ao seu comando, a Mula sem Cabeça fugiu perante ele.

Gerard fez um som de "humf", mas não disse nada.

— Veja como ele corre — disse Pasquale. — Esses padres são estranhos. Eles nos servem, eles morrem por nós, mas se recusam a se casar com nossas filhas!

Oludara não pôde evitar um sorriso, tanto da sinceridade do comentário quanto da cara avermelhada de Gerard.

— São mesmo estranhos — Oludara concordou.

Seu sorriso desapareceu quando eles passaram uma crista de morro e o bando de Antônio ficou visível. Uns vinte homens conduziam uma fila com dúzias de crianças amarradas juntas pelo pescoço. O próprio pescoço de Oludara formigou com a lembrança das suas correntes.

— As crianças! — Isabel gritou.

Ela correu para adiante, Pasquale ao lado dela. Os outros nativos berraram um grito de guerra atrás deles.

— Alto! — o padre Miguel disse.

O ataque terminou de uma vez, ainda que, pelos seus rostos, nenhum deles estivesse feliz com a ordem. Contudo, a força da voz de Miguel não deixava espaço para ser desafiada; até Oludara paralisou-se diante do seu som.

Os homens de Antônio voltaram-se para a comoção e alinharam-se para a batalha, colocando seus arcabuzes sobre apoios e mirando contra o grupo que se aproximava. Em resposta, padre Miguel caminhou para a frente e levantou os braços bem abertos. Antônio notou-o e mandou seus homens baixarem as armas. Miguel continuou em frente, confiante, e os outros seguiam atrás.

Ao chegarem mais perto, Antônio viu Gerard no meio do grupo e berrou:

— Van Oost, o que está fazendo aqui?

Miguel ignorou o comentário e dirigiu-se a ele.

— Antônio, o que *você* pensa que está fazendo com essas almas cristãs?

Um homem de nariz fino e bigodes, com uma bandana preta, adiantou-se. Oludara nunca o vira antes entre os homens de Antônio.

— Você não deveria estar em algum lugar se autoflagelando? — ele perguntou ao padre Miguel.

— Cuidado com a língua, Grilo — Antônio disse. — Não sabe quem é esse?

— Eu sei — respondeu Grilo —, mas não ligo muito.

Pasquale adiantou-se com um pulo, mas Miguel o conteve com uma mão no seu ombro. Sem se abalar, Miguel respondeu ao homem com um sorriso.

— Reservamos nossos flagelos de purificação para os sábados.

Diogo sussurrou a Oludara e Gerard:

— Depois da sua última escapada, Antônio me rebaixou. Em meu lugar, colocou esse homem, Belquior Grilo. Se você pensou que Antônio era ruim, Grilo o faz parecer um santo.

— Ele deixa uma forte primeira impressão — concordou Gerard.

Antônio olhou para Diogo e Moara.

— Espero que vocês tenham me trazido esses nativos como cativos.

— Nós não o seguimos mais, Antônio — Diogo disse.

— Bons ventos os levem, então. Você amoleceu há muito tempo. Vocês dois estorvam mais do que ajudam. Vão ver quanto tempo duram sozinhos.

— Se Gerard e Oludara conseguem viajar sozinhos — disse Moara —, nós podemos pelo menos tentar mostrar a mesma coragem.

Antônio ficou vermelho e disse:

— Permitirei que vocês vivam desta vez só por causa do serviço que me prestaram no passado. Mas é melhor esperarem que nossos caminhos nunca se cruzem novamente.

Padre Miguel o interrompeu.

— Basta. Antônio, entregue as crianças. Solte-as logo, e eu não informarei o governador desta transgressão.

— Pegamos estes honestamente — respondeu Antônio —, pela lei do próprio governador.

— A lei afirma que só os nativos tomados em batalha legítima podem ser escravizados. Que combate estas crianças travaram contra vocês, eu me pergunto?

Antônio coçou a sua barba.

— Eu lhe digo, padre. Eu os solto se o senhor me der van Oost.

Gerard soltou o menor dos gemidos.

— Não estou aqui para barganhar — disse padre Miguel.

— Que diferença faz um protestante ao senhor?

Miguel não vacilou em nada, antes de dizer:

— Ele não é mais protestante. Ele converteu-se recentemente ao catolicismo.

Oludara pôde ver Gerard prestes a protestar, e então apertou o seu braço numa pegada esmagadora. Gerard se recompôs e assentiu.

— Não acredito nem por um segundo — disse Antônio.

— Eu mesmo o batizei — disse padre Miguel. — Duvida da minha palavra?

Quando Antônio hesitou, Miguel levantou a voz.

— Eu sou o provincial da Companhia de Jesus. Você vai obedecer ao meu comando. Solte essas crianças agora!

Antônio desistiu com um dar de ombros, e disse aos seus homens:

— Soltem-nas. — Então acrescentou: — Padre Miguel, fique certo de que o governador Veiga sabe que, sem escravos para trabalhar nos engenhos, o Brasil estará perdido. Pode levar estes agora, mas é só uma questão de tempo antes que todos eles sejam nossos.

— Não enquanto a Companhia de Jesus existir — disse Miguel.

As crianças correram de volta até os nativos, chamando por seus pais e avós.

— Não pense que esquecerei isto, Gerard — disse Antônio. — Vez após outra você me rouba a minha fama e arruína o meu ganha-pão.

Gerard não disse nada, então Oludara falou por ele:

— Se é assim que você ganha a vida, arruiná-lo é um prazer.

Antônio bufou e deu-lhes as costas. Antes de partir, Grilo fingiu segurar um arcabuz e atirar em Oludara.

Miguel voltou-se para Diogo e Moara.

— O que vocês vão fazer agora?

Eles olharam um para o outro e Moara deu de ombros. Diogo disse:

— Quem sabe? Temos percorrido as selvas com Antônio por muito tempo.

— Estariam dispostos a ficar em São Paulo por um tempo? Ajudar a reforçar nossas defesas contra gente como Antônio?

— Sim — disse Moara. — É o mínimo que podemos fazer.

— Qualquer coisa para expiar esse terrível ato — disse Diogo.

— Que bom — Miguel disse. — Se não se importam, por favor ajudem Pasquale e Isabel a escoltar todos de volta. Gregório, vá também.

— Você não vem conosco? — perguntou Gregório.

— Não — disse Miguel. — Tenho negócios inacabados com estes dois.

Por alguma razão, Oludara sentiu um calafrio quando Miguel fez contato visual com ele e Gerard.

Mais uma vez, padre Miguel conduzia Oludara e Gerard pelas florestas das serras. Dessa vez, contudo, ele se permitia um passo mais casual.

— Aonde estamos indo, padre? — Oludara perguntou. — Procurar a Mula sem Cabeça?

— Rumo à mula, sim. Rumo ao destino, suponho que você poderia dizer.

— Destino?

— Chame a isso o meu modo de agradecer a vocês.

— Nós não fizemos nada! — Gerard disse.

— Talvez não hoje, mas fizeram muito, e farão muito. Deixemos assim.

Oludara olhou para Gerard e deu de ombros.

Quando eles alcançaram a clareira, padre Miguel olhou em torno e disse:

— É este o lugar. Podemos descansar aqui.

Os três sentaram-se. Gerard desembainhou sua rapieira e passou óleo nela.

— Um padre pode contar uma mentira? — Oludara perguntou a Miguel.

— Hmmm?

— Quando Antônio pediu Gerard em troca, você disse que ele tinha se convertido.

— Oh, isso. Contar uma mentira é pecado, mas não salvar uma vida é um ainda maior. Pedirei o perdão de Deus por essa inverdade, juntamente aos meus outros pecados.

— Outros pecados? — perguntou Gerard. — Como o quê? Esquecer de fazer o sinal da cruz antes do jantar?

Miguel sorriu diante do comentário.

— Muito pior do que isso, eu temo. Antes, fui muito parecido com Antônio.

— O quê?

— Eu saqueei as aldeias tupiniquins, e então os vendi por terra e por mar. Do sofrimento deles, fiz uma fortuna.

Os olhos de Oludara se arregalaram. Gerard deixou cair a sua rapieira.

— Mas por quanto tempo um homem racional pode seguir fazendo tal coisa? — padre Miguel continuou. — Por quanto tempo um homem pode dizer a si mesmo que o que ele faz é certo, sabendo no seu coração que é errado?

— Esse pensamento nunca ocorreu a Antônio — Oludara disse.

— Talvez um dia ocorra. No meu caso, acordei um dia e meus pecados pesavam tanto sobre mim que não conseguia respirar. Naquele momento, prometi o resto de minha vida a Deus. Muitos dias orei para que Deus me derrubasse, que terminasse minha existência sem valor. Mas a sublime glória de um mártir é reservada aos heróis.

"Em vez disso, minha vida é de penitência. Servirei aos tupiniquins até morrer, para que possa ganhar alguma redenção."

Com isso, padre Miguel parou e olhou em torno.

— O que é? — perguntou Oludara.

De faca na mão, ele percorreu a área com os olhos, mas não conseguiu ver nada. Gerard, ao seu lado, fez o mesmo.

Padre Miguel focou os seus olhos num ponto na mata, então levantou-se e, de braços estendidos, colocou-se entre esse ponto e os dois homens.

Tiros, pelo menos três deles, soaram da mata, e padre Miguel desabou. Gerard lançou-se para junto do padre. Oludara olhou na direção dos disparos, mas não conseguiu divisar seus atacantes.

— Gerard — disse —, precisamos procurar cobertura!

Gerard, contudo, não se mexeu. Oludara olhou para baixo para vê-lo aninhando o padre em seus braços. Padre Miguel tinha levado um tiro no peito e um no pescoço. Ele agarrava a garganta com as duas mãos e sangue gorgolejava de sua boca enquanto ele tentava formar palavras que não conseguia mais falar.

— Gerard! — Oludara gritou.

Ele sabia quanto tempo levaria para que seus inimigos recarregassem os seus arcabuzes — e esse tempo estava quase se esgotando. Deu puxões em seu companheiro, mas de nada serviu.

Uma outra salva soou, e Oludara levantou os braços diante do rosto. Sentiu um vento passar chicoteando por ele, e olhou para ver que um redemoinho tinha se formado à sua frente, desviando os tiros para longe.

— O que foi isso? — veio uma voz da mata.

— Não sei, mas esqueça as armas — veio a voz de Grilo. — Vamos espetá-los e acabar com isso.

O rodamoinho voou para dentro do mato e no seu lugar Oludara viu Grilo, uma comprida faca na mão, conduzindo dois outros bandeirantes para fora da mata. Um portava um facão e o outro um machado.

Oludara ficou em pé entre Gerard e os homens.

— Gerard, por favor! — ele implorou. — Não posso combatê-los sozinho!

Gerard permanecia em choque.

Oludara planejou seu ataque. Grilo estava no meio, então lançar-se a ele primeiro o deixaria aberto a um ataque pelos lados. Decidiu investir contra o homem com o facão, tentar pegá-lo rapidamente, então lidar com os outros dois. Algo desesperado, até impossível, a menos que Gerard se assenhorasse do seu juízo e se juntasse à luta.

Enquanto Oludara preparava o ataque, um grito interrompeu seus pensamentos.

— Seu idiota! O que você fez?

Antônio, seguido pelo restante dos seus bandeirantes, correu para dentro da clareira. Ele ajoelhou-se junto ao Padre Miguel, do lado oposto a Gerard.

— Não é minha culpa — disse Grilo. — Esse padre estúpido entrou no caminho.

Padre Miguel olhava para cima, para Antônio, que disse:

— Eu não queria que isso acontecesse. Grilo deveria ter capturado van Oost, só isso. Por favor, perdoe-me, padre!

Padre Miguel tirou uma mão coberta de sangue da sua garganta, esboçou palavras sem som e com seu polegar, traçou uma cruz na testa de Antônio com o seu próprio sangue. Então levantou a mão para Grilo, que escarneceu e deu-lhe as costas. Com isso, o padre Miguel fechou seus olhos e tombou, morto.

Depois de um longo silêncio, Antônio balançou a cabeça e disse:

— Isso foi um ato terrível.

— O que é um padre morto? — Grilo disse. — Eles entram em fila como cordeiros no matadouro. Não há nada que eles gostem mais do que levar uma bala em nome de Deus.

— Basta! — Antônio disse, levantando-se. — Não vou mais ter você a meu serviço. Deixe-me!

Grilo buscou sua faca e Antônio mirou-o com olhos cerrados, desafiando-o a atacar. Depois de uma curta pausa, Grilo pensou melhor e relaxou.

— Tudo bem para mim. Você ficou tão mole quanto os outros.

Com isso, Grilo gesticulou para os outros homens que o tinham auxiliado na emboscada, e os três partiram descendo a trilha. Quando eles desapareceram de vista, Antônio voltou sua atenção para Gerard.

— Isso tudo é sua culpa, Van Oost!

Essas palavras finalmente tiraram Gerard do seu transe.

— Minha culpa? — ele retorquiu.

— Você sempre tem de se meter onde não é chamado. — Antônio desembainhou sua rapieira. — Puxe a sua espada, Van Oost, e vamos liquidar isto.

— Não vou lutar com você, Antônio.

— Então vai morrer.

Antônio golpeou, mas Oludara investiu no último segundo para bloquear a lâmina, desviando-a a meras polegadas do rosto de Gerard. Eles puxaram suas armas e se prepararam para um segundo engajamento, quando um comando de "basta!" deteve a ambos.

Gregório colocou-se entre eles e afastou suas lâminas. Ajoelhou-se diante de padre Miguel, falou palavras em latim que Oludara não conseguiu entender, e fez o sinal da cruz. Com reverência, retirou do pescoço de Miguel um rosário feito de contas de madeira do tamanho de uvas, que pendurou na sua própria cintura, na faixa que usava como cinto. Então virou-se para Antônio.

— Você ousaria derramar mais sangue aqui, num chão santificado pelo sangue *dele*? Com a bênção dele escrita com sangue em sua testa?

Antônio ficou firme, mas não disse nada.

— Fora daqui! — gritou o padre Gregório.

— Não — disse Antônio. — Você não é o padre Miguel, e eu não vou embora sem Van Oost.

— Fora daqui para sempre! Volte aqui outra vez e eu farei com que seja excomungado.

— Você não tem essa autoridade.

— Agora que Miguel se foi, quem você acha que será o próximo provincial?

Antônio olhou o padre de cima a baixo, considerando, antes de finalmente dizer:

— Muito bem. — Olhou de cima para Gerard. — Seu dia chegará, Gerard. Da próxima vez, não vai ter um padre por perto para protegê-lo, e nada menos que a sua cabeça em uma estaca vai me satisfazer. Considere-nos em primeiro encontro!

Antônio gesticulou para o seu grupo, e eles foram embora em silêncio.

— O que é primeiro encontro? — Oludara perguntou.

Gerard não disse nada enquanto Gregório removia Miguel dos seus braços e o deitava gentilmente no chão.

— Gerard, o que é primeiro encontro? — Oludara perguntou de novo.

Gerard, sem tirar seus olhos do padre morto, disse:

— É o chamado para um duelo. Significa que da próxima vez que nos encontrarmos, onde quer que seja, só um de nós sairá vivo.

Gerard examinava o grupo enorme que tinha se juntado para o funeral do padre Miguel. Dúzias de padres vieram, além de centenas de colonos europeus: todo mundo, de proprietários de terra a comerciantes e escribas. O mais impressionante, contudo, eram os milhares de nativos. Em suas melhores roupas, eles vagavam pela área, gritando de tudo, de frases cristãs como "Deus, proteja a sua alma!" ao "Nós também queremos morrer com você!" do tupi tradicional.

Depois de uma missa ao ar livre, uma multidão juntou-se atrás da igreja para o funeral. As crianças tocaram um noturno, e Gregório ministrou um elogio fúnebre.

— Padre Miguel era um farol de bondade — ele disse —, a glória da nossa Companhia. Escolheu a pobreza acima da riqueza, a penitência acima do orgulho. Sofreu fome e sede, enfrentou tanto as selvas quanto os mares. Incontáveis são os rios que atravessou e as montanhas que escalou a serviço de seus amados tupiniquins.

Poucos olhos permaneciam secos, e Gerard derramou a sua parte das lágrimas. Ao seu lado, Oludara comentou:

— E então é dele a "sublime glória" do martírio, afinal. Ele realmente acreditava que a morte poderia ser uma recompensa?

— Não sei. Conhecemos muitos em nossas viagens pelo Brasil, mas nenhum como ele. — Gerard olhou para Oludara. — Lamento ter me paralisado naquele dia, durante a emboscada.

— De fato — Oludara disse —, foi a primeira vez que vi você assim, mas não quis discutir essa questão depois.

— Foi como se o sol se apagasse diante de mim. Ele tentou me dizer algo, mas não consegui entender as palavras.

Gregório aproximou-se deles.

— Gerard — disse —, tenho um favor a pedir. Não busque vingança sobre Antônio e Grilo; padre Miguel perdoou-os dos seus pecados.

— Eu não busco vingança, padre — disse Gerard. — Nunca matei um homem, e nunca matarei. Nossa alma é a única coisa que não recebemos sob empréstimo neste mundo.

— Belas palavras, Gerard. Para um protestante enganado, você não é um homem ruim.

— Gregório — Oludara disse —, como soube que deveria voltar até nós?

— Chame de inspiração divina, como desejar. Uma visão, Oludara. Eu o vi morrendo. — Com isso, lágrimas caíram dos olhos de Gregório e ele teve de fazer uma pausa para se recompor. — Naquele momento, soube que ele estava destinado a morrer, mas que, indo até ele, outras vidas poderiam ser salvas.

— Eu creio que ele também teve uma visão — Gerard disse. — Ele nos levou até aquele ponto. Ficou entre nós e os tiros, sem aviso.

— Duas visões para o mesmo propósito. Era a vontade de Deus que ele deveria morrer, em vez de vocês.

— Eu nunca pedi a ele que... — Gerard gaguejou.

— Não pretendo sobrecarregá-lo, Gerard. O trabalho de Deus não deve ser questionado. — Ele limpou suas lágrimas e olhou para longe. — Mas uma coisa Deus não me mostrou. Como substituir alguém que é insubstituível?

Ficaram em silêncio por um tempo, antes que Oludara finalmente falasse:

— Meu povo tem um ditado. "Se você não consegue construir uma casa de uma vez, primeiro construa um barraco."

— Obrigado, amigo. Há sabedoria nessas palavras. E agora que você mencionou isso, acredito que tenhamos um negócio inacabado a resolver.

— O que seria? — perguntou Gerard.

— A Mula sem Cabeça.

— Nós não poderíamos nem pensar nisso num momento como este.

— Era a tarefa final dele. Se o meu fardo é substituí-lo, é onde devo começar.

De volta à mata em que primeiro encontraram a Mula sem Cabeça, Oludara partilhava uma fogueira com Gerard e Gregório. Jantavam raízes assadas, e Oludara sabia que a hora da caçada se aproximava. Ele levantou o seu arco e testou-o.

— Você não precisará disso — o padre Gregório disse. — De fato, eu preferiria que deixassem suas armas aqui.

Oludara e Gerard olharam um para o outro.

— Você nos pede para enfrentarmos uma fera que solta fogo sem armas? — Gerard perguntou.

— Isto não é uma luta — disse padre Gregório. — É mais como... uma intervenção.

— Acho que é hora de nos contar o que sabe sobre a fera — Oludara disse.

— Só sei o que Miguel contou-me. — Ele puxou o rosário de madeira de Miguel da sua faixa, onde o tinha pendurado desde que o apanhara. — Vocês devem ter achado estranho quando retirei isto do pescoço dele. Ele o usava em preparação para esta mesma tarefa. Contou-me que o único modo de deter a mula é colocando isto no seu pescoço. Também contou-me que não deveríamos fazer mal à mula de nenhum modo.

— Incomum — Oludara disse.

Gregório, depois de uma última olhada ao rosário, entregou-o a Oludara.

— Miguel me disse tudo isso antes de partir com vocês. Achei isso estranho, na hora, mas devia ter sabido, mesmo então, que não viveria para ver a tarefa realizada.

— Eu deixarei minha arma — Gerard disse —, mas preferiria ir nu a deixar minha rapieira para trás.

— Como eu, em relação à minha faca — Oludara acrescentou.

— Está bem — disse Gregório. — Mas a menos que suas vidas estejam em perigo, tentem mantê-las embainhadas.

— O que acha, Oludara? — perguntou Gerard. — Alguma ideia sobre como passar esse rosário pelo pescoço dela?

— A mula nunca dorme? — Oludara perguntou.

— Não que alguém já tenha visto — Gregório respondeu. — Segundo todos os relatos, ela simplesmente desaparece quando o sol se levanta.

— Eu não acho que nos esgueirarmos até ela seja uma opção — disse Oludara —, não perto o bastante para laçá-la. Assim, nossas escolhas são capturá-la ou confrontá-la.

— E se a confrontarmos? — Gerard perguntou.

— Ir até a mula de frente seria suicídio — Oludara disse —, e tentar abordá-la pelos flancos ou pelas costas não é muito melhor; as mulas são conhecidas pelos coices. Então a nossa melhor chance está em ir até ela por cima. Um de nós se esconde em uma árvore com o colar e o outro atrai a fera para debaixo dela.

Gerard puxou o seu cavanhaque.

— Parece plausível — disse. — Deixe-me agir como a isca, prefiro não pular de outra árvore nesta semana.

— E o que gostariam que eu fizesse? — perguntou Gregório.

— Fique por perto — Oludara disse —, mas não deixe a fera vê-lo. Sua presença pode fazê-la fugir. Se nossa situação ficar desesperadora, tente mandar a fera embora, como o padre Miguel fez.

— Como Antônio disse tão eloquentemente, não sou padre Miguel, mas farei o meu melhor.

Oludara ajoelhava-se na forquilha de uma árvore, rosário na mão. Os três homens tinham se esfregado com folhas e terra para mascarar o seu cheiro, e assumido posições em volta do mesmo lago onde encontraram a mula da primeira vez. Oludara agradeceu ao seu deus Olorum pela lua cheia, que fornecia tanta luz quanto poderiam esperar no meio da noite. Ele tinha esperança de que a estratégia deles funcionasse como planejado, mas pelas experiências anteriores, isso raramente acontecia.

Oludara movimentou suas pernas cansadas na árvore, enquanto a maior parte de uma hora se passava, mas paralisou-se quando notou uma forma escura aproximando-se da água. O pescoço sem cabeça da mula virou-se de lado a lado, vigiando a área à sua volta de um modo que Oludara achava insondável. Depois de uma curta pausa, ela foi em frente, beber água.

Gerard saiu sorrateiro do seu esconderijo e colocou-se a meio caminho entre Oludara e a mula. Ele chamou:

— Ei, você, filho de uma égua!

O dito era um insulto comum no Brasil, mas pareceu a Oludara um pouco tolo usá-lo em uma criatura que havia, de fato, nascido de uma égua. E pelo que Oludara tinha visto — ou melhor ainda, não tinha visto — a mula era fêmea.

Não obstante, a frase teve o efeito desejado. A mula virou-se e relinchou, chamas saltando do seu pescoço. Gerard não esperou; deu meia-volta e correu. Depois dos seus primeiros passos, contudo, ele tropeçou e caiu.

— Pelo amor de Olorum! — disse Oludara.

Saltou da árvore, sabendo que não tinha outra escolha além de alcançar Gerard antes da mula.

A mula atacou enquanto Oludara se recobrava da queda. Oludara agitou os braços, tentando fazer a criatura parar. Gerard levantou-se de qualquer jeito. Diante dos dois homens, a mula empinou e disparou as suas chamas para o céu.

Por um momento, todos os três ficaram ali em silêncio. Oludara mexeu os pés na direção dela, na esperança de se esgueirar para perto o suficiente para colocar o laço, mas um disparo das chamas chamuscou seu cabelo e ele soube que seria quase impossível sem uma distração.

Gerard pareceu ter o mesmo pensamento, e se curvou para apanhar um galho. Agitou-o na direção da criatura, então o arremessou. Isso de fato chamou a atenção da mula, mas ela virou o corpo de modo que Oludara não conseguiria mais alcançar o pescoço dela com facilidade.

Gerard desembainhou sua rapieira e a vibrou em frente da criatura, conquistando a atenção dela. Oludara esgueirou-se girando na direção dos quartos traseiros da fera, esperando montá-la por trás. Correu para a frente, mas notou as pernas da mula dobrando-se para dar um coice.

Com nada restando a fazer, Oludara escorregou e os cascos passaram raspando o seu nariz. A fera girou sobre ele e, desesperado, ele atirou o rosário na direção do seu pescoço. Por um momento, pensou que daria certo, mas o rosário falhou em circundar o pescoço e deslizou para o chão. Gerard precipitou-se com a rapieira, mas tarde demais. O que parecia ser carvão em brasa queimava dentro do pescoço da criatura. Pela segunda vez, Oludara encontrou-se indefeso diante das chamas da Mula sem Cabeça.

— Pare! — Gregório gritou, caminhando para dentro da clareira. Soava como se tentasse imitar Miguel, mas sem a mesma força da voz.

A mula fez uma pausa, mas com suas chamas ainda apontadas para Oludara.

— Pare — ele disse outra vez, dessa vez com mais suavidade. O que a sua voz perdeu em volume, ganhou em segurança.

A mula girou para longe do padre e contraiu os músculos para um galope.

— Espere — ele disse, numa voz tranquila que pedia mais do que comandava.

As brasas no pescoço da mula extinguiram-se, e ela virou-se para encará-lo. Gregório, trêmulo, caminhou até a mula, que ficou tensa. Gentilmente, ele descansou uma das mãos em seu ombro.

— Estamos aqui para ajudar — disse.

Com isso, a Mula sem Cabeça relaxou e abaixou o seu pescoço. Gregório curvou-se e apanhou o rosário caído. Pendurou-o em torno do pescoço da criatura. A mula tremeu, caiu de joelhos, então tombou completamente. Em uma grotesca transformação, dedos brotaram de seus cascos e uma pele manchada substituiu sua capa de pelos. Gerard adiantou-se, mas Gregório fez sinal para que recuasse. Depois de espernear mais, de modo agonizante, a forma firmou-se na de uma mulher.

A mulher parecia ter em torno de quarenta anos, com a pele clara de uma portuguesa, mas com o cabelo negro e liso de uma nativa. Gregório removeu a sua batina, revelando roupas de baixo de linho branco, e cobriu a nudez da mulher. Ela soluçou e ele deitou uma mão confortadora em seu ombro.

Ela chorou por vários minutos antes de se recompor.

— Tão terrível, e por tanto tempo — disse.

— Você não precisa dizer nada — disse Gregório.

— Não — ela disse, agarrando a camisola dele, mas então pensando melhor e recolhendo a sua mão. — Preciso me confessar.

— Muito bem. — Ele fez o sinal da cruz e disse: — *In nomine Patris et Filii et Spiritus Sancti. Amen.*

— Meus pecados são terríveis. Tive um relacionamento com um padre, nós... nos tornamos amantes.

Oludara ouviu Gerard engasgar.

— Pequei com ele muitas, muitas vezes. Então ele me rejeitou, contou-me que não podia mais suportar sua consciência. Eu me senti traída, zombei dele. Seu coração cedeu e ele morreu, e pouco depois, eu...

Padre Gregório assentiu e disse muitas palavras em latim que Oludara não conseguiu entender, terminando com:

— *Ego te absolvo a peccatis tuis in nomine Patris, et Filii, et Spiritus Sancti. Amen.*

A mulher fez o sinal da cruz.

— Como penitência — Gregório disse —, você aceitaria entrar no convento e se tornar uma freira pelo resto dos seus dias? Muito bem ainda pode ser feito.

Ela soluçou e caiu aos pés dele.

— Sim, padre. Obrigada.

Gerard, pronto para partir, aguardava Oludara nos arredores de São Paulo. O padre Gregório saiu para encontrá-lo.

— Seu rosto está carregado de pesar e isso me entristece — Gregório disse. — Você não é o mesmo homem confiante que chegou aqui há poucas semanas.

— Estes últimos dias me testaram — disse Gerard. — Preciso descansar e refletir.

— Então não seja tão rápido em partir. Há poucos lugares melhores do que este para o descanso.

— Eu gostaria de colocar este lugar e as suas lembranças no meu passado — Gerard disse. — Minha consciência está pesada.

— Por quê? Por vocês terem vindo, a alma de uma mulher foi libertada. E se não estivessem presentes, teríamos seguido Diogo e Moara até as crianças?

— Se não estivéssemos presentes, o padre Miguel teria morrido?

— Isso foi escolha dele. Com o seu sangue, padre Miguel trouxe a liberdade das crianças, talvez da aldeia inteira. Antônio não ousará voltar para cá.

Gerard pôde apenas balançar a cabeça. Para seu alívio, Oludara uniu-se a eles.

— Têm certeza de que não querem ficar por mais tempo? — Gregório perguntou. — Há muito que vocês poderiam fazer aqui.

— Diogo e Moara nos disseram que vão ficar até que as defesas da vila estejam prontas — Gerard respondeu. — Nós dois seríamos só mais bocas para alimentar.

— E é hora de eu voltar para a minha esposa — Oludara disse. — Passaram-se meses desde que a vi pela última vez.

— O que quer que façam, não percam a fé. Permitam que a graça divina de Deus os guie por caminhos extraordinários e milagrosos.

— Mesmo se essa fé for protestante? — perguntou Gerard.

— Sim, mesmo se for.

Tocando a ponta do chapéu, Gerard virou-se e partiu.

— Engraçado — ele disse a Oludara. — Padre Miguel via a minha fé como uma doença, mas Gregório não parece se importar tanto.

— Um padre não pode ter a sua própria opinião?

Gerard fez uma careta.

— Geralmente não.

— Viaje por esta Terra de um lado até o outro, e não encontrará duas pessoas iguais — Oludara disse.

— Esse é um dos seus ditados?

— Não, apenas uma observação.

Eles marcharam em silêncio por algum tempo, até que Gerard disse:

— Lembra-se do que Antônio disse? Que o Brasil não pode se sustentar sem escravizados?

— Eu me lembro.

— Há muitos que partilham dessa visão. Se não puderem mais escravizar os nativos, você se preocupa que eles olharão ainda mais para a África?

— Talvez, Gerard. Mas essas são duas batalhas diferentes. Aqui, lutamos pelas nações Tupis. Quando eu voltar à África, lutarei contra a escravidão lá também.

— É esse o único meio de detê-la, lutando?

— Você acha que pode desviar homens como Antônio e Grilo dos seus caminhos? Para isso, tenho um ditado: "Aquele que espera que um caranguejo pisque vai se demorar muito na praia".

Gerard abriu a boca para replicar, mas um farfalhar de moitas alertou-o.

— Bom Deus, outra emboscada! — disse, levantando o seu arcabuz.

O Saci-Taperê veio para dentro da trilha diante deles.

— Por favor, abaixe essa coisa — ele disse. — Gosto do cheiro de pólvora ainda menos do que de fumaça de tabaco.

— Saci-Taperê — disse Oludara —, você me protegeu dos tiros naquele dia. Por quê?

O Saci-Taperê pulou na direção deles, sorrindo.

— Vocês dois me fazem rir, o modo como estão sempre se metendo em encrenca. Se fossem mortos, como eu ia ocupar o meu tempo?

— Quer dizer que tem nos seguido? — disse Gerard.

— Oh, sim! Vi vocês quase serem mortos pela Mula sem Cabeça outra vez. Que pena que ela não estará mais aqui para fazer vocês trombarem por aí.

Gerard teve uma ideia.

— Bem, se você quer nos seguir, nós nos dirigimos para o norte.

— Norte? Não façam isso! Não há nada que valha visitar lá.

— Engraçado — Gerard disse. — Alguém parecido com você disse que não havia nada de bom aqui embaixo.

— Parecido comigo? — guinchou o demônio. — Não existe ninguém como eu!

— Realmente? Porque o Saci-Pererê nos disse que ele é o único Saci verdadeiro.

— Vocês são amigos da... daquilo!

O Saci-Taperê gritou e transformou-se num poderoso redemoinho, que derrubou Gerard e Oludara no chão antes de sumir girando para dentro do mato.

Enquanto os dois levantavam-se e batiam a poeira do corpo, Gerard comentou:

— Se apenas fosse tão fácil assim se livrar de todos eles.

Pela primeira vez em dias, os dois encontraram razão para sorrir.

Um urutau estava na sua árvore favorita, pronto para a sua canção noturna. Naquela noite, apenas a escuridão e o luar o envolviam; sua floresta estava livre das chamas de homens e mulas.

Ele abriu o bico para cantar a sua mesma melodia decrescente, mas, no último instante, sua canção mudou. Naquela única noite, quando ele cantou, sua canção não soou pesarosa. Ao contrário, soou quase como as ladainhas das crianças.

CAPÍTULO 9

O doloroso parto de Tainá

Uma preguiça pendurava-se em um pé de jacarandá e mirava as duas figuras incomuns abaixo dela. A preguiça tinha se acostumada às criaturas altas que chegaram à sua floresta anos antes, e construíram enormes pilhas de terra e madeira cobertas com folhas de palmeira para nelas viver. Achava divertidas as suas unhas minúsculas e bizarros os seus braços inferiores, aqueles que usavam para se mover perpendicular ao chão. Os dois abaixo dela, porém, eram ainda mais estranhos do que o resto. Um deles tinha um tom de pele muito mais claro do que os outros, e o outro, um tom muito mais escuro.

Ela, contudo, apreciava o fato de que eles não se movimentavam por aí tão casualmente quanto os outros. De uma maneira mais digna, tinham se deitado no chão por horas, olhando para ela pendurada na árvore. Os outros da espécie deles poderiam aprender muito com esses dois.

Oludara deitava-se na grama ao lado de Gerard. Por horas, eles observavam uma preguiça parada na árvore acima deles.

Não conseguiria imaginar um dia mais perfeito para não fazer nada. Os jacarandás cercavam-nos num magnífico desabrochar de primavera, parecendo gigantescas bolas de algodão violeta. Cada brisa provocava uma chuva das coloridas pétalas, que traziam com elas seu perfume doce e levemente apimentado, e provocando um espirro ocasional também.

Naqueles dias, os dois faziam pouco. Depois da morte de padre Miguel, Gerard tinha perdido muito do seu gosto pelas viagens. Isso, e o retorno deles vindos de São Paulo, também havia marcado uma grande surpresa: Arani estava grávida. Sua barriga crescera muito nos meses da ausência deles.

Então as suas aventuras tinham ficado infrequentes, e eles passavam quase todo o tempo na aldeia de Arani, ainda localizada precariamente entre os bandeirantes de Antônio de um lado, e a terra árida conhecida como o Sertão, do outro.

Depois de meses de espera, Oludara logo seria pai. A pausa havia sido boa, mas Oludara não conseguia evitar de se sentir irrequieto de tempos em tempos.

— Acho que você vai perder a sua aposta — disse a Gerard. — Aquela criatura obviamente não come, ou já teria comido algo.

— Tolice — Gerard respondeu. — Ela precisa comer alguma coisa.

— É a atividade que causa fome. Essa criatura não faz nada.

— É um dos animais mais estranhos que já vi, certamente. Tem a cara de uma criança e as garras de um leão. Todavia, tudo o que faz é se pendurar nas árvores.

Jogando uma isca a Gerard, Oludara disse:

— Os tupinambás não caçam a criatura porque qualquer um que coma a carne dela ficará tão lento quanto.

Bem como ele suspeitava, a observação irritou Gerard.

— Isso é ainda mais absurdo do que afirmar que a criatura não come!

Oludara sorriu ao levantar-se e bater do corpo o cobertor violeta de pétalas de flor que tinham se acumulado em cima dele.

— Passamos aqui a maior parte do dia — disse. — Estou começando a me sentir tão lento quanto essa criatura. Devíamos fazer alguma coisa.

— Não é tão ruim assim, tirar um dia de descanso de vez em quando.

— Um *dia* de descanso? Não temos feito nada além de descansar por meses! Você não é mais o mesmo, Gerard. Costumava correr de uma aventura para a outra.

Gerard olhou para longe e não disse nada.

— Meu povo tem um ditado — Oludara continuou. — "A preguiça é a companheira da fadiga." É hora de recomeçarmos nossas viagens. Não nos faltam ainda quase dois anos do nosso pacto? Ainda restam dois meses antes do nascimento do meu filho, tempo mais que o suficiente para alguma exploração. — Oludara fez uma pausa para pensar. — Sei o que fazer! Podemos achar um presente para ele.

Nesse momento, um assovio aproximou-se e Cabuçu emergiu da mata. Um papagaio verde brilhante empoleirava-se no seu ombro, boa combinação para as pedras verdes e pontudas que se projetavam de suas bochechas, orelhas e lábio inferior.

— Ei, vocês dois! — ele disse. — Vejam o meu novo bichinho. Andei ensinando a ele os nossos gritos tradicionais de guerra. Vejam.

Cabuçu pegou um pedaço de bolacha de mandioca da sua bolsa e segurou-o perto do papagaio. Em tupi perfeitamente inteligível, ele grasnou:

— Vou mastigar a carne dos seus ossos!

— Bom papagaio — disse Cabuçu, dando ao pássaro o mimo e fazendo brilhar o seu sorriso dentuço.

— Interessante — Gerard disse, finalmente levantando-se do chão.

— Cabuçu — disse Oludara —, o que seria um presente apropriado a um guerreiro?

Cabuçu pensou só por um momento antes de responder.

— Um bom arco.

— Não, precisa ser alguma coisa fora do comum. Algo... lendário. — Foi preciso a Oludara mudar para o português, para encontrar a palavra.

A língua de Cabuçu se enroscou na palavra enquanto ele a repetia.

— Lendário?

— Só uma do seu tipo — disse Gerard. — Única.

— Oh — Cabuçu disse. — Espere, eu... — Fez uma pausa e seus olhos perderam o foco, como se a escavar os cantos mais fundos de sua memória. — Acabo de me lembrar de uma coisa. Um arco magnífico. Um que nunca erra o alvo.

Oludara ficou radiante.

— Uma excelente ideia! Onde podemos encontrá-lo?

— No interior, algum lugar no Sertão.

— *Algum lugar?* — perguntou Gerard.

— Quanto tempo para chegar lá? — Oludara perguntou.

Cabuçu balançou a cabeça e seus olhos pareceram clarear.

— Umas poucas semanas para chegar lá, mais para voltar. Posso levá-los. Vamos precisar passar pela terra dos tupinaés.

— Eles não são inimigos dos tupinambás? — perguntou Gerard.

— Sim — Cabuçu disse, puxando uma das pedras que atravessavam sua bochecha. — Mas deixem eu lidar com isso. Posso vencer qualquer um na conversa. — Ele pontuou a afirmativa com outro dos seus sorrisos assustadores. — Vou só fazer a eles uns poucos elogios, como...

— Você não vale nada! — guinchou o pássaro, interrompendo-o.

— Talvez fosse melhor deixar o pássaro para trás nesta jornada — disse Gerard.

Oludara ignorou a observação.

— Devíamos partir imediatamente!

— Tem certeza quanto a isso? Você vai caminhar por território hostil por semanas para procurar um arco que pode ou não existir, baseado na vaga noção de Cabuçu da sua localização?

— Você tem algo mais importante para fazer? — Oludara desafiou.

Gerard pareceu pronto a protestar, mas engoliu as palavras, resignado.

— Suponho que não.

— Então não vamos perder mais tempo. Vá se despedir e vamos nos pôr a caminho. Está bem assim para você, Cabuçu?

— Por mim está bem. O que diz você, pássaro?

— Vocês merecem morrer! — ele grasnou.

Pelas aparentemente infindáveis subidas e descidas do cânion, Gerard arfava pela garganta ressequida a cada passo. O grupo havia gastado os seus primeiros doze dias atravessando as planícies secas do Sertão, por um mar sem fim de rochas, mato seco e cactos. Desde então, tinham navegado matas esparsas por um corredor de platôs. Pássaros circulavam acima constantemente, seus guinchos ecoando para frente e para trás entre os paredões do cânion. As orquídeas que pontuavam a paisagem de cores poderiam ter enchido Gerard de maravilhamento em alguma outra oportunidade, mas o ar seco drenava a sua força e arruinava o encanto.

Junto a um pequeno poço, Oludara chamou o grupo a uma pausa. As minas de água eram frequentes o bastante, mas Gerard sentia uma sede quase constante entre uma e outra. Ele ajoelhou-se e meteu a cabeça na água. Só depois de lavar o rosto e tomar um longo gole é que ele se deu tempo para examinar o entorno.

Arbustos e samambaias — alguns de um verde claro, mas muitos mais marrons e secos — cercavam a mina. A água que enchia o poço vinha por meio de uma cachoeira baixa e em degraus, feita de lajes de pedra vermelha. Formava uma espécie de escadaria natural descendo até a água.

— Não sei o quanto mais disso eu posso suportar — disse Gerard. — Sinto como se fosse murchar e morrer.

— Hoje eu como você! — o papagaio grasnou perto dali.

Cabuçu uivou de tanto rir, como fazia cada vez que o pássaro falava.

— Você não pode calar essa coisa? — Gerard explodiu.

— Por que eu o faria? — Cabuçu respondeu, entre risadas.

Gerard, faminto, puxou uma sacola de castanhas da sua mochila e começou a quebrá-las. Quando olhou para o alto, Oludara observava-o de cima, um enorme sorriso em seu rosto. Na mesma medida em que Gerard se sentia miserável, Oludara parecia energizado. Gerard tinha começado a se cansar do otimismo desenfreado de Oludara, especialmente diante do fato de que eles ainda não sabiam exatamente aonde estavam indo ou quanto tempo levariam para chegar lá. Cabuçu, contudo, conduzia-os com um propósito, como se uma bússola interna apontasse o caminho.

— Como consegue sorrir neste calor? — Gerard perguntou a Oludara.

— Como eu não posso sorrir quando penso no meu filho? Consegue acreditar, Gerard? Em pouco mais de um mês, serei pai, e nós vamos oferecer a ele um magnífico presente para começar a sua vida.

Gerard conseguia acreditar, mesmo que não fosse por outra razão além do fato de Oludara pouco ter falado de outra coisa durante a viagem.

— Arani me dará um filho bonito e robusto para seguir os meus passos. Vou chamá-lo de Kayode, que significa "Aquele que Traz Alegria".

A insistência de Oludara em referir-se à criança não nascida como um filho incomodava Gerard. O homem não aceitaria nada além disso, e Gerard preocupava-se com o que aconteceria se ao nascer a criança fosse menina. Não tinha mencionado isso a Oludara, mas decidiu ousar uma alusão a esse assunto.

— Qualquer criança saudável seria uma benção — disse.

Oludara lançou-lhe um olhar intrigado, que encerrou a conversa.

— Olhe lá! — Cabuçu disse.

Gerard olhou para ver alguma coisa coxeando na direção deles. Conforme a figura se aproximava, Gerard a reconheceu como sendo um encurvado homem nativo, caminhando com a ajuda de uma vara. Ao contrário da maioria dos nativos que Gerard tinha visto, ele usava uma capa que lhe cobria a maior parte do corpo. Seu rosto estava quase todo escondido, exceto por um enorme nariz em forma de gancho, que se projetava do capuz.

O homem não disse nada ao aproximar-se do poço e curvar-se para jogar água no rosto. Então levantou-se lentamente, apoiando as costas com o esforço, e enfim registrou a presença deles com um caloroso "eu pulo ao conhecê-los" em tupi.

O trio apresentou-se e o homem respondeu:

— Sou Socói, dos tupinaés.

— Vou mastigar a carne dos seus ossos! — guinchou o pássaro.

Envergonhado, Gerard puxou a aba do seu chapéu para baixo para esconder o rosto, mas Socói recebeu o insulto sem piscar.

— Que pássaro engraçado vocês têm — ele disse. — É raro ver um guerreiro tupinambá aqui, e muito menos dois homens vindos do outro lado da água. Por que vieram a estas terras secas?

Gerard pensou se seria melhor não mencionar ao estranho a busca que faziam, mas antes que pudesse inventar alguma coisa, Oludara falou:

— Procuramos um arco que nunca erra o alvo. Deverá ser um presente para o nascimento do meu filho.

— Uma busca que vale a força de três guerreiros — Socói disse —, e um presente valioso!

— Você o conhece?

— Conhecer? Eu sei onde achá-lo!

Oludara deu um tapa nas costas de Gerard.

— Vê, Gerard? Você se preocupava que nós procuraríamos por estas terras eternamente, mas quando o nosso curso é verdadeiro, a fortuna nos favorece.

Gerard decidiu reservar o seu julgamento.

— Que felicidade que nos encontremos — disse Socói. — Posso levá-los até o arco, se em troca vocês recuperarem uma coisa para mim.

— Diga — Oludara falou — e será feito.

— Veja bem, há anos, na minha arrogância, eu mesmo parti em busca do arco. Contudo, uma terrível criatura o guarda, um cão feito de ferro!

— Um cão feito de ferro? — Cabuçu perguntou.

— Você não acredita em mim? — perguntou Socói.

— Acreditamos em você — disse Gerard. — Um cão feito de ferro é quase mundano, comparado às criaturas que já vimos.

Gerard mal pôde ver Socói enrugar as sobrancelhas e examiná-lo de cima a baixo por trás do seu capuz.

— Esse cão é chamado Maçone — disse Socói. — Tenham cuidado, ele se esconde nas sombras e ataca quando você menos espera.

— Sombras? — perguntou Oludara.

— Oh — disse Socói, rindo baixo. — Esqueci de dizer. O arco está em uma caverna: a mais comprida e funda que já vi.

— E onde encontramos o arco, nessa caverna?

— Não sei. Maçone me atacou, e fui forçado a fugir. Ele arrancou com uma mordida o meu velho cajado de minhas mãos; estou feliz que foi só o que ele conseguiu arrancar. Maçone foi demais para mim, mas tenho certeza de que não será problema para três homens vigorosos como vocês.

— E o que é esse item que você busca?

— Eu quero o meu cajado de volta.

— O seu cajado? — Gerard perguntou.

— Sim — disse Socói, levantando o galho nodoso em sua mão, com um suspiro. — Eu procurei, mas nunca encontrei outro como aquele. É difícil caminhar nesses cânions sem ele. Por favor, ajudem um velho.

— Como desejar.

— Eu quase esqueci, o cajado parece muito com uma borduna. — Diante do olhar curioso de Gerard, acrescentou: — Faz os gatos-do-mato pensarem duas vezes antes de me atacar.

— Quanto mais ainda temos que ir? — Gerard perguntou.

— Quase lá — respondeu Socói, a mesma resposta que tinha dado a Gerard durante um dia inteiro enquanto ia coxeando, liderando o grupo através do cânion.

Dessa vez, contudo, ele desviou-se do cânion e levou o grupo a subir por uma trilha arborizada entre dois platôs. Quando eles entraram na sombra dos agigantados despenhadeiros, Gerard suspirou e retirou o chapéu de abas largas para enxugar o suor da testa.

Socói indicou um ponto a uns trinta pés de distância, subindo o despenhadeiro.

— Lá em cima — disse.

Mesmo apertando os olhos, Gerard não conseguia divisar nada de excepcional na face rochosa. Socói, contudo, aproximou-se do penhasco e passou a subir uns degraus irregulares na rocha, cada um de cerca de três pés de altura. Gerard não podia ter certeza de que tivessem sido escavados ali havia muito tempo, ou se eram um acidente da natureza. No terceiro degrau, Socói escorregou e cortou a perna. Oludara e Cabuçu ficaram um de cada lado dele e o carregaram pelo resto do caminho.

No alto dos degraus, descobriram uma fissura atrás da face da rocha. Gerard pôde ver por que não a tinha notado antes; do ângulo em que ela entrava na rocha, era quase impossível vê-la de baixo.

Logo além da fissura havia uma abertura maior, curvada entre duas paredes de rocha em camadas. Acima da abertura penduravam-se uma dúzia de crânios com chifres. Gerard conseguia reconhecer crânios de veados, bois e cabras, mas alguns deles ele não reconhecia em absoluto — e nem se importava muito em reconhecer.

Em um lado, um louva-a-deus verde pendurava-se na parede na altura dos olhos, e olhava direto para ele.

— Lugar agradável que você tem aqui — Gerard disse ao inseto.

— O que foi? — perguntou Socói, bufando de exaustão.

— Nada. Por favor, vá na frente.

Socói assentiu e conduziu-os pela abertura até uma profunda caverna com um lago em forma de tigela no fundo. Uma coluna de raios de sol encontrava o seu caminho lá do alto para iluminar a água com um lúgubre fulgor azulado, um que ia escurecendo até o negrume nas suas maiores profundidades. Enormes rochas caídas jaziam por toda parte.

Socói mancou lentamente até uma das rochas e sentou-se.

— Eu só vou até aqui — disse. — Preciso descansar. Mas se vocês mergulharem ali... — Apontou para o canto mais distante da piscina. — ...vão achar um modo de alcançar a caverna principal.

— Eu vou — disse Oludara.

Ele mergulhou no lago e desapareceu dentro da escuridão. Subiu para respirar e mergulhou outras três vezes, antes de ficar debaixo d'água por um bom tempo. Quando finalmente reapareceu, anunciou:

— Achei! Uma passagem a uns dez pés abaixo, leva a uma caverna escura.

Gerard pegou seu arcabuz e pólvora e ofereceu-os a Socói.

— Importa-se de ficar de olho nisto? Não vai ser de muito uso, se eu molhar a pólvora.

— De modo algum — disse Socói. — E boa sorte!

A caverna enorme e complexa impressionou Oludara; ele nunca tinha visto nada parecido. À luz de tochas, ele e os outros vasculharam dúzias de câmaras e corredores formados naturalmente a partir da rocha. A caverna os fez subir e descer, passar por estalactites e estalagmites e por cima de enormes pilhas de rochas caídas. Os corredores eram na maioria amplos e fáceis de atravessar, mas em alguns passava-se apenas rastejando. Gerard ficou entalado em um e, para o seu embaraço, Cabuçu e Oludara tiveram de puxá-lo para fora e encontrar uma abertura maior.

Os três caminhavam com as armas prontas: Oludara com sua faca, Cabuçu com seu arco e Gerard com sua rapieira. A tensão de esperar um ataque a qualquer momento desgastava a todos. Qualquer movimento fazia-os girar em expectativa e com besouros e morcegos por toda parte, isso é que não faltava.

A caverna descia até mais um espaço enorme, este coberto de água até a altura dos joelhos. O som de asas batendo fez com que eles se virassem, e o papagaio de Cabuçu apareceu à luz da tocha.

— Deve ter encontrado outra entrada — disse Cabuçu. — Pássaro esperto.

Gerard soltou um ganido e Oludara, nervos à flor da pele, agitou a sua tocha nervosamente de um lado a outro.

— Há alguma coisa na água — Gerard disse.

Oludara correu até ele, faca de marfim em uma das mãos e a tocha na outra, vigiando algum movimento na água. De fato, notou ondas por toda parte — algo circulava em torno deles. Deu uma estocada contra um movimento, mas ele girou para longe, como um peixe. Oludara baixou a tocha, para ver que o movimento era só isso: um grupo de bagres sem olhos.

— Calma, Gerard — ele disse. — São só peixes.

Cabuçu, contudo, de olhos arregalados, gritou:

— Atrás de você!

Oludara virou-se bem a tempo de ver algo brilhoso saltar contra ele de uma fenda no teto. Levantou sua faca tarde demais, e a criatura trombou nele, derrubando-o na água.

Oludara irrompeu na superfície, buscando ar, e um focinho brilhoso golpeou sua garganta. Bem na hora, Cabuçu chocou-se com a fera e caiu com ela na água. O papagaio circulava acima, guinchando furiosamente e ondulando entre as estalactites.

Enquanto lutava para se levantar, Oludara olhou para a fera. À primeira vista, a criatura parecia ser um lobo de metal, mas Oludara rapidamente percebeu que "de armadura" deveria ser uma expressão melhor. A criatura não era feita de metal; em vez disso, placas de bronze cobriam a maior parte de seu corpo — Oludara pôde ver pelo negro aparecendo entre elas. Suas pernas dobravam-se em direções estranhas e seus olhos brilhavam com minúsculas chamas azuis. Enquanto Cabuçu se engalfinhava com a fera, Gerard investiu contra ela com sua rapieira, que retiniu, inofensiva, no metal.

Finalmente ficando em pé, Oludara patinhou na direção da criatura. Confrontada por três inimigos, o lobo desvencilhou-se de Cabuçu e correu pela água. Quando passava por Oludara, este desferiu um golpe abaixo do seu focinho e sentiu que a lâmina talhava a carne. A criatura uivou de dor e continuou correndo.

— Atrás dele! — Oludara gritou, e os outros dois o seguiram sem comentar.

A perseguição chegou a uma parada abrupta, contudo, quando uma voz de mulher gritou "parem!" em português.

Os três se detiveram bem diante de uma mulher idosa numa veste em farrapos. Oludara podia ver as rugas no seu rosto à luz trêmula das tochas, mas pouco mais. Os olhos refulgentes do lobo espiavam de trás dela, e ela coçava as placas de bronze na sua cabeça, com uma mão gentil, enquanto ele choramingava.

— Lamento — ela disse. — Meu cachorrinho está incomodando vocês?

— Bichinho incomum — disse Gerard.

— Muitos vêm aqui em buscas idiotas, procurando tesouros que nunca existiram. Maçone aqui é a única proteção que eu tenho.

— Procuramos por um arco, que dizem estar nesta caverna — disse Oludara.

— Um arco que nunca erra o alvo? Esse é o tipo de tolice de que eu falo. Nada além de uma história para crianças.

— Um velho nos contou que poderíamos encontrá-lo aqui — disse Cabuçu.

— Suponho que ele lhes disse para pegarem o seu bastão, enquanto estivessem aqui?

— Sim, como soube?

— Nada de bom vem desse sujeito, certamente.

— O que quer dizer? — perguntou Oludara.

A mulher suspirou.

— Venham, sentem-se e eu lhes contarei a história toda.

Ela caminhou até uma pedra junto a uma das paredes. Para Oludara, seu andar parecia inumano; seus passos pareciam longos demais e suas vestes arqueavam-se, projetando-se na altura dos joelhos. Ao sentar-se, estendeu uma das mãos, oferecendo-lhes uma fileira de pedras para se sentarem.

Oludara aceitou a oferta. Cabuçu seguiu-o, e seu papagaio voltou ao seu ombro, o tempo todo mantendo um olho voltado para Maçone. Gerard não se sentou, mas ficou no lugar, olhando a velha senhora cautelosamente.

— Onde eu começo? — ela disse. — Oh, já sei.

Murmurou umas poucas palavras que Oludara não conseguiu entender.

— O que disse? — perguntou Oludara.

— Eu disse "adeus".

Ela acenou, e debaixo do seu capuz, Oludara enxergou um sorriso.

Nesse instante, a água sob seus pés foi sugada, e toda a água na caverna se reuniu em uma única coluna gigantesca. Oludara reagiu tarde demais, quando a poderosa onda se quebrou contra ele. Sua última visão, enquanto a água o carregava por cima do ressalto e para dentro da escuridão, foi o papagaio de Cabuçu voando para longe, guinchando.

Passado o choque inicial, Oludara achou-se debaixo d'água. Abriu os olhos para a escuridão completa. Agitando-se para a frente em busca de ar, ele atingiu a rocha com as mãos. Girou em volta e empurrou-se para cima, rompendo a superfície da água. Suas pernas fraquejaram no começo, mas ele conseguiu firmá-las e descobriu que a água chegava quase às suas axilas.

— Gerard! — disse. — Cabuçu!

— Estou aqui — Cabuçu respondeu, do escuro.

— E Gerard?

— Não sei.

— Encontre-o!

Oludara agitou-se pela água, até que seu pé atingiu um corpo.

— Aqui — disse. — Ajude-me!

As mãos de Cabuçu batiam de um lado a outro, buscando-o na escuridão completa, e Oludara guiou-as para baixo até o corpo de Gerard. Os dois levantaram e empurraram a cabeça dele acima da água. Oludara estapeou as costas dele várias vezes até que ele vomitasse um pulmão cheio de água.

— Você está bem? — Oludara disse.

Gerard soltou uma série de tossidas, mas Oludara conseguiu senti-lo assentindo com a cabeça.

— Temos sorte de sobreviver àquela queda — disse Cabuçu.

Oludara ouviu um som vindo do alto e calou-o.

— Eles estão mortos? — veio uma voz servil e incomum.

— Logo estarão — respondeu a voz da velha.

— Agora podemos ir pegar o bebê do homem escuro?

— Sim. Esperei por muito tempo para devorar essa criança.

Os músculos de Oludara gelaram. Não conseguia acreditar no que ouvia. Perguntou-se se não tinha caído no sono e estava em meio a algum pesadelo terrível.

— Você me prometeu um pedaço! — disse a voz incomum.

— Um dos pés será seu, meu bichinho. O resto é meu.

Oludara deu-se conta de que a segunda voz só poderia ser de Maçone. Ele conseguia imaginar a criatura imunda balançando o rabo enquanto falava.

— Essa coisa sabe falar? — Gerard disse.

— Xiu! — Oludara respondeu.

Ele escutou, mas as vozes não falavam mais. A respiração de Oludara parecia encurtada. Perdido na escuridão, ele nunca tinha se sentido tão indefeso.

— Ela quer meu filho — disse. — Devemos encontrar uma maneira de sair!

As mãos de Gerard tatearam até encontrá-lo no escuro, e então o agarraram firmemente.

— Você deve manter o juízo. Acalme-se.

— Ela disse que comeria o meu bebê!

— Nós nunca sairemos daqui entrando em pânico. O seu povo não tem um ditado para isso?

— Gerard, eu não tenho tempo para ditados.

— Estamos em um fosso — Cabuçu disse. — Caminhei por toda a volta e não consegui achar abertura nenhuma. As paredes são lisas demais para escalar.

— Tem de haver uma saída! — disse Oludara.

Procurou freneticamente em torno, enquanto Gerard e Cabuçu faziam uma busca mais metódica.

— A pior coisa é que o meu pássaro se foi! — disse Cabuçu.

— Graças a Deus pelas pequenas bênçãos — Gerard disse.

Oludara quase bateu nos dois.

— Esta não é hora de bichos nem de piadas! A vida do meu filho está em jogo.

— É por isso que você precisa se acalmar — disse Gerard. — Devemos pensar num meio de sair daqui.

Oludara sabia que seu amigo estava certo. Ele parou e respirou fundo dez vezes.

Contudo, imagens de seu filho não nascido passavam por sua mente e seus olhos faiscaram rubros de raiva. Ele debateu-se a esmo, procurando alguma saída.

Depois do que pareceu serem horas, mas que não poderia ter sido mais que trinta minutos, uma voz veio de cima, dizendo:

— Psiu!

O som chamou sua atenção e ele em vão olhou para cima, buscando sua fonte.

— Agarre a corda! — veio a voz.

— Que corda? — Gerard perguntou.

— Procure, que vai encontrá-la.

Oludara balançou os braços em torno e de fato, deu um tapa contra uma corda pendurada. Deu puxões nela, e descobriu que estava presa com firmeza.

— Aqui — disse aos outros.

Oludara subiu primeiro, seguido de perto por Cabuçu e Gerard. Quando os três alcançaram o topo, uma tocha acendeu-se. Conforme os olhos de Oludara acostumavam-se à luz súbita, ele conseguiu divisar Socói em pé diante deles.

— Como soube que devia nos encontrar? — Oludara perguntou.

— Ouvi aquele papagaio de vocês guinchando. Ele encontrou uma outra entrada para a caverna, uma que não está cheia de água. Decidi investigar.

O papagaio voou da escuridão para pousar novamente no ombro de Cabuçu.

— Você não vale nada! — ele grasnou.

— Quando desci — Socói disse —, ouvi aquela feiticeira louca gabar-se de que tinha jogado vocês em um buraco.

— Você sabe quem é ela?

— Sim, o nome dela é Cuca. Eu não sabia que ela estaria aqui, ou teria avisado vocês.

— Oh — Cabuçu disse. — Ouvi falar dela. Feiticeira terrível.

— Ela come bebês — disse Socói, olhando para Oludara. — É a fonte do poder dela. E pelo que ouvi, ela quer o seu.

— Devíamos armar uma emboscada — Oludara disse.

— Não — disse Socói. — Já sabemos de duas saídas; pode haver outras. Ela não tem pressa, pois acha que vocês estão presos aqui para sempre. Deveriam tentar surpreendê-la em seu covil, enquanto ela se prepara para a sua jornada. — Apontou para um túnel largo. — Ela foi para aquele lado.

Oludara considerou, então assentiu.

— Você tem razão. Vamos em frente.

— E se não se importam — disse Socói —, isso tudo é um pouco demais para alguém da minha idade. Vou esperar do lado de fora.

Oludara gastou apenas um momento para apreciar a magnífica caverna. As paredes rebrilhavam com os reflexos de milhares de cristais em forma de agulhas. A água cobria metade do piso; a outra metade formava uma espécie de oficina e morada. Continha uma mesa, algumas cadeiras, uma cama de madeira, uma pilha de trapos no chão e, o mais importante, a Cuca.

A Cuca mirava uma ametista redonda e violeta do tamanho de um melão. Dentro da pedra, Oludara conseguiu divisar um rosto que ele conhecia bem: Arani.

Ao mesmo tempo, Oludara arfou e Maçone saltou da pilha de trapos, latindo e fazendo a Cuca perder a concentração e a imagem desaparecer.

Maçone caminhou na direção de sua senhora, rosnando baixo para o trio sem parar, e a Cuca virou-se para encarar Oludara. O tempo pareceu parar enquanto eles silenciosamente examinavam um ao outro. Gerard e Cabuçu vieram ficar um de cada lado do companheiro. A Cuca finalmente rompeu o silêncio.

— Como vocês escaparam? — ela perguntou.

Em vez de responder, Oludara exigiu:

— Por que você deseja o meu bebê?

— Há grandeza naquela criança.

— Grandeza? Meu filho será grande?

A Cuca inclinou a cabeça de um lado, como se intrigada, então soltou uma gargalhada.

Oludara ignorou o riso louco e perguntou:

— Como sabia que viríamos?

— Eu os trouxe aqui — ela disse. — Tudo o que tive de fazer foi enfiar um pensamento naquele cérebro de goiaba ali. Eu o fiz dizer a vocês para procurar pelo arco.

— Ei! — Cabuçu gritou.

— Mas suponho que nosso jogo acabou — disse a Cuca. — Por favor, tenham piedade de uma velha.

A Cuca olhou para baixo em resignação, mas Oludara notou que ela murmurava palavras em voz baixa. Lançou-se sobre ela, apenas para ver Maçone, latindo, bloquear seu caminho. Tentou então cortar debaixo do focinho da criatura outra vez, mas ela manobrou para o seu lado e mordeu seu braço, ao invés. Ele, em agonia, deixou cair a faca.

A Cuca terminou o seu encantamento e Oludara ouviu Gerard ganir de dor atrás dele. Olhou rápido para trás para ver seu amigo agarrar o estômago e cair no chão. Ao mesmo tempo, Cabuçu agarrou Maçone e — músculos esforçados ao máximo — atirou-o para o lado. A Cuca correu até uma das prateleiras.

— Oludara — Gerard arfou por trás de dentes cerrados. — O arco! Não a deixe pegá-lo.

Oludara olhou para as prateleiras e, de fato, a Cuca buscava um arco. Ele investiu e correu a toda velocidade contra ela. Ela agarrou o arco, aprontou uma flecha e virou-se para apontá-lo bem quando ele se chocou contra ela. Arco e flecha voaram de suas mãos e os dois caíram. Para o horror de Oludara, as vestes da Cuca viraram para cima para revelar um par de pernas de inseto mexendo-se embaixo.

Maçone correu até a figura prostrada de Oludara, mas Cabuçu lançou uma haste do seu próprio arco e perfurou a criatura por uma lacuna entre as placas em sua cabeça e pescoço. Ela deteve-se e uivou de dor, mas forçou-se a seguir na direção de Oludara, um passo doloroso de cada vez. Cabuçu, de flechas na mão, soltou mais quatro disparos a uma velocidade incrível. Dois deles ricochetearam nas placas da criatura, mas os outros dois atingiram o alvo, e Maçone tombou.

A Cuca endireitou-se e gritou:

— Maçone! O que eles fizeram com você, meu bichinho?

Oludara observou enojado enquanto ela rastejava, chorando, até o corpo amolecido de Maçone, suas pernas de inseto contorcendo-se atrás dela. Cabuçu recuperou uma de suas flechas caídas e aprontou o arco contra a Cuca, olhando para Oludara e esperando a orientação dele. Oludara balançou a cabeça.

— Como ela pediu — ele disse —, teremos misericórdia de uma velha.

— Oh, obrigada! — ela disse, virando-se e rastejando até ele.

Pareceu prestes a beijar seus pés quando Oludara notou que a mão dela fez um movimento rápido para dentro do seu robe. Ele recuou exatamente quando ela atacava com o que parecia ser um espinho com um palmo de comprimento.

— Basta! — ele disse, chutando-o da sua mão.

— Isto ainda não acabou! — ela gritou.

Antes que Oludara pudesse reagir, ela pronunciou uma palavra de comando e seu corpo transformou-se em um jacaré. Ela tentou abocanhar seus pés, mas ele recuou bem na hora. A Cuca-jacaré precipitou-se com suas pernas atarracadas para a água e desapareceu dentro dela. As ondulações causadas pelo jacaré movimentaram-se na direção de uma parede e então desapareceram.

Gerard, finalmente recuperado o suficiente da magia que a Cuca usou contra ele, levantou-se e se uniu a Oludara.

— Onde está ela? — perguntou.

— Fugiu por alguma passagem debaixo d'água.

— Devemos segui-la?

— Acho que não. Com essa forma, ela tem a vantagem debaixo da água. Melhor deixá-la aqui para lamber suas feridas e irmos embora.

— Aqui está o arco — Cabuçu disse, entregando-o a Oludara.

Oludara apanhou o arco magnífico, um arco grosso de seis pés de comprimento, entrecruzado com delicados entalhes.

— E não se esqueça do cajado de Socói — disse Gerard.

Uma rápida busca pelas prateleiras resultou numa borduna. Cabuçu também notou uma passagem que levava para cima e para fora da caverna, na direção da luz.

Os olhos de Gerard arderam com o brilho no fim do túnel. O sol chamejava pela abertura, iluminando as rochas em tons amarelos e laranjas tão intensos que elas pareciam com os carvões de uma forja ardente. Uma vez do lado de fora, eles encontraram o seu caminho de volta até a entrada e até Socói.

Ao longo do caminho, Cabuçu sorriu de felicidade para eles.

— Vocês me viram atirar em Maçone? Eu não preciso de um arco "lendário".

Oludara esfregou o seu braço envolto em bandagens, ainda queimando da mordida de Maçone.

— De fato — ele disse. — Esse foi o mais espantoso feito de arco e flecha que eu já vi. Você salvou minha vida.

— Você merece morrer! — disse o papagaio.

Encontraram Socói na base dos degraus que tinham usado para entrar na caverna.

— Como vocês se saíram com a Cuca? — Socói perguntou. Antes que pudessem responder, seus olhos se arregalaram ao verem o arco. — Vocês o acharam.

Oludara mostrou-o a ele.

— De fato. Mas ainda não o colocamos em teste.

— Então o que estão esperando? — Socói olhou em volta. — Atire naquela rocha vermelha lá em cima.

Apontou para o topo de um dos platôs.

— Esse tiro é impossível! — disse Cabuçu.

— Exatamente!

Oludara parecia indeciso, mas aceitou uma flecha de Cabuçu e apontou para o alvo. A flecha disparou com incrível velocidade e atingiu o alvo.

— Espantoso! — ele disse. — Isto vai ser um ótimo presente para um menino que um dia será um grande guerreiro.

— Eu não imaginaria um presente melhor — concordou Socói.

— E eu creio que isto seja seu — Gerard disse, apresentando a borduna para Socói.

Socói entregou a Gerard o seu arcabuz, jogou de lado o seu próprio cajado e apanhou a borduna cuidadosamente das mãos estendidas de Gerard. Acariciou a madeira nodosa como alguém tocaria uma amante perdida há muito tempo.

— Oh — ele disse. — Isso é melhor. Muito melhor.

Enquanto falava, suas costas endireitavam-se.

— É como se essa borduna tivesse tirado dez anos da sua idade — Gerard observou.

— Mais do que isso — Socói disse.

Ele atirou para trás o seu capuz e apresentou um rosto muito mais jovem do que o do velho que Gerard tinha esperado.

Perto dele, Oludara ficou tenso. Gerard pôde vê-lo buscando a sua adaga, mas não tinha certeza da razão.

Socói também notou o movimento e jogou a borduna para o ar, dizendo:

— Ataque Oludara!

Com isso, a borduna balançou no ar e pegou Oludara no lado da cabeça, derrubando-o.

Gerard buscou sua rapieira, mas mal a tinha desembainhado quando Socói disse:

— Ataque Gerard!

A borduna golpeou sua mão e ele deixou cair a arma. Então a borduna o atingiu no estômago, fazendo-o perder o fôlego.

Com um grito de "Ataque Cabuçu!" a borduna mudou de direção e derrubou o arco de Cabuçu das suas mãos. Ela em seguida golpeou seu braço, fazendo o papagaio voar e guinchar:

— Você não vale nada!

Gerard recobrou-se o suficiente para investir contra Socói e agarrar sua garganta, mas não antes que ele se apressasse a lançar outro grito de "Ataque Gerard!" A borduna surrou Gerard no pescoço e nas costelas, mandando-o dolorosamente para o chão.

Socói alternou a borduna encantada entre os três, martelando-os impiedosamente. Eles não podiam fazer nada além de se contorcerem no chão e se protegerem do melhor modo possível contra os golpes. Acima, o pássaro circulava e entoava "você não vale nada, você não vale nada".

Finalmente, Socói ordenou:

— Basta! — A borduna voltou à sua mão. Ele inclinou-se e apanhou o arco encantado. — E obrigado por este maravilhoso presente. Quero dizer, o que um bebê faria com um arco esplêndido como este, afinal?

Cabuçu olhou para cima com um olho, o outro inchado e fechado.

— Você deve ser... mas não poderia...

Socói sorriu para ele.

— Você pode ter ouvido falar de mim antes. Eu me chamo Gu-ê-crig.

— Oh, não — disse Cabuçu. — Eu deveria ter adivinhado.

Ao partir a passos largos, Gu-ê-crig acenou e disse:

— Mande meus cumprimentos ao bebê!

Os três ficaram ofegando por vários minutos, até Gerard finalmente conseguir espremer algumas palavras para fora.

— Precisamos pegá-lo — disse.

— Sim — Oludara respondeu. — Meu povo diz: "Dois carneiros não podem beber da mesma cabaça". Esse Gu-ê-crig nos humilhou, mas não deixarei que ele roube a glória do meu filho.

— Você fala de carneiros — Cabuçu disse —, mas Gu-ê-crig não é nenhuma ovelha. É a raposa. Faz de tolos todos a quem encontra, e nunca foi enganado em troca. Além disso, ele agora tem duas armas encantadas.

— Não acho que esqueceremos tão logo daquela borduna — disse Gerard.

— Eu pensarei num plano — Oludara disse.

O papagaio retornou ao ombro de Cabuçu.

— Vocês merecem morrer — ele disse.

Oludara observava de fôlego curto enquanto Gu-ê-crig caminhava a passos largos descendo a trilha abaixo deles. Vinham observando-o havia dias, descobrindo sua rotina, e preparado uma armadilha.

A poucos passos diante do fosso oculto, Gu-ê-crig fez uma pausa. Inclinou a cabeça de um lado e estudou o solo.

Ao lado de Oludara, Gerard e Cabuçu paralisaram-se, incertos quanto ao que fazer. Oludara, contudo, recusava-se a perder a oportunidade. Ele agarrou o arco de Cabuçu e encaixou uma flecha. Então afastou-se ousadamente da sua cobertura.

— Não se mova! — gritou a Gu-ê-crig.

— Eu tenho um arco que nunca erra, você lembra?

— Porém eu vou atirar primeiro. Vai apostar sua vida no meu erro?

— Acho que não.

Oludara caminhou na direção da trilha, sem nunca tirar o homem de sua mira.

— Venha para a frente — disse.

— Por que eu seria estúpido o bastante para cair em um fosso?

Oludara fez uma pausa.

— Então solte a borduna e o arco e vá embora.

Gu-ê-crig assentiu e jogou o arco no chão. Então agarrou a borduna e deixou que ela escorregasse lentamente dos seus dedos. Logo antes de deixá-la cair, contudo, ele agarrou-a firmemente e disse:

— E se eu a jogasse para você, ao invés?

Lançou a borduna alta no ar e gritou:

— Ataque Oludara!

Oludara teve só um segundo para reagir, e decidiu levantar o seu arco e disparar contra a borduna. Seu tiro passou logo abaixo dela e a borduna despencou, partindo em dois o arco emprestado. Ela então girou para trás dele, que se virou para encará-la bem quando ela se lançava contra o seu peito e mandava-o esparramado pela camuflagem e para dentro do fosso.

Gerard e Cabuçu correram para ajudá-lo, mas não se saíram melhor. Gu-ê-crig mandou a borduna castigá-los e um por um, ela os mandou rolando para o fosso ao lado de Oludara.

Gu-ê-crig deu apenas uma olhadela descuidada para dentro do fosso, antes de sair caminhando e rindo.

Gerard, com o rosto mais roxo do que branco, disse:

— Acho que é hora de desistir e rumar para casa.

— Eu avisei — concordou Cabuçu.

— Não — Oludara disse, furioso. — Não trarei desgraça ao meu filho com um fracasso.

Quase todas as partes de Oludara doíam das surras, mas ainda assim ele sorria enquanto seu inimigo roncava abaixo dele.

Tinham apanhado Gu-ê-crig durante um dos seus cochilos habituais da tarde. Ele dormia contra uma árvore incomum cujos ramos curvavam-se para trás e para a frente de um modo que Oludara nunca tinha visto. No lugar de uma copa típica, a sua parecia mais com um ninho tecido. O arco e a borduna não estavam à vista em parte alguma, mas Oludara não tinha nenhuma dúvida de que estavam escondidos por perto.

Oludara olhou para seus dois companheiros, que assentiram. Ele cutucou Gu-ê-crig com o pé. Com um ronco final, Gu-ê-crig espreguiçou-se e abriu os olhos. Ele saltou diante da visão dos três homens olhando para ele de cima.

— Vim atrás do presente do meu filho — Oludara disse, faca na mão.

Os olhos de Gu-ê-crig arregalaram-se diante da visão da faca, e suor formou-se em sua testa.

— Está na árvore! — ele disse.

— Puxe-o para fora — Gerard disse.

— Se você insiste — disse Gu-ê-crig, estendendo-se para um buraco na árvore.

Oludara notou-o mordendo o lábio para segurar um sorriso.

— Pare! — Oludara gritou. — Esse é outro dos seus truques. Ele vai soltar a borduna contra nós no momento que colocar as mãos nela. Recue!

Gu-ê-crig olhou ansiosamente para o buraco, abriu a boca como se para dizer alguma coisa, então baixou a cabeça e recuou. Para a satisfação de Oludara, todos os sinais do sorriso haviam desaparecido.

Oludara buscou dentro do buraco. Correu a mão em volta, procurando o arco com o tato, quando sentiu um movimento em torno do seu braço. No instante seguinte, a dor espalhou-se por ele. Gritou e arrancou a mão do buraco, uma horda de vespas fluindo para fora atrás dela.

As vespas cercaram-no e aos seus companheiros, picando-os sem remorso. Gu-ê-crig deu a volta para o outro lado da árvore, onde recuperou o arco e a borduna de um buraco diferente. Atirou a borduna no ar e gritou:

— Ataque Oludara, Gerard e Cabuçu!

Oludara e os outros cambalearam até um regato próximo, sob o ataque implacável das vespas e da borduna. Quando finalmente chegaram a ele, desmoronaram dentro da água.

Depois de ficarem debaixo tanto quanto possível, os três vieram à superfície para descobrir que as vespas tinham ido embora. O papagaio de Cabuçu sentava-se em uma árvore atarracada, e Gu-ê-crig, borduna e arco na mão, olhava-os de cima na beirada do lago.

— Estou começando a achar que vocês três gostam dessas sovas — ele disse. Então acrescentou, mais sério: — Tem sido divertido surrar vocês três tolos, mas o jogo está começando a perder o seu encantamento. Se vierem atrás de mim de novo, usarei o arco. E você sabe o que acontecerá então, não sabe, pássaro?

— Eu vou mastigar a carne dos seus ossos! — o papagaio disse.

— Exato — disse Gu-ê-crig.

Então ele partiu caminhando, sem se importar em olhar para trás.

Oludara começou a rastejar atrás dele, mas Gerard e Cabuçu seguraram-no.

— Acabou — Gerard disse. — Ele levou a melhor sobre nós, três vezes. É hora de voltar para Arani.

— Nós derrotamos Maçone e a Cuca — disse Cabuçu. — Não há por que sentir vergonha.

Oludara, a dor ardendo em cada parte do seu corpo, rastejava para a frente, mesmo enquanto seus amigos lutavam para segurá-lo.

— Isto não acabou — disse. — Não existe "quase" pegar um coelho. Você não pode cozinhar o "quase" num ensopado.

Nesse momento, uma flecha chocou-se contra o chão, a polegadas do seu nariz. O poderoso impacto jogou terra no seu rosto — e rompeu a sua determinação.

Ele deixou a cabeça cair, resignado.

Quando chegaram à aldeia, Cabuçu partiu com um aceno e Gerard e Oludara continuaram em frente, rumo à sua maloca.

Gerard preocupava-se com seu amigo. A viagem de volta fora longa e solitária — três semanas para sentir a dor de seus ferimentos e pensar em sua derrota. Raramente uma palavra era dita, exceto pelo papagaio, que zombara deles por todo o caminho. Até mesmo Cabuçu havia parado de rir das suas tiradas.

Nas poucas vezes em que Oludara havia falado, expressara preocupações acerca das coisas terríveis que poderiam dar errado com o nascimento do seu bebê, seu minúsculo corpo deformado pelo fracasso do pai. Gerard tinha tentado mitigá-lo, mas em vão. Agora, entrando na aldeia, a ansiedade de Oludara parecia triplicar.

— Não se preocupe — Gerard disse. — Tudo ficará bem.

— Nosso fracasso não é um bom presságio para o nascimento do meu menino — respondeu Oludara.

— Isso é só superstição.

— E se ela perder a criança? E se ela o perdeu há três semanas? Você ainda chamaria de superstição?

— Pare de se angustiar com isso e vá descobrir.

— Ei! — guinchou uma voz ao seu lado.

Eles se viraram para ver o Saci-Pererê ao lado deles, sorrindo largamente.

— Por onde vocês dois andaram? — ele perguntou.

Oludara fez cara feia e Gerard balançou a cabeça, aconselhando-o contra levar o assunto adiante.

— Bem, por que estão em pé aqui fora? — continuou o Saci. — Não querem assistir ao nascimento? Sempre tive curiosidade em saber como eles são.

Os olhos de Oludara arregalaram-se e ele precipitou-se para a maloca, Gerard seguindo-o de perto. Entraram para encontrar Arani acocorada perto do chão, cercada pelas mulheres. Ninguém sequer piscou quando o Saci entrou pulando; tinham se acostumado com suas frequentes e irritantes visitas. Enquanto as mulheres seguravam Arani, ela gemia e empurrava o bebê. Abriu os seus olhos entre contrações, e notou Oludara.

— O que aconteceu ao seu rosto? — perguntou.

Eles ainda sustentavam cascas de ferida e vergões do seu encontro com Gu-ê-crig.

— Essa história pode esperar — disse Oludara, ajoelhando-se atrás dela e segurando-a firmemente.

Depois de mais uns empurrões, a cabeça do bebê apareceu. A pele escura do bebê contrastava com a compleição bronzeada de Arani, e a criança soltou um berro saudável que fez Oludara sorrir. Depois de mais uns empurrões, a criança veio para os braços expectantes das mulheres. Oludara espiou para a frente e para trás por cima dos ombros de Arani, procurando com olhos assustados, por algum defeito. À criança não faltava nada, exceto o único órgão que Oludara mais desejava ver: aquele que teria marcado a criança como um menino. Gerard pôde ver o desapontamento no seu rosto.

— Ela é linda! — o Saci disse, com um tipo de reverência que Gerard nunca tinha ouvido antes em sua voz.

Diante da menção da palavra "ela", o olhar de Arani voou para Oludara. Ela não parecia em nada feliz com o que viu.

Uma das mulheres levantou a menina até o rosto de Oludara.

— É o costume que o pai corte o cordão com os dentes — ela disse.

Mesmo Oludara, normalmente confortável com os mais estranhos dos costumes dos tupinambás, encolheu-se diante do pedido.

— Apenas corte — Arani disse, entre dentes cerrados.

Sem uma palavra, Gerard vasculhou em sua mochila e retirou uma faca. Oludara a aceitou com um gesto de cabeça e cortou o cordão. Várias das mulheres pegaram a bebê e deixaram a maloca com ela. O Saci, seus olhos ainda arregalados de espanto, saiu saltando atrás delas

— Aonde elas vão? — Gerard perguntou.

Arani abriu os olhos e respondeu fracamente:

— Vão até o rio lavá-la. — Ela olhou para trás, para seu marido. — Como está a nossa filha? — ela perguntou.

Oludara fez uma pausa antes de responder:

— Com saúde.

Gerard preocupava-se com o modo com que seu amigo reagiria, mas soltar essas palavras pareceu aliviá-lo.

Com um suspiro, ele repetiu:

— Com saúde.

Ele sentou-se ao lado de Arani e aninhou-a em seus braços.

— Você pensou em um nome? — ela perguntou.

— Sim — ele disse —, mas não é um que sirva bem. Acho que você deveria escolher.

Arani, ainda encostada no peito de Oludara, assentiu e suspirou.

No dia seguinte, Gerard encontrou Oludara e Arani deitados lado a lado na rede, aninhando sua filha entre eles. Uma pilha de objetos toscamente tecidos de todas as formas e tamanhos jazia debaixo deles.

— Olá! — Gerard disse. — O que são essas coisas?

— O Saci fica entrando e deixando isso — disse Arani. — Ele tem muito afeto por Tainá.

— Tainá? Então você escolheu um nome?

— Sim — Arani disse. — Significa "estrela brilhante". Eu não deixarei que minha filha seja atormentada por um nome bobo como o meu.

— É um belo nome — disse Gerard.

— Para uma bela criança — disse Oludara, gentilmente passando um dedo sobre ela.

— Olhe como ele baba por ela — Arani disse. — Embora ainda anseie por um filho.

— Não tem nada a ver com ansiar — disse Oludara. — Devo dar continuidade à minha linhagem.

— Essa história de continuar a sua linhagem...

— Não é história, é meu dever para com meus ancestrais. Em todo caso, não importa. Em menos de dois anos, estaremos de volta a Ketu, onde poderemos ter uma casa cheia de crianças.

— Se você voltar para Ketu — disse Arani —, pode ir sozinho.

Oludara pareceu prestes a explodir, e tanto Gerard quanto Arani recuaram. Contudo, no último instante, ele deliberadamente levantou-se da rede, com cuidado para não perturbar Tainá, e foi a passos largos para o extremo oposto da maloca.

Gerard olhou para Arani, mas ela apenas balançou a cabeça e voltou sua atenção à bebê.

Conforme estendiam-se os dias, a preocupação de Gerard por seu companheiro crescia. O costume tupinambá exigia que o pai ficasse em sua cabana até que o toco do cordão umbilical do bebê caísse. Oludara obedientemente seguiu esse costume; contudo, quando o cordão caiu, ele permaneceu lá, passando os dias na rede. Não falava com ninguém, nem mesmo Arani.

Depois de uma semana com Oludara emburrado, Gerard decidiu partir para a ação. Não foi uma escolha fácil para ele. Tinha refletido muito acerca de suas viagens desde a morte de padre Miguel, e tinha perdido a maior parte de seu gosto por elas. Tinha certamente mudado o futuro da colônia, para o melhor ou o pior, embora não soubesse qual. Tinha salvado muitos, mas talvez condenado outros. Tinha ganhado muita fama, a única razão de ter vindo ao Brasil. Agora, não sabia mais se a queria.

Não obstante, não podia negar que Oludara o convidara para uma busca pelo arco, para resgatá-lo da sua fossa; não poderia fazer menos por seu amigo.

Gerard vestiu-se com as mesmas roupas que tinha vestido no dia em que eles dois se encontraram pela primeira vez, e foi ficar em pé ao lado da rede de Oludara — que fez o máximo para fingir que Gerard não estava ali.

— Tainá cresce a cada dia, não? — Gerard disse.

Oludara respondeu com um fraco e distante "sim".

— Não precisa se preocupar com a Cuca vir atrás dela. Cabuçu e eu falamos a Ybandira da nossa jornada, e ele colocou vigias mágicas em volta da aldeia. A Cuca não vai conseguir chegar perto sem ele saber. Deixar que feitiçaria lute com feitiçaria está bom para mim.

Oludara resmungou em resposta.

— Você deveria falar com Arani, ela está preocupada.

Em vez de responder, Oludara disse:

— Eu o invejo às vezes, Gerard. Você não deve nada aos seus ancestrais; está livre para ir aonde escolher, fazer o que quiser.

— Todos devemos aos nossos ancestrais. Apenas escolhemos honrá-los de maneiras diferentes.

— Isso é correto. Devo voltar à África, e Arani deve ficar aqui. O que fizemos? Talvez nunca devêssemos ter nos casado.

— Não diga isso. Vocês dois seguiram o coração, e isso nunca é errado.

Oludara não parecia convencido.

— O problema é que vocês são parecidos demais, teimosos como mulas.

Diante disso, Oludara assentiu em concordância.

Gerard mudou seu tom, fazendo a sua próxima afirmativa como um comando.

— Em todo caso, é hora de seguirmos para nossa próxima jornada.

— Hmm? — Oludara respondeu.

— Você ainda me deve mais de um ano, lembra-se?

— Acho que sim — disse Oludara.

— Sabe, alguém uma vez me disse que "a preguiça é parceira da fadiga". Já ouviu isso?

— Talvez — Oludara disse, sem mesmo um sorriso para reconhecer a referência.

Gerard fez uma pausa, incerto quanto ao que dizer, e para sua surpresa, Oludara preencheu o silêncio.

— Houve um tempo em que pensei que éramos invencíveis — disse Oludara. — Que, não importando o quão grande fosse a tarefa, acharíamos algum jeito de superá-la.

— Também pensei assim — Gerard concordou, com um suspiro. — Esse tempo há muito passou. Não somos mais tão jovens ou tão tolos... Mas acredito que ainda possamos fazer muito de bom.

— Ou muito de ruim. Você deseja somar aos nossos fracassos?

Oludara havia colocado em palavras os maiores medos de Gerard, e isso o obrigou a uma pausa. Quando sondou profundamente, contudo, lembrou-se das crianças tupiniquins, e da cidade de Ilhéus, e da guarnição no Rio de Janeiro, e tantos outros. Quando pensou neles, finalmente achou a resposta.

— Eu preferiria fracassar do que não tentar!

Os olhos de Oludara se arregalaram diante da resposta vigorosa do companheiro. Para o alívio de Gerard, ele levantou-se da rede e estendeu os braços no ar.

— Vou pensar nisso — disse.

Saiu da maloca e Gerard o seguiu de perto.

No centro da aldeia, encontraram Cabuçu cozinhando uma carne em um espeto. Olhou para eles e fez brilhar o seu sorriso demoníaco.

— Você parece triste — Cabuçu disse, olhando para Oludara. Ele agarrou o espeto da fogueira e entregou-o a ele. — Coma um pouco disto. Vai fazer você se sentir melhor.

Oludara apanhou o espeto e examinou-o.

— O que é isso?

— É um prato que eu criei — disse Cabuçu. — Eu o chamo de "papagaio assado que merece morrer".

Os olhos de Gerard e Oludara foram para o ombro de Cabuçu, onde, de fato, o sempre presente pássaro não se encontrava. Pela primeira vez em um mês, Gerard viu Oludara sorrir.

— Sim — ele disse. — Isso definitivamente faria me sentir melhor.

Gerard, mochila cheia e armas ao seu lado, esperava por Oludara no centro da aldeia. Arani, Tainá mamando em seu seio, aproximou-se dele. Ele baixou os olhos, embaraçado.

— Vocês estão de partida? — ela perguntou.

— Sim — ele respondeu. — Oludara não lhe contou?

— Ele pouco falou comigo nestes últimos dias.

— Eu lamento — disse Gerard.

— Não, é bom que vocês estejam saindo. Não há nada pior do que homens interferindo quando a mulher tenta criar um filho.

Pelo falhar da sua voz e pelo modo como desviava os olhos, Gerard teve certeza de que ela não queria dizer isso.

Depois de uma longa pausa incômoda, Gerard disse:

— Ele vai voltar a si. Vocês duas são tudo para ele.

— Assim espero, porque nem eu nem minha filha temos lugar na África. Ela vai ficar com nossa aldeia, assim como eu.

Arani puxou a bebê do seu seio e a estendeu para ele.

— Gerard, pode segurá-la por um momento enquanto eu me alivio?

Desajeitadamente, Gerard embalou a bebê e Arani afastou-se. Ele balançou Tainá para frente e para trás, examinando-a. A criança combinava traços de seus dois genitores. Os primeiros cabelos negros já se encaracolavam em sua cabeça. Sua pele brilhava num tom marrom-escuro, mais claro que o do pai, mas muito mais escuro que o da mãe. Olhava para Gerard com olhos desfocados enquanto ele a balançava.

— Parece que todo mundo tem suas próprias expectativas quanto a você, Tainá — ele disse. — Este não é um mundo fácil para uma mulher, mas eu espero que você siga o seu próprio caminho. Alguns dirão que há muitas coisas que você não pode fazer, mas lá nos Países Baixos, as mulheres estudam o que escolherem, e algumas são até soldados na guerra contra a Espanha. Já conheci meu quinhão de mulheres poetas e piratas, e muitas que faziam um trabalho melhor nisso do que os homens. Até a poderosa Inglaterra é governada por uma bela rainha. A Cuca disse que havia grandeza em você, e não duvido.

Gerard pulou quando ouviu a voz de Arani vindo de trás dele.

— Poetas e piratas? — ela disse. — Não ponha tais noções tolas na cabeça dela, Gerard. — Ela tirou a bebê dele e acrescentou: — As mulheres tupinambás não ligam para escrever ou velejar. E rainhas são uma coisa para homens brancos.

Gerard assentiu e tocou seu chapéu.

— Você está certa, é claro.

Ao afastar-se, ele acrescentou, num sussurro:

— Mas, por outro lado, há mais no sangue dela do que o dos tupinambás.

A preguiça olhava do alto para a vivenda das estranhas criaturas eretas. Os dois homens preguiçosos tinham perdido a sua calma e se tornado agitados, e havia muito tinham deixado a aldeia. No lugar deles, contudo, havia aparecido alguém ainda mais calmo.

A preguiça fez a lenta descida da árvore, então encaminhou-se por entre as grandes vivendas de lama. As criaturas altas dirigiam olhares para ela enquanto passavam rapidamente por perto, alguns dos baixos apontando para ela e rindo, mas ninguém fez qualquer movimento para detê-la.

Passo a passo, ela dirigiu-se rumo ao seu destino: uma pilha entrançada de ramos que continha — enrolada em um jogo de panos — a minúscula criatura que ela procurava.

Ela trepou pelos ramos, com cuidado para não os tombar, e enrolou-se ao lado da minúscula e escura criatura. Esta, sem dúvida, era bem tranquilizante.

CAPÍTULO 10

UM CASO AUDACIOSO EM OLINDA

A onça-macho rondava pela mata em busca de uma presa esquiva: uma fêmea nova e desconhecida no seu território. Ele tinha primeiro sentido o seu cheiro algumas semanas atrás, e encontrava o seu rastro quase todas as noites, mas de algum modo o perdia ao alvorecer. A caçada havia se tornado uma obsessão, e ele esquecia-se até do próprio alimento em sua busca por ela.

Naquela noite, contudo, sentia que ela estava perto. Ansiava por possuí-la, e precipitava-se sem cautela pela mata, detendo-se apenas para certificar-se de que ainda se mantinha no seu rastro. Seu cheiro o conduzia por um caminho amplo, de terra, um daqueles que os humanos abriam pelas matas. Muito embora os cheiros dos humanos fizessem tudo feder em torno, o cheiro dela sobressaía-se. Tendo percebido que o rastro não se desviava do caminho, ele correu adiante.

Não demorou muito antes que ele visse ancas no caminho diante dele. Ela caminhava coxeando; sua pata dianteira direita era torta. O corpo dele ardia em expectativa pelo momento em que a alcançaria. Ao aproximar-se, porém, seus sentidos eriçaram-se em alarme. A onça diante dele era grande demais: exagerada para um macho e imensa para uma fêmea. Deu-se conta de que o cheiro dela não estava se misturando com o cheiro dos humanos, mas que parte do seu próprio cheiro era humano.

A fêmea o percebeu e virou-se. Ela se agachou ameaçadoramente nas suas patas da frente. Ele ficou tenso, preparando-se para a luta. Nunca tinha fugido de um competidor macho, e não seria afugentado por essa fêmea.

Contudo, conforme ela chegava mais perto, a extensão do seu tamanho monstruoso tornou-se aparente. Ela o ofuscava, talvez com o dobro do seu peso. Soltou um rugido ecoante, e ele tremeu.

Ele sibilou para ela uma vez, pelas aparências, mas sabia que não tinha escolha. Um passo de cada vez, recuou, antes de disparar para dentro da mata.

Oludara seguia Gerard subindo o morro inclinado que marcava o centro de Olinda. A meio caminho, uma humilde construção de barro marcava o seu destino. Depois de Gerard ter batido, uma freira idosa atendeu à porta. Ela apertou os olhos diante deles, debaixo de um capuz preto.

— Bom dia — disse Gerard, tocando o seu chapéu. — Estou procurando pela irmã I. Leite.

— E posso perguntar quem gostaria de vê-la?

— Meu nome é Gerard van Oost. Venho chamado por ela: uma carta tratando de um problema aqui em Olinda.

A mulher examinou os dois com um ar de desconfiança, mas finalmente assentiu e disse:

— Só um momento.

Ela desapareceu dentro do prédio, para ser substituída minutos depois por uma freira muito mais jovem, de cerca de trinta anos de idade. Como a outra, vestia uma capa negra sobre um robe branco. Oludara não tinha ideia de como as freiras conseguiam suportar o calor tropical naquelas roupas pesadas. Seu rosto — magro com um nariz empinado na ponta — abriu-se num sorriso enorme e radiante quando ela olhou para Gerard.

— Sou Gerard van Oost — ele disse —, e este é meu companheiro, Oludara.

Ela cumprimentou Oludara com a cabeça e com um sorriso genuíno, uma cortesia que poucos tinham demonstrado a ele durante o seu tempo no Brasil. A mulher exsudava uma aura de tamanha amabilidade que quase o deixava desconfortável.

— Você veio! — ela disse a Gerard. — Não posso acreditar. Não sei como cheguei a ter a coragem para enviar aquela carta.

— Sua convocação surpreendeu-me, irmã Leite — Gerard disse —, mas dificilmente eu poderia recusá-la.

— Você não deveria se surpreender. O padre Gregório Brás, da Companhia de Jesus, recomendou você: "Gerard van Oost, homem magnânimo e possuidor de elevadas virtudes!" Ele contou-me dos seus bravos feitos e que, embora seja protestante, podemos confiar em você em qualquer questão.

As faces de Gerard chegaram a um vermelho-cereja que Oludara nunca vira antes.

— Muitíssimo obrigada por vir. Nunca esperei que viesse de tão longe a pedido de uma humilde freira.

— Não é nada, irmã Leite — Gerard gaguejou.

— Por favor — ela disse —, chame-me de Inocência.

— Inocência? — disse Gerard. — Que nome adorável.

Foi a vez da freira corar.

Gerard, certamente procurando qualquer desculpa para mudar de assunto, vasculhou a sua mochila e retirou uma caixa, que entregou a ela.

— Eu não queria vir de tão longe com as mãos vazias — disse.

Quando ela abriu a caixa, Oludara pôde ver doces multicoloridos lá dentro.

— Frutas cristalizadas? — ela disse. — Estas são da Ilha da Madeira?

Gerard arqueou as sobrancelhas.

— Você as reconhece?

— É claro — ela disse. — Valem uma fortuna! Eu nunca poderia aceitá-las.

Oludara notou, contudo, que ela não fez nenhum movimento para devolvê-las.

— Não é nada — disse Gerard —, eu mesmo as recebi de presente. Por favor, aceite-as e desfrute delas.

Ela foi na direção dele, como se para dar-lhe um abraço, então deu-se conta do que fazia e puxou as mãos de volta.

— Obrigada — disse, de olhos baixos. Então ficou de lado para deixá-los entrar. — Bem-vindos à nossa humilde casa de misericórdia, Nossa Senhora da Imaculada Conceição. Não permitimos homens para além da recepção, mas podemos nos sentar e conversar à mesa aqui.

A sala da frente estava forrada de mulheres e crianças. Oludara viu nativos, brancos, e a mistura dos dois. Algumas mulheres ofereceram uma mesa a Inocência e seguiram adiante, mas sem tirar seus olhos de Oludara e Gerard.

Depois dos três se sentarem à mesa, Oludara perguntou:

— Que lugar é este?

— É um refúgio de mulheres — ela respondeu. — Aceitamos todas aquelas que precisem de nossa ajuda e orientação. A casa surgiu como um lugar para abrigar mulheres nativas... cristãs que tinham sido abandonadas por seus namorados brancos. É uma vergonha a frequência com que isso acontece. Nestes dias, contudo, até mesmo mulheres de famílias fidalgas vêm até nós, aquelas que escolhem se abster do casamento e seguir a vida religiosa. Buscamos doações para ampliar nossa casa, mas elas têm sido escassas recentemente, em parte por causa do problema que enfrentamos.

Nesse momento, uma freira carregando um prato de pães aproximou-se da mesa deles. Oludara deduziu que não poderia ter mais que vinte anos. Ela tinha a aparência de uma cabocla, mistura de nativa e europeia. Tinha cabelos negros, embora não completamente liso. Sua pele bronzeada era mais clara do que a dos nativos. Seu nariz reto só poderia vir de descendência europeia.

— Eu trouxe uma coisa para os nossos convidados — ela disse. — Posso me juntar a vocês?

— É claro — disse Inocência.

Quando a mulher colocou o prato na mesa, Oludara teve um vislumbre de suas mãos. As duas eram manchadas, com pele mesclada, branca e bronzeada, e sua mão direita era retorcida para dentro e parecia quase inútil. Sentou-se diante deles, ao lado de Inocência.

— Esta é a irmã Catarina Castanha — disse Inocência. — Catarina foi uma das primeiras a vir para a nossa casa, ainda criança. Ela partiu para se tornar freira, e recentemente voltou para se unir a nós como uma irmã. É uma grande alegria, ter alguém que cresceu aqui e então voltou para servir.

Catarina sorriu diante do cumprimento.

— Por favor, aceite um pouco do nosso pão — ela disse. — É uma refeição pobre para visitantes estimados, mas não temos nada melhor para oferecer.

Oludara aceitou um pedaço do pão e mordeu rompendo a casca dura. A freira não tinha exagerado quanto à sua qualidade; o gosto era ainda pior do que a textura.

Gerard não fez qualquer movimento para pegar o pão, falando com Inocência em vez disso.

— Fale-nos do seu problema.

— Algo terrível está afligindo Olinda — ela disse. — Muitos já foram mortos, sempre à noite. Eu o chamei porque acredito que seja algo sinistro. Os corpos das vítimas parecem ter sido mortos por alguma espécie de animal, mas nenhum de que eu já tenha ouvido falar. Algumas vítimas são desmembradas, outras queimadas. O que quer que seja, ignora escravizados e trabalhadores, predando apenas os ricos e importantes: senhores de engenho e autoridades. Mesmo aí, tem como alvos os mais caridosos dos cristãos. Os piores, os corruptos e inescrupulosos, ele parece deixar em paz.

Catarina cutucou-a.

— Fale do Diabo, e é certo que ele apareça. Olhe quem acaba de entrar.

Oludara seguiu o olhar dela para ver um homem altíssimo aproximar-se deles. O homem vestia um caro gibão vermelho com uma enorme gola franzida e uma capa preta. Usava um gorro vermelho que se dobrava para baixo sobre uma orelha e cobria cabelos negros alisados para trás. Seu cavanhaque consistia em um minúsculo triângulo abaixo dos lábios grossos e nariz de frente achatada. Dois homens carregando alabardas flanqueavam-no.

— Ouvi dizer que alguém chamou uma bandeira para a cidade? — ele perguntou, num tom confrontador.

— Essa seria a minha bandeira — Gerard disse.

— E onde estão os seus bandeirantes?

— Somos só nós dois — Gerard respondeu, gesticulando para Oludara.

O proprietário dirigiu-lhes um olhar confuso.

— Nós não precisamos de ninguém se intrometendo aqui — ele disse.

— Não o preocupa que algo esteja matando os ricos da cidade? — perguntou Gerard, observando significativamente as roupas extravagantes do homem.

— Contratei soldados para resolver isso.

— Aparentemente, eles não estão fazendo um bom trabalho — Oludara comentou.

O homem olhou para Oludara e seus olhos estreitaram-se. Ao falar, voltou seu olhar a Gerard.

— Vejo que você possui um escravo, então deve ser um homem de algumas posses. Eu, contudo, possuo trezentos deles. Meu engenho me rende doze mil cruzados por ano. Se pensa que pode fazer sozinho o que eu posso fazer com todos os meus recursos, desejo-lhe sorte, senhor...

— Gerard van Oost — Gerard disse, tocando o seu chapéu. — E não possuo escravizado nenhum; Oludara aqui é um homem livre.

Oludara notou que os olhos do homem arregalaram-se à menção do nome de Gerard, mas ele pareceu perceber seu lapso e retornou sua expressão à sua antiga arrogância.

— Então boa sorte, sr. Van Oost.

O homem virou-se e partiu a passos largos, seguido prontamente pelos seus guardas.

— Quem é esse? — perguntou Oludara.

— Sibaldo Romani — Inocência respondeu. — Um cavalheiro florentino e dono do engenho de açúcar São Pedro.

— Florentino? — Gerard perguntou. — O que ele está fazendo aqui?

— Por que qualquer cavalheiro vem ao Brasil? — Catarina perguntou. — Dinheiro. Você o ouviu, doze mil cruzados por ano. Há príncipes que não ganham tanto.

— O negócio parece ser bom nos engenhos de açúcar.

— E ficando melhor. Ele tem adquirido engenhos de alguns dos recentemente falecidos.

O rosto de Catarina não deixava dúvida de que ela pensava que os dois fatos tinham algo em comum.

— Não vá fazer insinuações — Inocência disse. — Não foi nenhum homem que matou aqueles senhores de engenho.

— Como alguém da Toscana obteve uma sesmaria aqui? — Gerard perguntou.

— Ele é amigo do capitão geral e alguns dizem que do próprio rei. Ouvi dizer que é aparentado ao grão-duque da Toscana.

Oludara não tinha ideia do que isso significava, mas Gerard pareceu impressionado.

— Mas desta vez — Catarina disse —, concordo com Sibaldo. Você não deveria ter chamado estes dois aqui, Inocência. — Ela olhou para Oludara e Gerard. — Não se coloquem em perigo por nossa causa. Os mercenários de Sibaldo e a milícia local são mais do que suficientes para deter o que quer que esteja por trás disso. Eles são centenas, vocês só dois.

— Não viemos de tão longe só para dar meia-volta e voltar para casa — Gerard disse. — Daremos uma olhada hoje à noite, e veremos o que podemos descobrir.

— Tão já? — Inocência perguntou.

— Meu povo tem um ditado — Oludara disse. — "Se uma questão for obscura, mergulhe até o fundo."

Do alto do muro da cidade, um guarda anunciou:

— Nove horas! Quem está dentro está dentro! Quem está fora está fora!

Gerard olhou para trás, para Oludara.

— Bem, é isso, então. Não voltaremos a entrar até o nascer do dia.

— Tenha cuidado — respondeu Oludara.

— É claro.

Eles restringiram-se às estradas, onde a maioria das mortes tinha acontecido. Enquanto Oludara examinava tudo em torno deles cuidadosamente, Gerard descobriu-se retornando em pensamento a Olinda.

— Boas freiras, não são? — ele disse.

— O quê? — Oludara perguntou.

— Aquelas freiras em Olinda.

— Precisamos nos concentrar em achar essa criatura, não em freiras.

— Só estou dizendo.

Oludara balançou a cabeça.

— Primeiro os jesuítas e agora essas freiras. Apesar de toda a sua reclamação quanto aos católicos, você certamente parece gostar deles.

Gerard resmungou em resposta.

— Agora, por favor concentre-se.

Eles chegaram ao topo de um morro e Gerard percebeu uma tocha bem longe na estrada abaixo, alguém caminhando na direção deles.

— Gerard, viu aquilo? — Oludara perguntou.

— O quê? O homem lá embaixo?

— Não, atrás dele.

Gerard teve de apertar os olhos, mas com bastante certeza, uma silhueta seguia o homem, esgueirando-se pelas sombras. Pelo seu movimento, parecia felina, mas caminhava de modo desajeitado, como se mancasse.

— O que fazemos? — Gerard perguntou.

— Devemos chegar lá embaixo antes que a criatura ataque. Mas tente não a alertar antes da hora. Queremos cercá-la, não espantá-la.

Gerard seguiu Oludara pelas moitas ao lado da estrada até que se emparelharam com o homem. Oludara saiu de entre os arbustos para alertar o homem da presença deles, mas ele entrou em pânico ao vê-los, atrapalhando-se para desembainhar uma espada extravagante da cintura.

— Não estamos aqui para fazer-lhe mal — Oludara disse —, mas sugiro que você corra.

Com isso, Oludara sacou a sua faca de marfim e voltou-se para a fera. O homem olhou para trás, arquejou apavorado, e então desceu correndo a estrada, como fora instruído.

Gerard foi para junto de Oludara e levantou seu arcabuz, já carregado e preparado para um disparo. Àquela distância, ele conseguiu a sua primeira boa olhada na criatura: uma onça enorme. A pata dianteira direita da onça curvava-se para dentro, causando o seu movimento desajeitado. Diante da visão deles, ela agachou-se ameaçadoramente e rugiu.

— Não espere mais — Oludara disse. — Ataque enquanto ainda tem chance!

Gerard atirou e a criatura deu um berro, mas ele não conseguiu ver nenhuma marca da bala. A onça ultrapassou Oludara com um salto, e ele a golpeou com sua faca. A onça não olhou para trás; ao contrário, correu descendo a estrada.

— Atrás dela! — gritou Oludara.

Quando eles começavam a correr, Gerard inquiriu:

— Você a cortou?

— Só um talho na cara.

— Mais do que o meu tiro.

Na crista da próxima colina, viram algo deitado na estrada abaixo deles. Desceram correndo para encontrar o corpo ensanguentado do homem que tinham alertado a correr. Da onça, não encontraram sinal algum.

Ao meio-dia, Inocência levou Oludara e Gerard a um jardim atrás do abrigo, onde eles se sentaram a uma mesa de madeira.

— Voltarei logo — ela disse.

Árvores com flores cor-de-rosa que se penduravam como sinos coloridos enchiam o jardim com um cheiro agradável. Oludara achou-o relaxante, depois de uma noite tão cansativa.

Inocência retornou carregando uma bandeja com três copos de água. Oludara pegou o seu e notou um cheiro incomum.

— Esta água tem um cheiro de fruta — disse Oludara. — Talvez algo a tenha contaminado.

Inocência sorriu.

— É água com flor de laranjeira. Não precisa se preocupar, eu mesma a preparei.

Gerard tomou um gole e assentiu em aprovação.

— Uma delícia — disse.

— Fico feliz que goste. Já se passaram anos desde que eu a preparei. Nosso trabalho aqui nos deixa pouco tempo para tais frivolidades.

— E onde você aprendeu a fazer água com flor de laranjeira?

— Portugal, ou Espanha. Talvez algum outro lugar. Eu morei em muitos lugares pela Europa antes de vir para cá.

— Eu também! — disse Gerard. Ele colocou os cotovelos na mesa e descansou a cabeça entre as mãos. — Conte-me onde você esteve.

— Não deveríamos discutir a noite passada? — Oludara interrompeu.

— O que aconteceu? — perguntou Inocência. — Ouvi que Fernando Leitão foi assassinado na estrada. Era um bom homem. Vocês o viram?

— Sim — Gerard disse. — Chegamos tarde demais para salvá-lo. Eu lamento.

Inocência baixou a cabeça e fez o sinal da cruz.

— Dou graças a Deus por vocês dois estarem bem. Minha consciência ficaria pesada demais se eu tivesse chamado vocês aqui apenas para morrer.

— Na verdade chegamos muito tarde para salvá-lo — disse Oludara —, mas descobrimos o que o matou. É uma onça de tamanho incomum. A criatura parece ter um encantamento de algum tipo.

— Meu tiro ricocheteou no couro dela — Gerard acrescentou.

— Isso soa terrível — disse Inocência.

Suas mãos foram na direção de Gerard, mas pararam pouco antes de tocá-lo.

— Já encaramos coisas piores — Gerard disse.

— Como o quê? — ela perguntou.

— Uma vez, por exemplo, perto de Santos, encaramos uma criatura conhecida como Ipupiara.

Oludara suspirou enquanto Gerard mergulhava na história. Entediado, olhou em torno para o jardim e notou Catarina. Quando ela o percebeu, virou-se e dirigiu-se de volta ao abrigo. Pouco antes dela se virar, Oludara notou um arranhão em sua bochecha.

Oludara interrompeu Gerard com um puxão.

— Poderia nos dar licença por um momento? — perguntou a Inocência. — E depois de puxar Gerard para longe dos seus ouvidos: — Você notou Catarina?

— Não — disse Gerard, olhando em torno. — Ela está aqui?

— Não mais. Mas eu a vi, e ela tem um arranhão na bochecha... no mesmo lugar que eu cortei na onça ontem à noite.

— Provavelmente apenas uma coincidência.

— E também é coincidência que a mão dela seja deformada, assim como a pata da frente da onça?

— A mão dela é deformada? Eu não tinha notado.

Oludara balançou a cabeça para o seu companheiro.

— E se for ela? — perguntou. — Talvez deseje vingar-se dos senhores de engenho por ofensas do passado.

— Está sugerindo que à noite uma freira vira uma onça gigante comedora de homens?

— Já vimos coisas mais estranhas em nossas jornadas.

— Sim — disse Gerard, coçando o queixo. — Imagino que já vimos.

Gerard voltou-se para Inocência.

— O que me lembra. Uma vez, encontramos a mais incomum criatura, chamada Curupira. Os pés dele são virados para trás, e ele cavalga um javali gigante.

Oludara pôde apenas suspirar e revirar os olhos.

Gerard, o rosto num capuz, andava pela estrada carregando uma tocha. Oludara seguia pelas matas ao seu lado. Tinham vagado pelas estradas por horas, tentando atrair a onça, mas sem sorte até ali. A longa noite desgastava a paciência de Gerard.

— Psiu — veio a voz de Oludara do mato. — Esteja pronto.

Gerard respondeu com um gesto de cabeça e lutou para não olhar para trás, até que ouviu seu companheiro sair ruidosamente da mata e gritar "agora!".

Gerard girou sobre os calcanhares e desembainhou sua rapieira. Duvidava de que a lâmina pudesse penetrar o couro da onça, mas um toque em sua boca ou olhos poderia funcionar.

A uns vinte passos longe dele, Oludara saltou atrás da onça, que se virou para trás e rugiu para ele. Oludara visou um golpe ao pescoço da criatura e ela evitou-o, rolando por baixo dele no último instante.

Gerard arremeteu e a onça olhou em sua direção, de olhos arregalados. Ela correu na sua direção, ignorando o próximo ataque de Oludara e levando um corte na anca no processo.

Uma luz trêmula apareceu e projetou a sombra de Gerard no chão diante dele. Ele sentiu um calor em seu pescoço, crescente a cada segundo que passasse, mas ignorou-a para encarar o perigo diante dele. Rapieira e tocha firmemente nas mãos, Gerard aprontou-se para a violenta investida.

No último instante, contudo, a onça lançou-se para um lado e saltou atrás dele. Gerard virou-se para ver um crânio flamejante de três pés de altura — sua boca aberta e pronta para morder — pairando no ar a polegadas do seu rosto. Ele se jogou no chão e a onça caiu sobre a aparição.

As duas criaturas bizarras rolaram no chão, mordendo uma à outra até que a onça, seu pelo chamuscado do peito ao focinho, não conseguiu mais suportar as chamas e recuou. O crânio aproveitou a oportunidade para subir flutuando no ar.

Gerard fez uma pausa, incerto quanto ao que fazer, mas Oludara veio correndo e deu uma estocada no crânio. O crânio voou para um lado para evitar o golpe e mordeu-o, errando-o por pouco, mas queimando a sua mão mesmo assim. Ele puxou o braço para trás de dor.

A onça levantou-se e se preparou para um ataque. Gerard, pegando a deixa de Oludara, ficou ao lado dela, sua rapieira apontada para o crânio. O crânio, em face de três oponentes, virou-se e fugiu para dentro da mata com incrível velocidade. A onça correu atrás dele.

Gerard olhou para o seu companheiro.

— Não podemos alcançá-los — Oludara disse. — Mas se estou certo, vamos encurralar um deles muito em breve.

Oludara esperava nas sombras de um beco não longe da rua principal de Olinda. Como ele esperava, Catarina passou por ele em sua caminhada da tarde até a padaria, a caminho de pegar as sobras do dia para o refúgio. Andava rápido, de cabeça baixa, sem olhar nem para a esquerda nem para a direita.

— Catarina — ele disse, colocando-se atrás dela.

Ela virou-se e ele pôde ver as marcas de queimadura em seu rosto. A mão dele se dera muito pior, exigindo meio jarro de unguento e um rolo de bandagens para tratar. Mas pensando bem, ele não era uma onça encantada com uma pele quase impenetrável.

Os olhos de Catarina agitaram-se de um lado a outro, e por um momento ele pensou que ela tentaria fugir. Então, Gerard saiu do seu esconderijo do outro lado da rua, e ela deixou cair os ombros em resignação.

— Eu tentei avisá-los — ela disse. — Disse que fossem embora antes que se machucassem. Nenhum homem pode enfrentar um Cumacanga e viver.

— Cumacanga? — Gerard perguntou.

— É assim que o meu povo costumava chamá-los. Homens maus que podem enviar suas cabeças voando para dentro da noite.

— Aquela coisa é um homem? — perguntou Oludara. — Mas quem?

— Quem você acha? Sibaldo. Aquele que tem mais a ganhar. Doze mil cruzados por ano não é o bastante para ele; sua ganância não tem limites.

— Por que você não alerta o capitão da guarda?

— Você não prestou atenção? Ele recebeu os seus engenhos do capitão geral, proprietário da capitania inteira, por indicação do próprio rei. Ninguém aqui ousaria levantar a mão contra ele.

— E quanto aos jesuítas? — perguntou Oludara. — Sem dúvida eles o queimariam se soubessem.

— Como eu poderia provar a eles? E se o queimarem, o que acham que eles fariam *comigo*?

— Você me diz que esse crânio flamejante gigante é a cabeça dele? E o corpo fica para trás? — Gerard perguntou.

— O encantamento é poderoso, e ele não é o primeiro a usá-lo.

— E ninguém nota um corpo sem cabeça?

— Sem dúvida, ele se isola quando faz isso. E sua casa-grande é guardada pesadamente; ninguém chega perto sem permissão.

— Poderíamos trabalhar juntos — Oludara disse. — Já enfrentamos coisas piores do que Sibaldo.

Ela olhou nos olhos deles e assentiu relutantemente.

— Mas devo avisá-los — disse. — Essas mortes são secundárias... uma distração enquanto ele busca o seu verdadeiro objetivo. O maior desejo dele é achar o lago.

— Qual lago? — Oludara perguntou.

— O Lago Encantado. Ele aparece só uma vez a cada geração, e amanhã é a noite. Não podemos deixar que ele o ache.

— Por quê?

— Porque ele concede um desejo a quem o encontrar.

— E o que Sibaldo quer?

— Você arriscaria esperar para descobrir? Não consegue imaginar o que ele faria se se tornasse ainda mais poderoso?

— Vamos pegá-lo hoje à noite — Oludara disse.

Catarina balançou a cabeça.

— Eu duvido — disse. — Ele não sai para as suas caçadas toda noite; tem que manter alguma aparência de uma vida normal. Quase certamente ele estará no outeiro hoje à noite.

— E o que é isso? — Oludara perguntou.

— É um concurso de poesia. Ele nunca perde a chance de exibir-se.

Inocência veio correndo na direção deles. Ela parou ao lado de Gerard e colocou a mão no seu ombro enquanto recuperava o fôlego. Então notou que o tocava e recuou rapidamente, seu rosto vermelho de embaraço.

— Onde vocês estiveram? — ela perguntou. — O outeiro está para começar! Vocês não podem perder. — Então notou Catarina. — O que aconteceu ao seu rosto? — perguntou.

— Só um uma pequena queimadura de sol — respondeu Catarina.

O pátio do colégio jesuíta tinha sido transformado para o espetáculo vindouro. Acima da multidão, bandeirolas coloridas penduravam-se ao longo de cordões. Circulando o pátio havia enormes grinaldas de flores, sua fragrância soprada até o público com cada brisa que passava. Na frente, um palco de madeira fora erigido sob um toldo. Atrás dela havia uma lona pendurada, com uma pintura de Monte Parnaso, como se os famosos oradores gregos viessem naquela noite para se postar diante dela e recitar seus versos. Tochas e lanternas coloridas iluminavam o pátio de ponta a ponta. O colorido e a alegria da cena festiva surpreenderam Gerard, que estava acostumado aos aspectos mais sombrios da Igreja Católica.

Ele sentava-se em um tronco perto dos fundos, Inocência e Oludara em cada um dos seus lados. As pessoas preenchiam as fileiras diante deles, e outras estavam em pé em todas as laterais. A maioria vestia-se no que parecia ser o seu melhor: roupas que Gerard esperava ver na igreja, não em um festival ao ar livre.

Uma menina em um vestido azul aproximou-se do palco e Inocência inclinou-se para cochichar:

— Essa menina vai anunciar o tema desta noite. Todos os poetas deverão terminar os seus poemas com ele.

A garota disse:

— Hoje, o tema é a "Nossa Senhora do Ó".

O público bateu palmas e deu vivas, e a menina fez uma mesura e sentou-se.

— "Nossa Senhora do Ó"? — Oludara perguntou.

— É a Virgem Maria grávida — Inocência disse —, esperando o bebê Jesus. Ela é bem popular nestas paragens.

Do outro lado de Gerard, Oludara inclinou-se e sussurrou:

— Começo a entender por que você é protestante. Menos confuso.

Gerard concordou com a avaliação, mas para não arriscar ofender Inocência, respondeu com um ambivalente dar de ombros.

O primeiro poeta, um homem calvo e em torno dos quarenta anos de idade, subiu no palco. Depois de um curto aplauso, ele recitou o seu poema:

"Num glorioso sonho
Gabriel veio até Maria
E pediu-lhe que carregasse
Uma suprema criança
Para nossos pecados redimir
Tal tarefa ela assumiu
E o que em seu útero frutificou
E por nove meses ela carregou
O salvador, nosso Senhor
Nossa Senhora do Ó"

O poema recebeu um aplauso geral, e muitos outros como esse seguiram-se. O sorriso de Inocência crescia conforme a noite avançava, e Gerard sentiu-se bem em estar ao lado dela. Do seu outro lado, Oludara deixava a cabeça pender e pular, enquanto cochilava e despertava.

A certa altura, um homem risonho vestindo imundas roupas de trabalho subiu cambaleando no palco. Por sua aparência, Gerard julgou-o um fazendeiro bêbado. O homem limpou a garganta, cuspiu no chão e falou:

"Eu tenho um asno
Que não vale a bosta
Que faz na minha sopa
Depois de comer meu pasto
E fazê-lo passar
Tem o gosto da sarjeta
Mas eu o como feito mante'ga
E então rezo como um probo
Que minhas tripas não peguem fogo
À Nossa Senhora do Ó."

O grupo de jesuítas que estava em uma das laterais não pareceu nem um pouco feliz com o poema, mas muitos na multidão riram às gargalhadas. Gerard olhou para Inocência e a viu corar.

Quando ela o pegou fitando-a, disse, como que se desculpando:

— Alguns poetas são melhores do que outros.

Os outros poetas ativeram-se ao tema religioso na maior parte, embora uns poucos enfiassem piadas que Gerard não entendia, mas imaginava que fossem dirigidas a outros dentro da comunidade.

Depois de uma longa pausa na qual ninguém subiu no palco, a menina do vestido azul retornou para perguntar:

— Não temos mais nenhum poeta hoje?

Com isso, Sibaldo levantou-se da fileira da frente. Gerard cutucou Oludara com o cotovelo, e ele acordou com um pulo e olhou em torno, confuso. Sibaldo manteve-se rígido no palco. Depois de um longo aplauso do público, começou o seu poema com uma voz profunda e retumbante:

"Como poderia um ventre virgem suportar tal peso?
Mais fácil que nós pecadores levantássemos mil rochas
Que portar um único cabelo do Cristo em nossos ombros
Só um coração de compaixão infinita poderia misturar-se
Com o divino corpo do Cristo, sem todavia profanar
Uma carne e sangue tão santificados
Ele absolveu os nossos pecados quando morreu

Dar todo o louvor e devoção é pouca recompensa
A ela que permitiu a manifestação de nosso Senhor
Nossa Abençoada Senhora do Ó."

O poema recebeu o aplauso mais caloroso da noite. Muitos levantaram-se de tanto entusiasmo, quando Sibaldo curvou-se.

Ao lado de Gerard, Inocência estava furiosa.

— Ele não tem o direito — disse. — O homem não dá nada à caridade, mas age de modo tão pio.

Sibaldo desceu a passos largos do palco, e a menina voltou a aparecer.

— Eu espero que vocês todos tenham apreciado esta noite... — ela começou.

— Espere! — Inocência gritou, levantando-se.

Quando todos os olhos se voltaram para ela, ela empalideceu. Olhou para baixo, para Gerard, e ele sorriu e assentiu, oferecendo o seu apoio. Com isso, ela recuperou sua compostura.

Caminhou até o palco, dizendo:

— Há mais um poema esta noite.

Os sussurros superaram os aplausos quando Inocência subiu no palco. Mais uma vez, ela procurou Gerard, olhou direto para ele, então voltou sua atenção ao público e recitou o seu poema:

"Eu vejo, por sua reação
A sua surpresa, de alguém tão humilde
Ousar seu verso murmurar
Todavia, não é a satisfação
Maior ainda quando realizando uma ação?
Alimentar aqueles em necessidade
O chamado do homem que é pio de verdade
Doze mil cruzados não valem mais que pó
Se o seu dono não tiver a dó
De alimentar a Nossa Senhora do Ó."

O poema recebeu um grande aplauso, embora muitos olhassem nervosamente em torno ao aplaudirem. Sibaldo levantou-se, furioso, como se prestes a falar, mas quando olhou para a multidão ao seu redor, saiu a passos largos do pátio, flanqueado por seus sempre presentes guardas.

Inocência fez uma mesura e voltou ao seu assento ao lado de Gerard.

— Estou tão envergonhada — disse. — Não devia ter feito isso, devia? Às vezes, esqueço que sou uma freira.

— Às vezes eu também esqueço — disse Gerard.

Então, percebendo o que disse, ele virou o rosto para esconder seu embaraço.

— Eu deveria ir-me — Inocência gaguejou.

— Por favor — Gerard disse. — Deixe-nos acompanhá-la até o refúgio.

Mantendo os olhos no chão, ela respondeu com um aceno.

Oludara sentava-se em uma das camas no quarto que tinham alugado e observava Gerard, sentado na outra, passando óleo no seu arcabuz. Gerard acariciava a arma de forma um tanto sensual demais. O fascínio crescente do homem pela freira tinha começado a preocupar Oludara. Gerard não parecia pensar em nada além disso e, num momento de perigo, isso poderia cobrar-lhes um preço.

Seus pensamentos foram interrompidos por uma batida na porta. O senhorio deles, um alfaiate, abriu-a antes que eles tivessem tempo de responder.

— Há alguém lá embaixo para vê-los — disse.

Oludara pôde apenas dar de ombros diante do olhar intrigado de Gerard. Sem se falarem, os dois foram para baixo para descobrir Catarina esperando por eles.

— Olá, Catarina — Gerard disse, olhando em volta. — Inocência está com você?

— É claro que não — ela disse. — Vim aqui discutir nossos planos para hoje à noite.

— Bom — disse Oludara. — Temos muito o que discutir.

Foram interrompidos quando um homem portando uma alabarda caminhou para o meio deles. Oludara reconheceu-o como um dos guardas de Sibaldo.

O guarda dirigiu-se a Gerard.

— Dom Romani requer a sua presença para o almoço em sua residência.

Gerard olhou para Oludara, mas Catarina sussurrou de trás dele:

— Vá. Veja o que ele quer.

Gerard assentiu e voltou sua atenção ao homem.

— Diga a Dom Romani que aceitamos sua gentil oferta.

O guarda assentiu secamente e foi embora.

— Tenham cuidado — disse Catarina.

— Nós teremos — Gerard disse.

Oludara, silenciosamente, esperava que Gerard fosse capaz de manter o juízo.

— Encontrem-me no refúgio depois do almoço — disse Catarina.

Com isso, ela partiu.

Oludara e Gerard apanharam o seu equipamento e encaminharam-se, apenas para se depararem com Inocência na rua minutos depois.

— Para onde vocês estão indo? — ela perguntou.

— Para a casa de Sibaldo — Gerard respondeu.

— Por quê?

Gerard olhou Oludara, esperando por uma desculpa, mas Oludara apenas devolveu-lhe o problema com um discreto sinal de cabeça.

— Hum — disse Gerard. — Vamos tentar convencê-lo a doar alguma coisa ao refúgio.

— Armados? — ela perguntou. — Nós preferimos petições pacíficas, não ameaças.

— Não é nada disso. Você sabe como é preciso ter cuidado nas estradas hoje em dia.

— Acho que sim — ela disse, com uma voz que carecia de convicção. — Por favor, não faça nada impensado.

— Não se preocupe — Gerard prometeu. — Vamos apenas ter uma conversa amigável.

O primeiro vislumbre que Oludara teve da fazenda de Sibaldo foi o do bastião da guarda, posicionado entre a estrada e o rio, com quatro guardas no topo e três peças de artilharia pesada projetando-se da beirada. A partir daí, a vista tornava-se ainda mais impressionante, conforme ele e Gerard passavam por um moinho movido a água, canais de irrigação, e uma igreja particular, mais ornada do que muitas dentro da própria cidade. Três galés, duas delas grandes o suficiente para portar canhões na proa, jaziam ancoradas no rio, e uma caravela de dois mastros flutuava ao lado deles. Além do engenho e da senzala, fileiras de cana-de-açúcar estendiam-se até onde Oludara podia ver. Ele não conseguia abarcar a fortuna necessária para pagar por tudo isso.

Não surpreendia que a casa de Sibaldo fosse igualmente magnífica. Uma construção de rocha sólida, pintada de um branco imaculado, a casa de dois andares estendia-se tão longe que parecia mais apropriada como armazém do que como residência.

Os guardas os conduziram para dentro, e Sibaldo recebeu-os em uma imensa antecâmara, uma com refinadas pinturas decorando suas paredes e trabalhos em ouro arranjados sobre gabinetes entalhados de sólida madeira escura.

— Seja bem-vindo, Gerard — Sibaldo disse. — Seu escravo pode esperar aqui.

Oludara eriçou-se, mas tinha ouvido comentários como esse tantas vezes que já quase se acostumara a eles.

— Ele não é meu escravizado — disse Gerard —, é meu igual em tudo o que diz respeito à minha bandeira.

— Ele pode esperar aqui, de qualquer modo — Sibaldo disse.

— Se ele não comer ao meu lado, eu também não comerei.

Sibaldo dirigiu-lhe um olhar furioso, mas gesticulou para que o seguissem e virou-se. Conduziu-os por múltiplos corredores, cada um com sua própria decoração rica, até chegarem à sala de jantar.

Sibaldo sentou-se à cabeceira da mesa, e Gerard e Oludara sentaram-se ao longo de um dos lados. Sibaldo gritou um comando e três escravizados — duas mulheres e um menino — trouxeram a comida para dentro. Eles não vinham da região da Guiné como Oludara; ele imaginou que deviam ser do Reino do Congo, mais abaixo no litoral africano. Os três escravizados olharam de olhos arregalados para Oludara sentado à mesa, e o menino até arfou, mas um silvo de Sibaldo os fez trancarem seus olhos no chão, para não voltarem mais a levantá-los.

Assim como tudo o mais em torno de Oludara, a refeição foi a mais extravagante que ele já vira. Os escravizados de Sibaldo abriram a refeição trazendo uma torta de pombo e pernil de carneiro. Um cheiro intoxicante ergueu-se dos dois pratos.

— O que são esses temperos? — Oludara perguntou, de água na boca.

— Açafrão e canela — Gerard disse. — As mais caras especiarias do mundo.

— Dez mil réis por libra — acrescentou Sibaldo.

Os três comeram em silêncio. Gerard, em especial, parecia saborear cada bocado. Enquanto Oludara comia, notou escravizados espiando para dentro pelas janelas de tempos em tempos, fitando-o de olhos arregalados e bocas abertas antes de sumirem. Recordou-se que o preço atual dos escravizados era vinte mil réis. Isso significava que os homens brancos davam à vida de um escravizado o mesmo valor que duas libras do açafrão que ele comia. Depois de fazer esse mórbido cálculo, Oludara perdeu o apetite.

A refeição continuou com uma salada de folhas contendo alho e pimentas, e terminou com creme de caramelo. Gerard devorava tudo o que lhe era oferecido. Quando a refeição finalmente acabou, Gerard reclinou-se com as mãos sobre a barriga redonda, uma expressão satisfeita em seu rosto. Oludara perguntou-se como ele podia gozar de uma refeição em face do inimigo, mas então, Gerard nunca fora de recusar boa comida.

— Agradeço pela refeição, Dom Romani — Gerard disse. — Ela foi, sem dúvida, o melhor banquete de que desfrutei desde que pus os pés nesta colônia há quase cinco anos.

— Você é um homem de bom gosto, Gerard — Sibaldo respondeu. — Deveria parar de associar-se com aquelas freiras no refúgio. Em vez de sujar suas mãos com os nativos, elas deveriam estar colocando-os em grilhões e mandando-os para os engenhos.

O insulto pareceu trazer Gerard de volta ao seu juízo.

— Não acho que minha escolha de amigos seja assunto seu, Sibaldo. E falando de assuntos, por que não discutimos o nosso? Por que nos chamou aqui hoje?

— Eu quero que você deixe Olinda, Gerard. Desista do que "não é assunto seu", como você tão bem diz, e eu o recompensarei regiamente.

— Você me pede para pegar o dinheiro e ignorar todos os que você matou em sua busca pelo poder?

Sibaldo olhou repetidamente de Gerard a Oludara, como se pesando suas palavras seguintes.

— Eu lhe peço que aceite o que ofereço e não se torne a próxima vítima. Peço que seja mais razoável que os outros que se sentaram a esta mesa antes de você.

Gerard franziu o cenho, mas perguntou:

— E exatamente de que tipo de recompensa estamos falando?

— Dois mil e quinhentos cruzados.

Oludara não conseguiu acreditar nessa soma; equivalia a um milhão de réis. Até mesmo Gerard engasgou ao ouvi-la. Sibaldo obviamente levava-os a sério. Alguém devia ter lhe contado algo que o assustou.

— Se não os quer para si mesmo, Gerard — continuou Sibaldo —, pode dá-los à sua freira impertinente. Pense no que ela poderia fazer pelo refúgio.

— Vou pensar a respeito — disse Gerard.

Sibaldo examinou Gerard em silêncio, então disse:

— Não, você não vai. Posso ver isso em seus olhos.

Gerard não respondeu.

— Cuidado, Gerard van Oost — Sibaldo rosnou as palavras.

— Obrigado por sua hospitalidade — Gerard disse, levantando-se. — Mas acredito que é hora de nos encaminharmos.

— Eu concordo — disse Sibaldo. Ele chamou o menino escravizado. — Acompanhe-os até a saída — comandou.

O menino, sem nunca tirar os olhos do chão, levou-os dali. Junto à porta, ele ousou uma olhadela nos olhos de Oludara, antes de esquivar-se para dentro da casa e bater a porta.

Enquanto ele e Gerard desciam pelo caminho, Oludara olhou para trás para ver uma grossa fumaça negra elevando-se de uma das chaminés da casa.

— Não acho que Sibaldo esteja preocupado em aquecer sua casa neste calor — Oludara disse. — Devemos deixar este caminho assim que possível, pois esse é o sinal para uma emboscada.

— Tenho poucas dúvidas quanto a isso — concordou Gerard.

Gerard e Oludara encontraram Catarina esperando por eles em frente ao refúgio.

— O que fez vocês demorarem tanto? — ela perguntou. — E o que é esse fedor?

— Sibaldo armou uma emboscada e fomos forçados a fugir pelo mangue — Gerard respondeu. — Você não acreditaria em quantos caranguejos tive de tirar das minhas botas.

Gerard raramente tivera o prazer de visitar um lugar mais fétido: um lodaçal de água salgada, apinhado de criaturas tanto mortas quanto vivas.

— Então ele os chamou até lá para uma emboscada?

— Na verdade, ele nos fez uma generosa oferta para que o deixássemos em paz.

Catarina inclinou a cabeça e estudou-o.

— Não precisa se preocupar — ele disse. — Se tivéssemos aceitado, acha que teríamos voltado deste jeito?

— A noite se aproxima — disse Oludara. — Devemos pensar num plano.

— Eu sei onde fica o lago — Catarina disse. — Basta que me sigam, e armaremos nossa própria emboscada.

— Como conhece a sua localização? — Oludara perguntou.

— Minha mãe o viu na juventude. Anos depois, mostrou-me o lugar. Precisamos apenas esperar ali, e ele aparecerá.

— Por que não nos contou isso antes? — perguntou Gerard.

— Eu precisava ter certeza de que poderia confiar em vocês. Como saber se o desejo de vocês não será pior do que o de Sibaldo?

— Confia em nós agora? — Gerard perguntou.

Ela assentiu.

— Então é melhor nos encaminharmos — disse Oludara.

Quando os três viraram-se para sair, uma voz disse de atrás deles:

— Aonde estão indo?

Eles voltaram-se para ver Inocência lá, uma expressão de surpresa no rosto. Ao chegar mais perto, ela enrugou o nariz, mas não disse nada sobre o cheiro.

— Catarina estava apenas se despedindo — Gerard disse. — Hoje à noite, vamos caçar a fera outra vez.

— Por que não me procuraram primeiro? Gerard, pode falar comigo a sós por um instante?

Gerard gesticulou a Oludara e Catarina que esperassem, e seguiu-a. Ela levou-o até o jardim atrás do refúgio. Em uma das árvores, quatro pássaros de um azul brilhante com manchas vermelhas nas cabeças chilreavam e dançavam da maneira mais incomum. Eles pulavam girando em um grande círculo, bem na frente de um pássaro verde.

Para quebrar o silêncio desconfortável, Gerard perguntou:

— Esses são pássaros estranhos. O que estão fazendo lá em cima?

— A verde é a fêmea; os machos dançam para ela. No fim da dança, ela vai escolher aquele de que gosta mais para acasalar.

Com isso, tanto ela quanto Gerard ficaram vermelhos e desviaram os olhares. Gerard respirou fundo e lembrou a si mesmo que Inocência era uma freira.

— Não vá, Gerard — ela disse. — Meu coração teme por você.

Ele voltou-se e a fitou. Ela estava tão perto dele que podia sentir seu perfume. Cheirava a jasmim — um aroma que ele adorava. Falhou em recordar a última vez que havia sentido o perfume de uma mulher. Seu coração batia forte e ele obrigou-se a falar.

— Devo terminar o que vim fazer aqui. Com Oludara ao meu lado, você não precisa preocupar-se.

— Tem certeza?

Gerard desviou os olhos.

— Tivemos os nossos fracassos, mas sempre saímos vivos.

— Você vai orar comigo?

— Você sabe que não sou católico.

— Isso não importa.

Gerard considerava ceder ao pedido dela quando Oludara apareceu no canto do prédio.

— Devemos partir — ele disse. — O portão vai ser fechado dentro de alguns minutos.

Gerard voltou-se para Inocência.

— Devo ir.

— Então vou orar sozinha — ela disse. — Cada minuto, até que você volte.

Por mais que o afligisse, Gerard afastou-se dela e correu descendo o morro com Oludara.

Eles seguiram a Catarina-onça sob o luar por três horas: primeiro junto às estradas, então pelas matas, até que, sem aviso, ela parou e sentou-se sobre as ancas. Deu uma olhadela para eles, então gesticulou para a frente com seu focinho.

Oludara seguiu o seu olhar para ver uma abertura na mata, seus limites claramente definidos por um anel de árvores. Oludara não pôde evitar de notar que eram de pau-brasil, a árvore da qual vinha uma rica tintura de cor escarlate cobiçada por toda a Europa. Árvore que os portugueses cortavam e levavam com eles de volta à Europa às dezenas de milhares a cada ano. Árvore que dera à colônia o seu nome.

— Não é bem um lago, Catarina — Gerard disse.

Catarina, incapaz de falar em sua forma de onça, respondeu à pilhéria com um rosnado baixo.

— O que fazemos agora? — Gerard perguntou.

— Ficamos de olho em Sibaldo — Oludara respondeu.

— Você realmente acha que um crânio gigante e chamejante pode se esgueirar sobre nós? — perguntou Gerard.

— Ele o fez, da última vez. Sua chama apareceu logo antes de ele atacar. Vamos nos dividir num triângulo, cada um com uma borda diferente da clareira. Você entende, Catarina?

A onça assentiu com a cabeça, e os três assumiram posições em bordas diferentes da clareira. Com a grande distância entre eles, várias centenas de pés, Oludara mal conseguia divisar as silhuetas dos seus companheiros das matas escuras atrás deles. Ao espremer os olhos para certificar-se de que estavam bem, ficou chocado ao ver uma luz aparecer no meio da clareira, como uma lanterna sendo acesa. A luz cresceu em intensidade e, ao fazê-lo, Oludara pôde ver água espalhando-se dela. A água subiu até tocar o anel de árvores de pau-brasil. A luz refulgia num amarelo feroz, fazendo a clareira parecer-se com uma piscina gigante de ouro.

Então, uma outra luz chamou-lhe a atenção quando uma bola flamejante acendeu-se logo atrás de Gerard. Oludara xingou ao vê-la, mas sua praga foi cortada pelo grito de uma mulher. Uma voz que ele reconheceu instantaneamente.

— Olorum! — ele gritou.

Numa decisão repentina, decidiu que seria mais rápido margear o lago em vez de atravessá-lo, e disparou correndo pela sua borda.

Gerard girou para encarar o crânio chamejante e preparou um tiro, porém o grito de Inocência o paralisou onde estava. O crânio a tinha derrubado e incendiado um canto do seu robe, que ela esfregava na grama para apagar.

— Olhe o que eu achei — disse o Sibaldo-crânio, sua terrível mandíbula movendo-se com as palavras.

— Inocência — Gerard disse —, o que está fazendo aqui?

— Eu o segui — disse ela. — Tinha de saber que você estava bem.

— E eu segui a ela — Sibaldo disse. — Muito conveniente. Agora, vou queimá-la viva se vocês não jogarem as suas armas e se afastarem.

Gerard jogou no chão o seu arcabuz e desafivelou o cinto, deixando a rapieira cair. Sua mente corria, procurando o que fazer.

— Agora, levante-se, sua cadela impertinente.

Inocência fez como o ordenado.

— Ande na direção daquela luz no meio do lago. Vá devagar.

Inocência pisou na água rasa do lago, e a macabra cabeça de Sibaldo flutuou pelo ar atrás dela. Enquanto eles se afastavam pelo lago, Gerard avistou uma figura se esgueirando pela floresta. Momentos depois, a Catarina-onça atacou, saindo dos arbustos numa carreira. Sibaldo virou-se e ela deu o bote sobre ele, mas ele esquivou-se e ela chapinhou na água.

— Eu vou matá-la! — ele gritou, e atirou-se de mandíbulas abertas contra Inocência. Seu fogo ardia duas vezes mais intenso.

Catarina atirou-se na frente dele e recebeu o pior do ataque. A boca dele mordeu profundamente o ombro dela, e ela rugiu de dor. O par chocou-se com Inocência e mandou-a esparramada para dentro da água.

Gerard correu até seu arcabuz e preparou o disparo.

— Corra, Inocência! — gritou.

Inocência, contudo, quedou-se em paralisada fascinação, enquanto Sibaldo e Catarina rolavam na água. Catarina sofria, um feio rasgão aberto ao longo do seu flanco e sangrava profusamente. Nenhum dos seus ataques parecia perturbar Sibaldo, mas ela fraquejava a cada momento que passava.

Gerard precipitou-se para dentro da água, procurando um ângulo para o seu tiro.

— Sibaldo, atrás de você! — gritou e, para seu alívio, a artimanha funcionou.

O crânio fez uma pausa no seu ataque e virou-se. Gerard fez o seu disparo, e a bala atingiu-o logo acima do orifício nasal, formando uma minúscula rachadura no crânio.

Sibaldo berrou de dor e Gerard correu para a frente, enquanto o crânio sacudia-se de um lado para o outro. Aturdido, ele flutuou na direção de Inocência e ela gritou. Gerard lançou-se adiante, metendo o seu arcabuz numa das órbitas vazias da criatura, empurrando-a para fora do caminho no último segundo.

Sibaldo livrou-se com um tranco e flutuou diante de Gerard, fitando-o com suas órbitas vazias. Gerard ficou firme, o arcabuz agarrado diante do peito. Inocência olhava de um para outro repetidamente, horrorizada.

Então, como que procurando por algo, o crânio girou em todas as direções até se concentrar em um ponto atrás de si. Gerard viu o objeto da atenção de Sibaldo: Catarina, arrastando o seu corpo felino rumo ao meio do lago.

— Pare! — Sibaldo gritou, e voou na direção dela.

Gerard perseguiu-o, mas era óbvio que Sibaldo alcançaria Catarina com tempo de sobra. De um lado, contudo, ele percebeu um movimento, e a faca de marfim de Oludara veio voando. Ela bateu no crânio e arrancou uma lasca de osso do seu topo.

O crânio tremeu quando Gerard e Oludara convergiram sobre ele. Gerard bateu nele com seu arcabuz e Oludara procurou a sua faca na água. Sibaldo, num ataque de raiva, tentou morder Gerard — que levantou a sua arma em defesa, mas logo antes de a cabeça alcançá-lo, uma gaiola de prata apareceu em torno dele e caiu dentro da água, mergulhando o crânio com ela. Sibaldo gritou e agitou-se de um lado para o outro, mas cada toque das barras de prata chiava ao queimá-lo.

— O que diabos aconteceu? — Gerard exclamou.

— Acho que ela fez o seu pedido — Oludara disse, apontando o corpo imóvel da onça, desmaiada bem dentro da fonte de luz.

Inocência correu até Gerard e atirou-se sobre ele, chorando.

— Gerard — disse ela, entre soluços. — Eu nunca fiquei tão assustada.

— Vai ficar tudo bem — ele disse, batendo nas costas dela, sem jeito.

— O que são esses monstros terríveis? — ela perguntou.

Gerard olhou para Oludara, seus olhos implorando-lhe que fosse ele a dar as notícias. Felizmente, seu amigo atendeu-o.

— Essa coisa-crânio é Sibaldo. Ou pelo menos a cabeça dele.

— O quê?

— E esta — ele disse, apontando para a onça — é Catarina.

— Não é. — Inocência disse isso com uma aversão que assustou Gerard.

— É, sim — disse Gerard, virando Inocência para encará-lo. — E ela deu sua vida para nos salvar.

— Mas talvez... — Oludara disse, pensando.

Andou na direção da luz e colocou a mão sobre a onça. Pronunciou algumas palavras que Gerard não conseguiu ouvir e, debaixo dele, a onça estremeceu e mudou, transformando-se no corpo nu de Catarina. Ela abriu os olhos e sentou-se.

— O que está acontecendo? — Inocência perguntou, de olhos arregalados.

Gerard podia sentir o coração dela batendo em pânico.

— Vamos explicar tudo — ele disse.

— Tolos! — Sibaldo gritou. — Estão desperdiçando desejos! Vocês poderiam ter dinheiro, poder, fama, qualquer coisa. E usam-nos em gaiolas e mestiças?

— Basta! — Oludara disse. Sua adaga, que ele tinha recuperado, moveu-se ameaçadoramente em sua mão.

Gerard gentilmente empurrou Inocência para longe e tirou a camisa, que deu a Catarina. Ela agradeceu-lhe com a cabeça, e cobriu-se.

— Inocência — ela disse. — Por favor, não me olhe desse jeito. Minha maldição agora se foi.

Contudo, quando ela estendeu a mão, Inocência retraiu-se. Catarina abaixou a cabeça em resignação.

Oludara disse a Gerard:

— Você deseja fazer um pedido? Esta é a sua única chance.

— Não — Gerard disse. — Já tive minha dose de magia pagã neste dia.

— E você? — Oludara perguntou a Inocência.

— Gerard está certo — disse ela. — Este lugar é profano. Quero apenas ir embora.

— Vocês dois estão certos em recusar — Catarina disse. — Todo pedido tem o seu preço. O meu custou a minha vida. — Ela olhou para Oludara. — Sem dúvida, salvar minha vida vai custar-lhe ainda mais.

Oludara deu de ombros.

— Deixe estar, então. Eu não retiraria meu pedido.

— Por favor — disse Sibaldo. — Deixem-me fazer o meu pedido. Vai levar só um momento.

Gerard ignorou a solicitação e foi até a margem para achar um galho comprido, que ele colocou entre as barras da gaiola, para que ele e Oludara pudessem carregá-la.

— Não! — gritou Sibaldo. — Vocês não sabem o que estão fazendo! — O crânio bateu novamente contra as laterais, mas recuou quando a prata o queimou. — Esperem — disse, implorando. — Vocês precisam me levar para junto de meu corpo antes do nascer do sol. Eu morrerei se não o fizerem.

— Nisso eu posso acreditar — Gerard disse. — Mas acho que temos tempo de parar na cidade primeiro.

Oludara subia a rua principal de Olinda, rumo ao alto do morro e seu encontro com Gerard.

Depois de retornarem à cidade na noite anterior, tinham reunido uma multidão e levado a cabeça flamejante de Sibaldo de volta à casa dele. Sibaldo, diante da morte ou da humilhação, escolheu a segunda, e permitiu que a multidão entrasse em sua casa para testemunhar a reunião da sua cabeça com corpo. O homem agora aguardava julgamento, e Oludara pouca dúvida tinha de que ele pagaria por seus crimes com a vida. A única dúvida era quanto a quem o pegaria primeiro: a Igreja ou a Coroa. Sem dúvida, ambas ficariam mais do que felizes em confiscar suas terras. Em qualquer um dos casos, Oludara esperava que o refúgio viesse a receber alguma coisa. Gerard, agora um herói local, estivera radiante o dia todo, e Oludara ficou feliz em ver seu amigo assim.

— Psiu! — alguém o chamou da escuridão de um beco.

Oludara colocou a mão em sua adaga e, alerta, caminhou na direção da voz. A cabeça de uma criança apareceu para ele: o menino escravizado que tinha servido sua refeição na casa de Sibaldo.

— Obrigado pelo que você fez — o menino disse.

Oludara assentiu em resposta.

— A sua coragem serviu de exemplo para nós — continuou o menino. — Com Sibaldo levado daqui, alguns de nós decidimos fugir. Partimos para o sertão para formar um *quilombo*. — Oludara não entendeu a palavra, o menino havia escorregado de volta à sua própria língua. — Lamento, eu quis dizer, “povoamento”. Nós formaremos o nosso próprio povoamento.

— Boa sorte — disse Oludara.

— Não deseja vir conosco? Você não é *mbundu* como nós, mas conquistou um grande respeito. Poderia ser um líder. Fuja do seu mestre e venha conosco.

— Ele não é o meu mestre, é meu amigo. Eu logo voltarei a Ketu; meu lugar não é aqui.

— Você realmente pensa assim? — disse o menino.

— O que quer dizer?

— Eles nunca deixarão você voltar à África.

— Gerard vai garantir isso.

— Você o chama de "amigo", mas eu aprendi a nunca confiar num homem branco.

— Neste eu confio.

— Veremos. Quando chegar a hora mais escura, então você saberá se ele fala a verdade. Em todo caso, desejo-lhe o melhor. — O menino virou-se para ir embora. — Meu nome é Landu. Me procure, se vier a precisar de minha ajuda.

— E eu sou Oludara.

— Eu sei — disse o menino, sorrindo. — Esse é um nome que não esqueceremos tão cedo.

No ponto mais alto de Olinda, na luz do poente, Gerard ficou lado a lado de Inocência, observando a cidade e o oceano além.

— Finalmente — Gerard disse —, uma noite para descansar.

— Sim — disse Inocência, sorrindo. — Você soube? Nós ganhamos duas novas recrutas hoje no refúgio. Você nunca vai adivinhar quem são.

— Quem?

— As filhas de Sibaldo.

Gerard não conseguiu segurar o riso.

— Então acho que justiça poética é mais do que apenas um artifício literário.

Inocência olhou para ele.

— Quanto tempo você vai ficar?

— As notícias se espalham rápido — Gerard disse. — Alguém em visita de Porto Seguro já solicitou que fôssemos até lá enfrentar uma criatura que atormenta aquela cidade. Partiremos no alvorecer.

Inocência não conseguiu deixar de franzir o cenho. Ela afastou os olhos.

— Inocência, sei que será difícil, mas por favor tente aceitar Catarina.

Inocência balançou a cabeça.

— Depois do que vi, não posso mais nem mesmo olhar para ela. Como ela pôde abrigar uma coisa tão má dentro de si? Mas esta é a sua última noite na cidade, Gerard. Vamos falar de outras coisas.

Gerard, tentando pensar em algo para dizer, olhou para Olinda. Igrejas e outros prédios pontilhavam a cidade, seus telhados vermelhos aparecendo por entre a vegetação luxuriante e verdejante. Para além, a cidade crescia ao longo de uma cadeia de deslumbrantes colinas. Bela, mas não prática.

— A cidade não deveria ter sido construída nestes morros — comentou. — Deveria ter sido construída ali embaixo junto aos recifes, onde os navios chegam.

Apontou para o porto, uma faixa de praia protegida por enormes recifes. A praia detinha apenas uma pequena vila de pescadores e alguns armazéns.

— Esse é um lugar terrível para uma cidade — Inocência disse. — É cercada por um pântano.

— Nada que alguns diques e canais não resolvam.

— Típico de um holandês sugerir a construção de diques! — Pela primeira vez naquele dia, Inocência riu, e o som fez Gerard arrepiar-se. — Olinda está muito bem onde se encontra, muito obrigada!

Eles observaram o fim do pôr do sol e não disseram nada enquanto o céu escurecia. Um silvo guinchante fez os dois saltarem e se virarem em uníssono para verem fogos de artifício riscando o ar. Vários mais seguiram-se logo atrás.

— Esses são para você, sabia? — Inocência disse. — Como eu adoro observá-los.

Eles assistiam ao espetáculo em silêncio.

Quando ele terminou, Inocência disse:

— É hora de eu ir para a cama. — Ela olhou para baixo e mordeu o lábio. — Obrigada por tudo, Gerard.

Gerard tocou o chapéu.

— O prazer foi meu.

Enquanto ela se afastava, Gerard imaginou, só por um momento, como ela seria por baixo daquele vestido sem forma, então rapidamente afastou o olhar, envergonhado.

Oludara observava enquanto Inocência dizia algo acerca de ir para a cama e partia. Ele podia ver as expressões desejosas entre os dois, e perguntou-se como eles podiam ser tão tolos a ponto de ignorá-las.

Aproximou-se de Gerard e disse:

— Olá, herói!

O rosto de Gerard ficou vermelho, e ele disse:

— Olá! Levou um tempo para chegar aqui.

Oludara olhou na direção de Inocência.

— Parece-me que cheguei na hora certa.

Gerard não disse nada, apenas olhou para as estrelas.

— Por que você não vai até ela? — perguntou Oludara.

— O quê?

— Ela deseja você, Gerard. Por que você não a toma do modo como um homem faz com uma mulher?

Embora os dois tivessem encarado incontáveis terrores juntos, Oludara nunca tinha visto Gerard empalidecer tanto. Naquele momento, contudo, ele pensou que o homem fosse desmaiar.

— Ela é uma mulher do hábito! — ele disse, em resposta.

— O que isso quer dizer? Que a roupa dela a torna menos fértil?

— Quer dizer que ela jurou nunca conhecer um homem dessa maneira.

— Ela obviamente tem tido dúvidas quanto a isso. Eu vejo o modo como vocês olham um para o outro.

— Você nunca entenderá!

Gerard, de rosto vermelho, afastou-se pisando duro.

Oludara conseguiu apenas balançar a cabeça.

— É muito provável que eu nunca entenda.

Na manhã seguinte, Oludara e Gerard foram até o refúgio para dar o seu adeus. Catarina parecia horrível, os olhos vermelhos e o cabelo em farrapos para fora do capuz. Oludara abraçou-a e ela aceitou com gratidão.

Gerard tocou seu chapéu para ela e disse:

— Obrigado, Catarina. Você salvou Inocência e provavelmente a nós também. Sei que ela tem evitado você, mas dê-lhe tempo, ela vai desistir disso em algum momento.

— Eu não sei — Catarina disse. — Ela acha que fui possuída pelo Diabo. Mas isso não importa. Eu detive Sibaldo, e minha consciência está limpa.

Quando Inocência entrou na recepção do refúgio, Catarina inclinou a cabeça e saiu rápido, como que para realizar alguma tarefa.

Gerard teve de limpar a garganta duas vezes antes de falar.

— Viemos dizer adeus.

— Obrigada aos dois por terem vindo — disse ela. — Seus feitos são *digna cedro*.

— O que isso significa? — Oludara perguntou.

— É o latim para "digno de cedro". O cedro enterrado não apodrece, então os documentos dentro dele duram centenas de anos. — Ela voltou-se para Gerard e olhou-o nos olhos. — Alguns feitos valem ser preservados para sempre, mesmo que apenas dentro dos nossos corações.

Gerard ficou vermelho.

— É um dito admirável — Oludara disse. — Esses romanos tinham grande sabedoria, assim como o meu próprio povo.

Inocência ficou na ponta dos pés e beijou Gerard na bochecha. Em resposta, ele tirou seu chapéu e fez uma profunda reverência.

— Devemos nos encaminhar — ele disse. — Há outros lugares que precisam de nossa ajuda.

Enquanto os dois caminhavam para longe da Nossa Senhora da Imaculada Conceição, Gerard olhou para trás apenas uma vez. Por mais tola que Oludara achasse ser a insistência de Gerard em não tocar a freira, tinha de dar-lhe crédito por sua vontade férrea.

A onça-macho caminhava pela mata, vendo se conseguia achar alguma outra fêmea no cio.

O cheiro da enorme fêmea havia desaparecido; a onça perguntava-se se ela tinha se mudado para outro território. Uma incomum bola de chamas que ele tinha visto de tempos em tempos também havia desaparecido. Em todo caso, ele estava feliz que as coisas tivessem voltado ao normal. Mais uma vez, era o mestre dos seus domínios, com nada a temer.

Ele sentiu o mais leve cheiro de fumaça. Talvez a bola de chamas não tivesse ido embora, afinal de contas. Curioso, seguiu o cheiro até chegar a uma clareira. Espiou pelos arbustos e viu dois homens — um escuro e um branco — dormindo perto de uma fogueira.

O escuro dormia pacificamente, mas o mais claro agitava-se e revirava-se durante o sono. A onça-macho farejou o ar e pensou que entendia. Talvez não tivesse sido o único que estivesse ansioso para acasalar naqueles últimos dias.

Capítulo 11

O catastrófico final das façanhas brasileiras de Gerard e Oludara

As cigarras sentiram os tremores primeiro. Os machos começaram a cantar, um por um, até que sua música barulhenta ecoasse pelo Sertão. Pouco depois, gafanhotos e centenas de outros insetos uniram-se a eles.

Conforme os tremores cresciam, um jabuti mergulhou dentro de um tronco oco e escondeu-se dentro do seu casco. Um grupo de garças brancas saltou para longe do seu banho no lago, e voou graciosamente para o sul, buscando águas mais seguras. Cutias fugiram para dentro das suas tocas, sem ousarem espiar para fora. Mesmo abaixo d'água, piranhas circulavam num frenesi, tentando localizar o intruso que perturbava as suas águas.

Os tremores aleatórios, contudo, logo estabilizaram-se em batidas ordenadas: passadas portentosas reverberando pela terra.

Parte I: O surgimento do Pai do Mato

Oludara e Gerard sentavam-se à mesa de Heliodoro Gonçalves, alcaide-mor da cidade de Porto Seguro. Perante eles estava uma magnífica refeição de cabra assada, batatas-doces e berinjela temperada, coroada por uma bebida alcoólica feita de açúcar que Heliodoro chamava de "cachaça". A elite da cidade tinha passado uma semana honrando os dois com jantares e festas, desde que eles derrotaram um demônio conhecido como Cabra Cabriola, um que Oludara preferia esquecer. Os dois tinham aceitado os convites, embora não fosse normal para eles passar tanto tempo em um único lugar. Embora nenhum deles o mencionasse, a razão do seu demorar-se pairava entre eles como uma nuvem: sua iminente separação.

A filha de Heliodoro, uma morena de quinze anos, trouxe-lhes um pudim de coco com ameixas secas. Ela sorriu largamente e curvou-se bastante diante de Gerard ao colocá-lo sobre a mesa. Gerard fez-lhe um curto gesto de cabeça e afastou o olhar, indiferente ao flerte dela.

— Então — Heliodoro perguntou. — Para onde vocês partem a seguir?

Oludara olhou para Gerard e os dois permaneceram em silêncio, como se empurrando a questão para longe. Depois de uns instantes incômodos, Oludara finalmente ofereceu uma resposta:

— Eu não sei o que Gerard fará, mas meu tempo aqui no Brasil terminou. Vou apanhar minha família e voltar para a África.

Oludara ainda não tinha resolvido seus problemas com Arani. Depois de incontáveis tentativas de convencê-la da importância de ele regressar à terra de seus ancestrais, ela ainda se recusava a ir para Ketu com ele. Apenas pensar nisso já o deixava nervoso.

Contudo, Heliodoro, que não tinha conhecimento dos seus problemas, aceitou a declaração com a cabeça.

— E você, Gerard? — perguntou. — O que o legendário explorador fará a seguir? Você também anseia voltar para casa?

Essa era uma questão que nenhum deles havia abordado, e Oludara segurou o fôlego em expectativa pelo que o seu companheiro diria.

— Não estou certo — disse Gerard. — Temo que meus dias de aventuras estejam acabados, porém. Sem Oludara, não pode existir a Bandeira do Elefante e da Arara. Talvez eu entre para o comércio, como meu pai. Tenho contatos tanto aqui quanto na Europa, e há muitas mercadorias em falta nesta colônia que eu poderia importar.

Heliodoro arqueou uma sobrancelha.

— Bem, esteja certo de que Porto Seguro o receberá de braços abertos se você escolher estabelecer-se aqui. Esta cidade pode não ser tão grande quanto Salvador ou Olinda, mas temos muito a oferecer.

— Eu agradeço.

— Eu não sei, sr. Gonçalves — Oludara disse. — A aventura encontra este homem como as moscas à fruta. Gerard van Oost, um comerciante? Isso eu gostaria de ver.

Heliodoro sorriu.

— Talvez você esteja certo, Oludara. Mas não se preocupe; se ele vier a ficar conosco, faremos dele um homem honesto.

Em pé logo atrás de seu pai, a filha de Heliodoro olhou para Gerard e piscou. Gerard tossiu e voltou sua atenção para o jantar.

Minutos mais tarde, uma batida soou na porta da frente. Heliodoro levantou-se e disse:

— Perdoem-me, vou ver o que é. — Quando voltou, disse: — É melhor que vocês venham à porta.

Do lado de fora, encontraram um homem com um capacete e gibão extravagantes. Ele tinha uma valiosa rapieira na cintura.

— Gerard van Oost? — perguntou. — Da Bandeira do Elefante e da Arara?

— Sou eu.

— Você e seus bandeirantes são convocados com toda pressa a Salvador.

— O governador enviou alguém até Porto Seguro para convocar estes homens? — Heliodoro perguntou.

— Não apenas eles. Ele enviou navios a todos os portos, chamando todas as suas bandeiras.

— O que está acontecendo? Sou o alcaide-mor aqui e não ouvi falar nada dessa questão.

— Nem eu mesmo o sei, e sou um dos guardas pessoais do governador. Mas uma coisa é certa, a questão é urgente. — Ele voltou sua atenção a Gerard. — Você deve reunir sua bandeira com toda pressa e encontrar-nos no porto. Nosso navio, o *Santa Teresa*, irá levá-los até Salvador.

Gerard olhou para Oludara.

— Bem, então parece que meu destino é Salvador. Você me acompanhará até lá, pelo menos?

— Isso encurtará minha viagem até Arani e Tainá — respondeu Oludara. — Como eu poderia recusar?

Oludara estava ao lado de Gerard no gabinete do governador. Viera à reunião mais por curiosidade do que por qualquer intenção de embarcar em outra aventura. Isso, e o fato de ainda não ter conseguido dizer adeus a Gerard.

Eles não eram os únicos no recinto. Vários outros homens aguardavam impacientemente. Todos estavam armados, e a maioria vestia roupas mais adequadas à selva do que ao gabinete de um governador. Um dos homens, para desgosto de Oludara, era Belquior Grilo, que agora tinha a sua própria bandeira. Grilo tinha dirigido apenas um olhar zombeteiro a Oludara.

Esperaram por meia hora até que o governador Veiga chegasse. O governador entrou vestindo um gibão azul e capa cinza, com um belo chapéu cinza para completar o conjunto. Não fez saudações, ignorando a todos enquanto caminhava a passos largos até sua escrivaninha. Oludara viu o rosto de Gerard franzir diante da visão desse homem. Gerard nunca tinha sido amigo do velho governador, o governador Almeida, e ainda menos com o seu substituto.

Mas essa reação não foi nada comparada ao modo como Gerard ficou tenso quando, logo atrás do governador, um outro homem entrou: Antônio Dias Caldas. Antônio também enrijeceu-se, apertando os olhos para os dois, mas nada disse.

Depois dessa recepção gelada, ele assentiu para os outros na sala, até para Grilo, embora com menos entusiasmo.

— Deste ponto em diante — disse o governador, passando os olhos pelo recinto —, estou colocando todas as bandeiras sob o comando de Antônio.

Gerard fez o som de quem engasgava, ao lado de Oludara.

— Muito bem, governador Veiga — Antônio disse. Então ele apontou para Gerard. — Mas esse aí o senhor pode mandar embora. Não preciso dele, e certamente não o quero.

— Está bem para mim — Gerard disse. — Eu não serviria a esse patife de qualquer jeito.

— Você não presta nem para limpar o estrume dele — disse Grilo.

— Basta! — o governador Veiga gritou. — Antônio, a experiência de Gerard será inestimável; exijo que fique com ele.

O rosto de Antônio contraiu-se com nojo, mas ele não disse nada.

— E você, Gerard — disse o governador —, precisa entender o seu lugar. Antônio tem me servido bem. Você, contudo, realizou todos os seus feitos a serviço de si mesmo.

— Qual serviço Antônio prestou que eu não o tenha prestado? Não combati dúzias de criaturas perigosas para aliviar os colonos desta colônia novata? Ou refere-se ao outro negócio de Antônio, a captura dos nativos como escravizados?

— Os escravizados são uma consequência de Antônio proteger nossos povoamentos dos índios. Qualquer índio capturado numa guerra justa pode ser usado como escravizado. Ou você argumenta contra o decreto do rei?

— Eu não argumento contra o decreto do rei, argumento contra a interpretação de Antônio daquilo que seria qualificado como "guerra justa" quando ele escraviza crianças de aldeias cristãs pacíficas.

— A sua afeição pelos índios o cega quanto à selvageria deles, Gerard. Antônio a entende, e é por isso que ele estará no comando.

— Minha esposa é uma tupinambá — Oludara disse, tentando controlar sua fúria.

— Metade dos homens do Brasil têm concubinas índias — respondeu o governador, afastando o comentário com um gesto. — Poderíamos resolver esse problema se o rei enviasse apenas um milhar de mulheres cristãs.

Oludara rangeu os dentes e não disse nada.

— Governador — disse Antônio —, Gerard vir comigo está fora de questão. Eu estou em primeiro encontro com ele. Apenas a presença do senhor aqui me previne de consumar o nosso duelo.

— Então vocês têm minha ordem de colocá-lo de lado até que tenham completado sua tarefa. Não posso me dar ao luxo de perder nenhum de vocês enquanto o Pai do Mato estiver vivo. Depois que ele for morto, terão minha permissão para matarem-se um ao outro. Você entende?

Antônio assentiu de má vontade.

O governador olhou todo o recinto com firmeza, desafiando alguém a falar, e então continuou:

— E é por isso que chamei todos vocês a Salvador. Uma criatura de tamanho enorme despertou no Sertão. Os índios a chamam de Pai do Mato. Ela destruiu várias aldeias, e eles vieram a nós pedindo ajuda.

— E desde quando um pedido de ajuda dos nativos significa alguma coisa ao senhor? — Gerard desafiou.

O governador Veiga disparou contra Gerard um olhar irado, mas respondeu sua pergunta.

— A fúria dele o traz cada vez mais para perto do litoral e de Salvador. Vocês todos têm uma única ordem: detenham-no antes que ele chegue aqui, ou morram tentando. Essa tarefa não será fácil; dizem que a criatura é invencível.

— Nós matamos muitas coisas que as pessoas diziam serem invencíveis — Gerard disse.

— Não como esta — disse Antônio. — A criatura é gigantesca, tem mais de cem pés de altura.

Com isso, murmúrios incrédulos irromperam pelo recinto. Uma criatura desse tamanho pesaria mais do que todos os monstros jamais enfrentados no Brasil, juntos.

— Há um rumor de que a fera pode ser morta pelo umbigo — disse o governador.

— Como o Capelobo — Oludara disse.

— Esse gigante esmagaria o seu insignificante Capelobo com o pé e usaria seus ossos para palitar os dentes — zombou Grilo.

— Eu acreditarei quando o ver — Gerard disse.

— Você o verá — disse Antônio, sua expressão séria.

— Antônio lidera, suas ordens serão definitivas. Antônio, você terá todos os bandeirantes, uma centena de milicianos e um exército de índios à sua disposição. Guerreiros de muitas aldeias vieram oferecer sua ajuda.

Oludara voltou-se para Gerard e perguntou, abafando a voz:

— Tudo isso por uma criatura? Ele deve falar a sério sobre o tamanho dela. — Quando Gerard meramente deu de ombros em resposta, ele acrescentou: — Você não deveria se juntar a essa loucura, Gerard. Recuse.

Foi surpreendido quando o governador se dirigiu a ele.

— Todos vão. Inclusive você.

Oludara endireitou-se e encarou-o.

— Esta não é a minha luta. Vim aqui só para pegar minha família e voltar à África.

— Você é parte da bandeira de Gerard e foi convocado para servir, assim como todos os outros.

— Meu serviço na bandeira de Gerard está terminado.

O governador olhou-o nos olhos.

— Se você não for, nunca receberá passagem para fora do Brasil.

Oludara franziu o cenho. Pelos olhos do governador, soube que isso não era um blefe. Baixando os olhos de modo relutante, deu sua concordância não verbal.

A esquadra zarpou no dia seguinte, velejando litoral acima para encontrar-se com o contingente tupinambá. A impressionante esquadra, que continha uma dúzia de navios leves e quarenta peças de artilharia, tornou-se ainda mais impressionante quando somada a cem canoas enormes na boca de um rio. Ao todo, Oludara estimava a força deles em cerca de trezentos europeus e três mil guerreiros tupinambás.

Os tupinambás também trouxeram com eles um pajé incomum, que se uniu a Antônio na nau capitânia. O pajé vestia tantas penas coladas em seu corpo que parecia mais um gigantesco papagaio verde do que homem. Oludara nunca o viu falar a quem quer que fosse, e ninguém no seu navio foi capaz de dizer por que ele havia se juntado a eles, mas todos os tupinambás tratavam-no com deferência. Ele desaparecia durante horas por vez dentro do navio de Antônio, quando então linhas de fumaça branca saíam de uma das vigias.

Gerard ficou enjoado a maior parte da curta viagem subindo as águas agitadas da costa, mas melhorou depois que a esquadra entrou nas águas calmas dos rios. Oludara, por outro lado, sentia-se a cada dia mais ansioso. Até onde podia dizer, eles se dirigiam direto para a aldeia de Arani. Depois de seu primeiro dia no rio, encontrou Gerard para expressar suas preocupações.

— Gerard, não é este o rio que leva até a aldeia de Arani?

Gerard pareceu surpreendido pela pergunta. Ele examinou cuidadosamente o horizonte antes de responder.

— Pode muito bem ser. Nós sempre chegamos a ele no interior, não é, nunca a partir do litoral? Mas de fato parece que vamos naquela direção.

Depois disso, Oludara não conseguiu mais parar de preocupar-se com Arani e Tainá. Queria confrontar Antônio e saber mais dos planos do homem, saber se sua família estava em perigo, mas a esquadra não parou nem uma única vez depois de entrar no rio.

No terceiro dia, chegaram a uma bifurcação. Oludara tinha certeza de ter estado ali antes e, quando olhou para Gerard, o rosto endurecido de seu companheiro mostrava que ele também a reconhecia. Conforme a capitânia da esquadra aproximava-se da bifurcação, Oludara observava indefeso e fazia uma oração silenciosa a Olorum para que o navio a pegasse à esquerda, longe de sua família e para o fundo do sertão.

Para o seu terror, a esquadra virou à direita.

A esquadra deteve-se em um vale profundo e arborizado, a poucos dias da aldeia de Arani, dando a Oludara sua primeira chance de confrontar Antônio. Encontrou Antônio dando instruções aos seus homens.

— Coloque dois falcões lá, atrás daqueles arbustos — Antônio disse, referindo-se ao canhão maior, todos com nomes de animais a partir do tamanho. — E um camelo lá em cima, mais alto.

Oludara interrompeu-o.

— Por que você não atendeu aos meus apelos no rio para parar?

— Porque não temos tempo a perder — Antônio disse, sem sequer olhar para ele.

— Por que estamos nos posicionando aqui?

Antônio ignorou-o e gritou outra ordem aos seus homens.

— Preciso de uma fileira de carretas de canhão lá em cima, na crista daquele morro.

Oludara agarrou seu ombro e o fez girar nos calcanhares.

— Por que estamos aqui? — exigiu.

Grilo e dois de seus bandeirantes notaram a discussão e aproximaram-se com interesse. Antônio afastou a mão de Oludara e respondeu:

— Porque o Pai do Mato está perto, e vindo nesta direção.

— Como sabe?

— Porque nós o temos atraído nesta direção, eis por quê. Agora ajude-me com a organização ou saia do caminho!

Oludara precisou de alguns momentos para considerar as implicações de suas palavras.

— Você usou uma isca para fazê-lo descer o rio? — Oludara perguntou.

— Este vale é perfeito para uma emboscada.

— Seu idiota! Ele vai passar direto pela aldeia de Arani.

— De quem? — perguntou Antônio, irritado.

— Eu tenho esposa e filha lá com os tupinambás.

Antônio apenas deu de ombros, enquanto Grilo respondia:

— Quem se importa? Eu tenho meia dúzia de bastardos com índias. Você pode ir fazer mais alguns quando tivermos terminado.

Oludara avançou, mas Grilo puxou a mão de trás das costas para mostrar uma faca pronta. O olhar faminto de Grilo mostrava o quanto ele desejava usá-la. Os outros dois soldados apontaram seus arcabuzes contra Oludara.

Antônio estudava a cena calmamente.

— Eu não tenho tempo para isso agora. Vamos fazer o trabalho que o governador nos mandou fazer, então nós todos poderemos acertar nossas disputas de uma vez por todas.

Desesperado, Oludara recuou. A viagem tinha lhe dado tempo para refletir sobre o que era mais importante para ele e, agora que sabia que poderia perder Arani e Tainá, a consciência do quanto elas representavam para ele o atingiu como um golpe. Se ainda estivessem vivas, resolveu que faria tudo o que fosse necessário para manter sua família unida, mesmo que isso significasse ficar no Brasil e abandonar seus ancestrais — pelo que eles certamente iriam amaldiçoá-lo para sempre.

Oludara correu à procura de Gerard, que encontrou instalando uma fileira de pequenos canhões com alguns nativos. Enquanto Oludara puxava o fôlego para falar, Gerard notou-o e comentou:

— Tenho que dar crédito a Antônio. Este realmente é o lugar perfeito para uma emboscada.

— Gerard! A criatura aproxima-se de rio acima. Antônio tem atraído o monstro por todo este tempo. Precisamos alcançar a aldeia de Arani antes que a criatura o faça.

— Como ele a tem atraído?

Oludara balançou a cabeça e olhou em torno. Abaixo deles, no meio do rio, notou o "pajé papagaio" dançando em cima de uma jangada. Uma fogueira ardia ao lado dele, soltando uma fina linha de fumaça branca.

— Ele! — Oludara disse, começando a descer. — Precisamos pará-lo.

Gerard agarrou-o.

— Não se incomode — disse.

— Por quê?

— Porque é tarde demais.

O breve instante que ele precisou para fazer uma pausa e considerar a afirmativa de Gerard foi suficiente para que ouvisse e sentisse o que ele tinha deixado passar em sua angústia: tremores sacudindo o chão, pancadas aproximando-se na distância. Antônio gritava mais comandos, mas todo movimento cessou quando o gigante circundou um conjunto de colinas ao longe.

O Pai do Mato tinha a aparência de um humano que se transformou em árvore, ou vice-versa. A criatura, imensa para além do crível, agigantava-se acima da copa das árvores. Oludara julgou que teria perto de duzentos pés de altura. Trechos de casca de árvore manchavam a pele castanha da criatura, e suas orelhas abriam-se para fora como dois pedaços nodosos de madeira. A ponta do seu nariz até o topo de sua testa enrugada formava uma única curva para fora, e pelos finos encrespavam-se a partir do tronco e das laterais da cabeça. Unhas de doze pés que se pareciam com galhos retorcidos espalharam-se ameaçadoramente dos seus dedos. O umbigo da criatura, um buraco como o nó de uma árvore, aparecia proeminente no meio da barriga saltada. Em volta do umbigo, a cor da pele era mais clara, contrastando com a pele em torno dele e formando um círculo perfeito, como um alvo a desafiá-los a atirar. Contudo, Oludara julgou que o buraco não teria mais do que três pés de largura, um tiro impossível para um canhão àquela altura.

O Pai do Mato marchava penosa e lentamente sob o seu enorme peso, mas cada passo deliberado carregava-o por pelo menos cinquenta pés. Uma expressão de loucura permeava seus olhos redondos, e um sorriso maldoso espalhou-se por seus lábios quando ele notou o exército no vale diante ele.

Muitos dos nativos nus em torno de Oludara soltaram os intestinos diante da visão, e Oludara não tinha dúvida de que a maioria das calças dos europeus também tinham sido sujadas.

Oludara rompeu o silêncio com uma única palavra:

— Olorum!

Antônio foi o primeiro a se mexer, dando comandos de última hora aos seus homens, estapeando aqueles ainda assustado demais para se mexer.

Oludara olhou para Gerard e disse:

— Não podemos deter aquilo.

— Devemos tentar — Gerard respondeu.

Ele entrou em ação, voltando um canhão na direção da criatura, e fazendo pontaria.

Não, não devemos, Oludara pensou. *Devemos viver.* Ele não tinha desejado essa luta, e não tinha estômago para ela. Seus únicos pensamentos eram voltar para a sua família, e para isso teria de esperar que essa batalha insana terminasse. Não tinha qualquer ilusão de que o grupo pudesse deter esse monstro, com ou sem sua ajuda, então tinha de esperar por uma oportunidade de contorná-lo.

— Eu lamento, Gerard — sussurrou abafado —, mas não desta vez. Não nesta batalha.

Caminhou cuidadosamente até a crista do morro e encontrou um lugar para sentar-se e observar a luta.

O grupo não estava pronto para o ataque. Apenas metade dos canhões tinha sido carregado, e os homens correram para carregar o restante. Também não tiveram tempo de esconder tudo apropriadamente; a maior parte da sua emboscada estava exposta.

Quando o Pai do Mato aproximou-se a poucas centenas de pés, ânsia de sangue nos olhos, Antônio deu o comando aos canhões frontais para disparar. Somente quatro ou cinco da primeira dúzia de canhões atiraram. Oludara viu um par de bolas ricochetear nas pernas da fera e bater na água abaixo. Em resposta, a criatura arrancou uma árvore inteira com uma das mãos e arremessou-a contra uma fileira de canhões.

Daí em diante, começou o verdadeiro caos. Os artilheiros atiravam quando possível, mas os tiros eram poucos e espaçados. O fogo de arcabuz era mais constante, e os nativos atacavam corajosamente com arcos, bordunas e machados, mas assim como o fogo de canhão, tudo isso não servia de nada.

Ao contrário, combatentes morriam às dezenas conforme o Pai do Mato esmagava-os com mãos, pés, pedras, árvores, canhões e o que mais estivesse ao seu alcance. Grilo e seu bando fugiram para dentro da mata. O pajé papagaio ficou desafiadoramente na sua jangada, cantando até o último instante, mas o Pai do Mato desintegrou o homem e sua embarcação com uma pancada mortal do seu pé. Para o seu próximo ato, levantou uma canoa e golpeou-a contra uma caravela, partindo o navio em dois.

O desânimo desceu sobre Oludara enquanto ele imaginava os danos que a criatura devia ter causado pisando nas malocas de barro da aldeia de Arani como se fossem formigueiros.

— O que Antônio fez? — perguntou a si mesmo.

Quando o Pai do Mato finalmente fartou-se da destruição, seguiu triunfante para o sudeste — rumo a Salvador. Ao vê-lo desaparecendo acima do horizonte, Oludara deixou o seu posto de observação para auxiliar os feridos.

Ele encontrou Gerard ileso, e Antônio havia sobrevivido à batalha só com ferimentos menores. O sacrifício de vidas, contudo, era atordoante. De mais de três mil homens, só poucas centenas ainda permaneciam em pé, com outros quinhentos ou perto disso feridos demais para viajar. Os outros milhares jaziam espalhados pelo vale, muitos dos seus restos não mais reconhecíveis. Antônio reagrupou todos aqueles ainda capazes de viajar.

— Estou deixando cinco homens para cuidar dos feridos — ele disse. — Todos os outros, aprontem-se, nós partimos imediatamente.

Oludara, contudo, só conseguia pensar em Arani e Tainá. Quando o grupo se preparava para partir, Oludara desceu sorrateiro até o rio e localizou um barco a remo de um dos navios ainda intacto. Sentia-se mal por deixar Gerard sem uma palavra, mas não queria que sua saída lhe causasse qualquer problema. Com tantos mortos, eles nunca dariam pela falta dele.

Bem quando estava para afastar-se empurrando o barco, um tiro passou assoviando por ele e uma voz zombeteira veio de trás, enviando-lhe um calafrio por sua espinha.

— E aonde você pensa que vai? — Antônio perguntou.

O barulho trouxe dúzias correndo, incluindo Gerard.

— Preciso ver minha mulher e filha — Oludara disse.

— Vai ficar comigo — disse Antônio, com uma nota definitiva. — Preciso de todo homem que eu conseguir.

— Agora não mais.

— Precisamos matar a fera, não nos preocuparmos com meretrizes índias.

Oludara, pronto para apunhalar Antônio no olho, saltou da canoa e desembainhou sua faca. Gerard colocou-se em seu caminho.

— Não faça isso — Gerard disse. — Não vai ajudar em nada.

Oludara quase empurrou-o de lado, mas fitou o seu olhar sincero e acalmou-se.

— Você está certo. Devo colocar minha família acima do meu orgulho.

Ele virou-se e dirigiu-se de volta ao barco a remo.

Antônio limpou a garganta e Oludara olhou por cima do ombro para vê-lo gesticular para alguns homens, que apontaram suas armas para ele.

— Muito bem — disse Antônio. — Pode ir, mas não no meu barco.

Oludara teve de se controlar mais uma vez, mas finalmente assentiu e partiu a pé, desejando não perder mais tempo.

— Espere — Gerard disse. — Eu vou com você.

— Tolice — disse Antônio. — O governador deu-lhe uma ordem.

— Eu ficarei com o meu amigo.

Antônio estava prestes a dizer alguma coisa, mas fez uma pausa e cofiou a barba, considerando. Algum pensamento o fez sorrir.

— Por mim está bem, então — disse. — Quando isto estiver acabado, o governador o colocará em grilhões, por deserção.

Oludara sabia que isso não era blefe, mas não tinha tempo a perder discutindo com Gerard. Com um curto gesto de cabeça, demonstrou seu agradecimento ao amigo, e os dois partiram.

Atrás deles, Antônio disse aos seus homens:

— Eu sempre soube que eles eram covardes.

Parte II: A busca pelo Saci

Gerard havia de algum modo acompanhado a louca marcha de Oludara pela selva, e buscou forças lá no fundo para acompanhar o passo da corrida final de seu companheiro. Eles percorreram em um dia e meio o que levariam três ou quatro para atravessar em um ritmo normal. Ao se aproximarem da aldeia, seu primeiro vislumbre dela confirmou o pior dos seus medos. A paliçada fora destruída, os troncos robustos partidos e espalhados em volta como uma criança teria partido uma pilha de gravetos. Ao lado de Gerard, Oludara gritou de angústia.

Para além da paliçada em ruínas, a cena apenas piorava. Derrubadas, esmagadas e arremessadas para longe, todas as cinco malocas enormes tinham sido destruídas. Minúsculos abrigos construídos com varas e folhas de palmeira protegiam o punhado de pessoas que ainda restavam. As mulheres remanescentes da aldeia não correram para saudá-los na típica maneira dos tupinambás, mas, em vez disso, viravam-se para fitá-los com olhares vagos, suas crianças abraçadas bem apertado ao seu lado.

Então, Gerard notou algo que quase fez seu coração parar. A preguiça de estimação de Tainá, a que dormia com ela toda noite e que os aldeões tinham chamado de “Molenga”, jazia esmagada no chão. Oludara também a notou.

— O que foi que eu fiz? — lamentou.

Com isso, um fraco grito de “Oludara?” soou de uma das beiradas da aldeia. Oludara arfou e correu rumo ao som. Gerard, correndo atrás, viu Arani deitada debaixo de uma cobertura inclinada. Ele procurou algum sinal de Tainá, mas não viu nenhum. Seu coração apertou-se dentro de seu peito.

Ele chegou bem quando Arani abria os olhos para olhar para cima, para seu marido, que se ajoelhou ao lado dela e aninhou sua cabeça. Ela mal conseguia focar os olhos e, por baixo dos seus machucados, Gerard podia ver que tinha uma perna quebrada e o peito afundado. O mero ato de respirar devia ser uma agonia, e Gerard duvidou que ela sobrevivesse mais uma hora.

Arani, com grande esforço, sussurrou com um chiado:

— Eu esperei por você. Eu me segurei enquanto muitos outros morriam à minha volta.

— Eu lamento — disse Oludara, lágrimas brotando em seus olhos. — Você e Tainá. Eu lamento. Eu falhei como marido e pai. Lamento não estar aqui.

— Lamenta não estar aqui para morrer? Não estar aqui foi a melhor coisa que você já fez. Em vez de morrer conosco, você agora pode salvar nossa filha.

Oludara endireitou-se de supetão.

— Ela está viva?

— Está. Durante o massacre, o Saci apareceu do nada e a levou embora.

— Olorum seja louvado!

Gerard fez o sinal da cruz e acrescentou sua própria prece silenciosa.

— Vá encontrá-la — disse Arani.

— Eu não vou deixá-la assim!

— Não perca tempo chorando pelos mortos. Você quer ser um bom pai? Encontre a nossa filha. Quer ser um bom marido? Faça o que eu peço e vá agora.

Oludara não fez qualquer tentativa de esconder a angústia de seu rosto. Seu lábio tremeu por um momento, então ele curvou-se e chorou. O coração de Gerard sentiu por ele.

— Vá agora, por favor — disse Arani.

Oludara olhou-a nos olhos.

— Eu lamento.

— Pare de dizer isso, seu tolo.

— Eu te amo.

Ele colocou sua testa na dela.

Arani fechou os olhos e deixou que as lágrimas de Oludara rolassem até o seu rosto. Gerard desviou os olhos do instante de intimidade dos dois.

Depois de um tempo, Arani puxou sua cabeça das mãos de Oludara.

— Adeus — ela disse, num tom final.

— Adeus.

Oludara levantou-se, resoluto, e disse:

— Gerard, você a ouviu. Vamos nos pôr a caminho.

Ele saiu a passos largos, sem olhar para trás.

— Adeus, Arani — disse Gerard, lágrimas jorrando livremente.

— Por favor, tome conta deles, Gerard van Oost.

— Até os confins da Terra, se for necessário.

Ela assentiu, satisfeita. Enquanto Gerard afastava-se, ouviu Arani finalmente soltar os soluços chiados que ela corajosamente segurara na presença de Oludara.

Antes que Gerard pudesse achar Oludara, Cabuçu apareceu de uma das cabanas improvisadas, correndo em sua direção.

— Espere! — Cabuçu disse. — Para onde está indo? Vocês acabaram de chegar.

— Arani nos pediu para encontrar Tainá com toda pressa.

— Oh, certo — disse Cabuçu. — Deixem-me ir com vocês.

— Não precisam de você aqui? — perguntou Gerard.

— A aldeia está acabada. Enterramos os mortos. Aqueles que restaram devem encontrar seu próprio caminho, unirem-se a outra aldeia. Meu caminho é a vingança. Eu me vingarei do Pai do Mato.

— Nenhum homem vivo pode vingar-se do Pai do Mato.

— Vou pôr uma flecha no olho dele, eu juro, mesmo que seja a última coisa que eu faça. — Cabuçu deixou o olhar vagar para longe. — Ele caiu sobre nossa aldeia, sem se importar com nada. Ele matou e matou, como se tirasse satisfação disso.

— Eu não estou entendendo nada. O que é essa criatura? Por que essa destruição sem sentido?

— Ele é um dos Ibimonguiras, os Treme-Terra.

— Um deles? Você quer dizer que há mais dessas coisas?

— Mais duas. Os três são inimigos entre si. O herói Sumé os pôs para dormir há muito tempo, para que os homens pudessem viver em paz. Alguma coisa deve tê-lo acordado.

— Meu bom Deus! Eu espero que os outros dois não acordem também. — Gerard puxou o seu cavanhaque. — Mas então, talvez eles lutassem um contra o outro, em vez de nos matar.

Cabuçu deu de ombros.

— Eu não saberia dizer. Ybandira poderia saber, mas ele está morto.

— Ybandira também? E Jaobi?

Cabuçu assentiu com tristeza.

— Mas isso me lembra uma coisa. Ybandira deixou algo para você.

Cabuçu correu até a cabana de Ybandira, a única estrutura ainda em pé de toda a aldeia original. Voltou segurando uma cabaça com rolha.

— Ele sabia que você viria — disse Cabuçu. — Disse que você precisará disto. Chamamos isto de bebida do "corpo fechado". Nada pode feri-lo depois que bebê-la, pelo menos por um tempo. Vai te dar a força de cem homens. Ele precisou de meses para prepará-la; foi a última coisa que fez.

Gerard apanhou a cabaça cuidadosamente e fitou-a.

— O quê? — perguntou Cabuçu. — Algo que você queira dizer sobre magia pagã?

O pensamento tinha passado pela mente de Gerard, mas estava distante agora, apenas um sussurro.

— Não — disse, guardando a cabaça em sua mochila. — Fico honrado que ele tenha gastado tanto tempo fazendo isto para mim. Ele foi um grande homem.

— Bem — disse Cabuçu —, parece que você mudou.

— Cinco anos podem mudar muito um homem. Agora é melhor irmos.

— Só me dê um minuto para pegar alguma comida e um arco.

Cabuçu partiu correndo, e Gerard foi procurar Oludara. Encontrou-o sentado em um toco logo além da paliçada. Oludara olhava para o vazio e respirava pesadamente. Gerard esperou perto, em silêncio, dando tempo ao seu companheiro. Depois de uns cinco minutos, Oludara finalmente falou.

— Gerard, não sei se tenho forças. O que alguém faz, quando sabe que nunca mais verá aquela que mais amou no mundo?

Memórias tristes retornaram a Gerard, e ele respondeu da melhor maneira que pôde.

— Considere uma bênção que tenha tido a chance de dizer adeus. Na maior parte das vezes, não temos essa chance. Então siga vivendo, do melhor modo que puder.

De soslaio, Oludara olhou para ele.

Gerard, olhos lacrimosos, acrescentou:

— Foi o que fiz com o meu pai.

Oludara assentiu e os dois permaneceram em silêncio até Cabuçu aparecer ao lado deles, de equipamento em mãos.

— Bem — ele perguntou —, vocês dois estão prontos ou o quê?

O grupo vagou fundo para dentro da floresta em sua busca pelo Saci. Cabuçu contou-lhes que o diabrete tinha sido visto frequentemente nas matas ao sul e, enquanto Gerard tentava organizar a busca tanto quanto possível, Oludara atra-

palhava-os com sua impaciência frenética. Oludara parecia quase louco, e Gerard nunca se sentira tão nervoso. Perto da exaustão, Gerard encostou-se numa árvore e Cabuçu jogou-se na grama.

— O que vocês estão fazendo? — Oludara perguntou.

— Precisamos descansar e achar nosso norte — disse Gerard.

— Não podemos parar até encontrarmos Tainá.

— Tolice. Primeiro nós corremos até a aldeia, agora corremos pela floresta. Estou a ponto de desmaiar. Não vimos qualquer sinal do Saci e precisamos nos acalmar antes que deixemos passar alguma coisa.

Oludara descansou as mãos na cintura e rangeu os dentes. Parecia à beira de uma explosão, mas Cabuçu, farejando em torno, interrompeu-o.

— O que está fazendo? — Oludara disparou.

— Sinto cheiro de alguma coisa — Cabuçu disse.

— A menos que sinta o cheiro de um diabrete de uma perna só, não quero saber.

— Cheiro de tabaco. Fumaça de tabaco.

Gerard e Oludara ficaram subitamente atentos com essas palavras.

— Sigam-me.

Cabuçu seguia o cheiro como um sabujo. Levou-os até uma parede de rocha com uma pequena fenda de um lado.

— Deve ser aqui — Oludara disse.

Ele entrou na frente, Gerard e Cabuçu logo atrás. Dentro, encontraram uma caverna iluminada por uma incerta luz de tocha. Em um canto estava o Saci, aconchegando em seus braços jovens uma adormecida Tainá. Seu cachimbo estava ao lado, soltando um fio fino de fumaça. O diabrete fitava a nenê, aparentemente encantado, tanto que nem percebeu que eles entravam.

— Olorum seja louvado! — Oludara exclamou. — Ela está a salvo!

O Saci assustou-se com as palavras e apertou Tainá de um jeito protetor. Oludara aproximou-se dele, de mãos estendidas.

— Obrigado, Saci, por salvá-la do Pai do Mato. Eu lhe sou grande devedor.

O Saci afastou a criança dele.

— Onde você estava quando o Pai do Mato atacou? Como vou saber que você vai mantê-la segura?

Oludara paralisou-se e seu corpo ficou tenso.

— O que quer dizer, Saci? É claro que eu a manterei segura. Sou o pai dela.

— Mas não um pai muito bom. Eu daria um pai melhor do que você.

Gerard viu os olhos de Oludara estreitarem-se de fúria.

— Entregue-me Tainá, Saci. Agora!

Oludara lançou-se para a frente e o Saci desapareceu sem um som, levando Tainá com ele. Seu cachimbo ficou onde o tinha deixado, o único sinal de que ele e Tainá tinham estado ali.

Depois de uma busca infrutífera pelas matas atrás do Saci, Gerard sugeriu uma visita à Iara, e, por falta de um plano melhor, os outros dois relutantemente concordaram. Eles retornaram ao mesmo lago coberto de aguapés no qual a tinham encontrado anos antes, e Oludara chamou seu nome até que sua cabeça com cabelos cor de rubi ergueu-se da água. A cabeça coberta de flores de Flor do Mato flutuava ao lado dela.

— Foram-se anos desde a sua última visita — disse a Iara —, e duvido que tenham criado a coragem de partilhar do meu covil por uma noite, então devem querer algo de mim. O que é?

— Iara — Oludara disse —, precisamos de sua ajuda para encontrar o Saci. Ele levou minha filha, Tainá.

A Iara troçou dele.

— Coisas muito mais importantes do que o Saci exigem minha atenção neste momento.

— Nada é mais importante do que minha filha — Oludara disse.

— Tolice. Um ser antigo chamado Pai do Mato está à solta. Ele nos matará a todos se não for detido.

Oludara respondeu numa voz irritada.

— Conhecemos o Pai do Mato. A fera matou minha mulher e causou a captura da minha filha. Nós o enfrentamos com milhares, mas apenas centenas sobreviveram. O Pai do Mato escapou sem um arranhão.

A Iara balançou a cabeça.

— Ataque-o com cem mil homens se desejar, mas não fará diferença.

Gerard sabia que seu companheiro detestaria mudar de assunto, mas ele não queria perder a oportunidade de aprender algo sobre a criatura.

— Você pode detê-lo? — perguntou.

— Pegue o meu poder e o de Flor do Mato e o do Curupira e dobre-os todos e isso ainda somaria pouco mais que uma cusparada na cara do Pai do Mato. Apenas um deus pode deter essa criatura. Sumé o fez.

Ela suspirou com desejo ao pronunciar o nome do herói.

— Então Sumé era um deus?

Ao pronunciar isso, Gerard olhou para Cabuçu, que deu de ombros.

— Era perto o suficiente — disse Iara.

— O que aconteceu a ele?

— Depois que ele pôs o Pai do Mato para dormir, foi embora. Ninguém sabe para onde, nem por quê.

— Pode chamá-lo de volta? — Cabuçu perguntou.

— Cada aldeia em cem léguas está tentando — disse Iara. — Duvido que eu teria mais sorte do que elas. Apenas a mais poderosa das magias pode deter o Pai do Mato, e é isso o que devemos procurar.

Gerard bufou.

— O que foi, Gerard? O seu deus vai deter o Pai do Mato? — ela disse, com uma expressão zombeteira.

— Talvez — ele respondeu —, embora de maneiras que não nos é dado compreender.

— É bastante fácil dizer.

— Cabuçu mencionou outras coisas, chamadas Treme-Terra?

— Sim, os Ibimonguira — disse a Iara. — Além do Pai do Mato, há Gorjal, o gigante, e o Minhocão, o grande verme. Alguma coisa fez o Minhocão acordar faz pouco tempo, e acredito que as andanças dele por baixo da terra foram a razão do Pai do Mato acordar. É apenas uma questão de tempo até os três voltarem a nos atormentar.

Ela tremia diante das próprias palavras.

Algo no nome Minhocão fazia o cérebro de Gerard coçar, mas ele não fazia ideia do porquê.

— E se pudéssemos fazê-los lutar um contra o outro em vez de contra nós?

— É uma ideia intrigante, esses três já lutaram muito um contra o outro. Mas três deles causariam muito mais danos do que um sozinho. E embora tenham lutado por milênios, nenhum jamais matou os outros.

— Pode valer uma tentativa — Gerard disse.

— Ou pode levar à sua morte.

— Basta de Pai do Mato — interrompeu Oludara. — Não me importo em nada com esses monstros, só quero minha filha de volta. Há alguma coisa que possamos fazer para levar você a ajudar-nos a encontrar o Saci?

— Não. Meus poderes estão concentrados nas minhas vigias. Devo me proteger do Pai do Mato até decidir o que fazer. Venha, Flor do Mato.

Com isso, a Iara mergulhou, seu rabo de peixe cintilando acima d'água antes de desaparecer da superfície. Flor do Mato lançou um olhar triste para eles, antes de afundar.

Oludara parecia além de qualquer consolo, e Gerard não tinha ideia do que fazer a seguir. Tinham gastado dois dias para chegar até a Iara e a um beco sem saída.

Então, sem aviso, Flor do Mato voltou à beirada do lago.

— Esperem aqui até amanhã — ela disse. — Eu posso ajudar.

Com isso, ela transformou-se em um boto-cor-de-rosa e voltou a mergulhar.

Depois de uma longa noite, durante a qual Gerard e Cabuçu pacientemente suportaram as infindáveis lamentações de Oludara, o sol levantou-se e Flor do Mato veio para fora do lago. A água gotejava dela enquanto caminhava na direção deles, mas em questão de segundos estava completamente seca, seu cabelo dourado ondulando em cachos.

— Olá, Gerard — ela disse. — Olá, Oludara. — Ela olhou para Cabuçu e disse: — E eu me recordo de você, da aldeia de Arani, mas não acho que conheça o seu nome.

— Cabuçu — ele respondeu, com um dos seus sorrisos endiabrados.

— Pode me chamar de Flor do Mato. — Ela voltou sua atenção a Oludara. — Lamento pela recepção não tão calorosa de ontem, mas a Iara não permite que eu fale com os outros.

— Mas você pode falar conosco hoje? — Oludara perguntou.

— Com vocês sabem, concordei em servi-la uma lua sim, outra não. Para a sua sorte, a minha lua de serviço acaba de terminar, e minha lua de liberdade começou. — Ela estendeu uma das mãos e mostrou-lhes uma gema amarela e translúcida com um buraco no meio. Gerard mal conseguia divisar uma fraca luz nela, de um lado. — Peguei isto emprestado da Iara — ela disse. — Podemos usá-la para achar o Saci.

Flor do Mato virou a pedra em suas mãos, e a luz brilhou na mesma direção, como uma bússola. Apontava para o leste.

— Espantoso! — Cabuçu disse. — O que é isso?

— Uma pedra de achar — ela disse. — A luz está fraca, o que significa que o Saci está bem longe. Perto de Salvador, mais provavelmente.

Gerard percebeu a expressão de derrota no rosto de Oludara, logo antes do homem cair de joelhos. Era a mesma expressão que Oludara tinha tido depois do encontro deles com Gu-ê-crig, quando sua força de vontade finalmente falhara.

— Por que devo continuar a fracassar? — lamentou-se. — O Saci a salvou do perigo apenas para colocá-la no caminho do Pai do Mato mais uma vez. Por que eu devo ser torturado assim?

— Não sabemos ao certo — Gerard disse. — O Saci provavelmente é capaz de mantê-la longe do Pai do Mato.

— Repetidamente, fracassei com ela e fracassei com Arani. A vergonha que trago aos meus ancestrais não tem fim; é melhor que eu morra aqui e agora.

— Posso levar vocês até o Saci antes que o Pai do Mato chegue lá — disse Flor do Mato.

O brilho de esperança que surgiu nos olhos de Oludara parecia ser quase tão intensamente enlouquecido quanto a melancolia que residira neles momentos antes.

— Como? — ele disse, agarrando seus braços.

— Achei que vocês precisariam de transporte, então eu os chamei noite passada.

— Eles? — perguntou Cabuçu.

Flor do Mato assoviou e um coro de relinchos soou em resposta. Gerard virou-se para notar três cavalos negros, cada um com três pernas somente, coxeando na direção deles. A princípio, ele pensou que suas cabeças estavam inclinadas, então deu-se conta que, assim como a Mula sem Cabeça, eles não tinham cabeça nenhuma.

— Cuidado! — gritou, desembainhando sua rapieira num lampejo.

Oludara saltou ao lado dele e puxou sua adaga. Cabuçu encaixou uma flecha. As criaturas recuaram.

Flor do Mato colocou a mão no braço de Gerard com a espada.

— Guardem suas armas. Essas são as suas montarias.

Os outros olharam para ele e Gerard, depositando sua confiança na garota que já os tinha salvado mais de uma vez, embainhou a rapieira.

— Eu aprecio a sua consideração, Flor do Mato, mas como cavalgar cavalos aleijados e sem cabeça vai nos ajudar a...

Naquele momento, asas escuras desdobraram-se das costas dos cavalos.

O queixo de Gerard caiu. *Pode ser verdade?*, pensou ele. Seu sonho de infância tinha sido voar no Pégaso como seu herói Perseu. Quando os cavalos chegaram mais perto, ele viu as membranas nas asas. Pareciam-se com asas de morcego, não as brancas asas emplumadas de Pégaso que ele tinha imaginado tantas vezes.

Bem, pensou, *perto o suficiente.*

Os três homens montaram as criaturas, embora Cabuçu precisasse de um pouco de persuasão.

Quando estavam prontos, Flor do Mato disse:

— Devo conduzi-los. Eles não conhecem o caminho.

— Como vai conduzi-los? — perguntou Gerard.

Ela colocou a gema em sua boca e estendeu os braços. Penas negras brotaram do seu corpo, e seus braços se tornaram asas. Ela virou um pássaro negro com um colarinho de penas brancas em torno do pescoço, então cresceu para um tamanho impressionante, quase tão alto quanto Gerard. O pássaro estendeu suas enormes asas e lançou-se no ar, e o cavalo debaixo dele saltou atrás dela.

Voaram por horas, e Gerard maravilhou-se com uma vista nunca contemplada antes por nenhum homem. Seu espírito voou alto durante a viagem e sua mente vagou repetidamente até Perseu e seu lendário corcel.

Perto do fim da jornada, contudo, uma terrível visão trouxe-o de volta à realidade. Abaixo deles, o Pai do Mato, agigantado acima das árvores costeiras, forçava a passagem pela floresta. Ao passarem acima do gigante, tornou-se ominosamente claro que ele rumava na mesma direção, e não estava a mais que um dia de Salvador.

O grupo circulou e pousou numa clareira na floresta, a um olhar de águia de Salvador e da Baía de Todos os Santos. Depois de o grupo ter desmontado, os cavalos partiram voando e Gerard observou-os irem-se com um suspiro. Flor do Mato assumiu de volta a sua forma normal.

— Eu não achei que você conseguisse se transformar em algo tão grande — Oludara disse.

Flor do Mato corou.

— Meus poderes aumentaram durante o meu tempo com a Iara.

Gerard deu uma boa olhada nela. Fisicamente, ela parecia a mesma, só uma criança, mas sua postura tinha mudado. Ela agia como mais velha, mais madura. É claro, seu último encontro tinha sido anos atrás.

Ela colocou a gema na mão de Oludara. Ela rebrilhava intensamente, rumo ao sul.

— O Saci está perto — ela disse. — Agora devo encontrar o Curupira. Talvez ele saiba o que fazer com o Pai do Mato.

Com isso, ela transformou-se num falcão e voou rapidamente.

— De algum modo — disse Gerard —, eu duvido.

— Vamos seguir adiante — Oludara disse, impacientemente.

Com a gema segura diante de si, foi a passos largos para dentro da mata, e Gerard e Cabuçu seguiram atrás.

Minutos mais tarde, Oludara deteve-os com uma mão levantada. O Saci sentava-se em um tronco na trilha adiante. Tainá perseguia uma borboleta branca, tropeçando atrás dela com o seu andar de nenê.

— Devemos remover o gorro dele — Oludara disse —, como você fez da última vez.

Gerard assentiu e preparou o seu arcabuz para o tiro. Cabuçu também aprontou o seu arco.

— Não se incomodem — disse o Saci. — Eu já conheço esse truque.

O grupo paralisou-se.

— Baixem suas armas e adiantem-se.

Resignados, os três foram para o espaço aberto. O Saci levantou Tainá, ainda de mãos estendidas para a borboleta, e virou-se para encará-los.

— Vocês têm sido meus amigos — disse o Saci —, e me entristece que tenha de terminar deste modo, mas Tainá é minha agora. Deem adeus, pois vocês nunca mais nos encontrarão de novo.

— Saci — Oludara disse, levantando os braços num gesto de paz. — Vamos conversar.

Ao som da voz de Oludara, Tainá virou-se para ele e gritou:

— Papai!

Ela estendeu seus braços para Oludara e o Saci a afastou. Ela lutou contra ele.

Gerard paralisou-se, assim como os outros. Sabia que qualquer movimento rápido poderia assustar o Saci e fazê-lo desaparecer. Lentamente, ele levantou seu arcabuz, mas Oludara gesticulou para que o baixasse.

— Já basta, Tainá — disse o Saci, lutando para segurar a nenê. — Adeus, Gerard. Adeus, Oludara.

Com isso, Gerard viu algo desaparecer, todavia o Saci, de olhos arregalados, permaneceu no mesmo lugar. Gerard virou-se, chocado, para ver Tainá nos braços de Oludara, que fitava sua filha boquiaberto.

— Bom Deus! — disse Gerard, fazendo o sinal da cruz.

— Mastigue meus ossos! — gritou Cabuçu.

— Olorum! — Oludara gritou. — O que você fez com minha filha, Saci?

— Ela é minha! — o Saci guinchou. — Essa é a prova. Venha aqui, Tainá. Volte para o papai! — Implorando, ele estendeu as mãos.

Tainá ignorou as súplicas do diabrete e abraçou o seu pai bem apertado, um sorriso feliz brincando em seu rosto.

— Ela é minha! Minha! Minha! — disse o Saci. Então ele caiu de joelho, soluçando. — Por que ela não pode ser minha? Por que não posso ter uma filha? Por que este corpo amaldiçoado nunca envelhece?

Oludara, uma expressão de nojo em seu rosto, virou-se e se afastou. Cabuçu deu de ombros e seguiu-o.

Gerard, contudo, olhou com pena para o soluçante Saci. Deu um passo adiante.

— Saci... — disse.

O Saci apenas enfiou o rosto nas mãos e chorou mais alto.

Gerard havia recolhido o cachimbo do Saci depois do último encontro entre eles. Puxou-o de sua mochila e o colocou reverentemente ao lado do diabrete. Então, retirou a sua própria bolsa de tabaco, aquela que ele havia comprado antes do primeiro encontro deles, e deixou-a ao lado do cachimbo.

Sem outra palavra, ele virou-se e seguiu Oludara.

Enquanto Gerard e seus companheiros caminhavam em silêncio rumo a Salvador, Oludara abordou o assunto de Tainá.

— O que aconteceu à minha filha? — perguntou.

Gerard conseguia apenas balançar a cabeça. Cabuçu, contudo, ofereceu uma resposta:

— É isso o que acontece quando se vive com uma criatura como aquela; a magia invade o seu corpo.

— Isso significa que ela se tornou como o Saci?

— Não sei — Cabuçu respondeu. — Acho que não. Se ela tivesse ficado com ele por um ano, podia ter criado um rabo ou alguma coisa. Mas não ficou com ele por tanto tempo. Deve sumir logo.

Oludara parecia nauseado pela menção de sua filha com uma cauda, e não voltou a puxar esse assunto.

Eles logo alcançaram as construções e formas de Salvador. A cidade havia mudado muito nos últimos anos, e agora estendia-se para bem além do velho muro. O próprio muro, já desmoronando e abandonado cinco anos antes, praticamente se fora. Só uns poucos bastiões restavam. Agora que os monstros do interior não representavam mais uma ameaça, as defesas de Salvador tinham sido reorientadas da terra para o mar, para prevenir uma invasão pelos franceses ou ingleses. Ninguém poderia ter previsto a vinda do Pai do Mato. Na trilha de um horror inexorável, a cidade estava praticamente indefesa.

Sem aviso, Oludara disse:

— É aqui que devemos nos separar.

— O quê? — disse Gerard, pulando de surpresa.

— Vou descer até as docas e contratar um barco.

Gerard e Oludara dividiram as muitas recompensas que ganharam ao longo dos anos, e Oludara havia acumulado muito mais do que o suficiente para navegar de volta para a África.

— Devemos alertar Salvador do perigo!

— E colocar minha filha em risco? Lamento, Gerard, mas deixarei isso com você. Daqui em diante, ela deve ser a minha única preocupação.

Gerard repassou célere cinco anos de sua vida, e sua cabeça ficou tonta de tantas lembranças. Uma poderosa depressão instalou-se nele, mas ele assentiu.

— Adeus — disse, estendendo a mão.

— Adeus, amigo — disse Oludara, apertando-a firmemente.

— Ge-rad — disse Tainá, apontando para ele.

Gerard não conseguiu conter as lágrimas enquanto Cabuçu e Oludara davam o seu adeus. Esse adeus viera rápido demais, errado demais depois de todo o seu tempo juntos. Mas nada havia que se pudesse fazer; Oludara estivera fora do seu juízo perfeito havia dias, sua preocupação trazendo pânico a cada uma de suas ações. Mas no final, ele estava certo. Tinha de cuidar da filha a todo custo, e isso significava deixar Salvador imediatamente.

Quando Oludara partiu caminhando, descendo para a cidade baixa e as docas, Cabuçu deu um tapa nas costas de Gerard e perguntou:

— Vamos?

Gerard assentiu e voltou-se para a cidade alta. Palmeiras elevavam-se acima das casas. Laranjeiras em plena floração salpicavam a paisagem com pontos cor de laranja. A cidade era uma bela vista.

Com o Pai do Mato quase os alcançando, porém, Gerard duvidava que jamais veria essa vista novamente.

Parte III: A devastação de Salvador

Gregório Brás, atual provincial da Companhia de Jesus, líder de todos os jesuítas no Brasil, marchava rumo à mansão do governador. Alguma coisa fora do comum acontecia em Salvador, e ninguém lhe contara nada a respeito.

Para sua surpresa, notou Gerard van Oost seguindo na mesma direção. Um nativo que Gregório nunca tinha visto antes caminhava ao seu lado. Em todos os anos em que tinha vivido entre os tupis, nunca vira um homem com tantos tembetás ou com tantas cicatrizes como aquele. Ele parecia um verdadeiro demônio encarnado.

— Gerard! — Gregório chamou. — O que o traz a Salvador?

— Uma emergência — Gerard respondeu, não mostrando nenhum sinal de parar.

Gregório correu para alcançá-lo.

— Então suspeito que nossos motivos sejam o mesmo. Posso acompanhá-lo?

— É claro — Gerard disse. Ele finalmente fez uma pausa para apertar a mão de Gregório. — É bom vê-lo, Gregório. Este é Cabuçu; um chefe guerreiro dos tupinambás e um bom amigo.

Cabuçu deu um sorriso exagerado que o fez parecer ainda mais assustador. Gregório apertou sua mão.

— É bom ver você também, Gerard. Fiquei feliz em descobrir que atendeu ao chamado de Inocência para socorrer Olinda. Ouvi dizer que você causou forte impressão.

Poderia ser sua imaginação, mas Gregório pensou que Gerard ficava vermelho com suas palavras.

— Não foi nada — Gerard disse. — Falaremos disso depois. Meu assunto com o governador é urgente.

— Vou esperar aqui — disse Cabuçu —, e deixar a conversa com vocês.

Quando Gregório e Gerard aproximaram-se da porta do Palácio do Governador, os guardas cruzaram alabardas, bloqueando a entrada deles.

— Ninguém tem permissão para entrar hoje.

— Sou Gerard van Oost, da Bandeira do Elefante e da Arara. A questão é urgente.

Os dois pareceram considerar as palavras, até Gregório acrescentar:

— Sou o provincial da Companhia de Jesus. Vão barrar minha entrada?

Foi a primeira vez que Gregório havia invocado o seu título dessa maneira e, como esperava, a reação foi imediata. Os guardas puxaram para trás as suas alabardas e gesticularam para que passassem, sem nem mesmo darem-se tempo de anunciar a visita. Gerard arqueou uma sobrancelha para ele, mas Gregório o ignorou. Sem uma palavra, ele marchou para dentro e dirigiu-se para o gabinete do governador.

De trás de sua escrivaninha, o governador Veiga pulou de surpresa quando os dois irromperam em seu gabinete. Dois homens ricamente vestidos sentados em cadeiras viraram-se para olhá-los de boca aberta.

Sem qualquer formalidade, Gerard soltou:

— A cidade deve ser evacuada imediatamente!

Os dois convidados do governador arfaram em choque, mas isso não foi nada comparado à comoção que irrompeu atrás deles. Gregório voltou-se para ver o companheiro de Gerard, Oludara, lutando contra dois guardas para ganhar entrada no gabinete. Muito estranhamente, em seus braços ele carregava uma menininha de descendência mestiça, de menos de dois anos de idade.

O governador assentiu para os guardas e mandou-os embora com um gesto.

Assim que os homens o soltaram, Oludara disse:

— Ele já sabe, Gerard. — Lançou um olhar de acusação ao governador. — Mesmo assim não há evacuação. As docas estão fechadas, assim como os portões.

— O quê? — disse Gerard.

Gregório olhou o governador Veiga, que de modo algum parecia surpreso. O governador virou-se para os homens sentados e disse:

— Podem por favor nos dar um momento?

Os homens relutantemente obedeceram, pedindo licença e tocando seus chapéus ao saírem.

— Alguém pode me contar o que está acontecendo? — Gregório perguntou.

— O Pai do Mato está sobre nós — Oludara disse. — Vai fazer esta cidade em pedaços.

Gregório tinha ouvido notícias dessa criatura, Pai do Mato, devastando o Sertão, mas não ouvira nada a respeito dela estar se aproximando de Salvador.

— Isso é verdade? — perguntou ao governador. — Por que não me contaram?

— E o mais importante — Gerard disse —, por que você não mandou todo mundo embora?

— Eu acabo de saber — disse o governador Veiga. — E não queria criar um pânico por toda a cidade.

— Sabe o que aconteceu à força de Antônio? — Oludara perguntou.

— Sei que vocês fracassaram, ou o Pai do Mato não estaria aqui.

— Não foi um fracasso — Gerard disse. — Foi um massacre. A fera é um gigante, de quase duzentos pés de altura. Nem mesmo os canhões conseguem feri-la. Não há como detê-la.

O governador colocou os cotovelos na mesa e a cabeça nas mãos. Depois de algum tempo, ele disse:

— Se a criatura passou pelo grupo de Antônio sem um arranhão, ela irá dizimar a milícia daqui. Gerard, você já derrotou criaturas que eu mal posso imaginar. Eu lhe imploro, por favor, encontre algum modo de parar essa abominação. Salve Salvador.

— Farei tudo o que puder para ajudar. Apenas permita que Oludara saia com sua filha.

— Tolice. Eu ouvi o suficiente sobre a sua bandeira para saber que vocês são um par inseparável. Sua força está em sua parceria. Disso eu estou certo.

— Eu vou partir — Oludara disse. — Jurei à minha esposa proteger minha filha. A você, não devo nada.

O governador levantou-se atrás da escrivaninha.

— Não! Ninguém vai deixar Salvador. — Fez uma pausa e acalmou-se. — Se vocês forem bem-sucedidos, enviarei você e sua filha em segurança de volta a Guiné com cem cruzados como garantia.

— E se eu não for?

— Se você morrer na luta, sua filha receberá uma sesmaria tão grande que todo pretendente no Brasil fará fila para casar-se com ela.

Gregório podia ver a angústia no rosto de Oludara. De qualquer modo, o Pai do Mato chegaria e a vida dele estaria em risco. Aceitando a oferta do governador, ao menos ele poderia garantir o futuro de sua filha.

— Escreva o contrato — Gregório disse —, e eu o garantirei.

Oludara examinou os olhos de Gregório, então assentiu.

— Escriba! — o governador Veiga chamou.

Ele pôs o escriba para redigir o contrato, e voltou-se para Gerard.

— E você, Gerard? Também me fará exigências para salvar àqueles a quem jurei proteger?

— Não — disse Gerard. — Eu morrerei aqui se for preciso, e considere minha vida bem empregada. Ao contrário de Oludara, não tenho família a ser zelada quando morrer.

— Obrigado, Gerard. Eu estava errado ao dizer que você servia apenas a si mesmo, e lamento por isso.

Gerard apenas assentiu em resposta. Gregório conferiu o contrato e assinou-o como testemunha. Então os três se deram adeus e deixaram a mansão do governador para discutir estratégias. Cabuçu uniu-se a eles.

Antes que alguém mais pudesse falar, Oludara olhou para Gregório.

— Por favor, Gregório. Você ficaria com Tainá para protegê-la? Ela é tudo que me resta.

Gregório estendeu os braços e pegou a nenê no colo. Ela olhou para ele com um risinho amigável e ele instantaneamente gostou dela.

— Assim como padre Miguel deu sua vida para salvá-los — ele disse —, darei minha vida para protegê-la, se necessário. Nesse aspecto, ao menos, creio que possa igualar o meu predecessor.

Oludara olhou em torno, então apontou para baixo, para uma das duas torres de artilharia que protegiam as docas.

— Leve-a até aquele forte, lá, na cidade baixa. É robusto... uma das melhores estruturas. Será o lugar mais seguro quando o Pai do Mato vier. Com alguma sorte, ele ficará aqui na cidade alta e não vai se aventurar a descer os penhascos.

— Muito bem. Que Deus os abençoe a todos.

Quando Gregório virou-se para carregar Tainá descendo o gigantesco lance de escadas até as docas, ele ouviu Gerard dizer:

— Agora, o que podemos fazer para nos prepararmos?

Essas palavras perderam todo o sentido poucos segundos depois, quando uma rocha do tamanho de uma casa voou por cima do muro norte e caiu na alfândega, espalhando pedaços da construção em todas as direções.

Coberto de sangue e pó, Gerard fez uma pausa para considerar o seu próximo movimento. Ele e Oludara tinham corrido de bastião em bastião, urgindo os artilheiros e dando o seu melhor para ajudar a mirar o umbigo da fera, mas tudo por nada. Tinham observado tiro após tiro falhar; tinham ficado indefesos enquanto o Pai do Mato esmagava construções por todo lado; e tinham corrido por suas vidas vez após vez enquanto a criatura trucidava cada canhão que ousou disparar contra ele. Centenas haviam morrido. Cabuçu corria atrás da fera, disparando uma flecha depois da outra inutilmente contra o seu couro impenetrável, até que Gerard perdeu-o de vista.

Gerard procurou desesperadamente alguma peça de artilharia ainda em pé, mas não conseguia ver nenhuma. Observou enquanto o Pai do Mato levantava uma barraca de comerciante e atirava-a contra uma construção, destroçando as duas no processo. O espantoso poder da criatura assustava-o; Gerard nunca se sentira tão indefeso.

Oludara acocorou-se ao lado dele, tremendo de exaustão. Gerard colocou a mão em seu ombro para acalmá-lo, o que apenas o fez pular de surpresa.

— Desculpe — disse Gerard. — Alguma ideia do que fazer a seguir?

Oludara balançou a cabeça em desânimo. De ombros caídos, pôs um joelho no chão, descansando.

Voltando sua atenção à criatura, Gerard ficou aterrorizado ao vê-la descer deslizando o longo penhasco — uma distância tão grande quanto o próprio comprimento da criatura — rumo à cidade baixa.

— Oludara... — disse Gerard.

— Maldita seja a minha sorte! Precisamos fazer algo antes que a criatura alcance Gregório e Tainá.

Enquanto Gerard e Oludara precipitaram-se na direção das escadas, o Pai do Mato fez uma pausa em sua destruição e virou-se para olhar a baía.

— O que ele está fazendo? — Gerard perguntou.

Com isso, um som de borrifo ecoou lá de baixo, seguido por um cheiro atroz, não muito diferente de vegetais apodrecidos e vinagre. Gerard olhou para baixo, para ver o Pai do Mato mijando uma enorme torrente cor de anil. A urina bizarra empurrou para o lado carrocinhas e barracas no seu caminho até o oceano. A criatura, tão segura de seu domínio da batalha, havia parado para fazer xixi.

— Deus nos ajude — Gerard disse.

A partir das ameias da torre, Gregório observava enquanto o gigante mijava um torrencial fluxo cor de anil na direção da baía. Uma compulsão desceu sobre ele. Numa visão, ele soube que deveria fazer alguma coisa ou Salvador estaria perdida.

Olhou em torno em busca de ideias. Soldados aterrorizados sujavam as calças e tremiam, sem fazer qualquer movimento na direção da meia dúzia de canhões, prontos e carregados, que aguardavam nas muralhas.

— Não tenham medo — Gregório disse, fazendo o sinal da cruz sobre eles, um por um. — Tenham fé em Deus e Ele estará ao seu lado.

Ouviu uma risadinha e virou-se para ver Tainá imitando-o, fazendo o sinal da cruz a tudo na torre: os soldados, a bandeira, os canhões.

Os canhões?

— Não é uma má ideia, criança — ele disse.

Gregório abençoou um dos canhões e todo o seu chumbo, então voltou-se para os soldados.

— Disparem este aqui — disse.

Os soldados olharam um para o outro, nenhum deles ousando enraivecer a fera.

— Dispare este aqui! — comandou.

Um dos soldados assentiu nervosamente e, com a ajuda dos outros, virou a carreta do canhão para o Pai do Mato. Eles acenderam o pavio e atiraram.

O disparo voou com precisão, atingindo o Pai do Mato na coxa. Quando foi atingido, o Pai do Mato uivou com tamanha força que todos os presentes cobriram os ouvidos. Na perna da criatura, Gregório notou uma marca, da qual escorria um líquido como seiva.

Tendo completado o seu uivo, o Pai do Mato virou-se na direção deles e fixou seu olhar na torre. Com os olhos terríveis da fera sobre ele, Gregório não foi capaz de emitir mais que um sussurro.

— Proteja-nos, Senhor.

Com o uivo de dor do Pai do Mato, um grito subiu por toda Salvador. Oludara não conseguiu evitar de somar sua voz ao coro.

— Olorum seja louvado, a criatura foi ferida! — gritou, levantando um punho. — Alguém encontrou um jeito.

— Com mais mil picadas como essa — Gerard disse, num tom seco —, podemos chegar a matá-lo.

Oludara notou o filete saindo da perna da criatura, e teve de concordar.

Outro tiro foi disparado, e dessa vez Oludara localizou a fonte: a torre para onde ele tinha enviado Gregório com Tainá. Esse segundo tiro errou o seu enorme alvo completamente.

— Não é ali que Tainá está? — Gerard perguntou, ecoando seus pensamentos.

— Ele é louco? — perguntou Oludara. — Ele arriscaria a minha filha desse jeito?

— Nós não sabemos quem está disparando esses tiros.

— Não importa.

Oludara correu até as escadas bem quando Cabuçu veio às pressas na direção deles, vindo da cidade.

— Tome a poção! — ele gritou.

Tendo dado a sua mensagem, Cabuçu correu ao longo do penhasco, cabeça nivelada com a criatura que caminhava pela cidade baixa abaixo dele. Flechas na mão, ele as soltava uma depois da outra com incrível rapidez na direção do olho da criatura. Uma delas fincou-se e o Pai do Mato fez uma pausa para arrancá-la. Olhou irado para Cabuçu e martelou seu punho no penhasco logo abaixo dele. A rocha desmoronou sob Cabuçu e ele mergulhou para baixo. Oludara, descendo a correr os degraus, viu os restos de Cabuçu no fundo: arruinados e sem vida.

Atrás dele, Gerard gritou em desespero:

— Cabuçu!

Oludara percebeu que sua corrida até a torre não faria diferença, a criatura a alcançaria bem antes dele. Voltou-se para Gerard e arrancou a mochila de suas costas. Gerard nem sequer pareceu notar. Oludara puxou a cabaça para fora e a empurrou contra o peito de seu companheiro.

— Não temos tempo para lamentar! — gritou. — Lembre-se de Tainá. Lembre-se de Cabuçu e honre o seu último comando.

Gerard balançou a cabeça tristemente, mas apanhou a cabaça. Ele a tragou gorgolejando, um filete escapando pelo seu cavanhaque no processo. Oludara observou esperando alguma mudança, mas não conseguiu notar nenhuma; Gerard apenas baixou a cabaça e fitou-a com curiosidade.

Então, sem aviso, seus olhos arregalaram-se e ele endireitou-se. Seu corpo estremeceu e ele cerrou os punhos.

— Bem — disse —, isso não é surpreendente?

Por alguma razão, a criatura havia se demorado para atacar alguma coisa no penhasco, dando a Gregório o tempo exato para escapar da torre. Ele agarrou Tainá e desceu correndo as escadas circulares, sem deter-se até passar pela porta mais baixa.

Enquanto se precipitavam para fora, Gregório olhou para o alto para ver o monstro pairando sobre eles, preparando-se para atingir a construção com um punho. Eles não tinham outra opção.

Ao correr para a água, ele perguntou:

— Criança, você sabe nadar?

Ela sorriu e lançou-se dos seus braços, mergulhando nas ondas e nadando cachorrinho.

— Criança espantosa — disse Gregório, jogando fora o seu hábito e expondo a roupa de baixo branca. — Mal anda e já sabe nadar.

Mergulhou atrás dela, agarrando-a com um braço ao passar por ela e atravessando as ondas com toda a sua força. Olhou para trás bem a tempo de ver o Pai do Mato esmurrar a torre em pedaços. Gregório mergulhou debaixo d'água com Tainá enquanto o entulho chovia sobre eles.

Ybandira não tinha mentido; Gerard pôde sentir uma força em seu corpo que nunca conhecera antes. Para testá-la, agarrou um pedaço de escombro que pesava facilmente umas cem libras e arremessou-o contra o Pai do Mato. O escombro chocou-se contra a nuca do Pai do Mato numa velocidade incrível e desintegrou-se em uma nuvem de poeira com o impacto. A criatura não pareceu notar.

— Espantoso — ele disse.

— Precisamos ajudá-los! — Oludara gritou enquanto a criatura fazia a torre em pedaços abaixo deles.

Gerard testou suas pernas e não se desapontou. Desceu correndo a escadaria como uma gazela, cobrindo em trinta segundos uma distância que normalmente lhe teria exigido dez minutos. Precipitou-se para os restos da torre e atirou pedras para um lado e outro, procurando por Tainá e Gregório. Algo na água atraiu seu olhar e ele olhou para notar os dois vindo à superfície atrás das ondas e acenando para uma nau. O navio voltou-se para eles, baixando uma escada de cordas ao aproximar-se.

Resolvida essa preocupação, Gerard voltou a atenção ao Pai do Mato. Ele tinha dado meia-volta pela praia e ocupava-se em derrubar aos chutes os armazéns ao longo das docas, um por um. Gerard olhou em torno, buscando algo com o que atacar a fera, e notou um grupo de soldados encolhidos na base do penhasco. Ele saltou até eles com velocidade incrível, fazendo-os tremer em posição fetal.

— Eram vocês na torre com o padre Gregório? — perguntou.

Um deles assentiu.

— Como vocês feriram a criatura? — Gerard perguntou.

— O padre abençoou as bolas de canhão.

— Quais?

— Aquelas.

O soldado apontou para um canhão e bolas em meio aos escombros.

A tripulação da nau *São Pedro* observava de boca aberta enquanto o provincial da Companhia de Jesus pisava no seu convés, pingando água e em sua roupa de baixo, carregando uma nenê de cabelos crespos nos seus braços.

Gregório não perdeu tempo com explicações.

— Quem é o capitão deste navio? — gritou.

Um homem robusto de chapéu preto adiantou-se.

— Esse seria eu. Como posso ajudá-lo, padre?

— Você deve atirar contra a fera imediatamente. Eu abençoarei a sua munição.

— Vimos vocês ferirem a besta, mas temo que não possa ajudar.

Gregório mais uma vez invocou a sua melhor voz de comando.

— Você iria contra um homem de Deus?

— Não é isso. Meus canhões são fixos. Eles são para atirar em navios, não em gigantes. Daqui, eu não conseguiria atirar mais alto do que os dedos dos pés da criatura, se tanto.

— Muito bem, o que consegue atirar em gigantes?

— O senhor poderia tentar aquele lá. Estou certo de que eles têm algo que possa atirar nele.

O capitão apontava para um galeão espanhol, fugindo dali a toda velocidade. Mesmo de lado, Gregório conseguia ver mais de cem canhões projetando-se para fora do navio.

Oludara orquestrava os ataques de Gerard contra o Pai do Mato. Ajudou Gerard a vasculhar os destroços da torre em busca de balas de canhão e guiava seus arremessos.

Gerard desempenhou-se maravilhosamente. Algumas das balas apenas quicaram na criatura, mas outras a feriram. Gerard conseguiu causar dois ferimentos claros no peito e um perto da virilha. Eles também tinham conseguido evitar a ira da criatura enquanto ela buscava em torno furiosamente por um canhão, não um homem.

— Agora tente a cabeça — Oludara disse.

O tiro seria difícil de tal ângulo, mas Oludara decidiu que valia tentar. Gerard fez pontaria cuidadosa, virou-se e arremessou alto a bala.

A bala perdeu um bocado da velocidade no caminho para o alto, mas atingiu o alvo: perto do topo da cabeça. A cabeça da criatura pendulou e ela segurou-a com as mãos. Depois de um momento cambaleando, ela caiu sobre um joelho e apoiou uma das mãos sobre uma construção, uma das poucas ainda em pé na cidade baixa.

— Suba nela, Gerard! — Oludara urgiu. — Rasteje para dentro de uma orelha dele, ou golpeie a fera no olho!

— Você está brincando? — perguntou Gerard.

— Esta é a sua chance.

Gerard respirou fundo e lançou-se adiante. Saltou sobre os escombros de uma construção, pulou por cima do prédio de dois andares no qual o Pai do Mato descansava, então subiu correndo pelo braço da criatura, rumo à sua cabeça.

O Pai do Mato notou o movimento e bateu com suas garras nodosas, como se Gerard fosse uma mosca. Oludara engasgou diante da visão, mas quando a criatura virou-se, viu que Gerard tinha se agarrado ao musgo nas costas dela, e encontrava o seu caminho para cima. Oludara não podia fazer nada além de observar e desejar o melhor ao seu companheiro.

Gerard tentou entrar na orelha, mas pelos parecidos com raízes bloqueavam sua passagem. Em vez disso, ele apoiou seus pés contra a cabeça da criatura e puxou-lhe o lóbulo da orelha. Oludara pôde ver a orelha ser arrancada da cabeça, um grosso jorro de resina vertendo da ferida.

A criatura rugiu e buscou Gerard com as garras. Gerard foi forçado a parar a meio caminho. Deixando-se cair até o ombro do Pai do Mato, esquivou-se das garras e deixou a orelha pendurada. Então deu um pulo para o nariz da criatura e preparou-se para atacar os olhos.

O Pai do Mato, aparentemente adivinhando a intenção de Gerard, fez algo que Oludara nunca teria esperado: inclinou-se para a frente e lançou a cabeça contra o chão. O coração de Oludara parou por um momento quando a testa da criatura — bem perto do ponto em que Gerard se pendurava — bateu no chão duro com um som de trovão.

Depois de uma curta perseguição e uma reprimenda verbal da parte de Gregório, o galeão *Santiago* deteve a sua fuga e permitiu que o padre subisse a bordo. Tainá, ainda em seus braços, ria deliciada. Em espanhol, Gregório dirigiu-se ao capitão.

— Quero que o senhor volte e descarregue todos os seus canhões sobre a fera.

O capitão balançou a cabeça.

— Lamento, padre. É difícil o suficiente atingir um muro a partir de um navio, quanto mais um alvo móvel.

Gregório apontou para o Pai do Mato, que por alguma razão inexplicável havia batido com a cara no chão.

— Ele não está se mexendo agora — disse.

O capitão franziu o cenho.

— Minha preocupação é com os meus homens. Preciso tirá-los daqui.

Gregório empertigou-se e se dirigiu não apenas ao capitão, mas a todos a bordo.

— Você vai se opor ao provincial da Companhia de Jesus, enviado aqui pelo próprio rei Felipe?

Os marinheiros cochicharam entre si e muitos fizeram o sinal da cruz. O capitão ainda parecia em dúvida, mas Gregório o venceu pelo olhar. Uma expressão resignada surgiu, e Gregório soube que tinha vencido mais uma minúscula luta na impossível batalha daquele dia.

Oludara correu para a cratera feita pela cabeça do Pai do Mato. Não se importava mais se a criatura o notaria ou não, mas para a sua sorte, ela voltara sua atenção para outra parte. Dentro da cratera, encontrou Gerard, seu corpo imprensado no solo abaixo. Oludara caiu de joelhos ao lado do corpo imóvel.

Oludara colocou a mão no braço do seu companheiro, que, para seu espanto, parecia intacto. Nenhum osso fora partido, nada esmagado. Impossível, mas o corpo parecia inteiro e ileso.

— Gerard! Gerard! — ele gritou.

Depois de um período de tempo que passou tão lentamente que Oludara não teve qualquer ideia do quanto durou, Gerard abriu um olho. Sua voz coaxou:

— Isso dói.

— Gerard, você está vivo!

Gerard levantou um braço, então o outro, e Oludara o puxou pelos ombros para sentá-lo.

— Vivo e intacto, parece — disse Gerard.

— A magia de Ybandira é mesmo grandiosa.

Gerard concordou relutantemente com a cabeça.

— Onde está Tainá?

— Eu os vi fugirem em um barco, e então irem para um outro, um maior. Eles estão longe daqui e seguros.

— Você não quer dizer aquele galeão, quer?

Oludara olhou para onde Gerard apontava e viu o navio, muito mais perto do que quando ele o tinha visto por último, virando para alinhar seus canhões na direção do Pai do Mato. Depois de tudo o que ele sofrera naquele dia, não conseguiu acreditar.

— Pelo amor de Olorum, por quê? — gritou.

O capitão conduziu Gregório para baixo do convés e mostrou-lhe quais canhões teriam chance de atingir a fera, talvez uma dúzia, e ele abençoou a todos. Então eles subiram para o convés, onde ele abençoou alguns morteiros. Mais de cem artilheiros correram para carregá-los enquanto o navio se alinhava com a criatura.

O capitão tinha dado ordens para os canhões dispararem no momento que se alinhassem com a criatura, e nada havia a fazer além de esperar e observar.

Conforme as armas de proa se alinharam com a fera, dois canhões atiraram. Ambos os tiros foram inofensivos, um batendo no penhasco atrás do Pai do Mato, e o outro nem mesmo ultrapassando a água. Ali perto, o capitão resmungou.

— Confie em Deus — sussurrou Gregório enquanto segurava Tainá apertado.

Mais uns poucos tiros foram feitos. O único efeito que Gregório notou foi o desmoronamento de uma parede próxima dos pés de Pai do Mato.

— Confie em Deus — Gregório repetiu, dessa vez alto o suficiente para os que estavam em torno dele ouvirem.

A próxima salva de tiros feriu o Pai do Mato. A criatura urrou e olhou para eles. Quando outro disparo voou em sua direção e novamente atingiu o alvo, ele ficou ainda mais furioso. Pisou para dentro da água e rumou na direção deles.

Por toda a volta de Gregório, homens fizeram o sinal da cruz. Os tiros saíram meio aleatórios e, no pânico geral, erravam muito mais do que acertavam.

— Tenham fé! — gritou Gregório, agora alto o suficiente para ser ouvido mesmo abaixo do convés.

O Pai do Mato, com água até a cintura, apanhou um barco pesqueiro e arremessou-o contra o galeão. Todos se encolheram enquanto ele girava na direção deles em espantosa velocidade, derrubando o mastro principal e partindo-o em dois. O impacto adernou o galeão e muitos foram por cima da amurada, lançados do convés, enxárcias e cesto da gávea. Gregório mal conseguiu segurar Tainá.

Enquanto o navio balançava de um lado a outro, vinham ecos do fogo de canhões a partir da cidade alta. Gregório espantou-se de ouvi-los, pois esses canhões tinham sido silenciados logo no começo da batalha. Para a sua surpresa ainda maior, a criatura urrou, ferida pelos tiros. Gregório cerrou os olhos para ver jesuítas nos penhascos, dirigindo alguns canhões soltos que foram levados apressadamente até o penhasco. Seus irmãos tinham vindo ao resgate, e o sentimento de orgulho inflou-se dentro dele. Na praia abaixo, ele jurou ver um homem arremessando balas de canhão, mas balançou a cabeça diante da imagem, pensando ser mais provavelmente uma ilusão dos olhos do que um milagre dessas proporções.

Voltou sua atenção ao Pai do Mato, que continuou rumando para o galeão. A água retardava o passo já portentoso da criatura, porém ele ainda os alcançaria a qualquer momento. Ao mesmo tempo, Gregório notou algo diferente, uma confusão nos olhos do Pai do Mato que eles não existia antes. Uma de suas orelhas pendurava-se arruinada, e ele vertia seiva de pelo menos uma dúzia de ferimentos.

— Devemos continuar a atirar — disse ao capitão. — Mais um impacto sólido vai quebrar a vontade dele.

O capitão assentiu e correu para debaixo do convés.

A próxima salva de tiros foi disparada, mas apenas um atingiu a criatura: um tiro no braço. Gregório sabia que não poderia restar mais que um punhado de canhões em condições de disparo, e recarregar era uma impossibilidade àquela altura, os canos não tiveram tempo de esfriar e de qualquer modo eles nunca fariam o navio dar a volta. Ele caiu de joelhos em oração.

Uma salva final foi disparada, e o Pai do Mato gemeu miseravelmente. Gregório abriu os olhos para vê-lo cobrindo o rosto com as mãos. Outro tiro veio da cidade, e o Pai do Mato curvou-se para trás de dor.

Com um último olhar de ódio ao galeão, o Pai do Mato virou-se. Seguiu para o nordeste, litoral acima e para longe da cidade e da baía.

Um viva subiu da tripulação, e Gregório, sorrindo, inclinou a cabeça em uma prece de agradecimento.

Oludara não se juntou aos vivas exuberantes que soaram por toda Salvador. Em vez disso, ele esperou com impaciência nas docas pelo retorno da filha. Enquanto esperava, olhava de boca aberta a cidade em ruínas ao seu redor. Escombros a tudo cobriam até onde o olho conseguia ver, e havia grudentas manchas de resina derramadas por toda parte. O número de corpos era atroz, talvez mil. Um em particular, o de Cabuçu, causava-lhe dor ver.

Uns trinta minutos depois da retração do Pai do Mato, Gregório e Tainá, escoltados em um barco a remo tripulado por marinheiros espanhóis, finalmente chegavam às docas. Tainá gritou "Papai!" quando o viu, e um toque de alívio misturou-se à sua fúria. Ele não desperdiçou tempo algum para arrancar a filha dos braços de Gregório.

— Pedi que você protegesse a minha filha — gritou para Gregório — e, ao invés, você chama o perigo para ela a cada instante?

Gregório fez uma reverência antes de falar.

— Eu lamento de verdade, Oludara. Minha fé arrebatou-me. Recebi uma visão, uma visão que me disse que eu tinha de agir, senão tudo estaria perdido.

Oludara soube dentro de seu coração que o padre estava certo. Se ele não tivesse agido, Salvador e todos que estavam nela teriam sido destruídos. Esse fato, contudo, fez pouco para compensar a raiva e a angústia que ele sentira durante a batalha, e que ele descontou no padre.

— Você está louco — ele disse.

— Eu coloquei minha confiança em Deus, e Ele nos defendeu.

Oludara balançou a cabeça e partiu em busca de Gerard.

Gerard, Gregório e Oludara, o último com Tainá aninhada em seus braços, enterraram Cabuçu fora da cidade. Cada um deu a ele uma despedida de herói à sua própria maneira. Gregório forneceu uma curta elegia, louvando sua lealdade e bravura. Oludara colocou o arco de Cabuçu em seu peito e lhe agradeceu por seu sacrifício. Gerard tinha planejado dizer apenas uma curta oração, mas no impulso do momento, derramou água na cabaça que continha a poção do Ybandira e fez um brinde a Cabuçu, Ybandira, Jaobi, Arani e todos os seus amigos caídos. Deixou a cabaça vazia sobre o peito sem vida do guerreiro.

Uma dupla inesperada surpreendeu-os em seu caminho de volta à cidade: Diogo e Moara. Gerard, jubiloso em ver os dois, não conseguiu evitar de abraçar a ambos.

Tendo todos pronunciado suas saudações, Gerard perguntou:

— Quando chegaram a Salvador?

— Nós perdemos a convocação original e chegamos tarde demais para nos unirmos a vocês — disse Diogo. — Tentamos alcançá-los, e encontramos o grupo de Antônio em seu caminho de volta.

— Antônio retornou?

Ambos Diogo e Moara responderam com a cabeça.

— Viemos à sua procura — disse Moara. — O governador convocou todos nós até a praça.

Gerard tinha pouco desejo de falar com o governador, mas aceitou a convocação e voltou. No caminho até a cidade, Gerard conseguia apenas fitar os destroços sem acreditar. Era raro que uma construção estivesse intacta. O custo em vidas humanas havia sido abismal. O ataque do Pai do Mato tinha feito a cidade recuar anos, talvez décadas.

Do outro lado da praça, o governador Veiga chamou-o. Um contingente de guardas cercava o governador, seus uniformes em frangalhos, assim como tudo o mais em Salvador.

— Onde vocês estiveram? — perguntou o governador, irritado, enquanto se aproximavam.

— Enterrando os mortos — Gerard respondeu, seco.

— Não temos tempo a perder com isso. O gigante está ferido; vocês precisam achar um modo de acabar com ele antes que se recupere.

— Ferida? — Oludara perguntou. — Nós lhe fizemos alguns arranhões, e é tudo. Está longe de ser morta. Meu povo tem um dito: "Não tente fazer o que você não consegue levar a uma boa conclusão".

— Deve haver algum jeito — disse o governador. Olhando para Gerard, ele perguntou: — O que aconteceu com sua exibição de força? Eu nunca vi nada parecido.

— Aquela magia se foi. Cabuçu se foi. — Gerard engasgou com as palavras. — Não nos resta mais nada com o que lutar contra a fera.

— Ela tem de ser detida! Se ela destruir os engenhos...

— Eu não me importo com os engenhos — Gerard disse.

— Ela se dirige para o norte — disse Gregório —, na direção de Olinda.

Quando Gerard pensou em Inocência, seu desespero só aumentou. Então, como se a cena não pudesse ficar em nada pior, Antônio atravessou a praça todo empertigado na direção deles, seguido por umas poucas dúzias de bandeirantes e nativos. Ao aproximar-se, Gerard conseguiu ver a fúria em seus olhos.

— E o que o fez demorar tanto? — o governador perguntou a Antônio.

A pergunta não fez nada para ajudar no humor de Antônio, e ele precipitou-se contra Gerard, empurrando-o. Gerard cambaleou para trás, mas continuou em pé. Alguns dos homens de Antônio adiantaram-se, Moara e Diogo ladearam Gerard, e todos se detiveram.

— Como chegou aqui antes de nós, seu patife? — Antônio disse. — Você me engana e tenta roubar minha glória? Vou exigir a sua cabeça.

— Basta! — gritou o governador Veiga. — Não tenho tempo para discussões. Preciso de todos vocês.

Antônio lutou para controlar sua raiva e voltou-se para o governador.

— Sabe que eu seguirei suas ordens, mas matar essa fera é impossível.

— Os jesuítas a feriram abençoando os canhões. Você pode pegar navios e atirar contra ela da água.

Antônio fez uma pausa para considerar essas palavras.

— Muito bem.

Diogo olhou para Moara, que assentiu.

— Vamos acompanhar você — disse Diogo. — Para compensar nosso fracasso em não chegar aqui mais cedo.

— Eu vou também — Gerard disse. — Não posso permitir que essa criatura destrua mais uma cidade sem luta.

— Que bom — disse o governador Veiga.

— Pense melhor nisso, Gerard — Oludara disse. — A sua morte não vai trazer nada.

— Talvez — disse Gerard. — Mas se eu não tentar, e aquela coisa alcançar Olinda, eu nunca me perdoarei.

Oludara, que acabara de perder sua amada, compreendeu.

— Neste caso, também irei. Você vai precisar de alguém para vigiar suas costas.

Oludara encarou Antônio, tornando óbvio o seu duplo sentido da frase.

— Eu também irei com vocês — disse Gregório.

— Não! — Oludara disse. — Esta é uma luta de guerreiros, e há mais que o suficiente deles para morrer nas mãos do Pai do Mato. Mande alguns dos seus padres para abençoar as armas. Desta vez, proteja minha filha, como eu pedi antes.

Gregório fechou os olhos e segurou as mãos juntas em prece, e então assentiu.

— Você está certo. Não tenho lugar na batalha vindoura.

— Preciso dos seus navios mais rápidos — disse Antônio —, carregados com canhões.

O governador olhou para o porto e fez uma careta. Gerard seguiu o seu olhar. Assim como os prédios da cidade, poucos navios continuavam intactos.

— Pode pegar tudo o que tiver restado — disse o governador. — Vou redigir a ordem.

No fim, o grupo levou três navios, que era tudo o que conseguiam tripular de qualquer forma. Somente sessenta bandeirantes e milicianos restavam, e eles arrebanharam umas poucas centenas de artilheiros e marinheiros para ir com eles. Antônio ficou com o navio líder: o galeão espanhol Santiago. Diogo e Moara assumiram o controle de um segundo galeão, e Oludara e Gerard ficaram com o navio final: a nau *São Pedro*. Gregório e um grupo de jesuítas foram de navio em navio, abençoando os canhões e as armas da tripulação. Ele abordou a nau de Oludara e Gerard por último.

Gerard fez menção de protestar diante de um católico abençoando suas armas, mas rapidamente cedeu e permitiu que Gregório abençoasse sua rapieira e arcabuz. Quando Gregório levantou a mão para a faca de Oludara, este balançou a cabeça.

— Minha faca já possui uma bênção própria — disse.

Gregório parecia pronto para argumentar, mas interrompeu o que quer que estava para dizer. Em vez disso, estendeu os braços para Tainá. Oludara, que não tinha ilusões quanto às chances deles contra o Pai do Mato, apertou sua filha e sentia como se seu coração fosse estourar.

— Seja boa — disse a ela. — Lembre-se de sua mãe e seu pai. Por favor.

Lágrimas derramaram-se de seus olhos quando ele a entregou para Gregório.

— Ensine a ela a respeito do meu povo — ele disse. — E o da mãe dela. Ache para ela um bom casamento.

— Não pense em tais coisas agora — disse Gregório. — Que Deus o traga de volta para ela em segurança.

— Por favor — Oludara disse.

Gregório assentiu com tristeza.

— Farei como você pede. Eu juro.

Oludara ficou chocado quando Gerard ajoelhou-se diante do padre, mas Gregório o abençoou sem qualquer comentário. Quando Gregório e os outros jesuítas partiram em um barco a remo, Oludara dirigiu a Gerard um olhar intrigado.

— O quê? — disse Gerard. Quando Oludara nada respondeu, Gerard corou e disse: — Eu sei, eu sei. Podemos ter as nossas diferenças, mas nós todos servimos ao mesmo Deus. E de uma coisa estou certo: Deus é o único que pode nos salvar agora.

Parte IV: A batalha final

Estranhamente, a perseguição pelo litoral forneceu a Oludara seus primeiros momentos de tranquila contemplação em uma semana. Nada sabia de canhões ou de velejar, então nada era esperado dele. Gerard, tendo algum conhecimento de artilharia, passou um tempo treinando com os artilheiros.

A certa altura, enquanto Oludara estava no convés e observava o litoral passar, Gerard veio e ficou ao seu lado.

— Gerard — Oludara disse. — Há uma coisa que eu queria te dizer.

— Vá em frente.

— Quero me desculpar pelo que fiz quando nos separamos, logo antes de chegarmos a Salvador. Sei que foi abrupto, mas eu não estava em mim. Primeiro Arani, então o Saci. O desejo louco de proteger minha filha tinha me tomado, e pouco conseguia pensar de outras coisas.

Gerard não disse nada, então Oludara continuou:

— Agora, aqui neste navio, de um jeito ou de outro nós encaramos o fim do nosso tempo juntos. Ou morremos ou nos separamos; não há outro caminho.

— Eu sei — disse Gerard. — Essas são palavras agourentas, mas eu concordo. Isto será um final para nós.

— Então deixe-me não ser tão abrupto desta vez. Você tem sido um bom companheiro, Gerard, e não tenho queixa de nosso tempo juntos. Embora tenha perdido Arani... — Nesse ponto, de voz embargada, Oludara teve de se recompor. — O que eu quero dizer é: tive muitas dúvidas quando primeiro nos pusemos a caminho. Considerei abandonar você na selva mais de uma vez.

Gerard não demonstrou surpresa, apenas assentiu, e Oludara continuou novamente:

— Mas estou feliz por não o ter feito. Foram cinco anos bem gastos. Os melhores cinco anos de minha vida, de fato. E tenho algo excelente como resultado disso tudo: uma filha maravilhosa para propagar minha linhagem.

Com isso, Gerard sorriu.

— Fico feliz em saber que você se sente assim. Ela crescerá para ser uma boa mulher, sem dúvida. "De grandeza", como a Cuca a chamou. Deixará você orgulhoso.

Diante dessas palavras, Oludara tranquilizou-se. Tinha se preocupado por tanto tempo, mas agora podia se soltar. Podia relaxar, mesmo enquanto ocultava de Gerard a terrível certeza que o atormentava: o sentimento de que iria morrer naquele dia.

Sua tranquilidade durou apenas um momento, rompida por um grito de aviso do navio principal.

— O que foi isso? — perguntou Oludara.

— Creio que eles encontraram a fera — Gerard respondeu, um dedo apontando litoral acima.

Bem mais acima, uma inconfundível forma elevava-se sobre as árvores. O Pai do Mato notou os navios e marchou na direção deles, as poderosas passadas de seus pés mais altas a cada momento. O Pai do Mato curvou-se e, quando se endireitou, segurava uma palmeira em uma das mãos. Oludara viu um braço mover-

-se para a frente e, para o seu terror, lançar a árvore contra o segundo navio, partindo dois mastros e derrubando a maior parte da tripulação dentro do oceano.

Gerard correu para baixo do convés até os canhões, e Oludara pouco podia fazer além de assistir. Os capitães dos três navios gritaram ordens para que fossem mais para longe, mas logo ficou claro que não teriam tempo; tinham deslizado para perto demais da costa.

O Pai do Mato fez chover uma implacável carga de árvores e rochas sobre os navios. O segundo, com Diogo e Moara, afundou primeiro. Sofrera múltiplos impactos no casco e afundou sem disparar um único tiro.

O navio de Antônio conseguiu virar e atirar contra o Pai do Mato, atingindo-o duas vezes, o que apenas o enfureceu ainda mais. Ele veio aos trambolhões para dentro da água na direção deles e, a despeito dos melhores esforços do capitão em evadir-se, alcançou-os com a água na altura do peito. O navio conseguiu dar um tiro final no queixo do Pai do Mato antes que a criatura descesse um punho sobre o navio, partindo-o ao meio.

No navio de Oludara, o capitão tentou fugir, voltando-o para o oceano. O Pai do Mato, longe o bastante para se dar conta de que não os pegaria caminhando na água, mergulhou a cabeça sob a superfície.

Oludara observava em pânico, esperando a criatura reaparecer. Quando ela subiu, levantava uma enorme rocha no ar. Arremessou a pedra conta eles, que passou pelo casco do navio e bateu na água do outro lado. Oludara, atirado da nau despedaçada pelo impacto, rezou para que Gerard não tivesse ficado no caminho da pedra.

Gerard jazia na praia, exausto demais para se mexer. Seu arcabuz o tinha puxado para baixo enquanto nadava, mas ele se recusara a largá-lo e ainda o tinha na mão. Sua rapieira também continuava pendurada em sua cintura. Ele não reuniu as forças para abrir os olhos até que um tapa em seu rosto o obrigasse a isso. Oludara ajoelhava-se sobre ele.

— Devemos fugir! — disse ele.

Gerard usou a força que lhe restava para colocar-se em pé. Uma terrível visão saudou-o: os poucos sobreviventes corriam aleatoriamente pela praia enquanto o Pai do Mato pisoteava-os para fora da existência, um por um.

Num gesto nervoso, Gerard levantou a mão para ajustar um chapéu que já não estava mais lá, perdido quando o turbilhão de água varreu-o de dentro do navio. Avaliando rapidamente a situação, viu que a única cobertura possível contra o olhar elevado do Pai do Mato jazia no bosque além de uma série de dunas.

Oludara também devia ter percebido isso, porque se pôs a caminho naquele rumo. Gerard seguiu-o, de passos pesados na areia solta das dunas. O Pai do Mato ignorava-os por ora, enquanto esmagava outros alvos, e eles alcançaram as árvores sem incidentes. Movendo-se cautelosamente, acharam Antônio, Moara e Diogo também agachados na mata. Todos os três empunhavam arcabuzes.

— Mais alguém escapou? — perguntou Gerard.

— Ninguém que eu tenha visto — disse Moara.

— Precisamos achar um jeito de fugir — Oludara disse.

As pancadas das passadas do Pai do Mato na areia alertaram-nos de que ele procurava pelas dunas ali perto.

— Estamos aqui para combatê-lo — disse Antônio.

— Com o quê?

Sem aviso, uma árvore foi arrancada pelas raízes ao lado deles, revelando a cara do Pai do Mato olhando de cima para eles. O grupo dividiu-se, todo mundo correndo em direções diferentes.

Enquanto Gerard corria, notou que um pé gigantesco descia perto, bem acima de Diogo.

— Diogo! — gritou. — Cuidado!

Seu aviso chegou tarde demais, no entanto. Diogo tentou desviar-se, mas foi esmagado sob a beirada de um dos pés da criatura. O impacto arremessou Gerard para o lado. Ele teve só um instante para lamentar a perda de seu amigo enquanto, para seu terror, rolava de costas para ver o Pai do Mato olhando fixo direto para ele.

O Pai do Mato encarava o humano abaixo dele com a mesma ira que sentira enquanto matava o último milhar deles. As matas esparsas forneciam pouco esconderijo para aquele punhado que restava, e suas tentativas inúteis de se esconder o divertiam. Esse aos seus pés, um pouco mais redondo do que a maioria, não fez qualquer movimento para fugir. O Pai do Mato o pisotearia rapidamente e partiria para o próximo. Levantou o pé para dar o golpe.

No último momento, contudo, algo incomum o fez parar. Uma criatura peluda veio montada nas costas de uma outra, e parou bem em frente do homem. A criatura nas costas da outra, um tufo de cabelo vermelho projetado da sua cabeça, parecia ser um jovem musculoso. A criatura embaixo era um javali, muito maior do que a maioria dos javalis na floresta, mas não mais que um inseto para o Pai do Mato. Ao lado dos dois, um papagaio colorido pousou no chão e transformou-se numa garota com flores em seus cabelos. O curioso trio bastou para fazê-lo deter-se.

— Pai do Mato, pare! — gritou o jovem peludo, usando de alguma magia para ecoar sua voz de modo desproporcional. — Pare com essa fúria sem sentido.

O jovem falava na língua do Pai do Mato, mais velha do que o tempo, a única que o Pai do Mato jamais conhecera. A coisa a pronunciava terrivelmente, mas ainda assim o som era música para os ouvidos do Pai do Mato. Ele pensava que a língua havia sido esquecida por todos menos ele. Pela primeira vez desde o seu despertar, a raiva foi para o fundo de sua mente. Ouvir a sua língua lembrou-o de uma época anterior à vinda das pessoas à sua terra — antes de seu inimigo Sumé tê-lo enganado para que adormecesse. Talvez nem tudo estivesse perdido, afinal.

Aquela criatura não passava de um bebê para ele, não poderia ter mais do que três milênios de idade, o tempo pelo qual o Pai do Mato havia dormido. Três milênios não eram nada além de um patético momento na vida de alguém que tinha vivido por um éon.

— O que é você? — o Pai do Mato respondeu, sua voz trovejante fazendo o grito amplificado do outro soar como nada além do pio de um pássaro.

— Sou o Curupira — respondeu a criatura —, um protetor da floresta.

Protetor da floresta? O Pai do Mato gostou de ouvir aquilo. Esse Curupira não era nada além de uma criança, mas uma com potencial. Com mais dez mil anos, talvez, o Pai do Mato poderia moldá-lo em algo de valor.

— Se você deseja ser um protetor da floresta — ele disse —, ajude-me matar estes filhos de Sumé.

— Por que você os mata?

— Eu os mato para que Sumé retorne para salvá-los. Então, será a vez dele morrer.

— Não sou grande amigo das pessoas, mas não as destruirei sem motivo. Maire-Monan, o Pai de Todos, *criou-os,* assim como criou a nós.

Criança tola, pensou. *Eu nunca deveria ter ouvido a alguém que parece tanto com os humanos.*

— Criou a *nós*? — trombeteou, endireitando-se até alcançar a sua altura total. — Ninguém me criou!

A raiva rubra retornou. Ele mataria todas as criaturas-homens de carne, e todos aqueles que as protegiam. Mesmo que levasse mil milênios para esmagá-los sob seus pés, ele mataria até o último deles.

Chutou as três débeis criaturas, fazendo-as voar. Então voltou sua atenção para as criaturas-homens. Elas tinham fugido para a mata outra vez, mas ele as encontraria. Disso estava certo.

Os sobreviventes restantes — Gerard, Oludara, Moara e Antônio — haviam tirado vantagem da conversa do Curupira com o Pai do Mato para se esconderem. Quando o Pai do Mato falou, sua voz ensurdecedora trovejando em alguma língua desconhecida, eles tiveram que tapar os ouvidos para evitar que estourassem.

Escondidos dentro de uns arbustos, observaram quando um chute mandou o Curupira, seu javali e Flor do Mato voando. Flor do Mato transformou-se num pássaro no meio do voo e girou atordoada pelo ar, mas o Curupira e o javali desapareceram ao despencarem por entre as árvores.

Gerard fez um inventario da situação. Quase milagrosamente, ainda segurava seu arcabuz, e seu chifre de pólvora permanecera fechado e seco durante o nado. Usou a oportunidade para carregá-lo e oferecer pólvora a Antônio e Moara também, que aceitaram sem uma palavra. As armas carregadas eram quase inúteis contra o Pai do Mato, mas ter a sua carregada pelo menos fazia Gerard sentir-se mais confortável. Ao lado dele, Oludara respirava pesadamente.

— Precisamos ir embora — disse Moara.

— Não — Oludara disse. — O Pai do Mato vai despedaçar a floresta inteira à nossa procura. Precisamos terminar com isto agora.

— Está louco? — Gerard perguntou.

— Para mim basta.

Com isso, Oludara atacou o Pai do Mato.

— Parece que o seu amigo enlouqueceu — disse Antônio.

Oludara agarrou o tornozelo do Pai do Mato e puxou-se para cima. Manobrou pela casca de árvore e musgo na perna da criatura.

— Acho que entendo o plano dele — Gerard disse. — Vai tentar alcançar o umbigo da criatura. Precisamos dar-lhe cobertura. Moara, me dê o seu arcabuz. Você fique recarregando, enquanto eu atiro...

Gerard olhou para trás para ver por que Moara não havia colocado o arcabuz em sua mão estendida. Antônio, de rapieira desembainhada, estava em pé sobre o corpo inconsciente de Moara. Gerard conseguiu apenas olhar para cima, sem acreditar.

— O que você fez? — ele perguntou.

— O que eu deveria ter feito há muito tempo. Puxe a sua espada, Van Oost. Vivendo ou morrendo, hoje eu terei minha vingança.

Mão ante mão, Oludara trilhou a árdua subida pelo Pai do Mato. Alcançou a coxa da criatura antes que ela se apercebesse dele e, mesmo então, ela não pareceu preocupada. Continuou a vasculhar o terreno com os olhos enquanto buscava-o distraidamente, se coçando com as enormes garras. Oludara esquivou-se bem a tempo de evitar a primeira passada.

Oludara tinha esperado que Gerard reconhecesse seu plano imediatamente e achasse um jeito de distrair a fera. Se ele não o fizesse, Oludara não teria a menor chance.

— Maldição, Gerard — murmurou. — O que está fazendo?

— Não vou lutar com você, Antônio — Gerard disse. — Temos coisas mais importantes a fazer.

— Se não vai lutar — disse Antônio —, então morra.

Antônio lançou-se a ele, e Gerard rolou para longe bem a tempo. Relutantemente, desembainhou sua rapieira.

Os dois combatentes circularam, enquanto os olhos de Gerard iam para cá e para lá, entre Antônio e Oludara. Pelo canto dos olhos, conseguia ver o Pai do Mato coçando onde Oludara estava, e soube que tinha de fazer alguma coisa. Diante de um avanço de Antônio, contudo, foi forçado a voltar sua total atenção para a luta.

Gerard bloqueou a estocada, mas a mão de Antônio serpenteou de volta rápido demais para ele ripostar. Gerard notou uma raiz perto dos pés de Antônio e circulou para um lado, fazendo Antônio compensar o seu movimento e alinhar os dois outra vez. Gerard fintou uma arremetida, e Antônio deu um passo para trás sobre a raiz, perdendo momentaneamente o equilíbrio.

Gerard, sem tempo a perder, recuou e agarrou seu arcabuz. Fez um tiro desesperado contra o Pai do Mato, e atingiu as costas da criatura, fazendo-a se virar e tirar sua atenção de Oludara.

Antônio, recobrado, atacou e Gerard empregou sua arma para bloquear a estocada no último instante. Então jogou a arma no chão e apressou para reaver sua rapieira.

Quando um tiro veio de baixo, o Pai do Mato puxou a mão para longe de Oludara e virou-se.

Você demorou mais que o suficiente, Van Oost, Oludara pensou.

Oludara não perdeu tempo para subir ainda mais alto. Chegou até a altura da cintura e labutou até o seu verdadeiro objetivo: o umbigo. O Pai do Mato, contudo, voltou sua atenção para ele. A criatura pareceu finalmente entender o seu plano e, em vez de usar as garras contra ele, passou sua mão enorme em concha de baixo para cima ao longo da pele. Oludara não teve escolha além de se soltar ou ser esmagado.

Pousou na palma da fera e ela o levantou na direção de seu rosto. Considerou pular, mas sabia que a queda o mataria. Então, ele desembainhou sua faca de marfim e esperou. Com sorte, poderia ter a chance de enfiá-la no olho da criatura.

O Pai do Mato curvou seus dedos em torno dele. Para o alívio de Oludara, as unhas compridas não permitiam que a criatura fechasse completamente o seu punho e o apertasse até a morte. Apertou-o, contudo, forte o suficiente para fazê-lo perder o fôlego e ele deixou cair a faca, que mergulhou até o chão. Indefeso, aguardou a morte enquanto o Pai do Mato o examinava com seus olhos enormes.

Gerard, usando toda sua habilidade para manter Antônio afastado, arriscou uma olhada para Oludara, apenas para encontrá-lo no punho do gigante. Gerard viu um risco branco sinalizar que a faca de marfim de Oludara caíra de suas mãos. Sua olhadela custou-lhe um talho no ombro, enquanto ele bloqueava apenas parcialmente o ataque seguinte de Antônio.

Estamos perdidos, pensou. Diogo tinha tombado. Oludara perdera a sua faca e era certo que morreria. O Pai do Mato levaria só uns momentos para voltar sua atenção à esgrima entre Antônio e ele, e esmagar a ambos com um único pisão. Considerou baixar sua guarda inteiramente e deixar Antônio matá-lo primeiro. Assim, pelo menos, um deles poderia ter uma chance.

Bem nesse instante, um brilho colorido e emplumado voou entre os dois combatentes, fazendo os dois darem um passo atrás. O papagaio fez um pouso acidentado ao lado deles e transformou-se em Flor do Mato.

— O que vocês dois estão fazendo? — ela berrou. — Oludara está nas mãos do Pai do Mato.

— Eu sei! — Gerard disse.

Com isso, Antônio não perdeu mais tempo com a garota e investiu contra Gerard, que desviou a lâmina no último momento.

— Oludara deixou cair sua faca — ofegou. — Pegue-a para ele, ou ele está perdido.

— Onde ela está?

— Ali!

Ele usou a mão livre para apontar a direção geral da criatura.

Flor do Mato balançou a cabeça, mas não fez mais perguntas. Gerard conseguiu ver um bico laranja curvo surgir de sua boca, imediatamente antes de ele voltar sua atenção total a Antônio.

Depois de olhar fixo para Oludara por algum tempo, o Pai do Mato finalmente perdeu o interesse e trouxe Oludara para trás com um movimento lento e seguro. Por certo, a criatura preparava-se para lançá-lo para a sua morte.

Eu falhei com todos eles, Oludara pensou, Arani, Tainá, Gerard. Voltou seus pensamentos para Ketu. Falhei com meu pai e meus ancestrais, todos aqueles que vieram antes de mim, aqueles que fizeram sacrifícios para que eu pudesse um dia trazer honra à nossa família. Em vez disso, nunca tornarei a ver a nossa terra natal.

Sua visão ficou embaçada e, em sua mente, um vulto desfocado tomou forma. Uma voz chegou até ele: a do seu pai.

Você nunca falhou conosco, meu filho. E nós nunca o abandonamos.

Conforme a visão clareava, viu seu pai sorrindo para ele. Atrás de seu pai, seu avô e avó, ambos mortos havia muito. Atrás deles, uma centena de outros, todos estendendo-se para ele, todos dando-lhe esperança na hora de seu desespero.

Um grasnado agudo despedaçou a imagem. Ele abriu os olhos para ver um tucano empoleirado no dedo do Pai do Mato, a faca de marfim em seu enorme bico. Ele conseguia sentir o braço do Pai do Mato começar o seu movimento para a frente, para o lançamento. Sem hesitação, Oludara agarrou a faca e talhou a pele da criatura entre o polegar e os dedos.

A lâmina encantada cortou completamente através da pele semelhante à casca e pelo músculo fibroso abaixo. O Pai do Mato uivou e soltou-o, e Oludara despencou sobre o seu ombro. Enquanto deslizava para baixo, correu os braços pela cobertura de musgo e agarrou uma faixa dele, pendurando-se alto no ar e sem perder a faca.

Sem tempo a desperdiçar, ele desceu com mãos e pés até o peito da criatura. Quando o Pai do Mato tentou bater nele com uma das mãos, ele soltou-se, pondo sua vida nas mãos do destino e despencando os últimos vinte pés até o umbigo. Com uma pegada milagrosa, agarrou-se ao umbigo e segurou-se. Seu ombro gritou de dor quando suportou o peso do seu corpo.

Embora Gerard tivesse muito mais treinamento com a rapieira, a incrível velocidade de Antônio compensava, deixando-os num impasse. Além disso, os escrúpulos que Gerard tinha de desferir qualquer tipo de golpe mortal limitava suas escolhas. A preocupação de Gerard por Oludara, somada ao estressante combate, desgastava-o.

Quando Antônio fez uma pausa em seu ataque para recuperar o fôlego, Gerard arriscou outra olhada para Oludara e viu que, por algum milagre, ele havia escapado das garras da criatura e pendurava-se pelo musgo em seu ombro. Mais do que nunca, Oludara precisava de uma distração.

— Antônio — disse —, não tenho mais tempo para isso.

Antônio riu.

— Você não pode me vencer, Gerard.

— Mais uma vez, acho que você pode estar certo.

De propósito, deixou uma abertura em um flanco e preparou-se. Antônio viu a abertura e lançou-se, mergulhando a rapieira através do lado da sua barriga. A dor foi pior do que Gerard imaginara, mas de algum modo ele conseguiu manter a consciência.

Antônio olhou para ele de olhos arregalados enquanto Gerard puxava-se para a frente ao longo da lâmina e atingia-lhe o lado da cabeça com o punho da rapieira. O golpe fez Antônio cair esparramado.

Gerard nem mesmo observou Antônio bater no chão; em vez disso, procurou desesperadamente um arcabuz não disparado. Viu a arma de Antônio e, ao levantá-la, rezou para que estivesse propriamente carregada. Viu Oludara pendurado no umbigo do Pai do Mato, e a criatura se aprontado para estapeá-lo com a sua palma. Gerard apontou para o olho da fera e fez o disparo.

O tiro atingiu o alvo, e o Pai do Mato gritou. Num reflexo, levou as duas mãos aos olhos, dando a Oludara os segundos de que precisava para puxar-se para cima e para dentro do umbigo.

Pouco depois de Oludara desaparecer, a criatura gritou e convulsionou-se. Sacudiu-se de um lado a outro e passou desesperadamente as garras sobre a barriga. O Pai do Mato girou loucamente nos calcanhares, derrubando árvores e jogando para o alto nuvens de poeira quando seus pés martelavam o chão. Então, ele caiu sobre um joelho, ainda com as garras sobre a região do estômago. Depois de um minuto que pareceu durar um século, a criatura finalmente tombou de cara, o choque do impacto derrubando Gerard de joelhos.

Com a espada ainda no seu flanco e tonto pela perda de sangue, Gerard ficou em pé com dificuldade e apressou-se a encontrar seu companheiro. Alcançou a lateral da fera e cortou com sua rapieira, talhando a pele, mas pouco além disso. Chamou Oludara, mas não ouviu nada. Um grasnado veio do seu lado e um tucano pousou junto dele, transformando-se em Flor do Mato.

Com a voz desesperada, Gerard gritou:

— Flor do Mato, me ajude! Ele ainda está lá! Existe algo que você possa fazer?

Para seu espanto, Flor do Mato transformou-se numa vasta criatura indistinta. Seu corpo movia-se sem uma forma definida, como se uma criança tivesse modelado um ogro de argila. Com dois braços enormes, a criatura agarrou os cortes que Gerard tinha feito e rasgou o Pai do Mato até abri-lo. Com um fedor rançoso de folhas apodrecidas, as entranhas da criatura derramaram-se para fora. Dentro delas, Gerard viu a ponta da adaga de marfim de Oludara. Apontou-a para Flor do Mato, que puxou para fora o suficiente das entranhas da criatura para que Gerard libertasse seu companheiro.

Gerard deu tapinhas em Oludara, então bateu em seu peito, porém ele não respirava. Tentou repetidas vezes reavivá-lo até que, derrotado, caiu de joelhos e desviou o olhar. Ao seu lado, Flor do Mato soluçava abertamente.

Passos o alertaram e ele virou-se para ver o Curupira e o seu javali aproximando-se. O javali mancava em três pernas; a outra pendia de lado, quebrada. O Curupira, esfolado e contundido, segurava as costelas enquanto se movia.

Ele colocou a mão no ombro de Flor do Mato.

— O que está errado?

Ela apontou para Oludara e voltou a cobrir seu rosto soluçante com as mãos.

O Curupira mirou o corpo sem vida por um tempo antes de responder.

— Não se preocupe, Florzinha, ainda não é a vez dele. — Olhou em torno. — Eles ainda não o deixarão ir.

— Eles? — perguntou Gerard, olhando em volta, mas sem ver nada. — Eles quem?

O Curupira ajoelhou-se e colocou uma das mãos sobre o coração de Oludara.

— Não consegue vê-los? O seu amigo caminha com muitos, Gerard. É você quem caminha sozinho.

Gerard, prestes a fazer uma pergunta, engoliu-a quando Oludara ergueu o tronco e arfou. Oludara abriu os olhos e olhou em torno, como se buscasse alguma coisa. Quando seu olhar caiu sobre Gerard, os dois trocaram sorrisos.

Flor do Mato abraçou o Curupira e ele ganiu de dor, de novo agarrando suas costelas. Ela afrouxou o aperto e beijou-o com ternura.

Gerard colocou a mão no ombro de seu amigo.

— Você conseguiu — disse. — Eu não sei como, mas conseguiu.

— E pensar que tive o pressentimento de que morreria neste dia — disse Oludara.

— Você morreu, sim — o Curupira disse, com naturalidade.

Oludara dirigiu-lhe um olhar intrigado, mas não perguntou nada. Em vez disso, olhou para longe e disse:

— No fim, recebi uma ajuda que eu não esperava.

— Bem, é claro que recebeu — disse Flor do Mato, radiante. — Vocês dois não conseguem fazer nada sem mim! Quantas vezes eu já salvei vocês?

Oludara sorriu e preparou-se para levantar.

— Curupira — Gerard disse. — Você falou com Pai do Mato, não falou? O que ele disse? Por que ele fez isso?

— Vingança — respondeu o Curupira. — Loucura e vingança. Nada mais.

O javali guinchou e o Curupira disse a ele:

— Lamento, amigo. Aí vai.

Ele pegou a perna ferida do javali nas mãos e gentilmente empurrou-a de volta no lugar. Depois de falar umas poucas palavras, soltou a perna e o javali voltou a caminhar sobre ela como se nada tivesse acontecido.

O Curupira montou o javali e disse:

— Venha, Florzinha. É hora de ir.

Flor do Mato colocou-se atrás dele e os dois puseram-se a caminho.

— Espere! — disse Oludara. Ele puxou alguma coisa de uma bolsa em seu cinto e a entregou a ela. — Não se esqueça da gema da Iara.

Antes de partir, o Curupira virou-se para ele uma última vez e disse:

— Pena que precisaram matá-lo. Dois Ibimonguira permanecem. Se eles despertarem e descobrirem que o Pai do Mato está morto, ficarão atrevidos.

— Espero nunca encontrá-los — Oludara disse.

— Sim — o Curupira concordou —, torçam para que não.

Com isso, ele virou o javali e partiu sobre ele.

Oludara olhou para Gerard com cara estranha e perguntou:

— Gerard, você sabe que tem uma espada enfiada no seu flanco?

A preocupação de Gerard por seu amigo o fizera se esquecer desse fato. Ele olhou para baixo, encontrando a lâmina ainda firmemente implantada e o sangue vertendo livremente.

— Ah, sim — respondeu, logo antes de desmaiar.

Parte V: A jornada de volta

Gerard abriu os olhos para a visão de verde. Alguém o tinha colocado em um improvisado abrigo construído com ramos e folhas de palmeira. O cheiro de peixe assado permeava o ar. Tentou levantar-se e sentiu uma dor quase insuportável no seu flanco. Respirando fundo, conseguiu sentar-se na terceira tentativa.

Olhando em torno, viu primeiro a fonte do cheiro de peixe. Moara sentava-se junto à fogueira, assando um peixe em cima de uns gravetos. Longe, à esquerda, notou cruzes marcando uma fileira de covas recém-cavadas. À direita, Antônio estava amarrado a uma árvore.

Oludara apareceu numa das extremidades do acampamento, carregando uma braçada de lenha. Notou Gerard e saudou-o.

— Gerard, você despertou!

Oludara deixou cair a lenha perto de Moara e ajoelhou-se ao lado de Gerard.

— Como se sente? — perguntou. — Você dormiu durante dias.

— A dor é intensa. Já estive melhor de saúde, certamente. — Gerard olhou para as covas e perguntou: — Nós quatro somos os únicos sobreviventes?

Oludara assentiu com tristeza.

— Como ele tem se comportado? — Gerard perguntou, gesticulando para Antônio, que fitava os dois de sob a sua árvore.

Oludara franziu o cenho.

— Quero lhe falar sobre isso... quando você estiver melhor.

— Nada que não possa dizer agora.

— O ódio dele por você persiste. Ele não vai parar por nada, até que você esteja morto. Não vejo razão para levá-lo de volta a Salvador e colocar você em perigo. Depois da traição dele, temos todo o direito de matá-lo.

— Você sabe que eu nunca mataria um homem.

— Eu sei. Vou matá-lo para você.

Gerard balançou cabeça.

— Nem sequer pense nisso. A justiça será feita em Salvador.

Gerard precisou de mais dois dias para recuperar-se o suficiente para caminhar, e o grupo iniciou a longa viagem de volta a Salvador. Como prova da sua conquista, cortaram o menor dedo do pé do Pai do Mato, mas mesmo isso acabou sendo uma carga pesada, e Oludara e Moara tiveram de colocá-lo em um carrinho improvisado que montaram a partir dos destroços de uma carreta de canhão. Os dois se revezavam em turnos para puxar a carga e conduzir Antônio por uma corda.

Em contraste à sua triunfante vitória sobre o Pai do Mato, um ar triste pairava sobre o grupo. Quase ninguém falava, cada um guardando seus próprios pensamentos.

No final do primeiro dia da viagem, foi Antônio quem finalmente falou. Dirigiu-se a Moara, quando ela preparava a fogueira da noite. Oludara e Gerard tinham deixado o acampamento para juntar lenha.

— Por que todo mundo está tão deprimido? — Antônio perguntou. — Eu é que estou todo amarrado!

— Não seja tolo, Antônio. Oludara perdeu sua mulher. Gerard lamenta porque seu amigo voltará à África, deixando-o aqui sozinho no Brasil.

— E você?

— Perdi meu amigo, Diogo, no caso de você não ter notado. Mais uma vez, estou sozinha.

— Solte-me — disse Antônio. — Nós dois podemos viajar juntos, como nos velhos tempos.

Moara não conseguia segurar o nojo perante a sugestão. Ela cuspiu no chão em resposta.

Depois disso, Antônio voltou ao seu silêncio.

Oludara despertou ao som de um "psiu!". Olhou pelo acampamento, mas não viu nada fora do normal. Gerard e Moara jaziam adormecidos. Ele olhou para Antônio, para conferir suas amarras, e encontrou o homem totalmente desperto e olhando fixo para ele. Só podia ter sido Antônio quem o acordou.

— Escravo... — disse Antônio.

Depois de todo aquele tempo, Oludara não podia acreditar que o homem ainda se referia a ele como "escravo".

— Quero lhe dizer uma coisa — Antônio continuou.

— O que é?

— Você não passa de uma mula inútil. É isso que você sempre será.

Antônio o tinha ignorado por tanto tempo que Oludara não tinha ideia da razão de ele agora dizer isso. Antônio olhava-o com zombaria no rosto, uma expressão de desdém em seus olhos. Parecia algo estranho, até mesmo para Antônio.

— Pior... — Antônio prosseguiu. — Você é um covarde. Deveria ter me matado quando teve a chance. Assim que me livrar destas amarras, vou matar seus amigos e deixar você por último.

Era como Oludara temia. Sem um som, ele puxou sua faca de marfim do cinto.

— Acha que vai usar isso? — disse Antônio. — Você não tem estômago. Dê a faca para mim para que eu possa fazer um bom uso dela, cortando todas as suas três gargantas miseráveis.

Gerard amaldiçoaria Oludara por tal ação, mas não importava. Como ele poderia voltar para a África e deixar um escorpião na cama do seu amigo? Levantou-se e caminhou na direção de Antônio. Ao aproximar-se, os olhos de Antônio acenderam-se com... O quê?... Loucura? Expectativa?

— Isso, seu desgraçado inútil. Vejamos se vale metade de um homem, afinal.

Oludara levantou o braço e mirou um golpe contra o pescoço de Antônio, mas, quando o lançava adiante, uma mão agarrou o seu braço. Oludara virou-se para ver Gerard.

— O que está fazendo? — exigiu.

— O que devo fazer.

— Por que insiste nisso?

— Basta olhar para ele! Veja o ódio nos seus olhos.

Oludara apontou para Antônio, mas ficou envergonhado ao descobrir que a zombaria e o brilho tinham desaparecido dos olhos do homem, deixando apenas resignação.

— E assim você frustra outro dos meus planos, Van Oost — disse Antônio. — Você será eternamente o espinho em minha carne.

— Queria que Oludara o matasse? — perguntou Gerard.

— Melhor morto que humilhado.

— Isso é tolice.

Antônio desviou o olhar e não respondeu.

Gerard suspirou quando eles descortinaram a vista de um engenho de açúcar. Sua jornada a Salvador tinha quase terminado.

Inesperadamente, Moara disse:

— É aqui que eu parto.

— O quê? — Gerard perguntou.

— Eu nunca voltarei a Salvador. Meu lugar é na mata.

— Moara...

— Estou decidida. Perdi minha aldeia, perdi meu povo, perdi Diogo. Fui colocada na Terra para andar sozinha.

— Tolice — disse Gerard. — Você podia vir comigo.

— Não. Você é o andarilho, Van Oost. Não há raízes que o segurem; seu lar é onde quiser que seja. Eu devo retornar à terra de meus ancestrais, onde sempre deveria ter ficado.

Oludara registrou o sentimento com o gesto de cabeça de quem o conhecia.

— Muito bem — Gerard disse. — Desejo-lhe o melhor.

— E eu a vocês.

Os três trocaram abraços e um adeus. Antônio ficou em silêncio durante a despedida. Gerard olhava em silenciosa melancolia enquanto Moara voltava pela trilha e desaparecia entre as árvores.

Virou-se para ver Antônio sentado de pernas cruzadas no meio do caminho. O homem nada havia dito desde sua provocação dirigida a Oludara, duas noites antes. De fato, pouco fora dito por quem quer fosse durante esse tempo. Oludara deu um puxão na corda de Antônio e disse:

— Levante-se!

Antônio balançou a cabeça em resposta.

Oludara ameaçou-o com um punho.

— Sem truques. Eu não atrasaria mais a nossa volta.

— Desejo falar com Gerard.

Gerard, curioso, perguntou:

— O que você quer?

Antônio olhava para o vazio ao falar.

— Gerard, eu lhe imploro. Por favor, não me leve a Salvador como um cachorro. Deixe o seu escravo me matar, ou deixe-me ir.

— Não — Gerard disse. — Você virá conosco e enfrentará um julgamento.

— Não. Não há justiça para mim.

— O que isso significa?

— Minha vida inteira tem sido uma injustiça.

— Basta disso — Oludara disse, impaciente. — Vamos arrastá-lo pelo resto do caminho.

Antônio ignorou-o.

— Você ouviria a minha história, Gerard?

Gerard sentou-se e tirou um gole de água do seu cantil, então derramou um gole na boca de Antônio, que a aceitou de bom grado.

— Suponho que não faça mal — Gerard disse.

— Gerard... — disse Oludara.

— Vou ouvir suas palavras.

Oludara jogou com raiva a corda no chão e afastou-se uns poucos passos, dando as costas aos dois.

— Minha família nunca teve muito — disse Antônio —, mas as coisas pioraram quando meu pai matou um homem numa discussão. Ele foi enviado a Limoeiro. Você já ouviu falar desse lugar?

Gerard assentiu diante do nome da infame prisão de Lisboa. Antônio continuou:

— Dois anos depois, ele recebeu uma opção: ficar em prisão perpétua, ou pegar sua família e se estabelecer no Brasil. Escolheu a segunda, é claro. Ele provavelmente devia ter escolhido a primeira. Pouco depois de chegar, ele pegou minha mãe traindo-o e matou-a e ao amante dela. Foi enforcado logo depois.

Com isso, Antônio fez uma pausa e respirou fundo antes de continuar.

— Minha irmã e eu ficamos órfãos. Ela tinha oito anos e eu, seis. Fomos enviados a lares separados, e eu a via de vez em quando. Pelo menos, até que alguém a raptasse. Então eu nunca mais a vi. Aos nove anos, fugi do abrigo. Desde então, fiz meu próprio caminho neste mundo.

"Diga-me, Gerard, quantos conseguiriam se erguer vindos de um lugar como aquele, até o conselho do próprio governador?"

Gerard assentiu, genuinamente impressionado. Nunca ouvira falar dessa história, e duvidava que muitos o tivessem.

— Por favor, Gerard — Antônio disse. — Não tenho família, nem amigos, só a minha dignidade. Se eu voltar deste jeito a Salvador, não a terei mais. Prefiro morrer e ser lembrado pelo meu passado do que viver assim.

Oludara, furioso, correu até ele.

— O que você sabe de dignidade? — gritou. — Você, que comercializa escravizados! Fui arrancado do meu lar, do meu povo, jogado no porão de um navio abarrotado de pessoas, como se amontoam galinhas para o mercado. Na escuridão, vivíamos à beira da inanição. Doença, ratos, e nossa própria imundície eram os nossos companheiros mais próximos. Aqueles que morriam apodreciam durante dias ou semanas até que os negreiros se dessem ao trabalho de jogá-los pela amurada.

"Comidos por piolhos e famintos, chegamos a uma praia deserta, onde os negreiros puderam separar os mortos e abater os moribundos em paz, e reconduzir a um mínimo de saúde aqueles que ainda valiam a pena vender. Foi assim que eu cheguei ao Brasil."

Com isso, Oludara, mal capaz de controlar-se, caminhou para longe. Antônio esperou até que ele tivesse ido embora e voltou a olhar para Gerard.

— Esse aí entende — disse. — Deixe ele me matar. É a coisa mais misericordiosa que você pode fazer.

— Preciso de tempo para pensar — disse Gerard.

Afastou-se para se sentar sozinho. Matar Antônio era impensável. A razão lhe dizia que deveria levar Antônio à justiça, mas a história do homem o tinha tocado, assim como a de Oludara, que nunca falara com tais detalhes de sua macabra viagem ao Brasil. Libertar Antônio seria fingir que nada havia acontecido. Bem ao contrário, Antônio seria considerado um herói, roubando a glória dos feitos dos outros.

Glória, pensou Gerard. Isso já tinha significado tudo para ele. Tinha sido a totalidade de sua razão para vir ao Brasil. Na colônia, tinha se tornado mais famoso do que jamais poderia ter imaginado. Agora, contudo...

No final, um pensamento superou a todos: ***melhor morrer desconhecido com uma consciência limpa do que famoso e cheio de arrependimentos.***

A balança já havia sido pesada em sua mente. Levantou-se lentamente, caminhou até Antônio e puxou uma faca.

Oludara correu para junto dele.

— Você não está realmente pensando nisso, está, Gerard?

— Antônio pode me odiar, mas ele é um homem corajoso. As pessoas o seguem.

— Ele é uma serpente. Não tem qualquer respeito pela vida humana.

Gerard fez uma pausa diante dessas palavras.

— Antônio — disse —, vou libertar você sob uma condição: que você nunca mais capture os nativos ou negocie escravizados de qualquer tipo.

Antônio arqueou as sobrancelhas.

— Você me privaria do meu meio de vida?

— Um modo de vida às custas das vidas dos outros? Você não ouviu a história de Oludara?

Antônio olhou para o chão.

— Eu o ouvi bem o bastante. Foi uma história infernal.

— Há outros meios de vida.

— Se é isso o que é preciso para que eu mantenha a minha dignidade, então que seja.

— Você ainda pensa apenas em si mesmo? Não entende agora, amarrado e chegando a Salvador, como todos os outros se sentiram?

— Suponho que você esteja certo, Gerard. Talvez eu entenda. Juro que nunca voltarei a escravizar ou vender outro ser humano. Eu juro pela... pela alma da minha mãe.

Gerard assentiu e inclinou-se para a frente, mas Oludara agarrou o seu braço.

— Pare com isso! Ele vai assumir o crédito por derrotar o Pai do Mato, então se voltará contra você.

Gerard quase livrou-se com um tranco do doloroso aperto, mas fez uma pausa para considerar as palavras do seu amigo. Sabia que provavelmente Oludara estava certo, que ele cometia o maior erro de sua vida, mas tinha de agir de acordo com suas crenças. Para mostrar sua sinceridade, gentilmente puxou a mão de seu amigo.

— A fama não importa mais, Oludara. No fim, tudo o que importa é a alma. Não importa o que Antônio escolha fazer, minha consciência estará limpa.

— Meu povo tem um ditado, Gerard: "Aquele que bate palmas para um tolo dançar não é melhor do que o tolo".

— Meu povo também tem um ditado. "A qualquer que te ferir na face direita, volta-lhe também a outra."

Com isso, Gerard curvou-se e cortou a corda.

Conforme os três se aproximavam de Salvador, com o dedo gigante sendo arrastado atrás deles, a palavra espalhou-se rapidamente. Ao passarem pelos arrabaldes, as pessoas faziam uma pausa na reconstrução de suas casas para olhar de boca aberta e murmurar entre si. À altura que o grupo havia alcançado a praça principal, uma vasta multidão se formara, dando vivas e clamando que contassem a sua história.

Oludara olhou para Gerard, radiante com os vivas que recebia.

— Pensei que a fama não importasse mais — disse.

Gerard enrubesceu.

— Bem, por um lado ela não é de todo ruim.

Antônio subiu em um bloco de escombros, e a multidão aquietou-se.

— O Pai do Mato foi morto! — gritou.

A multidão deu vivas e entoou o nome de Antônio, com o que ele levantou a mão para silenciá-los.

— Não celebrem o meu nome — ele disse. — Gerard van Oost é o verdadeiro herói neste dia.

Gritos de “Gerard van Oost” irromperam da multidão, e mais uma vez Antônio levantou a mão para silenciá-los.

— Não apenas Gerard — disse. — Mas os muitos que nos seguiram. Muitos deram suas vidas. Diogo, nosso velho amigo, morreu bravamente. — Com isso, ele tirou seu chapéu e recitou uma longa lista de mortos. Curvou a cabeça por um minuto de silêncio antes de continuar. — Estou me esquecendo de alguém... — murmurou.

Oludara endireitou-se.

— Oh, sim — disse Antônio. — Moara também. Ela foi de grande ajuda.

Oludara disse:

— O quê? — Mas o grito da multidão abafou-o.

Eles precipitaram-se para parabenizar Gerard e Antônio.

Oludara abriu caminho até Gerard e gritou:

— Você acredita nisso? Ele ainda não diz nada a meu respeito!

— Bem — disse Gerard —, pelo menos ele não assumiu todo o crédito. É um começo.

Oludara fumegava de raiva.

— Você soa como uma criança de barriga cheia que diz à criança faminta para “manter o ânimo”!

— Nós temos outro ditado, Oludara. Ele diz: “Não dá para mudar o mundo em um dia”.

Com isso, a multidão agitada separou-os, e Oludara partiu a passos duros, em fúria.

Furioso, Oludara buscava pelas ruas de Salvador qualquer sinal de Gregório e Tainá.

— Aquele caçador de fama, Gerard van Oost — murmurava. — Eu mudaria o mundo *dele* em um dia! Idiota que fui em jamais ter confiado num homem branco.

Oludara desejava apenas achar Tainá e deixar Salvador tão rápido quanto possível; não aguentava mais.

— Oludara!

O chamado do seu nome interrompeu seus pensamentos.

Ainda com raiva, ele virou-se e gritou:

— O quê?

Uma criança, de onze ou doze anos de idade, era quem o tinha chamado. A criança tinha pele marrom-escura e cabelo negro crespo, mas não era um nativo africano. Mais provavelmente, era filho de pais misturados.

Diante da resposta irada de Oludara, a criança recuou assustada. Então se virou e correu na outra direção.

— Espere! — Oludara gritou.

A criança paralisou-se com o comando.

— O que você quer? — perguntou Oludara, dessa vez numa voz mais gentil.

— O seu amigo estava procurando por você. Ele contou a todos que foi você que matou o Pai do Mato, e que todo o louvor devia ser só seu.

Oludara sentiu alívio e embaraço em igual medida. Depois de cinco anos juntos, não devia ter duvidado de seu amigo tão rapidamente. Não obstante, falou o que pensava.

— Ninguém quer ouvir isso — disse.

— Você tem razão — concordou a criança. — A multidão ignorou-o e continuou entoando o nome dele e o de Antônio.

A ira de Oludara retornou, e ele franziu o rosto. Mais uma vez, a criança se encolheu de medo e Oludara se recompôs. Ele ajoelhou-se para deixar o menino mais confortável.

— Não importa — disse. — Deixe que Van Oost tenha a sua fama; não quero nada disso. Eu bem podia ainda ser um escravizado, já que os outros seguem recebendo os benefícios do meu trabalho.

— Não!

O grito enfático da criança surpreendeu Oludara e fez o menino cobrir a boca, envergonhado.

— O que foi? — perguntou Oludara.

— Quero dizer... — a criança gaguejou. — Minha mãe é uma escrava. Meu pai...

— O dono dela — Oludara completou, removendo algo do fardo da confissão do menino.

A criança assentiu e continuou.

— Nunca pensei que podia esperar alguma coisa desta vida. Mas então, um dia, ouvi falar de você... Nem todo mundo ignora o seu nome nas histórias, existem muitos que o repetem com orgulho. Você me dá esperança de realizar grandes coisas. Que os seus deuses o protejam!

Com isso, a criança empurrou um minúsculo círculo de madeira na palma da mão de Oludara e foi embora correndo.

— Espere! — disse Oludara.

Dessa vez, a criança não parou. Desapareceu, descendo uma das ruas da cidade.

Oludara virou o pedaço de madeira em suas mãos para descobrir uma tosca pintura do seu rosto. Abaixo dela estavam escritas as palavras "Herói Oludara", com os dois Rs invertidos.

Com os joelhos fracos, Oludara sentou-se pesadamente no chão. Contemplou a minúscula pintura por um bom tempo, as lágrimas fluindo livremente dos seus olhos.

No crepúsculo, a multidão dispersou-se, e Gerard foi chamado para visitar o governador. Encontrou o palácio sob reparos, mas o gabinete intacto. Ao entrar, foi surpreendido com Oludara já à espera junto ao governador Veiga. Ele tinha procurado Oludara em vão durante horas. Em um braço, Oludara segurava Tainá; no outro lado, agarrava algum tipo de círculo de madeira. Gerard estendeu a mão para tocar um chapéu que não estava mais lá.

— É bom ver você, Oludara — disse. — É bom vê-lo, Sua Excelência.

— Não há necessidade de formalidades, Gerard — disse o governador Veiga. — Tenho com vocês dois uma grande dívida.

— Eu aguardo a minha recompensa — Oludara disse.

— Você receberá os seus cem cruzados e passagem livre para a África. Enviarei com você alguns homens de confiança, para prevenir qualquer coisa traiçoeira ao longo do caminho.

Oludara assentiu, e governador Veiga voltou sua atenção para Gerard.

— No seu caso, Gerard, temo que minha recompensa não será adequada aos seus serviços.

— Eu entendo, governador — disse Gerard. — Você tem uma cidade para reconstruir.

O governador Veiga franziu o cenho e olhou pela janela.

— Gostaria que fosse tão simples. Novas chegaram até nós, de que Felipe de Espanha assumiu controle de Portugal e uniu os dois reinos. Desse modo, ele é agora o soberano do Brasil.

Gerard franziu o cenho, compreendendo.

— E a Espanha ainda está em guerra com Brabante e os Países Baixos.

— Guilherme de Orange foi declarado fora da lei. Você não lutou ao lado dos irmãos dele em Mookerheyde?

Gerard assentiu.

— Eles perderam suas vidas naquela batalha.

— Felipe ainda não voltou sua atenção para o Brasil, mas qualquer dia desses um navio chegará e exigirá lealdade de todos os que vivem aqui. Você é um inimigo da Espanha, Gerard, e nesse dia vai se tornar nosso inimigo também. Não vou prendê-lo, mas também não posso oferecer-lhe abrigo. Você deve partir o mais cedo possível. Eu pagarei a sua passagem até a Europa e te darei a mesma soma de cem cruzados que concedi ao seu amigo.

Gerard sabia que não era culpa do governador, mas não conseguia evitar de se sentir irritado.

— Depois de tudo o que fiz, devo ser recompensado com o exílio? Se é assim que a coragem é recompensada, então fico feliz em retirar-me.

Ele curvou-se com rigidez e, ao virar-se para sair, viu Oludara pelo canto dos olhos. Um pensamento cruzou sua mente e ele voltou-se para o governador.

— Compre minha passagem para a África, não para a Europa. Isto é, se meu amigo aqui me aceitar.

Pelo modo como o rosto de Oludara iluminou-se, Gerard soube que ele o faria.

— Talvez ainda haja algumas aventuras a se viver lá, não é? — perguntou Gerard.

— De fato, de modo parecido com o Brasil, há muitos monstros lá que precisam ser domados.

— Muito bem — disse o governador Veiga. — Desejo a vocês dois o melhor.

— O navio partirá logo? — Gerard perguntou.

— Ao amanhecer.

— Bom. Um amigo me disse uma vez: "O alvorecer não vem duas vezes para acordar um homem".

Oludara sorriu abertamente.

Uma multidão se juntara nas docas para despedir-se do famoso Gerard van Oost. Quando o barco a remo chegou para levar Gerard e Oludara ao seu navio, Gerard acenou com uma deslumbrante bandeira nova — azul com um elefante e uma arara ricamente bordados —, um presente de despedida do governador. A multidão entoou seu nome, e mais do que uns poucos gritos de "Oludara" também podiam ser ouvidos. Da cidade alta, o governador gritou um comando e uma fileira de canhões disparou em honra deles.

De lá da multidão, alguém gritou:

— Nós nunca o esqueceremos, Gerard van Oost!

— Sentirei falta do Brasil — Gerard suspirou. — Nunca me senti tão vivo. Mas aqui também conheci o melhor amigo que um homem poderia ter, e estou feliz em partir com ele.

— Bem quando eu pensava que colocaria uma vida de aventuras no passado, ela me segue até em casa! — disse Oludara. — Mas isso é bom. Acho que não me cairia bem ficar velho e gordo. — Fez cócegas em Tainá, que riu. — Há magia dentro da minha menina, e eu devo manter meu juízo.

Gregório destacou-se da multidão.

— Gerard, Oludara — disse ele, assentindo para os dois —, vocês são verdadeiros guerreiros de Deus. Entendo por que Miguel sacrificou a si mesmo por sua causa.

— Obrigado — Gerard disse, curvando-se.

— Posso abençoar Tainá?

Oludara hesitou, mas assentiu. Gregório fez o sinal da cruz na testa dela.

— Uma viagem segura a vocês, e Deus os abençoe a todos, onde quer que estejam.

Com isso, ele partiu. Oludara virou-se e entrou em um barco a remo com Tainá. Gerard, pronto para segui-los, foi segurado por um punho em seu ombro. Ele voltou-se para encontrar Antônio, que rapidamente fez recuar a sua mão, como que embaraçado.

— Gerard... — ele disse.

— Sim, Antônio?

Pela primeira vez desde que Gerard o conhecera, Antônio parecia lutar para achar o que dizer. Ele olhou para o chão por um tempo, então olhou para os cabelos de Gerard e arqueou as sobrancelhas, como se visse algo pela primeira vez.

— Você perdeu seu chapéu — ele disse.

— Sim, durante o naufrágio.

— Ouvi dizer que esquenta muito na África.

— Foi o que ouvi também — disse Gerard.

— Dizem que lá existem desertos do tamanho da Europa.

— É o que dizem.

— Então suponho que você vai precisar de um chapéu novo.

Com isso, Antônio retirou o seu chapéu.

— Pegue o meu — disse. Quando Gerard hesitou em aceitar o chapéu valioso, ele acrescentou: — É um bom chapéu, Van Oost. O governador Veiga foi quem o deu a mim, quando perdi o último.

— É um chapéu maravilhoso — disse, pegando-o nas mãos e admirando-o. — Obrigado, Antônio. Não será o mesmo sem você por perto.

Com isso, Antônio deu-lhe um meio-sorriso.

— Muito provavelmente, não.

Com tais palavras, Antônio afastou-se.

Do alto das ruínas da Igreja da Imaculada Conceição, em contraste com os tons desbotados dos escombros, uma arara escarlate empoleirava-se em cima de uma cruz tombada — inclinada sobre um dos lados, mas ainda em pé — e mirava a vastidão aquamarina da Baía de Todos os Santos.

A arara notou dois homens, um branco e um negro, velejando para longe, no convés de um galeão. Enquanto uma criança dançava alegremente em volta deles, os dois homens fitavam Salvador. Meia hora depois, o navio deixou a baía e os dois homens voltaram suas miradas para o oriente, para a perigosa jornada cruzando o largo oceano.

AVEC
EDITORA

EPÍLOGO

MEIO QUE UM FINAL

Dizem que Gerard e Oludara viajaram juntos por muitos anos mais, e que suas aventuras os levaram aos extremos da África... e além.

Mas tais histórias devem esperar por um outro dia.

FIM

AGRADECIMENTOS DA EDIÇÃO DEFINITIVA

Os agradecimentos da edição original já são enormes, continuam sendo nomes de peso na construção do livro, mas preciso acrescentar algumas pessoas com contribuições significativas na publicação desta edição definitiva da obra.

Primeiramente, quero reconhecer a equipe da Devir, que levou ABEA em formato de livros, quadrinhos, contos e RPG de mesa para dezenas de milhares de leitores e jogadores ao longo de uma parceria de 15 anos.

Agora começa o próximo capítulo na vida de ABEA, abraçando uma nova parceria com a Editora AVEC. Fico eternamente grato ao meu editor e grande amigo Artur Vecchi, para fazer esta edição virar uma realidade. Fiquei bastante incomodado com algumas omissões na primeira edição brasileira, além do fato de não possuir o último capítulo escrito, "Uma torrencial complicação". A chance de lançar a obra completa é uma bênção.

Também adoro a capa nova, criada pelo talentoso Reinaldo Rocha, e fico muito honrado pelo prefácio do grande autor e amigo Enéias Tavares.

Gostaria de citar os meus editores estrangeiros: David Stokes da Guardbridge, que publicou este romance em inglês, e Rodolfo Martinez da Sportula, que disponibilizou as aventuras para o mundo hispanofalante. No Brasil, também preciso destacar a parceria com a Nerd Loot. Essas parcerias expandiram absurdamente o alcance do romance para um público global.

Também é preciso reconhecer a dupla de heróis Marco Poli de Araújo e Guilherme da Cas, os "Senhores de ABEA", que continuam tocando os projetos de *A Bandeira do Elefante e da Arara*, criando um mundo cada vez maior e mais rico.

Finalmente, agradeço a todos os leitores e jogadores que já entraram neste mundo via qualquer meio. Os relatos das suas aventuras sempre me fazem sorrir.

C. K.

Porto Alegre, fevereiro de 2025

AGRADECIMENTOS DA EDIÇÃO ORIGINAL

Já agradeci a muitas pessoas nas páginas de *Duplo Fantasia Heroica 1* e *2*, no livro em quadrinhos e nos lançamentos digitais. Todas elas foram fundamentais na formação deste livro, um processo que levou dez anos do começo ao fim, e todos os agradecimentos continuam valendo. Como sempre digo: "É preciso uma pessoa para escrever um livro, porém milhares para formar o escritor."

Aproveito o espaço aqui para acrescentar alguns agradecimentos específicos a este livro:

Primeiro, preciso agradecer a todos da equipe da Devir Livraria, que tanto me ajudaram ao longo deste processo: Paulo Roberto Silva, Maria Luzia, Tino Chagas, Leandro Luigi Del Manto, Nuno Filipe Venâncio, Walid Mrad e Marilia Marino. Em especial, preciso agradecer mais uma vez a Douglas Quinta Reis, editor deste livro, e Roberto de Sousa Causo, tradutor, que tanto me ajudaram e me inspiraram ao longo dos últimos seis anos.

Ao meu grupo de escritores, um conjunto que se eleva uns aos outros, sempre se desafiando a criar mais e criar melhor: Enéias Tavares, Duda Falcão, A. Z. Cordenonsi e Cesar Alcázar.

Aos primeiros leitores deste romance, cujas sugestões tanto aprimoraram o texto: Ana Cristina Rodrigues, Victor Vargas, Douglas Cohen e Terra LeMay.

A Ursula "SulaMoon" Dorada pela capa maravilhosa, e Aliette de Bodard pela citação linda. Menciono mais uma vez o banco De Lage Landen, patrocinador do livro em quadrinhos, cujo apoio tanto me ajudou a continuar o meu trabalho com esta série.

A todos os professores e escolas que já trabalharam com *A Bandeira do Elefante e da Arara*, e os que virão a trabalhar. Em especial, às escolas Mané Garrincha e Vila Monte Cristo, pelos convites para que eu fosse patrono das suas feiras do livro, duas das maiores honras da minha carreira. Não há nada que me dê mais orgulho do que fazer a minha pequena contribuição à educação dos nossos jovens e ao nosso futuro.

Como digo na dedicatória da primeira página, este livro é para alunos e, por extensão, seus educadores. Com iniciativas como a Odisseia de Literatura Fantástica, o Concurso Hydra, a Odisseia Itinerante, Tecendo Histórias Traçando Ideias, e Tudo a Ler, passei, ao lado dos meus colaboradores, os últimos seis anos lutando para fomentar a cultura de leitura no Brasil. A leitura aumenta o nosso conhecimento e a nossa empatia, duas coisas que nos ajudam a nos entender e, assim, criar um futuro melhor. A luta pela leitura e pela educação é para sempre. Não desistirei dessa luta, e agradeço a todos que lutam comigo nessa batalha sem fim.

C. K.
Porto Alegre, junho de 2016